Taiyuan Drama Anthology

太原戏剧选 上 册

主 编

张体仁 马竣敏

组 编

王宏伟 边素庭

山西出版传媒集团 山西经济出版社

序

　　山西是五千年华夏文明的发祥地，也是中国戏剧艺术的摇篮，全国戏剧剧种三百余种，山西拥有五十多种。而且，现存元杂剧记载在册的很多剧作大家也都出自山西，如关汉卿、王实甫、白朴、乔吉等。时至今日，山西仍是全国的戏剧大省，不仅所保留地方剧种为全国之首；而且，"梅花奖"演员也居全国之冠，戏剧演出和戏剧艺术活动频繁。可谓，新作品不断涌现，戏剧人才代代相承。

　　太原作为山西首府，历来是山西文化活动、文艺创作展演中心。新中国成立以来，本土剧种如晋剧、碗碗腔、秧歌等专业剧团如雨后春笋般成立，外来剧种如话剧、豫剧、京剧也纷纷落户扎根。戏剧剧种之繁，戏剧演出之多，剧目水平之高为历史之最。

　　新中国成立68年来，太原戏剧积累了大量的优秀剧目，许多剧目已成为剧团的保留剧目。为了让这些优秀传统文化能够更好地传承和发扬光大，我们选编了这部《太原戏剧选》。

《太原戏剧选》经过两年多的前期案头工作，即将付梓。其间，我们多次邀请相关戏剧界的专家学者座谈、研讨、论证、遴选，对所选每部剧本都进行了认真的审读，力求该作品在主题立意、艺术水准上都有一定的高度，基本达到该剧种之代表作的水平。选剧本以本土剧作家创作的作品为基点，以中华人民共和国成立至今为时间起止点，以太原辖地所属剧团演出为界限，重点选取在全省乃至全国获奖，或有社会影响力的新创作品。个别剧目如《傅山进京》（编剧郑怀兴）、《于成龙》（编剧郑怀兴）、《唐宗归晋》（编剧罗周、武丹丹）、《疯狂的疯狂》（编剧宁财神）、《击釜雷鸣》（编剧孙德民、宗元）等虽非本土作家创作，但为太原市专业剧团首演并在全国产生重大影响的优秀作品。受篇幅所限，许多优秀剧目未能入选，在这里只能表示深深的遗憾！同时，也因编者的认知的局限，难免存在这样那样的错讹，敬请广大读者和戏剧爱好者批评指正！

　　总之，这些优秀剧目是几代戏剧艺术家们辛勤笔耕的结晶，体现出中国传统戏剧艺术的无穷魅力，并为太原文化事业繁荣发展增添了浓墨重彩的一笔！

编　者

2017年10月

目录

戏曲

太原戏剧选

TAIYUAN XIJU XUAN

打金枝

剧本整理：张万一　寒　声

张　焕　王易凤

1954年11月

【剧中人物】

代宗、沈后、公主、郭暧、郭子仪、赵夫人、太监、

校卫、官公、大铠、官女、堂候、 大公子、二公子、

四公子、五公子、六公子、七公子、众夫人、院子、

侍儿、丫鬟

第一场

堂　候　龙虎堂前出入，百官面前传言。

　　　　堂候万年红，今日王爷寿诞之期，命我设席挂画。

　　　　言之未尽……

　　　　【内白：众位少爷回府！

堂　候　有请。

　　　　【众子上。

郭子仪　（内）唔哼。

堂　候　王爷、夫人出堂来矣。

　众　　请爹娘。（郭子仪、赵夫人上）

郭子仪　（念）天增岁月人增寿。

赵夫人　（念）春满乾坤福满门。

众　　　参见爹娘。

郭子仪　少礼。

赵夫人　少礼。

郭子仪　命你们出府谢客，怎么样了。

众　　　谢客已毕，回府与父王拜寿。

郭子仪　堂候酒宴摆下。

赵夫人　慢着，王爷在上，妾身拜过千秋。

郭子仪　慢着，同是年迈之人，你我望空拜过神灵也就有了。

赵夫人　如此请。

郭子仪　（念）一拜乾坤祥兆。

赵夫人　（念）二拜祖上增光。

郭子仪　（念）子孙荣贵笏满床。

赵夫人　（念）永沐皇恩浩荡。（叩跪）

郭子仪　（念）好，好一个永沐皇恩浩荡。夫人请起。

赵夫人　（念）王爷请起。

郭子仪　（念）你我同起。

堂　候　（白）宴齐。

郭子仪　郭暖。

郭　暖　儿在。

郭子仪　把盏着。

郭　暖　儿遵命。

第二场

【堂引暖先上，拜席。诸弟兄上，各对爹娘拜寿。暖垂头丧气，终
　不见伊妻来。

郭　暖　六哥，快与爹娘拜寿去吧！

堂　候　上宴。

众　　　爹娘请酒。

　　　　（唱）满堂寿筵开。

堂　候　请六少爷举杯。

郭　暖　唔。（拜场）儿，郭暖举杯高太。愿爹娘椿萱并茂，福寿无疆。

郭子仪　寿哉，吾儿入座。

郭　暖　儿遵命。

堂　候　这就轮到我了。堂候万年红。与王爷、夫人拜过千秋。祝王爷、
　　　　夫人福如东海，寿比南山。

郭子仪　好，赐你羊羔美酒，廊下去用。

堂　候　谢过王爷。

郭　暖　爹娘请哪。

众　　　请酒（同饮酒）。

赵夫人　启禀王爷，妾身有言奉上。

郭子仪　有劳夫人。

赵夫人　（念）功在三朝，四海同庆，多福多寿，多子多孙。

郭子仪　（念）不骄不奢，子孙永铭。

众　　　（念）山川悠久，国家太平。

郭子仪　好，好一个国家太平。

　　　　（唱）老夫我今晨庆寿期。

赵夫人　（唱）合家老小喜盈盈。

郭子仪　（唱）万岁爷见宠赐厚礼。

赵夫人　（唱）皇恩浩荡与天齐。

郭子仪　（唱）百官寿礼我谢去。

赵夫人　（唱）姑爷姑姑同到齐。

郭子仪　（唱）八子七婿受君惠。

赵夫人　（唱）真是个富贵寿考古来稀。

郭　暖　（唱）哥哥请来弟有礼，不见嫂嫂庆寿期。

　　　　　　　休怪为弟耻笑你，怕老婆人儿无面皮。

郭　暖　（唱）听罢言来心有气，羞羞惭惭把头低。

　　　　　　　心里只恨升平女，不该倚势把人欺。

　　　　　　　辞别父王我回宫去，我要与贱人见高低。

堂　候　禀王爷，六少爷出府。

郭子仪　啊呀！

　　　　（唱）郭暖一怒出府去。

赵夫人　（唱）宫中必定惹是非。

郭子仪　众孩儿各自把席退。

赵夫人　咱二老宫门看仔细。（下）

第三场

【升平公主，对镜簪花。宫女侍奉。

公　主　（唱）头戴上翡翠双凤齐。身穿上绫罗锦绣衣。

　　　　　　　我父王，他本是，当今皇帝。

　　　　　　　满朝文武，忠心保社稷。

保定了锦绣山河，归大唐版图。

四海升平，乐怡怡。

文有的，李太白，能文善事，醉写《吓蛮书》。

武有的，汾阳王，真个英奇，见回纥，只乘单骑。

平灭了，平灭了，安史，斩来了禄山首级。

回朝交官，我父王一见心欢喜，把郭家官职大升提。封王侯，造府邸，未几，三子郭暧美英姿，招驸马，纳贵婿。

把我这金枝玉叶与他配成结发妻。

这才是，鱼水与兰芝，男潘安，女西施，比翼鸟，连理枝，一对鸳鸯，白头到老，双宿又双栖，两两欢乐无猜疑。

国王家女儿多礼仪，驸马回宫里，红灯高挂起，若不见红灯不敢进宫里，进宫来先行君臣大礼仪，夫妻话儿然后提。

我公爹今日里寿诞期，众哥嫂拜寿都去齐。

一个个成双又配对，单留驸马独自己。

宫　女　公主，王府拜寿，你是去也不去？

本想过府拜寿去，君拜臣来使不得。

待儿们！

宫门上红灯高挂起，

等驸马回宫来安排筵席。

【郭暧上。

郭　暧　（唱）酒席筵前生了气，要与贱人见高低。

一见红灯高挂起，真乃倚势把人欺。

无红灯不能进宫去，逼着我郭暧把头低。

怒恨恨将红灯齐打碎，看她把我能怎的。

【太监见势，急下场报信。

【侍儿们拾灯。

宫女甲　驸马回宫。

公　主　驸马!

（唱）进得宫来面带气，不知他生气为怎的。

哪一家文武得罪你，你快与为妻说来历。

郭　暧　（唱）我生气是为了你。

宫女甲　（小声地）公主。想是驸马吃醉酒了，把宫门上红灯也打碎了。

公　主　什么，将宫门上的红灯打碎了?

郭　暧　（唱）我打碎看你能怎的。

公　主　（唱）你打碎红灯是何意?

郭　暧　（唱）就为你倚势把人欺。

今日我父寿诞期，众哥嫂拜寿都到齐。

一个个成双又配对，单留本宫独自己。

论大理你应该拜寿去，你不去拜寿是何道理?

公　主　（唱）驸马讲话无道理，不懂皇家大礼仪。

我本是金枝玉叶体，君拜臣来使不得。

郭　暧　（唱）你既是金枝玉叶体，不该与郭家做儿妻。

公　主　（唱）做儿妻不能与庶民比，你父是何人，我是谁?

郭　暧　（唱）你父的江山从何起? 都是我郭家父子争来的。越思越想越
生气。

公　主　你敢怎样?

郭　暧　（唱）打了你贱人怕怎的?

郭子仪　（上）大胆! 校尉们! 绑了! （郭暧戴法绳押下）。

赵夫人　（唱）我养的儿子不成器，倒叫公主受委屈。我要与公主消消这
口气，望你能担待这一回。

公　主　（唱）叫婆母莫跪快请起，他不该拳打脚踢把儿欺，儿实难忍受

这口气。见了我父王、国母诉诉委屈。婆母啊！（下）

赵夫人　（唱）郭暧儿真乃孩子气，不该到宫中惹是非。

公主一怒进宫去，但不知万岁依不依。

唉！小奴才！

第四场

太　监　（手持郭子仪回礼礼帖上，跪奏）

启奏万岁，寿幛寿礼奴婢已恭送汾阳王府，汾阳王回礼谢恩。

代　宗　（唱）孤坐江山非容易。

沈　后　回想起安禄山起反意，要夺唐社稷。多亏了李太白，搬来了郭子

仪。才把那安禄山叛乱平息。从此后国家升平黎民安居。老皇兄

功劳第一。

代　宗　（唱）先帝爷念皇兄功劳无比。

沈　后　（唱）在凌烟阁上把名题。

代　宗　（唱）封他为汾阳王人称千岁。

沈　后　（唱）才把咱金枝女许他儿为妻。

代　宗　（唱）老皇兄今晨寿诞期。

沈　后　（唱）咱赠他寿幛和寿礼。

代　宗　（唱）孤本想过府拜寿去。

沈　后　（唱）君拜臣来使不得。

代　宗　（唱）君妃稳坐在深宫里。

沈　后　（唱）妃陪你玩一局象牙围棋。

【太监上。

太　监　启奏万岁，升平公主进宫。

　　　　【公主上。

公　主　升平女在宫院受了气，打碎翡翠扯风衣。哭哭啼啼进宫去，儿叫
　　　　声父王、国母，儿我受了委屈。

代　宗　（唱）哪家文武得罪我儿你？

沈　后　（唱）快与你父王说来。

　　　　（夹白）儿啦！

　　　　（接唱）莫要哭啼。

公　主　（唱）驸马他做事太无理。

代　宗　（白）梓童！

沈　后　（白）万岁

代　宗　（白）皇儿受了委屈，让皇儿坐了，慢慢讲来！

公　主　（唱）他不该酒醉把儿欺。

代　宗　嗯，驸马招亲之时，并不会用酒，怎么为何倒吃起酒来了。

公　主　驸马招亲之时并不会酒，自从招亲之后，今天一杯，明天一盏，
　　　　他就吃起酒来了。

沈　后　他吃酒不吃酒，敢把我儿怎样？

代　宗　是呀，他敢把我儿怎样？

公　主　父王，国母啊——

　　　　（唱）只因公爹寿诞期，王府里祝寿大摆筵席。

沈　后　可也是呀，你公爹寿诞之日，你父王已经送去了寿幛、寿礼，以
　　　　表君臣之谊。

代　宗　着啊，既是皇兄，又是亲翁，理所当然。

公　主　驸马他……

沈　后　他怎么样？

公　主　他要孩儿我一同前去拜寿。

沈　后　是啊，那你就应该同他前去拜寿。

公　主　儿我……

代　宗　你怎么样？

公　主　儿在宫下……

沈　后　在宫下做什么？

公　主　与那侍儿们……

代　宗　想是与侍儿们一同前去？

公　主　与侍儿们一同玩耍来……

代　宗　嗯！皇家女儿，长得高高大大，不去与公爹拜寿，反倒玩耍起来了！

沈　后　是啊，皇家女儿，长得高高大大，不去与公爹拜寿，反倒玩耍起来了，真乃缺少受教！

代　宗　梓童！

沈　后　万岁！

代　宗　你我坐了，莫要理她！

沈　后　是，再莫要理她！

公　主　父王、国母啊！

　　　　（唱）盘古至今一个理，君拜臣来（加白）父王！

　　　　（接唱）使不得。

代　宗　嗯，论起国法，莫要说起；论起家规，人家是你的公爹，你是人家的儿妻，此寿礼应当拜，怎说是拜不得呢？

公　主　父王！拜不得。

代　宗　拜得。

公　主　拜不得。

代　宗　好好好，莫要哭啦。那边跟你国母说去，父王不愿听你多话。往下站，站得远远的！这成什么样子！

公　主　国母，你对我家父王去说，还是拜不得。

沈　后　拜得。

公　主　拜不得嘛！

沈　后　是是！莫要哭，拜不得就算拜不得！

公　主　你对我家父王说去。

沈　后　啊！莫要哭，莫要哭，万岁！

代　宗　梓童！

沈　后　你看皇儿哭哭啼啼，你说上个拜不得，哄得你我皇儿她就不哭了。

代　宗　我说上个拜不得，她就不哭了？噢！就算拜不得，莫要拜，慢慢往下讲来！

公　主　你看，我说拜不得就是拜不得嘛，拜不得，儿我就不哭了，不哭了！

沈　后　孩儿莫要哭，慢慢讲来。

公　主　父王啊！

沈　后　蠢材又要哭将起来了！

代　宗　你莫要叫她哭！

沈　后　谁叫她哭哩？

公　主　国母啊！

　　　（唱）就为儿无有拜寿去，

　　　　　　驸马他进得宫来把儿欺。

　　　　　　他进宫不施君臣礼，也不念平日好夫妻。

　　　　　　一掌打倒尘埃地，

　　　　　　又把儿上用拳打，下用脚踢。

代　宗　啊，怎么说他竟敢打起我儿来了？

沈　后　是啊，驸马竟敢打我皇儿来了，这还了得！

公　主　苦啊！

代　宗　莫要哭啼，梓童你快去看来，打得我儿可是青伤，还是红伤？可是有伤，无伤？若是有伤，寡人上得殿去，定与皇儿消气。

沈　后　是，待我上前验过。

代　宗　快去。

沈　后　你的伤痕在哪里？来，快让国母验过。

公　主　驸马当真打着孩儿，儿我有伤，国母不必验了。

代　宗　嗯，皇儿，让你国母验过！

沈　后　有伤还是验过方好，国母一定要验。

公　主　一定要验？

沈　后　一定要验。

公　主　国母，权当有伤。

沈　后　嗯，万岁，驸马当真了不得了。

代　宗　怎样？

沈　后　打得我家皇儿，浑身上下，上下浑身……

代　宗　青伤？红伤？有伤？无伤？

公　主　（急）有伤！有伤！

沈　后　一点点伤也没有。

代　宗　嗯，皇家女儿，进得宫来，胡言乱语，竟敢撒起谎来了。

沈　后　这还了得！

公　主　驸马他当真打儿我来。

代　宗　该打。

沈　后　实实该打。

代　宗　你我再莫要理她。

沈　后　是，再莫要理她。

代　宗　看你把她惯成什么样子？

沈　后　我惯，你没有惯？

公　主　（唱）父王你一味宠女婿，不管女儿受委屈。

　　　　　　　　他打了孩儿算小事，不该把父王也看不起。

　　　　　　　　进宫门先把红灯打碎，又把父王的江山提。他言说父王的

　　　　　　　　江山从何起？都是他郭家父子南征北战、东挡西杀十大汗

　　　　　　　　马功劳争来的。

代　宗　（白）嗯！你夫妻争吵，为何提起孤王的江山来了？

沈　后　（白）万岁，纵然驸马讲出此话，念他人在年幼，又加一时酒醉

　　　　　　失言，万岁不必在意。

公　主　（白）国母、父王！这是他亲口对着孩儿讲的。

代　宗　（白）嗯。

沈　后　（白）皇儿。

代　宗　（唱）年轻人一时火性起，不懂得轻重惹是非。

　　　　　　　　你夫妻一时吵几句，不该将孤王的江山提。

　　　　　　　　虽然年幼不明理，也不该任性把君欺。

　　　　　　　　按大理本该申法纪，又恐怕得罪了老臣郭子仪。

　　　　　　　　倒不如成全君臣义，儿女闲言不用理。

　　　　　　　　先帝王争江山也非容易，保社稷那郭家功劳第一。

　　　　　　　　皇儿呀！也可算是他家争来的。

公　主　（白）分明是先君爷留下的嘛！

沈　后　（白）你父王说争下的，就是争下的！

公　主　（白）父王！留下的，留下的！

代　宗　（白）好好好，你说留下的就算留下的！

公　主　（唱）既是先君留下的，驸马就不该把君欺。

　　　　　　　似这样大是大非你还不理，你若是饶了他儿还不该。

代　宗　（唱）好一个无知的娇生女，孤王的心意她不懂得。

　　　　　　　王今天顺了她的意，看她蠢材能怎的！

　　　　　　　驸马他犯下欺君罪，咱皇家焉能将头低？

　　　　　　　父定与你消消这口气，上殿去将郭暧立斩首级。

沈　后　（唱）万岁不要动真气，妾妃有本对君提。

　　　　　　　汾阳王今日寿诞期，八子七婿全到齐。

　　　　　　　一个个成双又配对，只有咱驸马独自己。

　　　　　　　哥嫂们一定会闲言碎语，难道说驸马就无有面皮？

　　　　　　　驸马难堪回言去，皇儿她不肯把头低。

　　　　　　　撒娇逞性不讲理，藐视尊亲把人欺。

　　　　　　　招惹得驸马火性起，夫妻们吵几句不为奇。

　　　　　　　你休听皇儿一面理，进宫来谎言谎语搬是非。

　　　　　　　莫说驸马无有罪，纵然有罪也斩不得。

　　　　　　　为君的应有容人义，念只念老亲翁年迈苍苍白了须。

　　　　　　　消消火，压压气。哪有岳丈大人斩女婿？

代　宗　（唱）梓童讲话你无道理，他不该将孤的爱女欺。

公　主　（白）苦呀！

代　宗　（唱）越思越想越生气，上殿去杀郭暧活剥了他的皮。

　　　　　　　内侍臣们与王更衣！

　　　　【公主见王生气，惊慌失措，回顾沈后，沈后故做无可奈何状，

　　　　　　官女们急推公主向王请求，公主走去扯王的袍襟。

公　主　（唱）走上前来扰龙衣，儿对父王有话提。

　　　　　　　你打他骂他全在理，千万不要斩首级。

【公主回头看沈后，意在沈后前来劝代宗。

沈　后　（故做无可奈何状）你看！

　　　　（唱）惹得你父王生了气，谁叫你进宫来搬弄是非？

【公主只好自己上去苦求代宗。

公　主　（唱）儿本是金枝玉叶体，从小不曾受人欺。

　　　　　　　一时孩儿心有气，进宫来对父王诉诉委屈。

　　　　　　　我国母方才相劝你，儿听了后悔也来不及。

　　　　　　　莫说驸马他说儿几句，他纵然打儿几下那该怎的？

　　　　　　　一来是驸马吃酒带醉生了气，二来是少年的夫妻争吵几句

　　　　　　　我们是玩耍哩！

　　　　　　　今日将驸马头斩去，单留下儿我……

沈　后　（白）你怎样？

公　主　（白）儿的终身……

代　宗　（白）有你国母做伴。

公　主　（白）唉！国母、父王！

　　　　（唱）儿我是少年的寡居。

【公主羞愧地，急跑入室内。

沈　后　（唱）皇儿已经消了气，斩首二字休再提。

代　宗　（唱）孤斩郭暧是假意，倒叫咱皇儿着了急。

太监甲　（急上，跪报）启奏万岁！汾阳王绑子请罪。

代　宗　（深为感慰）

　　　　（唱）好一个老臣郭子仪，年迈功高不自居。

　　　　（白）内侍臣！

　　　　（侍臣们应声）

　　　　（唱）内侍臣与王更衣上殿去。

【公主站在内室门边看代宗的神色。

沈　后　（白）（走向代宗似有所嘱）万岁！

代　宗　（白）梓童！

　　　　（唱）这桩事孤心中自有主意，你莫要再提。

第五场

郭子仪　（唱）汾阳王绑郭暧上殿请罪。

　　　　　　　蠢奴才！骂一声小郭暧儿该死的，

　　　　　　　平日里父王怎样教导于你？

　　　　　　　谁想你进宫去搬弄是非！

　　　　　　　为父我封王位人称千岁，虽然是功劳大不敢自居。

　　　　　　　万岁爷才招你东床御婿，功未成恩未报倒把君欺。

　　　　　　　打金枝儿犯了灭门之罪，你连累我年迈人费尽心机。

郭　暧　（唱）父王你且莫生气，难道孩儿无面皮？

　　　　　　　儿宁愿娶个庶民女。

郭子仪　（白）啊，金枝玉叶，你还不称心吗？

郭　暧　（唱）何必叫儿受委屈？宫门上挂红灯才敢进去，

　　　　　　　无红灯不敢进宫闱。

　　　　　　　进宫先施君臣礼，夫妻话儿然后提。

　　　　　　　儿本是将门英雄子，为何处处受人欺。

　　　　　　　父王绑儿上殿去，任他杀，任他剐。

　　　　　　　儿死，我也不把头低。

郭子仪　（白）啊，

　　　　（唱）打金枝你倒有了理，犯了罪还不把头低？

（白）儿啦，难道你不怕死？

郭　暖　　（白）儿我不怕死！

郭子仪　　（白）呸！

　　　　　（唱）小奴才随父上殿去！

　　　　　　　　要儿死，要儿活，随王的旨意。

　　　　　（白）奴才随父来！

　　　　　（进到殿内，子仪示意叫郭暖跪下，郭暖不跪，子仪举笏胁逼他）

　　　　　　小奴才！（跪下）

　　　　　（白）儿啦！

　　　　　（唱）你叩头，父赔罪！

　　　　　　　　还不知万岁依不依！

　　　　　　　　倘若万岁问道你，儿啦，

　　　　　　　　你就说吃酒带醉惹下是非。

郭　暖　　（白）儿我不会吃酒。

郭子仪　　（白）奴才你……

　　　　　（唱）郭暖真来孩子气，为父的心思他不懂的。

　　　　　【内白：万岁驾到。

　　　　　我这里撩衣双膝跪，臣本是戴罪的郭子仪。

代　宗　　（唱）上前来将皇兄急忙搀起。听孤王有话对卿提。

　　　　　　　　从今后上殿来再莫下跪，老皇兄与孤王并肩齐。

郭子仪　　（白）臣不敢。

代　宗　　（唱）论国法皇兄也应该免去大礼，论家规咱本是儿女亲戚。

　　　　　（白）内侍臣！（内侍臣应声）

　　　　　（唱）在殿上安一把金交椅。

　　　　　（白）皇兄请坐！

郭子仪　（白）臣谢恩。

代　宗　（唱）咱君臣对坐把朝事提。为王我打坐龙位里。

郭　暖　（白）冤枉！

代　宗　（唱）是谁在殿下喊冤屈？

郭子仪　（唱）臣绑来不忠不孝小郭暖，打金枝乃是把君欺。

　　　　　　　臣替我主传播旨意：

　　　　　（白）武士们。（武士们应声上）

　　　　　（白）将郭暖推下斩首级。（武士们应声）

代　宗　（白）唉！

　　　　　（唱）相劝皇兄莫生气，为王有话对你提，

　　　　　　　王不传旨谁敢斩，哪一家敢斩王的爱婿。

　　　　　　　下得殿来用目觑，原来跪下王爱婿。

　　　　　　　走上前，忙才起，父王有话对你提。

　　　　　　　打金枝该将儿头斩去，怎舍得斩我御爱婿。

郭　暖　（白）父王啊！

代　宗　（唱）用袍衣擦去了我腮边的泪，王与你加官晋爵升三级，

　　　　　　　皇儿你去更换朝衣。

郭　暖　（白）谢过父王！

代　宗　（唱）老亲翁，莫在意，小夫妻争吵是常有的。

　　　　　　　做公公你一眼睁来一眼闭，年迈人休受他们那少年夫妻。

　　　　　　　莫说你传旨将他斩，你就是动一动他，也不依。

郭子仪　（白）万岁恩宠。

郭　暖　（白）儿臣郭暖见驾，吾皇万岁！

代　宗　（白）驸马平身。

郭　暖　（白）谢过父王。

代　宗　（唱）一面金牌赐予你，文武不敢把你欺，

　　　　　　　三千御林交予你，驸马都尉加官级。

　　　　　　　孤愿你落成了个忠臣孝子。

　　　　（白）啊哈！你来看！

郭　暧　（白）看什么？

代　宗　（白）你要在你父身旁多尽孝意。

郭　暧　（白）谢过父王。

郭子仪　（笑）哈哈哈！

代　宗　（唱）皇兄即请回府。孤命公主回府拜寿与你将礼赔。

郭子仪　（白）臣谢恩。

　　　　（唱）好一位有远见唐天子，不治罪倒把官职提，深施一礼下殿去。

郭　暧　（白）送父王！

郭子仪　（白）儿啊。

　　　　（唱）再莫要任性惹是非。万岁未治我儿罪，

　　　　　　　都只为你父这点老面皮。

郭　暧　（白）送父王！

郭子仪　（白）儿！

代　宗　（白）驸马！

　　　　（唱）驸马你随孤王一同回宫去。

第六场

太　监　（白）万岁回宫！

代　宗　（白）梓童！

沈　后	（白）万岁！
郭　暧	（白）参见母后！
沈　后	（白）平身。
公　主	（白）参见父王！
代　宗	（唱）一个东来一个西，养女不与父争气。
公　主	（白）哎，父王，你说上得殿去杀了郭暧，剐了郭暧，好与孩儿消气，怎么反而加官晋爵，带回宫下气儿来了！
郭　暧	（白）没有杀了，剐了，偏偏气你来了！
公　主	（白）多嘴！
代　宗	（白）蠢材！
	（唱）你蠢材不是让人的！从今后夫妻要和美，再不要倚势把人欺！随驸马回府拜寿去，再与你翁爹婆母将礼赔。你若是违了父王语，从今后再莫要进宫闱！
公　主	（白）这么说，父王不让儿来了，儿我也就不来了。
郭　暧	（白）我就不要你了。
公　主	（白）少说！
沈　后	（白）还不住口！
代　宗	（白）嗯！
	（唱）蠢材莫要孩子气，再与驸马把话提，宫门上红灯齐免去！
郭　暧	（白）谢过父王。
公　主	（白）你倒谢了个快当！父王你将什么免了？
代　宗	（白）将宫门上的红灯免了。
公　主	（白）父王，宫门上的红灯免不得，与儿留着好。
代　宗	（白）怎么说与儿留着好？

郭　暧　（白）父王还是免了好。

代　宗　（白）怎么说，免了好？

公　主　（白）免不得。

郭　暧　（白）免得。

代　宗　（白）免不得？免得？莫要吵！依父王我说……

公　主　（白）免不得！

郭　暧　（白）免得！

代　宗　（白）免了！

　　　　　（唱）随时都能进宫闱，进宫去再免去君臣礼！

郭　暧　（白）谢过父王。

公　主　（白）你住了吧，父王你又将什么免了？

代　宗　（白）将君臣大礼免了。

公　主　（白）父王，宫门上红灯免了，君臣大礼万万免不得。

　　　　　　　与儿留着，儿还要留着虎威虎威哩。

代　宗　（白）怎么说，留着我儿还要虎威虎威？

郭　暧　（白）父王莫要听她的话，宫门红灯免了，君臣大礼越发该免。

代　宗　（白）什么，越发该免？

公　主　（白）免不得！

郭　暧　（白）免得！

代　宗　（白）什么？免不得，免得，莫要吵！依父王我说……

公　主　（白）免不得！

郭　暧　（白）免得！

代　宗　（白）糊里糊涂一齐全都免了。

　　　　　（唱）她与那庶民百姓一样的。

从今后我女得罪你，你将她上用拳打，下用脚踢，拳打脚踢王不怪你。

郭　暧　（白）谢过父王，哒！公主可曾听见？方才父王言道从今以后，如不欺压本宫还则罢了，如要欺压本宫，就是这样……

公　主　（白）哎呀！又打哩……

代　宗　（白）哇！

　　　　（唱）王不过与你随口提，你要是真打王不依。

　　　　　　梓童，还要你劝劝驸马去，孤王我后宫更换朝衣。

沈　后　（唱）在宫院我领了万岁的旨意，上前去劝一劝驸马爱婿。

　　　　　　劝驸马你休发少年脾气，国母我爱女儿更疼女婿。

　　　　　　我的女不拜寿是她无有礼，你不该吃酒带醉怒气冲冲进

　　　　　　得宫去打骂你妻，你的父功高在王位，劳苦功高不自居。

　　　　　　你父皇见你聪明心欢喜，才将我升平公主许你为妻。

　　　　　　公主自幼长宫里，从小与我不分离。

　　　　　　娇惯成性不明理，我与你父皇说重了她还不依。

　　　　　　我养的女儿不成器，驸马你担待这一回。

　　　　　　常言道当面教训子，背地里无人再教妻。

　　　　　　你欺她，她压你，谁也不肯把头低。

　　　　　　你让她，她让你，免了多少闲事非。

　　　　　　国母我讲话全为你，愿你们相亲相爱和和气气到白眉。

　　　　　　劝罢男来再劝女，不肖的蠢材听仔细：

　　　　　　假如你父皇诞寿期，驸马他不来你依不依？

　　　　　　手压胸膛想情理，你何不将人比自己？

　　　　　　你虽是唐家帝王女，嫁到民间是民妻。

从今向后要留意，赔情认错不为低。

国母嘱咐你牢牢谨记，从今后夫妻二人和和美美。

数说闺女劝女婿，尘世上家家户户一样的。

（白）万岁！

（唱）让他们施上个和睦礼。

代　宗　（白）着啊，让他们施一个和睦，此事岂不拉倒了。

沈　后　（白）你我各劝各的。

代　宗　（白）对，你我各劝各的。皇儿，你夫妻施上个和睦礼，此事岂

不就拉倒了？

郭　暧　（白）哪个与她见礼？我不去！

沈　后　（白）皇儿，你夫妻施上个和睦礼，此事岂不就拉倒了？

公　主　（白）哪个与他见礼？我不去！

郭　暧　（白）我不去！

沈　后　（唱）哪一个岳母不爱女婿？

代　宗　（唱）尽是一片糊涂理。

沈　后　（唱）君、妃难受闲是非。

代　宗　（白）梓童！

沈　后　（白）万岁！

代　宗　（白）他们的事情大。

沈　后　（白）你我君、妃受不下。

代　宗　（白）受不下，莫要受，咱走！

沈　后　（白）哪里去？

代　宗　（白）随孤王后宫饮宴。

沈　后　（白）万岁前行！

代　宗　（白）梓童随上！

公　主　（白）国母要到哪里？

沈　后　（白）与你父王后宫饮宴。

公　主　（白）莫要前去！

代　宗　（白）那样的好女儿，还舍她不下？说是你随王走！

沈　后　（白）快撒手，拉拉扯扯什么样子！

代　宗　（白）凭他们去吧。

郭　暧　（白）送父王、国母！

代　宗　（白）免！

郭　暧　（白）千不是，万不是，通是本宫的不是，来来来，本宫与你赔礼，
　　　　　　难道说要本宫与你下跪？

太监甲　（白）垫子！

郭　暧　（白）哪个要用垫子？

太监甲　（白）驸马下跪，焉能不能垫子？

郭　暧　（白）还不与我退下！

太　监　（白）咦！

郭　暧　（白）公主，你看宫人来来往往，本宫脸面处于何地？本宫这厢
　　　　　　有礼！二次有礼，公主你笑了吧！哎！本宫连施二礼，你坐在那
　　　　　　里却仰面不睬，休走，拳头下去了。

公　主　（白）你住了吧！在宫下未曾打够，如今还要打！要打你就与我
　　　　　　打！打！打！

郭　暧　（白）本宫怎舍得打你？

【剧终】

太原戏剧选

尹 灵 芝

编剧：张万一

时间：1977年12月

【剧中人物】

尹灵芝——17岁，妇女主任，民兵。

李澍英——28岁，区干部。

尹尔恭——50岁，农会主任，尹灵芝的父亲。

冯占英——60岁，老贫农。

旺大娘——50岁，才旺母。

尹灵变——13岁，尹灵芝的妹妹。

黄　连——18岁，民兵。

柱　子——24岁，民兵。

改　兰——19岁，民兵。

才　旺——24岁，子弟兵排长。

张秀英——16岁。

米　三——30岁，原伪复仇奋斗队队员。

潘金牛——28岁，原伪复仇奋斗队队员。

解放军战士、区干队队员、民兵、群众。

郜永富——50岁，地主，伪治村村长。

豆士桢——30岁，伪复仇奋斗队特派员。

李奉昌——30岁，阎匪军大队长。

罗善人——60岁，反动道首。

表　姑——40多岁，富农。

阎匪军、伪复仇奋斗队队员。

时间：1946年秋至1947年秋。

地点：山西省寿阳县。

第一场

【秋天。清晨。

【村公所大门前。

【在紧张热烈而欢快的音乐声中幕启。

【土改斗争会在紧张地准备着。场上人来人往，都低声地议论着，

　　鼓动着……

【贫农甲、乙拿着标语，托着糨糊上场，正碰上李同志和农会主

　　任尹尔恭。

贫农甲　李同志！标语写好了，你看看。

　　　　【豆士桢暗上。

李澍英　行啊。

尹尔恭　那就贴上吧。

李澍英　好！

豆士桢　（趋上）我帮你们贴……

贫农乙　不用！

尹尔恭　豆士桢！

豆士桢　农会主任，有什么吩咐？

尹尔恭　回屋里待着，不要乱跑！

豆士桢　是，是！（唯唯而退）

尹尔恭　李同志，我去检查一下斗争会的准备工作。

李澍英　好。

　　　　【尹尔恭下。

李澍英　（兴奋地，唱）

　　　　太阳一出满天霞，

　　　　千年铁树要开花。

　　　　"五四指示"威力大，

　　　　唤醒了贫苦农民千万家。

　　　　控诉地主反奸霸，

　　　　要把那封建制度连根拔！

　　　　【柱子、改兰上。

柱　子
改　兰　（高兴起）李同志！

李澍英　改兰，柱子！

改　兰　李同志！冯大爷想通啦！

　　　　【尹尔恭、冯占英上场。

李澍英　冯大爷，你思想通啦？

冯占英　李同志，尹尔恭帮助了我好几天啦！我以前总是怨自己命苦，今天我明白了，是地主郜永富剥削的，我要跟他算这笔账！

李澍英　（高兴地）冯大爷，这就对啦！（转对尹尔恭）怎么不见灵芝呢？

柱　子
改　兰　昨天晚上她放流动哨去了。

冯占英　灵芝这闺女每天晚上放哨！

尹尔恭　年轻人，腿勤点儿好。

李澍英　到现在还没回来，不会出什么事吧？

冯占英　不会。灵芝这闺女很机灵，胆大心细。她在财主门前打恶狗，荒郊旷野斗豺狼，拿手的一枝红缨枪，捉过汉奸站过岗。是好样儿的！

尹尔恭　不要夸她了，她还小呢！李同志，我把斗争会的准备情况给你谈谈吧？

李澍英　好。来！（同进村公所）

尹灵芝　（内唱）

　　　　九月秋风遍天涯！

　　　　（背着一个盒子，持长矛上场，接唱）

　　　　吹开崖畔山菊花。

　　　　一片金黄迎霜笑，

　　　　怎比得穷人心里的花！

李澍英　（上）灵芝！

尹灵芝　（兴奋地）李同志！

李澍英　灵芝，一夜不休息，你到哪里去来？

尹灵芝　我，捉鬼去来！

李澍英　捉鬼？

尹灵芝　对！（韵白）更深夜静星星稠，一个黑影到村头，人不像人，狗不像狗，他不走正路钻山沟。我轻轻跟在影子后，那黑影一忽闪，绕过郜家祖坟大碑楼。只听得叮当当，扑嗖嗖，好半晌，那黑影溜进西小沟。碑楼后我刨开看，挖出来一个金漆盒子，不知啥东西藏里头！

李澍英　（接过，审视，打开，翻看，大喜）灵芝！这个鬼捉得好！你可真给咱贫雇农挖回来一件宝贝，这是地主郜永富藏地契的金漆盒子！

尹灵芝 郜永富藏地契的盒子？

李澍英 （拣出一张地契）灵芝你看，这是你爹给地主写的地契！

尹灵芝 地契？（接过地契）郜永富硬逼着我爹把仅有的三亩地抵了租，抵了债！我娘和我五岁的弟弟，就是活活饿死的！

李澍英 这些血泪债尚未清算，狗地主就埋藏地契，打算今日狡猾抵赖，负隅顽抗，他日反攻倒算，复辟变天！

尹灵芝 郜永富！

（唱）红眼狼，贼心肝，

欺压穷人多少年！

这笔血债要清算，

我们有毛主席领导，穷人要翻天！

十多年来的苦日子，

一提往事便心酸。

爹扛长工交租课，

娘当奶母抵利钱。

通年劳累长挨饿，

天寒地冻无衣穿。

地主登门逼租债，

过日月如同过刀山！

石板下小草都想拼命长，

穷苦人今天可该把身翻！

李澍英 （唱）千年封建根非浅，

它有兵有枪有政权。

南京有个蒋介石，

太原有个阎锡山。

他们有军队几百万，

美国人在后台出枪出钱。

我们要推翻老封建，

得把它老根彻底剜。

尹灵芝　（唱）如今若有枪在手，

立志为穷人打江山。

李澍英　（唱）打江山就得流血汗，

要看到顺利更要看到难。

尹灵芝　（严肃地）李同志！

（唱）我要听你话跟你走，

我也要当一个共产党员！

李澍英　（激动地）灵芝同志！

（唱）咱都要听党话跟党走，

毛主席教导牢牢记心头。

横下一条心干革命，

不怕牺牲把血流！

【尹尔恭、冯占英出现在村公所门口。

尹灵芝　嗯！我一定听党的话，听毛主席的话。

（唱）老财欺人就和他斗，

不斗到胜利不罢休。

为咱穷人去战斗，

我要一辈子干到头。

李澍英　好！

尹尔恭　孩子，要说到做到。

尹灵芝　爹，我记住了。

尹灵变　（跑上）姐姐！黄连姐找你来了。

黄　连　（随上。向尹灵芝招手）灵芝你来！

　　　　【黄连对尹灵芝耳语。

尹灵变　爹！昨天太平村我表姑来咱家，说是要在咱家寄放一个大包袱。我姐姐说她是转移财产，逃避斗争，把她给撵走啦！

尹尔恭　你姐姐做得对。

冯占英　（对李澍英）区政委早就说过，灵芝这闺女是个革命的好苗苗。

李澍英　昨天晚上，她在郜家祖坟里挖出来地主的命根子。

改　兰　这是地主藏地契的金漆盒子！

冯占英　郜永富埋藏地契？

李澍英　他要跟咱贫雇农顽抗到底！

尹尔恭　那咱就一层一层剥掉他的画皮！

尹灵芝　爹！李同志，刚才黄连说，昨天晚上，郜永富打发他女婿豆士桢，给她奶奶送去一斗米、六尺布，还说什么二战区的四十九师已经开来寿阳城，不要叫黄连出头露面，防备二战区来了吃亏。

冯占英　傻闺女倒有个心眼儿。

尹尔恭　狗地主处处捣鬼！（对改兰）改兰！监视豆士桢的活动。

改　兰　是。（下）

尹灵变　（惊叫）哎呀！有人！

柱　子　谁？出来！

郜永富　是我，是我。

尹灵芝　噢，郜财主你来干什么？

郜永富　你们还没有休息？干部们可真辛苦，你们白天黑夜忙着开什么会呀？

尹灵芝　噢，你是来听听开什么会？爹，李同志，郜财主是来打听咱们开什么会的！

郜永富 不不不，我是来闲串。（想走）

尹尔恭 回来！你想打听开什么会？好！我告诉你！（唱）

贫雇农被石板压得难忍受。

开个会找找穷根由。

一辈子死熬活受为谁受，

红汗白汗为谁流。

打太阳从东山背到西山后，

到晚来啃一个糠菜窝窝头。

身上衣衫褴褴褛。

挡不住风寒遮不住羞！

你们这些人，

夏天摇着扇，

冬天甬着手，

肚里装酒肉，

身上穿丝绸。

同样是人两种命运，

你说说这是啥理由！

众　人 你说！

郜永富 （支支吾吾，咬文嚼字）穷通由命，富贵在天，这……

冯占英 （不屑地）呸！

（唱）狗地主鬼话说出口，

你厚颜无耻不识羞！

我爬在山坡抢镢头，

你坐在庭房动指头，

我的镢头山坡上响，

你的指头算盘上抠。

我在那荒山坡刨出粮几斗，

你在我骨头里再榨几两油！

你利用土地捆住我的手，

祖祖辈辈给你当马牛。

共产党才把这道理讲透。

尹灵芝 （唱。群众同唱）

这就是我们的穷根由！

李澍英 （鼓动地，唱）

不砸碎封建铁锁链，

穷人的苦难无尽头！

尹灵芝 （唱。群众同唱）

不砸碎封建铁锁链，

穷人的苦难无尽头！

郜永富 （诡诈地）乡亲们！我献地！把我的土地全部献出来！

尹尔恭 以什么为凭？

郜永富 说话算话。

尹尔恭 你逼我们卖地写文书时，那最后的两句是什么？

郜永富 （脱口而出）空口无凭，立约为证。

尹尔恭 那就把你的文书契约交出来吧！

郜永富 哎呀！这年头兵荒马乱的，文书契约全都失散了，我拿什么交哇？

尹尔恭 你讲此话是实？

郜永富 上有皇天，下有后土。

尹尔恭 倘有虚假？

郜永富 严罚不贷。

尹尔恭　拿出来！

尹灵芝　你看！这就是你负隅顽抗，准备复辟变天的罪证！

　　　　【尹灵芝揭开盒子，往郜永富面前一摆。郜永富瘫跪在地。群众
　　　　　怒吼起来。

李澍英　把郜永富带到会场，马上开清算斗争大会！

众　人　打倒地主郜永富！血债要用血来还！……

　　　　【群众推拥着郜永富下。

　　　　【在一阵急促的音乐声中，子弟兵排长才旺急上。

才　旺　李同志！

　　　　【李澍英、尹尔恭返回。

李澍英　才旺同志！

才　旺　李同志，分区通知，咱们的野战部队转移外线作战，敌人定会趁
　　　　虚而入，叫我们火速回县委去，协同检查前沿战备。

李澍英　好！老尹，斗争会一定要开好。

　　　　【李澍英、才旺带战士下。

改　兰　（跑上）大叔！豆士桢找不到啦！

尹尔恭　柱子！仔细搜查！

柱　子　是！（分头下）

　　　　　　　　　　　　　　　　　　　　　　　——二道幕闭——

第二场

　　　　【冬天。傍晚—深夜。

　　　　【二道幕前。

　　　　【尹灵芝、黄连在放哨。朔风怒吼。

尹灵芝　（唱）沉沉乌云压头上，

　　　　　　凛凛北风逞凶狂！

　　　　（远处传来枪声）

　　　　　　前方传来枪声响，

　　　　　　敌人又在抢掠村庄！

　　　　　　抗战时它是躲死狗，

　　　　　　到如今成了吃人狼！

黄　连　（唱）装狗变狼都一样，

　　　　　　咱们打狗又打狼。

　　　　　　它胆敢来把果实抢，

　　　　　　就跟它刀对刀来，枪对枪！

　　　　【她们注视着前方。

尹灵芝　黄连姐，咱们要有两支钢枪就好啦。

黄　连　是呀。

　　　　【张秀英急上。

尹灵芝　谁？

张秀英　我！灵芝，有情况！

尹灵芝　什么情况？

张秀英　刚才我在前村听说，豆士桢勾引着两营敌人向这边开来了。

尹灵芝　什么？

张秀英　豆士桢勾引着两营敌人向这边开来了。

尹灵芝　全小区干部都在野雀坡开会，倘被敌人包围，这……秀英，我去

　　　　给他们送信，你们赶快回村通知！

　　　　【三人分头下场。

　　　　【二道幕开。在通往野雀坡的岔道上。

【狂风暴雪。尹灵芝飞步上场。

尹灵芝　（唱）雪狂舞，风咆哮，

　　　　　　　尹灵芝心头似火烧！

　　　　　　　冒风踏雪把信报，

　　　　　　　敌人已卡住小土桥！

　　　　（绕场前进，向前望去，一惊）啊？那边有敌人，怎么办？

　　　　【见敌人迎头赶来，急转身，忽然发现后边有敌人走来，急闪身

　　　　　隐藏在道旁土坡后面。

　　　　【李奉昌带传令兵上。豆士桢、郜永富迎了上去。

豆士桢　（介绍）大队长，这是我岳父郜永富。

郜永富　大队长，我早烧香、晚祷告，总算把你们盼来了！

李奉昌　自从蒋委员长下令全面进攻解放区以来，阎长官也做了严密布置。
　　　　我军所采取的战略是，水漫式的攻击，河塌式的前进。所到之处，
　　　　一律实行"三自传训"。军事政治，双管齐下，一打一拉，软硬
　　　　兼施，要把共产党彻底肃清。寿阳，是阎长官指示的重点县，赵
　　　　师长已率四十九师开来寿阳，这一下共产党就算彻底垮台了！

　　　　（唱）沉沉泰山压鸡蛋，

　　　　　　　天河决口无阻拦。

　　　　　　　国军人多武器好，

　　　　　　　又有美国来支援。

　　　　　　　陆军空军齐出动，

　　　　　　　三十万大军攻延安。

　　　　　　　单等的西北传捷报，

　　　　　　　共产党就算彻底完。（大笑）

郜永富　大队长！我打听得确实，这个小区的干部，全部集中在野雀坡开会，

大队长要设法一网打尽！

李奉昌 在什么地方？

郜永富 在野雀坡！

李奉昌 好哇！真是天助我成功，传令兵！

传令兵 有！

李奉昌 命令一中队沿山沟从左翼迂回，命令三中队沿山梁从右翼迂回，

包围野雀坡。拂晓前形成包围圈，天明待命搜捕，不准打草惊蛇！

快去！

传令兵 是！（下）

郜永富 （恭维地）大队长！

（唱）你调兵遣将真神妙，

到天明我与你庆功劳。

想当年咱郜李两家多荣耀，

谁敢动咱一根毛。

到如今穷鬼造了反，

共产党枪杆撑着腰。

房归他人住，地归他人刨，

粮食倒了囤，牲口换了槽，

今天盼得大兵到，

此仇不报我恨难消！

【一个用围巾蒙着半张脸的老头儿上。他是罗善人。

罗善人 大队长。（招手）

李奉昌 有什么情报？

罗善人 尹尔恭晚饭后才回来，他没有去野雀坡开会。要把他抓住，千万

不能让他跑掉！他可是咱们的冤家对头哇！告退！（下）

郜永富　大队长，他是什么人？

李奉昌　自己人，送来个重要情报，尹尔恭没有去小区开会。

郜永富　尹尔恭没有去小区开会？大队长，他是农会主任，是咱们的冤家对头，可不能让他跑掉！

李奉昌　好！你我分头准备，你们俩去布置包围赵家垴，我率部包围野雀坡。

　　　　【三人同下。

尹灵芝　（从土坡后出来）

　　　　（唱）敌人要包围赵家垴，

　　　　　　　爹和妹妹还不知晓！

　　　　　　　我先去给爹爹把信报——

　　　　（白）不行！全小区干部都在野雀坡开会，倘被敌人包围，要给党、给人民造成多么惨重的损失啊！我不能呀！（恋恋地望着赵家垴）爹！妹妹！我来不及告诉你们啦！

　　　　（接唱）盼你们闻风快快逃！

　　　　【尹灵芝正要走，见敌人又来了。急到土坡后面，李奉昌率匪兵上。

李奉昌　（命令）你在这岔道口放哨！

　　　　【一匪兵应声留下。李奉昌率匪兵们下。一匪兵向侧首溜达着走去。

尹灵芝　（从土坡后出来）

　　　　（唱）岔道口敌人放下哨，

　　　　　　　我身在重围怎脱逃！

　　　　（急得搜肠刮肚想办法，猛想起来）

　　　　　　　西崖下有条羊肠道，

　　　　　　　那崖头不过三丈高；

　　　　　　　我不免扑向悬崖纵身逃——

　　　　（插白）敌人若是开枪，正好给乡亲们打个警报；若是不开枪，

我就顺着小道去报信！

（接唱）情况紧急，主意要拿牢！

【向另一面投了块石头，趁敌人侦察，打向崖头，跳了下去。

匪军甲　（大喝）站住！（拉枪要射击）

李奉昌　（跑上喝住）不准开枪！（上去揍匪军两耳光）他妈的！给我跳

　　　　下去追！

匪军甲　（看看崖头，恐惧地）大队长，这……

李奉昌　他妈的！（将匪军推下去）……

第三场

【天已拂晓。

【在尹灵芝家院子外。

【一阵枪声，鸡飞狗叫。人们静静地奔跑着。

张秀英　（急上）大叔！敌人包围了！

尹尔恭　快帮助群众转移！

张秀英　好！（下）

尹尔恭　（对奔跑的群众）散开走！顺沟往大梁山那边跑！

尹灵变　（跑出来）爹！

尹尔恭　往这边走！

　　　　【尹尔恭拉着尹灵变走，豆士桢已带人堵在前面，一回头，郜永
　　　　富领着匪兵站在面前，已知逃不脱，反而镇静下来。

郜永富　（大模大样地）农会主任！不领导穷鬼揭石板、挖穷根、闹翻身，
　　　　你要往哪里跑哇？

尹尔恭　已经揭掉的石板！你再压不上，已经挖掉的穷根，你再安不上；

翻了身的贫雇农，知道跟你们怎样斗争！

邰永富　　哼哼！你还要斗争？

尹尔恭　　不到最后胜利，决不罢休！

邰永富　　倒要看看！

尹尔恭　　你就看看吧！

邰永富　　（冷笑）哼……

　　　　　（唱）找穷根找到我头上，

　　　　　　　　分我的土地分我的粮；

　　　　　　　　青天白日造了反，

　　　　　　　　撕碎千年国法王章！

尹尔恭　　邰永富！

　　　　　（唱）这不是最后算总账，

　　　　　　　　休要得意得发了狂！

　　　　　　　　共产党照得穷人心里亮，

　　　　　　　　浑身是劲有主张。

　　　　　　　　把封建势力铲除掉，

　　　　　　　　撕碎你那国法王章！

豆士桢　　哼，死到临头，还要犟嘴，米三、金牛，把他给我捆起来！

　　　　　【米三、潘金牛正在犹豫，被豆士桢推开。

尹灵变　　（紧张地）爹！……

豆士桢　　（抓住尹灵变，往旁边一摔）滚他妈的，捆起来！

尹尔恭　　（怒不可遏，大喝一声）住手！（抢上一步，飞起一脚，将豆士

　　　　　桢踢翻在地，把尹灵变抱在胸前）……

　　　　　【几把刺刀把父女围在核心。

尹尔恭　　（唱）是冤是债记上我的账，

在孩子头上发什么狂!

尹灵变　（哭）爹……

尹尔恭　（拂去尹灵变身上的土，给她把扣子扣好）

（唱）爹去后千万莫乱闯，

如今遍地是野狼。

好好听你姐姐的话，

别哭别闹别逞强。

要记住，你是贫农的亲骨肉，

共产党是你亲爹娘!

盼我儿见雨活，随风长，

枝壮花红果子香。

等把那豺狼消灭净，

你们好在地上建天堂!

（轻轻地将尹灵芝放开，对郜永富等）你们想怎么样?

豆士桢　怎么样? 我要你的命，消我的恨!

郜永富　我要你的家产，还我的债!

尹尔恭　你欠的债终究要算清，钱债钱还，血债血还，你们逃不脱人民的惩罚!

传令兵　（内喊）大队长到!

　　　【李奉昌匆匆上。

豆士桢　大队长! 我们抓住了尹尔恭。

李奉昌　你就是农会主任?

　　　【尹尔恭不理。

押下去!

尹灵变　爹! ……

【匪军们把尹灵变拖下。

【尹尔恭大义凛然，大踏步走去。匪军们受到震慑，目瞪口呆。

郜永富　大队长，在野雀坡开会的区干部都抓到了吧?

李奉昌　扑空了! 不知怎么走漏了风声，全跑光了! 咳! 给我把老百姓赶上来!

【匪军们从四面八方赶来一些群众。

李奉昌　（登上土台对群众）你们听着! 兹委派豆士桢为本地区特派员，委任郜永富为本治村村长。

豆士桢　（对群众）本地区将要开始"三自传训"，凡跟共产党有关系的都要"自白转生"。有关系的交关系，没有关系的找关系，找到关系交关系，交了关系没关系，不交关系有关系。谁敢违抗，乱棍处死!

郜永富　（走上台）你们听着! 凡分了各财主的财物，一律限三天交出，谁敢不交，乱棍处死!

李奉昌　从明天起，不分年龄、性别，一律到太平给国军背石头修碉堡，谁敢违抗，乱棍处死! 你们听见了没有?

郜永富
豆士桢　听见了没有?

【死一般的沉寂。

李奉昌　他妈的，都给我带到太平背石头去! 特派员，把尹尔恭带到太平! 传令兵! 命令部队撤回太平!

第四场

【次日。一个硝烟雾气笼罩得不见天日的日子，狂风怒吼。

【在尹灵芝家院子内外。被烧毁了的屋子烟火未熄，被抄砸过的

　家一片零乱，村庄死一般的沉寂。

【尹灵芝缓步上。在院子内外察看。改兰领尹灵变缓步上。

改　兰　灵芝！

尹灵变　姐姐！……（哭）

尹灵芝　改兰！灵变！……（抢上几步）

　　　（唱）转眼间世道变了样，

　　　　　　转眼间乌云遮太阳！

　　　　　　人被抓去财产遭了抢，

　　　　　　多少人家又遭了殃！

柱　子　（跑了回来）灵芝！

　　　（唱）狗地主发了疯，

　　　　　　太平村头血染红！

　　　　　　多少同志遭不幸，

　　　　　　大叔他……

三　人　怎么样？怎么样？他怎么样？

柱　子　（接唱）他，他，他英勇牺牲！

尹灵变　爹！（哭泣）

改　兰　大叔！

尹灵芝　（含着愤怒的眼泪）

　　　（唱）一滴鲜血一笔仇恨，

　　　　　　仇恨的烈火烧在心！

　　　　　　血债要用血来还，

　　　　　　女儿是爹的报仇人！

　　　　　　半年来你把心操尽，

为了穷人闹翻身。

你说得穷人心里亮，

在地主头上找到穷根。

清算了地主剥削账，

贫雇农当家做主人。

今天你死在敌人手，

留下的冤仇海样深。

郜永富、豆士桢欠下血债，

尹灵芝不讨还誓不为人！

（回屋里，拿出两颗手榴弹，欲走……）

柱　子　灵芝！你拿手榴弹干什么去呀？

尹灵芝　趁着天色昏暗，摸进太平，炸死郜永富，炸死豆士桢，与我爹
　　　　报仇！

柱　子　好！我陪你去！

改　兰　灵芝！柱子哥！这可危险啊！

柱　子　改兰！

　　　　（唱）要报仇，要血恨，何惧危险！

尹灵芝　（唱）拼命也得把血债讨还！

　　　　（对柱子）走！

【二人正要走，李澍英和区干队员甲、乙上。

李澍英　灵芝！你们要干什么去？

尹灵芝　我爹被害，我要向敌人讨还血债！

李澍英　（将尹灵芝拉在自己身边）灵芝！

　　　　（唱）我知你这口气难以忍咽，

　　　　　　　杀父仇与敌人不共戴天！

　　　　　纵然把郜永富碎尸万段，

　　　　　我们的血泪债也讨不完。

　　　　　你的仇是咱阶级仇，

　　　　　你的冤是咱穷人冤。

　　　　　靠单人独马讨血债！

　　　　　白去牺牲难讨还！

尹灵芝　爹！……（哭）

李澍英　灵芝！你爹牺牲啦，可他是为革命、为党、为人民而牺牲的，他死得英勇，死得光荣。人虽然死去啦，他的名字却刻在咱穷人心上，传到千秋万代！仇，一定要报！可是你纵然杀死一个郜永富，一个豆士桢，还有李奉昌、赵俊义、阎锡山、蒋介石，后台还有美帝国主义出枪出钱，支持他们屠杀人民！要想彻底得到解放，得依靠党的领导，依靠人民大众，组织起来，拿起枪杆和敌人战斗，要尽我们的一切力量，争取解放战争的最后胜利！

　　　　（唱）这回是两个阶级来决战。

　　　　　彻底把封建势力老根剜。

　　　　　不把枪杆握在手，

　　　　　怎能给穷人打江山！

尹灵芝　李同志，我明白啦。敌人拿枪打我们，我们就得拿起枪来和他进行战斗！

李澍英　这就叫针锋相对。我提议，你们三个民兵，组成一个游击小组，由灵芝当组长。

柱　子
改　兰　我赞成。

尹灵芝　我？……好！李同志，我提议游击小组应该吸收黄连参加。

柱　子　吸收黄连？她行吗？

尹灵芝　柱子哥！你对她还不了解啊！

　　　　（唱）人都说黄连苦难咽，

　　　　　　　奶奶给她起名叫黄连！

　　　　　　　地主逼死父和母，

　　　　　　　奶奶一气瞎了眼！

　　　　　　　七岁的女子扛家务，

　　　　　　　自爬自挣十多年。

　　　　　　　她是崖边的酸枣树，

　　　　　　　经得起火烧天旱北风寒。

　　　　【短墙后面，有哭泣声。

队员甲　（转身问）谁？

　　　　【黄连走了出来。

李澍英　黄连！

黄　连　李同志！

尹灵芝　黄连姐！

黄　连　灵芝！（抱住尹灵芝泣不成声）

　　　　（唱）小苗出土便受伤，

　　　　　　　未曾开花叶先黄！

　　　　　　　研碎黄连拌苦胆，

　　　　　　　捏成咱苦命人一双！

柱　子　（赔不是）黄连！我……

黄　连　柱子哥！李同志！

　　　　（唱）压出来扁担担斤两，

　　　　　　　冻出来花草耐风霜。

把担子放在我肩上，

我不怕苦重道路长！

李澍英　好！黄连，我们吸收你参加游击小组。

【黄连感激地站在队伍里。

尹灵芝　李同志！

（唱）灵芝我要求参加党！

李澍英　（兴奋地唱）党需要你这样的好姑娘！

尹灵芝　（唱。黄连、柱子、改兰伴唱）

给我一支枪，我要上战场，

消灭郜永富，消灭李奉昌，

要彻底消灭反动派，

就必须武装对武装！

李澍英　（向队员甲）小张！枪！手榴弹！

【队员甲递过枪。

李澍英　（接过枪，庄严地）同志们！我们正在困难时期，今天只能发给

你们小组一支枪，每人发给一颗手榴弹。（郑重地把枪交给尹灵芝，

发给每人一颗手榴弹）……

尹灵芝　（接过枪）枪！

柱　子　灵芝！就一支枪？……

尹灵芝　柱子哥！贺司令员不是靠一把菜刀闹革命吗？我们要用它去夺敌

人的枪，武装我们自己。

李澍英　说的对！

尹灵芝　李同志！给我们安排任务吧！

李澍英　同志们！敌人把这样大的兵力压在我们头上，我们决不能让他们

安安生生住下去，要袭击他们、破坏他们、扰乱他们，消耗敌人

的兵力，打击他们的气焰，直到最后消灭敌人！

众　人　对！

李澍英　同志们！现在有个重要任务，需要到太平一带把敌情侦察清楚。

【黄连、柱子、改兰抢着说："我去！我去！我去！"

尹灵芝　李同志！太平、枣林一带，我是人熟地熟，到太平侦察，我去！

李澍英　你打算怎样个去法？

尹灵芝　（看看尹灵变）我带着妹妹，背上口袋，假意到表姑家去投亲借粮。

李澍英　投亲借粮？灵芝，你去太平侦察是有一定的危险的！

尹灵芝　为了革命，灵芝不怕危险！

李澍英　好！灵芝！遇事要勇敢，但要沉着；要机智，还要忍耐。盼你胜利完成任务，早些回来！

尹灵芝　我记住了。同志们，这是咱们小组的第一支枪，我们可要好好保护啊！

三　人　人在，枪就在！

尹灵芝　好！给！（把枪交给改兰，把手榴弹交给黄连）……

李澍英　灵芝，若有紧急情况……

尹灵芝　怎样联络？

李澍英　把情报送到松树坟望柱根的瓦片下面。

尹灵芝　送到松树坟望柱根的瓦片下面。我记住了！

黄　连　灵芝，去了那里，可要小心，身边尽是敌人！

尹灵芝　千万要小心！

尹灵芝　你们就放心吧！

（唱）在太平生长十余载，

　　　人情地势熟记心怀。

　　　纵然是狼窝是虎穴，

也要把虎牙搬回来。

尹灵芝 我走了！（拉妹妹下）

李澍英 去吧。同志们！随时准备接应！

三　人 是！

第五场

【二道幕前。

【阎匪军逼着群众往枣林山头上背石头修碉堡。群众背石头过场。

　　匪军在弹压。

【旺大娘背着沉重的石块上。豆士桢随后跟上。

旺大娘 （愤恨地旁唱）

　　　　有本事你就不用躲，

　　　　修什么乌龟王八窝！

　　　　你们把男人都抓尽，

　　　　还要折磨我老太婆！

　　　　等我儿才旺打回来，

　　　　你钻进坟墓也逃不脱！

豆士桢 不赶快走，磨蹭什么！

旺大娘 这就够快啦！

豆士桢 哼！不赶快把你那个八路儿子叫回来，你受苦受罪的日子还在后头呢！

旺大娘 那我就一步一步地走完它！（走去）

罗善人 （上）特派员！我看见尹尔恭那两个丫头来太平啦！

豆士桢 他们来干什么？

罗善人　听说是去她表姑家借粮。（退下）

豆士桢　借粮?

　　　　（唱）他两家早已不来往，

　　　　　　　　为什么忽然来借粮?

　　　　　　　　莫非给那边探情况?

　　　　　　　　我可得加倍来提防!

　　　　【豆士桢向村里走去。

　　　　【二道幕开。

　　　　【时近傍晚。太平村里。一边是旺大娘家的破茅屋，一边是表姑

　　　　　家的黑大门，中间隔条小街。

　　　　【尹灵芝领着妹妹上。

尹灵芝　（唱）我闯过村边封锁线，

　　　　　　　　敌人的警戒好森严。

　　　　　　　　先找好立足点再打探——

　　　　（向旺大娘家看了一眼，见门锁着。到表姑门上，见大门闩着，

　　　　　接唱）

　　　　　　　　大白天为何门紧闩?

　　　　（叩门环）……

表　姑　谁呀?

尹灵芝　表姑是我。

表　姑　（开门出来，沉着脸）你来干什么?

尹灵芝　求表姑借给点儿粮食。

表　姑　借粮? 我该你的啦? 我欠你的啦? 哼!

　　　　（唱）你家死光还不够，

　　　　　　　　还要把我家牵里头，

咱两家走的不一路，

这门亲戚从此一笔勾！

尹灵芝　（尽量克制着）表姑，总该让我们进去歇一歇吧。

表　姑　我不认你这门亲戚！

尹灵芝　我爹死了，你连亲戚都不认了？

表　姑　他斗争人家，人家能不杀他？

尹灵芝　你就这样绝情绝义！

表　姑　一言不准，千言无用！

　　　　（唱）见过多少脸皮厚，

　　　　　　　没见过这样不知羞。

　　　　　　　那回我到你家门口，

　　　　　　　寄点东西你不收留。

　　　　　　　我家的米面有是有，

　　　　　　　不是养活你穷骨头。

　　　　　　　你若不敢快滚上走，

　　　　　　　我叫来复仇队把你们扣留！

　　　　（回身进门，把门闩上）……

尹灵变　姐姐！咱们走吧！

尹灵芝　灵变！灵变！

　　　　（唱）姐姐怎样对你讲，

　　　　　　　咱们是投亲来借粮。

　　　　（心里想着肩负的任务）

　　　　　　　若不把粮食借到手，

　　　　　　　难道就白白跑一场？

尹灵变　姐姐，我，我害怕！

尹灵芝　不怕。

尹灵变　姐姐，我害怕！姐姐我害怕呢！

尹灵芝　哎呀！不怕，不怕！

尹灵变　（哭）……

尹灵芝　灵变，不怕，啊！

　　　　（唱）小妹妹莫哭胆要壮，

　　　　　　　遇见敌人莫心慌。

　　　　　　　想想爹爹那英雄样，

　　　　　　　咱姐妹也要逞刚强！

　　　【一阵锣声传来。打锣人喊："清查户口哩！谁家留有客人，到

　　　　　村公所报告，留客不报，以通匪论处！"……

尹灵变　（看去）姐姐！郜永富带兵来啦！

尹灵芝　郜永富？（急藏身在旺大娘家短墙根）

　　　　（唱）仇人狭路又相逢，

　　　　　　　郜永富他也来太平！

　　　　　　　我设法躲开富眼睛，

　　　　　　　侦察任务好完成！

　　　【锣声愈来愈急，尹灵芝更加着急。正在危急，旺大娘走来。

尹灵芝　大娘！

旺大娘　灵芝！（见郜永富已过来，急中生智，开了门上锁，将姐妹二人

　　　　推入屋里，急将门锁上。从容地到墙下拍打身上土，扎捆腿

　　　　带……）

郜永富　（上。对旺大娘）家里留有客人没有？

旺大娘　我刚刚背石头回来。

郜永富　（见门锁未开，对复仇队）挨门挨户，仔细清查。

【一阵捣门声、吆喝声、锣声……

旺大娘　（开门进来，将门闩上）孩子！你来这里干什么？

尹灵芝　我来投亲借粮。

旺大娘　投亲借粮？给大娘说实话，你到底来干什么？

尹灵芝　大娘，太平到底住着多少敌人？

旺大娘　村里都住满了，老营安在泰山庙，枣林炮台上挤得满满的；四十九师有机关枪、大炮，复仇队光有枪。

尹灵芝　太平大小路口都布满了岗哨，村里村外，警戒森严，敌人天天是这样？

旺大娘　不！听说今天有四十九师的一个什么姓罗的主任要来。

尹灵芝　他来干什么？

旺大娘　说今晚上要开庆功大会。

尹灵芝　今晚上？

旺大娘　他们说，八路军被打散啦，共产党也完了！

尹灵芝　群众相信吗？

旺大娘　老听不到咱军队的枪炮声，有些群众……

尹灵芝　大娘，我写个纸条，你能不能想办法送出去？

旺大娘　我想办法，你快写。

【尹灵芝写情报，旺大娘出门，将门扣上。向河渠瞭望了一阵，高兴地返回屋里。

尹灵芝　（写完交给旺大娘）大娘，需要马上通知咱们的人做个准备，等他们晚上开庆功会的时候，给他来个突然袭击！

旺大娘　好！送到哪里？

尹灵芝　送到松树坟望柱根的瓦片下面。大娘，你怎么去送啊？

旺大娘　赵老三正在渠边放羊，只有他出村方便。

尹灵芝　赵大爷？好！（递给情报）

旺大娘　（藏好情报）我走啦！（将门锁上，提水罐子下）

尹灵芝　（激动地）

　　　　（唱）大娘她接受任务走出门，

　　　　　　　　到村外联系老羊工。

　　　　　　　　赵大爷他有阶级恨，

　　　　　　　　这任务一定能完成。

　　　　【郜永富、豆士桢走来。尹灵芝在屋里静听。

豆士桢　罗善人亲眼见尹灵芝来太平啦！

郜永富　我看一定在她亲戚家。

豆士桢　（过去叩门）开门！开门！

表　姑　（开门上）哟！是特派员，特派员，有什么事呀？

豆士桢　尹灵芝在你家吗？

表　姑　刚才来过，我把她赶走啦！

豆士桢　赶走啦？她能走到哪儿去呢？

　　　　【旺大娘提着水罐回来。

郜永富　（迎着便问）你看见尹灵芝没有？

旺大娘　她不是在赵家垴吗？

郜永富　胡说！在赵家垴还用问你！

　　　　【李奉昌匆匆上。

李奉昌　（打着官腔）郜村长，特派员，罗主任就快来啦，庆功会准备
　　　　得怎么样？

豆士桢　都准备好啦。

郜永富　大队长，尹灵芝今天来太平啦。

李奉昌　尹灵芝？（对豆士桢）可不能让她跑掉，赶快给我搜！

豆士桢　她跑不了!

传令兵　报告! 罗主任已到村口!

李奉昌　(整理衣帽)快去迎接!

　　　　【四人同下。

旺大娘　(开门进屋,将门闩上)孩子,他们……

尹灵芝　(镇静地)我全都听见啦,大娘,情报送出去了吗?

旺大娘　送出去了。

尹灵芝　好!

旺大娘　可是,你……

尹灵芝　大娘,我走了!

旺大娘　孩子,他们到处搜查,你怎么能出去呀?

尹灵芝　大娘,我不能连累你!

旺大娘　(拉住她)大娘,我不怕!

尹灵芝　(扑向她怀里,激动地)大娘!
尹灵变

旺大娘　(抚摸着他们)我儿子才旺参加解放军,为咱穷人打天下;我能
　　　　给咱穷人办点事,就是我的心愿,别的我什么也不想,什么都不
　　　　怕。孩子,想想你该怎么办吧!

尹灵芝　大娘,只要等到天黑,我就能设法离开太平。

旺大娘　他们在大小路口都加了岗哨,你出不去!

尹灵芝　大娘! 太平的地形我很熟,咻地沟有条蜿蜒小道……

旺大娘　(喜)好,只要能出了村就好办啦。(看窗上)老天爷! 你快黑
　　　　下来吧!

尹灵芝　大娘,你不给才旺捎什么话?

　　　　【尹灵变又到门口静听。

旺大娘　你告诉他，二战区把咱寿阳糟蹋得不成个世界啦！

　　　　（唱）八年苦难和泪咽，

　　　　　　　胜利后来了阎锡山！

　　　　　　　挨门倒算粮抢尽，

　　　　　　　沿村杀人血不干，

　　　　　　　亲人们手把窗棂把解放军盼，

　　　　　　　盼他们好好给咱穷人打江山！

尹灵芝　（唱）解放军南征又北战，

　　　　　　　胜利的消息天天传。

　　　　　　　不要怕眼前一时黑暗，

　　　　　　　太阳一出就映红了天。

尹灵变　姐姐，天黑啦！

尹灵芝　大娘，我走啦！

　　　　【突然，门外潘金牛、米三逐户搜查过来。

豆士桢　（上）米三！金牛！抓住尹灵芝没有？

米　三　村前村后都搜查遍了，连个人影都没有。

豆士桢　他妈的！笨蛋！（给米三、金牛耳光）挨门挨户仔细搜查！（下）

米　三
潘金牛　是！（冲向旺大娘家捣门）开门！开门！……

旺大娘　是谁呀？

潘金牛　尹灵芝在你家吗？

旺大娘　不在我家！

潘金牛　少啰唆！开开门，我们要搜！

旺大娘　来啦，来啦！

　　　　【尹灵芝与旺大娘耳语后，姐妹二人进里间。旺大娘开门，米三、

　　　　　潘金牛二人闯进来，搜索。

米　三　没有，走吧！

潘金牛　哎，到里屋去搜！

　　　　【米三、潘金牛冲向里屋。尹灵芝将门帘挑开。二人一惊。

米　三　啊？是她！

潘金牛　不准动！

尹灵芝　你们不是要抓我吗？那就带我去领赏吧！

米　三　我们是执行命令！

尹灵芝　执行谁的命令？

潘金牛　复仇奋斗队特派员的命令！

尹灵芝　我问你这复仇奋斗队究竟复的哪家仇，为谁去奋斗，这些你们明

　　　　白吗？

　　　　（唱）潘金牛，我认识你！

　　　　　　　你父亲名叫潘天寿，

　　　　　　　你的名字叫潘金牛。

　　　　　　　你有个姐姐叫金秀，

　　　　　　　卖到李家做丫头。

　　　　　　　挨打受气遭污辱，

　　　　　　　年轻轻便把性命丢！

　　　　　　　姐姐的冤仇你不报，

　　　　　　　却帮着地主来复仇！

　　　　【潘金牛把枪收起来。

尹灵芝　米三！你挨打受气，又是为了什么呢？

　　　　（唱）想想你也是贫农后，

　　　　　　　想想你家的血泪仇。

> 地主举起屠刀手，
>
> 多少穷人鲜血流。
>
> 共产党领导穷人闹革命，
>
> 劝你们认清形势早回头！

米　三　我是被人家抓来的！

潘金牛　谁是自愿的？不干要掉脑袋！

尹灵芝　人要是不知道为什么活着，长上脑袋又有什么用呢？你们要把眼光放远些。不要看蒋介石、阎锡山还在捣乱，地主恶霸还在横行，他们的死期不远啦！解放军天天在打胜仗！

米　三　大家说，八路军已经被打垮了！

尹灵芝　既然八路军被打垮了，他们抢筑工事、赶修碉堡，大路加岗，小路设哨，是为了对付谁呢？啊？

潘金牛　对呀！是骗咱们替他们卖命！

尹灵芝　对！打仗打了半年，蒋介石损兵折将，阎锡山丢盔撂甲，我们越打越强胜，敌人越打越稀松！快要完蛋的正是他们！你们可要给

（唱）自己留条后路啊！

> 这回是两个阶级来战斗，
>
> 不到胜利不罢休。
>
> 听谁的命令跟谁走，
>
> 万不可沿着错路走到头！

【二人无言。突然传来一阵敲门声，吆喝声，愈来愈近。

尹灵变　姐姐！

旺大娘　灵芝！

米　三　（向潘金牛）怎么办？

潘金牛　（下定决心）跟着共产党，为咱穷人报仇！（向尹灵芝表示弃暗

投明）灵芝！

尹灵芝　好！欢迎你们！（拉过尹灵变）大娘，我们走啦！（下）

　　　　【米三领尹灵芝、尹灵变下。旺大娘将灯吹灭。潘金牛随后下。

第六场

　　　　【二道幕前。

　　　　【豆士桢、郜永富上。

豆士桢　（唱）提起那尹灵芝真可恼！

郜永富　（唱）她胆敢把我虎牙敲！

豆士桢　（唱）在太平没把她抓到，

郜永富　（唱）反被她煽动人员带枪逃。

豆士桢　（唱）庆功会开得正热闹，

郜永富　（唱）突然间子弹如同下冰雹！

豆士桢　（唱）把大会搅得一团糟，

郜永富　（唱）差点开了我脑瓜瓢！

豆士桢　（唱）土八路日夜常骚扰，

　　　　　　　刁民们胆壮心更刁。

郜永富　（唱）我催租课，征粮草，

　　　　　　　一户户抗住不来交。

豆士桢　（唱）大队长命咱带兵去催讨，

郜永富　（对复仇队）你们听着！（接唱）

　　　　　都给我推上子弹上刺刀！

豆士桢　（唱）说打就打！

郜永富　（唱）叫吊就吊！

豆士桢　（唱）我去枣林！

郜永富　（唱）我去赵家垴！

　　　　（喝令）走！

　　　　【二人分头下。复仇队分别跟下。

　　　　【二道幕开。冯占英家院墙外，断垣残壁。

　　　　【黄连从墙后转出来。

黄　连　（回顾，轻声地）冯大爷！

冯占英　（上。惊喜地）黄连！同志们都回来啦？

黄　连　同志们正在向村边运动。

　　　　（唱）李同志安下窝弓布下网，

　　　　　　　区干队已经下山岗。

　　　　　　　隐蔽在西沟东梁上，

　　　　　　　刺刀出鞘弹上膛。

　　　　　　　灵芝叫我来探情况，

　　　　　　　天一黑，紧收罗网捉豺狼。

冯占英　好哇！黄连，向李同志和灵芝报告，赵俊义派来一个副官，把郜
　　　　永富狠狠地训了一顿；他说，前方战事吃紧，国军节节失利，粮
　　　　草供应，十万火急。要是催要不起粮食，就要拿郜永富治罪。因
　　　　此，郜永富这两天逼得更紧了。

黄　连　我记住了。大爷，往山上转移的工作都串连好啦？

冯占英　按灵芝的安排，准备好啦。

黄　连　大爷，灵芝说，情况不变，计划不变；情况有变，马上联系。李
　　　　同志说叫大爷你设法把郜永富拖住。

冯占英　我知道啦。

黄　连　大爷，我走啦。（下）

张秀英　（神色慌张地跑了过来）冯大爷！郜财主带复仇队挨门挨户催粮来啦！怎么办？

冯占英　反正不能把租子交给狗地主，更不能把粮食交给二战区。

张秀英　你不是说咱们的人要回来接咱往山上转移吗？怎么还不回来？

冯占英　咱们串通好了，准备好了，他们就回来接咱们。

张秀英　听说灵芝还在村里？

冯占英　这你就不用问啦，赶快回去准备吧！

张秀英　哎！大爷，你走时叫我一声。大爷！敌人！（从后边走）

　　　　【郜永富带着复仇队逼过来。

郜永富　站住！冯占英，你的粮草和租子准备好了没有？

冯占英　糠菜不得一饱，粮食颗粒全无。

郜永富　什么？你想领头抗租抗粮？

冯占英　我担不起那么大的罪名。

郜永富　那为什么不交？

冯占英　要得有，要不得无！

郜永富　（狞笑着绕他转了一周，抓住他）你个老东西活得不耐烦啦！
　　　　（唱）敬酒不吃吃罚酒，

　　　　　　　胆敢跟郜爷做对头。

　　　　　　　今天交不出粮和租，

　　　　　　　你在我脚下爬三周！

冯占英　（唱）要粮没有要命有，

　　　　　　　就剩下这把老骨头。

　　　　　　　纵然你大梁千斤重，

　　　　　　　再难压出我半两油！

郜永富　哈哈！原来是你领头抗租抗粮！来！把他捆起来！

【复仇队扑上正在捆，尹灵芝从后面闯了进来。

尹灵芝　（大喝）住手！带头抗租抗粮的在这儿！

郜永富　（一愣）噢！尹灵芝！原来又是你暗中领导！（喝令复仇队）把
　　　　她抓起来！

【复仇队扑上要抓，黄连由后面出来。

黄　连　（一个箭步登上短墙，右手握着手榴弹，左手拉出丝弦，大喝一
　　　　声）不准动！

柱　子　（随声大喝）把枪放下！

【复仇队交枪。郜永富见势不妙，转身就逃，一回头，李澍英已
　　　　堵住去路，区干队围在墙外。

李澍英　捆起来！

【郜永富俯身就绑。

尹灵芝　（唱）李同志，一声喊，

　　　　　　　杀父仇人跪面前！

　　　　　　　你以为恶贯永无满，

　　　　　　　想不到也有这一天！

众　人　（唱）你欠下多少血泪债，

　　　　　　　血债要用血来还！

李澍英　带下去！

【郜永富被押下。

冯占英　豆士桢今天没有来，便宜了他。

李澍英　他逃不出人民的手掌！冯大爷，转移工作准备得怎么样？

冯占英　按灵芝的布置，准备停当啦！

李澍英　通知群众向山上转移！

尹灵芝　敲钟！

冯占英　好！（敲钟）

　　【钟声响亮，转移的人群有秩序地从短墙外走过。

第七场

　　【二道幕前。

　　【传来了几声枪响，一声地雷爆炸声。李奉昌带匪军冲了上来。

　　　　向前面看了看，泄气地返回。豆士桢上。退回来的两个匪军扶

　　　　着伤兵跟在后面。

豆士桢　报告！尹灵芝所带的游击队，被我军击溃！我军……

李奉昌　击溃！击溃！（没好气地）别他妈的吹牛啦！

豆士桢　我军误踏地雷，一名受伤，两名阵亡！

　　　　【匪兵叫喊："哎哟妈呀！"

李奉昌　（对匪兵）叫喊什么！摆在这里叫谁看？还不赶快拖回去！

　　　　【匪军扶兵下。

李奉昌　（怒气冲冲地）没有想到尹灵芝这么厉害，真叫人头疼！

　　　　（唱）费尽心血用尽计，

　　　　　　没有抓住尹灵芝。

　　　　　　白天出发挨地雷，

　　　　　　夜晚宿营遭袭击。

　　　　　　称什么复仇奋斗队，

　　　　　　一群废物没出息！

豆士桢　（丧气地）唉！

罗善人　（从旁转出）大队长，我是尽了我的力量啦。要是老像特派员这

　　　　样做法可不行呀！

豆士桢　（没好气地）你行！你来，我请你指挥！

罗善人　（冷笑）我怎敢跟特派员相比！

豆士桢　（更气）你！……

李奉昌　（喝止）算啦算啦！不要意气用事啦！罗善人、特派员，如今他们已经开始抢收啦。收割这季粮食，可是个紧要关口。要是让他们把粮食收到手，那可真是如虎生翼。要是让我们把粮食抢到手……

罗善人　就能把他们困死在山上。

李奉昌　对！要是能把他们的抢收队变成我们的抢收队……

豆士桢　（意会地）你是说来个奇兵突然包围……

罗善人　大队长高明。我愿做大队长的耳目。我先去打探，你们可照我的（把帽子脱下来空中绕三圈）暗号行事。

李奉昌　罗善人，你要尽心竭力，一定要把粮食搞到手，更重要的是把尹灵芝抓到，通过尹灵芝，把这一带的党员干部和游击队一网打尽。

罗善人　明白啦。我告退。（下）

李奉昌　特派员！你去布置一下，碰到尹灵芝，不准开枪，要抓活的。

豆士桢　不开枪，抓活的！

　　　　【灯光暗。二人退下。

　　　　【二道幕开。深秋。清晨。

　　　　【在三岔路口——抢收人们的集散地。

　　　　【人们正在紧张兴奋地抢收。黄连、改兰上。在哨位上监视着前方。

黄　连
改　兰　（唱）秋山红，秋山黄，

　　　　　　　秋风吹来禾黍香。

　　　　　　　半年战斗结硕果，

　　　　　　　珍珠玛瑙满山岗。

　　　　　　　镰刀闪闪亮，子弹推上膛，

摆开抢收阵，夺回胜利粮。

生产战斗，战斗生产，天天打胜仗，

迎接咱解放大军解放寿阳。

尹灵变 （跑上）姐姐！黄连姐，才旺同志来啦！

【才旺穿便衣，持短枪上。他们热情地招呼着。

才　旺 黄连，改兰，李同志和灵芝呢？

黄　连 （指）正和大家在一起抢收呢。

才　旺 前边情况怎么样？

黄　连 今天敌人还没有出来。

改　兰 前天出来，留下两个死的，拖走一个伤的。

才　旺 （笑）哈哈……

**李澍英
尹灵芝** （同上）才旺同志！

才　旺 李同志，县委让我给你带的紧急信。

【李澍英接信到一旁看。

尹灵芝 才旺同志，这半年多，你们到哪儿去来？

才　旺 嘀！这半年跑的地方数不清，仗也打的不少。

冯占英 才旺同志，给大家说一说吧！

众　人 说一说吧！

才　旺 好！自从毛主席党中央发出"集中优势兵力，各个歼灭敌人"的指示后，咱人民解放军处处打胜仗。单说晋冀鲁豫我人民解放军在豫北和晋南展开攻势，在豫北歼敌四万五，在晋南收复县城二十多城。打得敌人，好像秋风扫落叶，犹如猛虎逐群羊！

冯占英 为什么还让敌人占着咱们的延安？

才　旺 那是咱们毛主席的空城计。侵犯延安的敌人已成瓮中之鳖，等咱们腾出手来……

（摆了个捉鳖的架势）嘿！

【众人大笑。都说："打得好啊！"

李澍英　（看罢信，兴奋地）同志们！胜利的消息是振奋人心啊！可是眼前的敌人一定要垂死挣扎。阎锡山为了保护太原，必须要拼命保护寿阳。我们这里将会有一场残酷的斗争。我们要加倍努力，把粮食抢到手，保证军需民食，支援解放战争！

（唱）大家时刻盼天亮，

黑暗时间已不久长。

要保护抢收打胜仗，

让寿阳早日见太阳。

冯占英　（兴奋地）乡亲们！为了支援前线多打胜仗，我们一定要把这季粮食抢到手，大家说怎么样？

众　人　没问题！干活儿去！

【众群挥舞镰刀，拥向田间。

李澍英　灵芝，告诉你个好消息，区委已经批准你为中国共产党党员！

【尹灵芝激动得热泪盈眶。

你看看这封信，把精神给同志们说说，做个思想准备。

尹灵芝　（看信，情不自禁地）李同志！

李澍英　我马上要回县去开会，将有新的任务往下布置，你们要把抢收工作尽量往前赶。

尹灵芝　我们坚决完成任务！

才　旺　（四周观察着）灵芝，小土桥那边要做几个掩护工事；左侧小山头设个哨位，好在必要时掩护群众撤退。

李澍英　这个意见非常重要。

尹灵芝　我们马上执行。

李澍英　再见！

尹灵芝　再见！

　　　　【李澍英、才旺下。尹灵芝走向哨位。

黄　连　灵芝，看了封什么信，看你高兴的那样！

尹灵芝　我们寿阳就要解放啦！

黄　连　才旺同志是回来组织支前工作的？

尹灵芝　你真机灵！

改　兰　灵芝！那咱们的山沟野谷生活就要结束啦？

尹灵芝　改兰姐，半年山沟野谷生活，你过腻啦？

改　兰　你看，院里长成黄蒿坡，坑上扎下兔子窝，人跟野兔换防，总不
　　　　是个长远之计啊！

黄　连　可是咱们锻炼得，扛起大枪，长上翅膀，又能种地，又能打仗，
　　　　这个收获，难以估量！我们豁出来再干它几年！

尹灵芝　总结得好。黄连姐，带上你那个小组到左侧小山头上设个哨位，
　　　　随时准备发生情况，掩护群众撤退！

黄　连　好，我就去！（下）

尹灵芝　改兰姐，你在这里好好监视，我到那边去和柱子哥抢修掩护工事。
　　　　（下）

改　兰　（看看静悄悄的前方，再看看热火朝天的抢收群众，抢收在吸引
　　　　着她）

　　　　（唱）望远方静悄悄无声响，

　　　　　　　看田里抢收多紧张。

　　　　　　　改兰我心情火一样，

　　　　　　　恨不得到田里干他一场！

【她不假思索地退出哨位，拿镰刀持枪下。

【草丛里爬出来罗善人，他乘机扑上哨位，使出暗号——帽子在空绕三圈。不料改兰又不放心地返回来。

改　兰　谁？站住！

【改兰持枪刺去，没提防罗善人扑起来，左手抓住枪，右手拔出匕首，照改兰胸口刺去；改兰躲避不及，将身一偏，被刺中左胸，倒退数步，倒在地上！罗善人夺过枪，正要朝改兰开枪……

尹灵芝　（扑上，大喝）住手！

【尹灵芝一枪把罗善人击毙在草丛里。扑上扶起改兰。

尹灵芝　改兰！改兰！……

改　兰　敌人……（昏迷过去）

柱　子　（跑上）怎么回事？

尹灵芝　敌人包围了！快把改兰背回去，指挥群众撤退，撤过小土桥后，放三枪为信号。快走！

柱　子　你去指挥撤退，我在这里掩护！

尹灵芝　情况紧急，执行任务！给我留下几颗手榴弹，我等着信号撤退。快！……

柱　子　是！（留下两颗手榴弹，背起改兰下）

【尹灵芝推上子弹，盯着围上来的敌人，准备射击。

冯占英　（跑上）灵芝！敌人上来啦！群众在撤退，你快撤吧！

尹灵芝　大爷！你快撤吧！我等信号！

冯占英　我等着你。

尹灵芝　快撤！敌人上来啦！（射击）

【敌人逼近，尹灵芝弹尽，投手榴弹。

【小土桥那边传来三声信号枪声。

冯占英　三声信号枪！

尹灵芝　（现出笑容）大爷！我们的群众已安全撤过小土桥啦！我们撤！

　　　　（扔出最后一颗手榴弹，转身便撤）……

　　　　【不料一股敌人从侧方扑上来，尹灵芝和敌人搏斗，冯占英与敌

　　　　　人搏斗。连伤数敌，终因寡不敌众，被捕。

豆士桢　报告！抓住了尹灵芝！

李奉昌　（逼近尹灵芝）哼！……你就是尹灵芝？你给我吃的苦头可不少

　　　　啊！那次在太平，你破坏了我的庆功大会！使国军损失惨重！今

　　　　天，你我会了面，我还会款待你，看重你。来人哪！松绑！

　　　　【匪兵应声松绑。

李奉昌　尹灵芝！到小土桥去喊话，叫你们民兵放下武器。这样对你有好处。

尹灵芝　（冷笑）有本事，到小土桥那边去抓！

豆士桢　（对冯占英）老东西，你去！

冯占英　我没有那个义务！

豆士桢　他妈的！

　　　　【尹灵芝、冯占英毅然不动。

李奉昌　（狞笑）哼哼……

　　　　（唱）刚被捕都要充硬汉，

　　　　　　　看劲头像要冲破天。

　　　　　　　人年轻不识水深浅，

　　　　　　　脑袋可不能随便玩。

　　　　　　　人都知宗艾有座阎王殿，

　　　　　　　那里有皮鞭、杠子、老虎凳，样样都齐全。

　　　　　　　不服软咱就试试看，

　　　　　　　管叫你服服帖帖趴在我面前！

尹灵芝　哼！

李奉昌　给我押上走！

匪军们　走!

第八场

【深秋。天气晴朗。

【宗艾镇的一所民房被用作牢房。纸窗潮旧,屋里阴暗。

【愤怒的音乐声和鞭打声传来。

【冯占英、旺大娘、张秀英在牢房里听着。鞭打声,好像打在自
　己身上,痛入心肝。

旺大娘　（怒不可遏）这些畜生!

　　　　（唱）狗畜生,黑心肠!

　　　　　　　魔爪血口吃人狼!

　　　　　　　残酷刑法都用上,

　　　　　　　打得她一寸皮肉一寸伤!

冯占英　（庄严地）这是阶级斗争啊!

　　　　（唱）为革命跟着共产党,

　　　　　　　上法庭也是上战场。

　　　　　　　灵芝是咱的好榜样,

　　　　　　　我看她一寸骨头一寸钢。

【门开了,尹灵芝被匪兵们推了进来。

【冯占英、旺大娘急上前扶住。

冯占英
旺大娘　（扶她坐下,含着泪）孩子!灵芝!……

尹灵芝　（唱）受折磨,遭监禁,

死也不能投降敌人！

叫大娘，叫大爷，

再叫被扣的张秀英，

既然落在敌人手，

侥幸之心不可存。

把这些血债和仇恨，

一桩一桩记在心！

冯占英　今天他们到底叫你说些什么？

尹灵芝　敌人又落价啦：谁是共产党，粮食藏在哪里，……这些都不问啦，只要我承认错了说个"改"！哼！可是他们想得到的东西，什么也得不到！

冯占英　灵芝，他们失败了！

尹灵芝　胜利是我们的，永远是我们的，永远属于共产党领导的人民大众！

三　人　（激动地）永远属于共产党领导的人民大众！

冯占英　灵芝！我知道你是共产党。共产党都是顶天立地的英雄汉，给穷人办事的好儿女啊！可是大爷我……灵芝！你看大爷能当个共产党吗？

旺大娘　灵芝！还有大娘我呢？

尹灵芝　（紧紧拉住他们的手，激动地）能！一定能！把你们的志愿告诉李同志！

二　人　（庄严地像宣誓）我们一定跟着共产党革命到底！

【隐隐传来大炮声。

尹灵芝　炮声！我们的！大爷，你把窗户纸撕掉！

【黑乎乎的窗纸撕开了，一股亮光冲了进来，屋里通亮，阳光射在他们脸上。

尹灵芝 （走到窗口）大爷！大娘！你们看！

三　人 蓝天白云。

尹灵芝 蓝天白云底下。

三　人 高高山峰。

尹灵芝 你们往西北上看！

三　人 （明白了，激情地）延安！

尹灵芝 延安！毛主席正在指挥百万解放大军，消灭蒋匪。等把胡宗南匪

军消灭干净，便可席卷陕北，跨越黄河，打通同蒲，直捣太原！

黑暗即将过去，曙光就在前头！

三　人 （激动地）毛主席！

尹灵芝 毛主席！！！

（纵情地唱）巍巍山峰插云端，

朵朵白云衬蓝天。

人都说白云能传信，

托你给毛主席把信传！

灵芝是寿阳贫农女，

刚出娘胎就受尽饥寒！

十多年吃尽人间苦，

党给我找到穷根源。

满心欢喜闹革命，

立志为穷人打江山。

不识字女子睁开眼，

五尺钢枪扛在肩。

时刻记着党教导，

"枪杆子里面出政权"。

枪把子掌在穷人手，

才能够改地又换天。

眼越明来心越亮。

责任愈重志更坚。

尹灵芝获得新生命，

党的恩情报不完！

最遗恨——

革命征途长，灵芝生命短，

重任未完成，身体遭摧残！

今天落在敌人手，

昂首对党宣誓言：

屠刀扑面眼不眨，

重刑加身腰不弯。

天变地变我心不变，

生生死死总在党身边！

【群众伴唱：波涛翻滚汾河水，

高峰巍峨太行山。

贫下中农好儿女，

迎着胜利冲向前！

【李奉昌、豆士桢带匪军上。

李奉昌　（向豆士桢示意）把尹灵芝带出来！

豆士桢　（进牢房，凶恶地）尹灵芝，走！

旺大娘　（扑上去）灵芝！

豆士桢　滚开！（推开旺大娘，上前推尹灵芝）……

尹灵芝　（甩开豆士桢）大娘！（扶起旺大娘，然后泰然自若地出门）……

【冯占英、旺大娘等担心地抚着门听着。侧首传来群众的嚷闹声……

豆士桢　　（喝令匪军）把她捆起来！

匪军们　　是！（扑上要捆）

李奉昌　　（制止）不必！不必！不必！（奸笑地趋前）

　　　　　尹灵芝！

　　　　　（唱）几天来闹得不愉快，

　　　　　　　　你仔细想想何苦来！

　　　　　　　　就为了一时逞刚强，

　　　　　　　　把美好青春胡葬埋。

　　　　　　　　只要你认个错儿说声改，

　　　　　　　　这桩事便算下了台。

　　　　　　　　我这里忍着性子在等待，

　　　　　　　　这个后果你可要明白！

豆士桢　　尹灵芝！你该懂得大队长的好意。

尹灵芝　　我懂！

李奉昌　　好！只要你答应了一条，就既往全不究啦！

尹灵芝　　什么，既往不咎？

李奉昌　　对，对，对！

尹灵芝　　你在做梦！

　　　　　（唱）说什么既往全不究，

　　　　　　　　这血债要用血来勾！

　　　　　　　　多少人死在你们手，

　　　　　　　　多少同志鲜血流，

　　　　　　　　多少村庄化灰烬，

　　　　　　　　跟你们是不共戴天仇！

　　　　　　　　亿万人拿起枪来跟你们战斗，

　　　　　　　　叫你们尝尝人民战争的铁拳头！

李奉昌　尹灵芝，不"自白"就不能"转生"，你懂吗?

尹灵芝　趁早死了你那份心吧！我活着是共产党员，死了还是共产党员。

　　　　共产党员你是杀不尽的！

李奉昌　看来你是不打算认罪啦?

尹灵芝　我没有罪！

李奉昌　你胡说！

　　　　（唱）参加共产党闹革命，

　　　　　　　煽动民众搞斗争，

　　　　　　　祸国殃民谋叛乱，

　　　　　　　这就是你的大罪名！

尹灵芝　住口！

　　　　（唱）谁祸国，谁殃民，

　　　　　　　这笔账一定要算清！

　　　　　　　当年日军来进犯，

　　　　　　　你们躲死无影踪，

　　　　　　　共产党抗日救中国，

　　　　　　　难道这就叫罪名！

　　　　　　　你们借口反对共产党，

　　　　　　　勾结美帝出卖祖宗。

　　　　　　　调兵遣将几百万，

　　　　　　　把人民抛在血海中！

　　　　　　　祸国殃民罪魁是你们！

　　　　（白）是！蒋介石！阎锡山！

　　　　（接唱）还有你们这些刮民党、遭殃军！

　　　　　　　　你们是罪犯，你们该受审，

你们就应该向人民一桩一桩来招承！（愤怒地指向李

奉昌）……

【侧首传来群众的愤怒地斥责："她说的对！问得好！有罪的是

你们！……"

【匪兵们弹压……

李奉昌　（歇斯底里地）尹灵芝！你知道等着你的是什么吗？（喝令匪军）

抬上来！

【二刽子手抬铡刀上，放在尹灵芝面前。尹灵芝藐视地望着长空。

刽子手将铡刀撑起来又放下去，铡刀发出咔嚓声响。

李奉昌　尹灵芝！你看这是什么？

尹灵芝　哼！

李奉昌　我叫你回头！

尹灵芝　你妄想！

（唱）革命者的一生就是战斗，

只知前进不知回头。

把你们这些毒蛇猛兽消灭干净，

鲜红的太阳照遍全球！

李奉昌
豆士桢　押上走！

【刽子手们抬铡刀下。匪兵们上去推尹灵芝，尹灵芝推开匪兵，

理顺头发，整好衣服，昂然走下。

【群众中歌声大作：革命者一生就是战斗，

只知前进不知回头。

一旦把阶级敌人消灭干净，

鲜红的太阳照遍全球！

【尹灵芝庄严肃穆地站在铡刀旁。

【炮声传来。

尹灵芝　大爷！大娘！乡亲们！咱们的队伍已经开始反攻啦！敌人的末日
　　　　就要到啦！胜利是属于我们的！

李奉昌　（狼嚎般地）尹灵芝！你到底改不改？

尹灵芝　（斩钉截铁地）不——改！（飞起一脚将李奉昌踢翻在地）……

李奉昌　（爬起来狂叫）给我铡，铡，铡……

尹灵芝　（甩开匪刽子手，振臂高呼）打倒蒋介石！打倒阎锡山！中国共
　　　　产党万岁！毛主席万岁！

　　　　【群众高呼口号。

　　　　【暗转。

　　　　【枪声大作，解放军打来了。在冲锋号声和战斗乐曲中，李澍英
　　　　带领柱子、黄连、改兰、尹灵变等民兵、区干队追击敌人。

　　　　【才旺带解放军追击敌人。

　　　　【经过激烈的格斗，李奉昌被击毙；豆士桢被生擒；匪军、复仇
　　　　队缴械投降。

　　　　【群众拥上。亲人见面，欢呼。

　　　　【天幕上出现了一座纪念碑，上面写着："尹灵芝烈士纪念"；
　　　　中间的大字是"威武不屈，慷慨就义，为国牺牲，流芳百世"。

李澍英　同志们！我解放大军已开始全国反攻了！我们要继承尹灵芝烈士
　　　　遗志，为解放太原城，解放全中国，奋勇前进！

群　众　（高呼）前进！

　　　　【在雄壮的乐曲声中，幕闭。

【剧终】

太原戏剧选

汉宫春秋

编剧：王莉芳

1978年5月

时间：公元前195—181年。

地点：西汉官廷。

【剧中人物】

王　凌——右丞相（开国功臣）。

陈　平——左丞相（开国功臣）。

周　勃——太尉（开国功臣）。

灌　婴——大将军（开国功臣）。

刘　章——朱虚侯王。

吕　女——刘章妻。

刘　盈——太子（后即位称汉惠帝）。

戚夫人——汉高祖妃子。

如　意——高祖幼子。

吕　雉——皇后（即吕后）。

审食其——大臣（后吕后封为右丞相）。

吕　禄——吕后侄子（后吕后封为上将军）。

吕　产——吕后侄子（后吕后封为相国）。

匈奴使者、匈奴兵士、大小太监、宫娥彩女、御林军、

中军、兵士、丫鬟。

第一场　密谋定计

【音乐声中，吕后在众宫娥的搀扶下稳步上场。

吕　后　（唱）御花园散愁烦漫步香阶，

　　　　　　　众宫娥如穿梭簇拥向前。

　　　　　　　满树绿繁花艳无心赏看，

　　　　　　　黄莺儿鸣翠柳烦恼更添。

（一挥袖，众宫娥撵去飞鸟）唉，想我吕雉虽然身居中宫，执掌这层层宫院，苍天安知，我岂是那等闲女流，以此自得，想那高祖坐得龙床临殿理政，难道我就不能么？哼！想那世上千般诸事只要巧弄机关，焉有不成功之理。想我吕雉昔日乃钗衣布裙，今朝不也凤冠霞帔，来日也会步上青云哩。

（神往地）

（唱）望远峰与天连思绪无限，

　　　　神魂儿飘悠悠直上九天。

　　　　我身着龙凤衫，

　　　　云鬓着皇冠。

　　　　百官齐朝贺，

　　　　神威震山川。

　　　　万民伏脚下，

　　　　女皇好威严。

　　　　啊……

　　　　谁能与我比尊严。

　　　　万里江山我掌管，

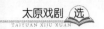

翻云覆雨一挥间。

想至此不由我身轻如燕，

【兴奋得手舞足蹈，旋转跌倒。

昏沉沉似醉柳宿眠花间。

（众宫娥急扶，吕怒冲冲将宫娥推开）

吕　后　（唱）稳稳神定定心举目四看，

唉，却又是一场春梦过眼云烟。

为江山费神思愁闷无限，

眼前事又踌躇我更为难。

想那高祖旧病复发，危在旦夕，百年之后，也不知安排哪家大臣辅助朝政，我有心前去探问，只因高祖对我早有提防，每有厌恶之意，故使我不敢前去，只是事关重大。这便如何是好？

（唱）高祖病众大臣都去探看，

只有我步花间不敢上前。

死便死天注定我心早盼。

愿功臣与宿将同归黄泉。

我吕雉荣祖宗执掌大权，

临朝政理朝纲稳坐江山。

鸿鹄志何日里才能称愿？

唉，为此事常挂心夜不成眠。

【大太监神色慌张，急匆匆上场。

太　监　禀娘娘，大事不好了！

吕　后　何事惊慌？

太　监　万岁他，他晏驾了。（哭）

吕　后　啊！啊哈哈哈哈哈！（狂笑）宫人。

太　监　在。

吕　后　你若把万岁晏驾之讯传出宫廷，我定要奴才首级。

太　监　奴婢不敢。

吕　后　有大臣前来探病，一概挡在宫外，可曾记下？

太　监　奴婢记下了。

吕　后　立召审食其，吕禄、吕产进宫！

太　监　娘娘有旨审食其、吕禄、吕产进宫！

　　　　　【审食其、吕禄、吕产上。

审食其　（念）江水东流总有源。

吕　禄　人心无尽天无边。

吕　产　忽听宫内一声唤，

三人齐　莫非加封在眼前？

　　　　　参见娘娘千岁。

吕　后　罢了。

审食其

吕　禄　　不知娘唤小臣（侄儿）前来有何见教？

吕　产

吕　后　万岁……（看众宫娥挥手，众忙退下）万岁适才晏驾了。

三人齐　啊！晏驾，死了？哈哈哈，好！

吕　禄　看来苍天有眼，不负你我，也是咱们的造化。

吕　产　那些开国大臣将如何处治？我恨不能将他们剁为肉酱而后快。

吕　后　就为此事，故找你等相商，看来时机已到，一并把他们全部处死，
　　　　方称我等心愿。

二　吕　姑母言之有理，极好，极好！

审食其　嗯，依臣看来，还是冒昧不得。

吕　后二　吕	怎讲冒昧不得？
审食其	娘娘二王听了。
	（唱）高祖崩诸大臣倍加谨慎，
吕　后	他们都还不知。大臣不诛，吕氏江山危矣。
审食其	（接唱）臣主张且发丧不忙费心。
吕　后	这是为何？
二　吕	此时不诛，更待何日？
审食其	娘娘二王容禀：
	（唱）周勃他拥兵数万在边境，
	若知晓定回军杀奔京城。
吕　后	嗯，倒也有理。
审食其	（唱）内臣叛外患围天下不定，
	只落得身首异地好事难成。
吕　后	审卿贤侄，
	（唱）诸事须从长议暂敛以待。
审食其二　吕	对，对，对！
	（唱）揽大权又何愁江山不宁。
吕　后	对！咱先发殡为上，快击钟报丧。
吕　产	侄儿就去传旨！
审食其二　吕	（装腔）万岁呀。
吕　后	你等附耳上来。
	【恶狠狠作杀人状，众得意扬扬拥吕后下。

——幕落

第二场　惠帝封臣

【乐声中，文武大臣齐来朝贺。

众　报　王凌、陈平、周勃、灌婴、审食其、刘章、吕禄、吕产。

王　凌　众位大人请了。

众　　请了!

王　凌　今朝我主登基，你我班房侍候，请!

众　　请!

【乐声中太监、宫女、卫士上。汉惠帝上。大臣随上。

惠　帝　（念）今朝寡人登大宝，

　　　　　　但愿社稷磐石牢。

众　臣　参见万岁，万万岁。

惠　帝　罢了，众位爱卿，少礼站下。

众　臣　谢万岁。

惠　帝　（念）父王遗愿牢记心。

　　　　　　护国还须忠良臣。

　　　　　　但愿从此烽烟尽，

　　　　　　同与黎民享太平。

　　　朕，汉惠帝在位。

　　　父王晏驾，众功臣扶寡人登基，秉承父王遗愿，分封诸臣。众爱
　　　卿，听封着：

众　臣　臣。

惠　帝　（唱）众爱卿为社稷劳苦功高。

众　臣　报效国家，理所应当。

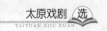

惠　帝　（唱）保先帝打江山方有今朝。

　　　　　　　　有功封有德褒情通理顺，

　　　　　　　　遵先帝封诸臣耿耿辛劳。

　　　　　　王凌听封。

王　凌　臣。（跪）

惠　帝　（唱）封王凌右丞相参管朝政，

　　　　　　陈平听封。

陈　平　臣。（跪）

惠　帝　（唱）封陈平左丞相安稷为民。

　　　　　　周勃听封。

周　勃　臣。（跪）

惠　帝　（唱）封周勃为太尉统帅三军。

　　　　　　灌婴听封。

灌　婴　臣。（跪）

惠　帝　（唱）封灌婴大将军镇守边廷。

　　　　　　刘章听封。

惠　帝　（唱）封刘章琅琊地朱虚王侯，

　　　　　　　　愿社稷固若金汤世世昌隆。

　　　　　　　　爱卿平身。

众　臣　谢主万岁，万万岁。

惠　帝　陈爱卿、周爱卿。

陈　平
　　　　臣。
周　勃

惠　帝　先帝命你二人前去进击匈奴卢绾，不知战事如何？

陈、周　启禀万岁，

周　勃　奉先祖旨意，征战卢绾，进击匈奴，业已被我等全数剿灭。

陈　平　并收回城池失地。

陈、周　望万岁心宽。

惠　帝　二卿辛苦了。

陈、周　为国尽忠，理当报效。

惠　帝　众卿有本奏来，无本摆驾回宫。

众　臣　送万岁。

惠　帝　免。（下。大臣分头下）

吕　产　唉，看看人家，领兵的领兵，参政的参政，只有你我干瞪眼。好
　　　　不晦气。

吕　禄　在那大殿之上，竟受这等耻辱，我不出此气，誓不为人。

审食其　你我就该去见娘娘千岁，禀明此事再说道理不迟。

二　吕　如此甚好，一同前去，走！（下）

第三场　杀妃惊驾

【众侍女引怒气冲冲的吕后上。

吕　后　（唱）有本后在未央怒容满面，

　　　　　　　　小刘盈即位后不听调遣。

　　　　　　　　恨群臣恨得我银牙咬烂，

　　　　　　　　他偏是与他们加爵晋官。

　　　　　　　　如此行我怎能大权独揽？

　　　　　　　　坐江山要等到哪月哪天？

　　　　　　　　施一计定让他吓破苦胆，

　　　　　　　　我一箭射双雕让尔命归黄泉。

太　监　（上）禀太后，万岁驾到。

吕　后　让他进来。

太　监　有请万岁！

　　　　【一太监引惠帝上。

惠　帝　（唱）众爱卿扶社稷寡人有幸，

　　　　　　　　但愿得国强盛天下太平。

　　　　　　　　文有的二贤臣辅佐朝政，

　　　　　　　　武有的周太尉骁勇忠心。

　　　　　　　　母后她却为何精神不振，

　　　　　　　　让寡人来未央所为何情？

　　　　参见母后。

吕　后　少礼坐了。

惠　帝　皇儿谢坐，啊，母后，近日玉体可安？

吕　后　蒙儿挂心，倒也康宁。

惠　帝　啊，母后，不知唤儿前来，有何见教？

吕　后　倒有一桩心事要对儿讲。

惠　帝　母后请讲，皇儿恭听。

吕　后　皇儿，你年纪不小，理当成亲了。

惠　帝　尽在母后，不知贵人是哪府金枝？

吕　后　不是旁人，就是你家皇姐身旁令爱。

惠　帝　啊，母后，皇外甥也才十岁出头，皇儿又是她嫡亲舅父，这如何
　　　　使得，如何使得，母后……

吕　后　嗯，皇儿不必多讲，母后主意已定，亲上作亲，有何不可？

惠　帝　唉……

吕　后　为娘还有一桩心病，要说与儿听。

惠　帝　母后请讲。

吕　后　你如今是当朝圣上，你可知你的今日来之不易？

惠　帝　全仗父王宏恩与众卿忠心。

吕　后　哼！说什么全仗你父王和众卿。不是母后我当初为儿力争，你父
　　　　王也早已将你废掉，另立如意为太子了。今朝如意在赵国为王，
　　　　他母戚氏仍在宫中飞扬跋扈，他二人不除去，终将后患无穷。还
　　　　有王凌、陈平、周勃之流也曾阻拦你立为太子，这些佞臣不灭，
　　　　江山焉能坐牢，不如把他们召进宫来，秘密处死，不知皇儿意下
　　　　如何？

惠　帝　母后啊，万万不可。

吕　后　为何不可？

惠　帝　（唱）众功臣为社稷忠心耿耿，

　　　　　　　数十载鏖战急出生入死。

　　　　　　　与父王同患难同仇共愤，

　　　　　　　披寒甲跨战马南北驰骋。

　　　　　　　有多少勇儿男热血洒尽，

　　　　　　　有今朝儿当念他们在天之灵。

　　　　　　　这江山来不易儿承重任，

　　　　　　　为社稷还全靠诸位功臣。

　　　　　　　有先帝留遗愿儿当听顺，

　　　　　　　我怎能诛功臣丧却良心。

　　　　　　　戚姨娘她为人贤淑贞静，

　　　　　　　如意弟年幼小无知孩童。

　　　　　　　他二人全没有违法不顺，

　　　　　　　加害他母子们，

母后啊,

（唱）儿我断难从命。

吕　后　啊，大胆!

（唱）听一言不由我怒燃双鬓,

你竟敢违母命肆意不从。

说什么如意他无知孩童。

惠　帝　母后哇,

（唱）如意弟有何罪要遭极刑?

吕　后　（唱）说什么扶社稷全仗功臣,

惠　帝　（唱）老功臣为社稷赤胆忠心。

吕　后　（唱）昏沉沉你全把孝廉忘尽,

惠　帝　（唱）尽孝道也不能无辜杀人。

吕　后　（唱）好一个贤国主为臣为民,

惠　帝　（唱）一寸丹敢对那先帝圣明。

吕　后　（唱）小奴才他竟敢这般生硬,

老娘我难道还怕你不成?

真真的气，气煞我了，实对你说吧，那戚妃早已被我打入冷宫，

那如意也早已锁进深宫!

惠　帝　母后哇，你如此行事，怎能让天下人心服，怎能对得起父王在天

之灵，既然母后执意不听，皇儿告辞。

吕　后　慢! 卫士进宫!

太　监　卫士进宫。（惠帝又惊又气，跌坐）

四卫士　参见太后。

吕　后　把那戚妃贱人并小小如意给我带了上来!

四卫士　遵命。（下）

惠　帝　父王，天哪！

戚　妃　（内唱）遭迫害贬冷宫受尽欺凌。

　　　　【二卫士押戚上。

戚　妃　（唱）苦命人哭一声高祖英灵。

　　　　　　　我好比笼中鸟任人锁禁。

　　　　　　　我的儿，你千万千万不要进京哪。

　　　　（唱）恨只恨吕后贼歹毒残忍，

　　　　　　　今日里与奸后我以命相拼。

吕　后　哇，好你贱妃，见了本后，为何不来下跪?

戚　妃　我戚氏从不跪拜乱朝奸佞。

吕　后　你，你真来大胆，来呀，给我狠狠地打！

卫　士　哇！（打戚）

戚　妃　（唱）任凭你施酷刑耍尽淫威。

　　　　　　　天理昭昭不容你乱朝奸贼。

　　　　　　　我戚氏并非那等闲皇妃。

　　　　　　　气节在俱不怕骨肉成灰。

吕　后　打打！给我打！（戚被打晕倒）

　　　　【二卫士押如意上，如意见母，忙跪扑到身边。

如　意　母亲，母亲哪！

戚　妃　（唱）朦胧中听娇儿哭声痛心，（见如意）

　　　　　　　儿啊，娇儿啊……

如　意　母亲。（抱头哭）

戚　妃　（唱）却原来儿已被锁进牢笼。

　　　　　　　恨吕贼丧天良全无人性。

如　意　母亲，

（唱）儿不知因何故囚禁深宫。

戚　妃　　儿啊，为娘我明白了。

如　意　　母亲，你明白什么？

戚　妃　　那，那吕奸贼要害我母子一死。

如　意　　母亲，我怕。

戚　妃　　有为娘在此，我儿莫怕，奸贼哪！

　　　　　（唱）你凶残极恶心毒狠，

　　　　　　　　害我母子为何因？

　　　　　　　　你纵然得势豺狼性。

　　　　　　　　苦害忠良害黎民。

　　　　　　　　天下坏事你做尽，

　　　　　　　　无羞无耻枉为人。

吕　后　　你、你，给我打死那如意乳仔！

　　　　　【卫士打如，戚护，卫士一棍将如打死。

戚　妃　　儿哪，儿啊……

　　　　　（唱）小娇儿血淋淋惨死埃尘，

　　　　　　　　好叫娘心欲碎泪湿衣襟。

　　　　　　　　可怜你年幼小世事不懂，

　　　　　　　　遭毒手害得儿一命归阴。

　　　　　　　　含怨恨强挣扎与贼拼命，

　　　　　　　　奸贼哪，我纵然死黄泉亦不甘心。

吕　后　　好你贱妃，死到临头如此利嘴，来呀，将贱妃舌根挖掉，双手砍
　　　　　断，挖去双眼！

卫　士　　哇！

戚　妃　　奸贼。奸贼哪！（被卫士拖，用刑，又颤抖爬起，后倒地身亡）

卫　士　禀太后，戚妃已死。

吕　后　好哇，今天才出了老娘的一口恶气，皇儿呀，你来看。

太　监　禀太后，万岁他晕过去了。

吕　后　哼！谅他也活不长久，速扶圣驾回宫。卫士们，将尸体拖下！

卫　士　是！（众将尸体拖下）

吕　后　哈哈，哈哈，啊哈哈……

　　　　（唱）吐怨恨真令人无比欢兴，

　　　　　　　这真是潭水混好卧蛟龙。

　　　　　　　待等得皇儿他一命归阴，

　　　　　　　登大宝理朝纲显我威风。

　　　　　　　除心病贬朝臣重用亲信，

　　　　　　　我吕门标青史千古留名。

　　　　　　　想至此不由我心花颤动，

　　　　　　　啊哈哈哈……

审食其　（上唱）欢音笑语震宫廷。

　　　　娘娘，小臣有礼。

吕　后　罢了。

审食其　娘娘因何发笑？

吕　后　啊。审卿，人逢得意之事，情就不由己了。

审食其　说的是，想你我有今天，还有明天，怎不令人欢兴哩，啊，

　　　　哈哈……

吕　后
　　　　哈哈……
审食其

吕　后　审卿快请坐。

太　监　（上）启禀娘娘，外有匈奴使者来此下书，并要亲见娘娘之面。

吕 后	这……快，快快有请！
审食其	有请，有请！
太 监	有请匈奴使臣。
使 者	啊哼！（上）
吕 后 审食其	贵使臣在哪里，在——贵使到来快快请进宫中。
使 者	要进宫中。
吕 后 审食其	快快请坐。
使 者	哼！（蛮横就座）
吕 后	啊，贵使，不知贵使前来敝邑，无有夹道远迎，还望贵使多多 恕罪。
使 者	闲话不必多说，此奉我家狼主之命前来下书，拿去一观。
吕 后	审卿快快念来。
审食其	是，狼主上写： （念）孤家陈兵压边关。 你我独眠两不欢。 愿往汉室金銮殿。 龙凤和喈。这……
使 者	呔！为何不念！
审食其	岂敢，岂敢，这一……龙凤和喈娱百年。
使 者	哈……好，好一个龙凤和喈，我家狼主还有言语拜上。
吕 后	贵使请讲。
使 者	想你小小汉室不堪一击，若是从下还才罢了，若是不从，哼哼， 定要打进中原取尔狗头示之！

吕　后　啊，贵使，敝邑承受单于情眸，真乃不胜荣幸之至，只是你来看。

使　者　看什么？

吕　后　你看我年老色衰，举步失度，焉能讨得单于欢心，为报单于恋念
　　　　情义，特备御车骏马，绸缎黄金，并让公主代我都献于单于殿下，
　　　　不知贵使意下如何？

使　者　哼！权且收下，谅你小小汉室也不敢不从，哼！告辞！

吕　后
审食其　岂敢，岂敢，送贵使，再送贵使。（匈使下）

太　监　娘娘，使者去远了。

吕　后　啊，吓吓吓，可把我吓死了，速备黄金绸缎，御车骏马，并选一
　　　　宫女，快送去，快快送去。

太　监　遵命。（下。大太监上）

大太监　娘娘，大事不好，不好了！

吕　后　何事惊慌？

大太监　万岁他，他晏驾了。

吕　后　可也又除了一条祸根。

审食其　说的是，娘娘应及早发办丧事，以防群臣图谋不轨。

吕　后　不妨事，正是：

　　　　大事安排定，

　　　　只等坐龙廷。

审食其　除却心头恨，

　　　　高官压群臣。（下）

——幕落

第四场　陷忠宠奸

【乐声中，文武大臣上。

审食其　众位大人请了。

吕　禄
吕　产　请了，请了。

审食其　今日太后临朝，你我两厢侍候。

二　吕　请。（文武臣分下）

【太监、宫娥、卫士上。吕后上，大臣随上。

吕　后　（唱）幸喜得我吕雉宏愿得逞。

众　臣　参见太后。

吕　后　罢了。

　　　　（唱）真乃是苍天不负有心人。

　　　　　　今日里居龙位威风凛凛，

　　　　　　从今后千秋史册标英名。

　　　　　　金殿上文武臣两厢站定，

　　　　　　众老臣仪容肃盛气凌人。

　　　　　　多年来封吕意难得如愿。

　　　　　　今朝封众臣僚未必能容。

　　　　　　喝一声御林军刀枪侍奉。

众卫士　哇！（杀气腾腾，亮出刀枪）

吕　后　（唱）哪一个敢阻拦决不容情。

　　　　　　压怒火我这里把王凌先问。

　　　　　啊，王老丞相，

王　凌　太后。

吕　后　本后意欲立诸吕为王，不知丞相意下如何？

王　凌　禀太后，昔日高祖曾与臣等立盟为誓。非刘氏为王者，天下共击
　　　　之，今太后要封诸吕为王，乃是背盟毁誓，万万不可。

吕　后　怎说不可吗？哼！

　　　　（唱）老王凌他果然执意不容。

　　　　　　封诸吕为的是参管朝政，

　　　　　　老贼竟然敢阻行。

　　　　　　越思越想越可恨，

　　　　　　哪有君王惧逆臣。

　　　　　　满朝文武随我用，

　　　　　　今朝诸吕定要封。

　　　　诸吕听……

王　凌　慢慢慢来，请问太后，如此行事，可对得起高祖之盟？

吕　后　难道本后分封不得？

王　凌　太后违誓背盟，焉能使臣心服。

吕　后　哼！你便怎样？

王　凌　有老臣在日，你就不得随意乱封！

吕　后　好恼人也！

　　　　（唱）听一言不由我怒火燃胸，

　　　　王凌啊，老逆贼，

　　　　（唱）你胆敢欺君罪非轻。

　　　　　　今朝背盟又怎样？

　　　　　　临朝称制我有权封。

王　凌　（唱）违誓背盟误国政，

贻误社稷误黎民。

吕　后　（唱）你等入宫能参政，

我吕门为何不能封？

王　凌　（唱）汉室江山高帝赚，

诸吕无功焉能封。

吕　后　（唱）说什么德来道什么功。

你有何德与何功？

王　凌　（唱）跟随高主定天下，

勤勉政事为黎民。

吕　后　（唱）你为臣，我为君，

寡人旨意你胆敢不从。

王　凌　（唱）为太后理应守本分。

你无羞无耻称寡人。

吕　后　（唱）狗逆贼讲话实可恨。

难道说女子不能把朝临？

王　凌　（唱）秉承帝位有刘恒，

你肆意篡位乱朝廷。

吕　后　（唱）今朝秉政你敢怎样？

王　凌　（唱）有为臣一朝在，决不容情。

吕　后　（唱）哼！我要秉政还要封。

王　凌　（唱）老臣不容你胡行！

吕　后　（唱）要封，要封，定要封！

王　凌　（唱）不能，不能，你不能！

吕　后　（唱）我要封！

王　凌　（唱）你不能！

吕　后	（唱）违君意灭天理国法难容。
王　凌	（唱）为国政我何惧刀剐汤烹！
吕　后	卫士们，将逆贼推出午门，立斩首级！
王　凌	哈哈，嘿嘿，啊哈哈哈……哼！（昂首挺胸，随卫士下）
陈　平 周　勃	刀下留人！ （唱）太后她诛功臣天理不容，
周　勃	（唱）不由我怒火燃胸中。
陈　平	（唱）眼下咱且把本动，
周　勃	（唱）来日兴兵把贼平。
陈　平 周　勃	启禀太后，念在王老丞相开国有功，还望太后饶恕于他。
吕　后	（旁语）啊，想我今日杀掉一个王凌又有何用，这些佞臣不灭，终是心腹之患，不免它日一并诛灭便了。嗯，看在二位爱卿奏本之面，本后且饶他不死。
陈　平 周　勃	谢万岁。
吕　后	带王凌。
太　监	带王凌！（兵士带王上，王傲然挺立）
吕　后	念在众爱卿奏本之面，且饶尔不死。免去朝职。
王　凌	吕后啊，狗奸贼，你今篡去我汉室江山，你乃是乱朝的谗妃。祸国的畜生，纵然将你千刀万剐，也难消我心头之恨，你，你就是我汉室江山的千古罪人！
吕　后	快快轰下殿去！
王　凌	哼！（昂然欲下）

陈	平	送老丞相。
周	勃	

王　凌　（气愤地）啊，我且问你二人，昔日高祖杀白马曾与我等立盟为

誓，你等亦非不知。为何今日上得殿来，装聋作哑。来日可有何

面目再见高祖于地下？

陈　平　老丞相且息雷霆之怒，今日朝堂我等不讲，自有道理。

周　勃　丞相哪，眼下虽然顺水推舟，来日方可重振大业。

王　凌　哼！（甩袖下）

吕　后　陈老丞相，周老太尉。

陈	平	臣。
周	勃	

吕　后　本后意欲立诸吕为王，二位爱卿意觉如何？

陈	平	（互相视，会意）分封诸吕，无所不可。
周	勃	

吕　后　怎说封得，封得着好，诸吕听封！

二　吕　万岁。

吕　后　（唱）封吕禄上将军统辖三军。

吕　禄　（忙跪）谢万岁。

吕　后　（唱）封吕产为相国掌管南军。

吕　产　吾皇万岁，万万岁。

吕　后　（唱）你二人督御队防御严谨，

　　　　　　　　无令箭均不放军营内行。

二　吕　臣遵命。

吕　后　平身。

二　吕　谢万岁。

吕　后　周老太尉。

周　勃　臣。

吕　后　孤念你开国功勋，劳苦功高，今朝太平盛世，卿当把军印交吕上
　　　　将军，并相国掌管，爱卿可也该歇息歇息了，下殿去吧。

周　勃　遵旨。

　　　　【灌婴怒不可遏欲挥拳，周急拉灌，示意退下。

周　勃　哼！（愤然下）

吕　后　灌爱卿。

灌　婴　臣。

吕　后　今有匈奴犯境。你可带领十万大兵驻守边境，只可驻防，不可进
　　　　击，授命即行。

灌　婴　这……

陈　平　啊，灌将军，只驻防不进击，省下鞍马劳顿，倒也是一桩美事。
　　　　灌将军，你就该即刻带兵前往才是啊。（示意灌带兵前往，对日
　　　　后亦有用处，灌会意）

灌　婴　遵命，哼！（下）

吕　后　申爱卿，听封！

审食其　万岁。

吕　后　（唱）封我卿右丞相参管朝政。

审食其　万岁，万万岁！

吕　后　（唱）孤有你为助臂无限欢欣。

　　　　　　　　可喜你今日里夙愿得偿，

　　　　　　　　从今后孤助你平步青云。

审食其　皇恩浩荡，铭臣肺腑。

吕　后　爱卿快快平身。

审食其　万万岁。

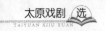

吕　后　　陈爱卿。

陈　平　　臣。

吕　后　　孤念卿，年迈气衰。有政事尽托审卿代劳，爱卿不必多费心了。

陈　平　　着啊，你看为臣我年老高迈，可不是该歇息歇息了哇。

刘　章　　真真的气煞人也。

吕　后　　刘卿，有本奏来。

刘　章　　臣心不服。

吕　后　　为着何来？

刘　章　　你……

陈　平　　啊，侯王，莫不是你也想加封加封吗？（用手示意刘）

刘　章　　哼！

吕　后　　啊？

　　　　　（唱）有本后居龙案用目观看，

　　　　　　　　朱虚侯怒冲冲满腹牢怨。

　　　　　　　　我有心将此贼即刻问斩，

　　　　　　　　他本是刘家后一代王爷。

　　　　　　　　若处死众耳目我尚难掩，

　　　　　　　　若不除留后患我怎心安。

　　　　　嗯，有了。

　　　　　　　　将孙女许配他以做内线。

　　　　　　　　图不轨再除却了我心愿。

　　　　　啊，侯王，朕看你年轻英俊，尚未成婚，朕有侄孙女尚未婚配，

　　　　　今许你为妻，即日完婚，刘卿不必推辞了，宫人摆驾回宫。

众　臣　　送万岁。

吕　后　　免。（审、二吕洋洋得意下）

陈　平　恭喜侯王，贺喜侯王。

刘　章　老丞相，你待怎说？

陈　平　这分明是以联姻为借口，监看是实，侯王啊，诸事还需小心在
　　　　意哪。

刘　章　我……我恨不能杀……

陈　平　这里不是议事之地，日后相商，请了。

刘　章　丞相请。唉！（分下）

第五场　洞房告急

【喜乐声中，刘章垂头丧气上，丫鬟扶吕禄女随上。

丫　鬟　与侯王夫人贺喜。

刘　章　下边领赏，歇息去吧。

丫　鬟　谢侯王。

【更声阵阵。

刘　章　（念）更鼓声声敲，

　　　　　　　让人心内焦。

　　　　　　　想起朝中事，

　　　　　　　满腔怒火烧。

　　　　唉，想我刘章堂堂侯王，一身武艺竟恁般受这奸贼摆布，好不气
　　　　煞人也！

　　　　（唱）恨只恨吕后贼豺狼本性，

　　　　　　　毁社稷误国家残害忠臣。

　　　　　　　全不顾汉高祖发誓立盟，

　　　　　　　篡皇位胁诸侯笼络奸臣。

任匈奴犯边境不做抵御,

任灾情田荒芜民不聊生。

为侯王我岂能坐视听任,

不灭吕我刘章誓不为人。

任凭他施奸计将我窥禁,

定让尔枉费心诡计难逞。

今虽是花烛夜怒潮汹涌,

夜阑静让贱人一命归阴。

（见吕女动,伏案装睡,吕女揭去丰盛。窗外更声阵阵传来）

吕　女　啊也。

（唱）夜阑静烛花红更鼓声声,

有谁知吕氏女满腹愁情。

恨太后与我父做事不仁。

竟让我充耳目嫁进侯门。

我只愿与夫婿鸾凤和鸣。

为何要做敌家包藏祸心。

太后她篡皇位天怨人恨,

我岂能为她们去做帮凶。

恨诸吕无天良人心丧尽,

定奸计设圈套要害忠臣。

眼见得功臣诛于心何忍。

叹我是女孩儿空抱不平。

越思越想心越愤,

事迫眉睫我怎行?

【再三思忖,欲前又羞,后下决心。

> 救忠良脱险境刻不容等，
>
> 顾不得羞答答推醒官人。

侯王醒来。

刘　章　唉！你奸贼之女，不知羞耻，真乃无耻至极！

吕　女　啊，侯王。（刘给吕一耳光，又拔剑欲刺，吕紧防。又被一脚踢倒）啊，侯王，想我乃区区一命，何足惜哉。只是有一要事，要禀告侯王。

刘　章　你要讲些什么？讲！

吕　女　太后家父订奸计要害忠臣大将一死。

刘　章　定在何时？

吕　女　三日早朝之际，大殿埋伏兵士，要将众功臣全部诛之。

刘　章　既然如此，为何太后又将你许配与我？

吕　女　为免功臣起疑，且让我充作耳目。

刘　章　天哪，老天，如此奸贼挡道一味害人，我定与尔誓不两立！
　　　　只是事迫眉睫，但说这……

吕　女　侯王不必着急，这里奴家盗得令箭一支，或许有用，请先收藏。

刘　章　你……（接箭感动）

吕　女　侯王啊，但愿你与众功臣尽快设法，多多保重了。

　　　　【吕急拔剑要自刎，被刘拦住。

刘　章　你，你这是为何？

吕　女　想我父王如此狠毒，残害汉室，我还有何面目活在人世，倒不如一死便了。

刘　章　夫人，万万不可。
　　　　（唱）他人恶做歹事你却自尽，
　　　　　　　今一死也难挡奸贼害人。

你虽为吕门女品德可敬。

愿你我为社稷志合心同。

奸挡道违众意朝理不正。

敌犯境国将破痛人心胸。

吕　女　（唱）恨不能做男儿挥戈上阵。

就为社稷为黎民虽死犹荣。

刘　章　好！好一个虽死犹荣，夫人哪，只是事关重大。迫在眉睫！

吕　女　就该找诸位功臣快快相商。

刘　章　正该如此，只是，夫人切莫再自寻短见了。

吕　女　侯王放心，我，我不再自寻短见了。

刘　章　如此甚好，夫人安寝，待俺去也。正是！

吕　女　奸贼狡计兴风浪，

仗势篡权害忠良。

刘　章　速报太尉老丞相，

除灭诸吕扶汉疆。

（分下）

第六场　义商决策

【二幕前。

陈　平　（内唱）月黑星高路途远，（上）

情急如火燃胸间。

听侯王，他对我倍加细言，

旧恨新仇如浪翻。

恨奸佞设诡计将我等来陷，

　　　　　社稷危亡辨忠奸。

　　　　　为国家除灾祸义不容辞，

　　　　　我老汉粉身碎骨也心甘。

　　　　　找太尉细商谈恨步太慢，

　　　　　小步跑大步跨步步向前，

　　　　　银须飘汗淋淋心如飞箭。

　　　　【跌倒，被刘章上场急扶。

刘　章　老丞相。

陈　平　（唱）举目望太尉府就在眼前。

　　　　你我快快上前叩门！

刘　章　嗯！（随丞相下）

　　　　【太尉府，书房。周勃上。

周　勃　（唱）恨吕后篡皇位朝理不正，

　　　　　　贬朝臣害忠良重用奸佞。

　　　　　　好河山任匈奴横行边境，

　　　　　　田荒枯尸遍野民怨沸腾。

　　　　　　为大将岂能够坐视听任，

　　　　　　恨不能跨铁骑踏破贼营。

　　　　　　吕后贼虽将我贬为无用，

　　　　　　为江山复基业我自有雄心，

　　　　　　为边境我常把敌情探问，

　　　　　　为社稷我岂能空报忧心。

　　　　　　联合起诸侯王内接外应，

　　　　　　不日里除奸党扭转乾坤。

　　　　想我一员武将，昔日里曾随高祖跨马扬鞭，东打西杀，南征北

战。为国效忠，今日里奸贼作乱，（愤慨地拔剑出鞘）可说是剑

哪，剑，你又可为国出力了哇！

（唱）这利剑曾随我南征北战，

　　　　曾随我斩凶顽打过江山。

　　　　它能争宏魄志忠良气概，

　　　　它能吐心中怨一腔愤懑。

　　　　能为国平逆贼复我基业，

　　　　它能为众百姓报仇雪冤。

　　　　今日里受奸贬英雄气短，

　　　　来日里全靠你重振河山。（舞剑）

　　　　剑光闪闪秋水寒，

　　　　举国民愤凝刀尖。

　　　　英雄倾吐平生愿，

　　　　举利剑兮向狼奸。

【陈平、刘章进，陈平架剑。

陈　平　（唱）老太尉且住你风驰疾电。

周　勃　啊呀，老丞相、刘侯王来得正好，我正有要事相商。

陈　平
刘　章　太尉啊，情急有变了。

周　勃　莫非那吕后贼提前要下毒手不成？

陈　平　太尉哪！

　　　　（唱）那吕贼定奸计要害忠贤。

周　勃　定在何日？

刘　章　（唱）三日后早朝际伏兵大殿。

周　勃　此情如何知晓？

刘　章　（唱）洞房内吕禄女尽吐实言。

周　勃　果然不出所料。

陈　平　（唱）倒不如照奸计将计就计，

　　　　　　　告诸侯速发兵一举除奸。

周　勃　好！好一个一举除奸，就依丞相之见，速分头派人通知诸侯王和
　　　　灌将军，提前发兵来助，我亲去御队营房发动诸将官一同反正。

刘　章　御营现有吕禄贼掌管，如何进得去呢？

周　勃　那吕禄贼平日和曲周侯之子相处甚好，宫廷卫队也只有他可以随
　　　　意出入，不如趁此夜静更深将他父子抓来，以曲周侯为人质，命
　　　　他子进卫队引那吕禄贼外出打猎，我便即可入营行事。

刘　章　这，万一有失可好？

陈　平　不妨事，那曲周侯父子素来欺弱怕硬兼胆小怕事，更何况曲周侯
　　　　被扣。谅他子不敢不从，这倒也是一妙计，只是宫廷卫队你一人
　　　　前往，还须多加提防才是。

周　勃　丞相放心，那诸吕篡权以来，坏事做绝，人心丧尽，卫队宫兵也
　　　　早已义愤填膺，这一去定然能够取胜，只是进营须有令箭……

刘　章　令箭，令箭这里倒有一支，丞相太尉快快请看。

陈　平
周　勃　侯王如何得此？

刘　章　是那吕禄之女所盗，正好此用。

陈　平
周　勃　真乃人心所向，天称人愿也。

周　勃　（唱）为复基业重任当，

陈　平　（唱）国乱方能显忠良。

刘　章　（唱）任凭奸贼兴风浪，

齐　　　（唱）秋后鸣蝉日不长。

周　勃　你我快快分头行事便了，请！

陈　平
刘　章　太尉请！（分下）

第七场　一举除奸

【宫廷卫队。周勃手执令箭上。

周　勃　（唱）恨奸贼作恶多人心丧尽。

营　将　可是太尉？

周　勃　正是。

营　将　莫非要进营中？

周　勃　要到营中。

营　将　可有令箭？

周　勃　令箭在此。

营　将　太尉请！

周　勃　（唱）诸侯王俱发兵里外齐攻。

　　　　　　　为江山一身胆计取军印，（中军暗上）

　　　　　　　站将台呼将士集结前营。

　　　　中军，集结全军将士，校场听点！

中　军　众将官，校场听点！（下）

【将士、兵士俱上。

周　勃　诸将官。只因诸吕篡权以来，坏事做绝，人心丧尽，毁我社稷之
　　　　罪有目共睹，今朝不灭诸吕，社稷焉能安在，诸将愿为社稷战者，
　　　　高举左臂！

全　体　太尉哪，我等愿与诸吕决一死战，赴汤蹈火，在所不辞！

　　　　【众手握刀枪，高举左臂。

周　勃　好啊。

　　　　（唱）诸将官一声吼鬼神怯胆，

　　　　　　　愿高祖在天灵尽可心宽。

　　　　　　　群情昂怒火燃高举刀剑。

全　体　（唱）灭奸贼雪国恨就在今天。

中　军　（上）禀太尉，老丞相，朱虚侯到。

周　勃　有请。

中　军　有请丞相、侯王。（陈平、刘章上）

陈　平
刘　章　太尉啊，诸侯王，灌将军俱都领兵到来，现在城外安营。

周　勃　众将官义不容辞，情愿与诸吕决一死战。

陈　平
刘　章　好！请太尉即刻传令。

周　勃　朱虚侯听令，命你带领诸将兵士守卫前后宫廷，不得让诸吕入宫，
　　　　并擒拿吕后逆贼！

刘　章　遵命。（下）

中　军　禀太尉，那诸吕奸贼带兵前来作乱。

周　勃　传令鼓角齐鸣，通告诸侯王、灌将军里外齐攻。

中　军　得令！（下）

周　勃　众将官，刀出鞘。弓上弦，迎敌去着。

众　将　哇！（下）

　　　　【审食其，二吕带兵丁上。

审食其　来在军营，耳闻鼓角齐鸣。这是为何？

吕　禄　莫不是走漏风声，军中有变？

吕　产　哎呀，不好，那边大队兵马朝我等奔来，事到如今，也只好尽力
　　　　拼命了。

吕　禄　杀！

　　　　【二军对阵。

周　勃　哇！诸吕恶贯满盈，罪恶滔天，还不马前受死！

吕　禄　休得多言，看刀！（被周一击）

周　勃　杀！

吕　禄　杀！（顿时杀声震地）

　　　　【武打，陈平也提刀上阵。审、二吕兵败，仓皇奔逃，垂死挣
　　　　扎，负隅顽抗，终于死于诸将刀下。

刘　章　报——禀太尉，诸吕奸贼全部除灭，吕后逆贼死于宫内！

周　勃　好，好哇！

陈　平　真乃社稷之幸，黎民之幸也。

全　体　全仗诸位功臣。

周　勃　全军之功！也是诸吕恶贯满盈，罪该如此。

全　体　好！好一个罪该如此，哈……

周　勃　众将军，息兵三日，扶我主刘恒登基。

众将士　哇！（列队下）

【剧终】

太原戏剧选

月　娘

编剧：刘根成

1979年9月

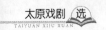

【剧中人物】

月　娘——小旦，文灿之女。

程　泰——小生，张立的义子。

张　立——老生，程泰的义父、文灿的仆人。

郑　贤——小生。

周文灿——须生，月娘、小杉之父。

小　杉——娃娃生，文灿之子。

赵　能——净，知府。

荀　才——丑，衙门师爷。

春　香——旦，文灿家丫鬟。

张　江——铁生，张立之子。

狱　卒——丑。

中军、副将、衙役、刽子手、兵丁若干。

第一场

【周家小花园，舞台两侧有假山石、芭蕉树，台前有石凳、石桌。

桃李花开，争鲜夺艳。

【周文灿上。

周文灿 （唱）苦心执教数十春，

桃李芬芳誉满门。

学堂观文回来转，

花园漫步散散心。

【张立端茶上。

周文灿 （接茶）有劳你了。张立，坐下叙话。

张　立 周老师在此，岂有我的座位。

周文灿 你我虽称主仆，情同手足，不必过谦，坐下，坐下。

张　立 多谢了。（坐下）

周文灿 闻听你义子程泰，父母死得甚惨，不知何故呢？

张　立 唉！说来令人痛伤，程泰之父为救我的性命，他，他死得好惨啊！

（唱）俺二人为富商把货贩运。

途路上遇强盗劫物杀人，

他的父为救我惨把命尽，

他的娘闻凶讯大病缠身。

临终前将程泰托我照应，

收义子抚养他二十三春。

周文灿 原来如此。

张　立 周老师，天色不早，待我去给你备饭。

周文灿 好，少时一同食用。

【张下。

周文灿 （唱）听他言罢心暗想，

勾起心中事一桩。

月娘芳年已待娉，

为女选婿费思量。

程泰他，

人品俊秀有志向，

拔萃超群好文章。

若与月娘成婚配，

可比梁鸿配孟光。

唉，怎奈他出身寒微，门户不当，若招家婿恐被人耻笑，叫我难以决断。不如将女儿唤来做商议，看她心意如何。

【小杉玩耍上，蝴蝶从他手中飞跑，小杉追扑，撞周文灿。

周文灿　啊，小杉？你不在学堂读书，却在此贪玩，真真该打。

小　杉　爹爹，那些书我都读会了。

周文灿　读会了，背与我听。

小　杉　这个……，爹爹，刚才读会了，这阵又记不清了。

周文灿　分明撒谎，奴才照打。

【周举手欲打，杉假哭。

小　杉　我早死的妈啊！

周文灿　（触动心事地）唉，皆因你母下世，为父把你娇惯坏了！（伤感地）

小　杉　爹爹，别难过，我是给你闹着玩的呀！

周文灿　真真顽皮！

小　杉　（学周）真真顽皮！

周文灿　嗯！

小　杉　（撒娇地）爹爹！

周文灿　好了，去唤你姐姐前来见我。

小　杉　是啦！（蹦跳着下场）

周文灿　（唱）不幸婆儿下世去，

　　　　　　　　撇下小杉在幼时。

　　　　　　　　老来惜子是常理，

　　　　　　　　娇生惯养他没规矩。

　　　　　【杉内声："姐姐快走啊。"领月娘上。

月　娘　（唱）春日里百花开处处鲜艳，

　　　　　　　　一对对黄鹂儿鸣叫柳间。

　　　　　　　　春意浓勾起我心事一件，

　　　　　　　　程师兄人俊秀文才翩翩。

　　　　　　　　情怀相投心相印，

　　　　　　　　忠厚善良美少年。

　　　　　　　　但愿早日结亲眷，

　　　　　　　　怎奈是父衰迈弟在幼年。

　　　　拜见爹爹。

周文灿　罢了，坐下叙话。

月　娘　有坐，唤儿何事？

周文灿　儿啊，今有程泰少年英俊、文才出众，为父有意将儿终身许配与

　　　　他，不知女儿意下如何？

小　杉　爹爹，平时我姐姐常夸奖程师兄哩。

周文灿　嗯，不得多口。

月　娘　爹爹年迈，小杉年纪幼小，婚事吗，日后再议吧。

周文仙　常言，男大当婚，女大当嫁，我儿不必害羞，与父讲才是。

月　娘　爹爹！（害羞地）

　　　　（唱）父提婚连声把程兄夸奖，

　　　　　　　　羞得我低下头难把口张。

　　　　　　　　奴终身配程兄是我意想，

愿效那鸳鸯鸟结对成双。

女孩家当父面怎好言讲。（压板）

小　杉　真急人，姐姐，你快点说啊！

月　娘　你晓得什么？（转身走至芭蕉树旁）

周文仙　莫非女儿嫌他出身寒微吗？

月　娘　非也。

周文灿　那你……

【月欲说又害羞。

小　杉　姐姐，我给你出个主意，你要愿意，就点头，不愿意就摇头，你
　　　　是点头，还是摇头啊？

月　娘　（唱）婚姻事凭爹爹去做主张。

【月娘羞点头，周笑。杉羞月娘，月娘跑下，杉追下。

【程泰、郑贤上。

程　泰　（唱）只盼鹏程双翅展。

　　　　　　　　不负厚望慰师颜。

郑　贤　（唱）终日我把月娘盼。

　　　　　　　　举目懒把诗书观。

程　泰　师兄请。

【二人，园见周同拜。

同　　拜见师父！

周文灿　罢了，坐下叙话。

同　　有坐。

周文灿　徒儿，你们出外会文怎么样了？

郑　贤　程师弟出口成章，提笔成文，众学友甚是赞赏，叫徒儿真是望尘
　　　　莫及啊！

程　泰　师兄夸奖了。

周文灿　程泰，今日有一事为师要与你相商。

程　泰　师父有何教训，学生恭听就是。

周文灿　（唱）相处七载情匪浅。

　　　　　　今日畅叙肺腑言，

　　　　　　月娘的婚事许当面。

　　　　【压板、表情呈愕然状，郑惊慌。

程　泰　这个……

郑　贤　啊，许婚……

周文灿　（唱）佳婿承欢慰老年。

程　泰　惭愧啊！

　　　　（唱）闻听此言我暗思忖。

郑　贤　坏了！

　　　　（唱）师父不该错配婚。我家富。

程　泰　（唱）我家贫。

郑　贤　（唱）乌鸦怎入凤凰群。

程　泰　（唱）有心把这婚事允，

　　　　　　怎奈我出身寒微难配婚。

郑　贤　（唱）狗戴纱帽我装人样，

　　　　　　劝师父退了这门亲。

　　　　【二人各怀心事地。

程　泰　师父啊！

　　　　（唱）多蒙师父垂青眼，

　　　　　　不弃寒微赐姻缘，

　　　　　　门户不当难婚配，

宽恕学生不敢高攀。

郑　贤　师父啊！（悄议）

　　　　（唱）门户悬殊差太远，

　　　　　　　贫富难以把亲联。

　　　　　　　贤愚不难作分辨，

　　　　　　　奉劝师父思考再三。

周文灿　（唱）我视富贵如浮云，

　　　　　　　周家只要女婿贤。

　　　　　　　勤学可早登仕版，

　　　　　　　说什么富贵与贫寒。

郑　贤　那好！那好！

程　泰　多蒙师父垂爱，学生感激不尽。怎奈，我出身寒微，不堪婚配，

　　　　师父还是另选高门吧。

周文灿　此事你师妹已然应允，为师的主意已定，你就不要推辞了。

程　泰　这……

郑　贤　师父，师弟功名未就，这婚事吗……

周文灿　日后你功名成就，与你师妹再行周公大礼，也就是了。

程　泰　（不好意思地）师父，我未禀明义父，这使得吗？

郑　贤　是啊！是啊！

周文灿　哎，你义父面前，为师担当，你还犹豫何来！

程　泰　如此，师父请受我一拜。

周文灿　要叫岳父。

程　泰　岳父大人，受小婿一拜！

周文灿　受你一拜，哈哈哈！

　　　　【郑狼狈状，同扶起身。

周文灿 郑贤，为师让你作一大媒，意下如何？

郑　贤 媒人！当得效劳，当得效劳。

周文灿 如此甚好，后堂摆宴，同领定亲酒，徒儿贤婿随我来！哈哈哈！

　　　　【同下。

第二场

【二道幕前，郑上。

郑　贤 （唱）心中我把师父怨，

　　　　　　　偏把月娘嫁穷酸。

　　　　　　　想摘鲜花刺扎手，

　　　　　　　恨在心头怒上眉头。

　　　想我郑贤，父母双亡，撇下家业任我享乐。

　　　事事如意，样样称心，只因月娘容貌俊美。

　　　多少富家子弟，前去提亲，周家都不允亲。

　　　是我心生一计，假意拜师求学，暗向月娘求婚。

　　　谁知师父偏把月娘许给穷酸程泰。

　　　我这半年的工夫算是白费了。这、这……

【看对面来人。

前面来的好像衙门的荀师爷，闻听人言，荀师爷足智多谋，手段

厉害，我何不求他给我想一良法，把月娘夺到我手里，对。

（欲走又止）

不妥，素不相识，怎好开口呢？

哎呀呀，我怎么聪明一世，糊涂一时。记得我妈在世的时候说过，

荀师爷跟我家有亲戚，他是我妈她弟弟的老婆的哥哥，是我的什

么……表舅，对，表舅。嗯，找舅去。

【荀师爷走上。

郑　贤　舅！

【荀不理，高傲地走过去。

郑　贤　（高声）舅！

荀师爷　（慢慢回过头）什么？

郑　贤　（高兴地）舅！

【荀举手打。

郑　贤　哎！别打，别打！

荀师爷　你叫什么？

郑　贤　舅啊！

荀师爷　（生气地）哪个是你舅，这舅是能随便叫的吗？

郑　贤　哎（自语）他咋不认这壶酒钱，（对荀）我妈在世的时候，请你
　　　　去我家喝过酒，那时，我才这么高。（比手势）

荀师爷　啊，才这么高？（一掌高）

郑　贤　不，不，不，把这个指头去了，这么高。（小娃娃的样子）你倒
　　　　忘了。

荀师爷　（朦朦胧胧地）啊，那你是……

郑　贤　郑贤，乳名小赖。

荀师爷　啊，你是小赖呀？

郑　贤　如今长大了，叫郑贤。

荀师爷　啊，郑贤。（忽又冷淡地）你有什么事啊？

郑　贤　舅舅……，我有件难办的事，想请舅舅给出个主意。舅，这里讲
　　　　话不方便，请到酒楼一叙如何？

荀师父　酒楼？

郑　贤　是啊，香斋楼。

荀师爷　香斋楼？不去。

郑　贤　啊！那……

荀师爷　小地方，没吃头。

郑　贤　噢，那就去，"得月楼"咋样？

荀师爷　（满意地点头）嗯，使得，只是做舅的怎好叨扰外甥子的……

郑　贤　舅，这话可就见外了，当舅的吃外甥哩还不应该吗？舅，今日我

　　　　做东。请吧！

　　　　【荀心急紧走。

郑　贤　舅，走这边，走这边。

　　　　【二人窃议下场。

　　　　【启二幕，出房。

　　　　【张立捧糕点走上。

张　立　哈哈哈！

　　　　（唱）老张立我笑眯眯，程泰儿做了周家婿。

　　　　　　　周老师为人多厚义，我父子感激在心里。

　　　　哈哈哈！

　　　　【月娘上。

月　娘　伯父，你往哪里去了？

张　立　周老师见程泰勤奋读书彻夜不眠，叫我去备糕点，供他夜读食用。

月　娘　怎么，他常常彻夜攻读吗？

张　立　是呀，勤奋得很啊！

月　娘　伯父，张江兄弟从乡下前来了，伯父快去看看吧！

张　立　江儿来了，待我去看，（欲走）月娘，这包糕点我予小杉这一包

　　　　么，你给他送去吧。

月　娘　这……

张　立　（递包）去吧，去吧！哈哈哈！（下）

月　娘　伯父……

　　　　程师兄，程师兄！（进内）怎么无有人哪！

　　　　【将糕点放桌上，拿起文章观看。

　　　　好文章啊！

　　　　（唱）字字珠玑叫人爱，篇篇锦绣好文采。

　　　　　　　盼他蟾宫折桂枝，身着红袍步金阶。

　　　　程师兄不知哪里去了，待我走去了吧！

郑　贤　师弟，师弟！

　　　　【进内，见月娘。

郑　贤　师妹在此，愚兄有礼了！

月　娘　师兄，你诚意的礼多了。

郑　贤　常言：礼多人不怪，见了师妹更应该。

　　　　【郑走近月娘，月娘躲在桌旁，郑见糕点。

郑　贤　啊，糕点！这是……

月　娘　张伯父为师兄预备。

郑　贤　说什么张伯预备，分明是师妹的关照。想不到师妹如此多情，难

　　　　得，难得！唉！真是叫愚兄羡慕啊！

月　娘　师兄不要取笑，我要走了。

郑　贤　师妹，别走啊！

　　　　【月娘走，郑拉。

月　娘　你，你要放老诚着些！

郑　贤　说句笑话，何必当真。好，我走，我走！

　　　　【郑看看糕点，出门走去。

月　娘　讨厌！（出门走去）

　　　　【郑复上。

郑　贤　哎呀妙呀！我与表舅定计要害死程泰，这糕点么……

　　　　正好下毒！

　　　　【郑观望无人，进内下毒介。

　　　　【张进门急问。

张　立　谁呀！

郑　贤　（惊慌地急转身，忙掩饰，装作找东西的样子）是我！

张　立　你做什么？

郑　贤　（掩饰地）哦……我找寻扇儿，我的扇儿不知忘在哪里了！

　　　　（假作找介）

张　立　相公，真是贵人多忘事，这两日你就不曾来过，怎会将扇儿忘在

　　　　这里？

郑　贤　噢，我不过随便找找罢了。好热的天哪！

　　　　张伯，你在忙什么？

张　立　送我江儿回去，郑相公，请坐吧！

郑　贤　不啦，张伯，天气闷热难当，我凉爽去了。

张　立　请便。

　　　　【郑出门下。

张　立　此人懒读诗书，到处游转，近几日神色异常，是何缘故！（桌上

　　　　的书卷很乱）唉，待我将这些书收拾收拾。

程　泰　小杉，快去作文。

　　　　【杉跑上，程追上。

小　杉　作文，作文，提起作文我就头疼。（悄悄地）程师兄那文章，你

　　　　替我作吧。

程　泰　　使不得，倘若被师父知道，那还了得！随我作文去吧。

小　杉　　（杉挣脱）今儿个反正我不作文了。

张　立　　小杉，你若做了文章，给你吃糕点！

小　杉　　糕点？好，我吃，我吃！（欲拿）

程　泰　　哎，作了文章再吃。

小　杉　　不，张伯父我要先吃，我要先吃！

　　　　　【杉拉着闹人。

张　立　　好了，好了，吃了再作文章。

小　杉　　张伯父，你真好。（窜到张立背上，张背小杉玩耍）

程　泰　　杉弟，快下来吧！

　　　　　【程捧糕点，给小杉。

程　泰　　小杉，吃了糕点，可要好好作文。

小　杉　　是啦！这糕点真好吃。程哥哥日后你做了大官，多给我买糕点吃啊！

程　泰　　真是小孩子，哈哈哈！

张　立　　小杉，我给打茶去。（张下）

　　　　　【杉高兴地点头。

张　立　　小杉，快些吃了作文吧。

小　杉　　待会儿我还要吃哪！

小　杉　　（肚疼）哎哟，我肚子有点疼。

程　泰　　想是吃得猛了，稍待一阵就会好了。

　　　　　【杉肚疼，程扶他去坐。

程　泰　　杉弟，坐下歇息，歇息就会好的。

小　杉　　好（坐突然）哎哟，疼死我了。

　　　　　【杉肚疼地乱撞乱叫，张闻声上，见状大惊，水碗落地。

张　立　　啊，小杉……

小　杉　哎哟，疼死我了。

　　　　【程、张，急叫："小杉，小杉。"小杉倒地乱滚，手中拿着吃

　　　　　剩下的糕点死去。

　　　　【张、程大惊，哭叫小杉，郑上见程惊异，看见小杉已死，大惊。

郑　贤　小杉，小杉，死了。待我禀给师父知道。

　　　　【郑急下。

程　泰　爹爹，小杉因何而死?

张　立　我也不知何故。

　　　　【郑、周、月急上。

周文灿　杉儿哪里? 杉儿哪里?

　　　　【众进内见状大哭。

周文灿　哎呀! 我的儿呀!

　　　　（唱）我哭，哭了声小杉儿啊!

月　娘　（唱）我叫，叫了声，小杉弟啊!

周、月　（唱）哎! 我的小杉儿（小杉弟）啊!

　　　　【众人哭，郑假哭。

周文灿　（唱）一见杉儿把命尽，

　　　　　　　绝了我周家后代根。

月　娘　（唱）见杉弟惨死我伤痛，

　　　　　　　好似乱箭穿我心啊!

　　　　【又大哭介。

周、月　（唱）哭死哭活也无用。

众　人　（唱）人死不能再复生!

程　泰　师父。

郑　贤　师父，你别哭了，你越哭，我这心里头就越难过啊。（假哭介）

好端端的小杉死了，你得问问这里咋回事。

周文灿　啊，程泰，你那杉弟因何而死？

程　泰　方才我师弟还好好的，在此吃了糕点，不知何故顷刻间倒地
　　　　而死了！

周文灿　糕点么……（看介）

张　立　周老师，这糕点是我亲手买来，绝无差错。

郑　贤　可也是啊？好好的人，怎么吃了糕点就死了呢？（看尸体，故作
　　　　惊讶地）

郑　贤　啊，师父，你看小杉七窍流血，面色铁青，定是中毒而死！

　　　　【众人大惊，不解。

周文灿　啊！（思考介）有了，郑贤拿去与黄犬吃下看是如何？

郑　贤　是啦！（拿下，上）师父，黄犬吃下喷血而死。

众　人　（惊）啊！【周看介又返身看小杉。

　　　　【众人大惊。

周文灿　天啊，苍天啊！我周文灿一生只知宽厚待人，不料我杉儿竟遭此
　　　　毒手，真真气，气，气煞人也。

　　　　【周吐血晕倒，月娘急扶。

月　娘　爹爹保重身体要紧。

郑　贤　师父，杉弟已死，光哭也是没有用的，师父，这毒从何而来，你
　　　　可得好好问问啊！（暗示程泰）

周文灿　（心疑地）程泰，这糕点上之毒从何而来呢？

程　泰　师父，我实实一无所知，为要杉弟作文，给他糕点吃，并无什么
　　　　歹意啊！

郑　贤　没歹意，小杉怎会死了呢？

月　娘　爹爹，杉弟之死，甚是蹊跷，爹要深思才是。

张　立　周老师，若问这毒从何而来，依我看来其中定有缘故。

月　娘　爹爹……

郑　贤　你算了吧，师父，自从你许亲之后，他父子心怀鬼胎。师父你年
　　　　纪大了，小杉正在幼年，他父子要独吞周家财产，就在这糕点上
　　　　下毒，害死小杉，灭绝周家后……

张　立　你……你血口喷人！

郑　贤　我血口喷人，今日你父子谋产害命，这就是物凭，我就是人证，
　　　　还有何话可说？

程　泰　师父，我着实冤枉啊！

郑　贤　少废话，我师父老了，今日之事，我要为师父申冤，为杉弟报仇！
　　　　我到衙门告你去！

程　泰　（拉郑）师兄，去不得！

郑　贤　（甩开）去你的吧！（急下）

程　泰
月　娘　这……
张　立

程　泰　师父……

周文灿　（烦恼地）唉！杉儿啊！

　　　　【众人收尸。

第三场

　　　　【二幕前，郑、师爷鬼鬼祟祟从两侧上。

郑　贤　表舅……

　　　　【师示意，张望，见无人。

师　爷　小声些！

郑　贤　状已写好了。

师　爷　（看介）好，倒也可行。

郑　贤　此事全凭老舅相助，事成之后，定要重谢。

师　爷　重谢，但不知怎样个谢法？

郑　贤　噢！这个数。（伸一指）

师　爷　（摇头不答）

郑　贤　再加一指，这个数。（伸二指）

师　爷　亏你这样大方。小杉一死，周文灿已是风烛残年，还能活得几时？

　　　　周家偌大一部分家业，岂止……

郑　贤　只要表舅肯帮忙，我若得周家的财产，情愿咱俩……

　　　　（平分的手势）

师　爷　好，君子一言。

郑　贤　驷马难追。

师　爷　打赌击掌。

郑　贤　打赌就打赌。

　　　　【郑手中放银，二人打赌，师看银子，笑介。

师　爷　你真是个机灵鬼。

　　　　【二人奸笑。

　　　　【启二幕，知府大堂。

　　　　【众衙役站堂，赵急上，师爷旁立。

赵　能　（念）正在华堂饮酒浆。

　　　　　　恼人的堂鼓连声响，

　　　　　　慌忙整冠束袍带，

　　　　　　匆匆忙忙坐公堂。

　　　　【赵入座。

　　　　　带原告!

　　　　　带原告!

　　　　【郑下跪呈状。

郑　贤　见过老爷，状子呈上。

赵　能　（看状）下跪可是周文灿?

郑　贤　我师父病重，不能上堂，徒儿郑贤在此恭候。

赵　能　状上所言可是实情?

郑　贤　句句是实，望老爷明断。

赵　能　这就是了，起过一旁。来带被告上堂。

役　　　被告上堂。

　　　　【程、张上跪。

程　泰　学生程泰，
　　　　　　　　　　见过老爷。
张　立　老仆张立，

赵　能　程泰，想你乃黉门秀才，又深受周家之恩德，你父子因何图财害命，

　　　　快快以实招来!

程　泰
　　　　冤枉!
张　立

赵　能　有何冤枉，你且讲来!

程　泰　老爷容禀!

　　　　（唱）父送我入学堂来把书念，

　　　　　　　入黉门中秀才是家生员。

　　　　　　　蒙周家计婚姻两相情愿，

　　　　　　　从此我更发奋苦读圣贤，

　　　　　　　我父子受恩惠常抱愧感，

　　　　　　　难报答周家的恩重如山。

今日事真蹊跷杉弟命断。

望老爷察详情明镜高悬！

郑　贤　启禀老爷，学生与他同窗共读，深知他为人表面忠厚，内心奸诈。

老爷莫被他谎言所蔽。

赵　能　想那糕点出自你父子之手，下毒之事若非你父子所为，还有哪个？

程　泰　老爷……（欲辩解）

赵　能　以我看来，定是你父子密谋在先，毒死周小杉，谋霸周家之户。

这案情是如此的明明白白，你还想抵赖，欺瞒于我。真真可恼！

（冷笑）嘿，嘿嘿嘿嘿！

【程、张，惊，欲说。

赵　能　劝你快快招认，免受皮肉之苦。

程　泰　啊！

郑　贤　（恭维地）老爷明鉴，老爷明鉴。

张　立　老爷，虽说糕点来自我手，若是我父子毒害小杉，为何偏在糕点

上下毒，岂非引火烧身不成？

赵　能　这……

程　泰　小杉之死，定有隐情，望求老爷，明察秋毫与小杉报仇，与小民

申冤。

郑　贤　啊，老爷……

师　爷　（急接）全是强词夺理，非打不能招认。

赵　能　其乃大胆！

（唱）俺明断多少起疑难案件。

这区区小案情我一目了然。

我劝你快招供免受苦难。

少迟延管叫你骨断筋残。

程　泰　（唱）呀！公堂上皂白未分要动刑，

看起来这其中定有隐情。

爹爹啊！好端端父子身落陷阱，

纵有那千张嘴难辩冤情。

张　立　儿啊！

（唱）常言道水有源木有根本，

这件事它能够事出无因。

也怪我对郑贤恍惚大意。

只连累我的儿大祸临身！

【二人惨然状。

儿子呀！任凭他施重刑难以招认。

劝孩儿莫惧怕呀，挺身。

赵　能　还不快快招来！

程　泰　学生实实一无所知，你叫我招些什么？

赵　能　还敢嘴硬，与我重打四十！（衙役拖程泰）

张　立　且慢！小人有下情回禀。

赵　能　讲！

张　立　小杉被害之日，郑贤在书房，神色慌张，行踪可疑。请老爷明察

详情。

赵　能　噢！郑贤可有此事？

郑　贤　这……此事吗，有之。不过学生去寻找失落的扇儿，并无他意。

张　立　既无他意，我进门之时，你为何神色慌张？又为何匆匆离去？

郑　贤　啊，这……（大惊）全是无意之！

荀　才　老爷，想那郑贤与周文灿无仇无怨，平白无故，怎会杀人命呢？

郑　贤　学生乃富家子弟，谦恭知礼。因羡慕周老师学识渊博，才入学堂

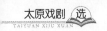

攻读，无缘无故，学生怎会杀人害命呢？

赵　能　是呀，他与周家并无瓜葛，无缘无故，怎会害命呢？

郑　贤　这才是啊，张伯，老爷明察秋毫，断案如神，你父子料难推脱。还是劝师弟快快招认了吧！

张　立　郑贤，周家许婚之后，你心怀鬼，小杉无端被害，老汉心中甚疑，今日公堂之上你危言耸听，嫁祸于人，居心何在，难道还不明白吗？

【郑惊慌失措，向荀求乞地。

郑　贤　啊，你！师爷……

【师爷遮掩地。

荀　才　常言，贫富之家不可结亲，婚姻之事若非门当户对，穷家必定心起歹意，造祸生乱，像这样图财害命之事，在案例之上颇多呀，颇多啊！

程　泰

张　立　你……（怒对荀）

赵　能　哇！真真大胆！

（唱）真乃是刁顽徒胆比天大，

　　　　害人命还敢把好人攀拉。

　　　　本府我掌五刑神鬼惧怕。

　　　　用火刑撬开你铁嘴钢牙！

　　　　毒呀！拉下去与我重责四十！

衙　役　啊。（扎阵，张下。刑声）

　　　　四十打完。

赵　能　拖回来！

【程、张被拖上，倒地。

张　立　（大笑）哈哈，嘿嘿！啊，哈哈哈哈哈！

赵　能　老儿，因何发笑？

张　立　我笑你有这三不公！

赵　能　哪三不公？

张　立　你且听了！

赵　能　讲！

张　立　公堂之上，皂白不分，动刑拷打，这是不公！

赵　能　这二呢？

张　立　小杉被害，人命关天，郑贤嫌疑甚大，理当盘清问明。今日堂上，
　　　　老爷对郑贤非但不疑，反而一味袒护，对我父子严刑逼供，这为
　　　　二不公！

赵　能　啊！我问你这三呢？

张　立　这三么！想我儿程泰身入黉门，以求取功名为本，周家诉亲原是
　　　　好意，不料竟招来小人之嫉恨。奸人乘机在糕点上施毒，原想害
　　　　死我儿，不料误将小杉毒死。继而嫁祸于人，害程泰，夺月娘，
　　　　像这等小人诬陷，君子遭难，罪恶昭彰，王法难容，今日公堂之
　　　　上叫我可叹啊，可叹啊！可叹我父子洁白无辜，重刑加身，凶手
　　　　逍遥法外，老爷却置若罔闻。我想，老爷身为朝廷的命官，百
　　　　姓称之为父母，知府大堂乃是有王法、有日、有月之地，此案
　　　　老爷如不问个清如水，明如镜，依理而问，依理而断，你枉食君
　　　　禄，枉称父母。就是将我父子千刀万剐，碎尸万段，也难消我不
　　　　平之气，这公堂之上，天理何在，这王法何存！

【再三问，赵、师、郑俱呈狼狈状。

赵　能　嗯！气煞人也。

　　　　（唱）这老儿一番话如唇枪舌剑，

问得我无言答满面羞惭！

今日里若不把这刁民来管，

从此后我怎能在此做官。（师与赵接耳）

来人哪！

叫衙役快把那夹棍来展，

不招认管叫你血溅堂前！

大胆老儿竟敢咆哮公堂，狂妄至极。来呀，夹棍伺候！

众　役　啊！

【程叫："爹爹。"上前挡护，被踢倒按地。

【张被上刑。

赵　能　有招无招？

张　立　无招！

赵　能　紧刑！

【张惨叫，咬牙挺住。

程　泰　哎呀！

（唱）见爹爹受重刑我心惨痛，

　　　　好一似万把刀刺我心胸，

　　　　恨昏官断案他只凭刑重，

　　　　打得俺父子鲜血淋淋有死无生啊！

【此时心痛欲裂。

　　　　老爹爹抚养我恩情义重，

　　　　称恩父犹然如亲父相同，

　　　　怎忍见他为我刑下丧命！

　　　　纵有那杀身祸我一人担承。

　　　　无奈何咬牙关我当堂招供。

程　泰　爹爹，贼人施计，意在害我，霸要月娘，如今连累爹爹身受重刑，儿心不忍，待儿招认了吧。

张　立　儿啊，你我父子清白无辜，没有什么可招的！

赵　能　与我紧刑！

【张惨叫一声，咬牙挺身顶住。

程　泰　且慢！

（唱）救爹爹哪顾得或死或生！

学生愿招！

赵　能　哼哼，看来："人是苦虫，非打不成"，划供。与他松刑。

【张见程接笔画供。上前按住手。

张　立　儿啊，慢慢，慢着啊！

程　泰　爹爹，你！

张　立　（哭诉）程泰啊！我的儿啊，当年我程嫂嫂临终之时，将你托与我，是她言道：张立啊，我的老哥哥呀，我死之后，撇下这无娘的孤儿，托我程门之后。我纵死九泉之下，也不忘老哥的大恩大德！今日你不忍见我身受重刑，就要招供，可知这笔一挥，秋后人头就要落地，你今一死绝了程门之后，我有失程嫂之重托，对不起你父母在天之灵！若要招供待我招认了吧！

【张欲夺程手中画了押的口供。程躲，口供被衙役夺去。

赵　能　来呀，将程泰砸镣收监，将这老人拖下堂去！

众　人　啊！

【拖张亮相，程泰呼。

程　泰　冤枉啊！

【愤怒的张挣扎着从地下爬起追程，被踢倒。

张　立　（唱）公堂上昏沉沉日月难见，

张立我仰面呼苍天！

苍天啊，苍天！

苍天为何不睁眼？

可叹我年迈人哪里申冤。

悲切切，别周家回乡转，

见了我张江儿诉说屈冤哪！

张　立　苍天啊！我有冤枉啊！我有冤枉啊！（下）

第四场　逼　嫁

【二幕前。郑上

郑　贤　（唱）一剂草药提在手，

越思越想喜心头。

小杉死，绝了周家后，

程泰沦为阶下囚。

周家财产我承受，

与月娘欢欢乐乐结恋佳。

不怕月娘性执拗，

师父做主不必担忧。

嘿嘿，真是美煞人也！

（唱）可就是我烧香引来了鬼，

常常跟在身后头，

见面就向我伸手，

多少银子也不够。

花了我银子三百两，

　　　　至如今他还是无尽无休！

　　哼，好个狗师爷，表舅，整天缠着我要银子，要银子，还要我
　　给他立个字据，平分周家产业。啊呸！你想的倒美，我还没做
　　婿哩，你倒想分家产。我也没给他立字据，给了点银子把他打
　　发了。待我回去见了师父，问问我的亲事怎么样了！（下）

【启二幕。

【周家客厅，月娘上。

月　娘　（唱）周月娘捧汤药珠泪涟涟，

　　　　　　想杉弟痛伤情泪湿衣衫，

　　　　　　恨贼人心歹毒，行此暗算，

　　　　　　小杉弟遭毒手死得凄惨，

　　　　　　老爹爹心悲愤又把病染，

　　　　　　日间哭夜间想病卧床前，

　　　　　　七年来与程兄朝夕相见，

　　　　　　深知他人忠厚正直无偏，

　　　　　　怎能会突然间杀人谋产！

　　　　　　猛然间想起了狂生郑贤，

　　　　　　平日里懒读书吃喝游转，

　　　　　　他对我轻狂无礼人厌烦，

　　　　　　难道说因婚事他心起不满？

【百思不得其解。

　　　　　　程师兄却为何招认在堂前？

　　　　　　思过来想过去心绪烦乱，

　　　　　　何日里才能解我心中的疑难。

【春香上。

春　香　月娘，你又在啼哭，当心伤了身子。

月　娘　春香妹妹药煎好了，给我爹爹服用吧！

春　香　（端药）待我而去！

　　　　（见周下床：周老师下床来了，待我扶他而来！）

　　　　【月娘端药，春香扶周上。

周文灿　（唱）杉儿已死我心碎，

　　　　　　　　老来丧子实可悲。

月　娘　爹爹你的病体未愈，不可走动。

周文灿　胸中气闷难当，下床走走反倒轻快些。

春　香　药已煎好，周老师服药吧！

周文灿　不忙，前日郑贤托媒前来提亲，不知女儿你为……

月　娘　爹爹！（痛苦地摇头）

周文灿　女儿，小杉被害，郑贤跑前跑后，与你杉弟报仇。我看他对我父
　　　　女颇有情意，不如允下这门亲事，为父也算半子有靠，女儿可要
　　　　体谅为父一片苦心啊！

月　娘　这亲事么……啊，爹爹，我母早丧，杉弟又亡，女儿情愿在家伺
　　　　奉爹爹，终身不再嫁人了！

周文灿　哎！哪里话来，哪有女儿终身不嫁人之理。

月　娘　爹爹……

周文灿　儿啊！

　　　　（唱）以往事都怪父不谨慎，

　　　　　　　　错把程泰当好人。

　　　　　　　　他父子受恩将仇报，

　　　　　　　　图财产害杉儿起了歹心。

　　　　　　　　那程泰戴锁链南监囚禁，

到秋后他难免身首两分。

郑贤他热心肠对父恭顺,

请名医疗疾病尽心尽力。

劝女儿莫执拗亲事应允,

百年后我有了披麻戴孝送终人。

儿啊!还是听从为父相劝,允下这门亲事,乃是正理。

月　娘　哎呀,爹爹啊!想那郑贤轻狂无知,女儿嫁他,实实心中不愿,爹爹再休提女儿的终身之事了!

周文灿　啊!为父一片好心全是为你,你却如此执拗,竟然顶撞于我,你、你、你真是有失家教,气煞老夫了!

【周晕介。

月　娘　爹爹!(急扶)

周文灿　哼!(怒立一旁,月娘搬椅让周。春香端药碗,下)

月　娘　哎呀!(哭介)

(唱)一句话儿讲出唇,

几乎气坏年迈人。

要我从亲心不愿,

不从亲,老爹爹屡次来逼人。

我只好强压悲愤心内隐,

用好言去劝慰年迈的父亲。

爹爹呀!

女儿我自幼听从父教训,

读诗书知礼仪牢记在心。

适方才女儿我出言不逊,

老爹爹且莫要气之涌上心。

　　　　　并非是提婚姻儿不应允，

　　　　　怎奈是女儿我重孝在身。

　　　　　老母亲下世去两年整，

　　　　　孩儿我睡梦中常思娘亲。

　　　　　小杉弟遭惨死也把命尽，

　　　　　老爹爹心悲痛疾病缠身。

　　　　　这门亲……

周文灿　　（逼迫地）怎么样？

月　娘　　（接唱）这门亲……遵父命女儿我应允！

周文灿　　这便才是！

月　娘　　爹爹啊！（哭腔）

　　　　　（唱）要等到……

周文灿　　儿啊，等什么呢？

月　娘　　（接唱）我母亲孝满三年才能成亲！

　　　　　【周悲喜交集地。

周文灿　　（唱）月娘女儿多孝顺，

　　　　　　　　句句话儿动我心，

　　　　　　　　儿啊！

　　　　　　　　只要你把婚事允，

　　　　　　　　孝满三年再成亲。

　　　　　【月娘痛苦地点头。欲说。

周文灿　　儿啊，不必讲了，为父知道儿的孝心也就是了。

　　　　　【郑提药上，进内。

　　　　　师父在哪里？师父在……

　　　　　拜见师父。

周文灿　少礼，坐下。

郑　贤　师父，您的药我给抓回来了，师妹。（走近月娘）

　　　　师妹，又难过了？唉，人死不能复生。秋后，杀了程泰与咱杉弟

　　　　报仇也就是了。

月　娘　（厌烦地转过一旁）

郑　贤　师父你的病体如何？

周文灿　略有好转。

郑　贤　师父，你一病，不知道徒儿我心中多难受啊！（假哭介）

周文灿　让你多惦念了。

郑　贤　师父说哪里话来，常言一个徒弟半个儿，我就是您的亲儿子，咱

　　　　家里大大小小、里里外外的事我都该操心尽力。师父你就安心养

　　　　病吧。

　　　　【春香端药上。

春　香　药到。

　　　　【郑接过。

郑　贤　师父，药烫好了，趁热你快喝了吧！

　　　　【周喝药。

郑　贤　喝下去，你病就会好了。

月　娘　春香，随我回房去吧。

郑　贤　师妹，给师父的这剂药煎上，（递药，嬉皮笑脸）给呀！

　　　　（月娘仍不接，郑欲近前，春香夺过药包）

春　香　拿来吧？

月　娘　春香，快走！

　　　　【月娘、春香下。

　　　　【郑追出门。

郑　贤　　哼，脾气还不小啊，谅你早晚也逃不出我手。（进门）

　　　　　　师父，想您体衰多病，身旁常需有人打里照外，伺候您老人家。

　　　　　　徒儿甘愿尽力效力。只是我与师妹月娘，都在青春少年，请多不便，

　　　　　　这事么……

周文灿　　不要往下讲了，婚事么，你师妹已然应允了。

郑　贤　　（惊喜）师妹应允了。

　　　　　　（急跪）多谢岳父大人！

　　　　　　【双跪。

周文灿　　快快起来！

郑　贤　　岳父，小婿搀你歇息去吧。

周文灿　　好，搀我来啊，哈哈哈！

　　　　　　【郑搀周下，郑极献殷勤地下。

第五场　哭　监

　　　　　　【南监一角。

狱　卒　　哎咳！因我为人太执固，

　　　　　　贬为南监为狱卒。

　　　　　　咳，前者我在班房听差，因性情固执得罪了师爷，把我打发到南
　　　　　　监看这死囚牢房。前几日来了名囚犯，终日啼哭，闹得我不得安
　　　　　　宁，我不免用大话吓于他。只要他不再哭也就是了。我说程泰，
　　　　　　走动着哇！

程　泰　　苦哇！（上）

　　　　　　（唱）含深冤身带着铁镣法链，

　　　　　　　　　　想恩父思恩母珠泪不干，

实可叹杉弟死月妹难见，

纵死在九泉下我心不安！

苦哇！（哭介）

狱　卒　哎！你经常啼哭闹得我不得安息，今个我给你说清楚，你要再哭，

我可要给你上大刑了！

程　泰　老伯，我含有深冤，心中悲痛，不觉失声痛哭，惊扰老伯了！

（哭介）

狱　卒　唉！我这个人就见不得这个，他这么一哭，我这气可就早跑得没

影了。我说，你到底有什么冤枉，能给我说说吗？

程　泰　唉，一言难尽！

狱　卒　别哭，别哭，坐下，慢慢地说吧！

程　泰　老伯啊！

（唱）未曾开言心凄惨，

听我叙说满腹冤。

可叹父母早下世，

恩父家度过十五年。

自从入学把书念，

义父朝夕伴身边，

周家施恩许姻缘，

师妹月娘多良贤，

郑贤嫉婚行暗算，

下毒害死弟小杉，

知府昏庸又武断，

爹爹恼怒斥昏官。

霎时公堂大刑展，

> 鲜血淋淋溅堂前，
>
> 不忍爹爹受摧残，
>
> 当堂划供我承担，
>
> 秋后法场被处斩，
>
> 我的老伯啊！
>
> 可叹我饮恨亡，
>
> 负曲含冤啊！

狱　卒　听他这么说，确实冤枉，听着听着我也难过起来了！（擦泪介）

　　　　我说你既有这么大的冤枉，总该想个办法才好啊！

程　泰　我是无计可施！（哭介）

狱　卒　这……

　　　　【张同江上。

张　立　来此已是南监，待我叫门，狱卒大哥，开门来。

狱　卒　何人叫门？

张　立　我乃程泰之父，前来探望于他。

狱　卒　你且稍等，啊，程泰，你恩父来了。

程　泰　啊，他来了？求你让他进来吧！

狱　卒　这死囚牢房，不准探监。

程　泰　老伯你行个方便吧。（哭介）

狱　卒　好，别哭了，让他来就是！（开门介）哎，快进来吧。

　　　　【张同江进。

张　立　我儿哪里，我儿在……

　　　　【张、江、程大哭介。

张　立　我的儿啊！

张　江　我的程哥啊！

程　泰　我的义父啊!

狱　卒　嘿!小声点,这样大哭大叫,若叫查监的听见,那可麻烦了。有

　　　　话快说说,少待一会儿就走吧!

张　江　程哥,你用些酒饭吧!

程　泰　我气闷难当,吞吃不下。

张　立　儿啊,取些酒菜给狱卒大哥食用。

张　江　是。(取酒菜)

　　　　狱卒老伯,水酒一壶,略表心意!

狱　卒　不用了,不用了。

张　江　不必客气,你我席地而饮。

　　　　【江、卒坐地喝酒介。

　　　　【张、程两边望,相对大哭介。

程　泰　我哭了声老义父!我叫了声老爹爹!

张　立　我哭了声好孩儿,我叫了声小程泰!

　　　　罢罢罢,罢了啊!

　　　　声声苦,苦声声!泪如泉水涌!

　　　　含冤深似海啊!父子抱头放悲声啊!

程　泰　(唱)爹爹呀!

　　　　　　恼恨郑贤太凶狂,

　　　　　　害咱父子两分张。

　　　　　　深仇大恨未能报,

　　　　　　怒满胸膛恨满腔!

　　　　【大哭介。

张　立　儿啊!

　　　　(唱)莫流泪,且低声,暂忍悲痛,

     谨提防墙里说话墙外有人听，

（上板）

    自从你含深冤屈打招供，

    我全家为孩儿义愤难容！

    张江儿持菜刀要去拼命，

    左邻拉右邻劝怒火难平。

    你恩母闻你讯如雷轰顶，

    只如今哭瞎了一双眼睛。

    你的父临危难救残性命，

    你的母临终言常记心中。

    受艰难抚养你二十三载，

    盼望你勤攻读功名早成。

    入黉门中秀才众人称颂，

    俺二老睡梦中也笑出声。

    郑贤贼嫉婚约杀人害命，

    施诡计诬陷儿身入牢笼。

    在家中与江儿同把计用，

    来探监还要你速把状呈。

    为父我越府衙前去上告，

    拼将我这一腔血，我的儿啊！

    定将这冤情申明！

狱　卒　（唱）他二人诉冤情我气满胸膛。

    铁石人儿也心伤！

张　江　程哥啊！

  （唱）叫程哥忍悲痛速速写状。

程 泰	越衙上告倒也使得，只是笔墨纸砚不便？
狱 卒	这个不妨事，我去寻来。（欲走）哎呀，不妥呀！
	（唱）这件事还得要细细商量。

张 立 程 泰 张 江	这是为何？

狱 卒	你们不知，我家知府老爷与察院大人是换帖的把兄弟，若去那里
	上告，岂不是自投罗网吗！

三 人	这个……

张 江	罢了！
	（唱）官官相护王法不讲，
	倒不如拼了命痛快一场！
	【张要拼命去，众拦。

狱 卒	小声些！

张 立	儿啊，他们人多势众拼不过呀！

张 江	咳！状告不得，命也拼不得，真真急煞人也！

张 立	哎呀，儿啦！事到如今无法可施，只好我去公堂，承揽人命替我儿
	一死也就罢了。

程 泰 张 江	爹爹，万万使不得！

张 立	程泰儿啊！想你正在青春少年之时，满腹才华前程无量，为父偌
	大年纪，还能活得几时。等我死后，你兄弟要好好照养你那双目
	失明的老娘，为父纵死，却也含笑九泉啊！
	【众人哭介。

程 泰 张 江	爹爹啊！

张　立　我儿撒手，为父去了。

　　　　　【众人急拦，江急得大叫。

张　江　哇呀呀呀呀！

　　　　（唱）天昏昏地沉沉，

　　　　　　　　百姓有冤无处申，

　　　　　　　　粉身碎骨何所惧，

　　　　　　　　张江愿做替死人。

　　　　爹爹啊，程哥哥！张江愿替程哥在此受难，程哥速奔京城告状，
　　　　近逢皇上开科，程哥若能得中一官半职，也好搭救于我。倘若今
　　　　生今世冤情难明，张江替程哥一死，死而无怨！

程　泰　我已判为死罪，只待秋后处斩，此事万万使不得。

张　江　使得了！

程　泰　使不得！

张　江　程哥哥！倘若你执意不肯，不如我碰死了吧！

　　　　　【江欲头，众急拦。

张　立　孩儿不允，我也与你跪下了！

程　泰　不必如此，我从命就是！只是连累江弟受难，我心不忍，请上受
　　　　我一拜！

狱　卒　这样侠义之人，也受我一拜！

张　江　不敢担当，快快请起！

狱　卒　只是你二人脸面不同如何是好？

张　江
　　　　这……
程　泰

张　江　不妨事，我将脸面抓破，给它无从辨认。

张　立　好！事不宜迟，速速换来。

【众欲换，内声"师爷查监来了"。

【众惊。

狱　卒　莫怕，你们闪躲一旁，只需……（耳语介）

【卒示意张等躲下。

【师爷带二衙役上，叫门。

衙　役　开门，快开门！

狱　卒　谁呀？

衙　役　师爷查监来了。

狱　卒　唉！查监，查监，来诈银钱。（开门）进来吧。

【苟等进，捂鼻介。

苟　才　这两天，你这儿怎么样啊？

狱　卒　我这人你不知道吗？在班房不会听差，看监又不会诈财，我是两
　　　　手空空，无可奉送。

苟　才　真是茅房石头，又臭又硬，我看你是不想吃这份饷了！

狱　卒　那还不是凭师爷一句话吗。常言：泰山易改，秉性难易啊！

苟　才　那咱就张果老骑毛驴，走着瞧吧！（见酒菜）啊，这酒菜是哪里
　　　　来的？

狱　卒　这……这是家里给我送的。

苟　才　给你送的？不对，你一人怎能吃得这么许多，定是你受贿，与犯
　　　　人通同作弊，还能瞒得过我吗？

衙　役　是呀，还不快说。

狱　卒　受贿么，倒不曾有的。多蒙师爷给我分派了这么个美差事，那程
　　　　泰终日啼哭，口喊冤枉，搅得我整日不得安宁，你听你听啊！

【内呼！"冤枉"。

狱　卒　今儿个您来了，何不盘问盘问，给他申明冤枉，他就不哭喊了吗？

苟　才　什么，他还呼冤枉，此案已铁板钉钉，绝无翻供，只待公文正列，

　　　　就送他上西天了。

狱　卒　师爷，常言：救人一命，胜造七级浮屠，你还是问问吧！

　　　　【向里叫，程泰，师爷在此，有什么冤枉，快来说呀！

苟　才　（惊怕又厌烦地对衙役）快走，快走！

狱　卒　师爷，师爷……（追叫）

苟　才　你这这个老东西，回头再给你算账！（急出门）

　　　　【张等上，与卒在门里会心地亮相。

　　　　【苟与衙役出门，狼狈地亮相。

第六场

　　　　【景同一场，深秋，月淡星稀，花木凋零。

　　　　【周月娘病态，端酒洒祭，举目环视四周凄苦地。

月　娘　（唱）秋风阵阵落叶黄，

　　　　　　　　花木凋零遇寒霜。

　　　　　　　　满腹愁苦对谁讲？

　　　　　　　　对明月奠祭我早死的娘！

　　　　（洒酒）

　　　　　　　　母亲啊！

　　　　（哭）

　　　　　　　　母亲撇儿仙乡往，

　　　　　　　　怎知女儿苦难当，

　　　　　　　　郑贤贼子多狂妄，

　　　　　　　　苦苦逼我换嫁妆。

　　　　　　苦衷难对爹爹讲，

　　　　　　女儿暗自空悲伤。

　　（环顾四周，面对明月抽泣）

　　（唱）冷冷月光照孤形，触景生情更伤痛。

　　　　　　数月前桃李树旁订恋盟，

　　　　　　与程兄心心相印情义浓。

　　　　　　今日里景物依旧人已非，

　　　　　　前情思后事想心事重重！

月　娘　听张伯父说，张江兄弟赴京告状，至今已数月有余，杳无音讯。

　　　看来搭救程师兄，已是无望的了！（哭介）明日为母服孝已满，

　　　郑贤逼我拜堂成亲，我岂肯让此贼玷辱于我。这，这该如何是好

　　　啊！（焦急思考）

　　　人活百岁纵有一死，不如我，我自缢了吧！

　　　爹爹，爹爹啊！女儿我，我顾不得你了哇！（哭介）

月　娘　（唱）郑贤贼要成亲苦苦逼迫，

　　　　　　你女儿无生路含悲自裁。

　　　　　　对明月向爹爹躬身下拜，

　　　　　　爹爹啊，程师兄啊！

　　　　　　从此后人间阴府两分开！

　　【月娘悲愤下场。

　　【春香挑灯上。

春　香　（唱）今夜晚周府里事情异常，

　　　　　　为什么荀师爷来去匆忙。

　　　　　　见郑贤就瞪眼又吵又嚷，

　　　　　　郑贤他赔笑脸忙备酒浆。

他二人举酒杯又笑声合掌，

只吃得醉醺醺才出小房。

送师爷出府去我把门掩，

又只是一张帖丢在脚旁。

待我将帖给月娘看去。月娘姐姐，月娘姐姐！（下）

【春香内声惊叫："月娘！"春香夺月娘的绳子上，月娘上。

月　娘　春香，还是让我去死了吧！

春　香　月娘，使不得，你若一死，撇下周老师……

月　娘　苦命的爹爹啊！

春　香　唉！真是要逼出命啊！月娘，方才我送荀师爷，看见他身上掉下一件东西，您快看看吧。

【春掌灯，月看介。

月　娘　原是一张字据："周家人命案，表舅来周旋，待到成婚后，平分周家产。"

【惊异，复念一遍。

春　香　（气愤）真是人面兽心啊！

月　娘　好贼子！

　　　　（唱）见字据不由人怒满胸膛，

　　　　　　恨郑贼心歹毒如同虎狼。

春　香　（唱）快禀给周老师把办法想。

月　娘　不妥，我父病情严重，若知此事，定有性命之危！

春　香　这……（见郑走来）月娘，郑贤来了！

月　娘　好！

　　　　（唱）今夜晚我定要细察其详！

月　娘　春香附耳上来！（二人耳语）

【春香、月娘下。

【郑醉酒上。

郑　贤　（唱）方才表舅对我讲，

　　　　　　　程泰明日赴法场。

　　　　　　　他见阎王我成亲，

　　　　　　　与月妹欢欢乐乐配成双。

　　　　　　　是我心中欢喜，饮了几杯水酒，这良宵月夜真是难熬啊！

　　　　（唱）几杯酒落肚肠，

　　　　　　　心里越发想月娘。

　　　　　　　我师父病重早安睡，

　　　　　　　今夜晚找织女配牛郎。

【月娘暗上，独坐。

　　　　（白）月娘在此独坐，她是在想我了吧，待我上前。

　　　　　　　那是月妹，累你久等了。

【郑走近月娘，月娘躲。

月　娘　夜深人静，你来此做甚？

郑　贤　我来……我来给你道喜来了。

月　娘　唉！我有什么喜事啊？

郑　贤　明日法场处斩程泰，岂不是一喜吗？

月　娘　（震惊）啊，明日就要处斩吗？

郑　贤　五更天明，他命休也！

月　娘　喂呀！（哭介）

郑　贤　处斩程泰，为杉弟报仇，理当高兴，怎么你倒哭起来了？

月　娘　（掩饰地）我是思念小杉之故。

郑　贤　（双关语）别想他啦，再想也没有用了。月妹，明日咱俩拜堂成

亲，就要入洞房了，今晚良宵我来……

月　娘　怎样？

郑　贤　我来陪月妹饮几杯酒，你看可好？

月　娘　这酒吗？……还是师兄饮吧，我不会饮酒。

郑　贤　不会不要紧，慢慢学么（见桌上酒）。咦，你这不是早准备好了吗？

　　　　（斟酒）月妹，为兄先敬你一杯，请酒。

月　娘　师兄，请！

　　　　【二人对饮，月娘寻机将酒倒地。

郑　贤　来，斟上，斟上。

月　娘　师兄啊！

　　　　（唱）心中我把程泰恨，

　　　　　　　恩将仇报负良心，

　　　　　　　明日他法场把命尽，

　　　　　　　也是他自拿绳索缚自身。

郑　贤　月妹咱不说他了，月妹，请酒！

　　　　【对饮，月娘将酒倒地。

月　娘　（唱）多亏你跑前又跑后，

　　　　　　　给我杉弟报冤仇，

　　　　　　　小妹心中多愁苦，

　　　　　　　对于师兄礼不周。

郑　贤　我的月妹啊！

　　　　（唱）她多情的话儿讲出唇，

　　　　　　　喜得我三魂飘飘不在身。

　　　　　　　为月妹把我的心机费尽，

　　　　　　　为月妹我舍去多少金银。

为月妹师父于前我多恭顺，

为月妹我可是……

月　娘　怎样呢?

郑　贤　（唱）为月妹，我可是……（背唱）话难出唇!

月　娘　（唱）他半吐露，语迟钝。

探真情，我还须步步引深。

任凭你刁赖徒阴险凶狠。

今夜唉，我定要拨开疑云。

师兄啊!

（唱）难得与兄同桌饮，（斟酒）

小妹我，要敬师兄酒三樽。

郑　贤　我喝，我喝。（饮酒）

月　娘　（唱）劝师兄放开量啊! 我斟酒……

郑　贤　（接唱）我猛饮!（饮酒）

月　娘　（唱）今夜晚探真情要把冤申!

郑　贤　（同唱）今晚会佳期我如意称心!

郑　贤　月妹，你过来，你过来么!

【郑动手动脚，月娘推，郑气坐。

月　娘　叫我好恨!

郑　贤　恨之何来?

月　娘　我恨那下毒之人，若是捉住此贼，我定要……

郑　贤　怎么样?

月　娘　定将他送官治罪。

郑　贤　哎，下毒之事，除了我谁也不知晓，你怎会……

月　娘　果真是程泰下毒吗?

郑　贤　不是他，不是他。

月　娘　（自语）不是程泰，那你为何诬陷他呢？

郑　贤　我不是想娶你的么。

月　娘　既不是程泰下毒，又是那个下的毒呢？

郑　贤　我，我，我也不知道。

　　　　【郑醉倒桌旁，欲动不能。

郑　贤　月妹，你不是说要陪我安歇去吗？

月　娘　少时就去，师兄。

郑　贤　怎么还叫师兄，要叫夫君。

　　　　【月娘强按怒火。

月　娘　今晚明月如镜，我作诗一首，与你助助酒兴，可好吗？

郑　贤　妙啊，月妹给我作诗助兴。真是难得，难得。

月　娘　如此你仔细听了。

郑　贤　你说吧，我的两个耳朵都要竖起来听了。

月　娘　周家人命案，表舅来周旋，待到成婚日，平分周家产。郑贤立！

郑　贤　（略惊自语）不对，这话不是刚才我写的吗？她怎么学会了？不妥，不妥，月妹，你这诗，我讲解不了，我不懂，我不懂，咱不作诗了。你陪我歇去吧？

月　娘　【月娘拿出字据。

月　娘　你看，这是什么？

　　　　【郑看大惊。

郑　贤　啊，字据？月娘，你从何而来？

月　娘　你手而写，你写而来！

郑　贤　那是耍着玩的，给我吧？

月　娘　哼哼哼哼哼（冷笑），只怕你出手容易，回手难。

郑　贤　啊！你?

　　　　【月娘狠命打郑一耳光。

月　　娘　强盗!

　　　　（唱）见强盗气得我，我，我浑身打战，

　　　　　　　　却原来你杀杉弟把程兄攀连，

　　　　　　　　施伎俩逼婚姻灭门霸产，

　　　　　　　　买官府行了诬陷狼狈为奸!

　　　　　　　　怒上来将此贼斧劈刀砍。

　　　　【春香手拿棍上，月娘举棍打郑贤，郑酒醉身不由己，被打得满
　　　　　地乱滚，磕头求饶。

　　　　【春香拦住。

春　　香　（唱）劝姐姐慢动手我有语言。

　　　　　　　　月娘若将他打死岂不灭了口供了吗?

月　　娘　（扔棍）便宜了此贼。快将他捆绑起来，锁在房内。

　　　　【二人捆郑，春香用手帕堵郑口，拖郑下。

春　　香　月娘，要赶快设法搭救程师兄要紧。

月　　娘　这……有了，趁此夜深人静，待我赶到公堂击鼓喊冤。

春　　香　好，我随你一同前去，只是此去衙门，路远难行，五更将到，你
　　　　　病体虚弱，天亮之前，怎能赶得到呢?

月　　娘　春香啊！为了搭救程兄性命替杉弟报仇，就是赴汤蹈火，在所不
　　　　　辞，倘若此去不能解救程兄性命，我也决不活于人世了。

春　　香　好，咱们走!

月　　娘　（唱）深夜里击堂鼓去把冤喊，

　　　　　　　　救不回程师兄我死不回还。

　　　　【二人急下。

第七场

【月夜，村外荒郊，月娘、程泰急上。

月　娘　夜沉沉路迢迢星月惨淡，

　　　　走得我汗淋淋湿透衣衫，

　　　　眼看着五更到就要提斩。

　　　　程师兄含冤死遗恨万年。

　　　　事危急哪顾得夜深路远，

　　　　救程兄我敢闯火海刀山，

　　　　叫春香你随我快把路赶，（园场）

　　　　头发晕，腿发软倒卧路边。

　　　　【月娘倒地。

春　香　月娘，怎么样了？

月　娘　我实实地走不动了！

春　香　歇息歇息再走。

　　　　【扶月娘起，鸡叫声。

春　香　不好，你听鸡叫头遍了。

月　娘　鸡叫头遍了，月落星稀，眼看五更天亮，就要提斩，歇息不得，

　　　　赶快走！

月　娘　（唱）心急急只嫌脚步慢，

　　　　　　　恨不得插双翅飞到堂前。

　　　　【二人赶路动作介，急下。张立上。

张　立　（唱）老张立急忙忙奔赴法场。

　　　　　　　实可叹我江儿今日命亡，

程泰儿奔京城前去告状，

只如今数月余音讯渺茫，

看起来这冤枉，石沉海底，

我江儿含恨死我心碎痛伤，

顾不得路坎坷，急忙前闯，

（园场、吊毛、跑步）

父子们生离死别我前去祭桩。

【张急下。

【郑贤狼狈而凶狠地追上。

郑 贤　（唱）我磨断绳子跳出窗，

拼着性命追月娘。

她若回去还罢了，如不然？不是她死，就是我亡！

【急追下。换天景。

【一条大河，舞台一侧为河岸，岸边有高坡、柳树。

【月娘，春香急上。

月 娘　（唱）走得我口干舌又燥，

浑身如同烈火烧，

咬紧牙关往前跑。（园场）

月 娘　（唱）为何不见有渡桥？

（白）春香来到河边，怎么不见渡桥？

春 香　待我看来，（看）哎呀，不好！月娘，咱们慌不择路，在前面三岔路口的地方，走入了岔道，渡桥还在那边呢？

月 娘　这怎么办呢？

春 香　顺这条返回去，走不多远就有渡桥。

月 娘　快返回去。

【春香领月娘回返走场，行至三岔路口。

春　香　好，快走，来到三岔路口，从这条路往前走不远就是渡桥。

月　娘　好，快走！

【郑内声："等等。"

春　香　月娘，后边有人追来了。

月　娘　（看、望）啊！郑贤！他怎么出来了！

【春香惊望，月娘紧急思考。

春　香　这怎么办哪！？

月　娘　此贼赶来追我，定然不会善罢甘休。

春　香　那你……

月　娘　春香，这是字据，你带它快去公堂击鼓喊冤。

春　香　你呢?

月　娘　我把郑贤从这条岔路引走。

春　香　月娘，恐你遭他毒手，这使不得！

月　娘　事情紧急，也顾不得许多了，你快走，快走。

【月娘推春香下。郑内喊："呔！月娘慢走！"

【月娘绕上岔路急走。

郑　贤　（阴险地）哼哼，看你往哪里走。（追下）

【郑在后急追，月娘前边跑，左挡右堵，二人相遇。

郑　贤　月娘，三更半夜，你跑出来做甚，跟我回去。

【月娘不理。

郑　贤　噢，字据上几句戏言，何必当真，把字据还给我吧。

【月娘不理睬。

哈哈，你是敬酒不吃，吃罚酒。

事已至此，我给你明言吧，你把字据还给我，咱俩欢欢喜喜过日子，

　　　　　　　不然的话，哼哼，别怪我翻脸无情。

月　娘　　还你字据，倒也不难。

郑　贤　　那就给我吧?

月　娘　　随我当面见官。

郑　贤　　哼哼，你叫我死，我岂能让你活，给我，给我，快给我。

　　　　　【郑步步紧逼，郑抓月娘，月娘给郑一耳光。

月　娘　　强盗!

　　　　　（唱）见仇人怒火千万丈，

　　　　　　　　　怒骂郑贼丧天良。

　　　　　　　　　施毒计杀我小杉弟，

　　　　　　　　　又害程兄法场亡!

　　　　　　　　　谋财逼婚施伎俩，

　　　　　　　　　你是人面兽心肠。

　　　　　　　　　人间坏事你做尽，

　　　　　　　　　豺狼成性害善良。

　　　　　　　　　想要字据是妄想，

　　　　　　　　　除非是江河倒流，日出西方。

　　　　【二人厮打，郑踢月娘倒地，拔出匕首扑向月娘。月娘撒土，郑迷
　　　　　眼，急揉，月娘趁机跑上高坡。郑追，月娘扔石头砸，郑急躲
　　　　　过，用匕首刺月娘。

　　　　【月娘见情况危急，纵身跳大河。

　　　　【郑跑向河边。

第八场　法　场

【兵丁巡视，把守法场，刀斧手押张江上。

张　江　天哪！苍天，天哪，张江虽死，死不瞑目。

程兄呀，程哥哥呀，兄盼你早日申明冤枉，替屈死的张江，报仇雪恨哪！

【赵能上坐法场，师爷陪坐一侧。

赵　能　众兵丁，护了法场。

【张立急上，左冲右闯，被兵挡住。张再闯被兵丁擒住。

兵　丁　干什么？

张　立　前来祭桩的。

兵　丁　禀老爷，有人祭桩。

赵　能　放他进来！

兵　丁　去你的吧。

【张被摔地，挣扎着起来，扑向张江。

张　立　哎呀，我的……（急捂嘴）哎！我的，我的儿啊！

（唱）见江儿法桩绳锁捆，

活活痛煞我这年迈人。

江儿今日含恨死，

理难明来冤难申。

张　江　（唱）爹爹啊！

年迈之人哭号啕，

我心中好似插钢刀，

生前我不能将仇报，

死后变厉鬼把这冤账讨!

【张抱江痛哭。

张　　立　苍天啊!

（唱）为什么这清白之人把头断。

恶人逍遥法外边,

呼天叫地都不应,

我咬牙切齿恨昏官。

【张怒视赵、荀等人。

张　　立　在法场哭得我神魂乱,

我欲哭无声,我欲说也无言,

忽然间只觉得天旋地转。

似看见程泰儿身举高官转回还。

拿住昏官恶贼奸党,

仇报仇来,冤报冤啊。

【幕后,程泰领唱,众人合唱。

【领唱:中高魁斗封巡按,

日夜兼程把家还,

为了救张江弟,为了百姓苦和冤,

归心似箭恨马慢。

铁蹄飞奔一溜烟。

【张立神志已乱,自言自语地。

张　　立　程公子,你回来了,你得中了。来,来,来,快拿住这些奸党,给
我报仇。给我雪恨,给我报仇,给我雪恨（转面）。

你怎么不言,你怎么不语,难道你怕他们不成,老汉我不怕,待
我将它拿了。

张 立 （指赵、荀）哈哈原来你在这里，（指荀）你贪财受贿。

（指赵）你昏庸武断，你们草菅人命，岂能容你，老汉我给你们

拼了，我给你拼了！

【张跌跌撞撞地扑向赵、荀，被兵丁踢倒。

师 爷 这个老儿，胡言乱语，搅闹法场。

赵 能 来呀，将这老儿与我押在一旁，少时带回府衙问罪。

【两人将张拖在台一角，张呆立。

赵 能 时辰到也不到。

衙 役 不到。

赵 能 到也是一杀，不到也是一杀，管他到不到，刀斧手！

刀斧手 有。

赵 能 将程泰与我——杀。

【刀斧手拔下亡命旗，堂声骤起，呼喊声起，刀斧手做好杀人准备。

刀斧手 擂鼓一通，擂鼓二通，擂鼓三通。

【刀斧手举刀欲砍。

【内喊，住手，刀下留人。

中军上 巡按大人到，速来接迎。

【程泰身着巡按官服急上，众衙役后退。

程 泰 快将张江卸下法桩。

【人将张卸下，另一军将急上。

军 将 禀大人，郑贤抓到。

程 泰 将他押上来。（押郑、周随上）

程 泰 你是怎样杀人害命，从实招来！

郑 贤 我是安善良民，怎能杀人害命呢？

程 泰 不动大刑量你不招，与我打。

郑　贤　（抱住师爷腿）舅，你赶快救救我吧！

荀　才　去你的吧！（踢郑）

郑　贤　老爷，无凭无证，岂不是冤枉好人。

程　泰　你看这是何人？

　　　　【春香扶月娘走出，郑大惊。

郑　贤　啊，小人愿招。

程　泰　划供，将郑剥去花帽，绑在法场斩首示众。

　　　　【绑郑。

赵　能　大人这……

程　泰　（拿字卷）你且看过！

　　　　【赵看后大惊。

赵　能　下官知罪（指），你这个狗才。

程　泰　将赵能、荀才押回衙去，听候发落。

　　　　【赵狼狈下场，绑荀下。

周文灿　女儿你……

月　娘　多亏春香路遇程兄将我从水中救出。

周文灿　贤婿！唉，惭愧呀！

张　江　程泰哥哥啊！（抱头痛哭）

程　泰　为何不见爹爹？（程、江急寻）

　　　　【张立一直呆立，程、江大惊，一齐下跪。

程、江　爹爹，爹爹，爹爹你看谁回来了！

　　　　【张渐渐醒来。

张　立　你是我儿程泰！

程　泰　儿是程泰。

张　立　你做了官了。

程　泰　儿进城告状，恰逢皇王开科，孩子待中状元，官封巡按，前来平
　　　　冤来了。

张　立　儿啊，我不是在做梦吧！

张　江　爹爹，不是做梦，真是我程哥哥回来了！

张　立　你是江儿，你未曾死。

张　江　我还活着哪。

月　娘　张伯。

张　立　你是月娘，叫你受委屈了。

月　娘　你老人家也吃了苦了。

张　立　你们都来了，那昏官呢？

程　泰　已拿回待审。

张　立　那恶贼郑贤？

程　泰　将以处斩。

张　立　哈哈，哈哈……（昏倒）

众　人　爹爹。

【剧终】

太原戏剧选

文龙归宋

编剧：贾肯堂

1979年11月

【剧中人物】

陆登、岳飞、金兀龙、陆夫人、王佐、乳娘、岳云、
陆文龙、哈迷蚩、扎力脱、何元庆、四金将、严成方、
院公、四金兵、家将、牛皋、蕙珍、狄雷、四宋兵、
旗牌、报子、四龙套

第一场　巡　城

【夜天沉沉，星月暗暗，远山隐隐，潞安州城垛如带，垛口营灯
　高悬。

【幕启时，阵阵驼鼓伴着几声悲笳。

【宋军四人挑灯引陆登上。

陆　登　（唱）夜沈沈星月暗寒风阵阵，

　　　　　　　驼鼓响战马鸣胡笳连声；

　　　　　　　恨金邦犯中原潞安围定，

　　　　　　　誓与城共存亡为国尽忠。

　　　　本帅，姓陆名登字子敬，官拜潞安节度使之职。可恨金兀术率领
　　　倾国人马进犯中原，如今将潞安州团团围定，本帅只得日夜坚守，
　　　严防攻城。军士们！

宋　军　有。

陆　登　随我巡城！

宋　军　啊。

陆　登　（唱）刁斗催月西移露湿袍襟，

　　　　　　秉忠心保社稷昼夜巡夜；

　　　　　　汉朝中黜忠良宠信奸佞，

　　　　　　敛资财筑宫室民怨沸腾。

　　　　　　燕云地陷番邦未归大宋，

　　　　　　胡尘里众贵民空放悲声；

　　　　　　盼王师又一年珠泪已尽，

　　　　　　又怎知奸佞巨

　　　　　　　　　　辱国丧权，

　　　　　　　　　　屈膝事敌，

　　　　　　　　　　金迷酒醉，

　　　　　　　　　　歌舞升平。

　　　　　　内忧重重外患紧，

　　　　　　边关上狼烟起铁蹄纵横，

　　　　　　金兀术统貔貅启开战衅，

　　　　　　率雄兵五十万先国潞城，

　　　　　　这几日与金兵交锋对阵，

　　　　　　怎奈我无长缨难缚苍龙；

　　　　　　我已与朝元帅写去书信，

　　　　　　盼只盼两狼关早发救兵，

　　　　　　夜巡城顾不得风寒露冷。

　　　　【园场，坐。

陆　登　（接唱）叫三军严防守切莫放松。

　　　　【兵甲上。

兵　甲　启禀元帅，拿住一名奸细。

陆　登　押上来！

　　　　【兵甲下，押哈迷蚩上。

哈迷蚩　与元帅叩头。

陆　登　唗！你是哪里来的奸细，还不照实讲来！

哈迷蚩　小人并非奸细，乃两狼关韩元帅派来的下书之人。

陆　登　为何不在白日前来？

哈迷蚩　金兵白日盘查甚紧，故尔夜晚前来。

陆　登　你唤何名？

哈迷蚩　小人名叫赵德胜。

陆　登　书信可在？

哈迷蚩　书信在此。

陆　登　呈上来！

哈迷蚩　元帅请看。

　　　　【哈迷蚩呈书介。

陆　登　待我看来。

　　　　【吹牌子，左看，右看，仔细再看介。

　　　　（白）韩帅即刻发兵前来，……要本帅二日天明出城迎敌，……

　　　　两面夹攻……

　　　　好，好，好！（又想）只是韩元帅的兵哪里能来得这样快啊？

　　　　【闻书信介。

　　　　（白）这封书信为何如果腥膻难闻？

　　　　【略加思索，恍然大悟。

（白）啊呀且往！军士们！

宋　军　有。

陆　登　这几日可曾宰牛杀羊？

宋　军　未曾宰牛杀羊。

陆　登　（冷笑）赵德胜！

哈迷蚩　小人在。

陆　登　（严峻地）你是久在大营，还是新在大营？

哈迷蚩　久在大营。

陆　登　韩元帅是什么出身？

哈迷蚩　更夫出身。

陆　登　夫人呢？

哈迷蚩　梁氏夫人。

陆　登　什么出身？

哈迷蚩　小人不敢言讲。

陆　登　他有几位公子？

哈迷蚩　两位公子。

陆　登　名唤什么？

哈迷蚩　长公子名唤尚德，二公子名唤彦直。

陆　登　多大年纪？

哈迷蚩　尚德一十五岁，彦直刚满三岁。

陆　登　（点头，思索，看哈迷蚩，重看信，开信。突然发问）

　　　　你叫什么名字？

哈迷蚩　哈——呀！小人名唤赵德胜。

陆　登　韩元帅什么出身？

哈迷蚩　更夫出身。

陆　登　　夫人呢?

哈迷蚩　　梁氏夫人。

陆　登　　什么出身?

哈迷蚩　　小人不敢言讲。

陆　登　　梁夫人何日生辰?

哈迷蚩　　这个——

陆　登　　什么?

哈迷蚩　　八月十五……

陆　登　　怎么讲?

哈迷蚩　　六月十四……

陆　登　　大胆!

　　　　　（唱）番贼做事心太狠,

　　　　　　　　攻城不破诡计生;

　　　　　　　　若非本帅细盘问,

　　　　　　　　潞安险些化灰尘。

　　　　　哇! 好你大胆奸细,竟敢假冒下书人,与我推出砍了!

　　　　　【二宋军推哈迷蚩出。

哈迷蚩　　哎! 我哈迷蚩不料死于此地!

陆　登　　押回来!

　　　　　【二宋军将哈迷蚩押回。

陆　登　　你是何人?

哈迷蚩　　我乃大金邦四太子帐下军师哈迷蚩是也。两狼关差来下书之人赵
　　　　　德胜被我国拿住,因此假造书信一封,骗你开城出战,不料今日
　　　　　被你识破,你要杀就杀,要砍就砍,何必多言!

陆　登　　本帅闻听番邦有一哈迷蚩,十分奸诈,每每进中原,探听消息,

　　　　　却原来就是你。今日本帅不斩于你……

哈迷蚩　谢元帅。

陆　登　只是就这样放你回去，你下次再来做奸细，如何认识?

　　　　　军士们!

宋　军　有。

陆　登　将他鼻子割下，放他回营!

宋　军　啊!

　　　　　【宋军推哈迷蚩下。

陆　登　众将官!

宋　军　有。

陆　登　仔细巡城，严加防守!

　　　　　（唱）金邦诡计未得逞，

　　　　　　　　必定昼夜把城攻;

　　　　　　　　身为元帅何惜命，

　　　　　　　　誓死保全潞安城。

　　　　　【同下。

第二场　城　破

　　　　　【金兀术大帐。

　　　　　【四金兵，金兀术上。

金兀术　（唱）孤家领兵中原进，

　　　　　　　　日月无光杀气腾;

　　　　　　　　潞安一战难取胜，

　　　　　　　　陆登实实有才能;

군师巧计安排定，

身入虎穴定成功；

且坐帐中等音讯。

【哈迷蚩掩鼻上。

哈迷蚩　（接假介板）

金兀术　陆登如此羞辱孤家，真正气煞人也。

哈迷蚩　为臣此番前去，虽然落下这般模样，倒还探得潞安城一二虚实。

金兀术　军师快快讲来！

哈迷蚩　潞安州防守甚严，坚如铜墙铁壁，难以攻破；只是西门城下的水闸，防守轻松；狼主可于深夜潜取水闸，引兵由水闸入城，大功可成。

金兀术　如此甚好。孤家今夜直取水闸而入。

哈迷蚩　只是这水闸号称千斤闸，恐难以开启。

金兀术　军师不必多虑，大金国镇国之宝"千斤铁龙"，孤家也曾把它举起，这小小水闸焉能阻挡孤家的去路。

哈迷蚩　这便甚好。只是潜取城西水闸之前，先宜火烧东关，此谓声东击西啊！

金兀术　军师言之有理，且请后帐医治。

哈迷蚩　（想起了鼻子）哎呀，我的鼻子啊！

【哈迷蚩掩身下。

金兀术　扎力脱听令！

扎力脱　在。

金兀术　命你速速精选一千人马，火烧潞安东关。

扎力脱　得令！（下）

金兀术　巴图鲁！

金　兵　啊!

金兀术　但等三更鼓响,随孤攻去城西水闸!

　　　　【二边幕开。

　　　　　月黑天高。潞安西城脚下,水闸洞门露出少许,铁制闸板上铁钉
　　　　　密密麻麻,关闭甚紧,城上垛口闻可见宋军巡城士兵来回走动。

　　　　【城东火光连天,幕后人声嘈杂。

　　　　【金兀术率金军上,潜入闸门旁,用板斧劈开水闸,推起水闸,
　　　　　拍手示意金兵,金兵鱼贯由水闸而入。

　　　　【战鼓声起,二边幕闭而复开。

　　　　【宋、金军巷战,肉搏。

　　　　【陆登上,与金兀术战,胜。下。

　　　　【宋、金军巷战,宋军败,军士下。

　　　　【陆登,金兀术对战,陆登败下。

金兀术　追!

　　　　【金兀术,金军追下。

第三场　托　孤

　　　　【陆府。

　　　　【陆夫人上。乳娘抱文龙随上。

陆夫人　(唱)天愁地暗杀声震。

乳　娘　(唱)但愿老爷退贼兵。

　　　　【家将急上。

家　将　禀夫人,大事不好!

陆夫人　何事惊慌?

家　将　老爷带箭落马。

陆夫人　现在何处?

家　将　下落不明。

陆夫人　速速再探!

家　将　啊!（下）

陆夫人　老爷啊!

　　　　（唱）忽听老爷伤情重,

　　　　　　　好比万箭穿我心;

　　　　　　　双目迷离神不定,

　　　　　　　再等家将报分明。

　　　　【院子急上。

院　子　禀夫人,金兵杀奔府中而来!夫人你速速逃走了吧!

陆夫人　再探!

院　子　是!（下）

陆夫人　（唱）院公忽忽报凶信,

　　　　　　　刁恶金兵到府门;

　　　　　　　腰中解下白绫带,

　　　　　　　宁死不能被贼擒。

　　　　【陆夫人解下腰中白绫带欲走。

乳　娘　夫人啊!

　　　　【陆夫人止步。

乳　娘　（唱）夫人若是寻自尽,

　　　　　　　留下公子靠何人?

陆夫人　（唱）乳娘且忍悲和愤,

　　　　　　　情急不容细叮咛;

文龙已满三月整，

他是陆门后代根；

盼你抚养多教训，

他年报仇望文龙。

乳　娘　（唱）夫人情深语又重，

我要牢记在心中；

抚养公子勤教训，

跳龙潭入虎穴由我担承。

怀抱公子忙逃命。

【乳娘抱文龙下。

陆夫人　（唱）宁玉碎不瓦全为国殉城。

【悬梁自尽。

【陆登上。

陆　登　（唱）孤身奋战伤情重，

单枪难保潞安城；

提枪勒马府门进，

哎呀……

一见夫人寻自尽，

犹如钢刀刺我心；

失守潞州成遗恨，

恨我无计退贼兵；

精忠报国何惜命，

愿将碧血染潞城。

【陆登自刎，立尸不倒。

【金兀术率领将士上，见陆登立尸，惊慌不已。

金兀术　（颤抖介）啊！陆将军！陆元帅！

　　　　（揖介）陆将军！陆元帅！

　　　　【颤抖下跪介。尸倒。

金兀术　（挥冷汗介）哎吓！这……这宋朝的人实实的厉害啊！

　　　　【金兵甲上，乳娘抱文龙与院公随上。

金兵甲　启禀狼主，搜出一男一女一婴孩。

金兀术　带上来！

　　　　【院公、乳娘进。

金兀术　这一老儿，你是何人？

院　公　我乃陆府院公。

金兀术　这一妇人，你是何人？

乳　娘　我乃此间宋府乳娘。

金兀术　你乃宋府乳娘，因何来到陆府？

乳　娘　只因我与陆夫人自幼相识，常蒙陆夫人唤来闲谈解闷。

金兀术　怀中婴儿他是何人？

乳　娘　此乃宋家公子，名唤文龙。

金兀术　他父母现在何处？

乳　娘　可怜他未满百日，父母双双去世。

金兀术　（金兀术抱文龙在手）啊！好小儿！好小儿！真乃一个好孩子呀！
　　　　我看此子生得相貌不凡，将他收为义子。送往金国，由乳娘你代
　　　　孤抚养于他也就是了。

乳　娘　谢过狼主活命之恩。

金兀术　这一院公，你自去吧！

院　公　谢狼主。（欲走）

乳　娘　院公请转！

金兀术　你要讲说什么?

乳　娘　我有两句言语托付于他。

金兀术　就此讲来!

乳　娘　谢狼主!（对院公,用双关语）啊!院公!你若能回转宋府,见了那宋府之人,就说这文龙公子已被狼主收为螟蛉义子,即刻起程送往金国抚养去了!你可曾记下?

乳　娘　你记下了?

院　公　老汉我记下了。乳娘!此去北国,千里迢迢,关山阻隔,你,你……要保重了!（院公下。）

金兀术　巴图鲁!

金　兵　啊!

金兀术　息兵三日,攻打两狼关!

　　　　【同下。

第四场　会　阵

（十六年后）

　　　　【朱仙镇大宋元帅兵飞大营。

　　　　【宋将何元庆、严成方、狄雷、岳云起坝上。报名。

何元庆　众位将军请了!

众　　　请了。

何元庆　元帅升帐,你我帐外侍候。

众　　　请。

　　　　【四龙套,四宋军上。

　　　　【岳飞上。

岳　飞　（引）黄河滚滚战云翻，

　　　　　　　扫金寇，还我河山！

　　　　（诗）枕戈待旦志未酬，

　　　　　　　厉兵秣马向燕幽；

　　　　　　　雄师虎踞朱仙镇，

　　　　　　　待命进军复神州。

　　　　本帅，姓岳名飞字鹏举。可恨金邦屡犯中原，本帅统领雄兵屯扎朱仙镇。那兀术若敢驱兵前来，定杀他个片甲不归，方消我恨。

　　　　【报子上。

报　子　金兀术前来讨战！

岳　飞　再探！

　　　　【报子下。

岳　飞　众将官！

　众　　啊！

岳　飞　迎敌去者！

　　　　【同下。

　　　　【战鼓声、笳声、喊杀声惊天动地。

　　　　【宋、金军分上，各以旗列门。

　　　　【岳飞与金兀术上。

岳　飞　马前来的可是金兀术。

金兀术　然。

岳　飞　前次战败逃回，今日又来送死！

金兀术　岳元帅，有道是：识时务者，为俊杰，我劝你及早归降，尚不失封侯这位。

岳　飞　胡言乱语，杀！（自旗门下）

金兀术　杀！（自旗门下）

　　　　【宋金军大战。

　　　　【金兀术战败，岳家军追下。

　　　　【金兀术兵将败阵。

金兀术　啊！军师！岳南蛮通兵骁勇，这便如何是好？

哈迷蚩　狼主不必着慌。我想文龙殿下练就一身武艺，手持双枪，力敌万

　　　　人，以臣之见，就该速速将文龙殿下搬来助战，定能转败为胜。

金兀术　军师言之有理。扎力脱听令！

扎力脱　在。

金兀术　命你速速回朝去搬文龙殿下前来助战，莫得有误！

扎力脱　得令！

　　　　【扎力脱下。

金兀术　巴图鲁！

　众　　在！

金兀术　高悬免战牌，坚守营寨，不得出战，违令者斩。

　众　　啊！

　　　　【同下。

第五场　南　下

　　　　【金城都城兀术府中。

　　　　【乳娘上。

乳　娘　（唱）回想起潞安州无限悲愤，

　　　　　　　十六年血和泪记忆犹新；

　　　　　　　陆老爷陆夫人为国殉命，

祝愿他名标青史万古存；

念忠良托孤儿情深义重，

愿为他誓死保全后代根；

金兀术见文龙——

相貌生得俊，

恃强收螟蛉，

押出潞安境，

辞故土到北国虎口余生；

临行时语院公回朝传信，

但不知哪家忠良知此情。

车辚辚载热泪离乡背井，

伴驼铃抱文龙哭出雁门；

望南天呼潞安山河不应，

对长城洒悲泪一十六春。

风萧萧望断秋雁思原郡，

雪皑皑毡帐孤灯念亲人，

每日里与文龙相依为命。

盼幼苗成松柏傲立苍穹，

幸喜他冬去春来有长进。

习文韬演武略壮志凌云。

只怕他常近胡人移本性，

我叫他身穿南朝衣，

头戴南朝巾，

早有心将往事说破原本，

又怕他急于报仇祸临身；

心如焚强按捺一忍再忍,

真情话到舌边不敢出唇。

金兀术又统兵渡河南侵,

我担心宋朝百姓受欺凌。

望苍天思故土千秋万恨,

何日里北雁归南离胡尘。

【文龙拉着扎力脱欢乐地上。

文　龙　哈!哈!哈!

　　　　双枪飞舞风舞动,

扎力脱　何惧南宋岳家兵。

　　　　哈!哈!哈!

文　龙　乳娘,孩儿有礼!(施礼)哈!哈!哈!

扎力脱　乳娘太太,俺也有礼了!(施北国礼)

乳　娘　(答礼,看二人。走近文龙,为文龙整衣)殿下今日为何这样高兴啊?

文　龙　适才扎力脱将军从南方回来,奉了父王之命叫我去到军阵杀蛮兵呢!(兴奋地摩拳擦掌)

乳　娘　(惊问)怎么,要调你去打仗吗?

文　龙　正是。他(指扎力脱)说的嘛。

扎力脱　乳娘太太有所不知,只因狼主与岳南蛮鏖战,兵败失利,特命某家搬取殿下统率援兵前去助战。

乳　娘　(着急)殿下,那宋军岂是殿下可以杀……(改口)杀,杀得胜的吗?

文　龙　乳娘放心,孩儿去到两军阵前定要杀他个落花流水。

扎力脱　殿下有万夫不当之勇,此番前去,能立大功。

乳　娘　殿下自幼与我形影不离，我怎能舍得你去打仗啊！

文　龙　乳娘。

扎力脱　乳娘太太不要阻拦，现有狼主的军令在此。（取军令）

乳　娘　既是如此，老身也要随殿下一同前往。

文　龙　这……

扎力脱　唉！军营之中哪有携带乳娘之理。

乳　娘　唉！我与殿下相依为命，如若不带我前去，我只求速速一死。

　　　　（哭）

文　龙　啊！将军，就叫我乳娘一同前往吧！

扎力脱　这个……

文　龙　这个什么？父王怪罪，有我承担。

扎力脱　是是是，请殿下即刻起程。

文　龙　与乳娘准备车辆，与小王抬枪带马。

　　　　【金兵抬枪、带马、推车上。

扎力脱　（唱）星夜飞奔朱仙镇。（下）

文　龙　（唱）舞动银枪杀蛮兵。（下）

乳　娘　（唱）萁豆相煎他不省，

　　　　　　　此去相机吐真情。（下）

第六场　激　战

　　　　【朱仙镇郊野，金营前。

　　　　【牛皋引四宋兵上。

牛　皋　呔！兀术小儿听了，你们战又不战，降又不降，叫人好笑啊！

　　　　哈哈哈！

宋　兵　哈哈哈!

文　龙　（内白）呔! 小南蛮休得猖狂! （上）

宋　兵　牛爷爷! 金营有人出来了。

牛　皋　闪开了!

　　　　【文龙与牛皋着兵器。

牛　皋　咦! 怎么出来一个小娃娃。呔! 快回去唤金兀术前来!

文　龙　呔! 我刀狼主殿下小王完颜文龙是也，休走，看枪!

　　　　【战三两回合，牛皋败下。

　　　　【岳兵、何元庆、严成方、狄雷用八大锤车轮战法和文龙厮杀，

　　　　　最后均败下。

　　　　【岳飞上，与文龙对枪战。岳飞不住地看文龙的衣饰面貌，最后

　　　　　岳飞败下。

文　龙　哈，哈，哈……追下。

　　　　【金兀术带众将士上兴奋地追下。

　　　　【文龙亦追下。

第七场　断　臂

　　　　【当日夜，宋营统制王佐的住所。

　　　　【旗牌持灯上，将灯置桌案上，略事整理，即下。

　　　　【王佐缓慢地下。

王　佐　（唱）望长空听刁斗更传三关，

　　　　　　　王佐我对孤灯忧国事心潮逐浪

　　　　　　　　　　　　夜半无眠。

　　　　　　　我大宋遭金邦连年侵犯，

弃汴梁避江左定都临安；

叹中原好河山相继沦陷，

铁蹄下众父老啼饥号寒；

　　　极目黄河岸，

　　　遍地起狼烟；

　　　生灵遭涂炭，

　　　度日如度年；

　　　泪眼翘首盼，

　　　南望王师早日还。

满朝中文武臣一筹莫展，

幸喜得岳元帅玉柱擎天；

八千里云和月南征北战，

为大宋支撑起半壁江山；

靖康耻犹未雪怒发冲冠，

誓与那贼金寇不共戴天；

整军马复神州振臂呼唤，

好男儿风云聚烈火燎原；

闻鸡起舞刀枪千锤百炼，

撼山易撼兵军难如登天；

将士们怀壮志枕戈待旦，

驾长车复国土真捣黄龙；

　　　誓要踏破贺兰山，

朱仙镇战云飞瞬息万变，

胜与败系大局非同等闲。

【四宋兵上。

【一旗牌挑灯引岳飞上。

岳　飞　（唱）朱仙镇上会一战，

　　　　　　　文龙勇武非等闲；

　　　　　　　为防金兵来进犯，

　　　　　　　巡营哪怕夜露寒。

　　　　　　　来到何人帐前？

宋军甲　此乃王统制之营帐。

岳　飞　你等暂退。

宋　军　啊！（下）

岳　飞　（至帐前）王贤弟可在？

【王佐出帐相迎。

王　佐　不知元帅到来，有失远迎，快快请进！

岳　飞　请。

【二人进帐介。

岳　飞　（叹气）唉！

王　佐　元帅今日为何长吁短叹？

岳　飞　我军与金兵交战，未尝有此大败！

王　佐　自古道：胜败乃兵家常事，元帅不必忧虑。

岳　飞　今日被那完颜文龙连败我数员上将，实实恨煞人也。

王　佐　什么完颜文龙？

岳　飞　正是完颜文龙。

王　佐　他有多大年纪？

岳　飞　不过十六七岁。

王　佐　莫非他……就是当年潞安州节度使陆登之子陆文龙吗？

岳　飞　那陆将军他有后吗？

王　佐　他所生一子，名唤文龙。

岳　飞　什么？他名唤文龙？

王　佐　正是。当年潞安州城破之时，这陆文龙还未满三月，就被兀术认
　　　　为义子掳入番邦去了！

岳　飞　贤弟何从知晓？

王　佐　元帅有所不知，只因十六年前，小弟路经黄河渡口，遇一老翁，
　　　　自称陆府院公，是他与小弟讲说此事，还求小弟与那陆大人满门
　　　　报仇雪恨！

岳　飞　啊！原来如此。是我在阵上观见那文龙身穿汉服……

王　佐　那文龙他自穿汉服？

岳　飞　口讲汉话……

王　佐　他口讲汉话？

岳　飞　相貌也与金人不同。

王　佐　他相貌也与金人不同？

岳　飞　正是。

王　佐　（自思自语）名唤文龙，十六七岁，身穿汉服，口讲汉语，相貌
　　　　与金人不同。如此说来，他定是那陆登大人之子陆文龙了。

岳　飞　看来定是无疑。

王　佐　倘若我营有人能得机缘对此子说透往事，料想他必能重返故土，
　　　　替亲报仇，为国出力。

岳　飞　贤弟之言正合我意，只是还须谨慎从事。

王　佐　是。

岳　飞　更深夜静，诚恐贼兵劫营，我要巡营去了！

王　佐　送元帅！

岳　飞　免送了。

【四宋兵上，旗牌挑灯上，与岳飞同下。

王　佐　唉！

（唱）听说那陆文龙英勇善战，

连杀败我宋营上将几员；

岳元帅为此事愁眉不展，

我王佐少良谋心似油煎。

唉！（猛抬头，望见屏风上的"苏武牧羊"画）

苏武，牧羊（看画介）且住！想那卫律、苏武二人同为汉朝使节出使匈奴，那卫律却投降匈奴，落下万古骂名，那苏武在北海持节牧羊一十九年，至死不屈，名载青名，永垂千古，真乃可钦可敬啊！

（唱）那苏武有气节可钦可敬，

为使节不辱命丹心尽忠；

我王佐同古人比轻比重，

愧不能为大宋建树奇功。

王佐呀，王佐，说什么建立奇功，眼前若能用计叫那文龙归宋，岂不是大功一件？只是这计将安出？（思索）噢！有了！

（唱）我若能劝得那文龙归宋，

管教他反戈一击杀金兵。

哎呀且慢！想这两军对垒，我如何能到金营？纵然能到金营，怎能得见文龙之面？纵然得见文龙，岂能三言两语说得他心回意转么？但说这……（翻书看介）"要离断臂刺庆忌"！想那要离为了刺杀庆忌，就能断臂诈降，我王佐岂不能断臂诈降么？（筹思，双目向前直视。）不入虎穴，焉得虎子！我决意断臂诈降，叫那文龙归宋！

【提笔整纸，写。

（唱）纸墨笔砚理停当，

　　　　匆匆忙忙写几行；

　　　　此信送至元帅帐，

　　　　王佐已到金营房；

　　　　事成带回文龙将，

　　　　事败把命葬他乡；

　　　　一封书信写停当，

　　　　牢牢粘口紧封止；

　　　　抬起头来四下望，

　　　　幸喜无人在身旁。

　　　　忙解衣，露臂膀，

　　　　沸腾热血满胸膛。

　　　　抽宝剑，心潮荡，

　　　　龙泉闪闪放寒光；

　　　　剑影森森映帷帐，

　　　　碧血浸润故土香；

　　　　大宋男儿胆气壮，

　　　　为国家我甘愿断臂诈降！

【砍断左臂倒地介。

【旗牌上。

旗　牌　啊！王大人！王大人！待我报与元帅！

王　佐　且慢，桌上有小书一封，快快送与元帅！我有机密大事莫要走漏
　　　　风声，违令者斩！

第八场　诈　降

【金营大帐。

【在音乐歌舞声中启幕。

【金兀术、陆文龙、乳娘、哈迷蚩、扎力脱、众金将等庆功豪饮，
　　赏舞作乐，六至八名被劫而来的中原少女愁情满怀地翩翩起舞。

金兀术　（狂笑）哈！哈！哈！……

　　　　【舞停。

金兀术　（唱）铁骑腾腾须顽宋，

　　　　　　　血溅兵甲映日红；

　　　　　　　白骨累累四野静，

　　　　　　　千里中原无鸡鸣。

　　　　　　　昨日鏖战朱仙镇，

　　　　　　　我儿武艺果超群；

　　　　　　　初露锋芒获全胜，

　　　　　　　首功应归小文龙。

　众　　　为殿下庆功！

金兀术　酒来！

　　　　【众舞女上前与众人斟酒。

　　　　【蕙珍与文龙斟酒，不慎将酒杯落地。

金兀术　唉！大胆蛮女，庆功宴上，摔落酒杯，该当何罪？

蕙　珍　（看文龙、乳娘）这——

金兀术　推出斩了！

陆文龙　啊！父王！适才是孩儿将酒杯碰落在地，并不怪此一民女。

金兀术　如此——（对蕙珍）站过一旁！

乳　娘　文龙！

陆文龙　乳娘！

乳　娘　（与文龙耳语）

陆文龙　（频频点头，转对金兀术）父王！乳娘来到军前，身边无有侍奉之

　　　　人，就将此一民女赐予乳娘如何？

金兀术　就依我儿。

蕙　珍　谢殿下。

文　龙　罢了。谢过乳娘太太！

蕙　珍　谢乳娘太太！

　　　　【内声：拿住奸细！

众　　　狼主，拿住奸细！

乳　娘　告退！（拉蕙珍）随我来！

　　　　【乳娘、蕙珍下。舞女分下。

金兀术　将奸细押上来！

众　　　押上来！

　　　　【王佐被押上，跪地。

王　佐　落难人王佐拜见狼主！

金兀术　唗！大胆王佐，胆敢窥探军营，推出斩了！

王　佐　狼主息怒，我王佐并非窥探军情，乃为投顺而来。

金兀术　供出实情，还则罢了；倘有半点虚假，将你剁为肉泥。

众　　　讲！

王　佐　狼主容禀！

　　　　（唱）北国营中出小将，

　　　　　　　身跨骏马舞双枪；

风驰电掣难抵挡，

岳飞无计心内慌。

好心劝他勿相抗，

岳飞暴跳如虎狼。

拔剑砍断我臂膀，

哎哟，狼主请看！

（接唱）因此我才冒死投金邦。

文　龙　岳南蛮实实可恨哪！

金兀术　嗯。站过一旁。

王　佐　谢狼主。

哈迷蚩　慢着！狼主，依臣看来，此乃苦肉计诈降之计，望我主三思。

金兀术　大胆王佐，竟敢以苦肉之计瞒哄孤家？推出斩了。

金　兵　喳！

王　佐　（大笑）哈哈哈……

金兀术　你因何发笑？

王　佐　我笑狼主统领雄兵，南征北战，胸怀宏图，志在一统神州，却原来鼠目寸光，气量狭小，怎不令人发笑啊！

金兀术　啊——！

王　佐　想我王佐，遭此大难，冒死来投；左臂已断，临阵不能弯弓骑射，自卫无力抡枪使棒，苟全性命，不求闻达；身残志衰，有何作为？狼主杀我一个残废之人，本无足挂齿；深恐黄河上下，大江南北有心弃暗投明之士，无人再敢归顺金邦！

金兀术　这个……

文　龙　父王，此人言之有理，谅他一个残废之人，有何作为？父王就该收留于他！

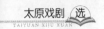

金兀术　如此——孤家收留于你，且到后营养伤去吧！

王　佐　苦哇！

文　龙　苦着何来？

王　佐　臂断身残，焉得不苦？

文　龙　王佐，小王与你改名"苦人儿"，容你在营中随意走动，你看
　　　　如何？

王　佐　谢殿下！我王佐有期一日衔环结草也要报殿下大恩大德！

　　　　（拜）

文　龙　苦人儿请起！

王　佐　谢殿下！啊——哈哈哈！

第九场　说　书

【金营。

【陆文龙踏马上。

【王佐上，仔细端详文龙。

王　佐　好马！

陆文龙　啊！苦人儿！

王　佐　参见殿下！

陆文龙　免！

王　佐　殿下因何身穿汉服？

陆文龙　这个——

【王佐欲语，陆文龙下。

【蕙珍上。

蕙　珍　（唱）清晨露凉秋风冷，

殿下荒郊习武功，

蕙珍我奉了乳娘命，

给殿下送衣走一程。

王　佐　唔，小姑娘，我这厢有礼。

蕙　珍　还礼。老先生，你可曾见文龙殿下？

王　佐　飞马出营，去之甚远！

蕙　珍　叹！

王　佐　请问小姑娘，你在何人帐下？

蕙　珍　我么？在乳娘太太帐下？

王　佐　什么乳娘？请问小姑娘，这军营之中，怎么还有乳娘？

蕙　珍　是文龙殿下的乳娘，跟殿下一同来到军营的。

王　佐　那殿下偌大年纪，在军营之中为何还离不开乳娘呢？

蕙　珍　这……

王　佐　怎么？

蕙　珍　我不知道。（笑介）

　　　　【王佐抚伤。

王　佐　哎哟，哎哟！

蕙　珍　你怎么了？

王　佐　伤口一时作痛。唉！

蕙　珍　伤在哪里？

王　佐　我的左臂被人砍掉了。

蕙　珍　噢！你就是被南朝岳飞砍掉臂膀，从南方来的那位"苦人儿"吗？

王　佐　正是。多蒙狼主开恩不斩，取名"苦人儿"，留在营下，任我
　　　　走动。今晨无事，偶尔闲步到此。

蕙　珍　噢！原来如此。

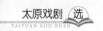

王　佐　啊！小姑娘，听你口音也不像是北国之人哪？

蕙　珍　我乃汴梁人氏。

王　佐　因何至此？

蕙　珍　我是前日被他们抢来的。

王　佐　现在何人帐下？

蕙　珍　现在乳娘帐下充当丫鬟。

王　佐　乳娘太太是哪里人氏？

蕙　珍　你听啊！

　　　　（唱）前日乳娘对我讲，

　　　　　　　自幼居住潞水旁；

　　　　　　　风景秀丽天晴朗，

　　　　　　　山西潞安是故乡。

王　佐　怎么说，那乳娘太太他是山西潞安人氏么？

蕙　珍　正是。

王　佐　哎！我也是山西潞安人氏，恰是乳娘太太的同乡。我有心探望于

　　　　她，不知可能得见吗？

蕙　珍　老先生，你且听了！

　　　　（唱）乳娘待人恩义广，

　　　　　　　怜贫惜苦好心肠；

　　　　　　　你今诚心来探望，

　　　　　　　同乡见面理应当。

乳　娘　（内白）蕙珍，你与何人讲话？

　　　　【乳娘上。

蕙　珍　乳娘太太唤我，你且少等。

　　　　【蕙珍进内介。

蕙　珍　乳娘太太，"苦人儿"求见。

乳　娘　"苦人儿"，他来此做甚？

蕙　诊　是他言道：他乃山西潞安人氏，想来拜见乳娘太太。

乳　娘　怎么？他是山西潞安人氏？快快唤他进来一见。

【蕙珍出门介。

蕙　珍　先生，乳娘太太命你进去相见。

王　佐　多谢小姑娘引进。

【同进门介。

蕙　珍　上坐的就是乳娘太太。

王　佐　"苦人儿"给乳娘太太请安。

乳　娘　罢了，给"苦人儿"看坐。

【蕙珍搬坐。

王　佐　谢过乳娘太太。

乳　娘　苦人儿，听你讲话，像是南朝之人。

王　佐　正是南朝之人，敢问乳娘太太，莫非你也是南朝之人吗？

乳　娘　老身乃山西潞安人氏。

王　佐　巧得很，我也是山西潞安人氏。

乳　娘　如此说来你我是同乡！

王　佐　同乡！

乳　娘　有道是：久旱逢甘雨。

王　佐　他乡遇故知。

乳　娘
王　佐　啊！哈哈哈。

乳　娘　你可知家乡近况如何？

王　佐　太太请听：

（唱）家乡处处好光景，

　　　　牛羊满山草青青；

　　　　父老勤苦细耕种，

　　　　五谷飘香庆丰登。

　　　　自从息兵刃，

　　　　鸡犬不受惊；

　　　　亲友常来往，

　　　　敦睦情谊深。

乳　娘　家乡如此美好，待我谢天谢地。坐向前移，你我细谈细谈。

王　佐　好好好，细谈细谈。（蕙珍移坐）请问乳娘太太何时离开家乡，

　　　　因何得到北国？

乳　娘　你问我么……唉！离乡已久，一言难尽。苦人儿，你是怎样离开

　　　　家乡的啊？

王　佐　我么？唉！

　　　　（唱）自幼寒窗苦还磨，

　　　　　　　习文演武韬略多；

　　　　　　　大比之年去会试，

　　　　　　　我与陆登大人是同科。

乳　娘　（惊）噢！你与那陆大人还是同科么？

王　佐　正是。

乳　娘　苦人儿，你今年贵庚几何？

王　佐　虚度四十一春。

乳　娘　你多大岁数进京赶考？

王　佐　二十三岁。

乳　娘　那陆大人呢？

王　佐　那时有三十上下。

乳　娘　如今呢?

王　佐　陆大人如若在世，也还不到五十。

乳　娘　唉! 他五十多了!

王　佐　乳娘太太如何知晓那陆大人的岁数?

乳　娘　我是猜想之词。

王　佐　噢! 你是猜想之词。

乳　娘　你以后呢?

王　佐　请听：

　　　　（唱）从军跟随岳元帅，

　　　　　　　南征北战显奇才；

　　　　　　　朝廷封我都统制，

　　　　　　　宝贵荣华称心怀。

乳　娘　噢! 原来你是统制大人，老身不知，多有失敬，快快请来上坐。

王　佐　小人怎敢?

乳　娘　天朝官员，岂敢慢待? 快快请坐!

　　　　【蕙珍搬椅。

王　佐　这……小人多谢。（与乳娘平坐）

乳　娘　你因何流落到此?

王　佐　哎!

　　　　（唱）只因金兵太强胜，

　　　　　　　战败南朝岳家兵；

　　　　　　　岳飞进退心不定，

　　　　　　　我才与他把计生。

乳　娘　你与他定的是什么计啊?

王　佐　请听：

【起立，边念边动作。

（念）天下大势已注定，

　　　南朝难胜北朝兵；

　　　倘若战败同归死，

　　　弃暗投明是英雄。

【乳娘不说。王佐偷视，会意。

乳　娘　莫非那岳元帅听信你了？

王　佐　（念）岳飞不听好言语，

　　　　手持宝剑怒冲冲；

　　　　一剑砍掉我左臂，

　　　　顿时血染满地红。

【王佐假求同情状，乳娘无动于衷。

（唱）一片好心险丧命，

　　　乡亲哪！

（唱）你看我伤情不伤情。

乳　娘　这也是你自招。（更加不悦）

王　佐　哎！乳娘太太，是我冒死投到北国，本想得到一官半职，谁料想狼主毫无尺寸之赏，分文之赐，却只给了我一个"苦人儿"的名字。我的好乡亲！你想我孤苦伶仃，远离家乡，衣衫破旧，食不充肠，恳求你念及同乡之谊，多在殿下面前讲些好言，周全我苦人儿一番才是！

乳　娘　我乃女流之辈，也难有助于你，此地你要少来，我家殿下性情不好，倘若冲撞了他，一剑下去，再将你的右臂砍掉，到那么，怕你就难得活命了。

王　佐　是是是。

乳　娘　蕙珍！

蕙　珍　在。

乳　娘　你与苦人儿取出十两纹银，即刻送他出走。

蕙　珍　是。（下）

　　　　【王佐四顾无人。

王　佐　乳娘太太，我不要银子。

乳　娘　（鄙视地）你要什么？

王　佐　我要的是那忠良之后。

乳　娘　（惊视）啊！你说什么？

王　佐　我要那陆登大人之子？

乳　娘　这……你是……

王　佐　乳娘不必多疑，我王佐毁身断臂，就是为那陆文龙而来。

乳　娘　你……你是怎么知晓的？

王　佐　十六年前，是我路经黄河渡口，遇一老翁，他自称是陆府院公，
　　　　与我言道：潞安州已被金贼攻破，陆大人夫妇为国殉城，所生一
　　　　子名唤文龙，未满三月，被那金兀术拿住，多亏乳娘与他改名宋
　　　　文龙，方免一死。那兀术见文龙生得面貌奇俊，收为螟蛉义子送
　　　　至北国由乳娘抚养成人……

　　　　【乳娘惊喜交加，热泪满眶，不知所措，十六年种种景况，历历
　　　　在目。

乳　娘　啊！那老院公果然将我临行之前的言语，传与宋朝忠良，待我谢
　　　　天谢地。

王　佐　如今文龙已到军阵，乳娘就该与他点明，叫那文龙归宋，杀敌立
　　　　功，效忠国家，报仇雪恨。

【蕙珍托银子上。

蕙　珍　银子拿到。

乳　娘　【挥手示意蕙珍下。

　　　　【蕙珍不解地下。

乳　娘　呀！

王大人为社稷丹心一片，

肺腑言声声震动我心弦；

十六年饮恨含悲泪洗面，

到今日春雷一声见青天；

回想起潞安州一场恶战，

陆大人饮剑死正气冲天；

好儿女殉国难盈千累万，

用鲜血染红了神州河山；

金兀术窥中原肆无忌惮，

驱铁骑渡黄河遍地狼烟；

岳家军杀得他魂飞魄散，

元奈何搬文龙来到军前；

朱仙镇摆战场天愁地暗，

小文龙得胜归我如坐针毡；

一怕他年幼小疆场命断，

又怕他枪挑了宋朝儿男；

当机立断莫迟慢，

定叫文龙返中原。

王大人忠心为国把臂断，

全仗你叫文龙反戈一击奏凯还。

王　佐　夸奖了。

乳　娘　（接唱）大人心放宽，

王　佐　（接唱）乳娘巧周旋。

乳　娘　（接唱）设良谋，

王　佐　（接唱）仔细谈。

乳　娘　（接唱）对文龙，

王　佐　（接唱）说详端。

乳　娘　（接唱）杀金寇，

王　佐　（接唱）报仇冤。

乳　娘　（接唱）不忘你恩德重如山。

王　佐
乳　娘　（同唱）这大事你我二人来承担。（暗转）

【在轻快的乐声中，蕙珍请里室内。

蕙　珍　（唱）清晨起来精神爽，

　　　　　　　前前后后一阵忙；

　　　　　　　先将桌椅擦明亮，

　　　　　　　再把四处清扫光；

　　　　　　　身重忙碌心欢畅，

　　　　　　　喜遇潞安好乳娘。

　　　　　　　乳娘前夜对我讲，

　　　　　　　那殿下本不是兀术的亲生儿郎。

【内白：殿下回营！

【蕙珍出外迎接文龙上。

文　龙　（唱）适才父王对我讲，

今夜炮轰宋营房;

火炮威力无人挡,

定把南蛮一扫光。

蕙　珍　接殿下。(半跪)

文　龙　罢了,我来问你,乳娘太太起床无有?

蕙　珍　尚未起床。昨晚她老人家一夜未曾安眠。

文　龙　(忧虑)如今呢?

蕙　珍　像是睡着了。

文　龙　不要打扰于她。

　　　　【乳娘唤:"蕙珍"!

蕙　珍　乳娘太太醒了。(答应)来了!

文　龙　蕙珍!你快去准备茶汤,待我进去看过。(急下)

　　　　【蕙珍持碗由屏后下。

　　　　【文龙扶乳娘上。蕙珍捧菜由屏后上,将碗送在桌上。

文　龙　乳娘,你身上有何不爽?

乳　娘　心中郁闷,不思饮食。

文　龙　(抚乳娘额)敢莫是病了?待孩儿去请军医前来。

乳　娘　慢着。我无甚大病,不必声张!

文　龙　噢!想是乳娘闷坐军营,必神不快。蕙珍!给乳娘歌舞解闷!

蕙　珍　是。(欲舞)

乳　娘　不必。

文　龙　乳娘不喜歌舞,待孩儿与你讲一讲那日在军阵之上,怎样杀败蛮

　　　　兵,如何?

　　　　【乳娘不语。

蕙　珍　殿下,你忘了乳娘就是怕听那杀人的事么?

文　龙　啊呀！我倒忘怀了。这……（拉蕙珍至一边讲）呵！

　　　　蕙珍，你说怎样才能叫乳娘高兴啊？

蕙　珍　待我想上一想。（想介）噢，有了！

文　龙　有了什么？

蕙　珍　是我前日见一名叫"苦人儿"的，会说评书，让他前来给老太太说一

　　　　段评书如何？

文　龙　待我问过乳娘。（转向乳娘）乳娘，叫那"苦人儿"前来讲一段

　　　　评书可好？

乳　娘　（喜）评书？

文　龙　评书好听得很啊！

乳　娘　倒想听上一听。

蕙　珍　待我唤他前来。（下）

文　龙　快去！快去！哈哈哈！

　　　　（唱）"苦人儿"说评书有关有扣，

　　　　　　　演古今传奇事有尾有头；

　　　　　　　听一段开心词增福增寿，

　　　　　　　管教你心欢喜无忧无愁。

乳　娘　但愿殿也是一样。（喜）

　　　　【蕙珍引王佐上。

蕙　珍　乳娘之言，你要牢记在心。

王　佐　我记下了。

　　　　【二人进内。

蕙　珍　苦人儿到！

王　佐　（半跪）给殿下请安。

文　龙　见过乳娘太太！

王　佐　见过乳娘太太！（半跪）

乳　娘　罢了，你就是苦人儿么？

王　佐　小人便是。

乳　娘　你会说评书么？

王　佐　略知一二。

文　龙　苦人儿，今日闲暇无事，你拣好听的与乳娘太太说上一段，若能
　　　　说得乳娘太太喜欢，重重有赏！

乳　娘　是啊！重重有赏！蕙珍！

蕙　珍　有。

乳　娘　与苦人儿看座。

蕙　珍　是。

　　　　【蕙珍搬坐介。

王　佐　且慢，哪有小人的座位？

文　龙　唉！你坐了吧！

乳　娘　坐下好开讲啊！

王　佐　谢坐！

乳　娘　殿下，老身爱听评书，传令下去，不得叫人进帐传事！

文　龙　是，是，是。

蕙　珍　待我去传。

　　　　【蕙珍下。

文　龙　苦人儿，你就开讲吧！

王　佐　是！请问殿下，乳娘太太是爱听文的，爱听武的？爱听忠良，还
　　　　是爱听奸臣？

文　龙　乳娘，你看……

乳　娘　文武皆可，应讲忠良。

文　龙　对对对，应讲忠良。

王　佐　乳娘，听不听啊？

乳　娘　倒要听上一听。

文　龙　苦人儿你就讲吧！

王　佐　（咳嗽，拍醒木）

【文龙一惊。

文　龙　你这是怎样？

王　佐　这是说书的规矩。

文　龙　说书还有规矩，你且讲来！

王　佐　（再拍醒木）一不说东西两汉，二不说残唐五代，语说那春秋之
　　　　际，吴越交兵，越王勾践将一支能言的鹦鹉进与吴王。

文　龙　这支鹦鹉有何本事？

王　佐　这支鹦鹉，诗词歌赋，样样皆能，说来如一人般。

文　龙　（对乳娘）好鹦鹉！

乳　娘　好鹦鹉！

王　佐　越王勾践原是要引诱那吴王贪图玩乐，荒废国政，以便取吴王的
　　　　天下。谁知那鹦鹉到吴国之后竟不肯说话了。

文　龙　却是为何？

王　佐　那支鹦鹉它思念故乡啊！

文　龙　禽鸟怎么还会思乡啊？

乳　娘　有道是"良鸟比君子"，俱是一样。

文　龙　哦！"良鸟比君子"，俱是一样。

王　佐　是啊！禽鸟尚能思乡，何况人哪！

文　龙　以后又怎样啊？

王　佐　后来越王兴兵伐吴，吴王大败，身丧紫阳山，这支鹦鹉被人带回

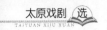

越国，谁知它依旧讲起话来了！

文　龙　这又为何？

王　佐　南方是它的故乡，回到故乡，它自然十分高兴，故而又讲起话来了！

文　龙　好鹦鹉！好鹦鹉！

王　佐　这就叫作"越鸟归南"的故事啊！

　　　　（唱）有道是胡马喜依北风驾，

　　　　　　　　越鸟巢向南枝搭，

　　　　　　　　鹦鹉思乡不发话，

　　　　　　　　如今的人儿不如它。

文　龙　好哇！乳娘，怎样？

乳　娘　好倒好，只是不大热闹。

文　龙　是哇，不大热闹，另说一个别的。

王　佐　怎么，另说个别的？

文　龙　另说一个。

乳　娘　是呀，你要讲个热闹的！

王　佐　噢，讲个热闹的。（想）有了，待小人说一段潞安州的故事吧！

文　龙　可是我父王大破潞安州之事？

王　佐　正是，正是。

文　龙　乳娘，他可以讲得么？

乳　娘　倒要听上一听。

文　龙　苦人儿，快快讲来！

王　佐　慢来慢来，这里有画图一幅，悬挂起来，照图好讲。

文　龙　好，快快悬挂起来。

　　　【挂图。乳娘见图欲哭，王佐急示意制止。

212

王　佐　啊！老太太，你看这幅图可还热闹？

乳　娘　（忍泪）热闹！热闹！

　　　　【文龙看图。

文　龙　苦人儿，上面有一员大将，手持宝剑自刎而死，他是何人？

王　佐　殿下！

　　　　（念）此人居大宋，

　　　　　　　姓名叫陆登；

　　　　　　　镇守潞安州，

　　　　　　　智勇有威名；

　　　　　　　北国兵势重，

　　　　　　　攻破潞安城；

　　　　　　　拔剑自刎死。

　　　　（唱）他为国家尽了忠。

文　龙　忠良。（对乳娘）

乳　娘　忠良。

文　龙　（又看图）苦人儿，那旁有一妇人，悬梁自缢，她是何人？

王　佐　（唱）她是总兵陆夫人，

　　　　　　　金兵破城痛在心；

　　　　　　　无奈悬梁寻自尽，

　　　　　　　留下美名万古存。

文　龙　也是好的。

乳　娘　苦人儿！

王　佐　太太。

乳　娘　陆大人他为何立尸不倒啊？

文　龙　是啊！他为何立尸不倒啊？

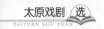

王　佐　殿下！

　　　　（唱）陆公怀遗恨，

　　　　　　　挂念后代根；

　　　　　　　自刎尸不倒，

　　　　　　　希望后代报仇人。

文　龙　哦，那陆老先生他还有后吗？

王　佐　有哇！

乳　娘　是呀！忠良不绝后哇！

王　佐　（唱）陆公自刎豪情壮，

　　　　　　　苍天岂能绝忠良；

　　　　　　　忠臣良将定有后，

　　　　　　　千千孙孙永久长。

文　龙　那旁有一妇人怀抱一婴孩，为何在那里啼哭呀！

王　佐　那一个怀抱婴孩的人么？（看乳娘）

　　　　（唱）她是一陆府中一位乳娘，

　　　　　　　怀抱着陆公子眼泪汪汪；

　　　　　　　亲眼见忠良夫妻把命丧，

　　　　　　　受重托抚公子背井离乡。

文　龙　难得，难得。

乳　娘　此子还在吗？

文　龙　苦人儿，此子他还在吗？

王　佐　此子么——尚在。

文　龙　现在何处？

王　佐　（唱）陆公子现在尘世上。

文　龙　哦！他今年多大年纪了？

王　佐　（想）这……

乳　娘　（做手势）

王　佐　哦，哦！

　　　　（唱）一十六岁的少年郎。

文　龙　一十六岁，哎呀，与小王我同庚呀。

王　佐　怎么说，殿下也是十六岁？

文　龙　正是。

乳　娘　殿下正是十六岁了。

王　佐　啊！巧得很。

乳　娘　巧得很。

文　龙　（疑）苦人儿，此子可有本领？

王　佐　（唱）他能在万马军中取上将。

文　龙　哦，他，他，他能力敌万人？（冷笑）苦人儿，你又扯慌了！

王　佐　怎说小人扯慌？

文　龙　此子既能力敌万人，因何不替他父母前来报仇啊！

王　佐　（唱）提起那报仇事恨断肝肠。

文　龙　啊，你恨着何来？

王　佐　他非但不与父母报仇，反而还认贼作父呢！

文　龙　（想）苦人儿，他叫什么名字？

王　佐　小人不敢言讲。（乳娘暗做准备）

文　龙　（疑）但讲无妨，快快讲来！

王　佐　小人不敢！

文　龙　哎！他到底叫作什么？

王　佐　（目视乳娘，振奋地说）他，他，他并非别人。

文　龙　他是哪个？

王　佐　他就是殿下你！（指文龙）

文　龙　（怒）呔！胆大苦人儿，竟敢戏耍小王，休走，看剑！

乳　娘　殿下呀！

【文龙拔剑欲杀王佐，王佐含笑直立不动，乳娘急趋前拦住。

（唱）殿下莫要怒冲冠，

　　　　他句句讲的是实言。（文龙惊）

　　　　陆老爷陆夫人为国殉难，

　　　　那时节儿还在襁褓之间；

　　　　你爹娘他托我把你照管，

　　　　指望你长大成人报仇冤。（文龙疑，低头想）

　　　　（文龙相信）

　　　　苦人儿名王佐有识有胆；

　　　　他身居南朝的统制高官，（文龙看王佐）

　　　　为说你回南朝把左臂砍断，（文龙感动）

　　　　可算得忠心耿耿、光明磊落、可歌可泣，恩重如山。

　　　　岳元帅在宋营久把你盼，

　　　　今日里你才算拨开乌云重见青天。

　　　　雪国耻报家仇切莫迟慢，

　　　　方不愧陆门后中华儿男。

　　　　（大悟。后退。剑落地）乳娘！（转身看图）爹娘啊！

　　　　（跪向图昏倒）

【王佐见状，松了一口气，向外观望，急将图卷起，藏在袖中。

乳　娘　公子醒来！（急扶起文龙，为之拭泪，自己也拭泪）

文　龙　（顿足哭）

　　　　（唱）听罢真情肝肠断，

　　　　爹爹，母亲，爹娘啊！（顿足）

　　　　（接唱）身背冤仇十六年，

枉为堂堂男子汉，

认贼作父太羞惭。

乳　娘　这不怨公子。

文　龙　（唱）地上扶起龙泉剑（欲行）

王　佐
　　　　（急拦）哪里去？
乳　娘

文　龙　（唱）要杀贼寇报仇冤。

乳　娘　（唱）公子做事欠盘算，

王　佐　（唱）报仇还需想周全；

乳　娘　（唱）轻举妄动露破绽，

王　佐　（唱）乳娘跟你受牵连。

文　龙　（唱）此时若不将贼斩，

　　　　　　　今夜晚他要炮轰宋营盘。

王　佐　啊！（惊）

　　　　（唱）听一言来暗盘算，

　　　　　　　如何才能保万全？

　　　　（想介）有了！

　　　　（接唱）写封书信系羽箭，

　　　　　　　射到宋朝大营盘。

乳　娘　妙计，妙计，待我溶墨。

　　　　【乳娘磨墨，王佐转身写。

文　龙　（唱）转身取过弓和箭，（取弓箭在手）

王　佐　（唱）一封书信忙写完。

　　　　【王佐将信交文龙。

文　龙　（唱）恩公转来我拜见，

　　　　【文龙下拜，王佐急扶起。

王　佐　（唱）公子大礼不敢担；

　　　　　　　急速射书幕迟慢。

文　龙　（唱）今夜晚杀番贼誓报仇冤。

　　　　【文龙顿足忍痛下。

　　　　【王佐、乳娘目送文龙去后，王佐看乳娘，乳娘得意地微笑。

王　佐　（唱）文龙浑身都是胆，

乳　娘　（唱）拨开云雾见青天。

王　佐　（低声而谨慎地）

　　　　（唱）你我身在虎口未脱险，

　　　　　　　还需要处处留意巧周旋。

　　　　【王佐、乳娘分下。

第十场　归　宋

　　　　【岳飞兵将站门上。

岳　飞　（念）贤弟诈降无音讯，

　　　　　　　倒叫本帅常挂心。

　　　　【牛皋上。

牛　皋　参见元帅。军营拾得简书一封，元帅请看。

岳　飞　呈上来！（看书介）啊！原来是王贤弟大功成就，众将官，急速
　　　　撤出营寨，随本帅迎上前去。

　　　　【同下。

　　　　【四金兵，四金将，金兀术上。

众岳将　来到宋营。

金兀术　架炮攻打！

【炮轰宋营介。

众兵将 空营一座。

金兀术 啊！何人走漏消息？

　　　　　【报子上。

报　子 大营失火！

金兀术 文龙殿下呢？

报　子 不知何往？

金兀术 去你娘的！

　　　　　【报子下。

金兀术 巴图鲁！退兵！

　　　　　【金兀术率四金兵下。

　　　　　【四宋将上，与四金将对打，四金将败下。

　　　　　【宋军与岳飞上，追下。

　　　　　【金兀术上。

金兀术 皇儿文龙哪里去了？

　　　　　【牛皋上。

牛　皋 兀术娃娃！老子我等你多时了！

　　　　　【牛皋与金兀术打，牛皋败下。

金兀术 哈哈哈！

　　　　　【文龙上，刺兀术。兀术大惊。兀术闪避港马，握文龙枪头。

　　　　　【王佐，乳娘，蕙珍乘马急上，过场下。

金兀术 哎呀儿呀！你怎么杀起你父王来了？

文　龙 兀术啊！兀术！十六年前，你这老贼攻破潞安州，害死我一双爹娘，今日我定报此仇，看枪！

金兀术 （架枪）你是何人之子？

文　龙　我乃陆大人之子，名唤陆文龙的便是。

金兀术　（疑懊）这么说，你是陆登之子？

文　龙　正是，休走，看枪！

金兀术　哎哟！大大的坏了！

　　　　【文龙抽枪再刺，四金将上，架枪。金兀术逃下。

　　　　【文龙与四金将开打，四将败下。

　　　　【四宋军，严成方等四将上，用锤将文龙团团围住。

　　　　【岳飞，王佐上。

王　佐　不要动手，陆公子，快快见过岳元帅！

　　　　【文龙滚鞍下马，扔枪，趋头跪。

文　龙　元帅恕罪！

岳　飞　（急扶起文龙）公子归国，其功非小，哈哈哈！

众　　　哈哈哈！

岳　飞　奏凯回营。

　　　　【尾声。

【剧终】

三关点帅

编剧：张 翔 晏 杰 梁 枫

时间：1981年10月

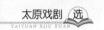

【剧中人物】

杨六郎、穆桂英、八贤王、杨宗保、肖天佐、焦赞、

孟良、穆瓜、穆香、四宋将、内侍、太监、八宋兵、

火纛旗手、报子、中军、八女兵、白天祖、四辽将、

八辽兵

第一场

【初秋时节，辽兵阵地。远处可见长城、烽火台。胡笳、驼鼓声

　　中，肖天佐与白天祖及四辽将上，窥视疆场。

肖天佐　（念）驼鼓惊天天欲坠，

　　　　　大旗蔽日日月黑，

　　　　　跃马飞渡桑干水，

　　　　　踏平神州嵩岳摧！

　　　某，辽兵大元帅肖天佐。奉了狼主旨意，调兵遣将，大摆天门

　　　阵。凭此奇巧阵法，俺要一举夺取赵家皇位。巴吐鲁！

　众　　呵！

肖天佐　天门大阵可曾摆好？

众　　一百单八阵，阵阵摆好。

肖天佐　哈哈哈……

报　子　（上）报！杨延昭统领三军前来破阵。

肖天佐　再探。巴吐鲁！准备迎战，杀他个落花流水。

众　　杀，杀，杀。

【孟良、焦赞等宋兵将引六郎上。

【两军碰阵。六郎陷入天门阵。

【穆瓜、穆香、众女兵引穆桂英上。

杨六郎　（唱）陷迷阵似坠入天罗地网。

　　　　（战败落马）

穆桂英　（唱）穿枪林沐箭雨杀退辽帮！

【穆桂英与肖天佐厮杀。出手。六郎观阵，惊奇、赞叹。辽兵败下。
穆桂英欲走，六郎急忙问话。

杨六郎　女将破阵有方，真乃奇才，请留下姓名，本帅好与你论功行赏。

穆桂英　区区小事，何足挂齿。（向众）回山！（下）

杨六郎　（急拦穆瓜）请问将军，那位女将她是何人？

穆　瓜　（一幌穆字旗）嗨，偌大一个"穆"字你就看它不见？她就是俺家姑娘穆桂英。

杨六郎　噢，她就是穆桂英，真是一个破阵的神将呵！

穆　瓜　老头儿，也算你是好眼力，想当年我家老寨主就曾屡破辽兵奇阵，如今我家姑娘是鸭子的儿子会浮水，武艺超群，通晓阵法。刚才那小小几阵算得了什么。老头儿，回头见！（下）

杨六郎　穆桂英真是难得的女将，若能请她下山，就不愁天门不破了。嗯！本帅自有道理……众将官！收兵回营！

——幕落

第二场

【深夜，龙棚内，八贤王焦急不安，内侍送茶，不饮。

八贤王　（唱）胡笳吹战马嘶刀光剑影，

　　　　　　　弦月暗残星隐夜梦难成。

　　　　　　　忆青史如长河激流翻滚，

　　　　　　　你争霸我称雄时世难平。

　　　　　　　恨辽帮似虎狼举兵南侵，

　　　　　　　好河山遭蹂躏民不聊生。

　　　　　　　奉旨意做监军三关督阵，

　　　　　　　御外寇保社稷身负千钧。

　　　　　　　这几日肖天佐布下迷阵，

　　　　　　　一时间边关上扰扰纷纷。

　　　　　　　孤不如晋谢安矫情物镇，

　　　　　　　更不比汉诸葛城上抚琴。

　　　　　　　命三军去破阵胜败未定，

　　　　　　　派内卿搬救兵又无回音。

　　　　　　　眼见得社稷危江山不稳，

　　　　　　　坐不安睡不宁忧心如焚。

　　　　（焦急地踱步，翻兵书）

　　　　【中军引六郎风尘扑扑地上。

杨六郎　千岁！

八贤王　（急切地）元帅！此去胜败如何？

杨六郎　那辽帮的天门大阵变幻莫测，甚是难破。此番出征，全军败回。

八贤王　呵，援兵未到，三军败回！（焦急地）这……这该如何是好？

杨六郎　那天门大阵虽说厉害，只要有了出众的良将，破它倒也不难。

八贤王　有道是，千军易得，一将难求。事到如今，何处去找良将啊？

杨六郎　古人说，千里马常见，伯乐不常有。只要我们有一双伯乐的慧眼，不愁选不来破敌的骏马。

八贤王　莫非爱卿胸有成竹了？快对本御讲来。

杨六郎　千岁，请听：

（唱）穆山有个穆柯寨，

　　　　寨上有位穆桂英。

　　　　能征惯战有奇勇，

　　　　正是咱破阵的难得贤能。

八贤王　爱卿讲的莫非是穆洪举之女？

杨六郎　正是。

八贤王　穆洪举乃是落草的山大王，一个山寨女子，哪有偌大本领？

杨六郎　千岁，那穆桂英可非比寻常哪！

（唱）马背上长来烽烟里生，

　　　　刀枪剑戟伴青春。

　　　　自幼儿随父辈疆场驰骋，

　　　　通地理懂阵法韬略超群。

　　　　此番我去出征陷入敌阵，

　　　　多亏她见义勇为，

　　　　　　出奇制胜，

　　　　　　大破敌阵，

　　　　才免得咱宋营折将损兵。

八贤王　山寨女子，偶尔逞能，爱卿未免言过其实了……

【孟良、焦赞急上。

孟良   启禀千岁、元帅，辽兵打来连环战表，猖狂挑衅。
焦赞

八贤王 （接看战表）呵！"半月之内，再不俯首投降，就要直捣中原……"
       这……

内 侍   参见千岁。

八贤王 命你回朝搬兵，可曾搬来？

内 侍   哎呀，千岁，朝内主战主和，争论不休，万岁一筹莫展。

八贤王 我问你救兵可曾搬来？

内 侍   一兵一将未曾搬回。

八贤王 唉！下边休息去吧。

杨六郎 千岁，那穆桂英请还是不请？

八贤王 事到如今，就由爱卿定夺。

杨六郎 如此，焦、孟二将！

焦 赞
       在。
孟 良

杨六郎 命你二人前往穆柯寨相请穆桂英下山，共商大破天门之事。

焦 赞   些许小事，何须有劳二哥，待俺一人前去，把她叫下山来便是。

杨六郎 嗯！请贤出山，非同小可，你二人前去要以礼相请，不可鲁莽
       从事。

孟 良
       得令！
焦 赞

——幕落

第三场

【穆柯山下。天高云淡，秋花烂漫，一片金黄。一条山路蜿蜒通

向山上的穆柯寨，寨头隐约可见穆字招军旗。

穆桂英　（内唱）穆山巍巍碧云淡，

【众女兵、穆瓜、穆香引穆桂英由山路而来。

穆桂英　（接唱）北国金秋好壮观。

风吹谷浪闪锦缎，

霜染枫林红满山。

泉水叮咚青山恋，

金菊含娇拂玉鞍。

秋花更比春花艳，

下马来采一朵插在鬓边。

穆　瓜　（学穆桂英）秋花更比春花艳，下马来采一朵插在鬓边。

（唱小曲）好一朵金菊花，好一朵金菊花，满山的花儿赛呀赛不

过它，奴有心采一朵戴呀戴头上，又怕呀又怕人笑

话……

穆桂英　穆瓜，你那是做甚哩？

穆　瓜　俺们是学姑娘你哩！

穆桂英　姑娘我怎啦？

穆　瓜　请问你身穿什么？

穆桂英　绣绒锦甲。

穆　瓜　头戴何物？

穆桂英　七星金冠。

穆　瓜　胯下什么?

穆桂英　桃花战马。

穆　瓜　身佩何物?

穆桂英　鸳鸯宝剑呀!

穆　瓜　姑娘下山干甚来哩?

穆桂英　咳,不是操练武艺么!

穆　瓜　看哇!你怎么这样采呀、戴呀的……

穆桂英　姑娘我自幼长在穆柯山,就爱这山上的花花草草。

穆　瓜　噢!姑娘喜欢这花花草草,女兵们,都给姑娘摘花去!

穆桂英　(恍然有悟)哎,都给我操练武艺!

穆　瓜　对对对,操练武艺。

　　　　【雁叫声。

穆　香　禀姑娘,一群大雁飞来。

穆桂英　弓来!

穆　瓜　姑娘,你是怎样个射法?

穆桂英　姑娘今日专射它的铁嘴。

穆　瓜　好,看你的了。

穆桂英　闪开了。(射雁)

　众　　好!

穆　香　大雁带箭而飞!

穆桂英　策马追赶。

　　　　【众下,家将、四宋兵引杨宗保上。

杨宗保　(唱)辽兵挑起不义战,

　　　　　　　国遭祸殃民不安。

巡营瞭哨把敌探，

【雁叫声。

家　　将　大雁带箭而飞，小将军的箭法百步穿杨，何不射它落地?

众　　兵　叫我等见识见识。

杨宗保　弓箭伺候!

（接唱）权将大雁当辽番。

【射雁，雁落，众喜。内人马呐喊声。

【穆桂英等上，与杨宗保抢雁，两军会合。穆、杨同时各从雁身
　　抽下一箭、穆瓜拾雁。

杨宗保　（看箭）穆桂英……

穆桂英　（看箭）杨宗保……

杨宗保
穆桂英　（合）百发百中!

【二人互看，互相敬慕。

杨宗保　（唱）好一个英姿勃勃女婵娟。

穆桂英　（唱）好一个威风凛凛美少年。

杨宗保　（唱）金冠辉映西施面。

穆桂英　（唱）戎装巧衬宋玉颜。

杨宗保　（唱）巾帼群里实罕见。

穆桂英　（唱）百万军中第一员。

请问少将军大姓尊名?

杨宗保　我乃宋营杨元帅之子杨宗保。请问女将尊姓大名?

穆桂英　我乃威镇长城内外的穆桂英。

杨宗保　（背弓）嘻哈哈……好大的口气! 我倒要戏耍她两句。哎，我说

女将，你连一只大雁都射它不下，还算什么威镇长城内外啊！

穆桂英　好恼！

　　　　（唱）喝声小将好大胆，

　　　　　　　敢从门缝把人观。

　　　　　　　我乃是专射铁嘴试弓箭，

　　　　　　　你不知底细乱开言！

　　　　　　　若不服当场比比看。

杨宗保　（接唱）女娃娃怎能比儿男，

　　　　　　　　肩重任俺要把路赶。

穆桂英　（接唱）上前我把小将拦。

　　　　　　　　今日你若不胜俺——

杨宗保　怎样？

穆桂英　（唱）叫三声姑姑我放你下山！

杨宗保　岂有此理，看枪！

　　　　【穆、杨开打，各伸拇指互称赞。

穆桂英　（唱）他枪走龙蛇如闪电。

杨宗保　（唱）她枪舞梨花雪片翻。

穆桂英　（唱）拧银枪假意儿刺他胸坎，

　　　　【猛刺，杨宗保急躲，惊慌，示意不要怕。

穆桂英　（唱）姑娘我把你的胆量掂一掂。

杨宗保　（唱）丫头竟敢耍笑俺，

　　　　　　　银枪直刺你金冠。

　　　　【猛刺，被穆桂英枪一碰，宗保马卧倒。

穆桂英　看枪！（杨宗保急用手抓枪）不要害怕，俺是叫你起来哩！

【杨宗保趁机起来，表示不服气，又开打。

【穆桂英假意败下。杨宗保追下。

【穆桂英上。穆瓜、穆香、众女兵上。

穆　香　好我的姑娘哩，你这是什么打法！眼看就把那小将擒住了，怎么倒败下阵来了？

穆桂英　你呀！真是个榆木疙瘩……

穆　瓜　（猜出穆桂英心事）穆香，你真是个榆木疙瘩，人家姑娘是学刘金定在双锁山的打法哩！

穆桂英　多嘴！

穆　瓜　不是？不是我就把他挡下山去。（欲下）

穆桂英　慢着。姑娘我还等他上山哩！（羞）

穆　瓜　是是是，俺也等他上山哩！

【杨宗保追上。

杨宗保　丫头，哪里走！

【开打，宗保坠马被擒，宋兵上救宗保，被打下。

穆桂英　押回山寨。

众　　（大声地）呵！

穆桂英　嗯！莫要惊吓着小将。

众　　是。（押宗保下。桂英等同下）

孟　良　（内喊）催马！

快马加鞭把路赶，

穆柯山上去请贤。

焦　赞　（唱）弹丸之地穆柯寨，

人喊马嘶为哪般？

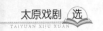

【四宋兵惊慌地上。

宋　兵　参见二位将军。

焦　赞
　　　　　慌张为何?
孟　良

一　兵　我等随同少将军巡营瞭哨,行至穆柯山下,遇见穆桂英,为了一

　　　　只大雁争斗起来,不料少将军……

焦　赞
　　　　　怎样?
孟　良

一　兵　被那穆桂英擒上山去了!

焦　赞　这……哇呀呀!

　　　　　(唱)穆家丫头太骄狂,

　　　　　　　　万丈怒火燃衷肠。

　　　　　　　挥舞金鞭上山岗——

孟　良　贤弟,我们是来请贤的,怎能随便动武呀!

焦　赞　哎,杀上山去,一来救出宗保侄儿,二来捉拿穆桂英下山,一举

　　　　两得,咳咳,来它个功上加功!

孟　良　闯下祸来何人承担?

焦　赞　(接唱)天大祸端俺一人当!

孟　良　贤弟……

焦　赞　你闪开了!呔,穆柯寨儿郎们听着!快快放出少将军,叫那穆桂

　　　　英一同下山!如若不然,俺要踏平你这山寨!

　　　　　【穆瓜率众兵上。

穆　瓜　呔,哪里来的红黑二汉在此撒野,找打!(和焦赞开打)

孟　良　三弟,将军,有话好说,莫打莫打!

　　　　　【焦赞、穆瓜继续开打,穆瓜失败。

穆　瓜　　速速回山，紧闭寨门！（率众兵下）

焦　赞　　二哥！往日你见了仇敌如猛虎下山，今日怎么变成软面条了？

孟　良　　那穆桂英乃是元帅要请的贤将，怎能视作仇敌呀！

焦　赞　　既然不是仇敌，为何如此蛮横，待我放火烧山。

孟　良　　慢着。你我是奉命请贤来了，怎能放火烧山。来来来，咱们再去
　　　　　相请！（圆场）呀！寨门紧闭。

焦　赞　　待俺砸开他的寨门！

孟　良　　三弟不可造次。回营禀报元帅再作道理。

焦　赞　　正是：抓鸡不着反蚀米，受了一肚子窝囊气！嘿！

——幕落

第四场

【接前场。穆柯寨亭台一角。

【众女兵、穆瓜、穆香引穆桂英上。

穆桂英　　（念）飞雁有情牵红线，山前引来意中人。穆瓜！

穆　瓜　　来了，来了！

穆桂英　　方才擒来的那位小将呢？

穆　瓜　　被我绳缠索绑押在聚义亭外。

穆桂英　　什么绳缠索绑，那他……怎么受得了呀！

穆　瓜　　受不了，那就把他放开。

穆桂英　　慢着，他要是跑了又如何是好？

穆　瓜　　捆住吧，怕受不了；放了吧，又怕跑了。姑娘，你说该咋着？

穆桂英　　我说穆瓜，你给我把他——

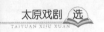

穆　瓜　杀了!

穆桂英　带上来!

穆　瓜　下面听着,将那小将带上来。

　　　　【内应声,女兵押宗保上。

杨宗保　(唱)在山前与穆家一场较量,

　　　　　　　穆桂英果真是武艺高强。

　　　　　　　大丈夫从来是不卑不亢,

　　　　　　　我倒要看看她做甚文章。(昂然挺立)

穆桂英　与他松绑。(松绑)

穆　瓜　刚松了绑,倒耍威风哩。呔!大胆的小将,为何不与我家姑娘

　　　　谢罪?

杨宗保　我乃堂堂元戎之子,岂肯屈服于山寨之女!

穆　瓜　哈哈,我看你是活得不耐烦了……

　　　　(凑上去)

穆桂英　穆瓜,算啦。他既被咱擒住,你去问他,是愿死呀还是愿活呀?

穆　瓜　他死他活,不是全在姑娘手里吗?

穆桂英　哎,叫你去问,你就去问问嘛!

穆　瓜　是。(向宗保)呔,我家姑娘问你,你是愿意死呀还是愿意活呀?

杨宗保　要杀开刀,何必多问!

穆　瓜　好样儿的!

穆桂英　穆瓜,你问了没有?

穆　瓜　要杀开刀,何必多问!

穆桂英　嗯!

穆　瓜　呵!这是他说的呀!

穆桂英　这么说他是愿意死呀！

穆　瓜　大概他是活够了！来呀，把他杀了！（众举刀）

穆桂英　嗯！穆瓜，你再跟他去说，这活着可比死了好呀！

穆　瓜　哎呀，好我的姑娘哩，人家愿意死就快些杀了算了吧！

穆桂英　躲开些吧！无用的东西。待姑娘我自己说去。

穆　瓜　早就该自己说去了。

穆桂英　（走近宗保，欲言又羞，后下决心）我说这位将军，我有一言奉上。

杨宗保　（看看穆瓜的刀）你我有何可讲？

穆桂英　呀呀呀……好大的脾气！

穆　瓜　本来人家就不小。

穆桂英　穆瓜，你们与我……（女兵举刀）退下！（众女兵下，穆瓜不
　　　　下）出去！

穆　瓜　（对宗保）出去！

穆桂英　我叫你出去哩。

穆　瓜　（对宗保）我叫你出去哩！

穆桂英　嗯！

穆　瓜　噢，是叫我出去！看来我在这儿碍事哩。（笑下）

　　　　【杨宗保态度缓和。

穆桂英　将军呀！

　　　　（唱）将军且把怒火按，

　　　　　　　休怪适才理不端。

　　　　　　　多谢大雁牵红线，

　　　　　　　你我相逢在穆山。

　　　　　　　见面方觉相识晚，

与君愿吐肺腑言。

杨宗保 呵？请讲。

穆桂英 将军！

（唱）我敬你少年虎将英雄胆，

更敬你杨家忠良美名传。

愿与君结为知己永相伴，

愿与君并马出征保家园。

杨宗保 （明知故问）小姐之意，末将不懂，请讲明白些。

穆桂英 唉！就与你实说了吧。我愿与你结为百年之好，保国保民保家乡，

你看意下如何？

杨宗保 这……

（唱）安社稷最需把贤将招请，

她是个难得的巾帼英雄。

我与她虽然是初逢乍认，

慕她才爱她貌一见钟情。

我二人若能结鸾凤，

杨门添女将国增栋梁臣。

呵，穆小姐！

婚姻之事我应允。

穆桂英 穆瓜，看酒来。

【穆瓜溜上，见状，招呼穆香。穆香送酒，下。

穆桂英 （唱）与君把盏洗风尘。

将军请。

杨宗保 小姐请。呵，小姐，适才穆山交战，你的武艺真乃高强呵！

穆桂英　少将军，你那杨家的梅花枪法真好呵！

杨宗保　还是小姐的武艺高！

穆桂英　还是将军的枪法好！

杨宗保
穆桂英　呵，哈哈哈……

杨宗保　小姐，这是我杨家的传家宝物金制箭壶，相赠予你。（给箭壶）

穆桂英　多谢将军。这是穆柯山降龙宝木，赠予将军。（赠木）

杨宗保　呵，小姐，你我既订终身，就该一同下山，共保大宋才是。

穆桂英　将军，不提保宋还则罢了，提起此事，真正叫人寒心！

杨宗保　这是为何？

穆桂英　将军！

　　　　（唱）我穆家保社稷赤心一片，

　　　　　　　那宋王太昏庸不辨忠奸。

　　　　　　　信谗言加罪名全家遭贬，

　　　　　　　到如今还蒙受不白之冤！

　　　　　　　将军呵，千秋功罪无论断，

　　　　　　　怎能随你下穆山！

杨宗保　原来如此。看来此事还得禀报父帅再作道理。我要告辞了。

穆桂英　哎，着急甚哩，请到后堂饮宴。

杨宗保　小姐，我还有公务在身，需要即刻回营，你我后会有期。

穆桂英　后会有期，期有多长？

杨宗保　多则十天半月，少则三天五日。

穆桂英　但愿三天五日。

杨宗保　好，好，但愿三天五日！

穆桂英　如此，待我送你一程。穆瓜！

穆　瓜　（上）在。

穆桂英　快给姑娘还有你姑老爷带马。

穆　瓜　啊！姑老爷？噢噢，给姑娘、姑老爷道喜。

穆桂英　看你这个啰唆劲儿，回头有赏。

　　　　【穆瓜牵马，桂英、宗保上马。

穆桂英　将军请。

杨宗保　小姐请。（二人含情脉脉并马行）

　　　　（唱）穆山巧遇结亲眷，

　　　　　　　　但愿花好月早圆。（上马，远去）

穆桂英　（唱）山路崎岖马蹄远，一阵秋风觉影单！

——幕落

第五场

　　　　【杨元帅帐内。

　　　　【焦赞、孟良上。

孟　良　请贤吃了闭门羹。

焦　赞　阵前又失少将军！

焦　赞
孟　良　有请元帅。

　　　　【杨六郎上。

杨六郎　穆桂英可曾请来？

焦　赞
孟　良　这……

杨六郎　吞吞吐吐，是何缘故？

孟　良　我二人奉命请贤，去至穆柯山下，闻听巡营军士言道，宗保侄儿
　　　　　为了一只大雁与穆桂英争斗起来，被她擒上山去。

焦　赞　我等前去相救，不料那穆家兵便是这样把寨门一关，我二人再也
　　　　　进不去了。

杨六郎　竟有这等之事。（一想）焦、孟二弟，备马！

焦　赞
　　　　　（不解地）元帅……
孟　良

杨六郎　（念）再到穆山把贤请，学那刘备访卧龙。

　　　　　【三人欲下，中军上。

中　军　禀元帅，少将军回营。

杨六郎　快快传他进帐。

中　军　少将军进帐！

杨宗保　（上，念）山寨定亲事，禀报父帅知。参见父帅。

杨六郎　我儿回来了？

杨宗保　儿我回来了。

杨六郎　我儿可曾受了委屈？

杨宗保　那穆桂英深明大义，对儿甚好。

杨六郎　（惊喜）噢！是怎样个好法？

杨宗保　这……她赠儿山中宝物降龙木一根。

杨六郎　（猜着八九分）我儿你呢？

杨宗保　我将咱那传家宝物金制箭壶赠予了她。

杨六郎　呵，莫非你二人……

杨宗保　我二人订下终身了。

杨六郎　哈哈哈……

　　　　　（唱）听说穆杨把亲订，

喜煞我来日的老公公。

这才是有意栽花花不发，

无心插柳柳成荫。

儿是梧桐招彩凤，

为大宋立下了请贤之功。

今天就是良辰日，

中军！

中　军　在。

杨六郎　（接唱）快备上八抬大轿把亲迎！

杨宗保　父帅且慢，那穆桂英不肯来宋营。

杨六郎　（一怔）既定终身，又不归宋，是何道理？

杨宗保　父帅！

（唱）她恼恨先王爷清浊相混，

　　　不愿意下穆山来咱宋营。

杨六郎　（凉了半截）呵！

（接唱）贤将不肯归大宋，

　　　满腔热气结了冰！

这……有了！

（接唱）急中生智巧计用，

中军，升帐！

中　军　升帐！

【众校尉、焦、孟及宋将上。

杨六郎　（接唱）严整军纪我要动斩刑。

奴才！

（唱）穆山私自把亲定，

贻误军机罪非轻。

抖起虎威行帅令，

推出辕门问斩刑。

【刀斧手押宗保下。

焦　赞
孟　良　元帅，宗保侄儿年幼无知，谨恳饶恕。

杨六郎　尔等晓得什么。孟贤弟，命你派遣人马前往穆柯山下大声喧哗，

就说本帅要辕门斩子。

孟　良　这……噢噢……哈哈哈！……（解其意）得令！（下）

杨六郎　焦贤弟，命你速往龙棚，将斩子之事禀报八王千岁。

焦　赞　元帅，这又是何意？

杨六郎　真乃笨拙。一旦那穆山人马不来解围，谁能保你那宗保侄儿呀！

焦　赞　（明白）噢！原来如此，真乃锦囊妙计呵！哈哈哈……（下）

【焦赞引八贤王上。

八贤王　（唱）心忧万事难平静，

又闻要斩御外甥。

何事引出斩杀令，

忙到帐内问原因。

中　军　八王千岁驾到！

杨六郎　（唱）一声斩杀满营惊，

引来千岁到帐中。

我还得逢场作戏巧对应，

装模作样假当真。

参见千岁。（施礼、入座）

八贤王　（唱）小宗保犯了什么罪，

为何将他问斩刑?

杨六郎　（唱）小奴才在阵前轻举妄动，

　　　　　　　违父命犯军纪不能宽容。

八贤王　（唱）安家邦拯黎民用人当紧，

　　　　　　　怎能够斩良将釜底抽薪?

　　　　　　　你杨家保大宋热血洒尽，

　　　　　　　到如今只留他单苗独根。

　　　　　　　为社稷为杨家尚须慎重，

　　　　　　　望郡马细斟酌刀下留情。

杨六郎　（唱）千岁讲话理不顺，

　　　　　　　实不该帐前来做情。

　　　　　　　论国法千岁为大应从命，

　　　　　　　论家法舅爷身荣地位尊。

　　　　　　　在边关我统三军掌帅印，

　　　　　　　有道是军令如山谁不遵。

　　　　王子犯法也该……

八贤王　嗯?

杨六郎　（接唱）你是我头上天一层，

　　　　　　　我怎敢动刑。

　　　　　　　辕门斩子主意定，

　　　　　　　说倒泰山也难从!

八贤王　呀!（唱）好一个杨元帅钢骨烈性，

　　　　　　　违君意抗王命少义无情。

　　　　　　　去法场将宗保左右护定，

　　　　　　　哪一个胆包天敢动斩刑。

杨六郎　送千岁。

八贤王　哼！（气愤地下）

杨六郎　哈哈哈……

　　　　（唱）一场假戏当成真，

　　　　　　　　倒惹得八千岁大发雷霆！

　　　　【穆瓜引穆桂英上。

穆桂英　（内唱）穿云破雾下山岭，（上）

　　　　（接唱）策马神鞭迅如风。

　　　　　　　　听说将军遭不幸，

　　　　　　　　恨无双翅飞宋营！

　　　　穆瓜，上前看过。

穆　瓜　是。哈咳，来在辕门冷冷清清，莫非我姑爷已经脑袋搬家了？哎
　　　　呀，姑爷哇……

焦　赞
孟　良　何人在此喧哗？

穆　瓜　呵？黑大叔，红大叔，你倒不认得了。我来问你，我那杨姑爷
　　　　他……已经问斩了？

孟　良　你们来了，他就不斩了。

穆桂英　这就好了。有劳二位向内传禀，就说穆桂英下山来了。

焦　赞
孟　良　（一惊）元帅，穆桂英来了！

杨六郎　什么？

焦　赞
孟　良　穆桂英来了。

杨六郎　她果然来了，好哇，哈哈……

　　　　（唱）斩子巧计果灵应，

调得良将到宋营。

我这里上前去作揖打躬——

焦　赞
孟　良　元帅，你先不要施礼，那穆桂英还在帐外哩！

杨六郎　哎！

（接唱）谢苍天降下了破阵英雄。

焦　赞
孟　良　元帅，那穆桂英来了，你就该去辕门之外迎接才是。

杨六郎　（背弓）哪有老公公迎接儿媳妇的。（向焦、孟）堂堂宋营元帅，焉能轻离虎位。焦、孟二弟，传本帅将令，有请穆小姐进帐！

焦　赞
孟　良　是。我家元帅倒拿起架子来了。穆小姐请了！

穆桂英　请了。

孟　良　我家元帅军务在身，不能出帐远迎，有请穆小姐进帐相见。

【穆桂英欲进帐，穆瓜拦住。

穆　瓜　姑娘！

（唱）穆瓜开言道，姑娘你试听，

姑爷绑法场，姑娘去说情，

准下人情事，与他讲太平，

不准人情事，咱就动刀兵。

杀了宋王老儿，再去破辽兵，

姑娘做元帅，姑爷当先行，

穆瓜抱大印，给你当中军，

一朝权在手，就把令来行，

你看我威风不威风！

呼儿嗨，呀儿嗨，呼儿嗨，

哎呼嗨，

你看威风不威风！

穆桂英　（唱）穆瓜休要乱议论，

且退帐下待令行。（穆瓜下）

大摇大摆把帐进，

虎位上坐着元戎老……公公。哎！

宋王老儿都不怕，

怕什么翁爹老元戎。（进帐、落座）

杨六郎　（唱）眼前落下金彩凤，

满帐生辉耀眼明。

暂掩喜悦来相问，

穆小姐来此为何情？

穆桂英　（唱）少将军犯了什么罪？

为何将他问斩刑？

杨六郎　（唱）小姐何必故意问，

我斩宗保你知情。

穆桂英　这……

（唱）朱颜含羞忙跪定；（跪介）

尊一声杨元帅……我的老公公！

焦　赞
孟　良　哈哈哈……

焦　赞　俚媳妇，既然已经订终身，还羞答什么？

孟　良　有话直讲就是。

穆桂英　（接唱）我二人情投意合婚事订，

你不该斩凤弃凰剑无情。

杨六郎　（唱）小宗保两军阵前把亲定，

犯家法违军纪该动斩刑。

穆桂英　元帅，此言差矣！

（唱）曾不记七星庙里结鸾凤，

到如今杨佘姻缘传美名。

杨六郎　（唱）穆小姐讲此话有失分寸，

你不该对祖辈刨底寻根。

七星庙姻缘事天下传颂，

志相投道相合为国为民。

你二人虽也把姻缘定，

志不同道不合又不同心。

穆桂英　（唱）我二人结鸾俦情深义重，

为国家为黎民海誓山盟。

杨六郎　（唱）既然是为国为民志向定，

为什么不下山来归宋营？

穆桂英　这——

（唱）元帅莫提归大宋，

穆家报国伤了心。

为赵家磨损了多少鞍和镫，

为赵家穿破了铁甲无数身。

谗言一句千功尽，

忠良蒙冤似海深！

杨六郎　（唱）自古宦海多浮沉，

多少忠良做冤魂。

穆家含冤又饮恨，

满朝文武寄同情。

眼见得神州百姓遭蹂躏，

你岂能为家仇坐视虎狼行。

曾不记楚屈原遭谗含恨，

著《离骚》仍寄托爱国之心，

曾不记抛家仇刘氏金定，

与高琼结鸾俦归了宋营。

曾不记呼延寿廷蒙冤丧命，

他的儿保先主仍立大功。

曾不记我杨家被斥野郡，

到后来困幽州救出主公。

劝小姐莫计较往日恨，

不为宋王还要为黎民。

焦　赞　侄媳妇，元帅说得对呀，你不为大宋还要为黎民，不为黎民，还
要为我——那宗保侄儿小将军。

孟　良　哎，咱那侄媳妇可是山头上吹喇叭——站得高，响（想）得远，
这些道理还用你点拨哩！

穆桂英　呀！

（唱）一句句肺腑话启人猛醒，

言凿凿意谆谆发聩振聋。

抚我心壮我志慰我伤痕，

我就该抛私怨为国尽忠。

杨元帅！

我愿意披肝胆共保大宋，

与宗保同杀敌并马出征。

杨六郎	
焦　赞	哈哈……
孟　良	

杨六郎　焦、孟二弟，快与你那宗保侄儿松绑去。

焦　赞
孟　良　是。（相邀穆桂英同下）

　　　　　　【八王怒容满面地上。

八贤王　（唱）辕门归来龙心恼，

　　　　　　　杨元帅做事太蹊跷。

　　　　　　　法场上杀气腾腾斩宗保，

　　　　　　　来了个穆桂英云散雾消。

　　　　　　　他不该施计斩子设圈套。

杨六郎　（唱）我这里忙谢千岁恕饶。

八贤王　（不理）哼！

杨六郎　（接唱）为把那破阵将早请到，

　　　　　　　才设下斩子计假意操刀。

八贤王　（唱）好一个智多星元帅招讨，

　　　　　　　这步棋走得人魂飞魄消。

　　　　杨元帅，如今穆桂英既已归宋，你就该统领三军，再去破阵才是。

杨六郎　千岁，为臣还有一事与你相商。

八贤王　又有何事？

杨六郎　此去破阵，还须另请贤能挂帅。

八贤王　呵！又请何人？

杨六郎　就是那穆桂英。

八贤王　何人？

杨六郎　穆桂英。

八贤王 哎，杨元帅，这就是你的不是了。请穆桂英下山，本御已让你三

分，如今又要她挂帅，岂不是令皇家帅印作儿戏吗？

（唱）吃辣要选生姜老，

山杏怎能比鲜桃。

穆桂英纵然有三略六韬，

比不过郡马你智广艺高。

杨六郎 （唱）上山方能识虎豹，

下海才可见龙蛟。

在疆场我曾经亲身领教，

穆桂英破敌阵确有高招。

八贤王 哎！

（唱）羊与麒麟难同道，

山雀鲲鹏怎混淆？

那穆家作草寇离经叛道，

须提防存二心两面三刀。

杨六郎 八千岁！

（唱）说什么那穆家离经叛道，

怕什么有二心两面三刀！

自古来殊途同归有多少，

我杨家原本也不属宋朝，

我祖父火山王曾经落草，

我的母本是那佘王根苗。

到后来转车辙把刘汉来保，

人称是无敌将一代英豪。

先王爷下河东大举征讨，

我杨家持正义才归宋朝。

我的父战辽兵不屈不挠，

两狼山怀壮志绝食身夭。

我大哥为宋王以命报效，

我二哥短剑下血染征袍。

我三哥遭马踏死无完尸，

我四哥、八弟失落在番辽。

我五哥五台山削发进庙，

我七弟被潘美乱箭穿腰。

死的死，夭的夭，

难道说这不是一心一意保宋朝！

八贤王　（唱）那穆家即便是同心报效，

怎奈她女孩家未退黄毛。

挂帅印统三军此事非小，

嫩竹竿怎能把千钧来挑？

杨六郎　（唱）君不闻小甘罗全权使赵，

周公瑾少壮人挂印破曹。

花木兰去从军青春年少，

樊梨花刘金定都是女姣。

姜子牙志未酬渭河垂钓，

汉周勃原本是织曲吹箫。

迎春花金秋菊各开迟早，

量才能岂分那男尊女卑，

出身贵贱，

阅历深浅，

年少和年高。

为江山你就该惜才如宝，

积杯土聚丸石泰山才高。

八贤王 （唱）你休要班门弄斧唱高调，

更莫把古人比今朝。

曾不记潘美得势来挡道，

多少忠良首级抛。

霞谷县我把寇准调，

南靖宫里设阴曹。

夜审奸佞施圈套，

屈死的忠魂恨方消。

非是本御自称道，

老谋深算比你高。

杨六郎 （唱）金无足赤完人少，

未必事事见识高。

经史礼乐你通晓，

论军情不如我杨延昭。

八贤王 （唱）一句话惹得我火性冒，

本御面前敢持骄。

休忘头戴乌纱帽，

休忘身穿锦绣袍。

休忘大宋江山本姓赵，

休忘本御是皇家的监军把大权操！

杨六郎 （唱）休仗权势大压小，

有理不在官位高。

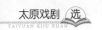

汉祖用将人称道，

唐宗纳谏江山牢。

八贤王 （唱）竟敢不分大与小，

三纲五常脑后抛。

杨六郎 （唱）菩萨低眉人祷告，

金刚怒目枉徒劳。

八贤王 （唱）皇家一言如山倒，

违抗圣意罪难逃。

杨六郎 （唱）赤心敢将权势傲，

泰山压顶不弯腰。

八贤王 （唱）主意已定谁敢拗？

杨六郎 （唱）大宋帅印我要交。

八贤王 （唱）不能不能实不能。

杨六郎 （唱）要交要交实要交！

八贤王 （唱）你不能！

杨六郎 （唱）我要交！

八贤王 （唱）你不能！

杨六郎 （唱）我要交！

八贤王 杨元帅！

杨六郎 八千岁！

八贤王 大胆的杨延昭！本御在朝身居一人之下，位尊万人之上，讲出话来，就是叔王也要听我几分，而你这小小的领兵元帅，竟敢这样居功傲上，藐视本御，如何了得！

杨六郎 （唱）八千岁顿时肝火冒，

猛虎怎敢斗龙蛟！

低头我把妙计找，（中军暗上）

小卒将军棋一着。

叫中军，你看过扭头狮子二龙戏珠烈虎大印皇家宝。

中　军　是。（下）

杨六郎　罢！

（唱）我要与他把印交。

不怕惹他龙心恼，

不怕大本奏当朝。

不怕丢掉乌纱帽，

不怕那半生功勋一旦抛。

为的是土中明珠放光耀，

为的是不拘一格选英豪。

为的是破阵驱虎豹，

为的是江山黎民大宋朝！

数十年南里征、北里战、南征北战，东挡西杀，

赴汤蹈火，出生入死，赤胆忠心把国保，

哪一宗不是为保宋抗辽。

举贤让贤肝胆照，

爵禄名利脑后抛。

手捧上皇家印忙跪倒，

八千岁请将印玺带回朝。

千岁请来接印！

八贤王　你是执意让那穆桂英挂帅！

杨六郎　何尝——

八贤王　何尝不是，你这分明是难为本御么。

【杨宗保、桂英上。

杨宗保
穆桂英 谢父帅不斩之恩。

杨六郎 见过你家龙舅。

穆桂英 龙舅,甥媳有礼了。

八贤王 (见穆,一惊)怎么,你是穆小姐?

穆桂英 正是孩儿。

八贤王 倒也外貌不凡。穆小姐,我来问你:如今辽兵作乱,摆下天门大阵,

此阵奥秘何在? 怎样破法?

杨宗保 龙舅既问,你就大胆地讲吧。

穆桂英 那我就班门弄斧了。

(唱)辽兵巧摆天门阵,

十大古阵拼凑成。

兵马倾巢齐出动,

布阵一百单八零。

变幻莫测多陷阱,

阵门颠倒难进攻。

八贤王 怎样破法?

穆桂英 (唱)自古兵家有三阵,

天、地、人阵相协同。

一百单八何足论,

随机应变保成功。

八贤王 姑娘可敢去破?

穆桂英 愿去一试!

八贤王 如若破它不下呢?

穆桂英	甘当军令！
八贤王	好一个甘当军令！杨元帅，君无戏言，一言为定！
杨六郎	一言为定！
穆桂英	一言为定！
杨六郎	桂英转来。
穆桂英	父帅有何吩咐？
杨六郎	此番出征我与你推荐两员大将。
穆桂英	这第一员？
杨六郎	宗保与你当先行官。
穆桂英	（一喜）这第二员？
杨六郎	老夫与你押运粮草。
穆桂英	这……如何使得？
杨六郎	一人执掌帅印，全家披挂上阵。此乃杨家的家风。
穆桂英	谢父帅！

——幕落

第六场

【校场。点将台上树有"杨"字大旗，穆桂英接印后，旗上"杨"字变为"穆"字。杨宗保上。起霸。四宋将上。

杨宗保	众位将军请了。千岁今日交印拜帅，我等两厢伺候。
四宋将	请。

【音乐声中，焦赞、孟良上。男女兵士上。

【八贤王捧印，杨六郎抱帅剑上。

八贤王	（念）龙腾虎跃军威震。

杨六郎	（念）三关点帅破天门。
八贤王	今日三关点帅，元帅请来传令。
杨六郎	哎，千岁乃是皇家监军，还是千岁传令。
八贤王	如此，焦、孟二将传令下去，请穆桂英觐见。
焦　赞 孟　良	千岁有令，穆桂英觐见。
穆桂英	（内白）来也！

【穆瓜、穆香引穆桂英全身披挂上。

穆桂英	参见千岁、元帅！
八贤王	穆桂英请来接印。

【音乐起。穆桂英，拜印、接印，交穆瓜，拜剑接剑，交穆香。

穆桂英	（念引子）拜印统兵，肩负重任，社稷安危系一身。

【音乐起。与杨宗保眉眼；看杨六郎，不好意思，坐上帅位。

众	参见元帅！
穆桂英	站立两厢。

（念）豪气冲天巾帼帅，

千军万马任安排。

大旗指处狼烟净，

山河澄清万里埃。

今日本帅校场点将，众将听着，前军统领！

二宋将	在。
穆桂英	后军统领！
二宋将	在。
穆桂英	左营军！
焦　赞 孟　良	在。

穆桂英　押粮官杨……杨……

杨六郎　元帅不必多虑，你大胆的点来！

穆桂英　押粮官杨延昭听令！

杨六郎　在。

穆桂英　命你押运粮草，军前听用，不得有误！

杨六郎　得——令！

穆桂英　先行官！呔！先行官！

　　　　【杨宗保欲答，不好意思。

穆　瓜　杨姑爷，叫你哩！

杨宗保　（勉强地）在。

穆桂英　你是先行官杨宗保？

杨宗保　是末将。

穆桂英　本帅今日初次点卯，连叫三声竟敢迟迟不应，说是你要小心着！
　　　　小心着！

杨宗保　末将晓得。喂呀！（弹汗）

杨六郎　儿呀，此处不比在家，可不能耍你那大丈夫威风。

八贤王　吓！押粮官，这位元帅好厉害呀！

杨六郎　这才是大将之风！

八贤王　大将之风！

二　人　哈哈……

穆桂英　呔，军中不得喧哗！众将官！

众　　　有。

穆桂英　放炮起营，随我大破天门阵去者！

　　　　【众亮相，上马，穆桂英上马。

穆桂英　（唱）挂帅印统三军龙腾虎跃，

　　　　　　　保社稷安黎民气冲九霄。

　　　　　　　哪怕他天门阵诡计乖巧，

　　　　　　　杀他个有来无回。

众　　　（唱）插翅难逃！

【剧终】

太原戏剧选

寇准外传

编剧：梁　枫　赵威龙

1981年10月

【剧中人物】

寇　准——榆次县令，后为西台御史。（小生）

寇夫人——寇准之妻。（花旦）

寇　安——寇准家院。（老生）

赵德芳——宋太宗皇侄。（须生）

杨延昭——边关守将。（武生）

潘　妃——太宗爱妃，潘仁美之女。（花旦）

潘仁美——当朝宰相。（净）

常随侯——太监，潘妃心腹。（二净）

窦　直——原西台御史。（须生）

店小二——小店主。（丑）

马　彪——潘仁美随身马夫。（二净）

小公公——太监。（丑）

小太监（丑）

张　文——解差。（小生）

李　顺——解差。（丑）

毕大人（老生）

王大人（丑）

高将军（武生）

李将军（二净）

宫　人——赵德芳随从。（小生）

衙役甲（丑）

衙役乙（丑）

禁　卒（丑）

四宫娥、四歌伎、御林军、太监、衙役、校尉若干。

第一场

【御史府公堂。

【四衙役引窦直上。

窦　直　（念）圣命如天法如山，

　　　　　　　　定法容易执法难。

　　　　　　　　奉命审理潘杨案，

　　　　　　　　无私无畏断忠奸。

　　　　　　人役们！将潘仁美与我带上来。（递火签与衙役）

衙　役　老爷有令，潘仁美上堂。

【小太监溜场上。

小太监　哒！带谁呀？

役　衙　带潘仁美。

【小太监将火签折断。

小太监　潘娘娘驾到。

潘　妃　（内白）催辇！

【常随侯、小公公、小太监、四宫娥引潘妃上。

潘　妃　（念）条条刑律惩百姓，

道道王法缚群臣。

窦　直　娘娘驾到，未曾远迎，望乞恕罪。

潘　妃　不敢劳驾。

窦　直　本台实实公务繁忙。

潘　妃　我问你忙着何来?

窦　直　审问潘杨一案。

潘　妃　审得怎么样了?

窦　直　案情大白，只待定罪。

潘　妃　罪降何人?

窦　直　本台不说，娘娘也该明白。

潘　妃　哀家倒要听听你的高断。

窦　直　娘娘容禀，潘仁美私通辽国，两军阵前，公报私仇，陷害杨老令
　　　　公、七郎小将。罪大恶极，朝野尽知。

常随侯　好你狗官，竟敢加罪我们太帅爷!

窦　直　岂不知王侯犯法，与民同罪。

潘　妃　你可知道，太师爷乃是哀家天伦!

窦　直　本台只知秉公断案，不管什么皇亲国戚。

潘　妃　你……

常随侯　娘娘息怒，待俺教训教训这个狗官。我说窦老头儿，你真是木头
　　　　人坐轿子——不识抬举。前日咱家与你送去娘娘的厚礼，要也罢，
　　　　不要也罢，你不该将咱家臭骂一顿。今日娘娘圣驾亲临，你不离
　　　　位迎驾，反倒耍起威风来了。就是那看门狗，见了主人还会摇摇
　　　　尾巴。你戴得朝廷纱帽，享得皇家俸禄，竟敢六亲不认?!

窦　直　戴乌纱，食君禄，理当依法断案，岂能徇情枉法。

常随侯　你……是你听我的，还是叫我听你的?

窦　直　此乃本台公堂。

常随侯　什么你的公堂！连你头上的乌纱也是我家万岁娘娘的。叫你戴，

　　　　你就能戴，不叫你戴，嘿嘿，你就得给我滚！

窦　直　你狐假虎威，扰乱公堂，我看你倒该……

常随侯　我倒该怎样？

窦　直　你倒该滚！

潘　妃　好恼！

　　　　（唱）小小御史斗大胆，

　　　　　　　圣驾面前耍刁顽。

窦　直　（唱）本台依法审御案，

　　　　　　　行得正来做得端。

潘　妃　（唱）说什么行得正来做得端，

　　　　　　　分明是向杨不向潘！

窦　直　（唱）扶忠锄奸解民怨，

　　　　　　　哪管姓杨与姓潘！

潘　妃　（唱）不看僧面看佛面，

　　　　　　　休忘头顶赵家天。

窦　直　（唱）铁面无私秉公断，

　　　　　　　王子犯法不容宽！

潘　妃　（唱）叛贼逆臣理当管。

　　　　　　　鱼虾也想把船翻。

　　　　与我打。

常随侯　（看眼色行事）小子们，与我狠狠地打！

　　　　【众太监、官女打窦直，小公公用金瓜将窦直乌纱打掉。

窦　直　王法保在！天理何容！

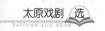

【小公公用金瓜将窦直打死。

常随侯 （验尸）禀娘娘，窦直死了。

潘　妃 （一惊）什么，死了？（计上心来，佯装高兴）何人打死的？

小公公 （得意地）是小人我来。

潘　妃 （顿怒）来呀。

小公公 我在哩。

潘　妃 将他与我绑了。

小公公 娘娘，人死了还得绑哩？

潘　妃 将你绑了。

小公公 啊！

潘　妃 杀人偿命。

小公公 呀！

潘　妃 理所应当。

小公公 娘娘饶命，娘娘饶命……（被捆绑拉下）

潘　妃 （奸笑）哼哼！

　　　　（唱）假人手一箭双雕除忧患，

　　　　　　　看何人再敢斗胆审杨潘！

　　　　回宫。

　　　　　　　　　　　　　　　　　　　　——幕落

第二场

【皇宫外御街上。

【张文、李顺押寇准上。

寇　准 （唱）披枷锁戴法绳步履艰难，

离榆次到汴京披星戴月、餐风露宿、含怨茹恨一路上满腹

辛酸。

身为父母官，

秉公断屈冤；

谁料想——

为民做主竟成反叛，

执法官反被法绳拴！

生与死全凭着御史公断，

但愿那窦大人平恨雪冤。

李　顺　御史府到了。

寇　准　你快到御史府将讼状呈上。

　　　　【张下，李扶寇准坐。

李　顺　窦大人为官清正，人称铁面御史，老爷的冤枉定能有个水落石出。

张　文　（急上）老爷不好了，那窦大人他——

寇　准　他怎样？

张　文　他被金瓜击顶了。

李　顺　那窦大人一死，老爷的命难保了。

寇　准　张李二哥，把咱那剩下的银两全都买了好酒好肉，咱们痛痛快快

　　　　地喝它一顿。

张　文　什么时候了，还吃酒哩。

李　顺　咱就顺着他吧。

　　　　【内白：闲人闪开，八王千岁驾到！

寇　准　什么？八王千岁到了。

李　顺　快快躲开。

寇　准　想见还见他不上，岂能躲开！

李　顺　你不怕死，我们还怕哩。快走——（拉寇准躲到一旁）

【众太监、毕、王、高、李大人与赵德芳上。

赵德芳　唉!

（唱）可叹我十万里堂堂大宋，

容不下他一个铁面贤臣。

窦爱卿金瓜下惨遭不幸，

潘杨案靠何人审清问明?

毕大人、高将军!

毕、高　八王千岁。

德　芳　本御有心让二爱卿审理潘杨一案，不知意下如何?

毕、高　这个……

赵德芳　怎样?

毕大人　想那窦大人是咱朝有名的铁面御史，尚被金瓜击顶，老臣我年迈

力衰，实实难当此任。

赵德芳　高爱卿你——

高将军　末将是一名鲁莽武夫，疆场效命犹可，这审案之事，还是另请高

明! （与毕大人溜下）

赵德芳　王爱卿、李爱卿。你二人可愿——

王大人　哎呀千岁，霎时为臣觉得天旋地转，头昏眼花。

李将军　哎呀千岁，为臣一见王大人这般情景，顿感心悸适。怕是羊痫风

又犯了。

【王、李佯作神志不清下。

赵德芳　真乃岂有此理!

（唱）讨皇封享厚禄有恃无恐，

分君忧挑重任卖傻装疯!

似这等文武官酒囊饭桶，

怎能够承祖业社稷振兴？

【寇准挣脱解差的阻拦，跪向赵德芳。张文、李顺随上，牵衣不放。

寇　准　冤枉！

赵德芳　（心不在焉）有何冤枉，御史公堂去告。（欲下，寇准跪步上前，扯住龙衣）

寇　准　千岁慢走，犯官实实冤枉呵！

赵德芳　（不耐烦地）哎！斗胆囚徒，你是何人？

寇　准　我乃榆次县令姓寇名准。

赵德芳　（一惊）噢？你就是民呼万岁的寇青天、寇大人？

寇　准　不敢，是寇小人。

赵德芳　哎！好你寇准，有道是天无二日，民无二君。你竟敢蛊惑刁民山呼万岁，口称青天，叛贼逆种，罪不容诛！

寇　准　哎呀千岁！俺寇准身为七品县令，冒死除霸安民，顺了百姓之意，安了万众之心。民称青天是实，狂呼万岁是真。可究竟是邪是正，千岁呵，乞求审清问明。

赵德芳　（引起注意，落座）你慢慢讲来。

寇　准　千岁！

（唱）"裙带侯"皇亲国戚潘霸天，

仗权势作恶多端数不完。

率爪牙抢夺官库财千万，

纵家奴霸占良民田万千。

施淫威官巷横冲民舍窜，

榆次境山水不宁人不安。

诉状似雪飞公案，

讼词如絮堆成山。

人间撒满仇和怨，

乌云笼罩一层天。

赵德芳　你倒是管了无有？

张　文　他若不管，也不会落到这般地步！

赵德方　好好好，与他去刑，往下讲来。

寇　准　（唱）小官大胆理此案，

潘霸上堂闹翻天。

御赐金匾棍橇棒打砸稀烂，

皇封玉玺抛来掷去当弹玩。

赵德芳　这还了得！

寇　准　（唱）小官我严申纲纪依律断，

斩了他皇亲国戚潘霸天。

赵德芳　斩得好，斩得好，起来坐了讲话。

寇　准　唉，千岁！

（唱）遂了庶民愿，

解了百姓冤。

万众振臂喊，

寇准是青天。

更有狂人呼万岁，

作揖频频叩连连。

天降法绳与锁链，

押解京城蒙奇冤。

赵德芳　（唱）只道是晋阳山区地偏远，

想不到藏龙卧虎有能贤。

> 小小七品英雄胆，
>
> 不畏富贵不畏权。
>
> 皇亲恶霸敢处斩，
>
> 铁面无私执法严。
>
> 何不让他审御案，
>
> 孙猴虽小闹翻天。

　　寇准，你可愿戴罪立功？

寇　准　但求千岁宽容。

赵德芳　命你暂代西台御史，审理潘杨一案。

寇　准　啊……呵嚏。

赵德芳　你那是怎样哩？

寇　准　一路之上，受了点风寒……不妨事，不妨事。

赵德芳　哈……审清问明，将功折罪。

寇　准　若是审不清呢？

赵德芳　二罪归一罪，定斩不饶。

寇　准　吓……

赵德芳　来，看过御史冠戴。

　　　　　【一宫人下，拿官衣、官帽复上，与寇准更衣。

赵德芳　有了这冠戴，就别有一番景象了。

寇　准　千岁见笑了。

赵德芳　上任去吧。

寇　准　千岁呵，想那潘杨，一家是掌朝太师，一家是保国大将，俺小小
　　　　　七品县令，焉敢审理此等通天御案？

赵德芳　你且暂代西台御史，本御即赴金殿，奏请万岁钦封。你就放心上
　　　　　任去吧！

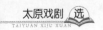
【官人、赵德芳下。

寇　准　千岁，寇准实实难胜此任……

张　文　老爷，人家走远了。

寇　准　呵？唉！……

寇　准　（唱）脱囚衣换罗锦似醒似梦，

　　　　　　　解民怨、惩皇亲，

　　　　　　　临就斩刑的七品小县令，

　　　　　　　霎时间却变成堂堂正正的三品西台御史卿。

　　　　　　　戴一顶金翅乌纱千斤重，

　　　　　　　蹬两只玉底朝靴万根针。

　　　　　　　任西台犹如九霄压头顶，

　　　　　　　审潘杨确似两山夹脖颈。

　　　　　　　一家是掌朝太师胜股肱，

　　　　　　　一家是保国郡马栋梁臣。

　　　　　　　惩杨家八王千岁要咱的命，

　　　　　　　罚潘家贵妃娘娘抽咱的筋。

　　　　　　　这官司神仙也难作公论，

　　　　　　　我好似缠足老妇履薄冰。

　　　　　　　人常言隆冬寒雪刺骨冷，

　　　　　　　如今是雪上加霜又一层。

李　顺　寇大人，如今你是大年初一的炮仗儿——一步登天了，还不顺心哩？

张　文　老爷，时辰不早，上任去吧。

寇　准　（接唱）早已是身入囹圄坠陷阱，

　　　　　　　　怕什么杨家郡马潘皇亲。

　　　　　　　　抖抖精神去上任，

无私无畏一身轻。

张、李　闲人闪开，新任御史大人过来了。

寇　准　你们那是咋哩？

张、李　鸣锣开道哩。

寇　准　唉！虽说有了这身冠戴，可爷我的命哪，还好像断了线的风筝——

张、李　怎样？

寇　准　在半空中忽悠着哩。（二人看）还耍什么威风？莫要惊吓着庶民百姓，咱们悄悄走吧。（下）

——幕落

第三场

【开封城郊留人小店一角。

【寇夫人骑毛驴上，寇安随上。

寇夫人　（唱）忙收拾离了榆次寇家村。

紧加鞭骑上毛驴上开封。

出太谷把辽州进，

潞安长子连高平。

过了泽州到怀庆，

再往前就该是咿汴梁城。

爬过太行万道岭，

渡过黄河浪千重。

老爷他押解京城身受困，

我好像揪心挖肺丢了魂。

小灰驴呀！快些跑来快些奔。

早见老爷问吉凶。（同下）

【店小二上，搬出桌凳，挂出"晋阳风味"的酒幌。

店小二　咳咳。（唱小曲）

家住在咇太谷鼓楼儿东，

自幼儿开店来在汴梁城。

俺嘴皮皮甜来足板板勤，

外带得剔尖削面醋瓶瓶。

管保你来时饥恼去高兴。

"晋阳春"城里城外有了名。

（用晋中土话吆喝）剔面扒面刀削面，醋烹调和揪片片！

【寇安与寇夫人上。驴踢寇安。寇安蹲。

寇夫人　今天这毛驴怎么踢起人来了？

寇　安　是它饿了。

寇夫人　我也饿了。从榆次到汴京这一千多里，我骑上毛驴还腰酸腿痛哩。

想你那老爷披着枷，戴着锁，爬山过水，该受了多少罪呀！（哭）

寇　安　受罪是小，能保住命就谢天谢地了。

店小二　哈哈哈，喔家，你们是远道儿来的吧，快进来忽歇忽歇。

寇　安　店家，听口音你像是俺老乡。

店小二　俺家是太谷的。你们是？

寇夫人　俺们是榆次的。

店小二　哎，老乡嫂子，常言道，美不美家乡水，亲不亲家乡人。

寇夫人　老乡，我想打听打听……

店小二　我这店虽小名不小，大小事情都知道，说吧。

寇夫人　老乡，京城这两天杀人来没有？

店小二　哎呀，奇怪，不说喝，不说吃，来不来就问咇杀。待我吓唬吓

虓。哎呀老乡，这两天汴梁城里戒卫森严、刽子手来来往往，手
里的鬼火刀明圪铮铮。

寇夫人 杀了谁了？

店小二 哎，谁也没有。

寇夫人 哎呀！

店小二 怎哩？

寇夫人 饿了。

店小二 吃甚？

寇夫人 有甚？

店小二 拉面拨面刀削面，醋烹调和揪片片，都是咱们家乡饭，想吃些甚
都随便。

寇夫人 就吃醋烹调和揪片片吧。

店小二 少等。（下，端饭复上）

【马彪内哈哈大笑上。

马　彪 （唱）自从审问潘杨讼，

心惊肉跳不安宁。

听说御史已丧命，

好比马儿脱缰笼。

喝它几碗过过瘾，

喜咱死里又逃生。

哈哈哈，小二哥，拿酒来，拿酒来。

店小二 喔得，是马老弟。他用的是这大碗。老弟，这些时做甚的来？

马　彪 是你非知，自从潘太师吃了官司，我这个当马夫的……

店小二 人家吃官司与你有甚相干？

马　彪 啊，如今好了。西台御史一死，官司无人再敢审问。太师平安无

事，我也大放宽心。拿瓶老白汾来，咱家要美美地喝它一气。再买二斤牛肉，好回家孝敬我那老母。好酒呀，好酒。

店小二　咻还用说哩，这是地道的杏花老白汾，开坛十里香。

马　彪　好酒，好酒。

店小二　海量，海量。（边倒酒边说）听说又来了一位西台御史，潘杨案子还要审哩。

马　彪　（惊）他是何人？

店小二　听说是俺老乡，名叫寇准。

寇夫人　老乡，你说甚哩？

店小二　新上任的西台御史，是咱老乡，名叫寇准。

寇夫人　（旁白）哎呀呀，谢天谢地，想不到老爷他升了官了。

店小二　人家升了官，她倒谢起天地来了。

马　彪　此人如何？

店小二　要说这人——

寇夫人　（抢白）要说这人呀，人称青天大老爷，是个大大的好人。

马　彪　这个寇准，他可厉害？

寇夫人　不论是朝廷的小舅子，娘的外甥子，他都敢管，厉害得很呢。

马　彪　不好！

寇夫人　不好？再好就该咋哩？哼！

店小二　（惊奇）老乡嫂子，你知道寇大人的底细？

寇夫人　知道。他是华州下邽人氏，跟上他爹来了榆次，今年二十六岁，八月十五的生日，是属虎的。

店小二　你咋知道得这样一清二楚？

寇　安　伙计，他是俺们老爷。

寇夫人　不才是他的内当家！

店小二　啊！你就是御史夫人。

寇夫人　咋？不像？

店小二　啊，像……

马　彪　啊呀不好哪！

　　　　（唱）只说是虎口逃活命，

　　　　　　　　审潘杨又要入火坑。

　　　　　　　　纵然我一死不当紧，

　　　　　　　　七十岁老母靠何人？（掏银）

　　　　　　　　怀中掏出银一锭，

　　　　　　　　烦劳二哥多费心。

　　　　　　　　一旦马彪遭不幸，

　　　　　　　　还求你照应我那白发苍苍、体弱多病、孤苦伶仃的老娘亲。

　　　　拜托了。（弹泪而去）

店小二　真是一位孝子。

寇　安　老乡，这是个做甚的？

店小二　潘太师的随身马夫，开封城里有名的孝子。

寇夫人　老家人，咱们走吧。

寇　安　到哪去？

寇夫人　御史府看老爷去。

寇　安　好。待老奴把咱的毛驴牵上。（下，牵驴复上）

店小二　夫人，这……

寇夫人　噢！寇安，钱？

寇　安　今日早喝了两碗老豆腐，把钱都花光了，哪里还有？

寇夫人　老乡，就把这头毛驴押下顶了饭钱吧。

店小二　乡里乡亲的，算了算了。

寇夫人　还能喔地哩，等会儿叫寇安给你送来，老乡。

寇　安　少妇人，请来上驴。

寇夫人　老乡，抽空空到御史府来啊！

店小二　去呀，去呀！

　　　　【寇夫人、寇安下。

店小二　好奇怪呀！

　　　　（唱）奇怪奇怪真奇怪，

　　　　　　　　今日的事情费疑猜。

　　　　　　　　官夫人吃饭没钱买，

　　　　　　　　千里路骑着毛驴驴来。

　　　　　　　　马彪他好酒不喝桌上摆，

　　　　　　　　这银子给我为何来？

　　　　　　　　人心隔肚皮没法法揣。

　　　　唉，由它圪吧！

　　　　　　　　还是做俺的小买卖。

　　　　剔面扒面刀削面，醋烹调和揪片片！

　　　　　　　　　　　　　　　　　　——幕落

第四场

　　　　【御史府大堂。

　　　　【幕启，二衙役窃议。其他衙役横七竖八。

衙役甲　窦大人金瓜击顶。

衙役乙　御史府乱圪洞洞。

衙役甲　老伙计。

衙役乙　小伙计。

衙役甲　如今咱们成了古庙里的铁罗汉——

衙役乙　此话怎讲?

衙役甲　光站得，没干的。

衙役乙　没干的，咱睡觉。

　　　　【二人背靠背睡。

　　　　【寇准上场。

寇　准　（唱）官场上祸与福实难料定，

　　　　　　　　代西台审潘杨肩负千钧。

　　　　　　　　御史府好气派雕梁画栋。

　　　　　　　　却为何四下里冷冷清清。

　　　　上前看过。

衙　役　门上哪个在？（鼾声）禀老爷，都睡着了。

寇　准　啊，想是乏困了，且让他们睡去吧。你二人前往吏部投文，待我
　　　　自己进去。（坐空后搓腿）

衙　役　这位大人你是——

寇　准　本人姓寇名准，代任西台御史。

衙　役　快快起来，小人有眼无珠，该死。（招众衙役跪）

寇　准　那是咋哩，长得高高大大，霎时间就矮了一截。快快起来，老爷
　　　　我要升堂理案，还不将这公堂收拾收拾。

衙　役　是。

寇　准　你二人堂前待职，我等下边稍歇。（下）

　　　　【寇安引夫人上。

寇　安　夫人，御史府到了。

寇夫人　上前看过。

【寇安看，衙役喝。

寇　安　夫人，我不敢进去。

寇夫人　怕甚哩？

寇　安　他们的眼瞪得这么大。

寇夫人　他瞪你就晓不得瞪，你真没出息，去到咊柳树下歇凉凉去吧，你
　　　　看我的。这倒不用干了。

衙　役　哎……你要干甚，这是御史府，是你瞎游窜的地方！

寇夫人　瞎窜！看得长得眼么，瞎窜哩。闲话少说，让进不让进？

衙　役　不让进。

寇夫人　不让进？（蹲衙门口）

衙　役　你这是要咋哩？

寇夫人　咋哩？不让进还不让忽歇忽歇。

衙　役　你，你与我走。

寇夫人　走？见不上老爷我坐它三天三夜也不走。

衙　役　伙计，我看这来头不对，说不定还就是老爷的芝麻亲戚哩。

衙　役　那我请请老爷去。（下）

衙　役　哎，你真的认识老爷？

寇夫人　认识？不瞒你说，咊就是俺男人。

衙　役　（一惊）真的？

寇夫人　看你这人，你叫人们听听，谁家的这老婆还冒充哩？

【另一衙役领寇准上。夫妻悲喜交加。夫人娇哭。

寇夫人　（唱）只说是夫妻难见面，

　　　　　　　谁料想今日又团圆。

　　　　老爷，你真的升了官了？

寇　准　升了官了。

寇夫人　你升了官了，为妻我可受窝囊气了。

衙　役　（跪）小人有眼无珠，慢待了夫人，该死该死。

寇夫人　死？咻倒死了个不值钱，以后不要门缝里看人就是了。

寇　准　快快起来。

衙　役　谢老爷、夫人。

寇　准　夫人，就你一人来的？

寇夫人　寇安还在咻大柳树下歇凉凉。

寇　准　尔等下去好好照应照应。

衙　役　是。（下）

寇夫人　老爷，只当咱夫妻难得见面，想不到你倒升了官了。

寇　准　说什么升了官了，分明是头上压上山了。

寇夫人　此话怎讲？

寇　准　这皇家的乌纱岂能白戴！

寇夫人　他们叫你做甚哩？

寇　准　要我审潘杨御案。

寇夫人　呵？！曾听咱乡亲们说过，潘仁美公报私仇，害死了杨老令公和
　　　　他七小子，杨家告了御状。可是这案官司？

寇　准　正是此案。

寇夫人　哎呀，你真气闷心，这不明明是捉你的大头哩。咻潘霸天不过是
　　　　皇亲国舅裙子带带上的咻扑穗穗，还玄乎乎要了你的命。如今一
　　　　家是八王千岁的御妹夫，一家是朝廷爷爷的老丈人，不用说你一
　　　　个人的脑袋，就是全家人的都搭上，怕也审不了这案官司。

寇　准　如今是审了也得审，审不了也得审呀！

寇夫人　唉，你呀！

　　　　（唱）小蝼蚁也晓得躲灾避祸，

你为何泥菩萨偏要过河？

寇　准　（唱）八贤君亲口封事不由我，

明知山有虎，

唉！

（唱）也得入虎窝。

寇夫人　（唱）难道说命定该死不得活？

为什么爬出深井掉漩涡？

寇　准　（唱）有道是因祸得福福倚祸，

岂不知官涯宦海浮沉多。

寇夫人　（唱）审了要惹祸。

寇　准　（唱）不审也砸锅。

寇夫人　（唱）一人把命豁。

寇　准　（唱）全家受折磨。

寇夫人　（唱）是非坑，赶快躲。

早回咱晋阳山坡坡。

（忽然心生一计）老爷，快把你的乌纱摘了，官衣脱了，咱们走！

寇　准　夫人，要到何处？

寇夫人　不做这倒运官了。回咱榆次山坡坡上种山药蛋、玉茭子，过两天
粗茶淡饭的安生日子去。（拉寇准欲下，宫人上）

宫　人　你是寇大人？

寇　准　不敢。宫爷何事？

宫　人　这是请柬一封，八王千岁请寇大人赴宴。

寇　准　这个……

宫　人　请到时勿误，告辞。

寇　准　送官爷。

宫　人　哼！（下，小太监上，两相对视）

小太监　呔！你可是代任御史寇准？

寇　准　是下官。

小太监　娘娘千岁驾到，你要小心伺候。有请娘娘千岁。

寇夫人　（向寇准）好大的架子，娘娘千岁是个谁？

寇　准　万岁的贵妃，你速快回避。

寇夫人　（旁白）我当什么了起的，原来是皇上的小婆姨。（下）

　　　　【常随侯、宫娥、众歌妓捧玉桃、数珠等礼品拥潘妃上。

寇　准　参见娘娘千岁。

潘　妃　下跪你是代任西台御史，人称万岁的寇青天吗？

寇　准　不敢，臣是罪人。

常随侯　（旁白）就凭这个气相，还想坐朝廷！

潘　妃　爱卿平身，坐了讲话。

寇　准　站着倒也方便。

常随侯　怎么连个侍从也无有，我说娃娃。

小太监　宫爷有何吩咐？

常随侯　与寇大人搬个座来。

小太监　遵命。

潘　妃　常随。

常随侯　千岁娘娘。

潘　妃　把礼单呈上。

　　　　【小太监呈礼单。

寇　准　娘娘，这是何意？

常随侯　可惜白做了几年县官，竟连这也不懂。

寇　准　下官当真不懂。

常随侯 打开看过。

寇　准 敢看？

常随侯 哈哈，真是个土包子。

寇　准 如此我就大胆地看上一看。

（唱）上写道"拜敬拜敬多拜敬，拜敬我朝寇大人"。

（明知故问）这寇大人何许人也？侯爷，这寇大人何许人也？

常随侯 你真是毒气上身，连自己也不晓得了。

寇　准 如今我也成了寇大人了啊！哈哈哈。

（唱）"你若把潘杨官司巧审问，

我这里奇珍贵宝送上门。"

再往下五花八门看不懂，

寇准我才疏学浅念不通。

宫爷，请来指教。

常随侯 拿来，待侯爷我好好教训教训与你。这是——贵人的笔迹，咱们

凡人看它不通。启禀娘娘千岁。寇准未曾见过御笔亲书，还请娘

娘赐教。

潘　妃 这等珍奇贵宝，何人见过？待哀家教导你们。

（唱）金铸的麒麟，

翡翠雕的凤。

玛瑙一石整，

珍珠斗二升。

象牙西湖景，

红珊衬白云。

寿桃数珠皆佳品，

美女窈窕赛花容。

若把太师多照应，

官封一品寇宰丞。

常随侯　我说寇大人，该听出些味道来了吧？

寇　准　倒也听出几分。

常随侯　娃娃们，拿过礼品让他开开眼界。

寇　准　（唱）这泥羊石鸡不能动，

这沙蓬刺蓟尽圪针。

这琉璃碎石明铮铮，

娃娃们拿它练弹弓。

这一撮青草绿茵茵，

能看不能喂牲灵。（拿起数珠套在颈上）

这数珠它比法绳还要命。（拿起玉桃）

这歪嘴寿桃啊！

是要我歪嘴和尚念歪经。

一来是玩物古董无啥用，

二来是代任御史我忒实穷。

无银两买它不起不敢动。

常随侯　哪个要你花钱！

寇　准　（唱）不花钱奉送俺也不称心。

常随侯　哈哈，真是山坡上刨出的山药蛋——土里傻（沙）气。此等奇珍
异宝他竟然不爱。我说姑娘们。

众歌伎　有。

常随侯　让他也享享眼福，歌舞上来。

　　　　【众歌伎起舞。

众歌伎　（合唱）风舒广袖，

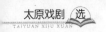

　　　　　霞戏霓衫。

　　　　　粉黛蛾眉浓艳艳，

　　　　　娇躯娆姿舞翩翩。

　　　　　和一曲童谣民谚。

　　　　　潘太师美名万口传。

　　　　　长文善战，

　　　　　风高心丹。

　　　　　纵虎穴，蹈龙潭，

　　　　　大宋基业千秋奠。

　　　　　而今白发苍髯，

　　　　　璧玉岂容污玷?

　　　　　愿他否极泰来，

　　　　　寿比南山。

潘　妃　爱卿呀!

　　　　（唱）众歌女如花似玉多风韵，

　　　　　每日里轻歌曼舞奉爱卿。

　　　　　常言说财薄礼轻人意重，

　　　　　诚愿你一步登天不再穷。

寇　准　（唱）穷与富本是天注定，

　　　　　岂敢劳娘娘多费心。

　　　　　我年轻手脚灵便浑身劲，

　　　　　用不着红装艳抹侍奉勤。

　　　　　这厚礼我无功受禄不敢领，

　　　　　还劳驾娘娘千岁带回宫。

常随侯　什么无功受禄? 你将太师爷多关照关照，不就是一大功吗?

寇　准　下官怕是关照不好。

潘　妃　哼！看来你是不收哀家这份礼了！

常随侯　不识抬举的东西！娃娃，给我敲打敲打他去。

小太监　（数板）我说你这个小小寇老西儿，

　　　　你到底算个什么官儿？

　　　　我看你倒像个鸡蛋官儿，

　　　　攥在手里任我玩儿。

　　　　高兴了就多玩一玩儿，

　　　　不高兴了少玩儿玩儿。

　　　　惹得侯爷生了气儿，

　　　　就是这样嘎巴啦察，

　　　　攥你一把黄水汤儿。

潘　妃　哼！你要小心了。礼品留下，起驾回宫！

　　　　【宫娥、太监簇拥潘妃下。

寇夫人　（上，向众歌伎）我说闺女们，俺自己还在小店里赊饭钱哩，你们留下吃甚喝甚呀？

众歌伎　苦哇……

寇夫人　不要哭，不要哭，怪恓惶的。老爷，你看这——

寇　准　本官自有安排。众姐妹下边歇息。

　　　　【众歌伎下。

寇夫人　老爷，吃了人家的嘴短，拿了人家的手软，你又接请帖，又收礼，真的要昧良心呀？

寇　准　（胸有成竹地）如今是不收也得收，不吃也得吃呀。

寇　安　（急上）少东人，八王千岁的白龙马接你来了。

寇夫人　慢着！咱八王千岁和咱一不沾亲，二不带故，请咱吃得甚的饭？

寇　准　　此去凶多吉少，只怕吃的是挨刀饭，喝的是断头酒哩。

寇夫人　　要是这，我和你一搭搭去。

寇　安　　就让少妇人去吧，遇事也有个商议的。

寇　准　　我有白龙马，你……

寇夫人　　我骑咱的小毛驴，寇安备驴！备驴！

　　　　　【寇夫人下，更衣，寇安牵驴上。

寇　准　　（低声地）老家人，少顷你要把潘家的礼品原封送到南清宫来。

寇　安　　记下了。

寇　准　　夫人请！

寇夫人　　老爷请！

寇　准　　（唱）君宴臣非寻常凶多吉少，

寇夫人　　（唱）咱夫妻阎王府同游一遭。

——幕落

第五场

　　　　　【南清宫。

　　　　　【赵德芳捧圣旨上。

赵德芳　　哈哈哈！

　　　　　（唱）御街上识良臣欢欣不尽，

　　　　　　　　奏叔王将寇准御史亲封。

　　　　　　　　黄河水浪推浪前奔后涌，

　　　　　　　　喜大宋又增添一辈新人。

　　　　　　　　为爱卿摆盛宴庆贺荣任，

　　　　　　　　君臣们细谈叙置腹推心。

酒席间为郡马巧把线引,

但愿他似海冤早日澄清。

【宫人上。

宫　人　启禀千岁,寇大人请到。

赵德芳　快快动乐相迎。

宫　人　千岁且慢。

赵德芳　为着何来?

宫　人　那潘娘娘亲与寇准送去奇珍异宝,还有美女数名。

赵德芳　什么?

宫　人　潘娘娘与寇准送了厚礼。

赵德芳　他收下了无有?

宫　人　小人见他百般迎奉,礼品全部收下了。

赵德芳　好恼!

（唱）恨谗妃为潘家明勾暗引,

恼寇准攀权贵利欲熏心。

似这等错庸臣要他何用,

倒不如挥金锏锄灭祸根!

宫人,拿锏来。

宫　人　千岁息怒,以小人之见,酒席宴前巧察究竟,再做处置,也不为迟。

赵德芳　嗯。言之有理。

（唱）且压下心头火细察究竟,

是清官是污吏泾渭分明。

武士站班。宫人。

宫　人　在。

赵德芳　有请。

宫　人　有请。

　　　　　【寇准夫妇同上。

寇　准　（唱）南清宫去赴宴尚须谨慎，

寇夫人　（唱）喝酒时再看它是素是荤。

寇　准　（唱）见千岁忙问安大礼拜敬，

寇夫人　（唱）八王爷身子可好可精神？

赵德芳　这是？

寇夫人　俺是他家里的，一搭搭来了，千岁不见怪吧？

赵德芳　呵，慢待了。

寇　准
寇夫人　不敢当。

赵德芳　二位请来上座。

寇　准　敢问千岁，今日这是公事，还是私交？

赵德芳　算是私交。

寇　准　如此说来。你我今日该是宾主相待？

赵德芳　该是如此，请来上座。

寇　准　千岁，下官我可就不恭了。请！

赵德芳　请！

　　　　　【寇夫人暗拉寇准。

寇夫人　人家捧了两句，倒腾云驾雾了。你外是往哪里坐哩？

寇　准　我清楚着哩。

赵德芳　啊，寇夫人也请上座。

寇夫人　啊，请，请。

赵德芳　宫人摆宴。

　　　　　【众宫女捧酒宴上。

赵德芳　（唱）南清宫设鸿门酒宴丰盛，

　　　　　　　强抑怒明奉迎暗察实情。

　　　　　　　姜太公直钩钓文王驾请，

　　　　　　　楚项庄舞利剑意在沛公。

寇　准　（唱）潘贵妃为太师奇宝赠送，

　　　　　　　赵八王代郡马宴请山珍。

　　　　　　　潘家礼杨家宴异曲同韵，

　　　　　　　我不受贿不吃请不昧良心。

寇夫人　（唱）只说是贵妃娘娘金满瓮，

　　　　　　　不料想八王爷爷也威风。

　　　　　　　千两银子饭一顿，

　　　　　　　看上一看也心疼。

赵德芳　（唱）请用这金瓯银筋不轻不重，

寇　准　（唱）倒不如瓷碗竹筷服手顺心。

赵德芳　（唱）这金盅配玉盏灵巧宜饮，

寇夫人　（唱）酒瘾大他用不惯咿小盅盅。

赵德芳　（唱）先尝这皇封御酿珍奇品，

寇　准　（唱）哪能比杏花名酒老白汾。

赵德芳　（唱）巧装点姹紫嫣红鲜又净，

寇　准　（唱）比不上盐调醋渍醇而浓。

寇夫人　（唱）望千岁金口玉言多教训，

　　　　　　　俺男人可是一个气闷心。

赵德芳　（唱）这一盘鹿胎猴头海狗肾，

　　　　　　　这一盘熊掌鱼翅泡海参。

　　　　　　　这一盆银耳鹌鹑鸡髓笋，

289

这一盆口蘑肥鸭燕窝羹。

屠苏酒合欢汤胃滋肠润，

吉祥果如意糕和脾点心。

七盆汤八碗菜精烹油饪，

但不知寇大人、寇夫人，可否称心？

寇夫人　千岁呀！

（唱）千岁你细细心心巧安顿，

俺夫妻客客气气谢龙恩。

闻一闻油油香香去百病，

看一看红红绿绿怪舒心。

今日俺开了眼把福享尽，

纵一死没白活这大半生。

寇　准　（唱）叫我品这鸡皮鸭爪枯筋瘦骨膻味重，

让我尝这羊肉鹿胎膘肥肉厚尽腥荤。

干蘑菇柴皮圪渣太寒碜，

刺海参燎炮疙瘩怕煞人。

一盆盆凤毛麟角味不正，

一盘盘山珍海味料不纯。

迷魂汤糊心酒不搅自混，

兆凶果报丧糕外焦内生。

这宴席酒池肉林难享用，

岂胜俺粗茶淡饭更宜人。

寇夫人　千岁呀！

（唱）尘世上人儿多一人一性，

千岁你精明人海量宽宏。

> 休怪他怪口怪味怪脾性，
>
> 担待他土生土长土人人。
>
> 他就爱咿——
>
> 醋熘白菜香喷喷，
>
> 山药丝丝脆噌噌。
>
> 黄瓜片片拌什锦，
>
> 五香豆豆俏胡芹。
>
> 红薯块块焖小米，
>
> 和和饭里炝小葱。
>
> 玉茭面窝窝黄澄澄，
>
> 红面拨鱼鱼细丁丁。
>
> 百姓吃甚俺吃甚，
>
> 俺和百姓口味同。

赵德芳 （唱）说什么百姓吃甚你吃甚，

　　　　说什么你和百姓口味同。

　　　　分明是心向后宫急宠信，

　　　　这酒宴不如那奇珍异宝称你心。

赵德芳 （冷笑）哼哼哼！我来问你，为官以来当真一尘不染？

寇　准 这个……

寇夫人 刚才潘娘娘……

寇　准 适才潘娘娘倒是送来一份厚礼，为臣我……

赵德芳 退回去了？

寇　准 收下了。

赵德芳 好你个谗臣，贪赃受贿，徇情枉法，还在本御面前装模作样。看

　　　　起来就该——

【赵德芳向宫人接过凹面金铜，欲打寇准，寇夫人急架。

寇　准　哎呀呀，千岁慢来。

寇夫人　千岁，让他给你老人家说清楚。

赵德芳　我早清楚着哩。（打。寇准躲到桌后，宫人急上。）

宫　人　禀千岁，寇府家人将潘娘娘厚礼送进宫来。

赵德芳　你待怎讲？

宫　人　寇府将潘娘娘厚礼送来了。

赵德芳　本御莽撞了，抬上来吧。

宫　人　抬上来！

寇夫人　老家人，好我的救命菩萨。

【御役、歌伎抬捧礼品上。

寇夫人　千岁，这就是潘娘娘的厚礼，一分不少全给你老人家送来了。

赵德芳　寇爱卿，本御错怪你了，快快过来叙话。

寇　准　啊呀，为臣怕你打哩。

赵德芳　本御不过是吓唬与你。

寇夫人　千岁，吓唬可不是这么个吓唬法，要是他躲得慢些，早叫你给打
　　　　死了。

赵德芳　如今本御不打你了。

寇　准　你不打了，我也就来了。

赵德芳　今日本御莽撞从事，还望海涵。

寇　准　好说，好说。

赵德芳　爱卿，你送来这些，该叫本御如何处置？

寇夫人　千岁你也不敢收？

寇　准　千岁不必为难，也不过暂放一时，日后还将物归原主。

赵德芳　噢噢，宫人，领下去。

【官人领寇安及送礼品者、歌伎下。

赵德芳　今日之事，本御我实实服了你了。

寇　准　你服为臣何来？

赵德芳　本御服你足智多谋，心细胆大。

寇　准　胆大？胆大还往桌子下钻哩？

赵德芳　那是随机应变、柔中有刚，真天官之才啊。

寇　准　谢千岁。

赵德芳　爱卿你谢本御何来？

寇　准　谢千岁封为臣天官之职。

赵德芳　不过一句戏言而已。

寇　准　岂不知君无戏言呼？

赵德芳　哈哈哈。寇爱卿，如今你怎么又讨起封来了？

寇　准　也不过为了审清潘杨一案而已。

赵德芳　（唱）寇爱卿肩负着千斤重任，

　　　　　　　审潘杨全靠你栋梁之臣。

寇　准　（唱）回府俺臣即刻坐堂审问。

寇夫人　（唱）俺男人断官司——八王爷呀，你尽管放心。

第六场

【御史公堂。

【幕启，寇准端坐，衙役肃立。

寇　准　（念）秉公正除恶扬善，

　　　　　　　申纲纪执法如山。

　　　　人役们！

衙　役　有。

寇　准　今日讯审潘杨一案，尔等要小心伺候。

衙　役　啊。

寇　准　传杨延昭上堂。

衙役甲　杨延昭上堂！

杨延昭　（内白）来了。（上）告状人杨延昭叩见西台大人。

寇　准　呈上讼状。

杨延昭　是我军务繁忙，无暇书写，望大人容俺当堂口诉。

寇　准　站起来言讲。（双手笔录）

杨延昭　大人容禀！

　　　　（唱）杨延昭大堂上以言代状，

　　　　　　　替父尊与七弟倾诉冤枉。

　　　　　　　辽国兵犯边境国土沦丧，

　　　　　　　我大宋出雄师剿灭豺狼。

　　　　　　　潘仁美讨帅印暗使伎俩，

　　　　　　　命我父闯敌营匹马单枪。

　　　　　　　攻无兵守无地退还营帐，

　　　　　　　谁料他锁辕门剑拔弩张。

　　　　　　　父子兵外无援内无给养，

　　　　　　　把杨家老英豪围困山狼。

　　　　　　　拒高官绝厚禄不做降将，

　　　　　　　食蓬蒿饮朝露碰碑身亡。

　　　　　　　我七弟搬救兵又被贼诳，

　　　　　　　缚荒郊乱箭穿血染戎装。

　　　　　　　沙场上生与死闭目可想，

大营中帅害将实非寻常。

望大人秉公断详察细访，

与杨家雪仇冤除暴安良。

寇　准　往下讲。

杨延昭　无有了。

寇　准　（递讼词）收起一份，留作查考。暂且退下，随传随到。

杨延昭　谢大人。

寇　准　去吧。传潘仁美上堂。

　　　　【禁卒内应，牵潘仁美上，杨延昭下，与潘相遇，怒视。

寇　准　下面站的你可是潘仁美？

潘仁美　上面坐的你可是寇准娃娃？

众　　　喂！

寇　准　上得本台公堂，按理就该下跪。

潘仁美　哼！

禁　卒　寇大人，太帅爷他年纪大了，腿也硬了，不能跪了。

寇　准　是不能跪还是不愿跪？

禁　卒　噢，是不能跪。

寇　准　不能跪，与他打坐。

潘仁美　（指刑具）这个买卖……

寇　准　也给他去了。

潘仁美　这个娃娃比那窦老头会来事。

寇　准　太师爷，坐也有了，刑也去了，你痛痛快快地招吧。

潘仁美　好你个胎毛未干的黄口小儿，还想诓骗你家太师爷。

寇　准　太师爷如何？王子犯法，与民同罪。

潘仁美　你家太师爷就不晓得什么王法。

寇　准　哇！好你潘仁美，公报私仇、陷害忠良，依权依势，不服王法。

　　　　来呀！与我狠狠地——

　　　　【寇准举惊堂木，潘仁美惊立。

　　　　【小太监、常随侯、宫娥、打手引潘妃上。

衙　役　潘娘娘驾到！

　　　　【寇准徐徐放下惊堂木。潘仁美复坐。

寇　准　娘娘莅临，未曾远迎，还望恕罪。

潘　妃　爱卿为国操劳，何罪之有？

寇　准　娘娘恩宽。

潘仁美　臣参见娘娘千岁。

潘　妃　平身。

寇　准　娘娘请来上座。

潘　妃　这就不恭了。

寇　准　公该。娘娘驾临莫非为得太师之事？

潘　妃　爱卿呀！

　　　　（唱）一来为太师冤案作见证，

　　　　　　　二来替圣上慰问寇爱卿。

寇　准　（唱）无寸功隆恩盛情不敢领，

　　　　　　　区区事何须娘娘多费心。

潘　妃　（唱）寇爱卿既升堂再往下审。

寇　准　（唱）请娘娘放宽心二堂养神。

　　　　娘娘在此，下官审案有些不便，还是下边歇息为宜。夫人。

　　　　【寇夫人由内应声而出。

寇夫人　唤我何事？

寇　准　这是娘娘千岁。

寇夫人　你就是潘娘娘，早就听说哩。可就是不认识，见了面这可就认下了。

潘　妃　哼！

寇夫人　好大的架子。

寇　准　快快奉陪娘娘二堂养神去吧。

寇夫人　请吧。

潘仁美　娘娘与为臣做主！

常随侯　好你寇老西儿，分明是撵娘娘走哩。

寇　准　小官怎敢对娘娘不尊。

潘　妃　哀家我便不走。

寇夫人　又臭又硬。

寇　准　你不走，我走。

潘　妃　回来。

寇　准　回来就回来。

潘　妃　你要到那里去？

寇　准　到二堂修心养神。

潘　妃　你与我老老实实地审。

寇　准　这是我审哩，还是审我哩？

潘　妃　就算是哀家我审你，你再审他。

寇　准　好呵！

　　　　（唱）娘娘如今亲出马，

　　　　　　　解了我心上大疙瘩。

常随侯　此话怎讲？

寇　准　（唱）潘杨一案牵连大，

　　　　　愁得下官无办法。

　　　　　屈了杨郡马，

　　　　　贤君难招架。

　　　　　惩了潘太师，

　　　　　娘娘把头杀。

　　　　　贵人称天不怕来地不怕，

　　　　　就替俺挺身而出把案察。

　　　　　天塌下来娘娘架，

　　　　　怎不把小官高兴煞。

　　　　哈哈哈！

寇夫人　哈哈哈！

常随侯　当众讥笑娘娘，这还了得。小子们，与我——

潘　妃　慢着。寇爱卿，哀家不计较与你，老太师的案子，你还是与我审。

寇　准　娘娘尽管放心，岂不知吃了潘家的米，向着潘家的理啊！

寇夫人　潘娘娘，怎么你就连个这也翻不清楚，那些珍珠玛瑙俺咋能白收，
　　　　　你老就放心吧。

潘仁美　儿啊，你就去吧。谅他也不敢把老夫我怎样。

潘　妃　如此说来，你要与我把太师爷的官司审得清清楚楚，问得明明
　　　　　白白。

寇　准　娘娘一放心不下，还是亲审亲问的好。

寇夫人　娘娘让你审，你要好好地审，细细地问，让娘娘放放心心。
　　　　　娘娘，咱们走吧。

　　　　【寇夫人拉潘妃入内。

寇　准　潘太师，可曾听清？娘娘叫我把你的官司审得清清楚楚，问得明

明白白。看来你还是麻袋倒西瓜，痛痛快快地说出来吧。

潘仁美　你叫老夫说什么？

寇　准　何须明知故问。杨老令公是怎样被你困死？杨七郎又是如何乱箭穿身？

潘仁美　好你寇小儿。处斩老夫远房侄儿潘霸，死罪还未了结，如今又要谋害与我，看起来就该吃老夫一拳。

【潘仁美打寇准，被寇准架住。

寇　准　好你奸贼，上得堂来，一不招供，二不下跪，就是这样打闹公堂耀武扬威！人役们！

衙　役　有。

寇　准　不轻不重地敲几下。（示意众衙役轻打，潘佯死）

【小太监、常随侯、宫娥、打手拥潘妃上。

潘　妃　住手！大胆、放肆！

（唱）小小寇准狗胆大，

　　　　太师头上敢动法。

　　　　今朝不把叛贼打，

　　　　明朝还要反哀家。

来呀，与我打！

寇　准　要打咱就打！

【潘妃抓寇准，寇夫人上急拦。

寇夫人　鸡不和狗斗，男不和女斗，要打我与你打。

【双方争斗，潘妃打手将大堂打乱。衙役自卫还击，宫人等逃下。潘妃抓寇准，打寇准一巴掌。寇夫人拉开潘妃，这一巴掌，将其推倒在地，后狼狈下。

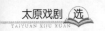

寇夫人　我看你再打。

　　　　【寇准颤抖。

寇夫人　皇上的小老婆也没甚了不起，叫我三拳两拳就打了个西里哗啦。

　　　　老爷，今天可打了个痛快。

寇　准　痛快？捅下了。

寇夫人　啊！（切光）

　　　　　　　　　　　　　　　　　　　　　　　　【剧终】

太原戏剧选

丁果仙

编剧：李德彪　赵爱斌　纪　丁

时间：1994年6月

【剧中人物】

丁果仙——女，20来岁（均按出场年龄计）。

任秀峰——男，20来岁。

陈喜则——男，三十大几岁。

江　寒——男，20多岁。

小　红——女，十五六岁。

秃　小——男，十七八岁。

大管家——男，40来岁。

团　副——男，30来岁。

武师傅——琴师。

兵丁、艺人、群众若干。

序　幕

【1954年9月，北京中南海剧场。

【幕启：由丁果仙领衔主演的《打金枝》正演至"金殿"一折。

　　舞台上流光溢彩，金碧辉煌。汾阳王、小郭暧……

丁果仙　（《打金枝》中唐代宗唱段）

　　（唱）听孤王有话对卿提，

　　　　从今后上殿来再莫下跪。

　　　　老皇兄与孤王并肩齐，

　　　　论国法皇兄哪，

　　　　也应该免除大礼。

　　　　论家规咱本是儿女亲戚，

　　　　殿角里稳一把金交椅，

　　　　咱君臣对坐把朝事提。

　　　　为王我打坐在龙位里，

郭　暧　冤枉——

丁果仙　（唱）是谁在殿角喊冤屈……

　　【唐王的唱段渐渐虚化为背景音乐。同时，后表演区的灯光缓缓
　　　降下来，使之成为一种动态的衬底图像。

　　【字幕：丁果仙，著名晋剧表演艺术家。1954年9月，她应周恩来
　　　总理的邀请，在北京中南海为中央领导和毛主席演出她的代表
　　　作《打金枝》。

　　【"拜场"的曲牌变奏成一种鼓荡。

　　【丁果仙惊愕了，她不相信自己的眼睛。久久才伸出颤抖的手，
　　　热泪双流地喊出……

丁果仙　国父——

　　【众：毛主席——

　　【定格。

　　【俄顷。变奏的音乐。丁果仙在戏装道具的掩饰中向舞台的纵深
　　　走去（换装）。这是序幕向第一场的时空过渡。

丁果仙　（配字幕）……当时，不知咋啦，一激动就把毛主席喊成国父。
　　　过后，人们说我，该叫主席。可我真的把党把毛主席当成了自己

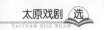

的生身父母。要是没有党、没有毛主席、没有新社会,我十个丁果仙也早就没了。……我是河北人,7岁父母双亡,一个人来到山西太原,被师傅收留学戏。那个世道,戏不好演,人更难做……

【音乐。

【渐渐收光。

【捡场。

第一场

【1938年8月,山西太原大濮府戏班驻地。

陈喜则　练功啰!哎,小红,丁老板教你的那几下,练得怎么样啦?

小　红　还不行!

陈喜则　小红,丁老板收留了你,多不容易呀!你要好好练哪!

小　红　哎!

女艺人　陈师傅,帮帮忙!(帮戴头盔)陈师傅,别光教你干女儿,也教教我!

陈喜则　我能教你啥呀!

女艺人　丁老板不是你教的?

陈喜则　那是丁老板七八岁的时候,我教过她一点儿。快去练功去吧!

　　　　【这是戏班特有的晨练景象:练帽翅功的、翎子功的、跑圆场的、喊嗓子的……繁杂又有条不紊。陈喜则在教小红练功,烟瘾隐隐发作。

陈喜则　(问琴师)哎,武师傅,哎呀,武师傅,你咋才来哩!果仙还等的你排戏了!

琴　师　陈师傅,你呀,就省点心吧,排戏的事呀,不用你操心!

艺人甲 陈师傅，（见陈慵懒的样子揶揄地）哎，陈师傅，咋刚起床就瞌
　　　睡了？

陈喜则 去！

　　　【有人发现丁果仙。

艺人乙 没大没小的！陈师傅，陈师傅，不要理他！

陈喜则 （对正练功的人们）各位，各位，各位，今天就练到这儿吧，任
　　　先生要给果仙说戏，大家把练功的东西收拾收拾，啊！

　　　【众应声：唉，好嘞。搬动枪把之类。

　　　【戏装道具移去。丁果仙与任秀峰正认认真真地说戏。

丁果仙 （唱）但愿得……

　　　【丁果仙与任秀峰边说边向前台走来。

任秀峰 ……停！腔是唱圆了，但情感还不够，咱们晋剧的唱腔讲究情、
　　　韵、味。来，再唱！

丁果仙 （点头思谋唱）但愿得，此去杀贼将仇报，管……

任秀峰 （认真地打着节拍，突然）果仙，你这儿唱的和原来不一样吧！

丁果仙 我跟秃小学了几段秧歌，觉见好就揉进来了。

任秀峰 就是那个卖烧土的秃小？

丁果仙 对呀！他唱的秧歌唱得好听着呢！

陈喜则 果仙。

丁果仙 哎，师傅！

　　　【陈喜则接过丁果仙的衣物，丁见小红。

丁果仙 小红！

小　红 师傅！

丁果仙 昨天教你的那几下学会了没有？

小　红 师傅，你看一看！

【小红练，丁看。

丁果仙　（笑着摇摇头）范儿还不太对，看我的！（接过髯口做示范）

【众一片喝彩——好！

陈喜则　（不耐烦）果仙，该排戏了！

丁果仙　好，各位师傅，让你们久等了，排戏吧。秀峰！

任秀峰　（还沉在方才的事中）把秧歌的东西揉进梆子，既丰富了晋剧音乐，又改了老腔老调！好！好！（兴奋的）果仙，待会儿你也教我几句秧歌！

丁果仙　（嗔怪地）该排戏了！

任秀峰　（对众）各位师傅，今天咱们从白茂林叫板开始。哎，武师傅，来。

【丁果仙戴髯口，酝酿情绪，上。

丁果仙　（《买画劈门》选段。）

　　　　（唱）恨胡贼父子双双都强暴，

　　　　　　　似这等误国害民罪难饶！

　　　　　　　我甥儿胆识过人武艺好，

　　　　　　　准备着今夜晚入贼巢。

　　　　　　　但愿得此去杀贼将仇报，

　　　　　　　管叫他天网恢恢无处逃！

【众叫好。

任秀峰　停！停！不能这么演，这不对！

【丁果仙看任秀峰。

任秀峰　白茂林卖字画，遇到胡伦为非作歹，要抢霸他的女儿，这要把白茂林又急又气的心情演出来，要义愤填膺！

琴　师　任先生，老祖宗留下来就这么演的！

艺人甲　丁老板可是班里的头路胡子生呀！

艺人乙　回回都这样演，哪回不是满堂彩呀？！

任秀峰　（认真地）叫好的未必就是好戏。

陈喜则　那不叫好的倒成好戏啦？！

任秀峰　哎呀！我不是这个意思！各位师傅，各位师傅，你们要仔细琢磨
　　　　琢磨，演戏就是演理、演戏文！啊！咱们重来！

　众　　（不耐烦）啊！还要排？

陈喜则　哎哟，哎哟，我先方便方便去！（下）

丁果仙　师傅，师傅……

　　　　【追陈，陈不理，跑下。

丁果仙　各位师傅，任先生说的在理，是我一下解不开，演不出意思来。
　　　　喔，要不这样吧，你们先休息一下，我再让任先生给说说戏！
　　　　（众有话要和丁说）就这样吧！

　　　　【众三三两两下。

丁果仙　小红，你可不能歇着，日日功，一天不练呀十日空。

小　红　嗯！（点头，边练边下）

丁果仙　秀峰，（任不理）秀峰，排戏吧！

任秀峰　（火气未消）不排了，不排了！（欲走）

丁果仙　（拦住）秀峰，我的任先生！（唱）消消火，压压气，听为妻
　　　　（不好意思）与你说几句！（递水）

任秀峰　（接水）果仙，给你们班里排戏可真难！

丁果仙　（学样）嗯，没文化！

任秀峰　（无奈地笑）哎呀，果仙，排戏嘛，就要先读剧本，读剧本就要
　　　　读懂剧本，不能光背会台词！要理解剧情，理解剧本所要表达的
　　　　意思。就像方才那段戏，一定要演出那种强压怒火的气势！要不，
　　　　怎么叫"劈门"呢！还有白凤鸾的戏，一点儿也不能丢！一定要

手眼传情，移步有戏！

丁果仙　（听着入迷）对！你说的在理。

任秀峰　（佯怒）就是不听不记！

丁果仙　（接过任的水杯深情地）秀峰，你要是常在我身边那该有多好啊！

任秀峰　果仙。

　　　　【起音乐，过门。

丁果仙　（唱）谢谢你连明昼夜来排戏，

　　　　　　　　说戏文讲道理排解难题。

任秀峰　（唱）爱晋剧爱戏曲爱好演艺，

　　　　　　　　我是个痴文人你的戏迷。

丁果仙　（唱）曾记得那年初相识，

任秀峰　（唱）踏青到河西。

丁果仙　（唱）新鞋染满绿，

任秀峰　（唱）悉心说戏曲。

丁果仙　（唱）学会一句……

二　人　（唱）学会一句"司马懿"。

任秀峰　（唱）司马懿呀。

二　人　（唱）两年交往添情谊，

　　　　　　　　一份心愿藏心底。

丁果仙　（唱）早有心思对他说，

　　　　　　　　话到口边又羞提。

任秀峰　（唱）走路时常头碰壁，

　　　　　　　　看书看不在心里。

二　人　（唱）担心人家（她）不愿意，

　　　　　　　　惭愧他（她）高自己低，

期盼着文人戏人结连理。

丁果仙　（唱）比翼双飞都出息，

任秀峰　（唱）护花甘愿做春泥！

【内，猝起呼喊：丁老板……

【琴师急上，众艺人乱纷纷上。

琴　师　丁老板，出事啦！

丁果仙　出什么事了？

琴　师　陈喜则他、他……他拿了人家的铜壶！

丁果仙　拿了人家的铜壶干啥？

琴　师　去换烟钱！

丁果仙　（惊）什么，他不是早戒了烟吗！

【有人拥烟瘾大作的陈喜则上。

陈喜则　放开我，放开我！烟……

丁果仙　师傅！

陈喜则　（连滚带爬地趋向丁果仙）果仙，果仙……

丁果仙　（愠怒地）师傅，你咋又抽了？！

陈喜则　（一把抱住丁果仙）果仙，求求你，救师傅一会吧，就一回……

丁果仙　（又痛又气）……你是我的开门师傅，有丁果仙的半口饭，就不
　　　　能让你饿着。可这烟，你得戒掉！它能毁了你！毁了咱戏班子！
　　　　师傅，我的好师傅，你咬咬牙戒掉吧，我供你吃，供你喝，供养
　　　　你一辈子……

陈喜则　一块烟钱，你给不给？

丁果仙　……不给！

陈喜则　（几分赖皮地）好啊，丁果仙，如今你成名了，就不认我这个师
　　　　傅了，我，我去死！

【众喊：陈师傅！小红扑向陈喜则。

小　红　　干爹！（抱住陈）丁老板她是为你好呀！干爹！要不是丁老板救

　　　　　了咱，咱早就死在灰渣坡上了。干爹，咱受尽大烟的害，咋你就

　　　　　改不了这个毛病呢！啊，我求你了！你改了吧？

陈喜则　　你滚开！（蹾地）丁果仙不认师傅啦！（哭喊）丁果仙不认师

　　　　　傅啦！

　　　　　【众喊：陈师傅。小红（蹾地）叫：干爹！

　　　　　【江寒上。

陈喜则　　丁果仙不认师傅啦！

江　寒　　陈师傅，你这是唱的哪一出啊？

任秀峰　　（迎上去）江先生！

丁果仙　　（忙递陈喜则钱）师傅，最后一回！

　　　　　【陈喜则接钱疯下。

丁果仙　　（对琴师）招呼一下我师傅！

琴　师　　哎！（对小红）走。

　　　　　【二人下。

任秀峰　　江先生坐。

丁果仙　　江先生，我这个师傅，让您见笑了吧！

艺人甲　　当初就不该收留他，这不是？

丁果仙　　话可不能这么说，要不是师傅收留我，早就没我丁果仙了。（对

　　　　　江寒）江先生，别看我师傅那样儿，可他人好，心善！

江　寒　　可烟，一定要劝他戒掉！

丁果仙　　（一笑）哎，咱们说咱们的事。

江　寒　　秀峰。

任秀峰　　江先生，你送来的剧本我们都看过了。

江　寒　怎么样？行不行？

任秀峰　太好啦！

丁果仙　看到萧恩带着女儿杀了丁子燮老贼，心里可真解气呀！

任秀峰　以前，我也想过，就是总也改不成。

江　寒　那是你的屁股没坐到萧恩的船上！他丁子燮为非作歹，敲诈勒索，这是官逼民反吗！

任秀峰　（茅塞顿开，忙掏出小本）对！果仙，等咱们排完"劈门"就排《打渔杀家》。

丁果仙　好啊！

江　寒　哎，秀峰，干脆，你把报社记者的差事呀，辞掉算啦，把行李卷儿搬到戏班里来吧！啊？

任秀峰　当王实甫、汤显祖？

江　寒　那就看丁老板的一句话啦。

丁果仙　就怕咱这庙小，留不住不人家。

江　寒　（拉过羞涩的任）听见了吧！听见了吧！这下一出戏呀，该排《东吴招亲》喽。（笑）

　　　　【一声吆喝：丁老板，丁老板，商会大管家、团副带随从抬彩礼上。

团　副　丁老板，恭喜，哎呀，恭喜啦！

大管家　丁老板，恭喜了，恭喜了！

　　　　【三人意外。

丁果仙　这不是总商会的大管家，这位是……

大管家　这位是……

团　副　会长是俺的姨夫，俺是他的外甥。

丁果仙　看我，三步不离戏台子，哪来的喜呀？

大管家　丁老板，我告诉你一个好消息。

团　副　　直话直说吧！

　　　　　　（唱）俺姨夫和阎督军成了结拜，

　　　　　　　　　　又当官又耍枪发了横……大财。

丁果仙　　那我，该给老会长贺喜呀！

大管家　　同喜，同喜！

团　副　　（唱）丁老板好戏子名声在外，

丁果仙　　怎么，是要看戏吗？

团　副　　不！不！不！

大管家　　（唱）老会长有嗜好爱把花摘。

团　副　　（唱）让你做他的三姨太，

大管家　　（唱）锦衣玉食唾手来。

三　人　　（惊）啊！

大管家　　真是享不尽荣华富贵！

团　副　　本团副特来保媒！

大管家　　梨园行已经派人打过招呼了，明媒正娶！

团　副　　这话是传到了，东西放下了，今儿黑夜就来轿抬人！告辞！（欲下）

丁果仙　　慢！二位回去传话，就说丁果仙实在高攀不起！

大管家　　丁老板，你这是什么意思？

丁果仙　　意思么，大管家心里清楚得很！

团　副　　你别不识抬举！

　　　　　【陈喜则等众上，被江寒拉住，耳语，众急下。

大管家　　呵呵呵……丁老板，如今人们看重的是钱财，那义气节烈呀，都
　　　　　靠边站了。老会长是座金山，你在上面用指甲瓣儿轻轻地抠拨抠
　　　　　拨，也就够你唱一辈子戏挣的啦！

丁果仙　　我丁果仙就是靠唱戏挣钱的命！

团　副　呀！还真有股子牛脾气！不就是个戏子吗！管家，抬回去，给了俺姨夫算啦！哈哈哈！

任秀峰　你们要抢亲不成！

团　副　抢，老子抢惯啦！（一把推到任）

【丁果仙气极，戴上髯口。渐入《卖画劈门》的角色。

丁果仙　尔等瞎了眼的狗头！

（唱）恨胡贼父子双双都强暴，

　　　　　似这等误国害民罪难饶。

　　　　　我甥儿胆识过人武艺好，

　　　　　准备着今夜晚入贼巢。

　　　　　但愿得此去杀贼将仇报，

　　　　　管叫他天网恢恢无处逃！

任秀峰　（全然被丁激愤的演唱迷住了）对！对！对！（情不自禁）这就是白茂林！白茂林就是这样！

团　副　（惑）白茂林？管家，这白茂林是哪儿的司令？

大管家　哎呀，不是司令，是戏里白鸾凤的爹！

团　副　她，她还要当爹？

【突然间喜乐高奏，众艺人在陈喜则的率领下吹吹打打蜂拥而至。

团　副　（不明就里）这是……

陈喜则　（不由分说）果仙，今日是你大喜的日子，来来来，戴凤冠，穿霞帔！（指使小红等为丁穿戴）

丁果仙　师傅呀，你咋也糊涂起来了！

陈喜则　哎呀，果仙！一点儿也不糊涂。

（唱）要说清楚不清楚，

　　　　　要说糊涂不糊涂。

清清楚楚难成事，

糊糊涂涂点花烛。

大管家　　唉，这到底是怎么回事呀？

陈喜则　　你不是来贺喜的吗？一会儿就知道！（对众）各位师傅，吹打

　　　　　起来！

　　　　　【喜乐高奏。

　　　　　【小红等把新郎打扮的任秀峰推至台前。

陈喜则　　任秀峰与丁果仙喜结良缘，放鞭！

　　　　　【众欢呼。

团　副　　闹了半天，丁果仙成了他的老婆啦！

大管家　　丁果仙，你得罪了老会长，有你的好果子吃！咱们，咱们走着瞧！

团　副　　滚！

　　　　　【团副、大管家悻悻而下。

　　　　　【喜乐戛然而止，舞台静寂无声。顷，丁果仙款款为陈喜则下跪。

丁果仙　　师傅，果仙……谢谢你了。（与陈跪下）

陈喜则　　（忙扶起丁）别谢我，孩子，这都是江先生教我铺排的。

任、丁　　（寻找）江先生……

任秀峰　　我去找江先生。（欲下）

丁果仙　　秀峰，（拉住任）你看咱们这戏该咋往下演？

任秀峰　　咱们的戏？

丁果仙　　是……真戏假做，还是假戏真做？

　　　　　（明白过来，尴尬、羞怯、赶紧脱衣服）……

丁果仙　　（求助的）师傅！

陈喜则　　哎呀，好我的书呆子，都成这样了，还那么假正经。

任秀峰　　陈师傅！

陈喜则　来来来！须生大王丁果仙与三晋文人任秀峰喜结良缘！一拜天地，

（众欢呼）二拜戏神，夫妻对拜，送入洞房……

【众欢喜中糅杂着酸楚的音乐。

【缓缓收光。

【捡场。

第二场

【1946年10月，山西太原某戏院后台。

【渐显的光区里艺人们在扮戏，换装，一片忙碌，幕侧传来丁果
仙《芦花》中闵德仁的唱段。衣箱旁，秃小叩着节拍，陶醉在
丁的演唱中。

【丁果仙：幕内演唱的《芦花》唱段：

（唱）儿不孝……

陈喜则　《芦花》快完了，下个戏准备啦。

【丁果仙内接唱：你应该好好训教，

苦命的儿啊……

【众叫好声："好。"

【小红拿药壶上。

小　红　干爹，我师傅的药熬好啦！

陈喜则　好，好。

【丁果仙内幕接唱：儿孝道你害儿天理难饶。

李氏心太偏，

你二老坐庭前。

为什么兄絮芦花弟絮蚕棉，

不孝道的闵子骞。

【叫好声。

【陈喜则走了过去，发现幕条里看戏的秃小。

陈喜则　（揪住秃小的耳朵，玩笑的）哎呀，好你个秃小子又是贴对子看蹭戏？

【众哄逗秃小。

秃　小　谁说我是贴对子看蹭戏？我是丁老板请进来的。

艺人甲　丁老板会请你这个卖烧土的秃小子？

秃　小　我还是丁老板的师傅哩！

艺人乙　算了吧，丁老板要你个秃师傅了！哈哈哈……

【众哄笑。

秃　小　丁老板跟我学唱秧歌，我跟丁老板学"大刘流，二刘流"。

（唱）大刘流赶着一群牛（笑指众）

【众哄笑。

任秀峰　秃小，今天的烧土全卖了？

秃　小　嗯，卖啦！

任秀峰　别忘了，明天一早，海子边教我唱秧歌！

艺人甲　秃小，真的当师傅啦？

【叫好声。

秃　小　嗯，听听，你们听听，丁老板的《芦花》一句一个好，真是唱绝了！

任秀峰　这，这简直是糟蹋艺术！

陈喜则　咳，秀峰，管他呢，叫了好就是好戏！（看看前台，感叹）这才是台上有人哭，台下有人笑！谁知果仙还病着呢！

秃　小　病着还唱《芦花》？该换个戏让丁老板歇歇呀。

陈喜则　咳，今天是人家商会会长的包场，人家专点丁老板的《芦花》！

秃　小　噢，我说么那台底下，尽是些挺胸凸肚的财主！

陈喜则　这人一有了钱有了势，这心眼儿呀，就不正了！

【传来《芦花》末尾唱段声。

陈喜则　哎，戏完了，赶紧准备吧！

【秃小下。

【"戏"打尾声，丁果仙扮闵德仁上，李氏随上。

任秀峰　（迎上去）果仙，快，先喝药吧。

丁果仙　秀峰，今天是咋回事，该叫好的地方叫好，不该叫好的地方也

　　　　叫好？

任秀峰　这些包戏的，有钱没文化，瞎起哄！

丁果仙　我总觉得不大对劲。

陈喜则　快卸妆吧，完了回家歇着。

【秃小风风火火上。

秃　小　丁老板，丁老板！

丁果仙　秃小，咋啦？

秃　小　丁老板，不好了，商会一帮黑狗子把戏院门子给堵住啦！听他们

　　　　嚷嚷，是不让戏班里的人出去！

任秀峰　不让戏班里的人出去？

秃　小　还听他们说，是要整治丁老板哪！

丁果仙　治我？凭什么治我？…

【丁老板，丁老板，大管家，团副随着语音上。

大管家　哎呀呀，丁老板，你的《芦花》可是真唱绝了！哈哈哈，哎呀，

　　　　难怪人们都说，这男的不如女的，盖天红不如果子！

团　副　丁老板，这是俺姨夫给你的赏银！

大管家　请丁老板笑纳！

丁果仙　大管家，老会长的赏银不是已经给过了吗，这又是……

大管家　唱戏给钱，给钱唱戏，这可是丁老板你说的！

丁果仙　戏不是已经唱完了吗？

大管家　呵呵呵，老会长要再唱《芦花》！

丁果仙　二唱《芦花》？

团　副　对，二唱《芦花》。呵呵呵，丁老板，叫你做三姨太你不干，这二唱《芦花》总不能不唱吧！是不是啊？

艺人甲　你的包戏已经唱完，还要唱？！

艺人乙　你们，你们这不是明欺负人吗！

众　　　是啊，不能再唱啦！不能再唱啦！

团　副　我说你们这些穷戏子，这赏银是不想要啦？！

陈喜则　你就是给座金山也不能再唱了！是不是？

众　　　对，不能再唱啦！不能再唱啦！

丁果仙　大管家，我今天有病在身。钱，请收回去，戏，不唱了！

众　　　对，不唱了，不唱了！

小　红　不唱了！

团　副　屌，谁敢不唱——！

大管家　呵呵呵，不唱也行！（走近小红）那你就给老会长做个贴身丫头吧？

　　　　【小红怒视。众人护小红。

任秀峰　你们怎么可以不讲理呀！

大管家　有钱就是理！

团　副　说句痛快话，唱还是不唱！

　　　　【众无语。

团　副　不唱？来呀，给我把戏箱封了，把这个小丫头带走！

【"啊",随从一拥而上,有人欲拖小红。

丁果仙　慢!……这二回《芦花》,我……唱!

团　副　这不就对了!

大管家　唉,这不就对了吗!

团　副　(对随从)唉,这不就对啦。丁老板,这二唱《芦花》你可要唱
　　　　好,啊!嘿嘿,弟兄们,看戏去!走。丁老板要二唱《芦花》啦!

【众随从笑,下。

陈喜则　果仙,果仙。

任秀峰　果仙,你不能再唱了!

丁果仙　不唱,就迈不过这个门槛儿!

小　红　师傅。

丁果仙　看来你是待不下去了,唱罢这出戏,赶快去找江先生!

小　红　(哭)干爹——

丁果仙　扮戏吧!

【丁晕。

陈　任　果仙?

小　红　师傅,你的手咋冰凉冰凉的?

陈喜则　果仙,你要悠着些唱,啊?

丁果仙　打通开戏!

陈喜则　唉,(沉沉地)二唱《芦花》开戏了——

【在渐起的曲牌中,丁果仙缓缓下。

【任秀峰怒气难消,急步欲下,被陈拦住。

陈喜则　你要干什么?

任秀峰　找老会长说理去!

陈喜则　哎呀呀,好我的书呆子,别冒傻气了,在这个节骨眼上,多说一

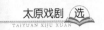

句话就多添一份乱子！

任秀峰　那，他们总不能这样不讲理吧！

秃　小　如今这个世道，就是赖人得势，好人受制！

任秀峰　我要写文章，写文章斥责他们！

秃　小　对，斥责他们！

陈喜则　哎呀，写的个啥文章哩！你现在又不在报馆，还是收拾收拾，赶
　　　　紧离开这个鬼地方！

　　　　【台侧"怼"声骤起！气氛陡然紧张起来。干爹，小红急上。

陈喜则　小红，出什么事啦？

小　红　干爹，我师傅刚上场，还没有开口就挨怼了！

陈喜则　啊？

　　　　【台侧"怼"声又起！

陈喜则　果仙可从来也没有挨过怼呀！

秃　小　他们这是诚心毁丁老板哪！

陈喜则　咳，八成是嫌果仙不从什么三姨太！

　　　　【台侧"怼"声又起！

任秀峰　欺人太甚！

　　　　（唱）无赖借故泄私愤，

　　　　　　　两唱《芦花》折磨人。

　　　　　　　果仙今日患重病，

　　　　　　　雪上加霜蹂躏她的心！

　　　　【台侧又传来："怼"——

任秀峰　（唱）吵嚷声激起我满腔愤懑，

　　　　　　　压不住心头火我、我、我……

　　　　【任秀峰愤愤然向"前台"走去，被陈喜则拦住。

陈喜则　（唱）万不能再把是非生，

　　　　　　　　三十六计走为上。

任秀峰　（唱）这世道，

　　　　　　　正义何在，

　　　　　　　公理何存？！

　　　　【此起彼伏的"煞"中，夹打"尾声"。

陈喜则　罢罢罢，戏总算完了！

　　　　【踉踉跄跄的丁果仙被几个同台艺人扶上。众急切地围过来：

　　　　　"师傅，丁老板，师傅，丁老板。"

　　　　【丁果仙疲惫之极，微合双眼。

　　　　【寂静。寂静中只听见小红的轻轻啜泣。

　　　　【猝然，传来纷纷的嘈杂声。"给我砸——"一伙打手鱼贯涌上。

　　　　　大管家、团副随上。

大管家　丁果仙，你真是胆大包天，竟敢哄到老会长的头上，你！

丁果仙　（挣扎站起来）你们……凭什么砸？

团　副　唱错了就砸！

丁果仙　一板不多，一眼不少，错在哪里？

大管家　闵德仁的头句唱！

任秀峰　那是我改的！原来的唱词不入情，不合理，当然要改！

团　副　那十三咳唱了十二咳半，也是你改的？

陈喜则　你们这不是磨道里硬找驴蹄印吗！？

大管家　丁老板，今天这事，你看？

丁果仙　你们还要咋样，明说吧！

大管家　我们要三唱《芦花》！

　　　　【众艺人："啊！"

团　副　对！三唱《芦花》！

大管家　三唱《芦花》！

团　副　三唱《芦花》！

小　红　你们把她累成这个样子，还要唱？不能唱啦！

　　　　【众愤怒地：对，不能唱啦！不能唱啦！死活不唱了！我们是人，

　　　　　不是牛马！

大管家　哈哈哈，可你们是戏子！戏子！哎呀，戏子呀！

任秀峰　（愤怒之极）戏子怎么啦？戏子怎么啦？他们演唱千古，惩恶扬

　　　　善，高台教化，当为人师！

团　副　屌！算他妈老几呀你！（一拳打倒任秀峰）

秃　小　你凭啥打人？！

团　副　呀，又冒出个你来！老子打人，今儿个还要毙人哪！（放枪）

　　　　【众被枪声震慑了：啊！

大管家　（阴冷地）呵呵呵，丁老板，这《芦花》，你是唱还是不唱啊？

　　　　【丁果仙未理。

大管家　不唱也行，那你就到前台给老会长跪下，磕三个响头，去叫声干爹！

丁果仙　你！（气得浑身颤抖，强压心火，一字一顿地）我丁果仙本分唱

　　　　戏，清白做人，不欠他不赊他，不兑他不短他，与他无瓜无葛，

　　　　无冤无仇，凭什么去给他磕头？！

团　副　那就三唱《芦花》！

陈喜则　别再逼她了！我求求你们啦！我求求你们啦!她实实不能再唱

　　　　了，我代她去跪，去叫他干爹、干爷、干祖宗……我，我给他

　　　　跪下了！（跪）

丁果仙　（喝止）师傅，起来！（团副，大管家笑。丁一把拉起陈喜则）

　　　　（唱）你怎能金山倒玉柱倾，

弯腰下跪讨人情!

要跪就跪梨园祖,

咱艺人膝下有黄金!

做戏子哪点儿不如人高贵,

咱也是铁骨铮铮血性人!

好男儿一揖千金重,

他恶人怜悯不值几文!

陈喜则　果仙!

丁果仙　他们不就是让咱唱吗,咱唱!

任秀峰　果仙,再唱你可就毁了!

丁果仙　毁了,……毁了……(苦笑)嘿嘿,嘿嘿,这个世道我算看清了。
　　　　是人不唱戏,唱戏不是人!唱罢这出,我不唱了!不唱了!!下
　　　　辈子转骡变马当牲口……我不唱了,不唱了…(昏眩)

众　　　果仙,丁老板……

丁果仙　师傅,给我拿点……

陈喜则　啥?

丁果仙　烟!

　　　　【众惊。哭……

　　　　【陈喜则痛苦地点点头,取烟。

　　　　【丁果仙从陈喜则手中接过烟灯,踉跄着缓缓走至台中。

丁果仙　……我唱,我唱……

　　　　【丁果仙颤抖着举起锡箔。

　　　　【光渐暗。暗中,只有烟灯的昏光在闪动,照着憔悴、疲惫、病
　　　　　态的丁果仙。

　　　　【由慢而趋激烈的鼓板……

【追光渐收。

【捡场。

第三场

【1949年4月，太原就要解放的那几天，大濮府丁宅。

【隐隐传来断断续续的流弹冷炮声，街上兵荒马乱的嘈杂声和溃兵
　　的抢劫斥骂此起彼伏：把东西放下！跑了，追——，老子开枪啦！
　　枪声响。

【任秀峰手忙脚乱地收拾东西，陈喜则急上。

陈喜则　（看见任）哎呀，好我的书呆子，都啥时候了你还顾得上这些
　　　　东西。

任秀峰　可这些都是果仙的命根子。

陈喜则　（走近，提起髯口）这些东西自那年唱罢《芦花》，多少年没用啦。

任秀峰　可果仙她隔上三五日，就要拿出来晒一晒、晾一晾，有时半夜醒
　　　　来还要看一看，穿一穿。

陈喜则　唉，生就唱戏的命！

任秀峰　也许解放军到了就好了！

陈喜则　嗨，走了张三来了李四，谁能把咱唱戏的当人看哪？这个世道谁
　　　　知乱成个啥样子哩！还是赶紧藏东西吧！

　　　　【琴师上。

琴　师　陈师傅，陈师傅！哎，秀峰你咋还没有走啊？

任秀峰　武师傅，出什么事啦？

琴　师　（悄声地）昨天晚上，解放军把东山给攻下来啦！再过三五天太
　　　　原就要解放啦！

陈喜则　哦，我说么昨天晚上机关枪、大炮响了一晚上！害得我……

任秀峰　（急拦住陈）陈师傅！武师傅！

琴　师　勾子军急红了眼，乱抢东西，就连捡破烂的老王头家也抢啦！

任秀峰　这群土匪！

陈喜则　就欠八路军收拾他们！

琴　师　哎呀，是解放军！果仙呢？

任秀峰　在家。

琴　师　她咋不躲一躲呀？你还是劝劝丁老板到乡下躲一躲吧！

陈喜则　哎呀，我的嘴都快磨破了，她就是……

任秀峰　她是舍不下她的戏箱，（指行头）舍不下她的师兄师妹们。

琴　师　这样吧，让乔师傅、张师傅他们来，叫她一起走。

陈喜则　哎，这是个好办法。走，咱们去找乔师傅去！

琴　师　唉，走！

任秀峰　陈师傅，当心啊！

　　　　【二人下。

任秀峰　唉！

　　　　（唱）兵匪掠抢街市乱，

　　　　　　　危石下怎能有安卵。

　　　　　　　劝果仙回乡下暂避危难，

　　　　　　　果仙她执意不肯离太原。

　　　　　　　我知道她的心中有盼念，

　　　　　　　盼望着抖雄风再上金銮。（提髯）

　　　　　　　自那年三唱《芦花》发誓不演，

　　　　　　　恋舞台惦唱戏夜夜难眠。

　　　　　　　看着她日夜熬煎眉不展，

怎不叫人把心担？

哪天才能还她愿，

艺人出头在何年！

【丁果仙拿传单急上。

丁果仙　秀峰，你看。我从后院里捡到一张传单！（递）

任秀峰　果仙，传单？（接，看）是解放军的！

丁果仙　上面写着……太行剧社，……吕梁剧社，……他们也……

任秀峰　一张传单，你也信以为真！（还给丁）

【传单勾起丁心中的期盼。她从任手中接过传单，小心翼翼地叠
　　好，藏在怀中。踱步到戏箱旁。

任秀峰　（看看果仙）你呀！（蹲下身整理衣箱杂物）

丁果仙　（轻声哼唱）

江夏县站在公堂上，

诸位大人听端详……

（发现任痴望的目光，不唱了）看我，咋又唱开了！

任秀峰　咋不唱了？

丁果仙　我在家唱唱还不行？

任秀峰　我巴不得你天天唱呢！可……能唱吗？这……有心思唱吗？

丁果仙　（心沉沉地）我生来就是唱戏的命。离开戏台真像丢了魂似的。
　　（啜泣）不唱了！不唱了！

任秀峰　（深深地理解和同情）果仙，实在想唱，就唱唱。在家里，我陪
　　你唱，啊！

丁果仙　你，陪我唱？

任秀峰　（念起板）打衣打台！

丁果仙　（《蝴蝶杯》选段）

（唱）江夏县站在公堂上，

　　　诸位大人听端详。

　　　卑职身为江夏县，

　　　随带家眷到任前。

【任秀峰取髯口给丁。

丁果仙　（见髯口，忆起往事，唱不下去了）

（唱）所生一子叫玉川，

　　　这多的日子不见回还。

　　　送他南学把书念，

　　　……

不唱了！是人不唱戏，唱戏不是人！

任秀峰　果仙。

【陈喜则跌跌撞撞地上，琴师等随上。

陈喜则　不好啦，不好啦！

众　　　怎么啦？出什么事啦？

陈喜则　福盛班，福盛班叫狗的们抢啦！

（唱）遭殃军红眼狼疯狗一样，

　　　把戏班抢了个柳叶净光。

　　　新道袍旧铠甲撕成八瓣，

　　　大白天欺旦角丧尽天良。

　　　二黑头气不过舍命抵挡，

　　　龟孙们朝胸口就是几枪！

艺人甲　乔师傅、张师傅他们呢？

陈喜则　（唱）逃的逃，散的散，

　　　　　好好的戏班子旗倒人亡！

艺人甲　这帮畜生，就等解放军收拾他们！

任秀峰　果仙，你还是先到乡下躲上几天，啊？

丁果仙　躲了初一，躲不了十五！

陈喜则　哎呀呀，好我的果仙哩，你就别犟啦！

琴　师　丁老板，好汉不吃眼前亏，还是避避得好。

　　　　【秃小急上：丁老板，丁老板！

丁果仙　秃小，又出什么事了？

秃　小　一帮勾子军的溃兵朝这儿来啦！

众　　　（惊）啊！！

陈喜则　刚打了声忽雷，雨就来啦！

任秀峰　快，果仙，先到后院躲躲！

陈喜则　都愣着干啥，快藏东西！

丁果仙　师傅，反正戏唱不成了，由他们抢去吧！

秃　小　（一把抽出刀）狗日的，跟他们拼了！

　　　　【团副、随从上。

团　副　呀嗨，不是冤家不聚头！老子正还少个扛行李卷的，带走！

陈喜则　（急把秃小拉到身后）老总，他，他还小哩！

任秀峰　你们，你们私入民宅，要干什么！

团　副　明白人不说暗话，找丁老板借俩钱儿花花！

陈喜则　团副……啊，长官，她自那年唱罢《芦花》就不唱了，哪来钱哪！

团　副　少他妈啰唆！老阎督军坐、坐飞机跑，老子找个毛驴哦……
　　　　哦……（口吃）也得点盘缠吧！

丁果仙　团副是走错门了，要钱该到那些豪门大户，咱这里只有这些破衣
　　　　烂衫。

团　副　呀嗨，这钱还好拿不上！（怒）丁果仙我他妈死人身上还榨二两

油水哩！你果子红能没钱？别跟我耍花腔，弟兄们，前院后院给
我搜！

任秀峰　你们无法无天了！

秃　小　敢？！

团　副　老子今儿连人带钱一块抢！上！（欲拉丁等人）

　　　　【江寒、小红等战士上，战士制服团副等。

团　副　你们？

江　寒　送军法处！

战　士　是！（几名战士随下）

江　寒　（久久看着丁）老丁，让你们受惊了。

　　　　【众疑惑。

丁果仙　（打量着改了装的江寒）你……

江　寒　（脱去外衣）我是江寒哪！

小　红　（脱帽）丁老师，任老师，干爹，我是小红！

　　　　【众惊愕，懵懂，相互观望，辨认。

丁果仙　你们……

江　寒　（扶丁坐下）我们都是解放军，按照首长命令，进城来专门保护
你们。

丁果仙　江先生，多亏了你们。

江　寒　老丁哪，黑夜再长也有天明的时候，太原就要解放了！

任秀峰　江先生早就是共产党？

江　寒　不是杀人不眨眼的红胡子吧？！

丁果仙　（从怀里掏出传单）江先生，共产党里也唱戏？

江　寒　怎么不唱？！单咱们这个部队就好几个剧团哩！你的徒弟（拉过
小红）都成"小果子红"了！

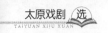

丁果仙　（搂住小红，亲昵地）小红，你们都演些什么戏？

小　红　丁老师!

　　　　　（唱）文工团冒着硝烟上火线，

　　　　　　　　戏台搭在最前沿。

　　　　　　　　身背道具赶台口，

　　　　　　　　踏着战火搞宣传。

　　　　　　　　《白毛女》《刘胡兰》

　　　　　　　　《血泪仇》《鱼腹山》，

　　　　　　　　唤起民众千千万。

　　　　　　　　斗倒地主把身翻!

　　　　　　　　每场戏完人不散，

　　　　　　　　都想看——

丁果仙　看什么?

小　红　（唱）都想看您须生大王丁果仙!

丁果仙　真的想看我演戏?

江　寒　光演戏还不行，成立了新剧团还要请你当团长呢!

陈喜则　团长不就是班主!

小　红　干爹，班主和团长可不一样!

丁果仙　江先生，共产党真的要请我出山?

江　寒　老丁——

　　　　　（唱）共产党领导人民闹革命，

　　　　　　　　你也是人民中光荣的一名。

　　　　　　　　新中国就好比一台大戏，

　　　　　　　　没有你怎算是五彩纷呈!

　　　　　　　　唤大姐莫忘了往日情分，

江寒我仍然是你们的亲人。

党派我进城来把你照应，

保驾您大名鼎鼎的果子红。

戏台上你要把金声重振，

共产党替你把腰撑！

丁果仙　　（唱）一声请，冰消雪化山河醒，

　　　　　　　一声请，情谊千斤泪雨淋。

　　　　　　　风风雨雨并肩走，

　　　　　　　天高地阔任飞腾！

　　　　　【合唱中收光。

　　　　　【捡场。

第四场

　　　　　【1953年2月，山西太原新星剧团排练场。

　　　　　【太原新星晋剧团的指导员小红正给青年演员们排抗美援朝的活
　　　　　　报剧。

甲　　　（扮美国兵）美国兵在朝鲜两眼泪汪汪。

乙　　　（扮朝伪兵）志愿军打得我哭爹又喊娘。

甲　　　彭德怀总司令打过三八线。

乙　　　要活命只有路一条。

众　　　投降！

　　　　　【丁果仙悄悄上，在一旁观看，众发现围拢过来。

众　　　（七嘴八舌）丁老师，丁团长，我们的节目行不行？

丁果仙　好，好！（想想）咱们太原有一种莲花落的曲种，用它的形式来

演或许会更好！

甲　　那我们试试。

小　红　可要抓紧排练！

乙　　（将小红拉至一旁小声地）指导员，听说咱们团要到朝鲜去演出？

小　红　你也想去？

众　　我也要去，我也要去，指导员！我也要去！

小　红　好好好，别吵闹了，去朝鲜是件大事，局领导还没最后定下来！

众　　那你帮我们说说去！说说去！丁老师，你也帮我们说说去！

丁果仙　（神秘地）我有一个好办法！

众　　什么办法？

丁果仙　努力学习，努力练功，努力争取，服从组织决定！

众　　就是这办法？

丁果仙　这是最好的办法！

小　红　大家快去排节目吧，明天就要上街演出了！

【众议论着下，小红被丁果仙拉住。

小　红　丁老师，有事？

丁果仙　小红，老江又从朝鲜来信了。

小　红　江政委他好吧！

丁果仙　好，好！他还问大伙儿好呢！

小　红　咱们组织的慰问团也要赴朝，或许能在朝鲜见到江政委！

丁果仙　小红，去朝鲜的人选还没定下来？

小　红　（答非所问）丁老师，你的身体……

丁果仙　我的身体？我的身体咋啦？这不是好好的！

小　红　丁老师，你……

丁果仙　（打断）小红，以前咱们是师徒关系，可如今你成指导员了，别
　　　　总是丁老师、丁老师的惜护我，要严格要求！

小　红　丁老师，思想上要严格要求，可一些毛病要改，也得慢慢来，不
　　　　能操之过急，垮了身体！

丁果仙　慢慢来？慢慢来不就把去朝鲜的事给误了！老江在信上说："老丁，
　　　　党和政府关心你，爱护你，可我一点也不迁就你，你身上一些旧
　　　　艺人的东西一定要改掉！因为你现在是人民的艺术家，是新中国
　　　　的文艺工作者！"小红，你说我要是再……别说对不住党和政府，
　　　　就连老江也对不住啊！

小　红　（激动地）我要把你想的这些转给局领导。

丁果仙　还有这个。（递《决心书》）

小　红　决心书？

丁果仙　老江说朝鲜是个大课堂，我要到这个大课堂去上学，去补课。

小　红　局里说好今天开会研究去朝鲜的事。

丁果仙　那你快去呀！去吧！（推小红下）
　　　　（兴奋地唱）新人新团新景象，

　　　　　　　　　　出口气也觉得心展气长。

　　　　　　　　　　共产党真比那太阳还亮，

　　　　　　　　　　就好像三月春雨抚慰心房。

　　　　　　　　　　这几天团里边像请战一样，

　　　　　　　　　　写志愿表决心沸沸扬扬。

　　　　　　　　　　赴朝鲜慰亲人心驰神往，

　　　　　　　　　　我要把晋剧唱过鸭绿江。

【任秀峰、陈喜则、琴师等带排戏的道具上。

丁果仙　秀峰、师傅。

任秀峰　果仙，咱们团去朝鲜的人定了没有？

丁果仙　大家都在积极争取！

陈喜则　果仙，听说朝鲜正和美国人打仗，咋又去唱戏哩？

丁果仙　师傅，这是去慰问亲人志愿军！他们保卫国家，咱也该为抗美援

　　　　朝出点力呀！

任秀峰　报纸上报道，裴盛荣、常宝坤等一些艺术家正在朝鲜演出呢。

丁果仙　秀峰，我想把《日月图》带到朝鲜去，咱们可要好好排。

任秀峰　我都准备好了。

丁果仙　来，咱们排戏吧。

　　　　【演职员准备，丁果仙认真地穿好排练服，带髯口。

　　　　【曲牌音乐。

丁果仙　（扮《日月图》中的白茂林）

　　　　（唱）此图名为日月图，

　　　　　　　塞外地形纸上录。

　　　　　　　那是山那是水那是通路，

　　　　　　　一处一处都清楚。

　　　　　　　这悬崖陡壁天险如堵，

　　　　　　　这水流湍急鹅毛难浮。

　　　　　　　这茂林密树阴森森可把奇兵布，

　　　　【丁果仙烟瘾渐渐发作。

　　　　　　　这断涧……绝路……诱……敌……

任秀峰　唱错了，不对，停下来！

丁果仙　（坚持着，唱）

　　　　　　这断涧绝……断……（乱）

　　　　　　这羊肠……

任秀峰　（看着，疑惑）果仙，是不是……

陈喜则　她……她……嗨，（悄声地）烟瘾犯啦！

丁果仙　（喝止）师傅！（继续走场）

任秀峰　（对排戏的演职员）各位请先休息一下，果仙她病了。

　　　　【演职员们欲下。

丁果仙　（严厉的）任秀峰！我是团长，还是你是团长？排你的戏！排戏！

　　　　（唱）这……这……断涧绝路诱敌，能、能切断归途。

　　　　　　　这里是……这里是羊肠道崎岖难举步……

　　　　【丁果仙踉跄险些昏倒，努力站稳。

丁果仙　（唱）我不信挪不动沉沉脚步，

　　　　　　　我、我、我铁打的汉子斗不过烟瘾恶魔！

　　　　【烟瘾阵阵袭来，折磨丁果仙。

任秀峰　果仙，你不能这样作践自己！

丁果仙　走开，走开！排你的……戏去！

　　　　（唱）胸腹内似燃起熊熊大火，

　　　　　　　眼面前陡出一个个湍急的旋涡！

　　　　【丁果仙"圆场""抖髯口""甩梢子"，排解痛苦。

任秀峰　师傅，总得想个办法。

陈喜则　……只可这样了！（扭头跑下）

　　　　【丁果仙头昏，倒地。

任秀峰　果仙——

　　　　【陈喜则取烟巴火急火燎地上。

陈喜则　果仙，果仙，烟——

任秀峰　（拦住陈喜则）陈师傅，你哪来的这些东西?！

陈喜则　我偷偷留了一点，防备着头痛脑热急用一下。

任秀峰　不，你不能害她，不能！

陈喜则　（甩开任秀峰）果仙，烟！烟——

　　　　【丁果仙一把抓住陈喜则手中的烟巴。

陈喜则　喝一点，喝一点就过去了！

丁果仙　烟哪！——烟——（昏眩）

　　　　（思绪繁杂地唱）

　　　　见烟巴，肺欲炸，心中哭泣，

　　　　悔和恨，羞与辱，百感交集。

　　　　往日的寒心事似出出苦戏，

　　　　师傅啊，

　　　　受难人满腹苦水我不愿重提。

　　　　七岁时——

　　　　爹娘撒手去，

　　　　撇下苦命女。

　　　　举目无亲人，

　　　　只身来山西。

　　　　师傅啊，

　　　　若不是遇见你收我学戏，

　　　　柳巷里又一个花子行乞。

　　　　海子边跑圆场磨烂鞋底，

　　　　大雪天冻破手指鲜血滴滴。

师傅啊，

你问我还学戏不学戏，

我发誓定要唱出个山高水低！

从此后酱园巷里去卖唱，

"花子拾金"路人迷。

十三岁登台去演戏，

头和卯桌一般齐。

戏台上冰霜雪剑苦磨砺，

终换来果子红名满山西。

那年秋与秀峰河边相遇，

志趣相投情依依。

相帮相学用心计，

想为晋剧争出息。

旧社会谁把戏子当人看，

没钱没势受人欺。

三唱《芦花》险丧命，

无奈吸毒成烟癖。

眼睁睁唱戏无有出头日，

心如死灰把台离。

人离戏台心哭泣，

夜夜梦里穿戏衣。

解放后，

好政府好人民把我抬举，

我要把兑下的亏空都补齐。

还想着为晋剧再出把力,

好让咱梆子戏百代不息!

这一次要到朝鲜去演戏,

是领导千挑百拣选定的。

好时好节好机遇,

我怎能不自爱再把毒吸!

辜负人民辜负党辜负自己,

对不住,

对不住咱山西人,台下的戏迷!

丁果仙 师傅,把烟具拿来!

【陈喜则把烟枪递给丁果仙。

【丁果仙决然地将烟具狠狠掷地,一种走出磨难而获新生的感觉

　油然生发……

【音乐……音乐中,丁果仙舒展着自己的身心。那么清爽,平静,

　坦然……

丁果仙 各位师傅,请打起来,排戏。

（唱）此图名为日月图,

　　　塞外地形纸上录。

　　　那是山那是水那是通路,

　　　一处一处都清楚。

　　　这悬崖陡壁天险如堵,

　　　这水流湍急鹅毛难浮。

　　　这茂林密树阴森森可把奇兵布,

　　　这断涧绝路诱敌人能切断归途。

这里是羊肠道崎岖难举步，

这里是，

五里长一段峡谷能进不能出。

这里是关隘犹如金汤固，

这里是小丘不惹人注目最宜设埋伏。

每一处都用小字加了注，

强似那战策与兵书。

这张图进攻防守均有助，

何愁不能破强胡。

【《日月图》唱腔中转至五场。

【捡场。

第五场

【1953年4月，朝鲜前线我志愿军某部坑道。

【志愿军在听丁果仙的演唱。

丁果仙　（接前场，唱）

这张图进攻防守均有助，

何愁不能破强胡！

【战士们热烈的掌声。

女战士　首长，你唱得真好！

男战士　首长，我也是山西人！

丁果仙　（亲热地）哪儿的？

男战士　寿阳的！

丁果仙　（学样）寿阳家！

秃　小　首长，你看看我是谁？

丁果仙　（看，想，辨认）你是……

秃　小　（唱秧歌）

　　　　家住太原东达铺，

　　　　我拉上车车卖烧土。

　　　　汗花花渍湿兰花花布，

　　　　衣裳烂了没人补！

丁果仙　秃小，你可真出息了！

女战士　他是我们的排长！

丁果仙　排长？

秃　小　太原一解放，我就跟江政委一道南下了！

丁果仙　江政委呢？

秃　小　方才还在这儿呢，刚上了阵地！

丁果仙　（欣喜地）真想不到，在朝鲜遇上这么多的亲人。哎，秃小，我

　　　　想这就去前沿阵地演出，去看看老江！

　　　　【一阵激烈的枪炮声和飞机轰鸣。

　　　　【一战士上。

战　士　报告连长，通往总部的交通线被打断了！

连　长　要很快和总部联系。

战　士　是！（下）

连　长　（对丁）首长，你在这休息一下，我马上就来，（对秃小）一排

　　　　长，一定要保证首长安全！

秃　小　是！

　　　　【连长和战士们下。

丁果仙　（看着瞬间空荡荡的坑道）……说声走，就都走了。

秃　小　这是命令。

丁果仙　秃小，咱们也上去。

秃　小　前面就是阵地，您不能再上了。

丁果仙　说好我到前沿去演出的。

女战士　首长，不能。

丁果仙　你们能上，我咋就不能？

女战士　我们是战士。

丁果仙　你们是拿枪的战士，我是唱戏的战士，一样。

女战士　首长，您能来就是对我们最大的鼓舞和支持。

秃　小　是啊，能在战场上见到你，听听家乡的梆子戏，心里真高兴啊！

丁果仙　哎，我给你们带来咱家乡的好东西了！

　　　　（掏出小瓶）

秃　小　什么东西？

丁果仙　尝尝，这是地地道道的清徐老陈醋！

秃　小　真香啊！

女战士　首长，咱家乡今年收成好吗？

丁果仙　好！好！（拉女战士坐下）临来前，部队首长告我说这个连队尽
　　　　是山西人，我这心里好高兴哪，连饭都吃不下去了。从太原那么
　　　　远的赶到这儿来，就是想看看你们……

　　　　（轻轻地入唱）

　　　　跟你们说几句咱家乡的话，

　　　　把家乡的好事拉一拉。

　　　　告你们——

　　　　咱左云的软糜黄蜡蜡，

咱原平的油梨能甜掉牙；

咱太谷的桃酥红了脸，

那汾河湾就好似扯出一段霞；

咱沁县的小米刚打下，

那股香香得满山开遍花。

河畔枣像是大红灯笼高高挂，

山药蛋滚满沟又大又沙。

好闺女，

家乡人托我捎来一句话。

女战士 说什么呢？

丁果仙 （唱）好好打，别让豺狼进咱家！

【一身尘埃的连长上。

丁果仙 交通线通了吗？

连　长 战士们正在抢修，一排长！

秃　小 到！

连　长 看来，从前沿下来的伤员一时送不下去，在这儿做好救护准备。

【战士抬重伤的江寒急上。安置在子弹箱上。

战士们 政委，政委！

【丁果仙脱下自己的衣服为江寒披上，怔怔地看着。

丁果仙 （认出）你是……老江？

江　寒 （艰难地）你是……

丁果仙 我是丁果仙！

江　寒 （惊喜）老……丁。（欲起，伤痛）方才就知道你来了……想听你唱，可，那会儿我下不来！

丁果仙 伤得重吗？

江　寒　跑圆场是不行了……少了条腿。

丁果仙　老江……（扭头，哭泣）

江　寒　亏你还是个唱、唱须生的。没记住豹子头林冲的一句台词？好男
　　　　　儿有泪不轻弹！

丁果仙　老江，你要的东西，我给你带来了。（将梆子递给江）

江　寒　（接过梆子）好，好！梆子戏梆子戏，要的就是这个梆子。记的
　　　　　在海子边我头一回学唱晋剧还是陈师傅给我砸的梆子哩！哎，老
　　　　　丁，陈师傅他，好吧！

丁果仙　好，好！这副梆子还是陈师傅自己给你做的。

江　寒　替我谢谢他。老丁，我的老文友秀峰他咋没来？

丁果仙　正学着写一个现代戏剧本。

江　寒　本来，想打完仗，好好写一个现代戏，可……可…（伤痛）

丁果仙　老江，别说了，好好歇歇。

江　寒　老丁，你的《空城计》我，我想……听……

丁果仙　……我唱……我唱……

　　　　　【江寒轻轻地打起梆子。

　　　　　（唱）正在堞楼我观山景，

　　　　　　　　　耳听得城外兵乱纷纷………

　　　　　【梆子从江寒的手中滑落下来。

战士们　政委，政——委——

　　　　　【丁果仙被江寒的牺牲震惊了，呆呆地伫立着。

女战士　首长……

丁果仙　（从惊愕中醒来）不！不！（扑向江寒）老江，你刚才还和我说
　　　　　话哩，咋说走就走呀！老江，你不回山西了，不回太原，不给我
　　　　　写剧本了……老江——

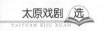

【战士们抬江寒下，丁果仙一步步送至高坡。

丁果仙　老江啊，我丁果仙唱了大半辈子戏，今天才明白这戏咋唱，该给谁们唱！老江啊，只要我还有口气，我就要唱！给工人唱，给农民唱，给战士、我们这些最可爱的人唱，唱一辈子！

（唱）自幼儿学艺我在卧龙，

　　　刘先主他将我搬进大营。

　　　将身儿打坐在三军宝帐，

　　　耳听得铜铃响报马回营。

【《空城计》全板唱腔。

【唱腔中，后表演区的灯光幻化出一片瑰丽的色彩。

【丁果仙昂扬和演唱变成一种背景音乐。

（配字幕）

丁果仙　（心声）……从朝鲜回来以后。人们都说我变了。是的，我变了，从心里变了。我觉得老江和战士们总在我前面走着。老江说的对，朝鲜真是个大课堂，在那里我学会了咋做人，咋唱戏，咋把自己变成一个不拿枪的文艺战士……

【剧场沸腾了。丁果仙——，果子红——

【如潮的掌声和好——好——的欢呼声经久不衰。

【舞台上，农民来了，工人来了，解放军战士来了。

　他们把一个镜框送给丁果仙。上面五个赫然大字：人民艺术家。

【丁果仙激动地接过镜框，向观众深深地鞠躬致意。

【字幕：1959年，丁果仙光荣地加入了中国共产党。同年当选为全国政协委员。1958年她任太原市艺校校长，培养了一批优秀的晋剧演员，1972年冬天，丁果仙卒于太原。

【剧终】

太原戏剧选

龙兴晋阳

编剧：梁　波　孟恭才　孙国强

时间：2005年4月

【剧中人物】

薄娘娘——薄姬，刘邦妃，汉文帝刘恒之母。

刘　恒——刘邦庶子，7岁封代王，24岁即帝位。

吕　后——刘邦正妻，正宫皇后。

戚　妃——刘邦宠妃。

薄　昭——薄娘娘之弟。

凤　娇——薄娘娘贴身丫鬟。

陈　平——汉初丞相。

周　勃——汉初太尉。

吕　横——吕后堂兄，晋阳侯。

吕不害——吕横子，吕后堂侄。

王　子——匈奴王之子。

赵老伯——晋阳乡民。

赵　虎——赵老伯之子。

众大臣、官人、内侍、马童、舞女、宫女、女护卫、
汉兵、仪仗、御林军、使臣、匈奴兵等。

第一场

【汉高祖暮年的一个初春。

【西汉首都长安皇宫内长乐宫外的太掖池边。

【大幕在洪亮的钟声和雄浑的音乐声中缓缓开启。

【天色如涂，雪花飞舞，一名大内太监登高传旨：万岁有旨，

　　丞相陈平、太尉周勃率文武大臣上殿议事！

【遵——旨——，陈平与周勃率众大臣文左武右依次向长乐宫走去。

【踏着欢快的音乐，一队舞女手持柳枝翩然而上；戚妃身着貂皮，

　　按捺着内心的喜悦与期待，满面春风，疾步走来。

戚　妃　（唱）飞雪如花舞长空，

　　　　　　　霞衣翠袂沐春风。

　　　　　　　太掖池边诚祓祭，

　　　　　　　焚香祈福拜天公。

舞　　女　（合唱）太掖池边诚祓祭，

　　　　　　　　焚香祈福拜天公。

【舞女们边唱边舞，始而探下腰去，捧起池水抹在额前，继而将

　　蘸在柳叶上的水滴洒向戚妃……

【宫女摆上香案，戚妃焚香跪拜，虔诚祈祷。

戚　妃　（唱）拜天公佑大汉国泰民靖，

　　　　　　　万岁爷永康泰犹如日月与星辰。

　　　　　　　拜天公佑朝会废立遂顺，

　　　　　　　立我儿为太子入主东宫！

到那时圣上宠百官敬奉，

吕皇后，吕雉！

且看你——

苦心经营的太后梦，

如烟云，似浮萍，来无声，去无踪。

朝野上下，弹冠相庆，

千古成笑柄。

恰似那凤凰落了架。

哭无泪哎呀呀泣无声！

【早已出现在池边石栏前的吕后故作惊诧地边说边向戚妃走来。

吕　后　哎呀呀，这是谁呀，这么冷的天跪在这太掖池边，焚什么香，祈什么福啊？

【众舞女见是吕后，急敛裙裾，纳头跪迎。

众舞女　奴婢叩见皇后娘娘！

吕　后　春寒料峭，雪花纷飞，衣着如此单薄，真让人心疼啊！快起来，快起来！

众舞女　谢皇后娘娘！

吕　后　（走向仍在跪地祈祷的戚妃，神情揶揄地）哟，是戚妃娘娘，你这是为谁祈福啊？

戚　妃　（似乎刚刚意识到吕后的出现，缓缓起身，欠身示礼）噢，回禀皇后娘娘，臣妾是在为大汉朝的兴盛祈福，为皇上的龙体祈福……

吕　后　（紧接话茬）更为今天的朝议能够废了我儿刘盈，另立你儿如意为太子祈福！

戚　妃　（一怔）废立太子乃朝政大事，岂是我等能管得了的。

吕　后　不，你能管得了，管得了哇！

（唱）为立太子你常啼泣，

哭得皇上心迷离。

皇上他爱你宠你心疼你，

今日里召群臣把废立之事又重提。

看起来你儿果真要做太子——

戚　妃　（自感胸有成竹）

（唱）成败祸福自有时！

吕　后　说得好，成败决定祸福嘛！

小太监　（急上）启禀皇后，薄娘娘说有要事求见。

吕　后　这般时候，她有什么要事？

小太监　好像是要走。

吕　后　走？到哪儿去？

小太监　听说是……您瞧，她来啦。（下）

薄娘娘　（内唱）风舞雪燕剪柳朔风紧吹——

【薄娘娘身着披风，引凤娇同上。

薄娘娘　（接唱）高墙内多疾风令人生悲。

明里斗暗中争太子尊位，

戚妃哭吕后闹多有是非。

嫔妃间难出口谁错谁对，

万岁前难应答谨小慎微。

倏忽间思恒儿夜不成寐，

细思量又何必跻身喧阗在宫闱。

有道是致虚守静急流退，

倒不如北上晋阳母子团聚福相随！

幸喜得圣上谕允离京去，

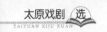

恨不能即刻启程插翅飞。

吕　后　（热情迎上）唉哟，你怎么说走就走，不早和我说一声呢？

薄娘娘　不怕皇后笑话，我是越来越没出息了，连做梦都想儿子。

吕　后　人之常情，感同身受。不过，皇上正与大臣们议定废立太子之事，

　　　　你再等等，（弦外有音）说不定会把你儿立为太子呢！

薄娘娘　不不不，我儿刘恒年幼柔弱，岂能担此重任。

戚　妃　嗨，我的好姐姐呀！

　　　　（唱）莫卑怯，莫自馁，

　　　　　　　同是皇妃谁怕谁？！

　　　　　　　刘家的皇子皆聪睿，

　　　　　　　谁当太子都会有作为！

吕　后　（唱）说得好，说得对，

　　　　　　　谁可比明目达聪的戚贵妃？

　　　　薄娘娘不妨晚走一两日。（尖刻、挖苦地）看一看贵妃娘娘……

　　　　不不不——是太子的母亲摆声威。

戚　妃　（针锋相对）

　　　　（唱）果真要摆声威也是皇上恩惠！

薄娘娘　戚妹！（凑近戚妃，诚恳地）

　　　　（唱）岂不知木秀于林风必摧，（转对吕后）

　　　　　　　请皇后多保重就此告退——（绕）

吕　后　等等。

薄娘娘　（一怔）皇后娘娘还有何吩咐？

吕　后　（走向凤娇）你就是那个叫凤娇的侍女吧？

凤　娇　是奴婢。

吕　后　听说你聪慧机敏，武艺超群。晋阳乃胡汉交会之地，常有匈奴袭

扰，你可要保护好薄娘娘呦。

凤　娇　奴婢遵旨。

吕　后　晋阳侯吕横是我的堂兄，（边说边从怀中掏出一枚玉玦递给凤娇）

你把这枚玉玦带给他。

凤　娇　是。

吕　后　薄娘娘，我就不远送了。

薄娘娘　（如释重负）皇后娘娘、戚妹，告辞了。凤娇！

凤　娇　在！

薄娘娘　（接唱）启程离京快马催！

【薄娘娘随凤娇急下。

小太监　（急匆匆跑上）皇后娘娘，散朝啦！

吕　后
　　　　噢？
戚　妃

【二人同时向长乐宫方向望去……

【陈平、周勃相随走上。

戚　妃　（急忙迎上）丞相，太子之事可曾议定？

陈　平　这个……

戚　妃　太尉，废立太子的事究竟如何？

吕　后　（亦有些许担忧）二位大人，直言无妨。

戚　妃　（急迫地）对对对，直言无妨，直言无妨。

周　勃　娘娘哪！

（唱）现如今诸侯欲反边陲乱，

匈奴频频扰边关。

陈　平　（唱）朝中事宜安宜稳不宜变，

废太子立新储必起祸端。

周　勃　（唱）圣上已然做决断，

陈　平　（唱）废立之事暂不谈。

戚　妃　什么？如此说来……

陈　平　臣等还有公务在身，就此告退。

周　勃　告退。

　　　　【陈、周拱手一揖，相随而去。

　　　　【戚妃神情凝滞，木然伫立。

吕　后　哼哼，哼哼，哼哼哈哈哈……苍天有眼，万岁英明哪！

戚　妃　不！万岁曾当面答应过我，他……（说着疾步向长乐宫奔去）

吕　后　（喝令）回来！

戚　妃　（强压怒气）皇后娘娘还有何教诲?

吕　后　你听了！

　　　　（唱）我知你朝也思来暮也想，

　　　　　　　梦中都想把皇后当。

　　　　　　　为此事你妖冶狐媚迷皇上，

　　　　　　　为此事你蛊惑废立乱朝纲。

　　　　　　　为此事你收买朝臣将我谤，

　　　　　　　为此事你罗织内监暗结帮。

　　　　　　　倘若你神志清醒没健忘，

　　　　　　　你该知道——

　　　　（我）跟随皇上、刻苦自励、

　　　　　　　攻苦食啖、患难与共，

　　　　　　　——楚营中冒死曾把人质当！

　　　　　　　你问一问开国的老臣与宿将，

　　　　　　　我哪一点不比你贱人强！

现如今后宫仍由我执掌，

我也该给你点事做帮你点忙。

从今后掖庭舂米居永巷——

戚　妃　你！

吕　后　（唱）永巷中——

　　　　　青苔斑斑、断壁残垣

　　　　　——任你狐媚与张狂！

戚　妃　不！你不能这样对我，我要面见皇上！

吕　后　来呀！

二军士　在！（应声而上）

吕　后　将戚妃娘娘"请"到永巷去！

二军士　是！（将戚妃架住）

戚　妃　皇上……！

　　　　【切光。

第二场

【通往晋阳的路上，峻岭、蓝天、林涛、野花……

【欢快的马蹄声由远而近。马童前引，护卫续后，薄娘娘引凤娇
　　策马而来，边舞边唱。

薄娘娘　（唱）翻西岳过黄河跃马扬鞭，

　　　　　别宫禁鸟归林远离长安。

　　　　　一路上心欢畅不知疲倦，

　　　　　恰好似童年无忌返天然。

　　　　　再不用战战兢兢装笑脸，

再不用是是非非进退难。

从此后——

沐清风赏明月山水为伴，

抛却浮华无愁烦。（绕）

马 僮 禀娘娘，前面已是晋阳城池。

凤 娇 娘娘，稍时便可见到代王了！

薄娘娘 （兴奋）代王——恒儿！

（接唱）七岁时封代王离开长安，

母子分离尤挂牵。

十多年远隔重山难相见，

托胞弟薄昭辅佐在身边。

（幸福地想象着）

想必儿神采英拔多矫健，

想必儿博学勤政治理有方天地宽。

沿途间为将民情暗察看，

恒儿啊，

莫怪娘不遣信使把消息传。

凤娇！

凤 娇 在！

薄娘娘 （唱）命护卫勒马敛声把旌旗卷——

凤 娇 卷旗勒马，轻声前行！

众 是。

【行进中，薄娘娘渐渐发现龟裂的土地……

薄娘娘 （接唱）却为何——

这一边赤地龟裂逢大旱，

那一边却是绿油油的庄稼万顷田？

【薄娘娘左右察看。忽然，幕后传来激烈的吵闹声。

凤　娇　娘娘，一大群人边吵边往这里赶来。

薄娘娘　暂避一旁。

凤　娇　是。

【凤娇与护卫簇拥着薄娘娘避开大路，登高察看。

【赵虎、赵老伯引手持铁锹、镐头的乡民们疾步奔上，吕不害率
　　众家奴紧追而来，挡住众人去路。

吕不害　（骄横地）谁敢在我家地边上动一锹土，我就把他扔 到这汾河
　　里去！

赵　虎　你家地边上又没长庄稼，开一条小渠又有何妨？！

吕不害　不行！地边上没长庄稼不假。可你们一旦开了渠，水过之处必将
　　浸泡我地边儿里头的庄稼；再说，破了地脉，岂不坏了我吕家的
　　风水！

赵老伯　哎呀我的小侯爷哪！大旱之年，滴水如金。求侯爷开恩，准许引
　　水春播，倘若浸泡了庄稼，秋后我等定加倍偿还。

众乡民　是啊，我等一定加倍偿还！

吕不害　（极不耐烦地）行啦！滚，都给我滚！如若不然，我让你们全都
　　死在这汾河岸边！

赵　虎　（怒指吕不害）你！你，你，你欺人太甚！

吕不害　嘿，你敢这么指着我，我看你是不想活啦！（说着拔出宝剑指向
　　赵虎）

赵老伯　（急忙上前护住赵虎）小侯爷息怒，他……

赵　虎　爹，你闪开！

【赵虎推开赵老伯，趋前欲辩，家奴一拥而上，均被赵虎打翻在地。

吕不害歇斯底里，秉剑刺来，赵虎躲闪间趁势一甩，吕不害手

持宝剑，倒地自伤……

【薄娘娘正欲制止，忽听幕后两侧同时传呼——

"代——王——殿——下——驾——到！"

"晋——阳——侯——驾——到！"

【代王刘恒与薄昭、晋阳侯吕横各率随从军士从两侧走上。

众乡民　（跪拜刘恒）代王殿下给小民做主啊！

吕不害　（哭喊着爬向吕横）爹，你得给儿做主啊！

吕　横　何人将你刺伤？

吕不害　（直指赵虎）是他！

吕　横　来呀，将他拿下！

刘　恒　且慢！（走向吕不害）吕公子，既然是他将你刺伤，剑怎么会在
你的手中？

吕不害　这是……那是……

刘　恒　不必再说了。不就是为了开渠引水的事吗？你……

吕　横　不是他，是我不答应！

刘　恒　（一怔，耐心而恳切地）晋阳侯！

（唱）眼见这赤地千里天大旱，

　　　众百姓急杵捣心春播难。

　　　有道是——

　　　饱须知人饥，

　　　暖时知人寒；

　　　福中知人苦，

　　　一慈二俭三敬虔。

　　　晋阳侯啊，

开渠引水解忧患，

民稼穑国安泰天下晏然。

吕　横　（神态矜持，不无揶揄地）代王殿下！

　　　　（唱）谢殿下多教诲当众指点，

　　　　　　　吕横我也将国之安危挂心间。

　　　　　　　开渠事谨遵代王饬令办——

刘　恒　好好好，乡亲们……

吕　横　慢！（唱）欲开渠——

　　　　　　　　　　伤人者必受肉刑入牢监！

赵老伯　什么？肉刑？

吕不害　（恶恨地）对！就是割鼻、砍足、额头刺字！

刘　恒　晋阳侯，你？！

吕　横　（近乎蛮横地）代王殿下，开渠引水的大事我全听你的，这等小

　　　　事就不劳你费心了。（转对家将）拿下！

　　　　【两名家将将赵虎拿下……

凤　娇　（大声地）大汉皇妃薄娘娘驾到——！

　　　　【护卫高举旌旗，簇拥着薄娘娘从高处走下。

刘　恒　（诧异）母亲？

薄　昭　姐姐？

吕　横　（十分意外）薄娘娘？

刘　恒　儿臣刘恒拜见母亲。（跪）

吕　横　不知娘娘驾到，晋阳侯未能远迎，请娘娘恕罪。

薄娘娘　不知不怪，何罪之有？

刘　恒　母亲……

薄娘娘　倒是你身为代王，虽说无罪，却也有错！（指薄昭）还有你，辅

佐不力，以致于此！

薄　昭　（不服气地）我……我等究竟错在哪里？

薄娘娘　天逢大旱，（指赵虎）他要引水春播，合乎情理；（指吕不害）他要保自家的庄稼不被浸泡，亦在情理之中。为此口角乃至械斗，（指山说磨）这是你平素教化无方，管束不严。稍有冲撞，便要动用肉刑，更是你没有约法省刑。殊不知刑罚罕用，四海晏然，民多稼穑，国之泰然；倘若像秦灭六国后任情好杀，乱施酷刑，岂不成能忍痛者不吐实，不能忍痛者吐不实的颓风乱世？若真如此，人心向背可想而知，大汉江山岂能久远，你这个代王又能做多久？！

（唱）天不作美人遭殃，

　　　无雨无水田地荒。

　　　倘若是民不聊生滋乱象，

　　　还做的什么侯爷当的什么王？！

　　　该引水时则引水，

　　　该补偿时则补偿。

　　　待来年仓廪盈实民欢畅，

　　　侯爷啊，

　　　百姓齐感念，恩泽惠晋阳！

吕　横　（内心怫然，但又无法反驳）这，我……

凤　娇　侯爷，皇后娘娘命我给您带来一枚玉玦，今日正好当面呈上。

【吕横接过玉玦，若有所思地凝视着……

吕不害　姑妈可真小气！不给个如意呀玉环什么的，怎么只给这么个东西？你看，还缺着一半呢！

吕　横　（背身自语）还缺着一半……（恍悟，即转热忱地）请娘娘与代王一同进城，明日臣下设宴为娘娘接风洗尘。

刘　恒　那这开渠的事——

吕　横　听从代王饬令。

薄娘娘　（指赵虎）那他？

吕　横　娘娘说得对，不能乱施刑制，放了就是。

薄娘娘　好！晋阳侯如此豁达，可敬！可敬！

吕　横　（不无尴尬）娘娘过奖，过奖。

刘　恒　乡亲们，开渠引水！

众乡民　（兴奋不已）开——渠——喽——！

【乡民们拜谢薄娘娘与代王后向河边跑去。

【吕横父子满心不快但又佯装喜悦地相随走下。

【刘恒与薄娘娘伫立相视，俄顷后，刘恒像孩子似的扑向薄娘娘，

　　在深情而悠婉的音乐声中，母子二人久久地端详着……

【光渐收。

第三场

【三年之后，晋阳，代王府后殿。

【时值清明，春寒料峭，殿堂内外，一片清冷。

【凤娇手捧熬药的瓷壶慢步走上。

凤　娇　（唱）日月不驻光阴转，

　　　　　　倏忽出京已三年。

　　　　　　三年间随娘娘走遍了州府县，

　　　　　　三年间察明了晋阳百姓的苦与甜。

　　　　　　薄娘娘殚精竭虑染病患，

　　　　　　日不进食夜难眠。

　　　　　　医官们开出药方一大串，

　　　　　　怎奈这寒食节家家熄火手捧草药无处煎！

薄　昭　（上，关切地小声询问）娘娘的病好些了吗？

凤　娇　医官说再服两剂药就会好的。可恰恰赶上寒食节，这药……

薄　昭　寒食节，寒食节，谁定的这规矩！

凤　娇　就是嘛，这规矩也该改改了。哎，代王呢？

薄　昭　到城外巡视去了。

　　　　　【幕后声："代——王——回——府——！"

凤　娇　代王回来了，这改规矩的事你一定得和他说说！

薄　昭　我看，还是你说为好。

凤　娇　你是代王的舅舅，你的话他准听。

薄　昭　你是娘娘最亲近的人，你的话他更得听。你说，你说！

凤　娇　（略思）好，我说就我说！（与薄昭商议着下）

　　　　　【侍卫前导，刘恒思虑重重地慢步走上。

刘　恒　（唱）春寒料峭北风紧，

　　　　　　寒食节恰遇雪纷纷。

　　　　　　家家户户把冷食进，

　　　　　　时有孩童啼哭声。

　　　　　　张老伯、王大妈……众多鳏寡染病痛，

　　　　　　有医无药难支撑。

　　　　　　看起来停火一月实难忍，

　　　　　　倒叫我左支右绌忧重重。

薄　昭
凤　娇　（迎上）参见代王殿下。

代　王　（略显烦躁）好啦好啦，在家里就免了这繁文缛节吧。

| 薄 昭 | 谢代王殿下。 |
| 凤 娇 | |

　　【二人相互暗示，恰被刘恒看到。

刘　恒　什么事？

薄　昭　（故作紧张地）娘娘她……

刘　恒　（一惊）娘娘怎么啦？

凤　娇　娘娘急需服药，可没火这药怎么熬啊！

刘　恒　没火……没火……

凤　娇　代王殿下，我看这寒食节的规矩也该改一改了。

刘　恒　你说什么？

凤　娇　这寒食节熄火一月的规矩该改了！要不然，那满城的鳏寡孤老难

　　　　以进食，老弱病残无法服药，这不是作茧自缚，画地为牢嘛！

薄　昭　听说那晋阳侯家还在照样生火做饭！

刘　恒　晋阳侯是晋阳侯，本王是本王！

凤　娇　可是再不让生火熬药，娘娘的病……

刘　恒　（心绪烦乱）不要再说啦！

　　　　（唱）寒食节，由来远，

　　　　　　　历时几朝数百年。

凤　娇　（唱）管它什么由来远不远，

　　　　　　　顾不得多少朝代几百年。

薄　昭　（唱）娘娘的病体无火无药难除患，

凤　娇　（唱）请代王准予点火把药煎！

刘　恒　（面呈难色）我……

薄　昭　（恳望）代王……

凤　娇　（敦促）殿下！

刘　恒　（急促踱步，俄顷后忽然停下）把火炉抬上来！

【内侍抬上火炉，刘恒接过火把趋前点火……

薄娘娘　（疾步赶上、平和地）恒儿且慢。

众　　　娘娘！

刘　恒　（急忙上前搀扶）母亲！

薄娘娘　这火烧不得呀。

刘　恒　可这药……

薄娘娘　晚几日无妨。

刘　恒　母亲……

薄娘娘　恒儿，你在晋阳十多年了，寒食节的来由你总不会不知吧？

刘　恒　乃是为吊祭忠孝名士介子推的。

薄娘娘　介子推割股奉君，其忠为晋人所敬，其孝为晋人所哀，这正是晋
　　　　阳百姓纯真朴实的民风。有这样的好百姓，乃是你这个做代王的
　　　　福分哪！

　　　　（唱）介子推功不言禄是大贤，

　　　　　　　众百姓停火吊祭殷殷真情在民间。

　　　　　　　似这等纯朴的民风金不换，

　　　　　　　切不可绝俗违愿惹事端。

刘　恒　母亲——

　　　　（唱）这几日城里城外我察访遍，

　　　　　　　百姓家似有隐忧不便言。

　　　　　　　孩童顿足盼春暖，

　　　　　　　赵老伯、王大妈……鳏寡难熬倒春寒。

凤　娇　（唱）要我说这规矩早该变一变，

薄　昭　（唱）代王尽早将令传。

刘　恒　（唱）前思后想……无主见，

薄娘娘 （略做思索后，转身拉着刘恒）恒儿啊：

（唱）以事适时事不难。

刘　恒 噢？请母亲明示。

薄娘娘 （唱）为王者——

民所恶者必纠变，

民所善者须欣然。

既恤民间苦，

刘　恒 （唱）既恤民间苦……

薄娘娘 （唱）又须祭先贤。

刘　恒 （唱）又须祭先贤……

薄娘娘 （唱）改俗迁风尊民愿——

刘　恒 改俗迁风……（顿开茅塞）好！

（唱）从今后一月寒食……一月寒食改三天！

凤　娇
薄　昭 （唱）好好好！一月寒食改三天！

薄娘娘 （唱）寒食节虽可改时限，

但还需拟写奏折禀长安。

刘　恒 （会意）孩儿明白。

薄娘娘 （拉着刘恒的手，一字一句地）

（唱）闻听说介子推临终赋诗把主公谏，

愿政"清明"慰民安。

言语凿凿犹可鉴。

刘　恒 （心领神会）谢母亲教诲。

（唱）孩儿愿以今仿古效前贤！

（白）来呀。

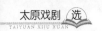

内　侍　在！

刘　恒　（唱）即刻传令各州县，

要将那鳏寡的难处挂心间。

八旬者按月份周济布帛与米面，

但愿得——

薄娘娘　（唱）但愿得——

母子同　（重唱）一个个安常处顺度晚年！

军　士　报——！（急上）启禀代王殿下，匈奴偷袭雁门关。

刘　恒　噢？！

薄娘娘　（急切地）可曾伤了百姓？

内　侍　尚不知情。

刘　恒　薄昭听命。

薄　昭　在！

刘　恒　急速率兵雁门关迎战！

薄　昭　是！

【收光。

【激烈的音乐声中转场。

第四场

【月余后，春意盎然。

【晋阳城外，在一棵硕大的松树下，刚刚搭起的高大彩门与田野

上艳丽的迎春花交相辉映，显得格外绚丽、喜庆。

【刘恒、薄娘娘、凤娇以及吕横、吕不害在内侍、护卫的簇拥中

相继走上。

刘　恒　（唱）雁门关外捷报传，

　　　　　　　战败匈奴民心欢。

　　　　　　　高搭彩门迎城外，

　　　　　　　锣鼓喧阗奏凯歌。

　　　　【幕后声："薄将军得胜回城——！"

　　　　【在欢庆的锣鼓声中，薄昭率众将士摆队而上。

　　　　【赵老伯、赵虎等乡民从另一侧迎上。

薄　昭　拜见娘娘千岁，代王殿下。

刘　恒　舅父快快请起！诸位将士辛苦了！

　众　　谢殿下！

薄　昭　此番出征，我还给你抓来一个匈奴王子！

　众　　（欣喜）噢？！匈奴王子？

刘　恒　押上来！

薄　昭　押上来！

　　　　【匈奴王子在军士的押解下大步走上。虽扛枷带锁，但仍桀骜不驯，
　　　　　环视四周，蔑然一笑。

薄　昭　这是我家代王殿下，快快跪地请罪！

王　子　本王子跪天跪地跪单于，岂能给尔等下跪！

刘　恒　我大汉皇帝与你家单于早有盟约，你为何屡屡兴兵犯我疆界？

王　子　我匈奴乃天之骄子，逐水草而居，以四海为家，不知何处是疆，
　　　　哪里是界！

吕　横　败军之将竟如此狂妄！你给我跪下！（说着上前狠踹一脚）

　　　　【众人齐吼："跪下！"

王　子　哈哈哈……就凭你们的绊马索、陷马坑就能令俺臣服不成？

薄　昭　看来你是心中不服？

王　子　不服！除非单打独斗，将我制服。

薄　昭　一言为定？

王　子　一言为定！

薄　昭　好。

　　　　【薄昭挥手，一名汉将挥拳冲上，几招过后，不敌王子；又一汉
　　　　　将迎战，王子咆哮如雷，将汉将踢翻。

王　子　嗨嗨！一个个花拳绣腿，不堪一击，不堪一击呀，哈哈哈……

赵　虎　你且休的张狂，招打！

　　　　【赵虎与王子战在一起，数合之后，赵虎稍有破绽，即被王子掀
　　　　　翻在地，脚踏胸前；恰在此时，凤娇箭步冲上，侧肩一甩，王
　　　　　子踉跄数步，险些跌到……

凤　娇　如此格斗，胜之不公。请代王予他卸去枷锁。

　　　　【刘恒不无担心地看看薄娘娘，薄娘娘默然颔首。

刘　恒　予他卸去枷锁！

　　　　【军士为王子卸枷，凤娇将薄昭缴获来的弯刀扔给王子。二人刀
　　　　　来剑往，进退有致。王子出手凶狠，凤娇机敏娇健。在众人的
　　　　　一片助威声中，王子渐渐不支，凤娇步步紧逼，刹那间剑如闪
　　　　　电，直逼王子喉头。王子顿感绝望，弃刀待毙……

众军士　杀了他！杀了他！

吕　横　还等什么！杀了他，振我大汉国威！

薄娘娘　凤娇退下。

凤　娇　哼！要不是娘娘说话，我真想杀了你！

吕　横　娘娘，代王，匈奴狂野无羁，屡屡进犯，倘若放他回去，遗患无
　　　　穷啊！

刘　恒　以力服人，力所不赡。兵燹连年，百姓避难。

吕　横　可是……

刘　恒　不要再说了。王子，今日之事，一笔勾销。从此往后，你我抛却
　　　　恩怨，韬戈偃武。再莫让将士的献血浸染这青山草原！

王　子　多谢代王与娘娘的不杀之恩！其实俺匈奴也不愿挑起战端。

刘　恒　那你偷袭我雁门关又做何解释？

王　子　俺塞外也需要中原的丝绸、铁器、茶叶与食盐。

刘　恒　噢？

薄娘娘　（略思）那就在雁门关设市交易，命你们的牛羊马匹来与中原互
　　　　换有无。

吕　横　好！娘娘圣明！（急切地将吕不害拉至人前）雁门关设市交易之事，
　　　　就命他去驻节操办！

薄娘娘　（征询地看着刘恒）恒儿你看……

刘　恒　就依侯爷。不知王子意下如何？

王　子　如此甚好。不过……

刘　恒　王子直言无妨。

王　子　俺匈奴人粗豪坦直，倘若在交易之中有人欺诈于俺……

薄娘娘　王子你来看！这棵大树历经千年，阅尽沧桑。倘若有人不守商规，
　　　　便由你我共同作证，命他跪在这大树之下负荆请罪！

王　子　好！（从怀中掏出一柄精致的腰刀，双手呈予薄娘娘）请娘娘将
　　　　此腰刀收下，一作见证，二作存念。

薄娘娘　多谢王子。（亲手从地上拣起弯刀，还予王子）一路保重。

王　子　后会有期。

刘　恒　送王子出关。

众　　　送王子出关！

　　　　【音乐声中王子满怀深情，大礼拜别……

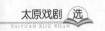

【音乐骤变，远处传来沉闷的钟声和渐渐清晰的画外音：

"皇——上——驾——崩——！"

"皇——上——驾——崩——！"

【灯光随之迅速变化，将舞台切割为三个空间，薄娘娘与凤娇、刘

恒与薄昭以及吕横与吕不害分别在三个空间内，蹙眉伫立，跂望

长安……

【画外音：诏——书——下——！

【三名太监分别进入三个光区。众人跪听宣诏。

三太监　大行皇帝驾鹤西游，太后诏令急速回京奔丧，违者以抗旨论处。

钦此。

众　　遵旨。

【切光。舞台只剩吕横父子所在的光区……

第五场

【太监将诏书递予吕横后躬身施礼。

太　监　奴婢给侯爷请安。

吕　横　免礼免礼。公公，皇后娘娘还有何吩咐？

太　监　眼下，太子刘盈已然继位，刘姓诸王大都奉诏回京。不过，奴婢

一个都没见到，听说……

吕　横　听说什么？

太　监　（凑近吕横）听说他们都追随先皇到那边去了。

吕　横　噢？

太　监　临来时，皇后娘娘还再三嘱咐，（诡秘地）命侯爷一定要将代王

"护送"回京！

吕　横　（会意）嗯。

太　监　还有一个物件儿，皇后命奴婢当面交给侯爷。（递上玉环）

吕　横　玉环？

　　　　【灯光变换，太监隐去。吕横父子仔细端详着玉环。

吕不害　上次姑妈给带来的是缺一半的玉玦，这次又带来个圆圆的玉环，

　　　　姑妈的意思是说……

吕　横　（悟）圆，圆！我吕家的好梦就要圆了！哼哼哼……

　　　　（唱）玉环圆，圆玉环，

　　　　　　　多年的好梦今日圆。

　　　　　　　皇后妹妹深思极虑多果敢，

　　　　　　　从此后大汉便是咱吕家的天！

　　　　　　　（指吕不害）

　　　　　　　雁门关严巡察以防事变。

吕不害　这回见了皇后姑妈，别忘了给孩儿也讨个侯爷什么的。

吕　横　少啰唆！

　　　　（唱）多谨慎别让为父把心担。

吕不害　（不耐烦地）知道了。

吕　横　（唱）遵懿旨催代王回京吊唁——

　　　　（白）请代王速速启驾，回京吊唁！

　　　　【收光。吕横隐去。

　　　　画外音：请代王速速启驾，回京吊唁！（回声）回京吊唁——！

　　　　【另一光区内，刘恒心烦意乱，坐立不安。

刘　恒　（接唱）噩耗频传彻夜寒，

　　　　　　　父皇啊，

　　　　　　　一生中历尽艰险苦征战。

怎奈是龙居长安仅十年！

现如今驾鹤西游撒手去。

大汉朝谁统江山掌轩辕？

怕只怕兄弟阋墙难蠲免，

怕只怕变生肘腋起祸端。

怕只怕京员内讧朝纲乱，

怕只怕边将倒戈胁长安。

我必须率军回京防事变——

（大声传令）调集人马，准备回京！

【收光。刘恒隐去。

【画外音：代王有令，调集人马，准备回京！（回声）准备回京——！

【又一光区渐渐放大——晋阳府内。薄娘娘紧蹙双眉，思虑重重……

薄娘娘 （接唱）慢！慢！慢！

难！难！难！

事出不意、讵料倏然

——心焉如割泪眼酸。

往日事今日景好难舒卷，

恰似那汾水掀浪涌心间。

万岁呀，

想当年纾民难你斩蛇挥剑，

灭暴秦驱顽楚领袖瀛寰。

平叛将斩奸宄剪除祸患，

颁《汉律》抑豪强广辟桑田。

普天下——

君臣同鱼水，

朝野不遗贤。

市井店铺满，

阡陌耕牛欢。

男耕种，女织锦，

家家笑声甜。

仓廪满，人遂愿，

喜唱丰收年，

——堪称国泰民安！

谁料想——

风云骤起天宇变，

时异势殊国步难。

吕后她久怀觊觎篡大汉，

梦牵魂想掌皇权。

虽说是太子即位继皇冕，

怎奈是仁慈柔弱主政难。

朝臣中必有人如蚁附膻，

抑或是心谤腹诽也不敢言。

从此后由吕后乾纲独断，

她必将铲除刘姓改弓弦！

照理说恒儿该回京吊唁，

又诚恐虎口垂饵去难还。

倘若是借故推托避凶险，

必落个不忠不孝成罪愆。

儿回京……

险，险，险，

拒回京……

难！难！难！

左思右想难决断——

（踌躇，踱步，思索，决断）

为恒儿，为大汉，

——只身蹈险回长安！

【刘恒身着戎装，在薄昭与赵虎护卫下，与凤娇以及整装待发的

吕横父子从不同角度分别走上。

刘　恒　参见母亲。

众　　参见娘娘。

薄娘娘　（指着刘恒的装束）恒儿，你这是……

刘　恒　父皇晏驾，新主登基，朝野动荡，以防事变！

薄娘娘　你究竟是进京奔丧？还是举兵勤王？

吕　横　奔丧也好，勤王也罢，代王必须遵照太后懿旨尽快回京，免生不测！

薄娘娘　不测？有道是千里边塞，危若累卵。似这样大马金刀，率部而去，
难道就不怕匈奴乘虚而入，据我疆土吗？

薄　昭　娘娘言之有理。代王率少量兵甲回京，大部随我留在晋阳，遏寇
守边。

薄娘娘　不行！你既无王权，又未封侯。人微言轻，难荷重任。

吕　横　那依娘娘之见……

薄娘娘　只得烦劳侯爷留在边关，暂勿回京了！

吕　横　（回京心切，脱口而出）不不不，太后有诏，我不可不回！

凤　娇　（心有灵犀）那总得有人留下，保境安民呀！要我看，还是请代
王留在晋阳，百姓踏实，边关无忧。

吕　横　那，那回京吊唁之事……

薄娘娘　我替代王回京!

吕　横　你?

刘　恒　母亲?

薄娘娘　恒儿，国丧期间，内忧外患。你身为代王，既担当着边关的平靖，又身系着百姓的安宁，更关乎着大汉的前程!（意味深长地）这般时候，你若草率行事，岂不有悖先皇遗愿，辜负太后"一片苦心"吗?

刘　恒　（恍然一怔）谢母亲教诲!内侍，拿酒来!

　　　　【内侍捧酒上。

刘　恒　（唱）谢母亲多教诲悉心指点，

　　　　　　　恰好似拨开胸中雾一团。

　　　　　　　杏花酒敬侯爷费心护驾征程远，

吕　横　这……

刘　恒　侯爷请。

吕　横　（无奈）谢……谢代王。（饮酒）

刘　恒　（接唱）二杯酒敬凤娇，娘娘安危一身担。

凤　娇　请代王放心!（饮酒）

刘　恒　你们且准备去吧。

凤　娇　是。侯爷请。

　　　　【吕横随凤娇下。

刘　恒　（接唱）三杯酒敬母亲为儿只身涉凶险，

　　　　　　　孩儿我日夜为娘祷平安!（跪地呈酒）

薄娘娘　（唱）颤巍巍接过恒儿酒一盏，

　　　　　　　阵阵酸楚袭心间。

　　　　　　　此一别或许是有去无返，

此一别或许母子难团圆。

恒儿啊，

乱世中莫急莫躁莫慌乱，

须谨记枉则直来曲则全。

纵然是为娘我京城遇难……

你切不可擅动干戈返长安。

只要你稳居晋阳无凶险，

为娘我九泉之下也心安！

刘　恒　母亲——！

【音乐声大作，刘恒扑向母亲，啜泣不止……

【收光。

第六场

【音乐低沉，灵堂肃穆。众大臣列队祭拜后相继退下。

【灯光渐亮。吕后急促踱步，吕横怯立一旁。

吕　后　（突然停下脚步，用犀利的目光盯着吕横）我再三嘱咐，命你将
　　　　刘恒护送回京，可你……

吕　横　（嗫嚅地）我是照您的懿旨催他回来的，可薄娘娘说国丧期间，
　　　　诚恐边关有变，不让他离开晋阳。

吕　后　那，那你就不能守在那里，先让他回来吗？

吕　横　我想这般时候……我回来或许还能帮你做点什么。

吕　后　帮我？你是怕封王时落下你！

吕　横　事到如今我就实说了吧。晋阳地处边塞，那地方我实在待够了！眼

下，太子登基了，大权都在你的手上。妹子，不不不，是太后娘娘，我求求你，还是让我回长安来享几天清福吧。

吕　后　刘恒一天不回长安，就一天难除后患。你就在晋阳待着吧！

宫　人　（上）启禀太后，薄娘娘前来吊唁。

吕　后　知道了。来！

内　侍　有！

吕　后　去把戚妃娘娘从永巷"请"到这里。

内　侍　是。（欲去）

吕　后　等等！（奸阴地）再准备一个瓷瓮来。

内　侍　瓷瓮，什么瓷瓮？

吕　后　蠢材！就是装戚妃的那种瓷瓮！

内　侍　是。（下）

吕　后　请薄娘娘！

宫　人　请薄娘娘——！

　　　　【吕后、吕横隐下。

薄娘娘　（内唱）风尘仆仆进未央——

　　　　【薄娘娘一身缟素，涕泣而上。

　　　　（接唱）跌跌撞撞入灵堂。

　　　　　　　　再不见先帝那英武模样，

　　　　　　　　霎时间更叫人痛断肝肠。

　　　　【音乐声中薄娘娘焚香跪拜……

吕　后　（上）噢，是薄娘娘回来了。

薄娘娘　参见皇太后。

吕　后　（明知故问）怎么不见代王刘恒？

薄娘娘　国丧期间，诚恐边塞有变，故而他还留守在晋阳。

吕　后　（故作惊讶）什么？他果真不回来了？

薄娘娘　不是不回来，而是回不来。

吕　后　难怪大臣们纷纷呈递奏折参劾于他。

薄娘娘　参劾他什么？

吕　后　不仁不义，不忠不孝，拥兵自固，图谋不轨！

薄娘娘　敢问太后，何为不仁不义？

吕　后　擅改节俗，亵渎先贤。

薄娘娘　不忠不孝？

吕　后　先皇晏驾，拒不吊唁。

薄娘娘　拥兵自固？

吕　后　固守密闭，招兵买马。

薄娘娘　图谋不轨？

吕　后　心怀叵测，伺机谋反！

薄娘娘　太后差矣！所谓"擅改节俗"，欲将寒食节改为三天，为的是百姓疾苦，老弱病残。更何况还专呈奏章，禀奏长安。

吕　后　他不来吊唁——

薄娘娘　有道是不孝者无可言忠，尽忠者即为大孝！值此国丧之际，必以武备以戒不虞；倘若一时不慎，丢失疆土，那才是不孝于先皇，不忠于大汉！

吕　后　他招兵买马——

薄娘娘　为的是固守疆土，边关无患！

吕　后　可有人说他伺机谋反！

薄娘娘　信口雌黄，一派胡言！

吕　后　难道他就真的不怕朝臣谤议，身负罪愆？

薄娘娘　这般时候，怕的不是这等无端的谤议，倒是怕丢了先皇出生入死打下的江山！

吕　后　好，好，说得好！我一直认为薄娘娘为人谦和，不善言谈。方才这番宏论，倒叫我如梦初醒，刮目相看！人常说善藏锋者成大器。看来，日后你母子前程无限。

内　侍　（上）启禀太后，戚妃到。

吕　后　让你们准备的那个瓷瓮呢？

内　侍　也已备好了。

吕　后　一并抬上来！

内　侍　（冲着幕内）抬上来！

【内侍将已被剁掉四肢、装在瓷瓮里的戚妃以及另一个备好的瓷瓮一并抬上。

薄娘娘　（惊愕地端详着）戚妃？

戚　妃　（神志恍惚，喃喃自语）皇上，万岁，你在哪里，你在哪里？你怎么不说话？噢，你不喜欢我了，不要我了！啊？喜欢？那好，那我就再给你唱一次你最喜欢的曲子……

　　　　（清唱）娱我君王心兮何分暮与旦？

　　　　　　　伴我君王忧兮伴我君王欢。

　　　　　　　随我君王兮四方去征战，

　　　　　　　吾皇宠爱兮永远在身边……（泣不成声）

薄娘娘　（再也控制不住内心的剧痛，不禁脱口喊出）戚妹！

戚　妃　（漠然）啊？这是什么声音？

薄娘娘　（扑上前去，直愣愣地看着戚妃）戚妹，是我……

戚　妃　（煞有介事地）嘘……小声点，别让她们听见……

薄娘娘　戚妹，你……你，你，你好苦哇……

戚　妃　（语无伦次）苦？咱不苦，不苦。咱高兴，高兴！嘿嘿，嘿嘿，

　　　　嘿嘿嘿……

　　　　【吕后上，示意内侍将戚妃抬下。

吕　后　（上）怎么样，见了故友，有何感想啊？

薄娘娘　（一字一顿）可惜，可怕，可叹！

吕　后　可惜什么？

薄娘娘　那样一个俊秀的女子，竟成这等模样，（痛楚地）岂不可惜？

吕　后　你是觉得可怕了吧？

薄娘娘　是很可怕。活生生一个人，竟被剁去四肢，腌在那瓷瓮之中，请

　　　　太后赐教，（诘问）这，这叫什么？！

吕　后　（理直气壮）这叫人彘，人彘！就是猪！

薄娘娘　（声音颤抖着）猪……亘古至今，从未见过这等残忍！

吕　后　看来薄娘娘是颇有感叹喽？

薄娘娘　我忽然想起两句话来。

吕　后　两句什么话？

薄娘娘　祸兮福所倚，福兮祸所伏。今日之祸，或许日后是福；今日之福，

　　　　难免日后成祸！

吕　后　哼哼哼……什么祸呀福呀的，我只知道凡事论的是成败而不是是非；

　　　　祸福说的是一生，而不是一事！

薄娘娘　你如此恃威恃力，诚恐难以服众，更难护持一生！

吕　后　住口！现在还轮不上你来教训我！（歇斯底里）今天，只要我说

　　　　句话，同样可以把你也腌在这个瓷瓮里变成人彘！

薄娘娘　（异常冷静地）哼哼，哼哼哼……你能说得出来，你也能做得到！

　　　　可你别忘了，挽弩者自射，弄刀者自伤！恃德者昌盛，恃威者必亡！

　　　　自古青史终难罔，诚恐你留的骂名在未央！

吕　后　（盛怒）你！

　　　　【幕后声：丞相陈平、太尉周勃觐见！

　　　　【话音未落，陈平与周勃已急匆匆走上。

吕　后　二位爱卿，何事如此匆忙？

陈　平　匈奴大军集结关外，大有进犯之势。

吕　后　难道要趁我国丧之际，犯我边境不成？

周　勃　他们还派来一名使臣，口口声声说要面见薄娘娘。

薄娘娘　（一怔）见我？

吕　后　（猝然转向薄娘娘）莫非你们果真要暗中勾结，趁势作乱？

陈　平　太后！代王刘恒敦厚诚实，薄娘娘又从不干政。依臣看来绝无趁势作乱之嫌。

吕　后　那匈奴使臣又因何偏偏要追到长安来与她见面？

陈　平　既然追到长安，那就更非暗中勾结了！

周　勃　嗨，命那使臣觐见，一问不就全明白了嘛！

吕　后　好，那就命他觐见！

宫　人　皇太后有旨，匈奴使臣觐见！

使　臣　（上）请问，哪位是薄娘娘？

吕　后　（抢先答话）本后便是。

使　臣　拿来。

吕　后　什么？

使　臣　见证。

吕　后　　什么见证?

薄娘娘　　(从怀中取出腰刀)使臣你来看!

使　臣　　(确认腰刀后急忙施礼)匈奴使臣参见王子恩人。

薄娘娘　　我来问你,当初王子曾与代王盟约,设市通商,互不进犯。今日
　　　　　因何出尔反尔,陈兵边关?

使　臣　　娘娘容禀!

　　　　　(扑灯娥)王子代王诚相见,

　　　　　　　　　　设市交易雁门关。

　　　　　　　　　　吕不害,他他他——

　　　　　　　　　　欺行霸市独专断,

　　　　　　　　　　张口闭口骂夷蛮!

　　　　　　　　　　单于震怒传令箭,

　　　　　　　　　　大军集结雁门关。

　　　　　　　　　　薄娘娘曾许诺与王子共同作证见,

　　　　　　　　　　犯商规负荆请罪大树前。

　　　　　　　　　　倘若你食言背约将俺骗,

　　　　　　　　　　莫怪俺数万铁骑越关山!

吕　后　　这! 这个成事不足、败事有余的东西!(转对宫人)传我懿旨,
　　　　　严惩不贷!

宫　人　　是。

薄娘娘　　(对使臣)你先回去禀报单于,吕不害欺行霸市,太后定会严惩。
　　　　　至于负荆请罪,既由我许诺,自然由我请罪。但无论如何,切不
　　　　　可为此而再起战事,殃及边民啊。

　　　　　(唱)古人云以戈止戈终难止,

以怨报怨怨无期。

匈奴大汉如兄弟，

无须阋墙存阙疑。

陈　平　太后——

（唱）薄娘娘意中肯言之有理，

雁门关㕙待面商解狐疑。

请娘娘与匈奴王子重和议，

返晋阳协代王同解燃眉。

吕　后　（踌躇）这……

周　勃　（唱）解燃眉立盟约万民希冀，

以免得火烧城门殃池鱼。

更何况现今乃国丧之际，

请太后权利弊斟酌三思！

吕　后　（满心无奈地）也罢！

（唱）你疾速返回晋阳去，

力保边塞确无虞。

临行前跪先帝焚香发誓——

周　勃　发誓，发什么誓？

陈　平　（暗示薄娘娘）太后之意薄娘娘自然明白。

薄娘娘　请诸位放心！

（唱）为大汉永昌盛忠心不二，志不移！

【薄娘娘焚香祭奠后，引凤娇、使臣辞别而去。

【收光。

第七场

【数年之后。

【欢乐的音乐声中光启。

【晋阳城外,汾水河畔,天高气爽,一派丰收景象。

【伴唱:天地清和汾水长,

　　　　百姓欢欣收割忙。

　　　　代王耕作扶耒耜,

　　　　谷穗儿点头谢薄娘。

【伴唱声中,刘恒在赵虎的"指点"下,手扶耒耜专心耕作。

【凤娇跟随身着娣衣的薄娘娘,手捧沉甸甸的谷穗,兴高采烈,
　　快步走上。

薄娘娘　(唱)连年来薄徭减赋奖农桑,

　　　　　开渠备旱地不荒。

　　　　　换来这金秋处处好景象。

　　　　　黄澄澄的谷黍堆满仓。

　　　　　边塞平靖无兵仗,

　　　　　真乃是——

　　　　　上天垂恩沐晋阳。

凤　娇　(指着刘恒)娘娘您看!

　　　　(唱)代王他临民躬耕阡陌上——(绕)

薄娘娘　(指着赵虎,逗趣地)站在代王身边的那个人是谁呀?

凤　娇　是……(恍悟)哎呀娘娘!

薄娘娘　哈哈哈……凤娇，听人说赵虎不光有好人品，好身手，还有一肚

子的好山歌，你能不能当着娘娘的面和他对唱一曲？

凤　娇　（难为情地）我……

薄娘娘　（玩笑地）据探报，说你和赵虎常在一起唱歌儿。怎么，还想背

着我呀？

凤　娇　（略顿）那，那您要我唱什么？

薄娘娘　（接唱）唱一曲《哥哥妹妹情意长》。

凤　娇　（羞涩）哎呀，这我可唱不了。

薄娘娘　不愿让我听？

凤　娇　嗯……（犹豫片刻）那好，唱就唱！

（唱民歌）担起那个萝卜放下那个葱，

今年又是个好收成。

【刘恒循声望去，见是凤娇在歌唱，遂将赵虎推到前面……

赵　虎　（稍做推诿后，引颈高歌）

（唱民歌）茴子白卷心心十八层，

心里头惦记着一个人。

凤　娇　（唱民歌）阳婆婆照得山圪梁梁红，

疙针针扎手心尖尖儿疼。

赵　虎　（唱民歌）荞麦那个开花地上上白，

心思那个对了呀慢慢儿来。

刘　恒　（打趣地）哎呀，怎么还慢慢来，要快，快！

（学唱民歌）站在那个岸上瞭见汾河水，

赵虎哥哥成天价想妹妹……

赵　虎　代王，你……

凤　娇　（像在告状似的）娘娘，你看代王他……

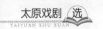

薄娘娘　他唱得不好，可说的对呀！啊？

众　　哈哈哈……

　　　　【在赵老伯的带领下，众农夫肩扛粮袋兴高采烈上。

凤　娇　赵老伯，你们这是……

赵老伯　给吕家的补偿，吕家不光逐年减少，今年干脆全都免了！

薄娘娘　（欣慰）噢？那可得谢谢晋阳侯了。

吕　横　（携吕不害边说边上）不，要谢得谢薄娘娘，谢代王！

众农夫　参见侯爷。

吕　横　免礼，免礼。

　　　　（唱）要谢先谢薄娘娘，

　　　　　　　谆谆教诲暖心房。

　　　　　　　薄取于民国兴旺，

　　　　　　　繁刑重敛难安邦。

　　　　　　　政通人和民心爽，

　　　　　　　莫忘记咱有个贤智温良的好代王！

众　　（唱）谢娘娘，谢代王，

　　　　　　　谢侯爷，拜上苍。

　　　　　　　晋阳年年好景象，

　　　　　　　汾水奔流日月长！

军　士　（急上）启禀代王，一队人马从京城而来！

众　　（一怔）噢？

　　　　【御林军与官人前导，陈平、周勃急上。

陈　平　丞相陈平——

周　勃　太尉周勃——

陈、周　拜见代王、薄娘娘，千岁、千千岁！

薄、刘　平身。

周 勃	来呀，将吕横父子拿下！
薄娘娘	慢！太尉，丞相，拿他为何？
陈 平	娘娘哪！先皇晏驾后，朝中太后称制，刘姓诸王大都遭害。吕氏兄弟，封侯拜将，吕家裙带，鸡犬升天。吕后辞世，吕氏兄弟又纠集叛乱。篡国谋位，现已被太尉诛灭！
吕 横	可我……我与他们并无瓜葛呀。
吕不害	是呀，这些年大事小事我爹都听薄娘娘和代王的，篡国谋位，我们可没有参与呀。
周 勃	你就是那个在雁门关上欺行霸市的吕不害吗？
吕不害	那是过去的事了。现在，我可是既不害国家，又不害百姓，更不害自己了！
陈 平	油嘴滑舌，巧言诡辩！
刘 恒	不，他说的对！这几年他父子与我同治晋阳，节欲而从谏，广为百姓信赖。
赵老伯	代王说的对。人常说近墨者黑，近朱者赤。侯爷跟着薄娘娘与代王，也越来越体恤百姓了。
薄娘娘	丞相，今日莫非就为晋阳侯而来吗？
陈 平	不单为此。
薄娘娘	还有何事？
陈、周	有道是国不可一日无主。经三公九卿公议，同推代王回京继大汉皇位！
刘 恒	（一怔）我？
陈 平	（跪呈玉玺）恭请代王、娘娘入宫！
刘 恒	（意外地看着薄娘娘）母亲……
薄娘娘	势不可得而欲强得者，乃为祸事；势可得而能顺势者，方成大事。
刘 恒	孩儿明白。（接玉玺）

军　士　报——！启禀代王，匈奴王子轻装简从，赶着骏马千匹，向这边
　　　　　疾驰而来。

　众　　（疑惑）噢？

　　　　【在两名将士的护卫下，王子引数名身着盛装、牵着高头骏马的
　　　　　匈奴青年男女匆匆赶到。

刘　恒　王子，你这是……

王　子　探马禀报，说代王即将回京。（真情地）这些年来，你我关内关
　　　　外，相处莫逆。今日一别，不知何时才能相见。献上骏马千匹，
　　　　以表我感念之情。来呀，献马上来！

　　　　【在具有内蒙古风韵的音乐声中，匈奴的男女青年们跳起了马舞，
　　　　　矫健有力、铿锵热烈……

　　　　【在舞蹈间隙的刹那间，王子忽然唱起了深情而悠扬的蒙古长调，
　　　　　俄顷后，又伴随着悠扬的音乐，率领匈奴青年郑重地将洁白的
　　　　　哈达献给薄娘娘、代王，以及陈平、周勃等。

宫　人　銮驾已到，请代王起驾喽！

　　　　【雄浑、庄重的音乐……

　　　　【宫娥、太监、群臣；銮驾、华盖，旗旆……

刘　恒　（动情地与众人一一道别）

　　　　（独唱、伴唱）告别了难舍难离的晋阳，

　　　　　　　　　　　告别了养育我的第二故乡！

薄娘娘　（独唱、伴唱）敦厚的情意永难忘。

　众　　（合唱）国运昌盛日月长！

　　　　【音乐声中，"文景盛世，肇始于兹"八个汉隶大字缓缓而下……

　　　　【大幕徐落。

【剧终】

太原戏剧选

花落花开

编剧：王小东

2006年12月

【剧中人物】

雪　梅——女，28岁，大柱的再婚妻子，农村妇女。

仙女儿——女，45岁，村妇，雪梅的姑母，

大　柱——男，32岁，雪梅的丈夫，个体户。

二　柱——男，26岁，大柱的弟弟，知识青年。

大柱妈——女，60岁，农村老妇。

雅　莉——女，23岁，服装店服务员。

小　宝——男，11岁，大柱的儿子，山村小学生。

小　丽——女，9岁，梅的收养女儿，山村小学生。

牛　婶——女，50多岁，村妇。

司　仪——男，50岁，村委主任。

群众若干、地痞3人，伴舞、秧歌队若干。

第一场

时间：新世纪。

地点：山西吕梁地区某山村。

【在鞭炮和喜庆的锣鼓、唢呐声中，大幕徐徐拉开。大柱的婚庆吉
　　日，院内张灯结彩，热闹非凡。台中双喜字红光耀眼，乡村男女

舞动着彩绸，扭着当地秧歌。

【牛婶忙里忙外给前来贺喜和看热闹的人散发着喜糖。

牛　　婶　来来来，敲的也敲累了，扭的也扭乏了，吃块喜糖擦擦汗。休息休息咱再干。（散喜糖）

仙女儿　（从人群中跑出）牛婶，拿上喜糖见了年轻人你就给，难道俺当姑姑的没有长嘴？

牛　　婶　仙女，我正有事找你嘞。

仙女儿　说吧，我是新娘雪梅的姑姑，亲家的事儿我能做主。

牛　　婶　雪梅是你亲侄女？

仙女儿　俗话说，侄女儿像家姑，她要不是俺侄女咋能有那么漂亮。

牛　　婶　提亲时，说她是个没有出嫁的闺女，怎么她今日出嫁还带着个闺女？

仙女儿　俺侄女儿呀，是个带着闺女的闺女。

牛　　婶　（悄声）带着闺女还能叫闺女？人们说那闺女长得非常漂亮，是不是雪梅的私生子？

仙女儿　你才是私生子？你是咋说话哩？

牛　　婶　仙女儿，不要生气，那小闺女是咋回事，你说清楚人们就不猜疑咧！

仙女儿　那是我嫂嫂在棉花地里捡回来的弃婴！唉！可怜这孩子不到三岁半，我嫂嫂她就患病归了天，可怜雪梅大姑娘就得把孩子来照看。

牛　　婶　唉！真难为雪梅了！

仙女儿　有多少后生追求雪梅，可都嫌这孩子是个累赘，把俺雪梅耽搁了。她这才委屈自己，同意嫁给大柱！

牛　　婶　仙女，虽说大柱是二婚，可经营着买卖能挣个活钱，也算雪梅她有福分哩！（喜庆音乐又起）新娘子要回来了，扭起来，敲起来，吹起来。（人们欢快地跳起了梅花迎亲舞）

合　唱	风中梅，雪中梅。
	蓓蕾满树笑雪飞。
	花红枝繁无限美。
	扎根沃土送芳菲。（大柱背雪梅上）
司　仪	新郎、新娘，跳过火盆，红红火火，共度一生。（大柱背新娘跳过火盆）。
司　仪	新郎、新娘，跳过马鞍，平平安安，共度百年！（大柱背新娘跳过马鞍）。有请老夫人上坐。（二柱和牛婶搀着老态龙钟、举步艰难的大柱妈上坐）。
司　仪	一拜天地（拜介），二拜高堂（拜介），夫妻对拜（拜介），送入洞房！
仙女儿	停……
仙女儿	（通情达理地说）我是说这大喜的日子，总得让这俩猴鬼认认亲吧！
牛　婶	对！应该认认亲！
仙女儿	过来！过来！真是见过天见过地，谁能见过爹妈拜天地。这两个娃娃不简单，爹妈结婚亲眼观。你们夫妻俩站好，两个猴鬼也不要乱跑，先把爹妈认了，保管你们一辈子吃饱。来，小丽，这是你爹。叫爹！
小　丽	俺叫姑父！
仙女儿	今天老姑做主，以后管你姑姑叫妈，你不愿意？
小　丽	我愿意！（兴奋）。
仙　女	快叫！
小　丽	妈！
雪　梅	唉！

仙女儿　小丽，有了妈就有了爹了，以后你就喊他爹！

小　丽　爹！（兴奋地跳着）

大　柱　现在咱农村人也时兴喊爸爸，以后你就叫我爸爸。

小　丽　爸爸！

大　柱　哎！小宝快叫妈，快叫！

小　宝　阿姨！

大柱妈　小宝以后就叫妈！

小　宝　……不！

大柱妈　小宝，你？

仙女儿　这娃真是没大没小，雪梅你也不要计较，小宝快叫妈！

雪　梅　不要为难他了，日后他会叫的！

牛　婶　看伢雪梅就是通情达理！（入洞房喽！定格）

仙女儿　二柱，你呀，搞对象心中没数，就晓得鼓捣果树，整天把个书本本，一心想考研究生，真是七窍迷了四窍，就留下看书、吃饭、睡觉，二十好几连个婆姨也不要，看看这红火的场面，希望你能开窍。后生们、姑娘们闹哄起来！

男　甲　我看，咱干脆让二柱背嫂嫂吧？

二　柱　胡闹！

仙女儿　不过分，小叔子背上嫂嫂跑，头三天里没大小！

二　柱　你们放开我！

仙女儿　后生不要生气，办喜事图个人气！（二柱挣脱跑下）

司　仪　入洞房喽！（唢呐声大作。大柱和雪梅牵着彩球走向洞房）

【切光。

第二场

【三年后，高大妈堂屋，雪梅拿着运动衣上。

雪　梅　（唱）光阴如梭整三年，

　　　　　　　一家和睦日子甜。

　　　　　　　婆婆慈祥心良善，

　　　　　　　她待我好似母女般。

　　　　　　　二弟他发奋读书求上进，

　　　　　　　农业科技苦钻研。

　　　　　　　小丽她聪明又懂事，

　　　　　　　也知床前问暖寒！

　　　　　　　只有小宝存戒备，

　　　　　　　对我时有不敬言！

　　　　　　　我以真情来温暖，

　　　　　　　相信他，定有懂事的那一天！

　　　　　　　只可叹，半年来大柱生意不好做，

　　　　　　　雪梅我，帮不上手心熬煎！

　　　　（高大妈领小宝、小丽从里屋出）

高大妈　雪梅，孩子们今天参加运动会，运动衣准备好了吗？

雪　梅　准备好了，小宝，这套是给你的！

小　宝　我要那一套！

雪　梅　这套是给你的妹妹的！

小　宝　我就要这一套！

大柱妈　你妈给你那一套你就穿那一套。

小　宝　哼！小丽的那一套肯定比我的好！

大柱妈　我的小祖宗，你妈干啥都照顾着你，你就不知觉？拿起！

小　宝　（打开一看）我让你买名牌"背靠背"，这是什么烂货？真小气！

雪　梅　你爸爸近来生意不好做，忙得连家都顾不得回，咱家的果园刚投
　　　　了资，这钱得省着花。

小　宝　啊，你就知道在我一个人身上省钱呀？

小　丽　你胡说！

小　宝　你胡说！倒知道向着你妈哩？

雪　梅　小丽，别多嘴！

大柱妈　小丽别听他胡说，快把衣服拿上。

小　丽　（打开一看）啊？这是他的旧衣服，我不要！

雪　梅　小丽，听话！

小　宝　啊！是我的旧衣服？这还差不多！

大柱妈　你知道个好歹了吧！

雪　梅　时间不早了，小宝快和妹妹去学校吧！

小　宝　走吧！（小宝拉小丽，小丽不高兴地甩开他的手下）

牛　婶　雪梅——！雪梅在家吗？（牛婶、仙女儿挎着篮子上）雪梅，来
　　　　尝尝咱新品种。

仙女儿　我这也是新品种，亲家你尝尝！

大柱妈　亲家，咱们家还缺苹果？

牛　婶　品种不一样，老嫂子！

　　　　（唱）自从雪梅到咱村，

　　　　　　　就好像接来女财神。

　　　　　　　她帮俺改良树种超先进，

　　　　　　　又教俺剪枝把药喷。

丰收果先把师傅敬，

表一表大家感恩的心。

仙女儿 俺侄女好学习爱把脑筋动，

论技术不亚于那农大的研究生。

她帮俺把老树嫁接成新品种，

如今是枝繁叶茂产量增。

雪　梅 读外文ABCD看不懂，

多亏了二柱弟给我当先生。

大柱妈 前世里烧香把神敬，

修来的媳妇胜过亲生。

仙女儿 嗨，这话算说对了！亲家，雪梅来你家之前你是面黄肌瘦，浑身
没肉。

真是腰软肚硬不待动，串门还得拄拐棍。看现在你是走起路来带
小跑，红光满面不显老！

大柱妈 都是雪梅把我侍候得好！【二柱上。

二　柱 妈——！嫂嫂你们看。（递过录取通知书）

雪　梅 录取通知书？二柱你考上研究生了？【二柱点头。

二柱妈 真的？

雪　梅 （唱）见通知真叫人精神振奋，

二柱他终究是梦想成真；

愿二弟刻苦攻读更上进，

鲲鹏展翅飞入云。

仙女儿 完了，完了。咱村的人都要飞了！

牛　婶 人往高处走，是好事！

大柱妈 好事是好事，可那山上几十亩果园又该你嫂嫂一个人遭罪了！

雪　梅　　妈，过去在娘家我就是村里的果树技术员，这几年二柱对我帮助

　　　　　很大，我有信心把咱这几十亩果园建成农业科技示范园区。

二　柱　　好！嫂嫂，咱们想到一块儿了，你们大家还不知道，我嫂嫂的自

　　　　　修大学文凭也快拿到手了！

仙女儿　　真的？亲家，看我这月下老儿给你家当得咋样？

大柱妈　　好，好，亲家，你得活二百岁哩！

仙女儿　　那可不敢，我不成了老妖精啦？

　　　　　【众人大笑。

大柱妈　　考上学是好事，可这学费也得不少钱，妈手头钱不够，二柱，你

　　　　　到城里你哥那里去拿！

二　柱　　妈，我现在就去！

仙　女　　（把二柱拉到一边，悄声）叫他一块回家，一年半载都不回来，

　　　　　再忙也得要老婆吧！你就说我想他！

二　柱　　好，我走了。（众送出门外）

　　　　　【收光。

第三场

　　　　　【追光灯。

二　柱　　（唱）喜鹊喳喳报佳音。

　　　　　　　　二柱我考上了硕士研究生。

　　　　　　　　不枉我刻苦攻读日夜发奋。

　　　　　　　　找哥哥拿学费来到县城。

　　　　　【二柱影退，升光。大柱商店。大柱在门口左盼又顾，焦急等待。

大　柱　　雅莉——雅莉——！

雅　莉　你喊什么呀，讨厌！

大　柱　今天一上午，客户多得忙不过来，你关了手机又干啥去来？

雅　莉　蹦迪。

大　柱　你又去蹦迪？你蹦迪能奔回利润来？

雅　莉　能呀，前天来的张老板，昨天来的胡老板，不是我蹦回来的批发大户么？

大　柱　这些大户都不是些好东西，我讨厌和他们做交易。

雅　莉　挑到篮子里就是菜，挣下钞票就不赖。人家是来给你送钱的，又不是向你讨债的。

大　柱　流里流气，他们掏钱我都不想挣！

雅　莉　就算你不想挣那钱，也得让我放松放松么。大柱，我蹦迪也是想给你蹦出个好身材来，来，我给你展示一下我的风采（蹦迪）咯咔咯咔……哎呀——！快过来扶我。

大　柱　咋咧？鬼抽筋了吧？

雅　莉　扭了腰了，你快给我揉揉。

大　柱　大白天我一个大老板抱着服务员的腰叫外人看见……

雅　莉　啥？服务员？你还把我当服务员？高大柱！

　　　　（唱）白日里批发零售忙又忙，

　　　　　　　到夜晚我陪你入梦乡。

　　　　　　　几年来我付出了青春代价，

　　　　　　　这称呼少情寡义叫我心凉。（哭）

大　柱　说什么心凉不心凉？

　　　　人前还要装一装！

　　　　就算咱夜晚睡的是一张床，

　　　　没必要门前胡张扬？

雅　莉　你，你是不是要变心呀？（哭）

大　柱　看看，哭啥吗？我不是让你当了我的经理助理么？

雅　莉　你封得那官值几毛钱？你得给我个名分！来来来，先效效劳！

大　柱　这……这……好吧，你就站在这模特后边，我给你按摩！

　　　　【大柱拉她到模特儿后边，为其按摩，相互嬉戏。二柱上见状止步，
　　　　心里憋气。欲发怒又忍，强作镇静，佯装咳嗽。大柱、雅莉惊叫。

大　柱　谁！啊，是二柱！你咋来了？

　　　　【雅莉隐下。

二　柱　妈叫我来见你！

　　　　【大柱一愣。

大　柱　妈病了？

二　柱　我考上研究生了！

大　柱　是吗？太好了！咱家也算有了高级知识分子了！二柱，你好好上学，
　　　　哥来资助你！啥时候报到？需要多少钱？

二　柱　两万！

大　柱　好，哥给你拿！雅莉，拿钥匙来，我拿点钱！

雅　莉　那钱不是明天进货用的吗？（从后面走出）哟，二柱来了？

二　柱　我当是谁，原来是雅莉呀？

雅　莉　谢谢你还记得我！

二　柱　我咋能忘了？当年你找人托关系，到我哥店里打工，怎么？这会
　　　　儿连我哥的钱你也管起来了？

雅　莉　管钱算什么，我还要管他的人呢！

二　柱　店是我家的，我哥是经理！

雅　莉　我是管经理的经理！

二　柱　哥，你咋沾上这号货？早点把这个祸害撵走！

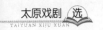

雅　莉　我是祸害！可我肚里有了你高家的后代了！赶我走？没那么容易！

二　柱　真不知廉耻！

大　柱　你闭嘴！把钥匙给我！

雅　莉　不给！

二　柱　哥！

　　　　【转身欲走。

大　柱　你不要钱，那你不上学了？

二　柱　我不用你管！

　　　　【欲走又回，拉大柱到一边。怪不得这么长时间你不回家，你这
　　　　　样做对得起嫂嫂吗？

大　柱　这有啥吗，老板好上个店员，不就是厨师尝了口菜？大惊小怪的！

二　柱　哥，你变了！我嫂可是百里挑一的好媳妇，你别身在福中不知福？
　　　　你要做对不起她的事，我就不认你这个哥！

　　　　【欲走。

大　柱　二柱……

二　柱　咱妈想你，叫你回去一趟！（跺脚急下）

　　　　【雅莉走出来。

雅　莉　高大柱！我告诉你，你要尽快和雪梅离婚！

大　柱　离婚？当初你不是说过不干涉我的家庭吗？

雅　莉　当初是当初，现在是现在！必须离婚！

大　柱　人家一个大姑娘嫁给我，帮我照看老小，我有什么理由和人家离婚？

雅　莉　大姑娘？哼！一个大姑娘还有私生女？

大　柱　你少胡说，你有啥证据？

雅　莉　要啥证据？傻子也知道是咋回事！我告诉你，吃着碗里的，舀着
　　　　锅里的那可办不到！你要不和她离婚，我，我就告你强奸我！

大　柱　你、你、你……唉！（无奈地抱头蹲下）

　　　　【切光。

第四场

　　　　【追光下。

二　柱　（唱）恨大哥行为出轨不自重，

　　　　　　　背叛嫂嫂太绝情！

　　　　　　　来到门前腿难动，

　　　　　　　真不知怎安慰她受伤的心灵！

　　　　（二柱在家门口站着。雪梅提篮欲出门）

雪　梅　二柱，你回来了？你路上吃的、用的我都给你准备好了！

　　　　【高大妈出。

大柱妈　二柱，你回来咋不进家？（进家）见到你哥了？

二　柱　嗯。

雪　梅　你哥他还好吧？

二　柱　好，好着哩！

大柱妈　学费拿到了？

二　柱　这学费……我没要！

大柱妈　咋，你哥为难你了？

二　柱　没有！

雪　梅　那你为什么不要钱？

二　柱　嫂嫂，这学我不想上了！

雪　梅　你哥他是什么意见？

二　柱　我哥他、他生意也不好做！

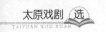

雪　梅　好做不好做，这钱也得掏，二柱你别急，等着。（进屋）

大柱妈　噢，你哥的生意遇上难处了？你吞吞吐吐的干啥？你没说我叫你
　　　　哥回家？

二　柱　我说了！他现在事多，顾不上回家。

雪　梅　（从里屋拿出存折）二柱，这是嫂嫂在娘家带来的两万元，你拿
　　　　去报到吧！

二　柱　嫂嫂，不要，不要！我真的不想上了！

大柱妈　你说什么？二柱，你嫂嫂为了你考研，把家里地里的活都揽在她
　　　　身上，三年多了，她为这个家吃了多少苦受了多少罪，如今你却
　　　　要放弃学业，你能对得起她吗？

二　柱　妈，我的主意已拿定了，不要再说了！

大柱妈　你哥不回家，你又不听话，你们这不是要我死么？

雪　梅　二柱，再别惹妈生气了！这钱就算嫂子借给你的，日后有了你再
　　　　还我，这总可以了吧？

大柱妈　拿上！（将钱拿过放在二柱手中）以后要好好报答你嫂嫂！

二　柱　（二柱双手发抖）

　　　　（唱）两万元沉甸甸似有千斤重，

　　　　　　　两万元是她用血汗换成。

　　　　　　　两万元雪中送炭渡难关。

　　　　　　　两万元能助我万里鹏程。

　　　　（对雪梅）嫂嫂！到日后二柱我学业有成，

　　　　　　　　　绝不忘嫂嫂你，善待全家、甘于付出、

　　　　　　　　　不言苦累的一片深情。

雪　梅　感谢的话儿再莫要多讲，

　　　　只要你能成才咱全家脸上都有光。

大柱妈　你嫂子说得对，拿上钱快去报到吧！别再误了！

　　　　【雪梅给婆婆按摩，二柱捶腿，牛婶手拿着几个煮熟的鸡蛋上。

牛　婶　高大妈，看人家你媳妇捏着背，儿子捶着腿，王母娘娘也不如你美。

　　　　二柱，这几个鸡蛋拿在路上吃。

大柱妈　谢谢你，婶！

牛　婶　对啦！到了学校找对象就是你嫂嫂这个标准。

二　柱　我记下了！妈，嫂嫂，时间不早了，我赶车去了！

雪　梅　你就放心走吧。

牛　婶　二柱，在学校好好学！放了假回来看看你妈，要常回家看看，常

　　　　回家看看！雪梅，我今天有客，待会儿你帮我杀鸡。

　　　　【哼着歌曲《常回家看看》下场。

二　柱　（背一个双肩挎包）嫂嫂，有事电话联系，家里和果园都拜托

　　　　你了！

雪　梅　知道了。【雪梅送二柱出门，转身进门，见大柱妈擦眼泪。

雪　梅　妈，二柱读研是咱们家的大喜事，你应该高兴才是啊！

大柱妈　二柱这一走，这个家就更苦了你啦。

雪　梅　没什么。妈，这点儿活我能担得起！

　　　　【小宝、小丽背书包进门。

小　宝　阿姨。

雪　梅　你们放学了？

小　宝　嗯！阿姨你给我10块钱。

雪　梅　老师又收活动费了？

小　宝　嗯，别的同学都交了。

小　丽　妈，他在撒谎，他们班没收活动费，他要去上网吧。

小　宝　就不是，你多嘴！

雪　梅　小宝，你快上中学了，上网吧会影响学习的。今后少去那些地方！

小　宝　阿姨，你不知道上网多有意思。什么天下奇闻都知道。嗨，我对电脑现在是操作老练，反应灵敏，他们都叫我是"电脑高手"。

雪　梅　那我就更不能给你钱了。

小　宝　（不满意地说）哼，小丽上次要一百你都给，我要十块你就舍不得，你偏心！

大柱妈　小宝你别胡说！

小　丽　我要一百元是为了交学费，你不也交了吗?

小　宝　哼！要是我的亲妈在，肯定会给我钱花的。后娘都是黑心肠！

大柱妈　我打你个不懂事的小畜生！（重重打一耳光，小宝哭）

　　　　（唱）小畜生胡言乱语令人愤，

　　　　　　　信口开河是非不分。

　　　　　　　三年来为你学习有长进。

　　　　　　　你的娘常常伴读到深更。

　　　　　　　寒夜读书怕你冷，

　　　　　　　为你捂被挡窗棂。

　　　　　　　秋雨连绵西风紧，

　　　　　　　送衣送伞又送羹。

　　　　　　　去年你高烧不退病情重，

　　　　　　　她寒夜背你找医生。

　　　　　　　雷鸣电闪风更猛，

　　　　　　　羊肠小道路难行。

　　　　　　　可怜她滑倒爬起、爬起滑倒把全身力气全用尽，

　　　　　　　可怜她磕磕碰碰、碰碰磕磕浑身上下一块紫来一块青。

　　　　　　　是她捡回你一条命，

　　　　　你病好她卧床半月才起身。

　　　　　三年来为你苦受尽，

　　　　　三年来为你操碎心，

　　　　　后娘超过亲娘份。

　　　　　我反复教导你全不听，

　　　　　快给你娘把错认，

　　　　　安慰她疼你爱你一片心。

　　　　　（小宝低下了头）

雪　梅　（唱）妈，小宝年纪幼道理未懂，

　　　　　长大后他定会是非分明，

　　　　　只要儿立大志勤奋上进。

　　　　　言不当语过失我毫不在心。

小　宝　从今后刻苦学习勤发奋，

　　　　学二叔立大志不畏艰辛。（汽车声响）

小　宝　我爸爸回来了！

大柱妈　回来正好，让他好好教训教训你！

　　　　【大柱进门。

大　柱　妈，你的气色好多了！

大柱妈　还不是雪梅把我照顾得好？

雪　梅　给，先喝杯热水！

大　柱　我不渴！

雪　梅　想吃点啥？我去给你做。

大　柱　我不饿。

雪　梅　快坐下歇歇身子。

大　柱　我不累，（见小宝脸上的泪迹）这是咋了？

小　宝　（委屈地哭）爸爸——！

大柱妈　是我打他了！

大　柱　为啥？

雪　梅　是小宝向我要钱，我怕他又去网吧玩…

大　柱　（打断话茬）要钱，要多少？

雪　梅　十块钱。

大　柱　不就十块吗？你给他不就行了！

雪　梅　我怕他进网吧，耽误了学习！

大　柱　雪梅，对小宝你就不能随他点儿意！一个没娘的孩子，你看着就
　　　　不心疼？小宝，爸给你钱。（递钱）

大柱妈　大柱，你不能这么惯他？

小　宝　（上前抢过钱，夸耀地）哼！一百块，还是我爸亲我！

　　　　【和小丽跑下。

大柱妈　大柱！今天这事雪梅没有一点儿错，你这是亲娃？你是害娃！

　　　　【仙女上。

仙女儿　呀，大经理回来了，你还认得这家门？

大　柱　我……

仙女儿　嗯，不是我当姑姑的说你嘞，伢你现在是汽车喇叭嘀嘀，开车用
　　　　的还是女司机，她可真不识抬举，叫她进来喝水也没个笑脸，是
　　　　不是看见俺农村人不太顺眼？

大　柱　她大概是没听见。

仙女儿　大柱，你这几个月不回家，这次回来可得多住几天？

大　柱　不行，待会儿就走！

仙女儿　待会儿就走？不行！你是娶媳妇了，还是找保姆哩？这还像不像
　　　　过日子？

雪　梅　姑，你别说了！

大　柱　姑，我回来跟他们商量个正事，（仙女不满地剜了大柱一眼进里屋）妈，雪梅，如今服装市场竞争激烈，在县城生意不好做了，我要把服装店搬到太原。

雪　梅　大柱，省城人生地不熟，在那里风险会更大。

大柱妈　在县里你都半年不回家，到了大城市还不把这个家给忘了，不行！你不能去！

大　柱　妈，这事已经改变不了，货都托运到太原，看，这是托运单。

【大柱妈，接过单子扔在地上。

大柱妈　你，你都把货运走哩，还商量啥啊？你……

雪　梅　妈，你不要生气，既然大柱拿定主意就让他走吧，在哪里做生意也是养家。大柱，二柱上学走了，咱娘身体又不好，不管你走到哪里，有空常回家看看妈，没空时就给家打个电话，报个平安，省得家里人牵挂。

大　柱　妈，这些钱给你留下。我还有事，我走了。

【将钱放在桌子上。

雪　梅　等等（下，复上）大柱，你有肩周炎，这是我用兔毛给你打得一件加厚毛衣，冬天穿上防寒保暖。

大　柱　我有羊绒毛衣，留着你自己穿吧。

大柱妈　站住！大柱，你知道吗，这件毛衣是雪梅用兔毛一把一把捻成线，一针一针给你织的，这里面包含着她多少心血呀！

大　柱　好好，我带上（接过毛衣）

【雅莉急切地跑上。

雅　莉　大柱，没完没了的，你到底还走不走了？

【仙女从屋里出来。

仙女儿　哼，一个开车的为啥这来大胆，是不是老板还归你管？

雅　莉　你管得宽！

仙女儿　对，今天这事我管定了！

雅　莉　你……（语塞）

仙女儿　你啥，看你这身打扮，头上梳得圪卷卷，嘴上抹得红点点，裤腿上绣得瓜蔓蔓，把楔子崩成两瓣瓣，假眉三道学外宾，一看就不是省油灯。

雅　莉　土老帽，你算哪根葱，真是狗拿耗子多管闲事！

仙女儿　说话干净点儿。咋，张开嘴我用鞋刷子给你清理清理卫生？

雅　莉　你少多嘴！

仙女儿　大柱，她是个啥东西，咋这么气粗！

大　柱　她是我的经理助理。

仙女儿　我看她倒像狐狸，一身骚气！

雅　莉　你看我不顺眼？可经理就喜欢我，白天我陪他吃饭，晚上和他做伴，实话和你说吧！他呀，是我未来的老汉。

仙女儿　哈哈！原来大柱不回来是你在作怪，我今天要把你大卸八块！

雅　莉　你敢。（两人撕打成一团，牛婶一手抓鸡一手拿菜刀上）

牛　婶　住手！

雅　莉　（惊）啊！你拿刀干啥？

牛　婶　我让雪梅帮我杀鸡。给你刀！（仙女儿抢过菜刀）

仙女儿　好！你杀的是家鸡，让我先杀了这只野鸡！

　　　　（唱）你怪里怪气太讨厌，

　　　　　　　你妖里妖气惹人烦。

　　　　　　　你骚里骚气我看不惯，

　　　　　　　你俗里俗气厚耻无颜。

　　　　咋咋呼呼装门面，

　　　　扭扭捏捏叫人把胃口翻。

　　　　你若敢满嘴喷粪再捣乱，

　　　　这一刀叫你命归天。（举刀扑向雅莉）

雅　莉　啊……（吓得瘫倒在地）

雪　梅　（夺过菜刀）姑，你这是干什么？

大　柱　雅莉——（欲救被仙女儿推开）

仙女儿　不怕，她死不了！

雪　梅　你们走吧！（雅莉拉大柱欲下）

大柱妈　大柱，给我站住！说清楚，你跟这女子到底是啥关系？

大　柱　我、我……

大柱妈　你这个畜生，你要不把这个妖精给我赶走，你就不是我的儿子！

　　　　你、你、你是想把这个家搅散了呀？（昏倒）

雪　梅　妈——【忙上前扶住。

大　柱　妈——

　　　　【切光。

　　　　【造型光下，小宝拿着托运单读上面的字。

小　宝　太原市钟楼街雅莉服装店。

　　　　【小丽在追光下大喊："妈！小宝哥不见了！"

第五场

　　　　【众人喊小宝过场。

仙女儿　小宝，小宝——

牛　婶　仙女儿！这大清早在村里又圪转，又叫唤，就像母鸡丢了鸡蛋，

是不是神经有些错乱!

仙女儿　牛婶，出了大事儿咧，雪梅家小宝给丢了!

牛　婶　真的? 那么大的孩子咋还能丢了?

仙女儿　昨晚雪梅找到半夜，孩子可能去的地方她都找遍了，就是没有人，

　　　　这不，天不亮又上山了!

牛　婶　呀，小宝要真丢了，大柱和雪梅就更过不下去了。

仙女儿　这事还能怨我家雪梅，他在太原莺歌燕舞，把雪梅丢在家里成天

　　　　受苦，他敢再这样离谱，咱们就得给雪梅做主。走，到沟沟汊汊

　　　　里再找一找。

牛　婶　你看这乌云满天，雷鸣电闪，眼看就要下雨啦!

仙女儿　下刀子也得找人!

　　　　【一声炸雷，道道闪电。

　　　　【二幕起，有若干个被拟人化了的风雨跑着、舞着。雪梅奔跑在

　　　　　山间小道上，狂风呼啸，乌云密布，暴雨倾盆。

雪　梅　小宝! 小宝!

　　　　（唱）乌云布，雨倾盆，狂风四起，

　　　　　　　穿羊肠，踏泥泞，亲人难觅。

　　　　　　　小宝呀，我喊破喉咙，你……你在哪里?

　　　　　　　战兢兢脚不稳双腿难移。

　　　　　　　小宝呀，为寻你，妹妹整夜啼哭眼未闭。

　　　　　　　为寻你，奶奶几度险昏迷，

　　　　　　　踏遍山，找遍沟，我……无处可去。

　　　　　　　老天爷你为何风雨不住将我欺。

　　　　　　　【风更大，雨更猛。

　　　　（唱）欲哭无声泪如雨，

命运之路好崎岖。

幼年间历尽了凄风苦雨，

土窑里听惯了双亲叹息。

爹早亡娘有病难为生计，

母女们日出而作日落也不敢息。

那一年小丽丽被人抛弃，

我的母生恻隐收留抚育。

因操劳我的娘重病不起，

抛下了姑侄们一命归西。

因小丽遭到了男友嫌弃，

为小丽我甘愿来到高家做续妻。

我只说嫁大柱称心如意，

谁知他朝三暮四又把新欢觅。

我有心带小丽离开此地，

可抛下这老的老小的小无人照料，

我难舍难离。

难，难，难，我入地无门，上天无梯。

恨，恨，恨，我这弱女子回天无力。

【雪梅雨中昏倒，出现幻觉。

（接唱）朦胧间见大柱向我走近，

依然是关怀备至一往情深。

想当年我无依无靠处逆境，

是大柱抚慰了我孤独的心。

严冬日送衣送被把寒暖问，

酷暑时遮阳驱蚊把扇赠。

情投意合心相近，

百年好合满目春。

（合唱）这真是殷勤示爱情多假，

海誓山盟少有真。

为什么昨日还是真知己，

今天就变成了陌路人。

雪　梅　（唱）甜言蜜语犹在耳，

情断义绝顷刻中。

这真是人心叵测防不胜，

我错把顽石当真金。

【大柱妈和小丽寻找上。

大柱妈　小宝——！雪梅——！

小　丽　哥哥——！妈——！

大柱妈　（唱）雪梅找儿无音讯，

三餐未进半杯羹。

可怜她咬牙强忍夺夫恨，

苦水硬往肚里吞。

寻媳妇送雨伞我顾不得这条老命，

用真情暖暖她那受伤的心。（牛嫂、仙女儿上）

齐　喊　小宝——！雪梅——！

小　丽　哥哥——！妈——！

（小丽发现了雪梅）

小　丽　妈妈！

大柱妈　雪梅！（滑倒在地，爬了过去）媳妇你醒醒，雪梅，雪梅，

妈来找你了！

【脱雨衣披在雪梅身上，雪梅苏醒。

雪　梅　妈，你怎么来了？淋了雨你还会病倒的！

大柱妈　雪梅，咱不找了，咱回家。天晴了再找！（炸雷再响）

雪　梅　（硬支起身子）妈，你快起来！大雨又要来了！

【大柱妈欲起身，摔倒在地昏厥。

雪　梅　妈——！

小　丽　奶奶——！

【雪梅背起大柱妈，牛嫂、小丽搀扶着艰难地向前走去。

　　夸雪梅，赞雪梅，

　　花中君子女中魁。

　　外柔内刚情似水，

　　傲迎风霜雨雪摧。

第六场

大　柱　（唱）都怪我当初多吃了一口菜，

　　　　　　　咬上了鱼钩甩不开；

　　　　　　　不离婚雅莉她跟我耍赖，

　　　　　　　想离婚要找理由找不来。

　　　　　　　悔恨当初包二奶，

　　　　　　　想不到这狗皮膏，一粘上，拽不开；连皮带肉都要撕下来！

　　　　　（白）先看看雪梅的态度如何。

【大柱拿手机拨号，电话铃响，雪梅接听。（三人都是定点光）

雪　梅　请问，你是那位？

大　柱　雪梅，我是大柱！

雪　梅　……

大　柱　雪梅我对不起你，你确实是个难得的贤妻良母，可我眼下又没法
　　　　离开她。雪梅你恨我、骂我都可以。咱就这么糊里糊涂地过吧？

雪　梅　你真没有廉耻！你……（哭）

大　柱　雪梅，在当今，其实这也算不了什么，只要你能宽容我，你还是
　　　　我的合法妻子！

雪　梅　你是让我一辈子在你家做所谓的贤妻良母？

大　柱　（点头）

雪　梅　你想错了！我要和你离婚！

大　柱　这样也好，离婚协议我已写好了，你可以随时签字！

雪　梅　行！咱马上就离！（二人签字）

二　柱　嫂嫂！你离了也不能走！

　　　　【接话，利用现实中三人不可直接通话的方式，来表达人物思想，
　　　　　感情的传递。

　　　　这个家可以没有我哥，但决不能没有我嫂。

雪　梅　二柱，你哥是迷了心，昏了眼，但他毕竟是你哥。

二　柱　我心中的哥哥早已死去。

大　柱　二柱，哥哥不是活得很好吗！

二　柱　你那不过是一具没有灵魂的躯壳。

二　柱　嫂嫂，我求求你，暂且留下照顾我妈和小宝吧。就是要走，也要
　　　　等我回来。上课铃响了，嫂嫂，你一定要等我回来。（下）

大　柱　二柱，二柱——

雪　梅　大柱，小宝失踪两天没回家，可能去的地方都找遍了，你要有点
　　　　儿当父亲的责任心。就回来找找儿子……（放下电话）

大　柱　雪梅，雪梅——！

【升光，大柱的服装店，经理室内设经理台，电脑、沙发、衣服

　　架等。雅莉躺在沙发上嗑瓜子，伸着懒腰，起身，得意地唱。

雅　莉　（唱）同有天，同有地，不同命运，

　　　　　　　　哭的哭，笑的笑，百态人生。

　　　　　　　　尘世上谁人不盼好光景，

　　　　　　　　为生存八仙过海各显其能，

　　　　　　　　天赐我漂亮脸蛋无价之本。

　　　　　　　　凭着它能让我梦想成真，

　　　　　　　　虽说是第三者遭人痛恨，

　　　　　　　　得与失我早已计算分明。

　　　　　　　　遭唾骂遇冷眼我不闻不问，

　　　　　　　　打工女变老板坐享其成。

　　　　【大柱急上。

大　柱　哎呀，不好了，雅莉。我得回老家一趟。

雅　莉　咋？又想你那雪里梅啦？

大　柱　什么呀，我家儿子丢了……

雅　莉　儿子丢了？你咋知道的？是不是背着我又和李雪梅联系啦？

大　柱　就算没有李雪梅，总不能让我和家人一刀两断吧？

雅　莉　只要那李雪梅一天不走，你就不能和家里人联系！

大　柱　雅莉！

　　　　（唱）小宝儿三岁未满娘丧命，

　　　　　　　　既当爹又当娘历尽艰辛。

　　　　　　　　他失踪我怎能不闻不问？

　　　　　　　　还望你多理解达理通情。（欲出门）

　　　　【小宝内喊"爸爸——"小宝进。

小　宝　爸爸——！（扑向大柱）

大　柱　小宝，你咋到这儿来了，你奶奶知道吗？

小　宝　不知道，我是背着他们偷偷跑出来的！

大　柱　哎呀，小宝，你是咋找到我这儿的？

小　宝　你看，我是顺着这个地址找来的。（指着托运单）

大　柱　你可把爸爸吓坏了，以后不许一个人乱跑。我来介绍一下——雅莉，

　　　　让孩子咋称呼你呀？

小　宝　爸，我知道！

大　柱　知道就好。

小　宝　姐姐好！

雅　莉　啊？

大　柱　小宝你叫她啥？

小　宝　叫姐姐呀！

大　柱　不能叫姐姐，应该叫阿姨！

小　宝　不对！她在县城给咱家当服装员的时候，你不是让我叫她姐姐吗？

　　　　爸爸，你倒给忘了？

大　柱　应该叫阿姨。

小　宝　不对！爸爸你四十多，她二十多，她应该叫你叔叔。我还不应该

　　　　叫她姐姐，对吧？姐姐？

雅　莉　叫妈！

小　宝　哎，我凭什么叫你妈？

雅　莉　（抓住小宝）你睁开眼睛看看，那营业执照上谁是法人代表？

大　柱　雅莉，咱们都是一家人，看在我的面子上，别和小孩子一般见识

　　　　行不行？

雅　莉　不行！

（唱）自古道美玉不琢难成器，

乡下人不调不教没规矩。

他今日不给我把头低，

你说下大天我不依！

大　柱　（唱）他火车坐了数百里，

又困又乏腹内饥。

日后再与他讲道理，

先给他门前买碗炒面皮。（大柱拉小宝欲出门）

雅　莉　站住！先让他赔礼道歉！

大　柱　先让他吃饭。

雅　莉　赔礼道歉。

小　宝　我就不干。

雅　莉　看你生下的这小混蛋！你给我跪下！

大　柱　（制止）小宝听话，过去认个错！

小　宝　我就不！

　　　　【小宝不服，大柱发怒。

大　柱　跪下！（硬将小宝按跪在地、小宝低声哭泣，不服地斜了雅丽一眼）

雅　丽　你就在这儿跪着，不认错，就别想起来！（得意地）哈哈哈……

　　　　【下，切光。

　　　　【追光下，大柱趁机拉小宝下。雅莉推着电脑复上，上网。

雅　莉　你问我为什么叫东方美女？顾名思义，我就是东方最美丽的女人。

好啦，咱们也聊了不少了，今天就到这儿吧，记住，每天晚上7

点见。

小　宝　（偷听）东方美女？

小　宝　7点见？

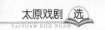

【切光。

第七场

【大柱家。音乐声中升光，小丽扶大柱妈拄棍颤巍巍地上。

大柱妈 （唱）小宝他无踪影心中牵挂，

恨大柱寻新欢全不顾家。

雪梅她心中苦暗把泪洒，

只恨我无力收拾这破碎的家。

小　丽 （倒水）奶奶，你该吃药了？

大柱妈 你妈也是，买这么多药干啥。还不如让奶奶早点儿死，你说我这

活得多难受呀……

小　丽 奶奶，我哥他会回来的，你放心吧！

大柱妈 可这一晃又是好几天了，也没音信。

【仙女儿上。

仙女儿 亲家，听说你病了，我过来看看。

大柱妈 仙女儿，你说我咋就这命苦呀？……（抹泪）

仙女儿 唉，其实最苦的还是雪梅。亲家，依我看长苦不如短苦哇？

大柱妈 你是说？

仙女儿 你看，离婚证都办了，雪梅还在这里算咋回事？总不能让人家陪

你一辈子吧？我想早点儿打发他母女回去，让人家再找个对象也

好过光景！

大柱妈 亲家，这事我也想过了！三年多了，我和雪梅情如母女，我能不

替她着想吗？她在这里照顾我多会儿是个头，是该叫她走了！

仙女儿 亲家你可真开通，小丽，把你们母女的东西收拾好，一会儿就准

备走吧!

【小丽点头默默进屋。雪梅拿一封特快专递从外面回来。

雪　梅　姑,你过来了?妈,我接了个电话,小宝到省城他爸爸那里去了!

大柱妈　哎呀,这冤家,就敢跑得那么远?总算放心了!雪梅,那信里寄的是啥?

雪　梅　是我自修大学的毕业文凭!

仙女儿　你已经毕业了?好我的娃哩!有志气!

【亲昵地上前抚摸着雪梅头。

【小丽提着个大包袱从里屋出来。

雪　梅　小丽,你这是……

仙女儿　哦,天下没有不散的宴席,我刚才跟你婆婆说好了,大柱跟你手续都办了,咱还在这儿干啥?今天我就送你们回去,凭着咱这大学文凭,到哪儿咱也是个人尖子,不愁没有好光景!

雪　梅　妈,你也同意我们走?

大柱妈　我……

仙女儿　好,跟你婆婆告个别,我在村口等着你们!(下)

大柱妈　小丽,回去要多听你妈的话……千万不要惹她生气……(抹泪)

雪　梅　(悲从中来)妈……你病才好,生活又不能自理,我们走了……你自己……(说不下去)

大柱妈　甭担心我,有左邻右舍……我能行!你们就、就走吧!

【掩面而泣。

雪　梅　妈……我……

大柱妈　雪梅,我不能再拖累你了!听话,你们快走……走吧!

【雪梅抹把泪,提包袱拉小丽向门口一步一回头地走去。

【大柱妈抹泪,用棍强撑起身子欲送雪梅母女,谁料重重地跌倒

　　　在地上昏厥。

　　【雪梅、小丽见状忙喊着"妈""奶奶"，跑回来扶起大柱妈拍

　　　着喊着。

　　【大柱妈醒来，三人哭成一团。

雪　梅　（唱）婆母娘老泪纵横泪难禁，

　　　　　　一字字一句句意重情深。

　　　　　　离高家抛老幼我于心不忍，

　　　　　　丢下她孤苦伶仃怎生存。

　　　　　　病了谁给她把医生请，

　　　　　　一日三餐靠何人。

　　　　　　倘若她血压升高犯旧病，

　　　　　　身旁无人命难存。

　　　　　　只是我久住此地恐遭议论，

　　　　　　乡亲们面前难做人？

　　　　　　左思右想我主意难定，

　　　　　　或是走或是留我难下决心！（思考）

　　　　　　抛去杂念主意定，

　　　　　　暂与婆母共晨昏！

雪　梅　妈，我想好了，先不走了！

大柱妈　媳妇呀。我已是黄土埋了半截的人了，我不能再拖累你了！你往

　　　后的日子还长，听妈的话，你就快走吧！（推雪梅）

雪　梅　妈，你身边离不开人，就是走也要等二柱回来！

大柱妈　（发怒）雪梅，难道叫妈跪下求你吗？

雪　梅　妈！

小　宝　（内喊）奶奶（上，众见惊喜）

众　　　小宝，你回来了。

大柱妈　小宝，你把全家人都急坏了（把小宝抱在怀里）

雪　梅　（关切地）小宝，你冷不冷？饿了吧？阿姨给你做碗荷包蛋去！

　　　　　【欲进屋。

小　宝　（小宝久久地望着雪梅，突然大叫一声）妈——（扑向雪梅）

小　宝　妈，你不要走，妈！妈！（大哭）

　　　　　【雪梅把小宝紧紧地搂入怀中，抚摸着。

雪　梅　小宝！（轻声）

　　　　　（唱）一声妈妈两行泪，

　　　　　　　　雪梅我心房激荡，热泪滚滚浑身颤巍巍。

　　　　　　　　小宝儿呼妈妈撕肝裂肺，

　　　　　　　　小宝儿呼妈妈发自心扉。

　　　　　　　　小宝儿呼妈妈似有千般悔，

　　　　　　　　霎时间，我一腔怨气被风吹！

　　　　　　　　可怜他从小未尝母爱滋味，

　　　　　　　　可怜他残缺父爱令人伤悲。

　　　　　　　　嫁大柱遭遗弃虽怨无悔，

　　　　　　　　以真心换真情苍天不亏。

　　　　　　　　（小宝叫"妈！"扑到怀里）

大柱妈　我的好女儿！

　　　　　【雪梅紧紧抱住小宝，小丽也扑到母亲怀里。

　　　　　【电话铃响了，大柱妈接听。

大柱妈　喂，你是谁呀？

二　柱　妈，你身体好点儿了吧？

大柱妈　好多了。

二　柱　我嫂呢?

大柱妈　你嫂在家。

二　柱　告诉我嫂,她的对象我已经给她找好了。

大柱妈　他是个干啥的?

二　柱　他是个有文化、懂技术、有道德、有良心的好人。

大柱妈　那让他俩见见面吧。

二　柱　等我回去再说。告诉我嫂,一定要等我回来,一定要等我回来!

大柱妈　(莫名其妙地)等他回来?

　　　　【切光。

第八场

　　　　【追光下,小丽追小宝上。

小　丽　哥,下学不回家你又干啥去?

小　宝　进网吧。

小　丽　你又进网吧,咱妈会生气的!

小　宝　小丽,那妖精网名叫东方美女,每晚7点准时上网。今天我要去
　　　　网上替妈妈出气!

小　丽　好!咱俩一块儿去!

小　宝　走!(二人下)

小　宝　(惊喜的)东方美女,她准时上网了。

小　丽　别让她走。

小　宝　你好,东方美女。

雅　莉　朋友你好,请问你是何人。

小　宝　我是西方杀手。

雅　莉　呀，好恐怖的名字，可以改改网名么？

小　宝　对不起，这个网名才够刺激。

雅　莉　请问年龄多大。

小　宝　二十五岁挂零。

雅　莉　婚姻状况？

小　宝　还未找到恋人。

雅　莉　身高？

小　宝　一米八。

雅　莉　太棒了，相貌？

小　宝　远看像刘德华，近看像周杰伦！

雅　莉　你想认识我么？

小　宝　我早就认识你，你是东方活妖精。

雅　莉　你敢对老娘无理！

小　宝　理，对你没有任何意义。

雅　莉　你敢告我你的真名？

小　宝　大爷名叫高小宝，是你的对头，是你的仇人！

雅　莉　啊，是你个小兔崽子？

小　宝　我饶不了你这个活妖精！

雅　莉　有本事和老娘对面对面较量。

小　宝　我现在就发十万精兵去杀你个片甲不留！

小　宝　冲啊！

　　　　【二人展开网上大战，古战场出现，长靠短打，展开混战，戏曲

　　　　　动作和模拟动作交替出现，最后以小宝方取胜。

　　　　【切光。

小　宝　我们胜利了！

【切光。

大　柱　雅莉，这几天你到哪里去了，让我好找。

雅　莉　谁用你管？

大　柱　夜不归宿，你越来越不像话了，走！我扶你回家。

　　　　【上前扶，被雅莉甩开。

雅　莉　你少碰我，咱俩又没有结婚，你凭什么管我？（向地痞甲说）亲爱的还是你来扶我……

大　柱　（莫名其妙地）他是……

地痞甲　我们是帅哥配靓女，你算什么东西？土老帽，滚回山里去！

大　柱　雅莉，不要和他们鬼混了，跟我回家吧。

地痞甲　你这个第三者是不是想插足我们的爱情，来呀。

　　　　【后面上来两个地痞。

二地痞　大哥，说话吧。

地痞甲　给他松一松筋骨，降降温！

　　　　【二地痞将大柱打倒在地。

地痞甲　你再说她是谁的老婆？

大　柱　你们不讲理。

雅　莉　滚蛋！我再也不想见到你！

大　柱　你们这帮狗男女，我要报警。（用手机拨号，警笛声响起）

第九场

　　　　【数日后，二柱家。

　　　　【揭示雪梅苦尽甜来的音乐声中，升光。

　　　　【仙女儿上，诧异地。

仙女儿　亲家——！你这又扫院子又割肉包饺子，该是有啥喜事呀？

大柱妈　有喜事，还是大喜事哩！

仙女儿　啥大喜事？

大柱妈　二柱说帮雪梅找了个对象，一会儿就到咱家来，你快帮我忙活忙活！

仙女儿　（挽袖子帮干活）亲家，二柱帮雪梅找的这个对象是干啥的？

大柱妈　伢二柱还对我保密！

仙女儿　保密，那我就不问了！

　　　　【雪梅上。

雪　梅　姑，你们在说啥哪？

大柱妈　我跟你姑说你的事哩！看你寻不下个好女婿，妈就是死了也不安心！

雪　梅　（为难的）妈……

仙女儿　事到如今，咱就打开天窗说亮话吧，二柱给你介绍了个对象，人马上就到！

雪　梅　这……你们……（进屋）

　　　　【小丽、小宝门外喊："妈！奶奶！"跑上。

小　宝
小　丽　奶奶，二叔回来了！

　　　　【两个孩子拥二柱上。

二　柱　妈！仙女婶！（雪梅端水上）

雪　梅　二柱，回来了？

仙女儿　（一愣）二柱，你领的那人呢？

二　柱　啥人？

大柱妈　给你嫂子介绍的对象啊？

二　柱　远在天边，近在眼前！（亮相）

　　　　【大柱妈和仙女大吃一惊。

雪　梅　二柱，你疯啦？开这样的玩笑？

二　柱　我没有疯！这是我长时间以来深思熟虑的决定！

雪　梅　不行！我不同意！

　　　　【欲进屋，二柱拉住她单腿跪地、摆出西方求婚姿势。

　　　　【仙女儿一笑捂住嘴，拉大柱妈进屋。

雪　梅　二柱你为啥要这样难为我……

二　柱　雪梅（唱）这件事你无须过分谨慎，

　　　　　　　　　你犹豫你彷徨也在情理中。

雪　梅　（唱）叔与嫂生爱恋恐遭议论，

　　　　　　　道我们伤风化有悖常情。

二　柱　（唱）我哥他抛弃你寻花把柳问，

　　　　　　　你与他已离婚如今我们都是自由身。

雪　梅　（唱）虽然说如今都是自由身，

　　　　　　　只是这叔嫂二字在中间横。

二　柱　（唱）为什么曾是叔嫂就不能爱，

　　　　　　　这到底触犯了《婚姻法》的哪一宗？

　　　　　　　我娶你无半点报恩成分。

　　　　　　　只是你的人格魅力牵动了我的魂。

雪　梅　要知道我大你年龄三岁整，

　　　　后婚怎好配初婚？

二　柱　初婚后婚何足论，

　　　　妻子大些会疼人！

雪　梅　我与你文化知识有悬殊，

　　　　研究生应当另选意中人！

二　柱　你学习努力肯上进，

大学文凭已在身。

愿与你相亲相爱共奋进，

你就是我的意中人！

雪　梅　这……我……

【仙女儿大笑着冲出，大柱妈随上。

仙女儿　雪梅，二柱把心都掏给你了，你还怕什么？亲家，对他俩的事你当面表个态？

大柱妈　这样的媳妇打着灯笼都找不来，我是一百个赞成！

仙女儿　那就好！你已离婚，他是单身，追求幸福，人人平等。人家满腔热情，你是凉水一盆，研究生你还相看不准，是不是想找个外国总统。二柱，快上。（二柱不好意思，向后退）一个壮汉，憨吭扭蛋，找对象不能绵善，更不能没紧没慢，此时不说，过期不算。

【推二柱上前。

二　柱　雪梅，你就答应了吧！

雪　梅　二柱，你不能为了我，误了你的前程。

小　宝　妈，你就答应了二叔吧？我长大也要孝敬你！（抱住雪梅）

小　丽　妈，妈，你就答应二叔吧？我不愿离开奶奶和哥哥，我要二叔当我的新爸爸……妈——！（哭）（两个孩子跪在雪梅跟前）

大柱妈　雪梅，二柱他是实心实意喜欢你呀，看在我的面上你就答应了吧？

【雪梅欲应不能，欲罢不愿、左右为难、伏桌抽泣。

（合唱）伤心泪、幸福泪，

　　　　说不清是喜还是悲；

　　　　谁说眼泪是无情水，

　　　　情到深处泪才飞！

尾　声

【二幕启。大片果林为背景，其余同第一场场景。在鞭炮和喜庆的锣鼓声中，大幕徐徐拉开。二柱的婚庆吉日，院内张灯结彩热闹非凡。台中大喜字金光耀眼，乡村男女青年舞动着彩绸扭着秧歌，牛嫂忙里忙外给前来贺喜的人们散发着喜糖。

牛　嫂　马上就要拜天地了，大家加把劲儿！

司　仪　今天还是拿上梅花迎雪梅，舞的舞来，吹的吹。

【合唱音乐起，手持梅花的十几名女子跳起迎亲舞，歌声中二柱背着雪梅上。

司　仪　新郎新娘跳过火盆，红红火火，满堂儿孙。

【二柱背雪梅跳过火盆。

司　仪　新郎新娘跳过马鞍，平平安安共度百年。

【二柱背新娘跳过马鞍。

司　仪　有请老夫人上坐。

【牛嫂搀扶大柱妈上坐。

司　仪　一拜天地（拜介），二拜高堂（拜介），夫妻对拜（拜介）。

（合唱）雪抚梅，霜弄梅，

　　　　红白相映满天飞。

　　　　梅开二度色更艳，

　　　　笑看群芳踏春归。

【众人拥着二柱和雪梅闹着跳着，花絮从天而降。

【收光。

【剧终】

太原戏剧选

上马街

编剧：赵爱斌

时间：2011年7月

时间： 太原解放前夕。

地点： 太原老城区。

【剧中人物】

车伍儿——上马街四合院住户，一个开修理自行车车铺的师傅，40大
　　　　几奔50岁。

车栓马——小名栓子，车伍儿的二儿子，进山中学的学生，十八九岁。

车栓柱——小名柱子，车伍儿的大儿子，黄樵松的营作战参谋（阎锡
　　　　山部队），我地下党员，二十六七岁。

齐奶奶——孤寡老人，上马街四合院里的老住户，她的丈夫曾与阎锡
　　　　山一起，组织并参加了辛亥年的太原首义，60来岁。

大圪节——以卖烧土为生，一个为婆姨和孩子而活着的男人，"大圪
　　　　节"太原及晋中地区对大个子的俗称，40岁左右。

康莱花——大圪节的婆姨，他们的孩子亲疙瘩被日本人的飞机炸死了，
　　　　但大圪节还管她叫"孩他妈"，病秧子，30大几岁。

仇凤莲——上马街四合院的住户，接生婆，刚过40岁。

仇英子——仇凤莲的闺女，人们都叫她英子，进山中学的学生，比栓
　　　　子小一半岁。

徐光明——进山中学的国文教师，四合院的邻居们都尊称她徐老师，

我地下党员，车栓柱的恋人，20大几岁。

霍延旺——阎锡山的特务机关特警处侦讯处长，人们叫他"活阎王"，

　　　　不到30岁。

第一场

【上马街的四合院。

【舞台是一个太原老城的微缩景观，弥漫着浓郁的地方特色。其

　　间既有几户人家单独生活的空间，又有他们共同活动的场所，

　　街门旁有日军炮弹炸毁的痕迹。

【幕启，一幅太原老城区底层民众的生活图景，鲜活地展现在舞

　　台上。

车伍儿　（边修车边唱太原秧歌）

　　　　家住太原在城东，

　　　　没人知道我的姓和名。

　　　　草木一秋人一世，

　　　　一秋一世是天两重……

大圪节　（正熬药，不耐烦地）车伍儿，每天就那两句，你也不嫌麻烦！

车伍儿　（唱）家住太原在城东……

徐光明　（将碗递给车伍儿）叔，给。这是刚冲的藕粉，趁热喝了吧。

车伍儿　（忙站起来，在身上蹭蹭手）这、这么好的东西，你老给我喝。

　　　　不是糟蹋五谷哩。

大圪节　（还饿）人家给你，就喝了，别不识抬举。

徐光明　（笑笑。掏药）大个叔，这是给菜花婶儿的药。昨天回来晚了，

　　　　怕打搅，就没过去。

大圪节　（赶紧过来，双手接住）徐老师，这……真的不能要了。

车伍儿　（回戗）人家给你，你就拿上，别不识抬举！

徐光明　（笑）你们俩呀，见不得，离不得。真像两个老小孩。

【车栓马朝气蓬勃，挑水上。

车栓马　徐老师，水。

徐光明　哎，先给齐奶奶送去，我自己来。（欲下）

李掌柜　徐老师，徐老师在吗?

徐光明　李掌柜!

李掌柜　徐老师，麻烦你给学校看门房的老王捎句话（递纸条）。他妈病了，
让他赶紧回去看看。

徐光明　好!

李掌柜　我赶紧去请医生。

徐光明　慢走!

车栓马　爹，给!

【车栓马应声，将一张传单披在车伍儿修车的后座下。

大圪节　拿来吧! 这是甚了?

车伍儿　拿来吧，大字不识一个，瞎圪瞄哩。

大圪节　我不识字，你识? 我拿上它烧火去。

车栓马　（从大圪节手中抽过传单）叔，这是解放军的传单。
（低声地）叔，解放军打到北营了!

大圪节　甚了? 打到北营了? 哎呀你们是没见过，共军的大炮有这来粗……

【传来隐隐的炮声。人们纷纷从家里跑出来。徐光明拿着半截毛
衣上。

仇英子　（边梳头边问）伍儿叔，打到哪儿了，打到哪儿了?

车伍儿　（着急）英子，你妈哩?

仇英子　我妈她接生去了，到现在还没回来。

　　　　【康菜花病恹恹上。

康菜花　他爹，打哪啦？打哪啦？

　　　　【大圪节急扶康菜花。

车栓马　（声音很低却难抑兴奋）解放军打到北营了！

仇英子　真的？太好了，徐老师，太好了！

徐光明　（接过传单，烧掉）好了，准备上学吧！（挽手中的毛线）

车栓马　啊？徐老师对象……

仇英子　徐老师，给谁织的？（猜）是不是给我未来的姐夫？

徐光明　娃娃家，别管大人的事。（回屋）（下）

车栓马　就是！你还是个黄毛丫头哩。

仇英子　（将菜团塞给车栓马）毛丫头咋啦，毛丫头也要长成大姑娘。

　　　　（下）

车栓马　（想）英子，英子！（随下）

康菜花　（看着栓马和英子）他爹，你看多好的一对对哩。要是亲疙瘩还

　　　　活着，该有多好了。（泣）

大圪节　唉！狗日的日本人，一炮下来，就炸死了七八口子人。

车伍儿　（把自己的马扎给康菜花）大妹子，有地不愁苗，等病好了你们

　　　　俩再生一个吧。

康菜花　唉，我是命里没儿。看你多有福气哩，老大柱子，老二栓子。

车伍儿　别提我那老大！你说放着好好的医专不念，偏偏给那黄樵松当什

　　　　么狗屁参谋，丢人败兴不说，万一哪天哪颗子弹不长眼……

大圪节　伍儿，哪有你这的当爹的？咒自家儿子。

康菜花　柱子是个好娃娃，上学的时候，常和徐老师进进出出，我还以为

　　　　他俩是一对对哩。

车伍儿　他哪配得上人家徐老师。人家是朵鲜花，他连坨狗屎都不如！

唉，我是家门不幸出逆子呀！（又蹲下修车）

【仇凤莲怀抱婴儿，边喊边上"英子！英子——"累死我了！

【人们发现仇凤莲怀里的孩子，都围过来。

车伍儿　凤莲，这到底是咋回事？

仇凤莲　（余怒未消地）快不用说了，都是些吃红肉屙白屎的狗东西！

（唱）那议员带着家产逃命去，

　　　三姨太剪断脐带追飞机。

　　　撇下婴儿无人管，

　　　让我扔到沙河里。

　　　活蹦乱跳的肉疙瘩，

　　　扔了三回也舍不得。

　　　都怨我接生接成老妈子。

车伍儿　（唱）你就是活脱脱一个落窝鸡。

大圪节　唉，这世道，连自家都顾不了，咋又抱回来一个张口货。

康菜花　他爹，孩没了妈，够惜惶了。去看看，发米了没有，我还等着下

锅哩。

【大圪节应声下。婴儿又哭。

车栓马　婶子，他叫什么名字？

车伍儿　捡来的，能叫甚名字，最多叫个活不成。

仇英子　活不成？

仇凤英　叫活不成，兴许就活成了。叫活不成好。

【徐光明闻声拿藕粉上。

徐光明　婶，快把这点藕粉给活不成喂上。（喂藕粉。婴儿果真不哭了）

【传来隆隆炮声。炮声渐近，人们慌乱起来。

康菜花　（对内）他齐奶奶，大炮打过来了，快出来躲躲吧！

车栓马　奶奶，快出来躲躲吧！

齐奶奶　（内）不用怕，这不是日本人打太原，炮弹长着眼哩！

徐光明　齐奶奶说得对，大家不用害怕。

　　　　（唱）太原被围小半年，

　　　　　　　心里该有定星盘，

　　　　　　　炮弹没眼人长眼，

　　　　　　　不必惊慌把心担。

　　　　　　　叔叔婶儿听我劝，

　　　　　　　各回各家自平安。

车栓马　徐老师，给！（递过包）

康菜花　徐老师，还要上学去？

徐光明　婶，天不能老阴着，这世道总会变的。栓子、英子，走，咱们上学去。

　　　　【徐光明和栓子、英子下。

康菜花　她徐老师真是天上的观音菩萨，护着英子和栓子一对对好儿女哩。

　　　　（下）

车伍儿　好人呀！

　　　　【大圪节提一小袋米上。

大圪节　祖宗的，这是甚世道了！二两红大米今天推明天，明天推后天，还让不让人活了！这是甚世道了！

车伍儿　哎？你手里不是拎的米吗？

大圪节　这？是阎司令长官给正房齐婶儿特批的。来，看看这是甚东西哩，连牲口都不吃！我看，哼，还不如吃观音土了。

车伍儿　大圪节，你……倒腾观音土了？

大圪节　（屏声）夜来黑夜，满满一车观音土，没半袋烟工夫，全卖光了！

车伍儿　（后怕地）那东西难吃难屙，能憋死人！

大圪节　憋死人？憋死也总比饿死强！（对内）齐婶儿，你的米！（下）

车伍儿　（唱）锵锵，齐锵齐，

　　　　　　　表表咱们二战区。

　　　　　　　每日二两红大米，

　　　　　　　吃得人们眼瞪起！

　　　　【仇凤莲抱活不成从屋里出来。（上）见院里没人，来到车伍儿

　　　　　　跟前。

仇凤莲　伍儿，你看这娃娃，乖眉俊眼，乞乞塔塔。以后呀，我可是儿女

　　　　双全了。

车伍儿　哪……我咋办哩？

仇凤莲　你又不是我老汉。咱俩是九间房里挂棒槌，八不挨。

车伍儿　凤莲，这生米都快做成熟饭了……

仇凤莲　去，谁和你生米做熟饭来？不害臊！

　　　　【车伍儿左右看看，见院里没动静，蹭蹭手，欲拉仇凤莲——大

　　　　　　圪节突然从背后冒出来。

大圪节　哈呀！大天白日，鬼圪捣甚了？

仇凤莲　大圪节，吓死我了！（站起来）（羞。悻悻下）

车伍儿　唉！好事都让你搅了！

大圪节　（坐伍儿跟前）哎，你们俩鬼圪捣甚了？

车伍儿　（羞怯。美滋滋）门旮旯里亲嘴嘴。

大圪节　说说嘛！

车伍儿　美塌了！

　　　　【猝然传来警车尖叫和特警的吆喊声："回家，都回家！"人们

的叫喊声："警察抓人啦——""警察抓人啦——""回家！
都回家！"

【大圪节赶紧回屋（下），车伍儿草草收拾东西下。

徐光明和栓子、英子复上。

徐光明　特警处封堵路口，一定是要乱抓人！你们快回去！回家去！

【栓子和英子不情愿地回家。（下）

叔，赶紧回去躲躲！

徐光明　（唱）约好当铺去见面，

　　　　　风云突变起波澜！

　　　　　敌人围堵搜密件，

　　　　　密件怎能危转安？

徐光明　（接唱）慢、慢、慢，十万火急慢思量，（绕）

　　　　　　　　民心才是好靠山！

车伍儿　（着急地从自己屋出来）徐老师，你也快躲躲吧！

徐光明　哎，叔！

【内喊："抓住他！"

徐光明　（走近车伍儿，郑重地）叔，有件东西，托您保管一下，行吗？

车伍儿　（看着异样的徐光明）……甚哩？

徐光明　（从衣中取出那个小包，塞给车伍儿，语速极快地）

万一我两三天回不来，就送给海子边当铺的李掌柜；要是掌柜不
在，就等人来拿。记住，他是卖榆皮面的晋源人，爱吃咱太原的
绿豆、桃秋、榆皮三搅面擦尖。

【车伍儿不明就里，一头雾水。徐光明匆忙离开车伍儿，边走边
　　从提包中取出一张纸片，很快来到大圪节煎药处，引火，点着。

【霍延旺敏捷地进入院子，他没理愣着的车伍儿，直奔徐光明。

霍延旺 进去！（从徐光明手里抢过烧剩的一角）烧了？进山中学的徐光明，

你可是早就榜上有名了。搜！

齐奶奶 （内）这上马街是文官落轿、武官下马的地方。谁又来闹腾？

霍延旺 （另一种口吻）是我，齐老太太，特警处的霍延旺。奉上峰命令，

请徐老师到特警处说明一些情况。打扰你老人家了。

便　衣 处长，没搜到！

霍延旺 （转身对徐光明）徐老师，请吧。

【切光。

【霍延旺拿着徐光明烧剩的纸片走进光圈。

【特警处便衣上。

霍延旺 什么都没有搜到，是吧？

便　衣 是，要不要请示梁化之主任？

霍延旺 找死，他要是知道事情办砸了，能饶得了你我？

便　衣 对对对，况且院里还住着个大麻烦！

霍延旺 徐光明烧纸片只是虚晃一枪，她一定是把那件东西交给了某个人。

（对便衣）看死上马街，连只耗子也不能窜出去！（便衣：是）

从今儿起，停供红大米，先饿他们三天再说！

便　衣 是！

【切光中，传来警车的鸣叫声和特警的吆喝："不许出去！"

"不许出去！"

【光切尽。

第二场

【断粮三天，四合院没有了晨起的生机和屋顶的袅袅炊烟，一片

死气。

【天还没有放亮，车伍儿蹑手蹑脚挪到街门处，盘算半天，终于

　攒足胆量，像猫一样敏捷地窜出院子。

【顷。传来特警的吆喝声和鞭打声："回去！回去！"

【车伍儿挨了一顿皮鞭，狼狈地回到院子（上）。

车伍儿　（唱）勾子军连明昼夜把守门院，

　　　　　　出这道鬼门关比登天还难！

　　　　　　徐老师大好人时常挂念，

　　　　　　对柱子对栓子亲人一般。

　　　　　　人敬咱一尺我还她一丈，

　　　　　　应承下就不能失信食言。

　　　　　　徐老师托的事不能怠慢，

　　　　　　豁出去也要送到海子边！

　　　　　　方才斗胆去出院，

　　　　　　劈头挨了十几鞭。

　　　　　　这东西在手上连累一院，

　　　　　　眼看着老老小小忍饥挨饿活受罪，

　　　　　　我心似如油煎……

【仇凤莲抱着婴儿冲出屋子，脚步匆匆向街门跑去。

车伍儿　（定笃一下，上前拦住仇凤莲）凤莲，一大早，你这是……

仇凤莲　起开，别拦我！

车伍儿　你是要把孩子扔了？

仇凤莲　（叹息）大圪节说得对，我连英子都顾不上，又抱回一张活嘴。

　　　　这小东西一口吃不上，她就哇哇大哭，还以为他生在富贵人家哩！

车伍儿　那你就把孩子扔了？

仇凤莲　不扔他，我娘儿俩就得饿死！夜来黑间，英子都饿得吐黄水

　　　　了……（泣）

　　　　【车伍儿二话没说，蹽回家，取来一块豆饼，塞进仇凤莲的手里。

车伍儿　凤莲，给！

仇凤莲　（不接）不，我不要。

车伍儿　咱俩谁跟谁哩。

仇凤莲　（啜泣）伍儿哥……

车伍儿　凤莲，既然已经抱回来，咱就把他当猫猫狗狗养着。你不养我养，

　　　　不不不，咱们俩一块儿养。你看好吧？

仇凤莲　（点点头，想想，又否定了）不行，我不能顾不了自家，再拖累

　　　　上你。

车伍儿　凤莲！

仇凤莲　害得栓子和英子都受惜惶。（下定决心）还是扔了吧！（转身欲下）

仇英子　（破门而出，追了过来）妈，妈———

　　　　【内喊："回去，回去！"

仇英子　妈———（哭）

车栓马　（追上）英子！咋了？咋了？

仇英子　（一把拖住仇凤莲）妈！你真要把活不成扔了？

仇凤莲　英子，不扔他你就活不成。

仇英子　不，我不让你扔！把活不成给我，给我！（抢婴儿）

仇凤莲　松手，英子！

　　　　【仇英子抢过活不成，抱在怀里。仇凤莲将方才车伍儿给的一小
　　　　　片豆饼塞给栓马，栓马递给仇英子。英子嚼嚼，嘴对嘴喂给婴儿。

仇英子　（唱）睡吧睡吧好宝宝，

　　　　　　　　谁也不能将你抛。（逗）

清澈的眼睛像金铃，

粉红的嘴巴像樱桃。

吃饱喝足笑一笑，

好似春雨润禾苗。

姐是你的护花神，

梦里盼你快长高。

【随着大圪节"孩他妈"的喊声，康菜花跟踉跄跄跑出来，趴在地上

"嗷嗷"干呕欲吐。

大圪节 菜花儿！

【人们跑出来（上），围住大圪节和康菜花："咋啦？""大圪

节，菜花这是咋啦？"

大圪节 （带着哭腔）她吃上观音土啦！

仇凤英 观音土？大圪节！大妹子有病，你让她吃观音土，你要活活憋死

她呀！

车栓马 叔，观音土是什么东西呀？

仇凤莲 咳，是一种能吃的土。

康菜花 孩他爹，我、我怕不行了。

大圪节 菜花——

康菜花 他爹！我对不住你呀！

大圪节 （泣）不，菜花儿，是我对不起你呀。

（唱）跟上老大受尽苦，

又当骡马又当奴。

平日里打不起半斤醋，

过时节割不起冻豆腐。

半辈子才有了亲疙瘩，

小日本一炮炸成血骷髅，尸首全无！

孩他妈——

你把菜团留给我，

自家倒吃观音土。

你咽不下吐不出憋破肠肚，

就好像一把钢刀，

钢刀一把搅烂我心肝儿肺，五脏六腑！

车伍儿　（将水碗端到康菜花面前）菜花，喝口热水吧。

【康菜花伸手欲接，被大圪节一把打掉。

大圪节　不用你假眉三道当好人！

车伍儿　（底虚地）我咋啦？

大圪节　你说咋啦？

仇凤莲　大圪节，你咋乱咬人哩！

大圪节　我又没怨你！

仇凤莲　你冤枉车伍儿，你咋这么没良心了！你卖烧土的平车，哪回坏了不是车伍儿帮你修好的？连你家捞面的笊篱，都是车伍儿用辐条给你编的！你咋变成疯狗了！

大圪节　狗？我就是狗！（盯着车伍儿）可有些人连狗都不如！狗还晓得护着熟人、惯人哩，可他——

康菜花　（挣扎欲起，又倒。努力地摇摇头）他爹！

大圪节　孩他妈！菜花——

【齐奶奶的声音。

齐奶奶　（内）别闹腾了，别闹腾了，大圪节，快把你媳妇换回屋里歇歇。凤莲，你也少说两句吧！你们呀，饿得就剩张嘴了！

【车栓马瞪一眼车伍儿，转身回屋。人们都散了，车伍儿捡起被摔碎的碗往回走。

【车伍儿走进"家"——车栓马的光圈里。车栓马正翻箱倒柜找
东西。

车伍儿 小祖宗，别翻腾啦，别翻腾啦！小祖宗……

车栓马 （声音很低，却怨气冲天）爹，我知道，徐老师的那件东西就在
你手上，你把它藏哪了？快给我！

车伍儿 （忍了忍）栓子，你大个叔是见你婶吃上观音土，急了。他的话
听不得。

车栓马 哪听谁的？你说听谁的？

车伍儿 （一时语塞）反正，那东西不在我手上。

车栓马 爹！我知道，爹实诚，厚道，咱四合院、上马街都知道，你是不
会说假话的人。

（唱）徐老师被抓那一天，

我看着老师没眨眼。

她的神情我常见，

嘱托里面藏机关。

几天来，里里外外没找见，

爹呀爹，肯定是你藏得严！

车伍儿 黄毛未退的娃娃，你晓得个甚哩！

车栓马 爹！

（唱）你把东西交给我，

自有办法替你管。

倘若不测遇风险，

玉石俱焚死无憾！

车伍儿 反正那东西不在我手里。

车栓马　爹!

【大圪节身背康菜呼喊着上:"菜花,菜花——,伍儿,快,快……"

【众人急上,院里一片慌乱。

【齐奶奶上。

齐奶奶　都别慌,都别慌。

大圪节　齐婶!

齐奶奶　栓子,(哎)把椅子搬到太阳底下,英子,(哎)端杯水来,大
　　　　圪节,把你媳妇扶到椅子上,晒晒太阳!(哎)

【大圪节转身扶康菜花。人们七手八脚帮康菜花坐下。

齐奶奶　菜花,把药喝了。

【齐奶奶将药丸喂进康菜花嘴里,康菜花渐渐缓过气来。

康菜花　(浅浅一笑)婶儿,你何苦叫我回来哩,我都快过鬼门关了……

齐奶奶　快别说傻话,话多伤身子。吃上观音土,不能着凉。

大圪节　这都是徐光明的那件东西害的。要不是因为那件东西,特警队也
　　　　不会断了咱那二两红大米!

康菜花　(制止地)他爹……

大圪节　菜花,(围着人群转了一圈)我求求你们啦,就交出来吧!(来
　　　　到车伍儿面前)伍儿,你对我的好,我心里记着哩。可眼下我婆
　　　　姨她是实实过不去了。

　　　　伍儿哥你就行行好,掏掏良心,我下辈子就是给你当牛当马当
　　　　孙子!(哀求地)

仇凤莲　大圪节!

车栓马　叔!

大圪节　车伍儿!

【车伍儿半天没说话。院里一下安静下来,只有康菜花重重的

呼吸……

大圪节　（突然暴发地）……好，你不说，是吧？！那我就去告！告活
　　　　阎王——

　　　　【大圪节转身欲跑，被康菜花拖住。

康菜花　大圪节，你没良心……（攒足全身力气，狠狠甩了大圪节一耳光）

　　　　【大圪节愣怔片刻，把目光移向车伍儿。车伍儿感觉到了，本能
　　　　　地退了半步。

大圪节　（几步冲过来，一把揪住车伍儿的领子）你——

　　　　【所有人的心都被提了起来。车伍儿和大圪节的目光对峙着。

　　　　【顷，大圪节双手一松，"蹭"，跪倒在车伍儿面前，"咚咚"
　　　　　地磕头。

大圪节　我求求你了，你就掏掏良心，掏掏良心……我求求你了……

齐奶奶　大圪节，让旁人掏良心，咱自己也得掏良心。磕头磕不出米来，
　　　　（取出那个小米袋）这是些枕头里的秕谷子，这些东西家家都有，
　　　　粒米度三关，有了这些秕谷子，就饿不死人，赶紧拿回去熬点稀粥，
　　　　给你媳妇喂上！散了吧，都散了吧。

　　　　【有的扶康菜花回家，有的回到自己的屋里。人们散了。（下）

　　　　【车伍儿像幽灵一样，六神无主地走进光圈。

　　　　【仇凤莲拦住车伍儿。

车伍儿　是凤莲。

仇凤莲　伍儿哥。

仇凤莲　咱们相处这么些年，我没有为难过你吧？

车伍儿　你对我好。

仇凤莲　徐老师那件东西在谁手上，我不清楚；饿死饿不死，那是天命。

　　　　伍儿哥，自打齐婶儿把咱们收留进这上马街四合院，少说也十大

几年了吧。人心是杆秤，谁也精明。

车伍儿　我……

仇凤莲　（放低声音）要不是人家徐老师，咱柱子和英子哪能上起学哩！

伍儿哥，你可不能在这要命的节骨眼上，昧了良心。（下）

车伍儿　良心，良心——

（唱）你也说良心，

　　　他也说良心，

　　　良心到底是个甚？

　　　心问口来口问心，

　　　哎呀呀口问心！

　　　自幼儿爹妈教我守本分，

　　　句句教我咋做人。

　　　处事接物守信用，

　　　不偷不抢不坑蒙。

　　　为人首要品行正，

　　　你说良心不良心。

　　　良心到底是个甚？

　　　人问人来心问心。

　　　良心不是卖实诚，

　　　良心不是讨人情。

　　　它是我为人做事的戥子称，

　　　它是我供在心里的一尊神。

　　　到如今伍儿遇上为难事，

　　　不清楚咋办才算掏良心。

　　　眼看着菜花她病情要命，

又怎忍不掏良心害众邻。

（伴唱）徐光明众乡亲，

车伍儿　十指相连心相映，

伤他们哪一个都心疼。

前不得，后不得，难分轻重，

问老天，问老天，问老天，

这般两做难是不是昧了良心。

（伴唱）啊！……

【车伍儿难过地哭了。哭着哭着，哼起了秧歌——

车伍儿　（唱）家住太原在城东，

没人知道我的姓和名。

草木一秋人一世，

一秋一世是天两重。

【切光。

第三场

【断粮已经第四天，四合院却升起袅袅炊烟，弥漫出清贫的生机。

【院里没人。

【徐光明干净整洁，一尘不染，缓步走上。

徐光明　（唱）离开了上马街数天时光，

就好似游梦中岁月长长。

回人间又看见蓝天空旷，

四合院似飘来阵阵椿香。

这一幅民居图令人神往，

送冬归盼春来已见晨光。

【特警便衣尾随上。

徐光明　（唱）那件事未办妥常挂心上，

想办法回家来细探周详。

触景生情想以往，

往事历历在耳旁……

【人们听见声音，纷纷开门出来。

车栓马　老师？徐老师！

仇英子　徐老师——

仇凤莲　（抱着活不成）徐老师，几天不见，你瘦了好几圈子。

徐光明　（笑笑）瘦了好，瘦了显年轻。来，让我看看活不成。

（亲。婴儿哭，逗）想是饿了吧。这回，我可没藕粉喂你了。

【大圪节扶康菜花上。

康菜花　徐老师，恩人哪，你可回来啦。

徐光明　婶儿，我算什么恩人。（环顾众人，意味深长）大伙儿才是我的

恩人。

康菜花　徐老师，你三天两头接济我，要不是你给的药，我哪能活到今天哩。

【车伍儿端碗上。

仇英子　徐老师，您落下的毛背心，我织完了。天冷，穿上它暖和些。

徐光明　英子，谢谢你。（接过毛背心）

车伍儿　徐老师，这碗秕谷粥，趁热喝了吧。

徐光明　（双关地）叔，给您老添麻烦了。（端起碗闻了闻）真香啊。

【齐奶奶上。

徐光明　（迎前）齐奶奶，回来还没拜见您老人家。

齐奶奶　（用手摸摸徐光明的胳膊，感觉到什么，眼里渐渐有了泪光）

孩子，让你受苦了。（转身对霍延旺）处长，有件事正想问问。

霍延旺　这……

齐奶奶　怎么？不赏光？

霍延旺　噢不，齐老太太这是抬举我。

齐奶奶　请吧！（进齐奶奶屋）

车伍儿　（急切地）他徐老师，这回回来就不走了吧？

徐光明　当年李自成从这里打马进京，留下了上马街。这里有庙有寺，有史有文，还有朝夕相处的几辈亲人。就是住一百年，我也不想走。（回头看从齐奶奶屋里出来的霍延旺）可他们不答应。

霍延旺　徐老师，言归正传吧。请把你说的那东西拿出来。

徐光明　我已经告你地方了。

霍延旺　还是自己取方便些。

徐光明　非要我去取？

霍延旺　上峰给的时间可不多呀。

徐光明　那好，我去取。（说着抖掉身上的服饰，露出戴镣的双手和血衣）

　　　　　【看到徐光明的血衣，人们震怒了。

车栓马　你们把她打成这样？！一帮无赖！土匪！

仇凤莲　霍延旺，你是个活阎王！

仇英子　（扶起徐光明的胳膊）老师……

车伍儿　伤天害理，伤天害理呀！

康菜花　畜生，你不得好死……

霍延旺　徐光明！你我可是有言在先，为不激起民变，才给你穿上这身外套的！

徐光明　不是我食言，总不能带上镣铐，搬家里的桌椅板凳吧！

霍延旺　小聪明。

徐光明　那就打开镣铐，我自己去取。

　　　　　【霍延旺定笃片刻，一挥手，便衣进了徐光明的屋（下）。

　　　　　霍延旺走几步，意识到什么，停下来，注视着徐光明。

　　　　　【人们团团围住徐光明。看着朝夕相伴的左邻右舍，徐光明百感
　　　　　交集。

霍延旺　你！走！

徐光明　（唱）年少住进四合院，

　　　　　　　　白驹过隙如云烟。

　　　　　　　　昔日黑发变白发，

　　　　　　　　旧时少年变壮年。

大圪节　（唱）三年前你帮俺逃过大难。

康菜花　（唱）一对对苦葫芦才有今天。

　　　　　　　　多少回送来米和面。

徐光明　（唱）盼只盼咱穷人越活越甜。

仇凤莲　（唱）孤儿寡母谁怜见？

　　　　　　　　伏天也是数九天，

　　　　　　　　老师时常来接济。

徐光明　（唱）亲姐妹根也连来枝也连。

车伍儿　（唱）栓子出疹不出汗，

　　　　　　　　柱子着凉惹麻烦；

　　　　　　　　一连几天没睡觉，

　　　　　　　　害得你瘦了好几圈。

徐光明　（唱）再累再瘦我情愿，

　　　　　　　　恨不能代他奉老在床前。

　　　　　　　　见老人如见他的面——

　　　　　　　他是我至爱的人啊，（抱紧背心，充满情感的向往）

　　　　　　　你让我挂肚牵肠，

　　　　　　　牵肠挂肚每日见天把心担！

　　　　　　　这件背心披身上，（将毛背心披车伍儿身上）

　　　　　　　风风雨雨好御寒。

　　　　　　　口边多少心里话，

　　　　　　　原谅光明不能言。

　　【车伍儿双手接过坎肩，泪水盈盈。

仇英子　（唱）还记得进山学校上中学，

车栓马　（唱）那段好时光犹如在眼前。

　　　　　　　哨声里老师与我同操练，

仇英子　（唱）夕阳下老师和我把心谈。

徐光明　（唱）一株株禾苗在长大，

　　　　　　　长大撑起一片天！

　　　　　　　不信春风唤不回，

　　　　　　　翘首天边等来年！

　　【便衣上。

便　衣　处长，处长，那东西还是没有找到。

霍延旺　徐光明！

徐光明　就在我说的那个地方，慢慢去找。

　　【霍延旺看看徐光明，进屋。（下）便衣随下。

徐光明　（唱）那件事麻烦您老来操办，

　　　　　　　修车人还是老家在晋源；

　　　　　　　绿豆、桃秫、榆皮面，

　　　　　　　好一口咱太原三搅面擦尖。

车伍儿　三搅面擦尖?

徐光明　（接唱）戴镣铐捧起老人的手，（扶车伍儿）

只盼您硬朗朗走进春天。

我这里欲跪不能深深拜，

这一别纵然死，死也心安!

【车伍儿郑重点头承诺。

徐光明　（唱）但等那彩云飞，霞光溅，

美好太原如诗篇;

即便隔开九重天，

魂灵回来绕三圈。

那时再相见，

互问别后安……

【切光。

【霍延旺气急败坏地出现在追光里。

霍延旺　哼! 那东西根本就不在家中，徐光明借故回来是交办事情。

（判断）听说他们折了枕头吃秕谷，那就断水! 不交出哪东西，

就渴死他们! 渴死他们!

【一阵歇斯底里的吆喝："断水!""渴死你们!""断水啦!!"

【切光。

第四场

【断水两天，四合院依然弥漫着希望的明光。

【黎明时分，车栓马和仇英子在四合院的背阴处"啃嗤啃嗤"地

挖冰。

车栓马　英子，冷吗?

仇英子　（把毛巾递给栓子）不冷。栓子哥，你咋知道这地方有冰呀?

车栓马　啥也不知道，这冬天下了雪，都堆在这儿。一消一化，底下肯定
　　　　有冰坨子。

仇英子　还是你聪明。活阎王想渴死咱们，没想到咱们找到更甜的冰水了!

车栓马　（神秘地）哎，英子，听说了吗? 北平谈和了。

仇英子　真的? 那太原哩?

车栓马　听说老阎到南京开会去了。我看他这回呀是肉包子打狗，他再也
　　　　回不了太原了!

仇英子　（遐想）太好了，哎，栓子哥，如果真像徐老师说的那样，春天
　　　　来了，你想做甚哩?

车栓马　我? 想做的事情可多了!

　　　　（唱）我想北平念北大，

　　　　　　　还想申报考清华。

　　　　　　　生在黑夜虽不幸，

　　　　　　　有幸迎来满天霞。

　　　　哎，英子，你想干啥?

仇英子　我? 我要像徐老师那样，当一名教员，教出好多好多的学生。

　　　　（唱）颗颗都是金种子，

　　　　　　　朵朵都是向阳花。

　　　　　　　专家作家科学家

　　　　　　　巧手描绘新中华!

　　　　　　　啊……

　　　　　　　巧手描绘新中华!

【传来车伍儿低低的喊话声（内："栓子! 英子"）上。

车栓马　哎！我爹来了！

仇英子　哎！栓子哥，再问问你爹，他把徐老师那件东西到底藏在哪儿。

车栓马　白问！他不说，茅坑里的石头又臭……

车伍儿　（近前）刨出冰来了？

仇英子　刨出来了。

车伍儿　好。（把冰块分开）那个给你齐奶奶送去。人老了，经不住这么
　　　　折腾。这些给你大个叔送去，你婶子有病，离不开水，快去吧！

　　　　【车栓马和英子应声："哎"。（下）

　　　　【车伍儿欲为徐光明送冰，见门上的封条，顿悟。

车伍儿　徐老师！唉！

　　　　（唱）徐光明她让我琢磨不透，

　　　　　　　死临头也无有半点忧愁。

　　　　　　　安抚前安抚后安抚左右，

　　　　　　　自家的身后事丝毫没留。

　　　　　　　有他们共产党定成气候，

　　　　　　　和她比车伍儿一脸愧羞。

　　　　　　　娃娃们年岁小智谋不够，

　　　　　　　那份心却比我高了几筹。

　　　　　　　活一世就当该活出个精神抖擞，

　　　　　　　怎奈是生就的骨头，长就的肉，

　　　　　　　我变不成蛟龙是泥鳅。

　　　　【传来一声吆喝（内）："卖榆皮—面—拨浪鼓，烧土——"

车伍儿　（机灵）卖榆皮面的！

　　　　（唱）兔急了也要咬一口，

　　　　　　　再不做银样镴枪头。

街门外有人吆喝卖榆皮，

是不是晋源人来把车修⋯⋯

卖榆皮面来。

【晋源人推车上。

晋源人 （唱）绕过了上马街十字路口，

一把榆皮让他搜。

假说找人修破车，

暗里上门来接头。

（对车伍儿）大叔，您就是修车的车师傅吧？

车伍儿 是哩，是哩。你是⋯⋯

晋源人 我是晋源人，来找师傅修修车。

车伍儿 （压住内心的慌张和激动）喝口水。（递水）

晋源人 不喝水，不喝水，倒想讨口饭吃。

车伍儿 （急）想吃甚了？

晋源人 好一口咱太原的绿豆、桃秫、榆皮三搅面擦尖——

【特警便衣冲进来（上）："抓住他！""抓住他！"

【没等车伍儿反应过来，特警便衣已经扭住晋源人。

便衣甲 就是他！

便　衣 哈哈今天可算逮住一个了。说，谁派你来的？来这做甚？

晋源人 老总，老总，我是个卖榆皮面的。

便　衣 卖榆皮面的？来这儿干啥？

晋源人 我的车坏了，找师傅修修车。

车伍儿 （拦住便衣）对对，老总，老总！他是找我来修车的。

晋源人 老总，我这儿有警察局的证明，你看。（掏证件）

车伍儿 老总，来来来，坐，坐，抽根烟，来！（递烟）

【便衣见烟，烟瘾大发，犹豫着松开晋源人，过来接烟。车伍儿
　　故意慢腾腾地点烟。火柴点一根，灭了；再点，又灭了。

　　（故意让风吹灭）

车伍儿　（唱）都怪我人老手又笨，

　　　　　　笨呀么笨，笨煞个人。

　　　　　　半天划不着——洋黢灯，（划火柴）

　　　　　　烧了我手指头——往死疼。

晋源人　（唱）他故意缠住便衣警，

　　　　　　分明是让我好脱身！

【车伍儿拉便衣坐下，点烟。晋源人猛然击倒押他的便衣，夺路
　　而逃。

便　衣　走！（拔出手枪）站住！（下）

【街上传来便衣的喊声（内）："站住！再跑就开枪啦！"

　　"咣！"枪响了。

【车伍儿一机灵，像打在自己的胸口上，一动不动地杵在那里。

【听见枪声，人们都从屋里跑出来。（上）

大圪节　哪打枪啦？咋啦？

车栓马　（爬门缝看）哎呀死人啦！

仇凤莲　伍儿，咋啦？

仇英子　伍儿叔？

【车伍儿两眼慢慢涸出泪水。泪水止不住夺眶而流。抽泣。

车伍儿　全都完了……

大圪节　甚完了，甚完了？

车伍儿　买卖完了。刚刚上门来的买卖……说完它就完了……（哭）我咋
　　就这么没用呀。（号啕大哭）

仇凤莲　伍儿，不就一个买卖么，至于这么没出息！

【车栓马觉察到爹的异样，他忽然明白过来，冲街门直奔而去。

车栓马　爹，我找他们说理去。（欲下）

齐奶奶　（内）回来！都给我回来！（上）

【车栓马和仇英子站住。

齐奶奶　刚死了一个，还嫌死得少哩？就这样白白送死？（环顾四合院）

（唱）上马街经见过多少世面，

方寸地演绎了沧海桑田。

你打来他打去征战不断，

都说是为了家国为民权！

到头来天下还是这般乱，

老百姓觅活难得死也难！

当死本该挺身去，

取义留名天地间；

求活未必不壮士，

保得性命等来年。

要死也得他们死，

咱百姓定要好好活，

活出个人模人样，理直气壮，

扬眉吐气，立地顶天！！

栓子，（哎），英子（奶奶），听奶奶的话，回去，回屋去吧。

散了吧！

【人们回自己屋里。（下）

齐奶奶　伍儿，（哎）你跟我来。

车伍儿　哎！

【变光中缓缓切光。

【齐奶奶家中。

齐奶奶　坐、坐。

车伍儿　（没坐）哎，婶儿，您找我有事?

齐奶奶　再不找，四合院就出大乱子了。

车伍儿　这……

齐奶奶　做人难，是吧?

车伍儿　比修车……难……

齐奶奶　修车靠的是手艺，做人凭的是良心。

车伍儿　婶子，我没昧良心。

齐奶奶　可你吃吃抽抽，犹犹豫豫……怕要坏了徐光明的大事。

车伍儿　徐光明她、她……

齐奶奶　把那件东西拿出来吧。

车伍儿　没、没有啊。

齐奶奶　大圪节都看见了，还跟我捣鬼。

车伍儿　他看见了?

齐奶奶　放心吧，要说，早就说了。别看大圪节嘴上没有把门的，可心善人不坏。

车伍儿　齐婶子……

齐奶奶　伍儿，别看我腿脚不方便，可院里的大小事情，我是听得真真的，看得清清的。

车伍儿　您听得再真，看得再明，这没有的事么……

齐奶奶　（沉吟片刻）伍儿，知道我这腿是咋伤的?

车伍儿　哎呀，住到这院里几十年了，还真不知道您的腿是咋伤的。您从来也没说过。

齐奶奶　那是很早以前的事了。

　　　　（唱）辛亥潮那一年我二十二岁，

　　　　　　　大姑娘初上花轿头一回。

　　　　　　　我的夫暗中参加同盟会，

　　　　　　　趁婚庆并州古城掀惊雷。

　　　　　　　大喜天海子边花明柳翠，

　　　　　　　谁想到祸起萧墙弹雨飞。

　　　　　　　我夫他奋不顾身冲前卫，

　　　　　　　身着婚装杀逆贼！

　　　　　　　他与百川背靠背，

　　　　　　　淌出血路破重围。

　　　　　　　中弹倒在鼓楼北，

　　　　　　　我拖着婚纱拼命追；

　　　　　　　哪顾得上是血还是泪，

　　　　　　　背起丈夫把家归。

　　　　　　　那一枪穿透夫的胸，

　　　　　　　接着伤了我的腿；

　　　　　　　留下这难愈的伤痛，

　　　　　　　风风雨雨把我陪……

车伍儿　啊呀！原来你男人用命帮过阎锡山，是太原首义的功臣。今儿算
　　　　让我长见识了。

齐奶奶　和你说这些不是让你长见识，是想告诉你，该信我。

车伍儿　信。我信。

齐奶奶　把那件东西，拿出来吧。

车伍儿　这……

齐奶奶　就在你身上。

【半天，车伍儿蹲下，从袜套里拿出那件东西，双手递给齐奶奶。

齐奶奶　（接住）伍儿，知道这是甚哩？

车伍儿　（摇头）不知道。

齐奶奶　（打开，看，惊）城防图！

车伍儿　（紧张地）城防图？

齐奶奶　城外的部队有了这张图，太原要死多少人哪！徐光明他们是在做
　　　　功德无量的大好事啊。伍儿，守不是办法，藏更不是办法。得赶
　　　　紧把它送出去！

车伍儿　（欲拿）我去送！

【哨声骤然响起。变光中，霍延旺和特警便衣急上。

【院里。

便　衣　（吆喝）出来！都出来！

【人们从各自屋里出来（上）。齐奶奶倚在自己正房的门栏上。

便　衣　（一把揪过车伍儿）处长，刚才接头的那个人，找的就是他！

霍延旺　你出来，（出来），把他的衣服，脱掉，搜！

【便衣狠狠地剥去车伍儿的衣服，搜了一遍。

便　衣　处长，甚也没有。

霍延旺　刚才，谁跟他在一起？谁？谁！有本事就站出来，别躲在后头，
　　　　瞎指挥！

【齐奶奶一步一步过来，走到霍延旺跟前。

齐奶奶　哼……一个小小的处长，就这样横行霸道！民主共和的天下，就
　　　　败在你们这号人手里！

霍延旺　你到底是国民党还是共产党？

齐奶奶　我是百姓党！

霍延旺　本人奉厅长的命令，来查上马街四合院。老太太，可就差您老的
　　　　房没查了。

齐奶奶　我不认识什么厅长处长。

霍延旺　哼！给面子不要，那就不客气了！（一挥手）搜！

　　　　【众应：是！众便衣一拥而上，要进正屋。

齐奶奶　放肆！

　　　　（唱）骂一声兔崽子你太大胆，

　　　　　　　私闯民宅还放狂言！

　　　　　　　就不怕百姓把你反，

　　　　　　　就不怕忤逆欺了天！

　　　　　　　老百姓不管你这党那党，

　　　　　　　只要你不扰民民生自安；

　　　　　　　更不管这长那长狗屁长，

　　　　　　　只要你不害人就是好官！

　　　　　　　你们占的占，抢的抢，

　　　　　　　捞的捞来贪的贪！

　　　　　　　民生成了口头幌，

　　　　　　　民权反教民不安；

　　　　　　　民主共和今何在？

　　　　　　　民众最有发言权！

　　　　　　　只盼春风云吹散，

　　　　　　　双手迎来艳阳天！

齐奶奶　去请你们阁长官！

便　衣　处长！

霍延旺　……撤。

【切光。

第五场

【关键的一天。四合院处在一种神秘的氛围中。

【黎明前的黑暗里，人们悄声而紧张地做各自的事情，他们要行动了。

【车伍儿来到正在街门口放哨的大圪节跟前。

大圪节　（悄声）伍儿，（咋样）夜来黑夜，到今天早上，我看了十来遍了，特警队的人一个都没有。

车伍儿　好，那就按咱们事先安顿好的办！

【大圪节应声准备去了。（下）

车伍儿　（唱）特警队说撤走是假眉三道，

　　　　　　　齐婶子将计就计棋高一着。

　　　　　　　四合院合一心不分老少，

　　　　　　　为老徐办大事忙乎通宵。

　　　　　　　没想到车伍儿会当领导，

　　　　　　　妙计一招又一招。

　　　　　　　头顶喜鹊喳喳叫，

　　　　　　　且看我过五关斩六将横刀立马、立马横刀！

【齐奶奶上。

齐奶奶　伍儿，（婶）都安顿好了？

车伍儿　按您老说的，一个一个都安顿好了。

【车栓马拿修车的工具箱上。

车栓马　奶奶，咱多会儿走？

齐奶奶　（看栓马，发现什么）马上就行动，栓子，哪有修车不带气筒的。

　　　　【车栓马"哎哟"一声，忙返身取气管，菜花上。

康菜花　婶、婶。

齐奶奶　（上前招呼）哎，大圪节，不是说好，菜花有病，就不要去了。

大圪节　她非要去。

车伍儿　就是么，朝廷还不用病人哩。

康菜花　婶儿。

　　　　（唱）往日里只知道穷是天命，

　　　　　　　徐老师教会咱要与命争。

　　　　　　　这辈子没人把我当人用，

　　　　　　　头一回做个有用人，我死也心甘。

齐奶奶　菜花，要是有人问，你病病恹恹的出来干甚？

大圪节　这……齐婶，我就说带她去看病。

齐奶奶　（掏钱）给，这些带上。

康菜花　不，我不能再花您的钱了。

大圪节　齐婶，我有，我有。

齐奶奶　（嗔怪地）你有？拿出来看看。哪有看病不带钱的。拿着。

　　　　（塞给菜花）

　　　　【仇英上，仇凤莲随上。

仇英子　奶奶、婶，你们看。（故意挺起胸脯，转一圈）

车栓马　看甚哩？

仇英子　看我把那件东西藏哪儿啦？

车栓马　（不解地）婶，她藏哪了？爹，她藏哪了？

车伍儿　（看出藏的地方，悄声地）凤莲，你把那东西藏在……万一……

仇凤莲　车伍儿，我实话告诉你，我家英子可是黄花大闺女，这回要是真

撕破脸，就是赖，也要赖给你家栓子做媳妇。

齐奶奶　好，这个媒人我当定了。好了，时候不早了，该行动了！

车伍儿　（安顿）按事先安顿好的，咱一个一个走。不要急，不要慌。栓子，你先走。

　　　　【车栓马最后看一眼英子，欲下。

仇英子　（突然离开仇凤莲，喊）栓子哥！

车栓马　（站住。回过身来，慢慢拉起英子的手）英子，怕吗？

仇英子　不怕！

车栓马　等着我。

仇英子　（认真地点点头，半天）栓子哥，我爱你……

　　　　【车栓马转身，急下。

车伍儿　（对仇凤莲）你们也走吧。

　　　　【车伍儿目送仇凤莲和英子下。回头，看见齐奶奶——

车伍儿　婶儿。您老就别去了。

齐奶奶　别看我腿脚不利索，可做这事我是行家里手。（叮嘱地）车胎补好了？

车伍儿　补好了。

齐奶奶　那咱走？

车伍儿　走！

　　　　【车伍儿推车下。顷，齐奶奶最后环顾一遍四合院，离开。（下）

　　　　【静。半天，霍延旺上。

霍延旺　（上场，从未有过的失落与颓败）

　　　　（唱）几天来与他们明争暗斗，

　　　　　　　才明白党国江山因何丢。

　　　　　　　失民心背民意天地不佑，

竟与百姓成对头。

眼看着太原孤城难扼守，

已觉出天凉好个秋……

【"走，快走，快走！"人们被特警便衣陆续堵回四合院（上）。

大圪节、齐奶奶、车伍儿等相继上。

便　衣　处长，全都抓回来了。

霍延旺　都搜查过了？

便　衣　都搜过了，没有。

霍延旺　（扫视一遍人群，一把拉过英子）你给我出来。

（众：出来，出来。）

仇英子　（挣脱）放开我！我自己会走！

霍延旺　把她的衣服一件一件，扒光了搜！

【便衣"哗啦"将英子的内衣撕成一块长长的布条，露出姑娘的
胸衣。英子双手死死护住胸口，一时愣在那里。

【人群愤怒了，与便衣扭打起来。慌乱中，特警拉响枪栓，举枪。

齐奶奶　慢！

仇英子　奶奶！

【人们定在那里，回过头来看看英子，又看看齐奶奶。

齐奶奶　英子，把那件东西给他们！

【人们像不认识齐奶奶一样，用诧异的目光看老人。（众：齐婶，
奶奶！）半天，英子从胸衣里掏出那个小包。就在她刚刚拿出
来欲扔的一刹那——突然！车栓马跳出人群，几步冲到英子跟前，
一把抢过小包，向街门外夺路跑去。

【"咣！"霍延旺的枪响了。（定格）人们待在那里，定定地看
着栓马……

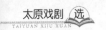

众　　栓子!

【街门处的便衣甲,从车栓马手中夺过那个小包,送给霍延旺。

【车栓柱大步上。

车栓柱　出甚事了?

众　　柱子——

车栓柱　爹?这、这是咋啦?

车伍儿　(一指霍延旺)你问你们一伙儿的!(抱起受伤的车栓马)

车栓柱　(质问霍延旺)你,你凭甚滥杀无辜!

霍延旺　他是共党。

车栓柱　证据哩?

霍延旺　(举起那个带血的小包)太原城防图。

车栓柱　(暗中一惊)哈哈哈……好吧!今天就让我这个作战参谋开开眼,打开。

霍延旺　(慢慢打开。脸色骤变)啊?是给阎长官的信?

【急切光

车栓柱　爹,你听我说,听我说!

车伍儿　我不听,你给我滚,你给我滚!

【渐亮的光圈里,可视为车伍儿的家。

车栓柱　爹,你总得让我把话说完!

车伍儿　你就是说下大天来,我也不认你这个儿子,你滚!滚!……自打小,我就把你当珠宝玉器一样地擦摸,实指望你长大后出人头地,活出个人样儿来。可你跟了遭殃军!你看看人家徐老师徐光明,那才是堂堂正正的人!就是砍头抹脖子,也是烈子、大丈夫!

车栓柱　爹。……徐老师她、她是被我们营杀害的。

车伍儿　你?你们杀了徐光明?

车栓柱　不，爹，你听我说，你听我说！

车伍儿　（猝不及防，甩了车栓柱一耳光。转身，跪地，低号）老天爷，
　　　　你报应我了！报应我了！生下这么个儿子。你滚！滚！（又踢又
　　　　打又踹）

车栓柱　爹，爹，你听我说！（半天，缓缓爬起来）……我从晋源来。

车伍儿　你从天上……（愣住）

车栓柱　我是晋源人。

车伍儿　晋源人？

车栓柱　……卖榆皮面的。胎爆了，来找师傅修车。

车伍儿　（转过身来）喝口水？

车栓柱　不，想吃口咱太原绿豆、桃秫、榆皮，三搅面擦尖。

车伍儿　（顿悟）柱子？（爹）你、你和徐光明是一伙的？
　　　　（嗯）柱子！

车栓柱　爹……这些年，我身在曹营心在汉，这份窝囊气，都悄悄地咽在
　　　　肚里。爹，我是徐光明领着走上这条道的，也是徐光明让我当了
　　　　黄樵松的作战参谋。……几天前，当我知道光明被捕后，我想尽
　　　　一切办法去救她！可她传话出来，不许联络、不许暴露、不许营救。
　　　　特警处怀疑三营有通共分子，下令让我们就地处决……爹，我是
　　　　亲眼看着他们一锹土一锹土地活活埋了我的师长、我的姐妹、我
　　　　的恋人，可她始终还是那么笑着，笑着……

车伍儿　你说啥，徐光明是你的恋人？

车栓柱　她就是您没过门的儿媳妇。原本说好太原一解放我们就要结婚的，
　　　　可她……这些年了，她多想当面叫您一声爹，可是不能啦……不
　　　　能啦——

车伍儿　（愣怔片刻，突然起身找到那件坎肩，抱在怀里。撕心裂肺般地）

【车栓柱扑进车伍儿的怀里，父子俩紧紧抱在一起。人们逐渐来

到外间。

车伍儿　柱子，（爹）你这回回来……

车栓柱　把光明的那件东西送出去。

车伍儿　好，你等着！

　　　　　【车伍儿起身，将那辆自行车推到车栓柱跟前。

车伍儿　柱子，骑上它，走吧。

车栓柱　（疑惑地）爹，东西哩？

　　　　　【车伍儿重重地拍拍自行车前胎。车栓柱明白密件藏在车胎内，

认真地点点头，推车欲下。车伍儿发现门外有特警队。

车伍儿　（佯怒地追打车栓柱）滚，（爹）滚！

　　　　　【车栓柱一步一步推车下，众人凝目相送。车伍儿见车栓柱离开，

长长地松口气，无力地回到院中，靠在那棵歪脖子枣树上——

车伍儿　哈哈哈……

　　　　　（唱）家住太原在城东，

　　　　　　　　没人知道我的姓和名。

　　　　　　　　草木一秋人一世，

　　　　　　　　一秋一世是天两重……

　　　　　【众敲锣打鼓欢庆太原解放。

齐奶奶　伍儿，解放了，天亮了！

车伍儿　天亮了，解放了！

众　解放了！

　　　　　（伴唱）啊！……

【剧终】

太原戏剧选

守护夕阳

编制：小　上　王小东　商培玺

时间：2014年4月

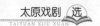

第一场

【女声伴唱：你是爸，她是妈，

一辈子辛苦为了家；

岁月如梭催人老，

儿女已长大，你该把心放下。

哭着来人世，

走时也潇洒；

病床上数钱那是傻，

活他个轻松愉快有尊严；

夕阳映晚霞。

【养老院活动室，冷色调暗光。

【老人们坐成一半圆形，中心位置是刘长发。智障人张健康蹲着在举着哑铃锻炼身体。小赵和高教授在说着话。傅书记带着眼镜手中拿着张报纸在翻看。王雪蹲着帮郑奶奶按摩手。郑奶奶在打盹儿。一切都很静，刘长发半站起身，看了看远方后失落地坐下。

【傅书记放下报纸，轻咳一声。

小　赵　高教授，看啥呢？

高教授　没事儿。

傅书记　有一位可歌可敬的毋亦铭老人，十几年来资助贫困失学儿童。哎呀，听见了吧，真值得我们学习呀！

高教授　是呀！

傅书记　哎，我说各位，今天是长发的生日，咱们应该活跃起来嘛！

　　　　【众人看看傅书记，纷纷说好。

傅书记　我先给大家讲个故事。

　　　　【众人各自干各自的事情。

傅书记　那是1952年。

张健康　又是这一段！

傅书记　我在抗美援朝前线当卫生员，一天……上级命令我们趁黑夜进上
　　　　甘岭坑道潜伏。于是，连长带领我们在黑暗中寻找坑道口……

　　　　【陈大爷从侧面上，边走边低头看着手里的存折。郑奶奶半眯着
　　　　　眼望着空中。

高教授　老陈，又存钱去了？

　　　　【陈大爷笑着点点头，坐在旁边。

傅书记　（不满地看了一眼）我讲到哪了？

　　　　【郑奶奶闭眼晃着头。

小　赵　奶奶，你讲到，你们寻找坑道口，一不小心爬到美国鬼子的地
　　　　堡旁！

张健康　美国鬼子也听到动静了……（众人笑）

小　赵　美国鬼子实在孬。

王　雪　手榴弹扔得像冰雹。

小　赵　我们东躲西又闪。

张健康　扑通通、扑通通……（边说边做俯卧撑）

众　人　一下子掉进防空壕。

傅书记　连长急忙低声叫："别动手！"
　　　　我是连长大老高！

　　　　【众人鼓掌。

王 雪　奶奶，下面呢？

傅书记　下面？我们……

高教授　……就这样，你们终于找到了一号坑道！

【傅书记不悦地扫了一眼，众笑。

傅书记　老高，你！

陈大爷　老领导这故事好是好，可就是听得太多了，他反倒记不住了……

张健康　我记住了……美国鬼子实在孬，手榴弹扔得像冰雹，扑通通、扑
　　　　通通……

陈大爷　行了，行了，老听这故事，还不如听黄桂兰唱段梆子腔哩！

傅书记　老陈！

　　　　老陈同志！

　　　　讲故事也要讲政治，

　　　　听戏娱乐是消遣。

　　　　你曾是矿工老模范，

　　　　受党教育几十年；

　　　　你只知，

　　　　扣扣索索把钱攒，

　　　　是不是这里少根弦？（用手指头）

陈大爷　傅书记！

　　　　（唱）肉包子好吃人都爱见，

　　　　　　　天天吃包子也会烦！

傅书记　（看着陈大爷）你……

王 雪　好啦，好啦，今天呀，是刘爷爷的生日。（送傅书记回座位）

高教授　哎，小赵，你桂兰奶奶去了老半天了，你去看看好吗？

小 赵　高教授，人家婆媳俩见面，还不得道歇道歇？

高教授　哎，她俩能道歇些啥了。她呀，最怕见她这个儿媳妇！

小　赵　那我去看看吧。

傅书记　哎哎哎，不要开小会了，到底是谁表演呐？

张健康　我表演吧！我给大家表演个节目吧！

众　人　好，好！

张健康　鼓掌！

　　　　鼓掌！

　　　　老年朋友们，你们听端详，细听我张健康，说一说健康。

　　　　老年朋友们，可一定要注意，千万不敢再生闷气。要好好地享受好好地活，退休金一年比一年多。不要攀，不要比，自己不要再气自己。少吃咸盐多吃醋，少打麻将多散步。生死路上就无老小，亿万富翁他也跑不了！一定要摆正心态享受人生，心态好就活到老，心态好病就少；病少了，自己不受罪，儿女不连累；节省医药费，有利全社会！

众　人　再来一段！

张健康　（唱）再过二十年，咱们来相会，送到火葬场，化成一堆灰，你一堆，我一堆，你一堆，我一堆……

　　　　【张健康边唱边围着大家转，众人先是惊愕地互相看，后朝着健康吵起来。

傅书记　你这唱的些啥了！

众　人　你唱的些啥了！

张健康　这不是我要唱的，是他教给我唱的。

　　　　【指刘长发。众人朝刘长发看去，刘站起来看了看大家，和众人一起回座位坐下。

　　　　【刘长发看了大家一眼，低下头。

【张瑛画外音，铁山……铁山！铁山上，看了一眼养老院门，转
　　身要走。此时张瑛上，手提着衣袋、蛋糕，拦住刘铁山。

张　瑛　铁山，你今天能来，就是对大姐工作上最大的支持。快，进去见
　　　　见老人吧。

【说着，把东西伸到刘铁山面前。

刘铁山　什么？让我去见他？

张　瑛　是呀，快进去和老人说说话，他会非常高兴的。

刘铁山　让我和他说说话？有这个必要吗？我走了！

张　瑛　站住！你这像当儿子说的话吗？你就一点也不感恩？

刘铁山　感恩？什么感恩不感恩，我心里就没有他这号人！

张　瑛　铁山！

刘铁山　他是生了我，可把我养大的不是他，我给他送终行了吧！

张　瑛　你……

刘铁山　主任！

　　　　（唱）我家事何劳你过问，

　　　　　　　多管闲事你瞎操心！

　　　　　　　我想提醒你大主任，

　　　　　　　你责任该是治病救人。（唱罢蹲下）

张　瑛　铁山，你也是孩子的父亲了，你爸再有错他也是个老人了，特别
　　　　最近还总念叨着你妈，我听了都心酸……

【边说边走到铁山身后。

刘铁山　（笑）……他总念叨我妈？他的话，我连半句都不信！

张　瑛　铁山！

刘铁山　这么多年了，他管过我吗？就连我上大学的钱，都是社会上好心
　　　　人资助我的。

张　瑛　铁山，你爸他……

刘铁山　别的不说了，当初我过生日的时候，问他要一块吧，他竟当着同
　　　　学的面，把我打得鼻青脸肿！他还对我妈……

　　　　不说了，（难过）还是那句话，他几时断气了，你告我一声！

张　瑛　铁山……

　　　　【铁山停顿，转而继续走下场。张瑛抱着衣服无奈地叹了口气，
　　　　　调整了情绪，满脸堆笑地进门。

张　瑛　我回来了。

　　　　【王雪接衣服，健康接蛋糕，众人齐打招呼，刘长发叹了口气。

刘长发　张主任，我儿子呢？（走上前问）

张　瑛　刘大叔，都怪我没有提前通知，铁山他出差去了……

刘长发　出差去了……（失落地慢慢走回座位）

张　瑛　你看，儿媳妇给你买的蛋糕、衣服，都是给你老人家添寿的！

刘长发　张主任，你说我儿子干啥去了？

张　瑛　外地出差去了……

刘长发　这蛋糕……

张　瑛　孩子们孝敬你的。

刘长发　是儿媳妇给你买的！

　　　　【掏衣服时帽子落下，张健康拾起戴在头上。

张健康　这个帽子好看吧，给你买这么好看的帽子。

张　瑛　健康！这是我儿子壮壮的。（说着拿回了帽子）

张健康　那咱们吃蛋糕。

张　瑛　好好，大家准备分享蛋糕！

　　　　【众笑，准备分享蛋糕。

张　瑛　（唱）老人们一个个精神爽，

善意的谎言我继续讲。

这蛋糕味道可不一样，

孝心爱心里边藏。

这衣服款式很时尚，

刘大叔穿上喜洋洋。

众　人　喜洋洋、喜洋洋，大家喜洋洋！

王　雪　刘爷爷，许个愿吧！

众　人　对！许个愿吧！

刘长发　盼望孩子们都好，都好！

众　人　切蛋糕。

　　　　【说罢，刘长发难过地切下蛋糕。

　　　　【突然远处一声撕心裂肺的喊声"还给我，还给我……"众人一
　　　　　时僵住。

　　　　【杏花抱着包在前面跑，后面紧跟着要抢回包的黄桂兰，两人拉扯着。

黄桂兰　（挣扎）还给我，还给我！

杏　花　一没有存款，二没有房产，三没有金银疙瘩，看把你宝贝的！快
　　　　别在这给我丢人现眼了，给我回！

黄桂兰　张主任……（哭，张瑛上）

张　瑛　杏花，你这是干啥？（黄桂兰跑到高教授身后）

黄桂兰　老汉，老汉……

高教授　不怕，不怕……（高教授手搭在黄桂兰身上）

杏　花　张主任，你看看，我让他娶了我婆婆，他不干，他就喜欢这么偷
　　　　偷摸摸的，真恶心！（边说边指着高教授）

高教授　放肆！（打掉杏花的手）

张　瑛　杏花，你婆婆患的是失忆症，不能受刺激。老人们在一起互相关

爱，有个精神寄托……

杏　花　啊呀呀，精神寄托？就这样精神寄托了？

　　　　丢人！哼！

　　　　（唱）老婆老汉一起凑，

　　　　　　　　一个个胆大不知羞。

　　　　　　　　养老就要安心养，

　　　　　　　　谁知越老越风流。

　　　　　　　　你就是他们的保护伞，

　　　　　　　　还不是昧着良心，哼，把钱收。

　　　　（白）这养老院是不是办不下去了？你就昧着良心收黑钱吧！

傅书记　放屁！（使劲拍桌子，吓得杏花转了一圈坐在健康的座位上）

　　　　给110打电话！

张健康　对！闹他！闹他！（边说边推凳子，把杏花推在地上）

张　瑛　好啦，好啦！（阻止健康）

杏　花　你好啦！我不好！既然人家不要你，（上前欲拉黄桂兰）你……

　　　　你跟我回！

陈大爷　杏花……（上前阻止）

杏　花　你少管闲事。（甩开陈大爷）

张　瑛　杏花！（上前阻止）

杏　花　你闪开！你和我回！（抢上黄桂兰的包）

黄桂兰　妈！（对着杏花喊）

王　雪　奶奶！

黄桂兰　杏花！（指着王雪）

王　雪　我不是杏花……

黄桂兰　打的就是你！

【王雪躲到郑奶奶身后，黄桂兰抢上拐杖，打到杏花腿上，绕过健康……

　　不顾众人阻拦，朝郑奶奶方向打去，王雪见状，赶忙上前挡住郑奶奶。

王　雪　啊！（王雪倒在众人怀里）

众　人　王雪！王雪！

刘长发　（生气地）作孽呀……【将蛋糕摔在地上。

【张健康上前抱起地上的蛋糕，蹲着吃了起来，众人下。

【转场。

第二场

【刘长发在病房内百无聊赖地哼唱着"再过二十年，咱们来相会，

　　你一堆，我一堆，（重复）……"张健康吃蛋糕，高教授和黄

　　桂兰聊天，郑奶奶和书记各自在房间里坐着。

【小赵端着碗上，给刘长发放下，王雪端着盘子紧接着上，小赵

　　上前接。

小　赵　没事吧？

王　雪　没事……

　　　　（唱）实习来到养老院，

　　　　　　　想不到病人真难缠。

　　　　　　　一会儿疯，一会儿癫；

　　　　　　　一会儿灵醒，一会儿憨；

　　　　　　　吃饭睡觉三不管，

　　　　　　　在这里一天我就像过了一年。

【何宁上。

何　宁　喂，喂，喂。（迎面碰到王雪大喊）你怎么不接电话啊？什么情况？

呦呦呦，换造型了，大绷带都上场了。

王　雪　哎呀，不要看，不要看。叫你不要来，不要来，你咋不听话？

　　　　（有点不高兴）

何　宁　到底怎么搞的？（小赵一边上，端着餐盘）

小　赵　让病人给打的!

何　宁　打了？（瞪大眼）谁打的？我直接给他从这转到骨科去!

王　雪　劝架，误伤的!

何　宁　没事儿吧?

王　雪　没事儿，哎? 你怎么没有出去采访?

小　赵　采访?

何　宁　对，我今天就是来你们这儿采访的，听说你们医院有一位老人叫

　　　　"毋亦铭"!

众　人　"毋亦铭"?

何　宁　对! 多年来捐助了好多山区儿童，毋亦铭这老人，可了不起啊!

　　　　【何宁接过小赵手中的餐盘。

众　人　我们医院?

何　宁　对! （唱）多年来捐款数十万，

　　　　　　　　　救助山区的贫困生。

　　　　　　　　　汇款单不留真名姓，

　　　　　　　　　落款只留"毋亦铭"

　　　　　　　　　老者在此曾出没，

　　　　　　　　　只可惜从未见真容!

王　雪　你呀，是和尚庙里借梳子，走错门了!

何　宁　得，又白跑了!

王　雪　亲，我不想干了。

何　宁　你们医院是省里的重点，又是三甲，这不是挺好的嘛？

王　雪　反正我就是不想干了！

何　宁　好好好，我给你打电话问问老人。

　　　　　喂，爸，爸，爸！

刘长发　别吵了！

　　　　【王雪朝何宁示意出去说，三人蹑手蹑脚地走下场。

　　　　【病房内刘长发不吃不喝，饭菜放在那里。他手里掂量着儿子捎

　　　　　来的衣服在思索着。

刘长发　（唱）过生日过成了一团麻，

　　　　　　　　儿对我心里有疙瘩。

　　　　　　　　嘴上不说我心难放下，

　　　　　　　　就好像黄连树上结苦瓜。

　　　　　　　　有儿有女成孤寡，

　　　　　　　　几十年多想听人叫声爸！

　　　　【小赵进病房。

小　赵　（没好气地）刘爷爷吃饭！（没吭气）你这是和谁较劲啊，这饭

　　　　菜凉了热，热了凉，刘爷爷……（在旁自言自语）

　　　　我这是啥工作呀，不吃算了！我看你还是不饿！

刘长发　（大声喊叫）哎！我活着，还有个啥味啊！

　　　　【把小赵吓了一跳，餐盘掉在地上。

小　赵　别叫了！人都被你吓跑了！

　　　　【张瑛边喊"小赵"边上，她听到了小赵的牢骚话。

张　瑛　（制止地）小赵！

小　赵　张主任，我好话说了一大堆，他就是不吃饭！

张　瑛　小赵，老人心里不好受，咱要理解！

小　赵　可是我……

【张瑛递过一个饭盒。

张　瑛　好啦，你把这给高教授送去，这里就交给我吧！

【张瑛收拾地上的餐具。

小　赵　张主任……我胜任不了这份工作！

张　瑛　为啥呀？

【突然远处传来敲盆子、敲碗的声音。

众　人　开饭了！开饭了！我们要吃饭啊！

张　瑛　好啦好啦，你先去把老人照顾好，有啥想法，咱以后再说啊！

【小赵欲言又止，下场。

张　瑛　刘大叔，你爱吃的莜面栲栳栳来了，快趁热吃吧！

【刘长发扫她一眼没吭气。

刘长发　……

张　瑛　刘大叔，你今天的气色可是好多了……

刘长发　（看张瑛一眼）

　　　　这衣服，那蛋糕，是不是你……

张　瑛　大叔，那些东西都是孩子们孝敬你的。

【说着把衣服披在刘长发肩上。

刘长发　我知道！他们心里还恨着我，我不怪他，要怪就怪你！

张　瑛　我……

刘长发　你知道我这里是啥滋味吗？哪怕铁山恨我骂我，我……

　　　　我也想听句真话呀！（把衣服甩在地上）

　　　　（唱）你实话实说我不怪，

　　　　　　　没承想你里外糊弄让我猜；

　　　　　　　我老汉如今该相信谁，

这养老院，一天我也不想待！

【踢倒凳子，冲向前，张瑛拦。

张　瑛　（唱）大叔他声声把我怪，

　　　　　　　我心中有话口难开；

　　　　　　　他责我，为他儿女来遮盖，

　　　　　　　又怎知……

　　　　　　　实话实说他更悲哀！

　　　　　　　既然罪错成往事，

　　　　　　　养老院就该给他温暖关怀。

张　瑛　大叔，常言说，心若计较，处处都是怨言；心若放宽，时时都是
　　　　春天。人活一世，何必跟自己过不去呢？儿女们谁也没有怨恨你，
　　　　你就把心放下吧！

刘长发　（唱）年轻时我一步迈错名声败，

　　　　　　　到后来悔青了肠子挽不回来！

　　　　　　　只希望岁月的风雨洗去恨，

　　　　　　　对妻儿负荆请罪也应该。

　　　　　　　没想到儿女对我不理睬，

　　　　　　　早年的疙瘩解不开。

众　人　吃饭喽，吃饭喽……

【王雪、小赵走进来。

小　赵　张主任！

张　瑛　小赵，到现在老人们还没有吃饭？

小　赵　……张主任，我想换一个实习医院，这是我的申请。（掏出一张
　　　　纸）请您签字！

张　瑛　（接过看了一眼）小赵……

小　赵　张主任（把辞职信交到张瑛手中），我自幼胆子就小，那天王雪
　　　　挨打的情形至今挥之不去，我怕……

张　瑛　小赵，你们刚来就遇上这事，我这个当主任的首先向你们表示歉
　　　　意，有啥事咱以后再说啊！

　　　　【亲热地拍拍小赵。

王　雪　主任，我也不想干了……

张　瑛　王雪？

小　赵　……这活就不是人干的！

张　瑛　小赵！

小　赵　张主任！这次是王雪挨打，说不定哪天就会轮到我，这几天晚上
　　　　我尽做噩梦了，当护士连起码的安全都没有保障，这叫什么工作！
　　　　我不干了！

　　　　【把辞职信交到张瑛手中，此时众人要吃饭的声音响起。

张　瑛　小赵（拉小赵），眼下院里缺人手，就算你们帮帮我，咱有啥想
　　　　法过几天再说，好不好？

小　赵　张主任，批不批是你的事，我一天也待不下去了！

张　瑛　小赵……（小赵扔下辞职信下）

王　雪　主任，我……

　　　　【小雪欲说自己也要走，此时众人要吃饭的声音再次响起。

　　　　【静场，收光。

第三场

　　　　【饭厅里，旁边放着吃过的饭碗。

　　　　【灯光未启，传来黄桂兰唱中路梆子《打金枝》的声音。

黄桂兰　（唱）身穿上绫罗锦绣衣，

　　　　　　　我父王他本是当今皇帝……

　　　　【唱声减低，高教授自言自语地感慨起来……

高教授　人呐，就像一粒种子，大风常常决定你的命运。把你刮到肥沃的
　　　　土地上你就会长成参天大树，刮到青石板上你就被晒干了。这
　　　　都是命呐！

黄桂兰　老汉！你不听我唱了？

高教授　听着呢！听着呢！

黄桂兰　是我唱得不好？

高教授　谁说的，好，好，你这几句啊，还真有些名角刘仙玲的味道呢！

黄桂兰　哎，老了，老了，连调调也找不见了。

高教授　谁说的，好！好！

黄桂兰　老汉，我想起咱们从前的事了！

高教授　咱们？

　　　　【音乐起

黄桂兰　那时候咱们还年轻，你是咱们村最好的庄稼把式！

高教授　……庄稼把式？

黄桂兰　……你在坡上锄玉茭子，我在坡下就是这样的唱戏了，你还给我
　　　　叫好了！

高教授　对！对！对！

黄桂兰　到后来，我妈说你老实能干人品好，就把我嫁给你了！

　　　　【黄桂兰把手搭在高教授手上，高教授拿开。黄桂兰又把高教授的
　　　　　手捧在手心，继续说：这辈子，最疼我的是我妈，还有你！

高教授　对！对！对！

　　　　【高教授抽走自己的手，向前移了一点。

黄桂兰　老汉……你说张主任她会赶我走吗?

高教授　不会的!

黄桂兰　我害怕!

高教授　不过你那脾气可得改改了，再不敢打人了!

黄桂兰　不! 我就打杏花!

高教授　杏花也不能打!

黄桂兰　杏花也不能打?

高教授　不能打。

黄桂兰　哦，不能打，不能打，杏花也不能打! ……老汉，你这褂子脏了，脱下来我给你洗洗吧!

　　【帮高教授脱下衣服，黄桂兰拿起来高兴地唱着《清凌凌的水》下。

高教授　（唱）眼见她天真无邪孩童样，

　　　　　　　我心中阵阵暗自伤;

　　　　　　　桂兰她命苦夫早丧，

　　　　　　　抱养独子受凄惶。

　　　　　　　我是学府教书匠，

　　　　　　　儿女出国个个忙。

　　　　　　　无奈何来到养老院，

　　　　　　　院内温情暖心房。

　　　　　　　桂兰她失忆错认我，

　　　　　　　我不忍说破假鸳鸯。

　　　　　　　将错就错圆她个梦，

　　　　　　　看似荒唐她免受伤!

　　【傅书记拄拐上，边走边回头不满地训斥着。

傅书记　哼，走后门跑官，不正之风都刮到我这来了! 攻不下我儿子就想

在我这儿下功夫？哼，你算是找错人了！投机钻营，这路人就是不能提拔！（愤怒地跺着拐杖）

张健康 （追喊上）傅书记，有人把好吃的放在你门口了，我给你拿进去吧？

傅书记 胡说，我嫌他脏了我的家，扔到大门外去！

张健康 我不嫌脏，我吃了吧？

【傅书记瞪了他一眼，张健康胆怯地蹲下。

傅书记 现在不允许干部请客送礼，公款吃喝，可有人就是要顶风违纪！

张健康 那这么多好吃的……

傅书记 扔出去！

【张健康下。

陈大爷 （敲着碗上）小护士都要调走，连饭都没人盛了！黄桂兰这都是你和你儿媳妇闹下的好事啊！

【黄桂兰胆怯地望了一眼低下头。高教授打暂停手势。

高教授 老陈，她是个病人！

黄桂兰 老汉……

【傅书记不满地看看黄桂兰，长出一口气。

张　瑛 饭做好了，大家都吃饭去吧！陈大爷吃饭，傅书记，吃饭走吧！

傅书记 等等！主任，我向你反映个问题，现在咱们这里各种落后思想都在抬头！

张　瑛 傅书记……

傅书记 还有一个新动向，你也要注意！

张　瑛 啥新动向？（好奇，高兴）

傅书记 意识形态问题。

高教授 你这是什么意思？！

傅书记 黄桂兰和高教授不管什么时候总爱在一起。

高教授　你……

张　瑛　好啦，好啦，桂兰阿姨把高教授错当成自己的老伴儿了，她患的
　　　　是失忆症！咱们大家都知道啊！（悄声说）

傅书记　是啊，失忆要是变成了有意，那问题就复杂了！

高教授　（仰天）傅书记，黄土都埋了大半截的人，还图个啥，又有啥可
　　　　图呢？再说了，我的这科技论文还没有完成呢！

黄桂兰　老汉……（蹲到高教授旁边）

张　瑛　好啦，好啦！咱不争了！

傅书记　主任，明知不对，也不同他们做原则上的争论，任其下去，求得
　　　　和平和亲热。或者轻描淡写地说一顿，不做彻底解决，保持一团
　　　　和气。结果是有害于团体，也有害于个人。

张　瑛　你这是……

傅书记　这是《毛泽东选集》第二卷第347页！

张　瑛　傅书记……

傅书记　张主任！

　　　　（唱）护士辞职一连串，

　　　　　　　再不能轻描淡写来敷衍。

　　　　【杏花暗上。

　　　　　　　黄桂兰打人性质变，

　　　　　　　此事已涉及公共安全。

　　　　　　　有错要改、有病要看，

　　　　　　　她不做检查就不能过关。

张　瑛　傅书记……

杏　花　呀呀呀……你们这是养老院啊还是检察院？我婆婆犯啥罪了？这
　　　　个要检查，那个要教育，我们花钱是治病养老来了，敢是受气来了？

张　瑛　杏花，你误会啦，大家谁也没有说啥啊！

杏　花　哼，我在后面都听了老半天了！妈，这养老院咱不住了，咱们回！

　　　　【边喊着边去拉婆婆。

黄桂兰　老汉，我不回！老汉！我不回！（桂兰胆怯地藏在高教授身后）

高教授　不回，不回！

杏　花　那你把她带回家去？

高教授　你胡说！

杏　花　黄土都埋了大半截的人了，还不知道想干啥了。

傅书记　你在这儿撒什么野？

杏　花　你算老几？

张　瑛　杏花，你就不想想，你婆婆为啥不愿意回家了？

杏　花　哼，我还要问你了，你这养老院是不是办不下去了拉人凑数了？

　　　　还是要绑架人了？对！绑架人了……

张　瑛　杏花，这里是医院，需要安静，请你出去！（理性）

傅书记　出去！

杏　花　妈，咱回！

　　　　【上前拉黄桂兰，黄桂兰吓得发抖喊着："我不回！"张瑛拦住黄

　　　　　桂兰。

黄桂兰　（精神恍惚）你说话呀（冲高教授），你说话呀（冲傅书记说），

　　　　我不回！那个家……我冷（杏花小声："回！"）我累（杏花小声：

　　　　"回！"），我怕（杏花大喊："回！"）妈！（对张瑛）

　　　　【黄桂兰突然像个孩子"噗通"一下跪在张瑛面前。

张　瑛　（唱）阿姨她失口叫声"妈"。

　　　　　　　张口结舌我怎应答！

　　　　（白）黄阿姨，快快起来！你这是折我的寿啊！

【两人跪着相拥。

（唱）一声妈，她喊出多少心底话，

　　　一声妈，我热泪盈眶能说啥？

　　　休说她失忆精神错乱，

　　　犹记慈母亲生妈，

　　　世上只有妈妈好，

　　　天高地厚爱无涯；

　　　儿女有难依靠娘啊，

　　　阿姨渴望我保护她！

　　　她内心孤独盼温暖，

　　　她把这当成了自己的家。

　　　一声妈，喊得我顿觉责任大，

　　　再苦再累再艰难，我也要当好这个家！

张　瑛　大叔、阿姨们，你们这样的信任我，我会尽力的，让你们在这里
　　　　踏踏实实、安安心心地养老！

杏　花　你踏实了，我不踏实！妈，这不能待了，咱们回！

张　瑛　杏花，希望你尊重我们医院的规章制度！

杏　花　我尊重你们，谁尊重我了？你们扣留我妈，反倒有理了？
　　　　我要告你们去！你等着，你等着。

张健康　太原好，中环好，太原又有新面貌！

　　　　【张健康和杏花相撞，把手中的报纸交到陈大爷手中。

众　人　哇！

郑奶奶　我家原来就在这大桥旁边住着。

陈大爷　我常到这……

众　人　存钱？

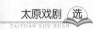

陈大爷　吃打卤面！

傅书记　这，这，这，还有这，当年都归我管！

众　人　主任咱们去逛逛？

傅书记　不行，咱们这儿有规定。

郑奶奶　规定是活的，高兴就好！

众　人　主任？

张　瑛　好，高兴就好！

众　人　对！高兴就好！

　　　　【收光。

第四场

　　　　【张瑛开车拉众老人上。

　　　　（领唱合唱）

张　瑛　车轮飞，笑声喧，

　　　　载上老人到街前。

帮　唱　到街前，到街前，到呀么到街前！

张　瑛　环城修起快速路，

　　　　今天咱要逛中环。

帮　唱　逛中环，逛中环，逛呀么逛中环！

张　瑛　（白）坐稳了！

众　人　好！

张　瑛　（唱）踩油门车似离弦的箭。

张健康　（白）这马路多干净呀，我都想打个滚儿了！

帮　唱　高架桥修得呀真宽展。

郑奶奶　昔日的蒙山咋不见?

　　　　我在那住过几十年;

　　　　漫天煤尘迷人眼。

帮　唱　看眼前,十里山坡铺绿毡!

张　瑛　晋阳湖水碧波闪。

傅书记　想当年这里是污染源。

高教授　今非昔比天地变……

黄桂兰　(白)老汉,你看,咱们还在那个饭店喝过头脑呢!

众　人　啊?

陈大爷　(开玩笑)老高,看来你早就第三者插足,只怕是跳进黄河也洗

　　　　不清了。(众笑)

张健康　飞机正往云里钻!

张　瑛　老人们来观景,格外显眼……

帮　唱　咱就像电影明星走红毯……

郑奶奶　霜后的枫林火一片,

帮　唱　汾河两岸景色添。

张健康　云彩挂在高楼上,

帮　唱　百鸟归林唱得欢。

郑奶奶　这几年变化可真大呀!

傅书记　一天一个样,一天一个样……

郑奶奶　赶上了,赶上了,我活了九十九,值!

张健康　你去年是九十九,今年还是九十九! 再过两年你还是九十九!

　　　　【众笑。

众　人　好福气! 好福气呀!

张　瑛　大家看得高兴不高兴呀?

众　人　高兴!

陈大爷　大家逛美了吧?

众　人　逛美啦!

陈大爷　那咱回,我还要……

众　人　去存钱?

陈大爷　不! 去约会!

张　瑛　离中环,到内环。

众　人　边走边看,往回返。

　　　　【切光,转场。

第五场

　　　　【接前场。养老院门外有个石条凳,门上贴着一张"限期整改通知
　　　　　书"。张健康首先看到。

　　　　【代院长满面愁云地手提公文包上。

张健康　这是贴上甚了?

张　瑛　限期整改?

众　人　限期整改?

代院长　对,限期整改!

张　瑛　代院长……

代院长　代院长?(不悦地)我是代代院长……老院长退休,新院长还没来,
　　　　我只不过暂时代理一下院长,可眼下你们这个老年科这个请调,
　　　　那个辞职,特别是面临三甲医院的评审,都与你这有关!

张　瑛　代院长。

代院长　张主任!

（唱）养老院就像一台戏，

　　　　这边唱罢那边起；

　　　　医患纠纷一件件，

　　　　没问题有人也想来扯皮；

　　　　你看看那些告状信，

　　　　在自己身上找找问题！

傅书记　问题？张主任的工作没有问题啊！

众　人　是啊！没有问题。

杏　花　……代理、代理！（亲切地走到代院长旁）

代院长　代理？我还传销呢！（没好气地）

杏　花　代……

代院长　你随便叫吧！

杏　花　（一转身往眼上沾了点唾沫装哭）我说代理，我们家的日子，可
　　　　是没法过了！我的代理呀！

　　　　（唱）未曾开言泪滂沱，

　　　　　　今天我要告老年科……

代院长　又咋啦？

杏　花　（接唱）科主任张瑛太蛮横，

　　　　　　她不该拘留我婆婆！

傅书记　什么，什么，拘留你婆婆？那拘留人可是派出所管的事！

杏　花　不是拘留，是截留，截住她就给留下了！

代院长　……（无奈地）

杏　花　（接唱）我婆婆吃嘛嘛香身康健，

　　　　　　从前啥病也没犯过。

陈大爷　没有病来医院干甚呀？

杏　花　哦，得过癫痫，治好了！

　　　　（接唱）想不到来这更出错，

　　　　　　　　错误犯得我真没辙！

　　　　（白）　她在医院处下相好的了！

高教授　你胡说！

张　瑛　杏花，你婆婆把高教授错当成自己的老伴了……

杏　花　是啊，既然那样就该光明正大的结婚嘛，可那高教授死活不干！

张　瑛　人家高教授是在帮你呢（众人附和），你应该感谢人家（众人附和）。

众　人　对！应该感谢人家！

杏　花　对啊，我就是在感谢他呀！张主任，我是说高教授儿女都在国外，他身边也缺个伴么，既然他看上了我婆婆，就叫他们结婚算了。结了婚，把我婆婆接到国外，我婆婆那老院子就归我了，高教授那大房子，不也是我的了。到时候我婆婆不能给我看孩子了，高教授一个月再补贴我五千……三千……不，两千就算了！

高教授　你成天闹来闹去就是为了这？

杏　花　我是成全你们呀！

高教授　你往那看！【杏花穿过众人寻找。

傅书记　在那呢！【一把把杏花推到通知下。

杏　花　啊，限期整改？这变化也太快了吧？

傅书记　这里就要关门了，你把你婆婆接回家去，好好地孝敬孝敬去吧！

　　　　【众人附和。

众　人　对！孝敬去吧！

杏　花　我……我才不要她了！还是留着你代理吧！

　　　　【推了一把高教授的轮椅转身就跑了，代院长忙抓住轮椅。

张　瑛　杏花！

代院长　张主任，你马上给黄桂兰办出院手续，让她跟上儿媳妇走！

【王雪接过轮椅，黄桂兰紧跟着高教授。

张　瑛　代院长，桂兰阿姨回家是会犯病的！

代院长　病人出院是人家的自由，你不觉得管得太多，超出了咱们养老院的职责范围了吗？你看看！七十的、八十的，还有一百多岁的，你还领他们去逛中环？出了问题你负责呀还是我负责？

张　瑛　代院长，我可以不当这个主任，但医养结合这条路我们应该走下去呀，我们对这些老人可得负责呀！

代院长　负责？你负得起这个责吗？这不是你的私营企业！

张　瑛　代院长……

代院长　张瑛同志！你是省市两级模范，该怎么处理这事你应该明白，按限期整改办吧！

张　瑛　代院长！限期整改……

郑奶奶　闺女，这可是我们的家呀！

众　人　这是我们的家呀！

郑奶奶　闺女！

　　　　（伴唱）出院门，望东山。

　　　　　　　　北风吹泪点点寒。

　　　　　　　　埋怨声声敲耳鼓，

　　　　　　　　悲愤如潮涌心田。

张　瑛　难道我做错了吗？（伤心地哭起来）

　　　　（唱）　想当初试办养老院，

　　　　　　　　那时我满腔热情挑重担。

　　　　　　　　一心想，将老人当成亲爹娘，

　　　　　　　　受苦受累无怨言。

想不到处处落埋怨，

张瑛我倒成了出头椽！

前是河，后是山，

进退维谷，形只影单；

扪心自问错在哪？

做事为什么这样难？

回头又见养老院，

多少老人把心牵；

高教授人虽睿智身瘫痪，

刘大叔老来遭弃怨连天，

傅书记正气讲话太偏，

黄阿姨倘若回家生存难……

老人怕孤独，

老人盼温暖，

老人需关怀，

老人待承欢。

面对那一双双信任的眼，

怎叫他们再心寒？

（伴唱）秋风起，扑人面，

心底苦，对谁言；

多少委屈多少怨，

面对飞雪心茫然。

【画外音王雪喊："张主任……"跑上场，壮壮紧跟王雪身后。

壮壮手拿饭盒，藏到张瑛身后。

王　雪　张主任，你看我把谁给你带来了？

【转头发现壮壮不在自己身后。

壮　壮　妈！（从张瑛身后探出脑袋，饭盒藏在身后）

张　瑛　儿子，你怎么来了？

壮　壮　壮壮今天来呀，是慰问我们省劳模张瑛同志的！

张　瑛　好儿子，妈妈这几天忙，没有顾上回家，让你……

壮　壮　妈，没事儿，你猜我给你带啥好吃的了？

张　瑛　啥好吃的？

壮　壮　蹭蹭蹭蹭……（拿出饺子）

张　瑛　饺子……

壮　壮　妈，这是我亲手给您包的饺子，您尝尝！

张　瑛　妈妈尝！（感动地接过饺子）

王　雪　主任，壮壮还要给你唱首歌呢！

壮　壮　祝我生日快乐……

张　瑛　你看妈妈也有礼物！

　　　　（从包里拿出帽子，边给壮壮戴边感叹）我儿子长大了也长高

　　　　了……

　　　　（发现壮壮在发烧）儿子，你在发烧？

　　　　【贴着壮壮的脸说。

壮　壮　妈，没事。

张　瑛　儿子，你发着烧还给妈妈包饺子，可妈连你的生日都忘了……

　　　　对不起！

壮　壮　妈，儿子的生日就是妈妈的受难日！

张　瑛　儿子！

壮　壮　妈，我知道这里的爷爷奶奶都离不开你，你忙我都习惯了，咱们

　　　　全家都习惯了。妈，我挺你！

张　瑛　儿子!

王　雪　主任,只要养老院还在,我就跟着你好好干,我挺你。

张　瑛　王雪!

小　赵　我也挺你。

【高教授和傅书记、小赵上。

众　人　我们大家都挺你!

小　赵　张主任,对不起,我错了!

张　瑛　小赵。

高教授　张主任,咱们国家已经进入老年社会了,咱不过是先走了一步,不规范的可以逐渐改善嘛!

傅书记　是啊!眼下全国六十岁以上的老人都两亿多了,相当于四个法国的人口,没有养老机构怎么办?我要向上级反映!

众　人　对!反映咱们的实际情况!

郑奶奶　闺女,你可要好好地干下去,我还要活到一百岁!

张　瑛　郑奶奶,你放心吧,我给您过百岁大寿!

众　人　对,过百岁大寿!

【画外音:"刘长发病危、刘长发病危!"

(众人一愣!)

【切光。

第六场

【纱幕后面的"急救室"紧张的抢救还在进行。

张　瑛　(在拨打手机)喂,是刘铁山吗?你父亲情况很不好,我们正在抢救;什么理由都不是理由!马上到医院!

【急救室灯光。

代院长　张主任，老人的病情怎么样了？

张　瑛　病情很不稳定……

代院长　哎，但愿奇迹出现吧！

刘长发　（苏醒）小云……小云……你在哪……我想和你说句话……

　　　　【慢慢抬起一只手，伸向天空，后又缓缓放下。

王　雪　（悄声）张主任，刘爷爷一直叫着"小云，小云"，小云是谁啊？

张　瑛　（轻摇头）他的前妻叫小云……

　　　　【刘长发又呻吟着叫："小云"。

　　　　【刘铁山气呼呼上。

　　　　（白）张主任，刘长发断气了？

张　瑛　铁山，我接待过数百个家属，还没有见过你这样的儿子。

刘铁山　那是你没有见过他这样的父亲！

张　瑛　你就原谅他吧，再大的错，他也是你的父亲！

刘铁山　父亲……父亲这两个字他配吗？

　　　　（唱）父亲应是儿的榜样，

　　　　　　　父亲该是家的栋梁。

　　　　　　　"父亲"两字大山一样，

　　　　　　　刘铁山提起父亲只有悲伤！

　　　　　　　他昔日进城把家忘，

　　　　　　　儿不管女不顾抛弃我娘；

　　　　　　　到如今黄泉路尽想起我，

　　　　　　　揭开伤疤血会淌！

　　　　　　　我今来医院看在你面上……

　　　　　　　若见他，

　　　　　　我只有怒火满胸膛！

　　　　　　【铁山唱罢欲下场。

张　瑛　（白）铁山！

　　　　　（唱）看年龄咱相仿，

　　　　　　　　你的心情我体谅；

　　　　　　　　怨恨路上无良药，

　　　　　　　　岁月的风雨能疗伤。

　　　　　　　　世人哪个没有错，

　　　　　　　　悔过的老人应原谅。

张　瑛　铁山，你也该给孩子做个榜样！

刘铁山　我就没有榜样！

　　　　　　【刘铁山表情复杂，转身欲走。

张　瑛　铁山！

　　　　　　【刘长发在内叫着"小云、小云……你来了吗？"

　　　　　老人这一口气就是等着你妈，就是想亲口和你妈说几句心里话，

　　　　　就让他少点遗憾吧！

刘铁山　……张主任，我妈苦了一辈子，就凭他几句心里话，就能对得住

　　　　　我妈吗？这样对我妈公平吗？

张　瑛　公平不公平，我们把这个选择交给你的母亲，让老人自己处理好

　　　　　不好？

刘长发　小云……

张　瑛　铁山！快给你妈打电话吧

刘铁山　妈……

　　　　　　【刘铁山把电话递给张瑛，自己跑下场，张瑛把电话拿到刘长发

　　　　　　　耳边……

【刘长发听到小云的声音一激灵，突然坐起来。

刘长发　小云……小云，真的是你吗？我是长发！你还能听出我的声音？

【张瑛扶着刘长发站了起来。

刘长发　你的声音还没变……我这病……已经不好治了……你的那哮喘病

好些了吗？

刘长发　……小云，我这辈子愧对你和孩子们呐！儿子几十年没叫我一声

"爸"，我不怪他……我知道他还恨着我！我咽不下这口气，就

是想亲口对你说声"对不起"。小云，我不是个好人！老天爷已

经惩罚了我整整半辈子了！

【哭、痛苦，张瑛忙上前搀扶。

刘长发　活着能听到你原谅我，我也就是满足了！（幸福的）

【女生伴唱：心痛难闭眼，

　　　　　　内疚泪不干；

　　　　　　悔恨肝肠断，

　　　　　　此生心何安。

【把电话还给张英，向病床走，音乐转，长发回头看张瑛像看到

　　自己的妻子。

刘长发　小云、小云，真的是你吗？你还是当初的模样……

【幸福、喜悦。

张　瑛　是我……

刘长发　（见王雪走过一愣）我这眼睛看不清了，你把女儿也给我带来了吗？

【王雪见状吓得忙躲，张瑛伸手拉住她。

张　瑛　是啊，我把女儿也给你带来了！

王　雪　爸！

【刘长发应声点头流下泪。

刘长发 哎!

（唱）梦里常见你，

相逢笑声甜；

莫说儿女把我怨，

我若是他们也一般！

人世间不卖后悔药，

我悔青了肠子也枉然！

临终能见你母女面……

我只想赔个礼、道个歉、表明心迹，

轻轻松松到九泉。

刘长发 （掏出一块手表）这块表我买了二十多年了，也想了他二十多年

了，等了他二十多年了，你交给他吧，总算了了我一桩心愿了。

【张瑛接过手表，王雪扶着刘长发慢慢走回病床。

张 瑛 （唱）捧起手表心颤抖，

不由张瑛热泪流；

望着老人那双手，

悔过改错尽在弥留。

人之将死其言善，

多少遗憾与愧疚，

这窗纸倘能早戳透，

多些理解少些仇。

往窗外，风卷秋叶遍地走，

十年的往事涌心头，

大院里有笑也有泪，

悲欢离合叫人成熟。

刘铁山　张主任，这电话也打完了，他也该满意了吧？我呀也算是尽孝了！

张　瑛　铁山！（难过）

刘铁山　还是那句话，他几时断气了，我们父子的缘分也就断了！

张　瑛　（愤怒地）住口！铁山！你爸他多少年来并没有忘记你们你知道吗？

　　　　资助你上学的那位好心人，他就是你的父亲。

铁　山　不！不是他，不是他！

张　瑛　（从王雪手里接过手表递给铁山）铁山，这是老人交给的。这块

　　　　表他已经给你买下二十多年了，也想了你二十多年，也盼了你二十

　　　　多年，时时刻刻，分分秒秒，都是在牵挂着你呀！

　　　　【刘铁山颤抖着接过手表。

刘铁山　我不怨你，我不恨你，我是想你呀！爸！

　　　　【跪下放声哭起来，手术台灯亮，众人上场。

　　　　【伴唱：二十年等，二十年盼，

　　　　　　　二十年积怨压心田，

　　　　　　　捧起手表泪湿眼，

　　　　　　　一片亲情沉甸甸……

　　　　【切光。

尾　声

　　　　【合唱：冬去春来又一年，

　　　　　　　花落花开艳阳天。

　　　　　　　日新月异天地变，

　　　　　　　养老院里笑声甜。

　　　　【学生们欢呼雀跃，献花，众人起舞，众老人在场。

太原戏剧选

代院长 哎呀！今天呀！是个大喜的日子，是郑奶奶的百岁大寿。

郑奶奶 不！不是百岁大寿。

众　人 还是九十九？

郑奶奶 对！赶上这样的好时候，我当然是越活越年轻。明年我过生日还是要过九十九！

众　人 祝你生日快乐！

代院长 是呀，今天真是双喜临门，国务院刚刚出台了医疗改革的新方案，明确指出了有条件的医院可以推行咱们"医养结合"的成功经验。张主任，你辛苦了！

　　【众人喊"你辛苦了！"

何　宁 还有一个好消息要告诉大家！历经千辛万苦，我们终于找到了，原来，毋亦铭老人就是在我们院中！

　　【大家互相看。

众　人 啊？

张健康 傅书记，你？

傅书记 不是我，向上级反映咱们医养结合实际情况，那毋亦铭还真值得我学习！

郑奶奶 不不不，我要做了这好事呀，就举手报告了！

高教授 不是我。

何　宁 大家都不要猜了，我这里还有学生发来的照片，原来他就是陈大爷！

众　人 啊？老陈！

陈大爷 不不不，那是毋亦铭，不是我！

傅书记 老陈，你这是悄悄秘秘的干大事，希望工程也加我一个！

高教授 我们老有所养，也要老有所为嘛，也加我一个！

刘长发 加我一个！

张健康　还有我！

众　人　你？

张健康　我……没钱。

【众笑，各自默默回到自己的房间。

张　瑛　又是一个黄昏，忙忙碌碌的一天就这么过去了，毋亦铭老人十几
　　　　年来如一日，穿的是补丁衣，吃的是粗茶饭，在别人眼里他是个
　　　　爱财如命的人，谁知他却资助了那么多贫困山区的孩子，我们在
　　　　他身上看见了人间的大爱！可他老人家说……

陈大爷　我呀，这辈子就想干这么个事儿！

张　瑛　郑奶奶呀，估计明年的生日还是要过……

郑奶奶　九十九！

张　瑛　刘大叔呀，如今可享福了，他的儿子铁山，今天给他送营养品，
　　　　明天给他送水果，你瞧，穿上儿子给买的衣服都不想脱了，晚上
　　　　做梦都能笑出声来，这不，儿子正在给他……

刘铁山　爸，洗脚！

傅书记　现在国家的政策越来越好啦！

张　瑛　傅书记啊真是好可爱，一辈子就坚持一个理字！对对对，你们看，
　　　　高教授和桂兰阿姨多像一对儿恋人啊，一个是知书达理的教授，
　　　　一个是失忆的老人，就这样，互相关爱着，挽扶着，一天天地
　　　　过吧！

【杏花上。

杏　花　妈！你早就把大房子过户给我了，你咋不早告诉我一声，让我犯
　　　　了那么多的错误。今后我再也不磕打你了，我一定会好好地孝敬
　　　　你的，你就原谅我吧！妈……

张健康　主任！一碗不够吃，再给我舀一碗吧！

张　瑛　健康！晚上吃多了对身体不好！要注意健康！

张健康　ok！

张　瑛　这个养老院啊，我是离不开你了，我更离不开这些老人们。迎来送去的每一位老人，是你们让我成长，让我懂得了这份工作的意义！我要感谢在这里住过的每一位老人！（鞠躬）

郑奶奶　闺女！

张　瑛　哎！（转头走到郑奶奶旁）

　　　　（女生伴唱）你是爸，她是妈。

　　　　　　　　　　　一辈子辛苦为了家。

　　　　　　　　　　　岁月如梭催人老，

　　　　　　　　　　　儿女已长大，

　　　　　　　　　　　你该把心放下。

　　　　　　　　　　　哭着来人世，

　　　　　　　　　　　走时也潇洒。

　　　　　　　　　　　病床上数钱那是个傻，

　　　　　　　　　　　活他个轻松愉快有尊严，

　　　　　　　　　　　夕阳映晚霞。

【演员谢幕！

【剧终】

太原戏剧选

续范亭

编剧：孙国强　贺海鹰

时间：2015年8月

【剧中人物】

（按出场先后为序）

续范亭——42岁，国民革命军新编第一军中将总参议。

张学良——34岁，东北军少帅兼国民党西北"剿总"副司令。

杨虎城——42岁，国民革命军第十七路军军长，中华民国陕西省政府
主席，西安绥靖公署主任。

刘定安——37岁，续范亭同乡，爱国人士。

许玉侬——25岁，续范亭妻子。

小　侬——10岁，续范亭女儿。

杜若梅——23岁，南京《新京日报》记者。

群　演——党棍、西装、马褂、军官、车夫、报童、学生、东北军官
兵若干人。

第一场　决意东行

【雄浑壮阔、荡气回肠的音乐。

【幕后伴唱：江河滚滚去，

　　　　　　英雄论古今。

　　　　　　万古中天月，

千秋烈士心。

【1935年深秋。西安绥靖公署。

【报童叫卖报纸跑上。

报　童　号外、号外……中共武装呼吁停止内战，北上抗日，兵进陕北吴
　　　　起镇。

【部分东北流亡学生和西安爱国学生举着"停止内战，一致对外"
　　的横幅，聚集请愿。

男　生　（大声疾呼）同胞们、同学们，我们国家正面临着被日本侵略者
　　　　蚕食鲸吞的危险！

女　生　华北之大，已经放不下一张平静的课桌。

男　生　平津危急！华北危急！

女　生　中华民族危急！

男　生　我们坚决要求东北军、西北军掉转枪口，一致对外。

众　人　抗日救亡，一致对外！

【远处出现一位穿长袍的中年人续范亭。

【一位军官率大批军警从公署大门蜂拥而出，如临大敌，与示威
　　学生形成对峙。

【学生们群情激愤，军警阻拦，军官鸣枪，众人惊呆。

军　官　再敢胡闹，老子可就开枪了！

续范亭　（挺身而出）慢！

（唱）茫茫神州狼烟起，

　　　　倭寇亡我铁蹄疾。

　　　　学子请愿遭厄遇，

　　　　手足相煎何太急。

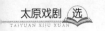
弟兄们，日本鬼子陷我东北、吞我华北，狼子野心昭然若揭。这些都是爱国的热血青年，你们的枪口不该对着他们，而应该去消灭日本侵略者！

学　生　中国人不打中国人！

众　人　打倒日本帝国主义！

（唱）我的家在东北松花江上，

那里有森林煤矿，

还有那，

满山遍野的大豆高粱。

九一八，九一八，

从那个悲惨的时候……

【士兵们黯然神伤，枪口慢慢放下。

【张学良、杨虎城在卫士簇拥下上。

军　官　立正——

张学良　弟兄们，退下。同学们，有话慢慢讲，万万不可冲动！

续范亭　少帅！

张学良　范亭兄！（二人握手）

续范亭　虎城兄！（握手致意）

男　生　（低声问）这位先生是谁？

杨虎城　这位就是大名鼎鼎的辛亥功臣、新编第一军中将总参议——续范亭先生。

【续范亭向大家拱手致意。

男　生　噢，续范亭？我知道，续将军是山西崞县人，辛亥革命时曾经当过敢死队队长……

【众人鼓掌。

学生甲 张将军，我们这些学生从东北流落到华北，又从华北流落到西北。

俺们就想问问，咱什么时候才能打回老家去啊？

众学生 是啊，啥时候才能打回老家去啊？

张学良 同学们，我张学良何尝不想早回家啊！

（唱）同学们思乡苦热泪涟涟，

可谁知我也是有苦难言。

九一八我奉命临阵不战，

入关后又卷入内战硝烟。

对不住三千万关东父老，

悔不该丢弃下黑水白山。

我本是铁骨铮铮男儿汉，

怎忍得卧榻旁倭贼睡声鼾？

女　生 对，停止内战，一致对外！打倒日本帝国主义！

张学良 大家冷静！本党"五全大会"即将召开，相信会给国人一个说法。

杨虎城 少帅说得对。党国一定能够把握时局、转危为安。大家还是先回

去上课吧！

学　生 （不甘地）我们不走，我们要抗日！

众学生 我们要抗日！

张学良 同学们先回去上课，容我和二位将军商量，一定会给大家一个满

意的答复。回去吧，回去吧！

【学生们陆续告别而去。

张学良 范亭兄，你来西安，事先也不打个招呼？

杨虎城 是啊，范亭兄为何如此匆忙？

续范亭　少帅、虎城兄，我与好友刘定安从兰州赶来，正是想与二位将军共商抗日救亡大计啊！

张、杨　哦？不知仁兄有何主张？

续范亭　此番我要东出潼关，奔赴南京，面见蒋委员长！

　　　　【张、杨二人惊讶。

张学良　去南京？面见委员长？

杨虎城　有啥想法？快快讲来。

续范亭　少帅、虎城兄，一言难尽啊！

　　　　（唱）倭贼举兵步步逼，

　　　　　　　亡我之心已无疑。

　　　　　　　"何梅协定"缓兵计，

　　　　　　　剑指华北走险棋。

　　　　　　　望津门日本浪人肆无忌，

　　　　　　　北平城竟然飘着膏药旗。

　　　　　　　有多少反日志士下牢狱，

　　　　　　　师生们收起课本忙撤离。

　　　　　　　眼看华北又变"满洲国"，

　　　　　　　身为将空吃粮饷怎不急？

　　　　　　　奔南京苦劝中枢明大义，

　　　　　　　"攘外安内"老调莫再提。

　　　　自古道，天下兴亡，匹夫有责。我等身为军人更应为国尽忠，在所不惜。

张学良　范亭兄，你可要三思而行啊！

杨虎城　是呀，眼下共军转战陕甘，总裁视为心腹大患，未必肯屈尊降贵听你劝谏啊！

张学良 是啊，在对待"外辱"和"异党"问题上，蒋公历来主张攘外必先安内。现在又调我军入关剿共，恐怕……

续范亭 二位的心意我领了，但这趟南京我是非去不可！

张、杨 （对望一眼，又不约而同转向续范亭）哦——

传令兵 （急上，敬礼）报告副司令，蒋委员长急电。

张学良 （看罢电报，递给杨虎城）看来我得先去一趟南京了。范亭兄，我看南京你还是不去为好。

续范亭 何出此言？

张学良 （欲言又止）这——多保重，告辞！（急下）

续范亭 虎城兄……少帅他……

杨虎城 少帅此去南京，怕是与你有些干系！

续范亭 哦？与我何干？

杨虎城 实不相瞒，有人告了你的御状！

续范亭 告我御状？

杨虎城 说你有通共之嫌。今年九月，共军北上先遣部队通过腊子口时，你可曾暗中指使藏族土司派人带路？

续范亭 哈哈哈哈！大丈夫光明磊落，敢做敢当！

杨虎城 当局正想治罪于你，此去南京，岂不自投罗网？

续范亭 自辛亥革命追随中山先生以来，续某早将生死置之度外，区区鼠辈，我焉惧之？

杨虎城 可是今非昔比呀，当政者只恐听不进逆耳忠言呀！

续范亭 虎城兄，弟此去南京，就是要上书直谏蒋委员长。看看吧，环此国中，强盗伺逼，兄弟相残，百姓颠沛流离，民气一蹶不振，亲

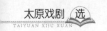
者痛而仇者快。试问秉国中枢，居心何在?

杨虎城　范亭兄，看你年龄越大，秉性却越发耿直了。

　　　　（唱）眼见那甲午风云又重现，

　　　　　　　只怕是九州沉浮一命悬。

　　　　　　　委员长固执己见难听劝，

　　　　　　　去南京恐怕蒙受气两端。

　　　　　　　若蒋公闭门谢客不相见，

　　　　　　　你尚需沉着应对再周旋。

续范亭　多谢虎城兄!

　　　　【刘定安匆匆上。

刘定安　范亭兄，玉嫂也赶来了。

　　　　【许玉侬带女儿上。

小　侬　爸爸——我想爸爸。

续范亭　哦，乖女儿，爸爸也想你。

许玉侬　哦，杨主任，真不好意思，跑到这里来打扰你。

杨虎城　玉嫂为何匆匆而来?

许玉侬　我劝他不要去南京，可好说歹说就是不听。

　　　　（唱）先生他心地善良性刚毅，

　　　　　　　闹革命如风如火如电疾。

　　　　　　　而立年孤身奔走在各地，

　　　　　　　多亏您牵线促成我夫妻。

　　　　　　　眼看这秋意渐浓寒风起，

　　　　　　　他不顾身体孱弱把家离。

　　　　　　　苦劝他千回百转志不易，

急得我寝食难安夜叹息。

杨主任，您快劝劝范亭吧。

杨虎城 玉嫂莫急。范亭兄还是那脾气，一旦拿定主意，十头牛也拉不回来。

小　侬 爸爸，我不让你走，我想要枣红马。

续范亭 小侬莫哭，爸爸去南京，就是给你买枣红马的。

杨虎城 范亭兄，你?

续范亭 虎城兄，玉侬和小侬就托您照管了。事不宜迟，我想即刻启程。

杨虎城 （对续范亭）范亭兄，既然你执意要去，恐也留不住你。南京方面有事，可找少帅商量。嫂夫人、小侬在我这里，你就尽管放心吧!

许玉侬 范亭，一路小心，早日归来。

续范亭 好! 照看好小侬。虎城兄保重! 定安，咱们走!

小　侬 爸爸——

【伴唱：战乱纷扰人心愁，

民族危亡国事忧。

山河破碎家安在，

将军此去不惜头。

【收光。

第二场　雾锁金陵

【南京国民饭店。灯火辉煌，觥筹交错，笑语喧哗，一片歌舞升平的景象。

【门前，一个车夫拉着黄包车上。

车　夫 （念）为了身和口，

寒夜街边游。

车夫门前候，

豪门饮美酒。

（唱）红男绿女闹腾过，

军警地痞常撒泼。

国难当头谁招祸，

贩夫走卒有话说。

这几天南京城车水马龙热闹得很。昨日拉了两位客官，听言谈，一位大个子先生姓续来头不小，另一位话不多倒也斯文，还多付了车钱。这两天营生多，莫要闲着。这不，那边又来了几位爷。

【四小丑先后出场，一个西装革履，一个长袍马褂，一个军官装束，一个党棍模样。

军　官　十里秦淮，

党　棍　金陵粉黛。

马　褂　六朝古都，

西　装　成就了弟兄们当世的——

四　人　（合）风云人物。

军　官　（唱）九一八东三省轻轻易手，

党　棍　（唱）东洋人吃不饱不会罢休。

马　褂　（唱）生意人管他娘国家是谁？

西　装　（唱）为主子掌实权才有奔头。

西　装　（念）这几天跑断腿不敢懈怠，

党　棍　（念）趁诸侯聚南京来把会开。

军　官　（念）东磕头西烧香众佛都拜，

马　褂　（念）为主子拉选票见机就把钞票塞。

车　夫　（凑上前）几位爷，要不要坐车，送您一程？

党　棍　（摆摆手，作正经状）捣什么乱？一边去！

车　夫　是，是。（背白）这年头，也不知官大官小，谱倒是摆得不小。

　　　　呸！

　　　　【车夫拉车下。

西　装　听说来了个中将总参议……

党　棍　据说他还认得汪主席。

军　官　汪主席算个屁，是委员长给他的总参议。

马　褂　这个中将总参议是几品几级？月俸几斗小米？

党　棍　如今民国，哪来的什么品级和小米？听说这总参议还认得先总理。

马　褂　啊呀呀，不得了！了不得！看来这尊佛也是要拜的。

三　人　对，烧香拜佛是必须的！

西　装　（唱）要拜就拜拜他个头东脚西，

党　棍　（唱）要烧就烧烧他个糊糊迷迷。

军　官　（唱）今天要集中火力瞄准总参议，

马　褂　（唱）看看他是骡子是马还是头驴？

　　　　【四人走圆场下。

　　　　【刘定安扶似醉非醉的续范亭上。

续范亭　（念）江南形胜地，

刘定安　（念）金陵帝王都。

续范亭　（念）龙盘虎踞——

　　　　（苦笑）哈哈！

　　　　　可惜了这美酒一壶！

刘定安　唉！今日朋友相叙，又是一场不欢而散。

　　　　【沉郁地。

续范亭　（吟）停杯投箸不能食，

　　　　　　　　拔剑四顾心茫然。

　　　　（唱）吴宫花草埋幽径，

　　　　　　　　金陵王气成云烟。

刘定安　连日来，咱们拜访党国要员，不是冷眼相看，就是长吁短叹，这
　　　　是何等的麻木啊？好歹你也是个中将总参议，又是辛亥元老，可
　　　　老蒋他为啥就不见呢？

续范亭　（唱）汪精卫对日亲善，

　　　　　　　　何应钦安内为先。

　　　　　　　　委员长闭门不见，

　　　　　　　　权贵们各打算盘。

刘定安　范亭兄，吃多酒了吧！

续范亭　多了吗？不多，我是酒醉心明。定安，你看那些红男绿女、文臣
　　　　武将，一个个纸醉金迷，罔顾苍生！真可谓：

　　　　（念）商女不知亡国恨，

　　　　　　　　隔江犹唱后庭花。

　　　　【杜若梅上，一旁观察后，来到续、刘二人面前。

刘定安　这位姑娘，你找谁？

杜若梅　我是《新京日报》记者杜若梅，专来拜访我家恩人续将军。

续范亭　（醉意消去，作回想状）恩人？杜若梅？

杜若梅　将军可记得，三年前，您曾冒险搭救过《兰州日报》的一位主编？

续范亭　杜主编？

杜若梅　（急切地）是呀，我是他女儿小梅呀。

续范亭　（打量杜若梅）没想到能在南京遇上老友之女，真是太凑巧了！

　　　　杜先生可好？

杜若梅　续叔叔——

　　　　（唱）多亏了将军冒险救我父，

　　　　　　　思报国当道不容志难抒。

　　　　　　　归故里带雨荷锄吟诗赋，

　　　　　　　小梅我继承父业为国呼。

续范亭　杜先生抱道守贞，忠直可佩呀！（话锋一转）小梅，这些天你在

　　　　会上采访，想必感受不少吧？

杜若梅　这感受嘛——（看看续，又看着刘定安）

续范亭　噢，这位是我的好友刘定安先生，他可是北京大学的才子，你但

　　　　讲无妨。

杜若梅　那小梅我就直说了。

　　　　（唱）"五全大会"如演戏，

　　　　　　　生旦净丑角色齐。

　　　　　　　红脸的哭天抢地，

　　　　　　　白脸的指狗骂鸡。

　　　　　　　台上的称兄道弟，

　　　　　　　台下的拍马溜须。

　　　　　　　好一派乌烟瘴气，

　　　　　　　竟是些浊水污泥。

　　　　　　　你问天来他答地，

　　　　　　　你说实来他言虚。

> 你说人话他不理，
>
> 鬼话连篇让人急。
>
> 任凭这些老爷把国事议，
>
> 国破家亡为时不远前景堪虞！

刘定安　（沉重地）看来这次会议的阴霾重得很啊！

杜若梅　不过，忧国忧民的人也是有的。

刘定安　谁？

杜若梅　孙夫人和廖夫人。

刘定安　（急迫地）孙夫人怎样言讲？

杜若梅　孙夫人呀！她是这般说的：

> （唱）先总理创制大纲共和立，
>
> 　　后继者三民主义多背离。
>
> 　　现如今举步维艰怨声起，
>
> 　　谁主张抗日救亡谁有理！

续范亭　好！

杜若梅　续叔叔，据报界同仁透露，为反对由日本人指使成立的"冀察政务委员会"，北平各大学近期还要联合组织抗议行动。

续范亭　好啊！连学生们都行动起来了。小梅你们一定要把抗日的声音报道出去。

杜若梅　请二位叔叔放心，我们一定会尽力而为，先告辞了！

续范亭　好！

刘定安　再见！

　　【杜若梅下。

续范亭　定安，少帅为我约见蒋先生之事可有回音？

刘定安　尚无消息。

续范亭　哦。

　　　　【四丑上，围观。

续范亭　（发觉，厉声质问）尔等何人？

刘定安　诸位是……

党　棍　（谄媚地）总参议阁下，鄙人是中央党部陈部长的手下。

军　官　总参议，卑职在军政部何部长麾下任上校副官……

西　装　久仰总参议大名，本人留洋回国，现供职于国府财政部，孔部长
　　　　向您致意！

马　褂　总参议，阎长官也来南京了，他说过两天还要亲自来看望您呢！

续范亭　说来说去，尔等乃受人差遣，前来游说的？

四　人　这……此话怎讲？

续范亭　这"猪仔国会"贿选总统之事，才过去十多年啊！

四　人　贿选？我们不做那事，我们这叫拉票。

续范亭　拉票？哼，哼，哼！如今山河破碎，民不聊生，你们竟在此重演
　　　　闹剧。告诉你们，我续范亭不是来跑官要官的，而是要上书面见
　　　　委员长，停止内战，一致对外。

军　官　上书面见委员长？你以为你是谁呀？

西　装　还要停止内战？简直是狂妄自大！

党　棍　抗不抗日自有高层决策，你还是少操点闲心吧。

马　褂　对对对，眼下选票要紧，国事管他娘！

续范亭　道不同，不相与谋。

　　　　（唱）笨笨笨，昏昏昏，

　　　　　　　魑魅魍魉走错了门。

愤愤愤，恨恨恨，

牛鬼蛇神找错了人。

尔等上天入地随处去打问，

俺曾经大闹天宫颠倒乾坤。

四　　人　（相互对视，不解地）哎，怎么摇身一变，竟然变成孙悟空？

续范亭　（唱）不屑与灵霄殿昏官厮混，

偏要做花果山寨快活之人。

来来来——

俺手持金箍棒逐个一一来盘问，

非打得尔骨断筋折皮开肉绽灵魂出窍现真身。

男的长袍，女的短袖。不是行尸，便是走肉！

四　　人　你！

【定格。

【伴唱：戎马倏忽二十载，

　　　　　落拓秦淮忆故知。

　　　　　长年浪迹悲羸马，

　　　　　化作洪涛唤醒狮。

【收光。

第三场　兄弟激辩

【国民党"五中全会"后。

报　童　号外号外，"五中全会"闭幕，汪精卫当选中央主席，蒋中正当

选行政院院长……

【车夫拉着黄包车上，似听非听。

【刘定安上，招呼报童买报。

刘定安　小兄弟，来份报纸。

【报童吆喝下。

【刘定安看到车夫，微笑致意。

车　夫　听说这五全大会开得怪热闹，还流传一个顺口溜：

（念）一身猪狗熊，

两眼官势钱，

三诀吹拍骗，

四维礼义廉。

你问我是什么意思？那就是"无耻"，不要脸呗。这两天营生少，
莫要闲着。

【车夫边说边拉车下。

【暗转。南京国民饭店续范亭房中。

【续范亭伏案书写，继而凝神端详，笔搁几案。

续范亭　（唱）忆当年滹沱河畔安和里，

在潜园苦读诗书灯火催。

救国难兄弟同心剑出鞘，

上华山聚义杀敌千里追。

只可惜宏愿未成巨星坠，

三民主义大旗蒙尘灰。

叹如今离鸿孤影伤故垒，

志不遂我心无悔故园不归。

【手拿报纸，气愤至极。

眼看大祸临头，中央全会仍不公开宣布抗日，还喊什么"攘外必

先安内"，简直是卑躬屈膝，任人宰割！

【刘定安引张学良上。

刘定安　范亭兄，少帅来了。

续范亭　哦，快快有请。

张学良　汉卿看望老兄来了。

续范亭　谢谢少帅！

张学良　范亭兄，公务缠身，身不由己。抱歉，抱歉！

【刘定安沏茶倒水后下。

续范亭　诸事纷扰，你这个中央执委理当以国事为重。我乃闲散之人，多

　　　　有打扰，望乞见谅！

【张学良将衣服挂在书桌旁的衣架上，无意间看到书桌上续范亭

　　　　写的书稿，不禁拿起吟诵。

张学良　（念）智勇仁者偷生辱，

　　　　　　　每过孝陵多歌哭。

　　　　　　　七谒泣血顾炎武，

　　　　　　　天下兴亡有匹夫。

　　　　范亭兄，忧国忧民，其心可鉴呀！

续范亭　少帅见笑了，请坐。

【二人同笑，坐定。

续范亭　少帅，不知蒋先生可否拨冗与我一见？

张学良　唉！近来蒋先生公务繁忙，无暇他顾，只望你善养病体，早回西北，

　　　　也好安抚妻儿。

续范亭　如此说来，蒋先生是拒不与我相见了？

张学良　这个——范亭兄呀！

　　　　（唱）你求见蒋公已禀告，

　　　　　　　委员长托我把话传。

　　　　　　　腊子口一事不可再，

　　　　　　　好自为之莫把事添。

续范亭　看来腊子口一事，老蒋对我还是耿耿于怀呀。

张学良　委员长已算是手下留情了。

续范亭　（淡然一笑）那我更得谢谢他了。请问（抖着报纸），孙夫人为

　　　　何没有当选中央执委？

张学良　孙夫人贵为国母，大可不必过度操劳，以便让她修身养性。

续范亭　这话恐怕是出自蒋先生之口吧？我再请问，时至今日，为何国民

　　　　政府还不号召全民抗日？

张学良　这个嘛，蒋先生自有考虑。

　　　　（唱）暂忍强权待公理，

　　　　　　　先除异己求统一。

　　　　　　　牺牲须待不得已，

　　　　　　　和平未到绝望期。

续范亭　这是什么逻辑？强盗已登堂入室，难道就袖手旁观、坐以待毙？

　　　　现在是强权肆虐，和平已经绝望，我们还期待什么公理？

　　　　（唱）强权何曾讲公理，

　　　　　　　兄弟阋墙家国屈。

　　　　　　　神州倒悬民饥溺，

　　　　　　　亡国灭种已无期。

张学良　个中隐忧，你我岂能不知！东三省沦陷，我想起来就痛心疾首！

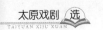

（唱）家仇国恨痛不已，

五内俱焚泪淋漓。

续范亭　　既然如此，少帅——

（唱）更应合力把敌御，

焉能不顾燃眉急？

张学良　　（唱）你急我急他不急，

除掉异党再御敌。

续范亭　　（唱）兄弟相残谁得利，

山河失陷归倭夷。

张学良　　（唱）也有勋臣明事理，

大权旁落谁兜底？

续范亭　　（唱）元老耆宿顾自己，

爱惜羽毛讳良医。

张学良　　（唱）寄望党国变风气，

且待我等寻良机。

续范亭　　（唱）强盗打到家门里，

束手待毙误戎机。

张学良　　（唱）身为党国一元老，

谏言抗日要权宜。

续范亭　　（唱）不抗日怎能顺民意？

不抗日怎阻人置疑？

张学良　　（唱）劝你再三衡利弊，

续范亭　　（唱）我要上书抒胸臆。

张学良　　（唱）劝你行事适可止，

续范亭 （唱）我还要闯宫见驾骂"皇帝"。

张学良 （唱）切莫分庭抗礼失尊仪，

续范亭 （唱）总理陵前诉悲戚。

张学良 （唱）劝你做事留后路，

续范亭 （唱）血染战袍不足惜。

张学良 （唱）为了家国长计议，

续范亭 （唱）毁家纾难志不移！

张学良 救国济世乃大丈夫所为。但事分缓急，我劝你还是权且隐忍一下吧！

续范亭 国难当头，为了一党之利而斤斤计较，却置天下苍生于不顾，就不怕国人唾弃吗？

张学良 抗日自有党国决策，军人以服从命令为天职。范亭兄，难道你就不能识识时务、合合时宜吗？

续范亭 时宜？何为时宜？东北三省沦陷，"华北五省自治"。眼看大半个中国就快落入日本人的魔掌之中，难道这就是你们说的时宜吗？

张学良 国家之情势，民族之艰危，我张学良何尝不知啊！

续范亭 取容当道，固禄邀宠，梁柱已朽，浑然不顾。环顾党国，谔谔之士，又有几何？若不改弦易辙，恐怕大厦将倾啊！

【张学良情有所触，暗自思忖。

张学良 （旁唱）范亭兄决意抗日诚可鉴，

　　　　　张学良身居要职愧难安。

　　　　　国艰危风雨飘摇如累卵，

　　　　　为民族理应合力保家园。

看来范亭兄是主意抱定，非见蒋公不可？

续范亭 托见不成，就冒死求见。

张学良　（抱拳）范亭兄矢志不渝，学良敬佩。不过南京不比西安，望你

　　　　多多保重！咱们后会有期。

续范亭　恕不远送！

　　【张学良下。

续范亭　不见？拒见？不，我要泣血上书，闯一闯这党国的要害中枢。

　　【收光。

　　【伴唱：国难深重外敌侮，

　　　　　　兄弟阋墙入迷途。

　　　　　　何人继志挥戈舞？

　　　　　　登高我欲向天呼。

第四场　报国无门

　　【南京国民政府门前，戒备森严。

　　【蒋介石画外音：续范亭三番五次上书求见，实乃倚老卖老、不

　　　识时务。倘其不思悔改，着即逐离南京，以免引发事端。

　　【军官、党棍、马褂、西装幕后：是。

　　【续范亭匆匆上。

续范亭　（唱）国难当头难挥剑，

　　　　　　我心不甘再谏言。

　　　　　　冒死要把总裁见，

　　　　　　寄望公理胜强权。

　　　　（抬脚欲进总统府）

军　士　什么人？

续范亭　新一军中将总参议续范亭，有要事求见蒋总裁。

军　士　委员长有令，目前局势多变，严防节外生枝，党国中枢禁止闲杂人等出入。

续范亭　我有紧急文书面呈。

　　　　【军士拒之。

　　　　【军官、党棍从府门出来。

军　官　哦，想见总裁？请问总参议还认得我吗？

党　棍　有道是贵人多忘事，续大将军也不记得鄙人了吧？

续范亭　（上下打量）我与你们不过一面之缘。

党　棍　你以为见总裁那么容易啊？

军　官　你也不打听打听，总裁他想不想见你呀？

党　棍　你不是自封齐天大圣吗？有本事一个筋斗翻进去。

续范亭　我要与总裁谈抗日救国之大事。

军　官　亏你还是个中将总参议，连什么是"大事"都没弄明白，还想见总裁！

党　棍　现如今，党国最大的事儿不是抗日，而是"安内"。懂吗？

续范亭　阎王不好见，小鬼更难缠。

　　　　【续范亭欲进总统府。

　　　　【马褂、西装从府门出来。

马　褂　哈哈哈，续将军别来无恙吧？

西　装　我们又见面啦。

马　褂　续先生是要上书中央，直谏领袖喽？

西　装　亏你在党国混了多年，今儿个兄弟们也给你点拨点拨。

军　官　续将军哪——

（唱）不掌实权谁理你，

　　　　头衔空空无兵枪。

　　　　看你气得真够呛，

　　　　孤单可怜无人帮。

　　　　打道回府罢，迂腐，迂腐！

续范亭　　打道回府？可笑！

党　棍　　总参议哪——

　　　　（唱）总裁自有高明计，

　　　　　　逞能你吃闭门羹。

　　　　　　抗不抗日关你事？

　　　　　　赶紧反思莫出声。

　　　　枉费心力喽，无用，无用！

续范亭　　枉费心力？败类！

马　褂　　续将军哪——

　　　　（念）腰包瘪瘪瞎乱闯，

　　　　　　还敢撞进名利场。

　　　　　　代表你都当不上，

　　　　　　还敢来此耍花枪？

　　　　不合时宜，变通，变通。

续范亭　　不合时宜？满身铜臭！

西　装　　总参议哪——

　　　　（念）礼义廉耻本相通，

　　　　　　百无一用是书生。

　　　　　　人生在世恰如梦，

劝君逍遥赏华灯。

及时行乐啊，逍遥，逍遥！

续范亭 及时行乐？寡廉鲜耻！

四 丑 （合）续将军哪、总参议，一身耿气有甚用，何不效法我等——

军 官 有权。

马 褂 有钱。

党 棍 有势。

西 装 逍遥自在。

【四人得意笑作一团。

续范亭 无耻！败类！党国大业就毁在你们这些人的手里。

【杜若梅跑上。

杜若梅 续叔叔——

续范亭 小梅，你怎么来了？

杜若梅 续叔叔，南下请愿的学生已到府门，恐怕要有大事发生。

【突然传来口号声。

【爱国学生们高举"北平学生南下请愿团""停止内战，一致对
　　外"的横幅，高呼着"打倒日本帝国主义""保卫华北，还我
　　山河"的口号蜂拥而来。

【突然，刺耳的警笛声、哨子声响起，一队如狼似虎的军警冲上……

【"啪！""啪！"急促的枪声……前排的学生被枪击中，众人
　　突然定格，似一群泥塑木雕。

【续范亭目睹了军警的镇压，痛心疾首。

续范亭 看看吧，竟然对手无寸铁的学生下此毒手。先总理啊，您睁睁眼吧。

【定格，收光。

【伴唱：血染府门心肝颤，

　　　　梁腐柱朽在眼前。

　　　　报国无门终成憾，

　　　　血荐轩辕天地间。

第五场　剖腹明志

【南京城门口。阴云密布，漫天大雪，寒风阵阵。

【内唱：听朔风呜咽似群鬼乱唱……

续范亭　（上唱）看漫天飞雪一片悲凉。

　　　　　　思总理难抑心中苦痛，

　　　　　　国势危救中华千斤重担谁来扛？

车　夫　唉，这个鬼天气，先生要车吗？

【续范亭点头，上车。

车　夫　先生去哪里？

续范亭　前边。

车　夫　前边？

续范亭　中山陵。

车　夫　中山陵？好。

续范亭　（唱）大雪纷飞万里囚，

　　　　　　神州遍野尽哀呼。

　　　　　　遥知陌上多辛苦，

　　　　　　父老鞭驴踏泥途。

【飞雪迷眼。

续范亭　　（作拭泪状，似作掩饰）兄弟，雪大路滑，脚下小心！

车　夫　　好嘞，没事！

　　　　　【到中山陵门前。

车　夫　　先生，到了。

续范亭　　（向车夫作揖付费）多谢！

车　夫　　先生，您可要保重啊！

　　　　　【车夫下。

续范亭　　（念）不畏权门称知己，

　　　　　　　　原来穷汉是乡亲。

　　　　　【暗转。中山陵道上，风雪更急。

　　　　　【续范亭缓步走进中山陵。一步一步走近孙中山像前。致敬参拜。

续范亭　　孙总理啊，国民党党员续范亭来参拜您啦！孙总理，看看您手创
　　　　　的民国吧，如今有为国死难的学生，有抗日救亡的学者，唯独没
　　　　　有慷慨赴死的军人，这简直就是党国的奇耻大辱啊！

　　　　　（滚白）范亭我跪陵前向总理哭诉，

　　　　　　　　我有心杀贼无力回天。

　　　　　　　　如今国家内忧外患生灵涂炭，

　　　　　　　　只好将这一腔热血祭洒灵前。

　　　　　（唱）手握利剑陵前立，

　　　　　　　　泪如雨下雪花飞。

　　　　　　　　谒陵心悲哭无泪，

　　　　　　　　仰问总理魂何归？

　　　　　　　　肝肠寸断心欲碎，

　　　　　　　　天涯剑客知是谁？

北望塞上王师退，

南闻侯门箫笛吹。

东海倭舰连樯橹，

西陲内战硝烟飞。

将军贪生耻为最，

靦颜事敌千古悲。

敢问世间何为贵？

浩然正气不可摧。

【续范亭举剑欲刺。许玉侬飘然而至。

许玉侬　夫君——

（唱）声声悲切把夫君唤，

滴滴血泪洒心田。

为妻我日日夜夜把你盼，

盼夫君早日相见回西安。

这一走你可把我妻儿念？

这一走杳无音讯妻挂牵。

这一走魂牵梦绕与君伴，

这一走伊人憔悴夜夜寒。

续范亭　（唱）这声音让我揉碎心肺，

这声音让我心驰神飞。

颤抖着手为爱妻拭去眼泪，

劝一声玉侬莫太伤悲。

许玉侬　（唱）夫君啊夫君你可曾想见，

你的妻儿天天盼你常倚栏。

小侬她盼你带回枣红马，

妻等你风雪夜归人平安。

夫君啊夫君，你且回头往西看，

西北地有亲人故友眼望穿。

国事危怕君身有患，

莫让最亲的人儿泪涟涟。

续范亭　　（唱）这一去再难把你慰，

若有来生将你陪。

读书养志教后辈，

莫教我故园西望把泪垂。

【许玉侬悄然隐去。续范亭急切寻找：玉侬、玉侬——

【续范亭含泪转向孙中山遗像。

续范亭　　（唱）叹只叹国破家亡山河碎，

恨只恨倭寇横行民艰危。

豪门闲云媚，

田野尽成灰。

虞诈数权贵，

将军把牛吹。

覆巢之下卵尽毁，

国亡无日问责谁？

抛却儿女私情累，

雄魂犹敢把敌追。

比干剖心谏而死，

苌弘化碧多奇瑰。

舍生取义绝无悔，

总理英魂永相随。

身死国存精神在，

唤醒国人战旗挥。

【重整衣冠，掏出遗言，一字一句，铿锵有力地念：

民气将尽，国已不国。上焉者犹自私自利，下焉者犹醉生梦死。

至今寇已深入，惨杀我青年，摧残我民气，势已不可再忍。

【敬礼，从容举剑。

先总理，国民党员续范亭追随您去也！

【伴唱：赤膊条条任去留，

丈夫于世何所求？

窃恐民气摧残尽，

愿将身躯易自由。

【刺腹。收光。

第六场　震惊朝野

【南京城内，街头巷尾，人来人往。

【报童匆匆跑上，边跑边喊。

报　童　号外，号外，续范亭忧国自杀！！发觉早送中央医院。号外，号外！

【学生、群众纷纷买报。

【军官、党棍、马褂、西装上。

军　官　（念）续范亭中山陵剖腹自杀，

党　棍　（念）政要们闻讯后致电慰问。

西　装　（念）大学生要组织示威请愿，

马　褂　（念）我以为不值得性命相赌。

军　官　（念）委员长大发雷霆！委员长训令：

　　　　【西装、党棍、马褂立正。

　　　　续范亭剖腹，乃哗众取宠、扰乱视听之举，纯属不顾大局！特告

　　　　西北方面：务必加强戒备，严防共党借机生事。

三　人　是！（四人下）

　　　　【学生过场高呼：抗日救亡，一致对外！续将军热血不能白流，

　　　　　不能白流！

　　　　【杜若梅上。

杜若梅　（唱）续将军挥剑明志人心撼，

　　　　　　　独裁者恼羞成怒露凶残。

　　　　　　　关陵园锁消息禁锢言论，

　　　　　　　下密令杀嫌疑更令人寒。

　　　　　　　还紧逼张与杨剿共内战，

　　　　　　　亲者痛仇者快殷鉴在前。

　　　　　　　小梅我报国当先何惧险，

　　　　　　　学将军铁骨铮铮把道义担。

报　童　（复上）号外，号外，续范亭忧国自杀！！

杜若梅　（拉住报童）小兄弟，告诉你的小伙伴，这几天不管哪家报纸，

　　　　只要报道此事，就多拿一些去叫卖，越多越好。姐姐多给你钱。

报　童　（高声呼喊）好的，"号外，号外，大丈夫无用武之地，续范亭

　　　　剖腹引起国人关切！北平、上海知识界致电声援！"

　　　　【杜若梅下。

【刘定安、车夫分头上。学生、行人三三两两随上。

车　夫　（对报童说）小哥，给我也来几份。

【报童将报纸给刘，刘又分给学生、行人。报童下。

刘定安　（唱）范亭兄松柏气节令人敬，

车　夫　（唱）我前来祷告将军保平安。

刘定安　（唱）赋同仇军民激愤朝野震，

车　夫　（唱）学好汉挺直腰板天地间。

刘定安　（念）为国敢舍命。

车　夫　（念）这血不白流。

刘定安　（念）以他为榜样。

车　夫　（念）做人有骨头。

刘定安　好兄弟，你先忙，我还要去照看续将军。

车　夫　好咧。代问续将军好。

【刘定安、车夫下。

【许玉侬、小侬上。

许玉侬　小侬，你一定要学习爸爸，勇敢坚强！

　　　　（唱）好女儿勤读诗书养正气，

　　　　　　　学你父以笔作枪草书檄。

　　　　　　　好女儿擦干眼泪长志气，

　　　　　　　学你父英勇上阵杀顽敌。

小　侬　（儿歌）我爱我爸爸，

　　　　　　　　爸爸顶呱呱。

　　　　　　　　骑上枣红马，

　　　　　　　　上阵把敌杀。

【许玉侬、小侬隐去。

【西安绥靖公署。张学良、杨虎城上。

张学良　范亭兄所为，实在令人敬佩！

杨虎城　朝野为之震动，国人为之振奋。范亭兄真义士也！

杨虎城　（唱）这一剑仁兄鲜血溅陵堂，

张学良　（唱）这一剑惊醒梦中张学良。

杨虎城　（唱）这一剑唤醒国人山河壮，

张学良　（唱）这一剑浩然正气震东洋。

杨虎城　（唱）元老们清夜自省引颈望，

　　　　　　　年轻人投笔从戎举刀枪。

张学良　（唱）在西北把酒盏相见恨晚，

　　　　　　　到金陵相辩激慰我衷肠。

杨虎城　（唱）到如今方知你为何赞成共产党，

张学良　（唱）到如今方知你为何誓死反投降。

杨虎城　（唱）普天下救国呼声难阻挡，

张、杨　（齐唱）谁不抗日学你挥剑扫天狼！

张学良　（念）极目长城东眺望，

　　　　　　　江山依旧主人非。

　　　　　　　深仇积愤当须雪，

　　　　　　　披甲还乡奏凯归。

【续范亭上。

续范亭　（念）不再泣对新亭泪，

　　　　　　　同舟共济有张杨。

　　　　　　　君子之行如日月，

　　　　　　　当效前贤戚继光。

杨虎城　（念）国势虽危，肝胆犹存。

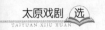

尽我心力，徐图挽回。

张学良 文死谏，武死战；齐心合力，决胜千里；最后定要来他个"三元和"。

杨虎城 "三元和"？

续范亭 "三元和"！

三　人 "三元和"！！！

【定格造型，落幕收光。

【伴唱：　江河滚滚去，

英雄论古今。

万古中天月，

千秋烈士心。

尾　声

【画外音：

1936年12月12日，震惊中外的"西安事变"发生，国民政府最终接受中共中央提出的"停止内战，一致对外"的正确主张，抗日民族统一战线自此形成。

1947年9月12 日，续范亭在山西临县都督村不幸病逝，享年54岁。中共中央追认续范亭为中国共产党正式党员。

毛泽东主席为续范亭题写挽词：为民族解放，为阶级翻身，事业垂成，公胡遽死？有云水襟怀，有松柏气节，典型顿失，人尽含悲！

【剧终】

图书在版编目（ＣＩＰ）数据

太原戏剧选：全2册 / 张体仁，马竣敏主编. -- 太原：山西经济出版社，2017.12
ISBN 978-7-5577-0299-1

Ⅰ.①太… Ⅱ.①张… ②马… Ⅲ.①地方戏剧本—作品集—太原 Ⅳ.①I236.25

中国版本图书馆CIP数据核字（2017）第321569号

太原戏剧选
TAIYUAN XIJU XUAN

主　　编：	张体仁　马竣敏
组　　编：	王宏伟　边素庭
责任编辑：	解荣慧
封面设计：	阎宏睿
内文排版：	华胜文化
出 版 者：	山西出版传媒集团·山西经济出版社
社　　址：	太原市建设南路21号
邮　　编：	030012
电　　话：	0351—4922133（市场部）
	0351—4922085（总编室）
E-mail：	scb@sxjjcb.com（市场部）
	zbs@sxjjcb.com（总编室）
网　　址：	www.sxjjcb.com
经 销 者：	山西出版传媒集团·山西经济出版社
承 印 者：	山西出版传媒集团·山西人民印刷有限责任公司
开　　本：	787mm×1092mm　　1/16
印　　张：	70.75
字　　数：	903千字
版　　次：	2017年12月　第1版
印　　次：	2017年12月　第1次印刷
书　　号：	ISBN 978-7-5577-0299-1
定　　价：	168.00元（全二册）

Taiyuan Drama Anthology

太原戏剧选 下册

主 编

张体仁　马竣敏

组 编

王宏伟　边素庭

山西出版传媒集团　山西经济出版社

（目录）

太原戏剧选

于 成 龙

编剧：郑怀兴

2015年9月

时　　间：康熙十三年，即1674年夏天。

【剧中人物】

于成龙——字北溟，58岁，原武昌知府，其时革职留用。

张朝珍——湖广巡抚。

尚　善——贝勒、安远靖寇大将军。

杨玉贞——酒店掌柜。

邹克忠——麻城县衙捕头。

刘君孚——东山寨首领。

苏小憨——于成龙仆人。

眇道士、阿凯、阿才、阿旺、阿贵、二差役、二衙役、山寨探子、官军探子、众寨兵、众官军、民众。

第一场　为民请命

【武昌城外，长亭附近。

【于成龙与苏小憨乘小舟上。

于成龙　（唱）轻舟孤帆披星斗，

　　　　　　　谢绝饯行怕应酬。

于某花甲算老朽，

不再宦游且归休。

苏小憨 老爷呀，您刚被朝廷第二次评为卓异，升迁在望，却因山洪暴发，冲垮您监造的浮桥，被尚善大将军参劾贻误军机，横遭革职，真是冤！

于成龙 小憨，话太多。

（唱）多少人痛惜老夫遭革职，

我却是一身轻松无怨尤！

仕途中宦海沉浮早参透，

殊不知怕丢乌纱反被乌纱囚。

苏小憨 别人做官告老还乡，那是满载而归。您做官一十三年了，从知县到知府，只有这几箱书，几两碎银子！我这个做仆人的倒是轻松，一担子行李就走啰！

于成龙 （唱）莫羡他满屋铜臭，

两袖清风最自由。

我虽是阮囊羞涩，

从来都高枕无忧！

（白）孙儿，老娘！

回家孙辈怎相识，

何处来个怪老头？

年年亲手酿好酒，

为老娘天天熬煮长山药共小米粥。

站立船头回首望，

不觉晨曦……掩映黄鹤楼。

苏小憨 老爷你回头望什么哪？

于成龙 啊？！

苏小憨　你在找他。

于成龙　找哪个？

苏小憨　眇道长！

于成龙　眇道长，活神仙，他来无影去无踪，去哪里找他。

　　　　【幕后眇道士唱：鹤鸣于九皋，声闻于野。

　　　　　　　　　　　　　鹤鸣于九皋，声闻于天。

苏小憨　当年您从广西罗城调往四川合州，要不是这位眇道长一路跟随，

　　　　为人看相卜卦资助您，咱们半路就得风餐露宿了！

于成龙　人生难得一知己，可遇不可求啊！

　　　　【传来张朝珍的喊声："北溟公。"

苏小憨　老爷，您往岸上看，巡抚张大人骑马追来了！

　　　　【张朝珍内声："等一等！"

于成龙　张朝珍赶来送行？小憨，上岸吧！

苏小憨　是！

　　　　【张朝珍骑马急上，衙役甲紧随。

张朝珍　（翻身下马）北溟公！

于成龙　张大人！

张朝珍　你怎么不辞而别呢！

于成龙　大人政务繁忙，老朽不敢叨扰。

张朝珍　北溟公，山洪暴发，冲毁浮桥，尚善上报朝廷，非将你革职，

　　　　我……

于成龙　已遭革职，夫复何言！大人匆匆赶来，是有要事说吧！

张朝珍　北溟公，瞒不过你呀！

　　　　（唱）镇湖广肩负千斤重，

　　　　　　　你一走朝珍断股肱。

　　　　　　　麻城县昨夜快马来禀报，

有暴民啸聚东山反朝廷。

于成龙　（大惊）民众啸聚东山？

张朝珍　北溟公哪！

（唱）昨日里黄州官兵去围剿，

遭伏击伤了守将折了兵。

吴三桂散发伪札来作乱，

最堪忧……

燎原势一旦蔓延毁大清！

于成龙　吴三桂散发伪札？

张朝珍　吴贼派人潜入麻城，滥发各种委任状，蛊惑人心。

于成龙　他，他，他还不消停！

张朝珍　北溟公，黄州、麻城危矣！恳请你留下来助本院一臂之力，我即
　　　　刻奏请朝廷，重新起用你。

于成龙　呃……不，不，不！张大人戏言也。

（唱）于某本性素愚直，

被免官职成布衣。

回家奉养老慈母，

大人好意记心里。

大人，值此多事之秋，不能襄助，深感有愧，但我相信大人定能
运筹帷幄，扭转局势，使百姓安居乐业。于某就此告辞了！

张朝珍　北溟公！你我同朝为官，朝珍有为难之处，你不会坐视不管吧？

于成龙　这……（不直接回答）麻城陷入危境，知县屈振奇可有对策？

张朝珍　唉！屈知县下令挨家挨户搜查伪札，增缴平叛赋税，如有违者，
　　　　封房抓人，捕役们便……

于成龙　捕役们便趁机敲诈勒索，百姓们如何安生？张大人有所不知啊，
　　　　蕲州、黄州自古四十八寨，一旦民不聊生，就纷纷啸聚山林，举

旗造反。望大人慎重处置吧。

张朝珍　北溟公可记得岐亭刘君孚吗?

于成龙　刘君孚曾在我二府当差,是个侠义之人,在民间素有声望啊。

张朝珍　正是他在东山举旗,反对官府,民众纷纷投奔他去了。

于成龙　什么?刘君孚带头造反?

张朝珍　是呀!

于成龙　(唱)黄州危麻城乱百姓铤险,

　　　　　　未料想刘君孚反上东山。

　　　　　　倘若是四十八寨皆叛乱,

　　　　　　与吴贼内外夹攻战火蔓!

　　　　　　实可恨昏官胥吏趁机侵敛。

　　　　　　可怜那无辜黎民陷入深渊。

　　　　　　到此时我岂能撒手不管,

　　　　　　且自荐返麻城查案招安!

　　　　张大人!布衣于成龙毛遂自荐,奔赴麻城,查案招安,望抚台大

　　　　人恩准!

张朝珍　北溟公,肝胆!

苏小憨　老爷,你可不能伸头去给马蜂螫呀!

张朝珍　于成龙听命!(于成龙应喏:"在"!)本院赐你令箭,任你为

　　　　专员,前往麻城查案平乱。(拿出一枚令箭)

于成龙　(接过令箭)遵命!

张朝珍　需带多少兵马,本院立即调遣。

于成龙　有了这支令箭,差役两名足矣!还需"便宜行事"四个字。

张朝珍　好,准你"便宜行事"!北溟公,黄州乃湖北七郡门户,自古兵

　　　　家必争之地。值此吴三桂大兵压境之际,东山之乱倘处置不慎,

　　　　酿成大祸,谁也担当不起呀!

于成龙　于某愿立下军令状：有辱使命，甘愿受惩！

张朝珍　你年近花甲，赋闲之身，立下军令状，叫本院于心何忍？

于成龙　此番风险甚大，立下军令状，以免连累大人！

张朝珍　北溟公，厚道！

衙役乙　（内喊："大人——"，急上）大人，尚善大将军在府中等候大人。

张朝珍　噢？他率师前往岳阳，怎么又折回武昌。

衙役乙　尚大将军奉旨而来。

张朝珍　奉旨而来？

于成龙　定是为平乱之事。

张朝珍　回府！（向于成龙匆匆揖别，急下，衙役乙随下）

苏小憨　在。

于成龙　上船。

苏小憨　是。

于成龙　回麻城。

苏小憨　是。

【内传出杨玉贞的喊声："于大人——"

苏小憨　（回望）啊，老爷，麻城杏花村酒店的杨玉贞找您来了！

于成龙　来得正好。小憨，快请杨玉贞一起上船。

苏小憨　是！（向内喊）玉贞，快来呀！

【切光。

第二场　智赚蠹吏

【巡抚衙门。

张朝珍　尚大将军！

尚　善　抚台大人！皇上一悉蕲、黄二州四十八寨暴民蠢蠢欲动，十分担忧，

降旨命我部折回黄州剿乱！

张朝珍　皇上高瞻远瞩啊！不过，东山、升山两寨刚有动静，下官已派于

　　　　成龙前去招抚了。

尚　善　于成龙？就是那造桥垮桥，已被革职的于成龙？

张朝珍　已查明，浮桥是被洪水冲垮的，纯属天灾。

尚　善　推诿天灾？（摇了摇头）三藩之乱，乃是试金石，哪个对大清怀

　　　　有异心，立马可判明。

张朝珍　大将军，你怀疑于成龙不忠于大清？

尚　善　本部不敢贸然断言。抚台大人，革职之人怎可委以重任！

张朝珍　于成龙曾在黄州为官，刘君孚曾是他的部下，平乱重任非他莫属。

尚　善　于成龙刚遭革职，心怀不满，不可委以重任呀。

张朝珍　大将军，于成龙是主动请缨！

尚　善　主动请缨？啊！

　　　　（唱）贼寇首刘君孚是他旧部下，

　　　　　　　派他去平乱是油往火上加！

张朝珍　可是他已立下军令状，招抚不成，甘愿领罪！

尚　善　哼！

　　　　（唱）他立下军令状更是有诈，

　　　　　　　怕纵寇策应吴贼山崩地塌！

　　　　大人，要立即撤回于成龙！

张朝珍　大将军，纵寇策应只是揣测，请不要性急撤回。大军连日劳顿，

　　　　可在武昌稍事休整，于成龙要是招抚不成，再率师剿灭也不迟！

尚　善　哼，你总是偏袒他。也罢，那就等着瞧吧！

　　　　【收光。

　　　　【舞台另一角，歧亭镇杏花村酒店。

杨玉贞　　（唱）近日里风云突变天欲塌，

　　　　　　　急匆匆求于公细诉根芽。

　　　　　　　恨捕头借查伪札来敲诈，

　　　　　　　激反了无辜百姓千百家。

　　　　　　　我表兄刘君孚乃布衣侠，

　　　　　　　上东山聚壮丁对抗官衙。

　　　　　　　与表兄从小是青梅竹马，

　　　　　　　当年却难结亲阳错阴差。

　　　　　　　到如今他鳏我寡要偿夙愿，

　　　　　　　谁料想又突遭风吹雨打。

　　　　　　　那捕头邹克忠趁机逼嫁，

　　　　　　　陷绝境天降于公来访查。

　　　　　　　于恩公暗中设计巧谋划，

　　　　　　　他今日乔装打扮镇恶煞。

　　　【于成龙与二差役上。

于成龙　　听玉贞诉冤于途中，返岐亭成竹已在胸。欲平东山之民变，先要捉拿邹克忠。

苏小憨　　老爷——（苏小憨匆匆上）来了，来了！捕头邹克忠来了。老爷！

于成龙　　嘘！今天我不是你老爷，是杨玉贞的公爹。快去准备笔录吧！

苏小憨　　是！老爷，听说邹克忠靠山硬得很，麻城县衙，黄州府衙，还有省垣道台……

于成龙　　他就是皇亲国戚，老夫也不放过！

　　　【苏小憨点头，与众人全下。

邹克忠　　邹克忠边兴冲冲唱着小曲："小妹妹一听急忙开言道，尊一声情郎哥细听奴根苗。昨晚得一梦，郎啊！怀抱奴的身，难舍又难分。"

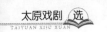

边上。要娶娇娘急难耐。杨大姐，杨大姐，杨大姐！

【杨玉贞上。

【邹克忠忽见于成龙一愣！

杨玉贞　差爷，这是我家公爹。改嫁当先询公爹。

邹克忠　你公爹？

　　　　（旁唱）见老头双目炯炯我冷战，

　　　　　　　　好兴头顿减一半疑虑添！

杨玉贞　（旁唱）他平日一进店扬威耀武，

　　　　　　　　今日里见于公畏葸不前！

于成龙　（旁唱）见蠹吏满腔怒火暂且按，

　　　　　　　　只待要搜他罪证费周旋。

　　　　（白）儿媳妇！客人来了，上前款待呀？

杨玉贞　是，差爷请坐！

于成龙　差爷请坐！

邹克忠　好，好。

杨玉贞　差爷请用茶！

邹克忠　慢，取酒来！

　　　　（旁唱）稳住神借着酒劲来壮胆，

　　　　（夹白）杨大姐。（唱）

　　　　　　　　我与你公爹对盏来叙谈！

于成龙　差爷要与我饮酒？好啊！取酒来。

邹克忠　好！

【杨玉贞下，端酒复上。

杨玉贞　差爷，请坐！差爷，请！

邹克忠　老伯，晚辈多次到贵店，怎么从未见过？

于成龙　哈哈哈，差爷，小老儿走南闯北，行踪不定。当过酒店账房、鱼行掌柜，三十六行，行行做遍哪！

邹克忠　哦，老江湖么！本来我也是在江湖上闯荡，前两月屈知县因局势紧张，招聘我来麻城当了一名捕头。

于成龙　哦，哎呀，原来如此啊。失敬，失敬哪。差爷，请。差爷，我家儿媳乃平常妇道人家，怎么也要扣下个通逆之罪呀？

邹克忠　有人举报说你家收藏伪札，还有人举报占山为王的刘君孚是杨大姐的表兄，又是你家酒店的常客，已有两重通逆之嫌啦！

于成龙　仅凭举报，就可定罪呀？

邹克忠　值此动乱之秋，宁错杀一千，也勿漏过一个！老伯，来，来，坐。老伯，妇道人家容易受人欺负，倘若改嫁与我，便可万保无虞！

于成龙　原来差爷也有怜香惜玉之意呀。看差爷这模样，人近中年，难道尚无家室？

邹克忠　不瞒老伯，我是想娶她……

于成龙　做偏房？儿媳妇你可愿意？

杨玉贞　做偏房我不愿！

邹克忠　放心，我已在城里筑了新巢。

于成龙　当官的养外室，那是他们有钱！你个小小捕头俸银微薄，怎么养得起呀？

杨玉贞　粗茶淡饭的苦日子我们过够了！

于成龙　哎，不成不成！

邹克忠　你们听了！

　　　　（唱）捕头虽小我生财有道，
　　　　　　　岂不知太爷与我莫逆交。

于成龙　哦，才两月工夫你就是太爷的心腹？

邹克忠　哼！别看我是江湖浪子，但我深谙这当官为吏之诀窍！

于成龙　什么诀窍？（二人喝酒）

邹克忠　（唱）为官吏要高举忠字旗号，

　　　　　　　肚里藏诀窍一招又一招！

　　　　　　　说的一套做一套，

　　　　　　　纵是那清水衙门也能把油水捞！

　　　　　　　若像那于糠粥廉洁厚道，

　　　　　　　官场迟早将他抛！

于成龙　却是为何呢？

邹克忠　要是他深谙为官之道，能捞就捞，腰缠万贯，这次浮桥倒塌，他
　　　　就可以花钱消灾，何至于被革职为民？当官当成这样，窝囊！

于成龙　这内情你怎么知道？

邹克忠　别看我只是个捕头，可我手眼通天！

杨玉贞　差爷，我敬你一杯酒。

邹克忠　老伯，不瞒你说，我还要感谢那吴三桂！

于成龙　感谢吴三桂叛乱，你才当上了捕头？

邹克忠　岂止如此！他散发伪札，更是让我捡到了一个布袋。

于成龙　此话怎讲？

邹克忠　通逆！

于成龙　通逆？

邹克忠　通逆是个通天的大布袋，什么人都能装得进去。（欲言又止）
　　　　嘘，其中奥妙不能多讲。喝酒喝酒！

于成龙　差爷，不要多喝，小心酒后失言哪……

邹克忠　失言？难道老伯还会告我？民要告倒官，除非日出西山。

于成龙　我要告你呢。

邹克忠　告我?

于成龙　只告你要挟逼嫁!

邹克忠　那我就给你们按上个通逆之罪。告诉你,我已抓捕一千,杀掉
　　　　五十啦!

于成龙　你就不怕有司治你个滥捕滥杀之罪?

邹克忠　吴三桂叛乱,人抓越多、杀越狠,有司越会认为我忠奉大清,褒
　　　　奖还来不及,哪会治罪? 想要活命,给钱。

　　　　【于成龙愤而起身,转而冷静,示意杨玉贞端杯敬酒。

于成龙　儿媳妇,倒酒,差爷酒量大,我要与差爷干杯。

邹克忠　好,好!

于成龙　差爷,确是有本事啊。差爷,刘君孚是何人哪?

邹克忠　(微醉)我们在一个衙门当差。

于成龙　你们在一个衙门当差? 那他怎么反上东山哪?

邹克忠　那是刘君孚自己钻到布袋里来了。

于成龙　怎么,自己钻到布袋里来了?

邹克忠　他反对滥抓!

于成龙　反对滥抓?

邹克忠　我就告他是吴三桂的卧底!

于成龙　你告他是吴三桂的卧底?

邹克忠　抓捕他……

于成龙　他才因此上了东山。

　　　　(旁唱)听其言一腔怒火往上冲,

　　　　　　　　捕头他恬不知耻、假公济私、

　　　　　　　　作恶多端、肆虐黎民怎容情!

　　　　　　　　此辈横行这天下怎安稳?

叹有司常将蠹吏当忠臣！

邹克忠	老头，你怎么对我吹胡子，瞪眼睛？
杨玉贞	差爷，公爹怨你逼乡亲啸聚山林，害得我们酒店冷冷清清，没生意啦！
邹克忠	哈哈哈！

（唱）麻城纵是变鬼城，

我坐拥金山怀抱美人，

怀抱美人也觉喜盈盈。

改嫁与我三生有幸，

杨玉贞	（唱）只怕你没有那通天的本领！
邹克忠	（从袖中掏出一本名册）你们看！
杨玉贞	差爷！
于成龙	通逆名单？差爷，这上面密密麻麻的人名，难道他们都通逆？
邹克忠	通逆不通逆，我说了算。轻者坐牢，重者活埋！要是肯花钱便可消灾。
于成龙	县衙就听你的？
邹克忠	（悄声地）县太爷按户提成！
于成龙	县太爷从中渔利？
邹克忠	废话！要不县太爷能把我当心腹？老伯，将你儿媳改嫁与我吧，她此生享不尽的荣华受不尽的富贵！今日就成亲！
于成龙	（愤怒至极）好、好、好，今日我立即送你进——
邹克忠	洞房！
于成龙	不，是地狱！（举名册。苏小憨拿着一份笔录，与拿着镣铐的两衙役上。）

邹克忠　（酒醒一半）你是——

于成龙　你看老夫是哪个？

邹克忠　哪个？

杨玉贞　恩公于成龙！

邹克忠　哼，于成龙早已被革职，你是想冒充于成龙，敲诈我一把！把名册还我！还我！（欲拔刀，刀被差役甲夺过）

　　　　【两差役制服邹克忠。

于成龙　（从袖里掏出一支令箭）老夫奉湖广巡抚之命，前来捉拿你这祸国殃民的蠹吏！

邹克忠　朝廷令箭。（跪下，叩头）于大人，小的给你一千两银子，饶了小的！再加良田百亩。再送两处豪宅！（见于成龙不吭声）给你弄个妙龄女子？

于成龙　哈哈哈，士大夫若爱一文，便不值一文！（对苏小憨）让他画押！（苏小憨拿笔录让邹克忠画押，小憨："画押！"）将邹克忠这厮推出去斩首示众！

邹克忠　（回头大叫）于老头，你要不放了我，你会引火烧身的！

杨玉贞　（不无担心地）恩公……

苏小憨　老爷……

于成龙　怕什么？大不了丢了我这颗老头颅！把他押下去！

　　　　【切光。

第三场　月下抒怀

　　　　【苏小憨提灯笼上。

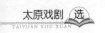

苏小憨　（念）老爷快刀斩捕快，

麻城百姓都称快。

屈知县告状比马跑得快，

张巡抚传令比风来得快。

当仆人脚勤嘴莫快，

等找到老爷我先说个痛痛快快！（下）

【举水河畔，月朗星稀，竹林摇曳。

于成龙　（唱）携酒来到举水畔——

凉风习习水潺潺。

往日里村妇捣衣渔舟泛，

今宵唯流萤闪烁数声蝉。

返麻城斩蠹吏稍解民怨，

坐公堂只为百姓来申冤！

屈知县却为捕头喊冤屈，

风浪急也要稳坐钓鱼船。

遣员上山宣谕去，

先摸情况再招安。

河边独酌忆先哲，

（夹白）东坡学士呀！

当年你谪黄州依然是忧国忧民意拳拳！

【差役甲上。

差役甲　大人！

于成龙　你从东山回来了？

差役甲　禀大人，东山上的好汉们一听邹克忠已被斩立决，欢声雷动！

于成龙　　大家可愿意下山归顺？

差役甲　　一说到下山归顺，都不作声，一个个望着刘君孚。

于成龙　　刘君孚怎么说？

差役甲　　他说，他们曾伏击过官兵，官府岂肯放过？

于成龙　　谕告上写得明白，只要下山归顺，一概既往不咎啊！

差役甲　　他们说官府从来说一套做一套，不相信哪！

于成龙　　唉！官府失信于民了！

　　　　　【苏小憨幕内："老爷！"打着灯笼上。

苏小憨　　张巡抚急信。您斩了邹捕头，张大人一定是说……

差役甲　　邹克忠杀得好吧？（见于成龙摆手，苏小憨与差役甲同下）

于成龙　　（念信）"屈县告你斩良吏，纵寇贻祸是内奸。尚善将挥师剿东

　　　　　山，速回省城避祸端。"

　　　　　（唱）早知杀捕头冒风险，

　　　　　　　　却未料掀起百丈澜！

　　　　　　　　惹得巡抚口气变，

　　　　　　　　进退不得陷两难。

　　　　　　　　古人来者都不见，

　　　　　　　　形影相吊月光寒。

　　　　　　　　忆当年隐居安国寺，

　　　　　　　　儒道释三家已细参。

　　　　　　　　副榜贡生蒙录用，

　　　　　　　　拜别吕梁立誓言。

　　　　　（白）出仕不以温饱志，

　　　　　　　　善待百姓不欺天，

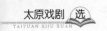

布衣之心永不变，

两袖清风苦亦甘！

（唱）赴罗城初试锋芒卧薪尝胆，

入合州招民垦荒废寝忘餐！

调黄州为治盗闯入虎穴，

赈大灾喝糠粥把俸银捐。

到武昌任知府临危受命，

造浮桥洪水冲天欲亡我于山！

横遭弹劾不沮丧，

毛遂自荐竭寸丹。

谁料想赤子难抚官吏怨，

逆水船儿遇险滩！

我若是回省垣敷衍了事，

怎忍见大军剿血染东山！

只见那朦胧江面，

水鸟惊闪芦苇风牵。

月影摇曳凌波潋滟，

忽有人影飘上滩！

【幕后传来眇道士吟的诗句："优昙曾记梦中餐，山寺日高柏水寒！"

于成龙　何人吟我旧诗？

【眇道士飘然而至。

眇道士　哈哈哈，北溟公，可好？

于成龙　眇道长！匆匆一别，仙踪不测，枉我思念，不意今宵出现。

眇道士　方外之人岂能常涉尘世。

于成龙　北溟陷入漩涡之中，仓皇无计呀！

眇道士　可记得你初到罗城，破庙当县衙？

于成龙　我从家乡带去五个仆人，病死一个，走了三个，只剩我一仆一主
　　　　苦苦支撑。我向上司修书，边荒久蛮之地，一官一仆难以理事，
　　　　乞赐生归。

眇道士　可你坚持在罗城为县，兴利除害。

于成龙　罗城的百姓好啊！

眇道士　此次你为民请命，重返麻城，上应上天好生之德，下解百姓倒悬
　　　　之危。更加令人敬重，贫道特来向你贺喜！

于成龙　鄙人革职留用，因斩杀捕头，得罪了权贵，喜从何来呀？

眇道士　此番艰险胜于过往，乃上天对你的磨砺。

于成龙　上天要磨砺鄙人？

眇道士　北溟啊！

　　　　（唱）蜡梅冰雪迎怒放，

　　　　　　　圣贤绝处辟康庄。

　　　　　　　百尺竿头进一步，

　　　　　　　兼济天下正气扬。

　　　　　　　睁眼看世界，

　　　　　　　世界原来是十方！

　　　　　　　哈哈哈！（飘然而逝）

于成龙　道长、道长！

　　　　（唱）一己清廉休自满，

　　　　　　　普度众生夙愿偿。

　　　　　　　生死我既已参透，

（夹白）明日我单骑入虎穴！

士大夫从来有担当。

【收光。

第四场　单骑上山

【东山寨。

【探子上。刘君孚与众寨兵上。

探　子　刘大哥！（刘君孚上）刘大哥！山下来人了！

刘君孚　来了多少人马？众弟兄。

【众："有！"刀出鞘，箭上弦！

【众寨兵呐喊上。

探　子　没有多少人马，只有一位骑着跛骡的老头。

刘君孚　什么老头，胆敢前来送死！

探　子　于糠粥。

刘君孚　于糠粥他带多少官军？

探　子　只带两个随从。

刘君孚　两个随从？

探　子　这是杨大姐给你的信。

刘君孚　再探！（探子应喏而下）

【幕后传来两句民谣："要得清廉分数足，唯学于公食糠粥！"

刘君孚　唉，于糠粥救得了你，救不了我呀！

阿　凯　刘大哥！我们快去迎接于糠粥、于青天老爷去吧。（刘君孚犹豫
　　　　不决）大哥，我们下山吧！走！

刘君孚　站住！

（唱）开弓没有回头箭，

好汉不能恋家园。

自古杀降难胜数，

勿信官府来招安。

阿　凯　难道于公也会骗咱们吗？

刘君孚　于公他已被朝廷革职了。

众寨兵　啊！于公被革职了？

刘君孚　他自身都难保了，说话还能算数吗？

阿　旺　那他为何还能杀了邹捕头？

刘君孚　杀邹捕头是官府的阴谋，以此来引诱咱们。他今天不是来赈灾的

于糠粥，而是前来劝降的于专员，务必要把他赶走！

阿　凯　好！我们听大哥的。

众寨兵　对，听大哥的。

【于成龙内唱："冒着酷暑上山寨——"

刘君孚　于成龙问起我来，就说不在！（隐下）

【差役甲打锣，苏小憨背布囊，打凉伞，陪骑骡的于成龙上。

于成龙　（唱）打凉伞，鸣铜锣，骑跛骡，悬壶酒，摇葵扇，

一路上多显摆，多显摆。

苏小憨
差役甲　（唱）优哉，优哉。

于成龙　（唱）优哉，优哉，

莫欺我只是这草民一介，

如此排场不逊道台！

原同知，于青菜，

上山看望诸位来！

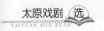

（夹白）弟兄们！

　　　　为何刀枪对着我？

　　　　闭口不语似泥胎！

　　　　难道分别方百日，

　　　　大家都把我忘怀？

阿　才　（唱）一年前黄州大旱饿殍遍野。

阿　凯　（唱）于公他挨家挨户来赈灾！（齐跪，喊）

众寨兵　于大人！

于成龙　（唱）一声于大人生百感，

　　　　　面面相觑泪满腮。

（急扶）起来，快快起来。

　　　　一群荷锄种田汉，

　　　　却扛刀枪弓箭抬！

　　　　山上山下本无阻，

　　　　砍柴打猎任往来。

　　　　今日划作阴阳界，

　　　　骨肉分离甚悲哀！

【众寨兵皆哭泣介。

阿　旺　于大人！

阿　贵　于大人，要不是官府逼得紧，何必抛家舍业，跑到山上来！

众寨兵　是啊。

于成龙　弟兄们，听说你们扛刀上山之事，我即刻向张巡抚请命回到麻城，

　　　　　严惩了作恶多端的捕头邹克忠，又下令撤去了监视你们家眷的衙役。

众寨兵　啊，太好了！太好了！

于成龙　山下的亲人听说我要上山来，纷纷托我传话。阿凯！

阿　凯　　我在！

于成龙　　你娘说，家里没有柴米了。

阿　凯　　娘，娘！孩儿不孝！

于成龙　　阿才呀！

阿　才　　我在！

于成龙　　你儿偷偷离家去找你，你妻求乡邻去找你儿，可是……

阿　才　　我儿丢了？

于成龙　　三日后才找到。

阿　才　　我儿他怎么样了？

于成龙　　饿倒在荒野。

阿　才　　我的儿，我的儿啊！

于成龙　　弟兄们，大片的庄稼都快荒芜了，等着你们回去收拾哪！

　　　　　【众寨兵静默。

阿　旺　　前年黄州大旱，于大人及时开仓济民，我们平安度过了荒年，今
　　　　　年可怎么办？

阿　凯　　于大人，你要一直在黄州做官，百姓的日子就好过了，我们也就
　　　　　不会反上东山了！

众寨兵　　是啊，我们也就不会反上东山了！

于成龙　　刘君孚！我知你在一旁偷听，你快出来吧！

　　　　　【刘君孚尴尬上。

于成龙　　刘君孚，你好大的架子！

刘君孚　　于公来了……

阿　凯　　刘大哥——，刘大哥，我们想家了。

阿　才　　（急切）刘大哥，我们下山吧，我家孩儿……

众寨兵　　刘大哥，我们下山吧！

于成龙　君孚，都听见了吗？

刘君孚　官逼民反，覆水难收啊！在下只好一条路走到黑。于大人，你快
　　　　快离开，你我井水河水两不相犯。

于成龙　君孚，抚台大人知是官激民变，望你就抚下山，骨肉团聚。

刘孚君　我们曾伏击了官军，犯了死罪，官府岂肯轻饶！

于成龙　伏击官军，既往不咎，我代抚台大人立下此誓，湛湛青天，可以
　　　　见证！

小　憨　在！

于成龙　拿上来！

小　憨　是！

　　　　【苏小憨拿过布囊，倒出名册与伪札。

于成龙　这是麻城县徜造的谋反者名册和吴三桂散发的各种委令状，在此
　　　　当众烧毁！

　　　　【苏小憨烧毁介，众寨兵情绪激动。

众寨兵　这下可好了，这下可好了，刘大哥，我们收拾行装下山吧？

刘君孚　（唱）见于公当众毁伪札，

　　　　　　　知有司招抚有诚心。

　　　　　　　怕只怕胁从虽不问，

　　　　　　　我是首领将受严惩。

于成龙　君孚！你不必担心，抚台大人亲口说，只要你率众归附，
　　　　他为你请功求赏。

刘君孚　（唱）官府几回言而有信？

　　　　　　　到时你有心救我也无能。

　　　　（白）于公！

　　　　（唱）念在昔日情分上，

即刻送你下山……返岐亭！

于成龙　君孚，你我一同下山！

阿　凯　刘大哥，下山归顺吧！

众寨兵　下山归顺吧！

刘君孚　你们要走我不阻拦，我绝不下山！

于成龙　君孚啊，刘君孚！是你带弟兄们来的，你也得带弟兄们回去！

　　　　（唱）错失时机干戈起，

　　　　　　　忍看东山万骨枯！

刘君孚　（唱）下山就抚是就缚，

　　　　　　　于大人休要蒙君孚。

于成龙　（唱）老于倔强如老驴，

　　　　　　　岂肯就此服了输？

刘君孚　（唱）昔日恩义随风去，

　　　　　　　快快离去免动武！

于成龙　（唱）纵死也要化杜宇，

　　　　　　　泣血唤归刘君孚。

刘君孚　休再多言！你再盘桓，休怪我无情！（拔刀逼介）走！把于糠粥赶走！快赶走！

苏小憨　（急得跳脚）刘君孚你不要恩将仇报，前年为了赈灾，你也仗义疏财，谁料你自家断炊，老少气息奄奄。于大人闻知，立即用他的黑骡换来五斗小米，让我背到你家里去！

刘君孚　怎么？那五斗救命粮……

苏小憨　你要是不肯下山，尚大将军、张巡抚就要追究我家老爷之罪！

刘君孚　为何还要追究于大人之罪？

苏小憨　于大人与张巡抚立下了军令状！

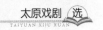

刘君孚　怎么，还立下军令状？

于成龙　昨晚抚台大人又将时限提前，限我明日午时之前向他复命。

刘君孚　啊！

于成龙　君孚！

　　　　（唱）我苦口婆心劝了许多话，

　　　　　　　　你可不能只当风在耳边刮！

　　　　　　　　莫非你有心与清争天下，

　　　　　　　　你真是妄自尊大井底蛙！

　　　　　　　　吴三桂兴风作浪秋后蚱，

　　　　　　　　只恐你上他当盲人骑瞎马！

　　　　　　　　兴也百姓苦，亡也百姓苦，

　　　　　　　　你不回头，将毁了黄州千万家！

杨玉贞　（内喊）于大人！（急匆匆上）

于成龙　杨玉贞！

杨玉贞　于大人——

　　　　（唱）山下传言风声紧，

　　　　　　　　尚善带兵来麻城。

　　　　　　　　白杲镇上布刑场，

　　　　　　　　杀气腾腾令人惊。

　　　　　　　　只等于大人无功返，

　　　　　　　　恐是断头台前血染尘。

　　　　　　　　表兄你可千万要猛醒，

　　　　　　　　快带领大家去投诚。

于成龙　哈哈哈……

刘君孚　刘君孚不能害恩公啊！

于成龙　哈哈哈……刘君孚，就让我这老命替你去送死吧！小憨，下山！

刘君孚　恩公，不可！

于成龙　（唱）我为你捐条老命何足惜，

　　　　　　　却不能替你赎罪洗名声。

刘君孚　啊，恩公，我率众上山也是为乡亲们着想呀！

于成龙　（唱）你为何在麻城一呼百应，

　　　　　　　都因为你乃一位仗义人。

　　　　　　　如今弟兄都愿归附去，

　　　　　　　唯有你担心为首遭严惩。

　　　　　　　众弟兄讲义气何能抛下你？

刘君孚　弟兄们，你们下山去吧，快下山去吧！

众　　　我们誓与大哥生死与共！

于成龙　（唱）你难道忍心让众人作牺牲！

　　　　　　　争来的一线生机须抓住，

　　　　　　　机一逝你将成千古罪人！

刘君孚　啊！（唱）众弟兄要与我同生死，

　　　　　　　　我不替众弟兄来着想义气何存？

　　　　　　　　骑虎难下也得下，

　　　　　　　　能识时务是英雄。

　　　　　　　　不归附于公将血洒白杲镇，

　　　　　　　　君孚我宁死也莫害恩公！

　　　　　　　　恩公！请恕君孚多愚蠢，

　　　　　　　　险些几不顾大义天地不容！

于成龙　（扶）君孚！快带弟兄们下山去吧！

刘君孚　弟兄们，我们赶紧收拾，明日一早就下山。

众寨兵　好！

于成龙　好，可是，君孚，你明日午时之前务必赶到白杲镇！要是赶它不到，你就再也见不上这个于糠粥了！

　　　　【收光。

第五场　挡马阻剿

　　　　【麻城白杲镇。

　　　　【张朝珍与尚善率众军士上。

　　　　【探子内喊"报"急上。

探　子　启禀大将军！草寇闻风大军将到，沿途岗哨都撤了，一定是不战而溃了。

尚　善　哈哈哈，我凭军威，不战而胜，必成千古佳话！

张朝珍　大将军不战而平东山，可喜可贺！下官立即上表为大将军请功！

尚　善　谢了！探子，可有贼首刘君孚下落？

探　子　贼首刘君孚可能还躲在东山寨中。

尚　善　再探！（探子下）

张朝珍　（唱）于成龙徒劳无功羞露面，

　　　　　　　我只得按军令状究罪愆！

尚　善　将士们，向东山寨进发，剿灭残寇！（众军士应）

　　　　【于成龙喊上："且慢！"苏小憨与杨玉贞紧随。

张朝珍　北溟公！

于成龙　抚台大人！（掏出一份文书，献上）在下已招抚东山！这是归附书！

张朝珍　怎么，东山寨是你招安的？尚大将军……

尚　善　休得胡说！东山草寇是被本部军威吓得溃散的。本部正往东山寨进发，扫除残渣余孽，搜捕寇首刘君孚。

于成龙　张大人！刘君孚已归顺朝廷了！

张朝珍　啊，刘君孚已归顺了？

于成龙　是呀！这份归附书就是他亲笔签下的，说好今日午时之前领寨
　　　　兵下山！

尚　善　于老头，休来争功！将士们，向东山寨进发！（众军士应喏）

于成龙　大将军！万万不可。

　　　　（唱）已曾就抚不能剿，

　　　　　　　失信于民怎安邦！

尚　善　（唱）斩草除根江山固，

　　　　　　　自古纵寇必丧邦。

于成龙　（唱）从来是官逼民揭竿，

　　　　　　　政清民安国祚长。

尚　善　（唱）大清江山如铁打，

　　　　　　　军营将士个个强！

于成龙　（唱）不可恃兵夸海口，

　　　　　　　民心一失社稷亡！

张朝珍　（唱）敢请北溟快退让，

　　　　　　　将军一怒虎下山岗！

于成龙　（唱）敢以残躯来挡马，

　　　　　　　阻止官兵去杀降！

　　　　【苏小憨与杨玉贞迅速地站到于成龙身边来。

尚　善　哇呀！

　　　　（唱）刁蛮老头，甚狂妄，

　　　　　　　贻误军机罪难当！（欲挥鞭跃马）

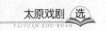

将士们!

众　　有!

张朝珍　大将军,不可莽撞! 于成龙两次被朝廷评为卓异,皇上十分赏识,

今日平乱之事,若有差池,怪罪下来,你我都担待不起呀!

尚　善　于老头,你听了! 如若刘君孚逾期不来?

于成龙　如若刘君孚逾期不来,将军要抓要杀,老夫悉听尊便!

尚　善　好! 将士们听令!

众　　有!

尚　善　午时一到,向东山寨进发,阻挡者格杀勿论! (众军士应喏)

杨玉贞　(旁唱)无情烈日悬头顶,

不见表兄心似煎。

张朝珍　(旁唱)北溟公一诺千金重,

为守信义一命悬!

尚　善　(旁唱)白发翁犹将功名恋,

不知进退遗笑谈!

于成龙　(旁唱)老马为何还恋栈,

只为着百姓求平安!

(夹白)君孚啊!

莫非你反复无常心又变?

莫非你闻风半路重上山?

尚　善　午时已到! 将士们,进山! (众军士应喏)

　　　　【于成龙以身挡马头。

张朝珍　大将军! 手下留情吧!

于成龙　大将军,就是死囚问斩,也要等到午时三刻,将军为何如此迫不

及待,不容老汉临刑之际,再喝几口?

尚　善　于老头，今日你护贼魁，挡马头，一意孤行，误我军机乃自寻
　　　　绝路。休怪本部无情！

于成龙　于某咎由自取，不敢怨天尤人。请将军暂缓片刻，容于某再喝几口，
　　　　醉中忘了砍头之痛，亦可聊御黄泉之寒。

尚　善　为暴民担风险真真是蠢得可怜！你何必为阻剿来把这老命玩？

于成龙　（唱）东山寨生机犹存一线，

　　　　　　　争一线生机才求你把时辰延。

张朝珍　大将军，且缓片刻吧！

尚　善　唉，于老头，不是本部嗜杀成性，与你过不去。当知值此吴三桂
　　　　叛军压境之际，倘若不把东山暴民剿灭干净，留下一点火星，都
　　　　会死灰复燃，危及大清江山！

于成龙　大将军主剿，振振有词，于某何敢抱怨？只求容我再喝几口！

尚　善　嗯。容你喝上几口吧！

于成龙　拿酒来！

　　　　【苏小憨把酒葫芦递与于成龙。

　　　　（唱）一踏上黄泉漫漫哪有酒店，

　　　　　　　临终前当最后解次酒馋。

　　　　　　　到罗城做县令才沾上酒，

　　　　　　　为的是驱风湿也慰孤单。

　　　　　　　谁知晓这一沾便上了瘾，（饮酒介）

　　　　　　　却也是不曾赧颜唯酡颜。

　　　　　　　细想我只对家人有愧疚，

　　　　　　　无分文补贴家用反花家里的钱。

　　　　　　　妻在家十三载上奉下养，

　　　　　　　对于某常挂记恩重如山！

（夹白）黄河水，吕梁山，那是养育咱的好地方。

小憨哪……

你今日返故乡我难相伴，

望你平安返故园。

若遇吕梁乡亲父老问起于某，

只说我留清白尚在人间。

苏小憨　老爷！

于成龙　（唱）噩耗须严密瞒我的家眷。

苏小憨　只怕瞒不住哪！

于成龙　（唱）瞒不住对家母千万莫谈。

（夹白）娘亲！玉贞哪！

感谢你专为我酿此美酒，

每一壶从来只卖我五钱。

杨玉贞　恩公，都怪表兄违约，才害了恩公你呀！

于成龙　（唱）君孚违约你莫怨，

兵临城下谁敢下山？

我有遗嘱你转告，

切莫逞一时勇，要为一方保平安。

（夹白）张大人！

（唱）为官更须存敬畏，

一旦滥权禽兽般。

大清国想保得社稷永固，

务必要待民宽治吏当严。

张朝珍　北溟公所论，发人深省！

于成龙　尚大将军！

（唱）杀一命不如救一命，

　　　一条人命重如山！

　　　收拾民心非凭剑，

　　　须赖官吏公与廉。

　　　对民暴虐终有报，

　　　天虽默默都在看！

尚　善　哼！

众军士　午时三刻已到！

尚　善　于成龙，这午时三刻已到，你还有何话讲？

于成龙　敢立军令状，何惜老头颅！

　　　【刘君孚内声："住手！"

　　　【刘君孚率一队寨兵上。

刘君孚　（挡住于成龙，对尚善）大人，要杀杀我，勿杀于公！

尚　善　你是何人？

刘君孚　小民刘君孚！

张朝珍　你就是刘君孚？

于成龙　他就是刘君孚！

刘君孚　于大人，一早在下就率领弟兄下山回家，半路探子禀报，官军要
　　　上山围剿，大家又纷纷逃回，小民苦苦劝阻，唉！故而来迟了！

于成龙　呵呵呵，不迟，不迟啊！

刘君孚　抚台大人、大将军，若要追究延误之罪，刘某独自承担！反上东山，
　　　刘孚君甘愿领罪。（跪）

张朝珍　北溟公，你为黄州百姓，也为大清立了大功！

于成龙　于某只求不负天地良心！

张朝珍　大将军！

尚　善　（悻悻地）哼！（带众军士下）

于成龙　张大人，请为刘君孚请功求赏吧。

张朝珍　好！本院立即上书朝廷，求封刘壮士为戎旗守备！

刘君孚　多谢大人荐拔之恩！

于成龙　张大人，东山已平，于成龙可以放心归去了。

张朝珍　怎么……

于成龙　小憨，去购一坛老酒，再雇一条小船，咱们走水路。

　　　　（苏小憨下，携酒复上）

张朝珍　北溟公不要走，我要上书朝廷，与你官复原职！

众百姓　于大人，不要走！

　　　　【众百姓挽留于成龙。

于成龙　诸位乡亲，好自为之，于某拜别了！

众百姓　于大人，你不能走！

于成龙　（唱）昔日云随风出岫，

　　　　　　　今朝举水泛归舟。

　　　　　　　一己沉浮岂在意，

　　　　　　　去留从来不强求。

　　　　　　　出仕虽能济黔首，

　　　　　　　布衣亦可为国谋。

　　　　　　　问吾此时何所想？

　　　　　　　君子进退总怀忧……

　　　　【另一空间，眇道士上。

眇道士　北溟，你人生不满百，常怀千岁忧！

于成龙　眇道长，请你上船，千里伴行，一起饮酒论道！

【剧终】

唐宗归晋

编剧：罗　周　武丹丹

时间：2016年12月

【剧中人物】

李 世 民——唐代君王，48岁。（老生）

茱　　萸——晋祠女道士，24岁。（旦）

金　　卯——晋阳司马，22岁。（武生）

刘 王 氏——金卯之母。（老旦）

尉迟敬德——大将，62岁。（净）

马　　周——谋士，46岁。（小生）

长孙无忌——重臣，50岁。（老生）

小 庙 祝——17岁。（丑）

序　幕

【贞观十九年（645年），李世民征辽归来。

【仪仗马队浩荡而过。

众　　（高呼）天子回师，行人回避！

【李世民内唱：辽东亲征铩羽还。上。

李世民　（唱）扬鞭西北望长安。

山跋水涉朱轮远，

戈剑敲冰铁衣寒。

叹朕躬胸中犹怀鲲鹏志，

镜底已照双鬓斑。

遥迢身近临渝道，

忽见那飞马云旗雪浪翻！

【斥候甲、乙奔上。

斥候甲　报！洛邑都护恭候圣驾！

斥候乙　报！晋阳都督引师来迎！

马　周　陛下，此去长安，有东、西两路，西路绕行晋阳……

长　孙　哎！绕行晋阳，崎岖坎坷，倘若东行，一马平川。

李世民　言之有理。

长　孙　三军东向，速速返京！

众　　啊！

【一阵风起，黄叶飘落。

李世民　啊呀！且慢！（举叶）卿等来看，此乃何物？

马　周　落叶一枚。

李世民　什么叶儿？

长　孙　好似桐叶……

李世民　正是桐叶！这桐叶么……（沉吟，陡然）传旨，绕行晋阳，徐徐
　　　　西还！

马　周　陛下龙体欠安，何故舍近求远？

李世民　哈哈哈，卿忧道远，朕心却近！（打马而去）

众　　万岁有旨，绕行晋阳，徐徐西还啊！

【灯渐暗。

第一场

【晋阳。

【尉迟敬德立于阶前，金卯侧立。

尉　迟　晋阳司马安在?

金　卯　卑职金卯听命。

尉　迟　陛下驾幸晋阳，护卫之责，不可懈怠!

金　卯　是!

尉　迟　宴饮之乐，搬演上来。

金　卯　遵命! 万岁赐宴，进《秦王破阵舞》!

　众　　万万岁!

【歌舞起，李世民上，众臣随上。

李世民　(唱)身归了晋阳城千思万绪，

　　　　　　　观《破阵》更叫人心下嘘唏。

　　　　　　　想当初驰骏马少年公子，

　　　　　　　到如今数故人百不存十。

　　　　　　　仰昊天对明月人生有几，

　　　　　　　举杯盏交欢戚共醉今夕!

　　　　　　　来来来，众位爱卿，满饮此杯!

【金卯捧匣上。

金　卯　陛下! 有人叩宫，特来进宝。

李世民　呈上来。(开匣取物)呀! 这是……

尉　迟　此乃并州特产潞绸半片。

李世民　绸上传书，诸卿观之。

众　　（传读）速——离——晋——阳？速离晋阳！

马　周　金司马，何人进宝？哪个传书？

金　卯　其人递上宝匣，未留姓字，即行离去。

李世民　呀！这等做派，恰似当年！亦是潞绸半片……

长　孙　墨迹一行！

李世民　匆匆示警，救朕性命！

尉　迟　万岁之言，令人费解。

长　孙　鄂国公有所不知。陛下少时，随高祖驻守晋阳，郡丞王威有心加

　　　　害，幸得一人，传书示警，陛下先发制人，方成大业！那传书之

　　　　人，唤作刘、刘……

李世民　刘文龙！今朕富有四海，正该涌泉以报！刘公安在？刘公哪里？

尉　迟　这个……

　　　　（唱）闲居晋城一年半，

　　　　　　　闻所未闻刘文龙。

　　　　　　　司户官？

司户官　（唱）城中历历十万户，

　　　　　　　还须详查报行踪。

　　　　　　　金司马？

金　卯　（唱）霎时浊血喉头涌，

　　　　　　　强吞强咽做痴聋。（摇手）

李世民　（唱）尔等是不知不识多懵懂，

　　　　　　　哈哈哈……引道指路还赖朕躬！（起身）

尉　迟　陛下何往？

李世民　难得良宵，兴致所至，寻访刘公去也！

长　孙　陛下不可！陛下旧疾在身、天寒地冻……

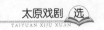

马　周　　况有示警在此……

李世民　　忆昔四海汹汹，朕出入万军，未尝一惧！今天下归心、龙兴之地，

　　　　　何险之有！潞绸传书，查明来报。朕么，刘家亲酿羊羔美酒，勾

　　　　　着朕腹内馋虫！（径下）

尉　迟　　（对金卯）随侍万岁，不得有失！

金　卯　　是！（追下）

　　　　　【晋阳宫外，寒冬月夜。

　　　　　【李世民上，金卯随上。

李世民　　（唱）出宫访友醉醺醺，

　　　　　　　　扑人颜面风云清。

　　　　　　　　月灿高天如银镜，

　　　　　　　　冰凝晋地似镜明。

　　　　　　　　身摇好比行舟楫……

金　卯　　陛下当心。

李世民　　（推之，唱）朕是个马上天子任纵横！

　　　　　（醉眼）你……噢！（识出）金卯金司马！

　　　　　（唱）刘公宅邸朕记远近，

　　　　　　　　常与他传杯送盏伴钟鸣！

金　卯　　什么钟声？

李世民　　（唱）是袅袅檀香崇福寺，

　　　　　　　　每叩佛陀问苍生。

　　　　　　　　好香呵！

金　卯　　难道寺中燃香，遥遥传来？

李世民　　不是檀香，乃苏合之香，宫闱惯用！如何晋阳城内，恍惚得闻？

　　　　　（举步欲随）

金　卯　陛下哪里去？

李世民　走差了，走差了！朕是要往刘家去呵！

　　　　（唱）暂捺下散奇香满腹疑窦，

　　　　　　　绕过了崇福寺迤逦而行，

　　　　　　　依旧是绰约约早梅弄影。

金　卯　什么梅花？

李世民　去刘家五里，有梅园一座，园中珍珠梅，乃文德皇后所爱。常央

　　　　寡人，折取数枝……

　　　　（唱）半制新妆半插瓶。

　　　　　　　到如今年年岁岁花相似，

　　　　　　　岁岁年年人孤零！

　　　　　　　皇后、皇后……（向墙角）朕的美人！

金　卯　墙角唯梅花一株，迎风摇曳。

李世民　哎！岂止梅花！朕见墙畔，人影行过，分明文德模样！（举步欲随）

金　卯　陛下……可又走差了？

李世民　啊？

　　　　（唱）金卯一言来惊醒，

　　　　　　　再向刘家趱前程。

　　　　　　　历历眼中过旧景，

　　　　　　　撇怎撇，忘怎忘，白袍小将在晋阳！

金　卯　白袍小将？

李世民　便是寡人！

　　　　（唱）我也曾笑卧汾边柳，

　　　　　　　也曾买醉胡姬裙。

　　　　　　　踏破秋草逐狡兔，

　　　　击碎唾壶发狂吟!

　　　　【茱萸内唱：凤兮凤兮思高举……持梅行游。

茱　萸　（唱）遨游四海何所栖?

李世民　哪个歌吟?

茱　萸　（唱）凰兮凰兮德方兴。

李世民　（唱）翩翩来翔巢桐枝。

茱　萸　（唱）一朝凤凰双偕去。

李世民　（唱）去而复返当可期。

茱　萸　（唱）一朝凤凰双偕去，

　　　　　　　去而复返安可期!

李世民　奇哉怪也!

茱　萸　（唱）安可期、安可期，

　　　　　　　去而复返不可期!（行过李世民）

李世民　姑娘所唱，莫非《凤凰吟》?

茱　萸　正是《凤凰吟》!

李世民　少时朕……（改口）我弟兄行游，常歌此曲。所谓"凤凰双偕去，

　　　　复返当可期"，姑娘唱道"不可期"，差矣、差矣!

茱　萸　先生醉矣。

李世民　怎么讲?

茱　萸　从前凤凰相偕飞去，如今归来又有几人?休说"当可期"，分明

　　　　"不可期"也!（缓下）

李世民　（惊怔）啊呀……姑娘!（欲追）

金　卯　（拦住）陛下! 陛下不是要往刘家去吗?

李世民　这个……

金　卯　宴上陛下曾道，垂涎刘家美酒……

李世民　这个……

金　卯　又道刘公于陛下有救命之恩!

李世民　(微愠)嗯? 金卯听命,赶上前去!

金　卯　哪里去?

李世民　循声而去,循她而去!

金　卯　……是。(激愤背语)说什么圣主明君,单牵念倾国倾城!

李世民　走走走!

　　　　(唱)我本该奔刘家访故问旧,

　　　　　　　怎禁得笼谜云疑惑心头。

　　　　　　　急匆匆随莲步阡陌行走,

　　　　　　　缥缈缈熏衣带苏合香幽。

　　　　　　　姑娘、姑娘!

　　　　(唱)高低唤唤不见娇娥清眸,

　　　　　　　觑背影正依稀文德风流。

　　　　　　　她那里歌《凤凰》似水之柔,

　　　　　　　我这里思往事肝披胆剖!

　　　　　　　相偕飞去,几人回首,

　　　　　　　欲泣难泣,欲语还休!

　　　　　　　难道是冥漠漠鬼指神授,

　　　　　　　一刹那牵惹了旧憾新愁!

　　　　　　　一径行来,人影杳然,只见桐门紧闭、匾额高悬! 啊,金

　　　　　　　卯,速去打门。

金　卯　(欲敲而止)陛下,这门只怕打不得。

李世民　朕贵为天子,天下之门,哪有打不得的!

金　卯　陛下人间天子,慎打神祇之门!

李世民　神祇之门么……待朕观之！（仰面读匾）唐——叔——虞——祠！

　　　　啊呀，晋祠？当真晋祠！

　　　　【月色中，晋祠门楣赫然在目！

　　　　【灯渐暗。

第二场

【晋祠，午后。

【刘王氏内唱：大雪初晴扶杖来。上。

刘王氏　（唱）百般愁闷绕心怀。

　　　　　　　老太婆坎坷春秋过半百，

　　　　　　　一根独苗膝下栽。

　　　　　　　近日我儿多古怪，

　　　　　　　再三问询他口不开。

　　　　　　　蹒跚祠中祷神祇，

　　　　　　　但愿无病亦无灾。（欲入祠）

【小庙祝上，拦之。

小庙祝　慢来，慢来！老婆子，你要求财，去前街拜财神庙！

刘王氏　老身一世贫寒，不求富贵。

小庙祝　你要求子，去后街拜观音庵。

刘王氏　我这般年纪，还求什么儿女。

小庙祝　这不求，那不求，你求什么？

刘王氏　只求一家老小，太平无事。

小庙祝　我说老太太，你进去不妨，只怕冲撞。

刘王氏　难道祠中有什么人？

小庙祝　有个叔虞的木像儿。

刘王氏　正要拜他。

小庙祝　还有个神仙姐姐！

刘王氏　噢，茱萸姑姑！那女娃心善，不碍的。

小庙祝　还有哩！

刘王氏　还有何人？

小庙祝　不说不知道，说出来吓一跳！

刘王氏　你不讲明，老太婆就要擅入了。（欲进）

小庙祝　（阻拦）不能进！

刘王氏　擅入了！

小庙祝　不能进！老太太，老婆子，你不要命了！

　　　　【二人争执。

　　　　【李世民内声：好一座庄严殿宇！

　　　　【李世民上，茱萸持香随上。

李世民　（唱）晋祠祷罢两炷香，

　　　　　　　未平心底波澜狂。

　　　　　　　侧目身畔女冠子，

　　　　　　　仿佛踏月美娘行。

　　　　　　　千疑万惑欲相问，

　　　　　　　万头千绪口难张。

　　　　　　　忽闻门外起喧嚷，

　　　　　　　推开云户询短长。

　　　　　　　何人喧哗？

小庙祝　万岁！都是这老婆子不是！硬要闯门，惊扰圣驾！（对刘王氏）

　　　　快快跪拜！

刘王氏　（怔立）……老身是来拜神的。

茱　萸　老人家，今万岁在此，你来祝祷，只怕不便。

李世民　岂可因朕之故，断绝百姓祈愿之门？老人家只管入内！

刘王氏　罢了……

李世民　只管入内！

刘王氏　走了……（转身）

李世民　老人家！何故不拜而去？

刘王氏　既是万岁在此祈愿，老身祷也无用。

李世民　此话怎讲？

刘王氏　神仙老爷也识轻重、知尊卑，忙不过来，顾咱不上……（下）

小庙祝　算你识相。（随下）

李世民　呀！这般言语，似有隐衷；这等面貌，似曾相识……老人家！

　　　　（欲追）

茱　萸　（阻之）万岁！万岁尚有一愿未祷……（递香）

李世民　哦，还余这第三炷香！（接过）

　　　　（唱）手拈起三炷香仰面祝祷。

茱　萸　（唱）乞神明俯下情听人心苗。

李世民　（唱）二十年养百姓帝业兴肇。

茱　萸　（唱）二十年忍雨泪谁与号啕？

李世民　（唱）只一件撕心事昼夜缭绕。

茱　萸　（唱）这件事数昼夜不敢冰消。

李世民　（唱）但愿得诸亡灵早登仙道……

茱　萸　万岁你看！梁柱之间！

李世民　噢！一个白影儿，闪得好快呀！

茱　萸　（唱）顷刻间挽雕弓射落梁梢！

【茱萸搭弓射之，一白狐应箭而落。

茱　萸　原来白狐一只！

李世民　祠堂祥和之地，何故悬弓于侧？

茱　萸　不知偷吃了多少香油。

李世民　茱萸女流之辈，如何娴于弓弩？

茱　萸　这身皮毛，敬奉万岁，取裘御寒。

李世民　不过射杀一狐，怎的朕心忐忑？啊呀茱萸，这弓……

茱　萸　兴邦立业，德兼文武，故祠内左琴右矢，缺一不可。

李世民　那你……

茱　萸　心羡木兰从军，故此稍习弓马。

李世民　可朕……

茱　萸　圣心难测，万岁心事，不敢揣度。

李世民　呀！

（唱）朕有问来她有答，

　　　　解释疑惑疑更加。

　　　　平生征战仗弓马，

　　　　血染盔袍眼不眨。

　　　　为什么这一祠一狐一娇娃，

　　　　却叫人坐卧不安乱如麻？

　　　　详琢磨、细品咂，

　　　　百思不解俱在她。

　　　　绵里针、话中话，

　　　　明眸隐约见杀伐！

　　　　今日射狐多狠辣，

　　　　却是荆花是娇花？

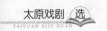

神祠之内，岂可杀生？茱萸哇！你箭法忒准、出手忒快、心肠忒狠了！

茱　萸　射便射了，何须多言。

李世民　（一愣）

茱　萸　一只狐儿，难道要人偿命？

李世民　（二愣）

茱　萸　休说杀狐，便是杀人，又有几个偿命？

李世民　（三愣生怒）放肆！大胆！

茱　萸　陛下息怒。茱萸方外之人，只知以诚事神，不知柔辞媚上。况我方才之举，亦是师法陛下。

李世民　以朕为师么？

茱　萸　取法乎上！

李世民　哈哈……倒也不假。（得意）想朕战西河、收汾并、平扶风、破虎牢，席卷八荒、平定天下，确有那百发百中的本事！

茱　萸　百发百中，不如当机立断！遥想二十年前……

李世民　二十年前？

茱　萸　长安城内！

李世民　长安城内……

茱　萸　玄武门中！

李世民　玄武门——！

茱　萸　（唱）问万岁可记得当年情景？

李世民　（唱）高祖朝正九年六月庚申。

茱　萸　（唱）万岁爷玄武门兵甲伏定。

李世民　（唱）隐太子率众将徐入皇城。

茱　萸　（唱）月黑风高逢狭路。

李世民　　（唱）一时羽旗乱纷纷！

茱　萸　　（唱）何论手足同血脉。

李世民　　（唱）从来刀剑不容情。

茱　萸　　（唱）闻说是建成三度举弓弩。

李世民　　（唱）兄长他三举三落射不成。

茱　萸　　（唱）又道是万岁飞矢如流电。

李世民　　（唱）一箭射他落埃尘！

茱　萸　　（唱）这一箭，成王败寇将乾坤定，

　　　　　　　　这一箭，换来个真龙天子九五尊！

　　　　　　　　这一箭，隐太子欲射不射、妇人脾性，

　　　　　　　　这一箭，万岁爷当断则断、天纵英明！

李世民　　（唱）她那里声声称颂声声赞，

　　　　　　　　一声声听得寡人汗涔涔！

　　　　　　　　思往事，肝胆欲裂魂欲碎，

　　　　　　　　难言难诉心难宁！

　　　　　　　　（病发，头痛）痛……痛！痛煞人也！

茱　萸　　万岁？来人，快来人！

　　　　　　【长孙急上，视之。

长　孙　　陛下头风复发矣！汤药呢？快奉汤药来！

　　　　　　【小庙祝持药上。

小庙祝　　汤药煮好了！

　　　　　　【长孙接药进呈，李世民欲饮。

茱　萸　　（止之）万岁请慢！此药尚未试毒。

李世民　　神祇之地，不消多虑。

茱　萸　　万乘之躯，谨慎为上。（接药，以银簪试之）银簪变色，药中有毒！

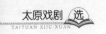

（泼药于墙，墙上白烟陡起）

众　　（惊恐）药中有毒！？

【灯渐暗。

第三场

【尉迟家中。

【尉迟舞剑，金卯侧立。

尉　迟　（舞剑攀谈）金司马，陛下所问刘公之事，你可曾核查？

金　卯　近来事多，未及核查。

尉　迟　司马职掌全城军务，果真繁忙！

金　卯　难道鄂国公有了刘家消息？

尉　迟　这也罢了。有道是：晋阳安，天下安；晋阳乱……

金　卯　晋阳乱，天下乱！

尉　迟　司马重任在身，万勿懈怠！去吧。

金　卯　是！（行礼而下）

尉　迟　（歌之舞之）凤兮凤兮思高举，

　　　　　　　　遨游四海何所栖？

　　　　　　　　凰兮凰兮德方兴，

　　　　　　　　翩翩来翔巢桐枝……

【李世民内声："敬德哪里……"上，长孙随上。

尉　迟　啊陛下！老臣有事，正欲见驾……

李世民　朕亦有事相商。敬德啦，朕是凤凰来归，不料桐枝难栖……

尉　迟　万岁之意？

长　孙　晋祠之中，有人投毒！

尉　迟　哪个大胆？！

长　孙　尚未查明。万岁啦！

（唱）万岁爷力排众议到晋阳，

怎知这龙兴之地似谜塘。

先有那潞绸传书递警报，

今又见晋祠鸩毒入药汤。

劝陛下催发銮驾休延宕，

急返长安远灾殃！

李世民　哎！想朕当年，身经百战，未尝一退！

长　孙　当年秦王，今朝天子，岂可同语？

李世民　秦王也罢，天子也好，我李世民，都是这一马当先的脾气！况若将此事，委诸晋阳，则怕地方官吏，宁可错杀，不敢错放，若生冤狱，朕之过也！

尉　迟　陛下有心亲查，料必已有对策？

李世民　敬德可有主张？

尉　迟　老臣闲时，常去汾水垂钓。饵料稍动，若急提之，必无所获，须待鱼儿食饵大半，豁然收竿，则十拿九稳！

李世民　哈哈……英雄所见略同！

（唱）晋祠内寡人在明贼在暗，

他为垂钓我为鱼。

如今情势暗颠倒，

正该运筹动机宜。

若张榜文广搜觅，

惊走鱼儿脱钩丝。

倒不如，将其计，就其计……

长　孙　如何将计就计?

李世民　（唱）只说朕年岁不永命归西。

长　孙　陛下不可!

李世民　（唱）布置好素棺素帐素幡旗,

安排下甲兵听令噤声息。

晋宫翻做征战地,

专待贼子投樊篱。

尉、长　陛下圣明!

李世民　敬德听旨。晋祠之中,有密道直通晋阳宫。卿率三百虎贲,埋伏

其内,听朕号令。贼子作乱,一举拿下!

长　孙　鄂国公! 事关机密、社稷系之,晋城上下,尽皆瞒住!

尉　迟　这个自然……啊呀! 方才臣欲引荐一人,面见陛下,今既定计,

待臣去打发了她。

李世民　什么人?

尉　迟　不见也罢。

李世民　到底哪个?

尉　迟　便是那刘文龙之妻!

李世民　喔! 刘王氏么? 烧得好一道过油肉! 老嫂嫂如今怎样?

尉　迟　这个……陛下! 有一老妇,卖菜为生,常来臣家送菜。臣留心查访,

方知她便是那刘王氏。

李世民　卖菜为生?

尉　迟　颇是清贫。今刘王氏送菜来此,老臣暂留于她……

李世民　快快请出相见。

长　孙　陛下! 密计已定,休见外人!

李世民　哎，刘家不是外人，乃是恩人！

长　孙　恩人么……越发见不得！从前刘家，有恩于陛下，今沦落至此，

　　　　陛下见她，恐生尴尬……

李世民　此皆寡人之过！想朕冷落故人，二十九年。今除夕将至，辅机，

　　　　你要朕薄情三十年不成？（长孙无语以对）请上来！

　　　　【刘王氏内声："来也"。上。

刘王氏　（念）他人赏花我种菜，

　　　　　　　　他人品茗我食糠。

　　　　　　　　莫道贫贱输富贵，

　　　　　　　　谁家富贵得久长？

　　　　　　　　好不蹊跷！几文菜钱，如此拖拉；留人半晌，又唤上堂……

　　　　【刘王氏迎面撞上李世民。

刘王氏　是他！

　　　　（唱）霎时相逢魂震颤，

　　　　　　　　掉头不肯朝圣颜。

李世民　是她！

　　　　（唱）匆匆祠中曾照面，

　　　　　　　　不识故人到跟前。

长　孙　万岁在此，还不见驾？

刘王氏　……万岁爷。

　　　　（唱）一声呼流离三十载，

李世民　老嫂嫂！

　　　　（唱）一声唤迟到三十年！

刘王氏　万岁爷……

（唱）一声呼心痛碎做片。

李世民　老嫂嫂!

（唱）一声唤心暖春又还。

问嫂嫂刘公今安在，

朕邀他把盏共饮醉三天!

刘王氏　什么刘公?

尉　迟　便是你夫刘文龙。

刘王氏　（唱）罪人姓字如泥贱，

不敢万岁再挂牵。

我夫么，早于高祖武德六年，罪判谋逆……

李世民　罪判谋逆?

刘王氏　流放瘴江……

李世民　流放瘴江!

刘王氏　至今未归!

李世民　啊呀!

（唱）闻她言语心惊怔，

开国臣怎成了谋逆人?

事关先帝难深问，

忍对故旧惭意生。

说什么雷霆雨露皆天赐，

多少人只见天罚不见恩!

唏嘘忧怀颁旨意，

应许团圆乐天伦!

武德六年，流放至今，算来二十三个寒暑! 想刘公偌大年岁，便通天之罪，也该赦免还乡，阖家团聚！

尉　迟　老人家！万岁开恩……

长　孙　还不叩谢！

刘王氏　这恩典，来得太晚了！我夫回不来，回不来了！他殒命瘴江，整整二十年！

李世民　二十年前，乃贞观八年！朕继位八年矣！敢问嫂嫂，家中更有何人？

刘王氏　有个女儿……

李世民　朕来指婚！

刘王氏　我那女儿，亦于贞观十年，夭折他乡！

李世民　夭折了！

刘王氏　只剩老身，苟活至今。（欲下）

李世民　嫂嫂转来，嫂嫂转来。朕愧对刘公，怎可再失德于你！良田美宅，自有厚赐！

刘王氏　不消。

李世民　要的。

刘王氏　不消。

李世民　要的！

刘王氏　实实的不消！

（唱）我若是生受了良田万千，

　　　　便是将夫婿骸骨换作田。

　　　　我若是生受了美宅百间，

　　　　便是将娇女性命来养残年。

　　　　万岁爷只管高坐在太极殿，

　　　　老婆子盼只盼安安心心，了此一生，相逢夫儿在黄泉！

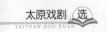

李世民 老嫂嫂，你当真怨朕恨朕，不肯恕朕!

刘王氏 老身只怕愧对亡人，于万岁爷，倒谈不上恩呀怨的。（欲下止步）

　　　　啊呀且住!（转身）

李世民 （期盼）老嫂嫂，你但有所请，朕必应之!

刘王氏 尉迟大人，你还没把菜钱与我哩。

　　　　【刘王氏向尉迟索得数文，欲下。

长　孙 老人家转来，转来!

　　　　【刘王氏止步，转身。

长　孙 老人家，今日见驾之事，你切莫说与他人。

刘王氏 老太婆孤身一人，与谁说去。（转身欲下）

尉　迟 老人家慢走，慢走!

刘王氏 （止步）怎么?

尉　迟 万岁见你之事，你不可泄露!

刘王氏 知道了。

尉　迟 万勿泄露!

刘王氏 明白的。（下）

李世民 （怅然若失）老嫂嫂……

长　孙 万岁，她已去远了。

　　　　【灯渐暗。

第四场

　　　　【素幡如林，幕后哀声隐隐。

　　　　【金卯与黑衣人对谈。

金　卯　死了？当真死了？

黑衣人　岂能有假？

金　卯　如何死的？

黑衣人　中毒而亡。

金　卯　哪个投毒？

黑衣人　不消多问。

金　卯　啊呀爹爹！你在天之灵，终可瞑目！

黑衣人　哈哈……我来问你，天子虽死，可是死于你手？

金　卯　……不是。

黑衣人　天子虽死，你与令堂，能否相认？

金　卯　不能……

黑衣人　天子虽死，天下可知，你到底是谁？

金　卯　不知！呀！

　　　　（唱）这三问问得人血脉偾张，

　　　　　　　　搅动俺脏腑内翻滚岩浆！

　　　　　　　　杀父之仇非我报，

　　　　　　　　对面不敢唤亲娘。

　　　　　　　　男儿怎肯吞悲怨，

　　　　　　　　敢溅碧血撼庙堂！

　　　　　　　　这基业本是咱家相扶助……

黑衣人　那李世民恩将仇报，坏了你家天伦，你何不拼将一死，坏了他家
　　　　天下，坏了他家天下……（隐没）

金　卯　不错，不错！

　　　　（唱）我乱他山河又何妨！

【刘王氏内呼："金司马……"上。

刘王氏　今日城中，何故戒严?

金　卯　只为昨日，天子驾崩!

刘王氏　怎么说?

金　卯　天子驾崩!

刘王氏　呀……（暗思）分明健在，怎说死了?

金　卯　灵柩停于宫中，旦夕将有大事……（跪地）娘亲受儿一拜!

刘王氏　我儿!（有所预感）儿有甚事，瞒住为娘?

金　卯　……无事!（扶持）娘亲速速回转!风云色变，休再出门!

刘王氏　好，好……

金　卯　娘亲!（陡唤）……孩儿扶娘一程。（扶之）

刘王氏　我儿!你可知晓，天子他……

金　卯　他如何?

刘王氏　他……

金　卯　他怎样?

刘王氏　他他他也有难处……

金　卯　娘亲忒的心善!

【金卯扶刘王氏下，转身色变。

金　卯　来啊!圣上驾崩，权臣谋逆，我等兵发晋宫，诛乱党，立新皇!

【幕后内应：啊!

【转景，宫门紧闭，长孙、马周立于阶前。

金　卯　与我撞门!

马　周　尔等晋阳之兵，欲随反贼造逆么!

金　卯　分明你等不轨，毒杀圣上!撞门!

长　孙　犯上作乱，首从皆斩！

金　卯　皇帝已死，谁识尊卑？撞门！

　　　　【李世民内声：与朕开门。

　　　　【门开，李世民戎装持剑，踏阶而下。

李世民　天尊地卑，你等识得吗？

众　　　（惊恐跪地）万岁！

李世民　拿下！

　　　　【尉迟领兵上，金卯被执。

李世民　啊，金卯！朕待你不薄，你何故投毒？何故谋反？何故逆时背

　　　　德，搅扰清平世界！

金　卯　哼！陛下眼中，万象升平；金卯心内，创巨痛深！

李世民　何痛之有？

金　卯　要杀便杀！

李世民　说与朕知。

金　卯　不必多言！

李世民　自作孽，不可活！来呀，将金卯拖下（斩）……

　　　　【刘王氏内声："儿啦……"

李世民　（唱）陡闻得一声唤惊破重霄。

刘王氏　（上，唱）跌撞撞呼亲儿撞开戈矛！

李世民　（唱）奔来了白发凌乱的老嫂嫂，

　　　　　　　似痴似颠泪纷抛！

刘王氏　（唱）我的儿颈上加刀阶前跪，

　　　　　　　儿啊儿，一把将他搂得牢！

李世民　（唱）她声声喊得人蹊跷，

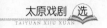

　　　　　难道说金卯是她亲裔苗？

刘王氏　（唱）怕什么顷刻命难保，

　　　　　　　　紧拽儿手下阴曹！

金　卯　休要乱叫！谋逆之罪，满门抄斩！

刘王氏　为娘偌大年纪，还怕死不成？

金　卯　不！你不是我娘，我也不是你儿！

刘王氏　娘的亲儿！

李世民　老嫂嫂！你夫姓刘，金卯姓金，你怎与他母子相称？

刘王氏　"金卯""金卯"，便是个"刘"哇！

李世民　是……"刘"！

刘王氏　一个"刘"字！这绳捆索绑、戈指矛架之人，正是老身十月怀胎

　　　　　亲生孩儿！

李世民　慢慢讲来！

刘王氏　（唱）高祖朝我夫被诬遭流放，

　　　　　　　　临行前我诞下苦命小儿郎。

　　　　　　　　欲携亲生赴瘴江，

　　　　　　　　又怕半途便夭亡。

　　　　　　　　托入晋祠求抚养，

　　　　　　　　对外不敢把口张。

　　　　　　　　只说是孩儿落地命已丧，

　　　　　　　　从此骨肉望断肠！

　　　　　　　　九死一生回家转，

　　　　　　　　娘欲呼儿心发慌。

　　　　　　　　都只为当年撒下弥天谎，

到如今欺君之罪罪难当！

从此母子不相认，

喜泪悲泪肚里淌。

平生之愿今得遂，

娘与儿共赴冥乡亦仙乡！

儿啦，可喜今日，母子相认！

金　卯　娘亲！相认之日，是丧命之时！

尉　迟　陛下开恩！刘王氏虽逆贼生母，到底不曾合谋。

马　周　不曾合谋，何以知之？

尉　迟　刘王氏早知陛下康健，如若同谋，必无今日之事！

李世民　老嫂嫂，金卯既你之子，朕躬尚在，你何不告之？

刘王氏　（颤声）我应承不说，我应承过啊！儿啦！你走后，娘心惊肉跳，

　　　　寻上殿来，怎知你你你这般糊涂！

长　孙　刘王氏其情可悯，臣请陛下，勿加株连！

刘王氏　老婆子不要生，只要死！

马　周　老人家……

刘王氏　老身自请连坐，但求同死！

李世民　老嫂嫂！这、这……

长　孙　金卯聚众谋逆，罪在不赦！

刘王氏　还请陛下，赐咱一死！

马　周　不诛叛贼，国法不容！

刘王氏　黄泉路远，母子做伴！

李世民　呀！

　　　　（唱）一边厢诸臣工敦促斩首，

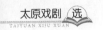

一边厢老嫂嫂怜子情稠。

杀伐果断平天下，

晋城今日偏犯愁。

也怪朕多年来疏慢故旧，

方有恩公葬荒丘！

方有母子离骨肉，

方有少年报父仇！

老嫂嫂守信诺三缄其口，

难道说赚一个亲生命丢？

她的夫虽非朕杀亦死于朕手，

难道说她的子又在朕刀下断头？

赦金卯……赦金卯则怕是情高于法，

斩金卯……斩金卯九泉下朕亦含羞！

斩之恩娘心伤透，

赦之谏臣不肯休。

斩之情义皆斩断，

赦之刑律付东流！

世间焉得两全计，

这这这……有了，有了！

（唱）唤取史笔记因由。

辅机哪里？

长　孙　臣在。

李世民　逆贼作乱，依律当斩！辅机兼修国史，此事朕躬口述，劳卿记之。

长　孙　遵旨。

李世民　隋末晋阳有刘文龙者，尝发秘事，救上性命。高祖朝，文龙罪徙
　　　　瘴江，妻女从之。上经年不问，致令文龙卒于野，其妻王氏，仅
　　　　以身还。后上过晋阳，文龙之子金卯为雪父仇，造逆事败，诛之，
　　　　刘王氏虽不预其事，亦诛之！

长　孙　这等言语，如何写得？

李世民　写不得？

马　周　青史留污，写不得啊！

众　　　万万写不得！

李世民　写不得，却杀得吗？

众　　　这个……

李世民　杀了金卯，天下自有秉笔直书之人。

众　　　这个……

李世民　后世读史，要说朕是个忘恩负义的小人、滥杀无辜的昏君！

众　　　这个……

李世民　来呀，速将金卯母子，推出斩了！

长　孙　陛下请慢！

众　　　陛下不可！

李世民　哈哈……众爱卿！法无二门，事有因果！尧、纣之分，不在刑律
　　　　宽严，在乎不忘仁恕。传旨：积善之家，不绝其后。着金卯还归
　　　　刘姓，以尽孝道。

众　　　万万岁！

刘王氏　儿啦。你我母子，性命得全！

金　卯　娘亲！孩儿有家了，有家了！

刘王氏　儿啦，你我快快谢恩！

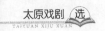

李世民　老嫂嫂，你这莽撞孩儿，还得好生管教。

金　卯　万岁！草民有下情禀告。晋祠投毒，非我所为！

马　周　不是你？

金　卯　实非金卯！

尉　迟　不是你，是哪个？

长　孙　是何人？

李世民　辅机，吩咐起驾。

长　孙　事犹未明，銮驾何往？

李世民　卿等随驾，晋祠去者！

【灯渐暗。

第五场

【晋祠。

【茱萸倚案，抄写经卷。

茱　萸　（唱）焚香抄誊《救拔经》，

　　　　　　　　亡魂难度心难清。

　　　　　　　　似闻行刑三通鼓，

　　　　　　　　依稀刀斧呼喝声。

　　　　　　　　运筹良苦翘首盼，

　　　　　　　　王法必诛造逆人！

　　　　　　　　看黄绢浓浓淡淡满烟墨，

　　　　　　　　淡淡浓浓俱泪淋。

【小庙祝奔上。

小庙祝　茱萸姑姑，来了！万岁来了！

茱　萸　果然来也！

小庙祝　姑姑，快快接驾！（下）

　　　　【李世民上。

李世民　晋祠、晋祠，好一座唐叔虞祠！（推门而入）

茱　萸　万岁请坐。

李世民　茱萸，黄绢之上，你写的什么？

茱　萸　乃为先父誊抄《救苦拔罪妙经》，使脱苦厄。

李世民　（读之）"救苦天尊，救拔众生，得离迷途，度厄阴阳"这等笔
　　　　迹，哪里见过……

茱　萸　万岁细看。

李世民　这"离"字、这"阳"字……"速离晋阳"？！潞绸预警之人，
　　　　是你？

茱　萸　是我。

李世民　月下歌吟，引朕前来之人，是你？

茱　萸　是我。

李世民　那祠中投毒之人呢？

茱　萸　万岁圣明！

李世民　当真是你！说朕圣明，实有三事不明，愿叩神以问！

茱　萸　茱萸拈香，万岁请问。

李世民　香来！

　　　　（唱）虔敬叩神香烟绕，

　　　　　　　只为心头疑难消。

　　　　　　　问神祇哪人投毒入汤药，

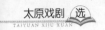

为什么又将鸩汤墙外浇？

茱　萸　　这第二问……

李世民　　（唱）她明知朕躬无恙下丝钓，

　　　　　　　　为什么偏动金卯举兵刀？

茱　萸　　第三问呢？

李世民　　（唱）身入晋城多蹊跷，

　　　　　　　　她到底谁家女儿娇？

　　　　　　　　神目如电真光耀，

　　　　　　　　祈为弟子说根苗。

茱　萸　　万岁问神，神亦有三事问你。

李世民　　哪三事？

茱　萸　　（唱）一问你当年兄弟同祈告，

　　　　　　　　为什么一人折返在今朝？

李世民　　这个……

茱　萸　　（唱）二问你前朝太子今何在？

　　　　　　　　为什么不是嫡长着龙袍？

李世民　　这个……

茱　萸　　（唱）三问你既诛同胞掌宗庙，

　　　　　　　　早将那敬畏之心远闪抛！

　　　　　　　　为什么岁晚又把神来扰，

　　　　　　　　叩千拜万亦徒劳！

　　　　　　　　万岁拜神，当去前街财神庙、后街观音庵，独不该来晋祠！

李世民　　却是为何？

茱　萸　　祠堂之内，供奉谁人，你可知晓？

李世民	岂能不知？祠内供奉，乃周成王之弟叔虞。
茱萸	幼时嬉戏，成王将桐叶一枚，赠予叔虞，道是以此封汝！
李世民	日后果不食言，将这万里晋地，封赐于他。
茱萸	兄友弟恭，世代睦爱！以今比昔，能不惭杀！？
李世民	你……你到底是谁？
茱萸	我是预警之人，亦是留客之人！
李世民	要朕疑窦丛生，停驻晋阳。
茱萸	我是投毒之人，亦是泼毒之人！
李世民	要朕忧畏交加，诛心惨痛！
茱萸	我是劝反之人，亦是窥戏之人！
李世民	要朕撇恩弃义，追悔莫及！
茱萸	我我我乃隐太子之女……
李世民	我兄建成之女？！
茱萸	桩桩件件，茱萸之罪，罪莫大焉！（抽出李世民佩剑，递之）来来来，万岁呀，二叔，来杀你侄女者！
李世民	使不得！
茱萸	恰似你诛杀恩公之子，谋逆乱臣！
李世民	你说那金卯？
茱萸	先帝杀其父，万岁诛其子，忠孝无收场，天恩实浩荡！
李世民	天子之剑，不可轻拔。请上来。
	【幕后内声：啊！
	【金卯扶刘王氏上，众臣、众将随上分列。
茱萸	（大惊）你！？你竟不曾死？
刘王氏	万岁开恩，赦免我儿！

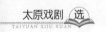

金　卯　许我还归刘姓，侍奉娘亲！啊，茱萸，快快丢了宝剑！

刘王氏　茱萸姑娘，休做傻事！

茱　萸　不、不……

　　　　（唱）陡见金卯心惊骇，

　　　　　　　不信今日天网开！

　　　　　　　他（指金）意在谋反乱四海，

　　　　　　　他（指李）何故施恩免刑灾？

　　　　　　　他（指李）铁腕戕伤我骨肉，

　　　　　　　为什么，竟许他（指）孤儿入娘怀？

　　　　　　　怨仇胸中二十载，

　　　　　　　剑指当面却徘徊！

　　　　　　　难道说不该孜孜索旧债？

　　　　　　　不不不，不觉悲泪满双腮！

　　　　　　　你等团聚，独我飘零……（陡然，对李）金卯罪该万死，

　　　　你怎不杀？

李世民　朕不敢情高于法，亦不忍以法夺情。

茱　萸　又叫他母子相认！

李世民　离人骨肉，岂非桀纣之君？

茱　萸　纵便桀纣，未闻射杀同胞！

尉　迟　（喝止）大胆！

长　孙　陛下诛乱臣、登大宝，应天顺人、众生所向……

李世民　（止之）辅机住口！当年之事，寡人之罪，寡人不辩！

茱　萸　你是无言可辩！

李世民　茱萸！兄长之死，料你切齿恨朕二十年！然长安城内，玄武门中，

我不杀他，又待怎样?

茱　萸　（一愣）

李世民　我不杀他，他必杀我。

茱　萸　（二愣）

李世民　则今日祠中，是寡人之女，剑指你家爹爹!

茱　萸　（三愣）是你之女，剑指我父么?

李世民　茱萸哇!

　　　　（唱）戚然颜色对霜剑，

　　　　　　　倒转流光数十年。

　　　　　　　想当初共盟晋祠把隋炀反，

　　　　　　　一眨眼晴空竟做风雷天。

　　　　　　　兄长未肯居人下，

　　　　　　　我年少事事欲争先。

　　　　　　　荼毒惨淡"玄武"变，

　　　　　　　血色斑驳泪亦斑!

马　周　陛下! 此事于江山社稷，是功非过!

李世民　哎!

　　　　（唱）几多臣工拊掌赞，

　　　　　　　说寡人正该掌河山。

　　　　　　　说兄长戕弟害弟心如铁，

　　　　　　　坐乾坤、免不得、四海为奴尽摧残!

　　　　　　　这些话，他人口中论长短，

　　　　　　　朕片言不敢舌上衔!

　　　　　　　若说是诛兄屠弟的竟无罪，

晋祠中神祇也应悲泪连！

长　孙　陛下自苛太甚！

李世民　你们哪里知道！

　　　　（唱）二十年，弥天之罪如山岳，

　　　　　　　三山五岳一肩担！

　　　　　　　二十年宵衣旰食，

　　　　　　　二十年兢兢战战。

　　　　　　　二十年克勤克俭，

　　　　　　　二十年共苦分甘。

　　　　　　　二十年大治朝野，

　　　　　　　二十年清明贞观！

　　　　　　　都说朕爱民如子心不倦，

　　　　　　　我谨以勤政赎罪愆！

　　　　　　　近日来晋城之事惊肝胆……

尉　迟　惊扰陛下，老臣领罪！

李世民　岂卿等之过！

　　　　（唱）反躬自省更觉惭！

　　　　　　　得天下，得了多少仁恩重，

　　　　　　　有多少刘王氏但记宽厚不记冤。

　　　　　　　多少良善衣食短，

　　　　　　　多少骨肉不团圆！

　　　　　　　多少屈枉犹待诉，

　　　　　　　多少情义尚未还。

　　　　　　　毋使笙歌迷人眼，

应将春阳护微寒!

刘、金　万岁万万岁!

李世民　（唱）恨当初，没奈何，我撇舍了庇爱手足一家亲，

到如今，须挣个，天下之亲，兼爱天下，天下欢!

若不然来日身赴幽泉下，

李世民相对手足有何颜!

倘叫朝廷有尺寸之过、百姓有须臾之忧，则往岁之变，即

为错杀，手足同胞，便是枉死!茱萸哇，九泉之下，朕有

何面目，去见你爹爹……我那建成兄长!

茱　萸　呜呀……爹爹!

李世民　多年块垒，一吐而尽。茱萸，朕欠你一命，你只管来杀。

茱　萸　你……

李世民　好把宿怨，以血洗净。

茱　萸　我……

李世民　朕有罪，你无罪，朕恕你无罪。

【茱萸持剑之手颤抖着……宝剑落地。

茱　萸　万岁……万岁勿忘今日之言。

【茱萸转身，从次第分开的兵戈中行过，走入飞雪深处。

【幕后歌声隐约:

凤兮凤兮思高举，

遨游四海何所栖?

凰兮凰兮德方兴，

翩翩来翔巢桐枝……

李世民　取纸笔来!

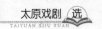

【小庙祝取纸笔上。

李世民　晋祠哇，晋祠……（挥毫）"夫兴邦建国，资懿亲以作畏；分圭锡

　　　　社，实茂德之攸居。非亲无以隆基，非德无以启化……"

【天幕浮现洋洋洒洒的《晋祠之铭》，这是李世民对天下的回答。

【雪更大了，歌声继续着：

　　一朝凤凰双偕去，

　　去而复返安可期？

　　一朝凤凰双偕去，

　　去而复返安可期……

【剧终】

太原戏剧选

甄 洛 女

编剧：王笑林

时间：2016年12月

时间：汉献帝建安九年（204年）至魏文帝黄初四年（223年）。

【剧中人物】

甄　洛——上蔡县令甄逸的小女儿，曹丕妃。

曹　植——字子建，初为平原侯，后贬为临淄侯、安乡侯。

曹　丕——字子桓，曹植同母兄。初为五官中郎将，后为太子。

　　　　　曹操死后，自立为帝，称魏文帝。

吴　质——曹丕心腹，字季重，初为五官将，后封震威将军。

传呼官、船夫、采桑女、舞女、太监、宫娥、曹兵、人犯、御林军等。

第一场

时间：建安九年（204年）。

地点：漳河岸边，桑林。

【悠扬的箫声里，采桑女采桑舞蹈，甄洛也在其中。

伴　唱　风儿好，云儿好，

　　　　树儿轻轻摇。

　　　　爱我的人儿在哪里？

箫音声声嘹。

采桑女　（听）哪来的箫声？

甄　洛　天籁之音，天籁之音哪！

【众聚，眺望。

【另一空间，船夫摇橹，曹植佩剑背箭吹箫乘船上。

曹　植　（唱）风流倜傥曹子建，

　　　　　　　随父征战漳河边。

　　　　　　　箫管一曲慰寂寥，

　　　　　　　追随笑声到桑园。

【另一空间，桑林里传来笑声。

曹　植　呀，好美的女子！

　　　　（唱）惊鸿一瞥，美哉天仙，

甄　洛　（唱）蓦然回首，风流少年。

曹　植　（唱）渴望爱情爱情现，

甄　洛　（唱）向往圣洁在眼前。

曹　植　（唱）理想的情怀，

甄　洛　（唱）心仪的浪漫。

曹　植　（唱）是她，

甄　洛　（唱）是他。

二人合　（唱）似梦似醒真亦幻，

　　　　　　　好似寻他（她）几千年。

【船工捧砚，曹植撩袍写诗，射箭。

【又一空间，甄洛提箭读诗。

甄　洛　美女妖且闲，

　　　　采桑歧路间。

柔条纷冉冉，

落叶何翩翩！

好诗啊！曹子建！（拿箭）莫非他就是那才高八斗的曹子建？

哎——你是曹子建吗？

曹　植　在下正是。敢问你是……

甄　洛　碧玉之上有我名讳。

【放入篮中飘至曹植身边，投影完成。

曹　植　（从篮中拿出碧玉，惊喜地）甄洛！前朝宰相甄邯的孙女，甄逸

　　　　县令的千金，甄洛，甄洛！

甄　洛　公子不仅才高八斗，玉箫也吹得如此美妙。

曹　植　玉箫，玉箫是我心爱之物，今日赠予心爱之人！

【玉箫放入篮中，甄洛篮中拿出玉箫，吹箫，曹植恭听。

曹　植　天籁之音，天籁之音。

【突然箫声骤停，一切淹没在陡然而起的战鼓声里。

船　工　公子，袁军战船杀过来了！

曹　植　迎战！甄洛，等我回来！

甄　洛　我会等你的。

【顿时硝烟弥漫，杀声震天。两军对阵厮杀奔跑，交错的"曹"
　　　字大旗、"袁"字大旗。"曹"字大旗跃然而起，"袁"字大
　　　旗蓦地折断。一面特大的"曹"字大旗缓缓降下，盖去一切。

【字幕：汉献帝建安十二年秋，曹军攻克袁绍邺城。

【邺城铜雀台前，号角声中，曹丕仗剑上。

曹　丕　（唱）随父王血与火驰骋疆场，

　　　　　　　灭袁绍克邺城战果辉煌。

　　　　　　　子桓我得重用新封中郎将，

铜雀台斩败将书写新章。

【曹植呼喊着急切而上。

曹　植　兄长——

曹　丕　四弟，何事如此急切？

曹　植　战火已熄，四弟我四处寻那采桑姑娘甄洛，杳无音信。

今日，父王命我即刻到平原上任，如何是好？

曹　丕　一个寻常女子，四弟为何念念不忘？

曹　植　小弟所寻并非寻常女子。

曹　丕　莫非她是仙女不成？

曹　植　虽非仙女，胜似仙女啊！三年前，我曾为她赋诗一首。

曹　丕　什么诗？

曹　植　（念）美女妖且闲，

采桑歧路间。

柔条纷冉冉，

落叶何翩翩！

曹　丕　四弟！愚兄平生没有福分，还没见过这么娇美的女子。四弟放
心，若寻得你那采桑姑娘，愚兄做媒，一定成全你们的好事。

曹　植　（感激地）多谢二兄长！（将箫与诗一并呈与曹丕）你若寻见那
采桑姑娘甄洛，就把方才之诗念与她听，再提及我那心爱的玉箫
她便知晓。

曹　丕　四弟放心，二哥一定转交玉箫。

曹　植　我把玉箫赠予她当作信物。

曹　丕　玉箫！四弟放心，愚兄定把此事办好。

曹　植　拜托了！（曹植下）

曹　丕　兄弟之间还这么客气。

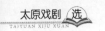
【吴质上。

吴　质　禀告二公子，袁绍家眷，三百余口，绑缚铜雀台下，等候发落！

曹　丕　祭坛问斩，祭奠阵亡将士！

吴　质　是！

【压光。

甄　洛　（漆黑中甄洛唱）

　　　　（唱）灰沉沉铜雀祭坛刀剑影，

【一干人犯被押解到法场，甄洛也在其中。

甄　洛　（唱）黑漆漆血色黄昏哀鸿鸣。

　　　　　　　忆当年桑林美好宛如梦，

　　　　　　　漳水河畔波涛惊。

　　　　　　　袁贼强逼与婚配，

　　　　　　　甄洛舍命死不从。

　　　　　　　别院幽禁三年整，

　　　　　　　怀抱冷月眠五更。

　　　　　　　难忘桑林箭为媒，

　　　　　　　子建赠诗箫传音。

　　　　　　　曹军破城袁贼死，

　　　　　　　盼子建身带碧玉将我迎。

　　　　　　　谁知曹军如狼虎，

　　　　　　　错为战俘受斩刑。

　　　　　　　子建子建你在哪里，

　　　　　　　难道说你忘了漳河知音似海深情。

传呼官　时辰已到，行刑！

甄　洛　子建——

武　士　行刑!

　　　　　【吴质引曹丕及侍卫上。

曹　丕　（内喊）慢!

　　　　（对吴质）问问那个喊子建的女子姓甚名谁?

吴　质　大胆女囚,为何喊我家四公子的名讳? 报上名来。

甄　洛　小女甄洛。

曹　丕　（惊）甄洛! 四弟要找的心爱之人……（观看）

　　　　（唱）放眼望她她她——虽是死囚刑将近,

　　　　　　　　也难遮她雍容大雅自来新。

　　　　　　　　不由我心猿意马乱方寸,

　　　　　　　　明知道是弟媳我丢魄失魂。

　　　　　　　　不——不能啊!

　　　　　　　　人伦义圣贤教父母之训,

　　　　　　　　同胞弟手足情我不能不收心。

　　　　　　【暗示吴质仔细询问。

吴　质　你是怎样认识我家公子的?

甄　洛　桑林河畔,射箭赠诗为媒。

曹　丕　（念诗）美女妖且闲,

　　　　　　　　采桑歧路间。

　　　　　　　　柔条纷冉冉,

　　　　　　　　落叶何翩翩!

甄　洛　（激动）子建——你真的是子建吗? 子建!

曹　丕　（唱）莺莺喊声令心动,

　　　　　　　　麻酥酥,醋劲大发酸全身。

　　　　　　　　天下之大有时小,

狭路相逢同胞亲。

多年兄弟争太子，

今日偏又争钗裙。

那只玉箫你可曾收好？

【远处传来曹植的箫声。

甄　洛　玉箫！子建，我是甄洛，我是甄洛。

曹　丕　松绑！

【甄洛喊着子建——扑向前台一头扎进曹丕怀里，曹丕紧紧抱住，

　　　顺势把玉箫交于甄洛手中，周围人欲言又止，诧异的目光瞅着。

——灯暗

第二场

【箫声呜咽，灰暗的灯光下曹植手拿碧玉寻找着甄洛。

曹　植　甄洛——你在哪里呀？

（唱）三年来，空惆怅，

　　　海天愁思两茫茫。

　　　三年难忘桑林会，

　　　三年梦里漳河旁。

　　　三年不知兰麝贵，

　　　三年常念牡丹香。

　　　只有碧玉常陪伴，

　　　玉佩啊！你可知她流落在何方？

甄洛你在哪里啊？

【在曹植的呼喊声中，两个大红喜字出现在投影里，满台的红绸

　　从天空落下。

　　【曹丕拖红绸携甄洛上。

　　【曹植望着这突来的喜庆场面愕然而立。

曹　植　这这这，这是怎么回事？

吴　质　（高声宣读）大汉曹丞相允婚，五官中郎将曹丕与上蔡甄逸之女
　　　　甄洛喜结良缘！

　　【曹植一听惊傻，甄洛听到撕下盖头惊呆。

　　【喜庆的音乐变换为撕心裂肺的琵琶声。

甄　洛　你，你，你不是子建？

曹　丕　（平静地）我是曹丕，子建的二哥子桓。

甄　洛　（摘凤冠，脱霞帔）不——我要子建，我要子建！

曹　丕　（不由分说）今日父王赐婚，万难更改，你要子建不可能了。

甄　洛　（绝望地）天哪……

　　【红绸从空中落下，紧紧缠绕甄洛，甄洛旋转挣扎。

曹　植　甄洛——

甄　洛　子建——救我——

　　【曹植从喊声中清醒过来，发疯似的去拉甄洛。

曹　植　甄洛——甄洛——还我甄洛！

　　【曹植伸出去的手眼看就要拉住甄洛，投影喜字张开大口把甄洛
　　　吞了进去，红绸把二人隔断。将曹植隔在门外。

　　（曹植、甄洛隔门二重唱）：

　　　　三年来，孤雁失伴天际远，

　　甄洛！

　　　　三年来哀鸿单飞生存难。

　　　　我这里生生死死把你念，

我这里死死生生断肠篇。

今相见一门相隔不能见，

我和你肝肠寸断苦难言。

甄　洛　子建——救我！

曹　植　还我甄洛！还我甄洛！

　　　　【红绸拉回甄洛。

曹　丕　四弟——二哥我——

曹　植　（吼）不要叫我，我不是你的四弟，你也不是我的二哥。

曹　丕　四弟！如今木已成舟，悔之晚矣。二哥胸无大志，父王把大业传给你，你做太子，愚兄一生辅佐，共兴魏室！

曹　植　我不做太子，我要我的甄洛！（拔剑直指曹丕）我要我的甄洛！

吴　质　英雄爱美乃人之常情，他也是看在你们是同胞兄弟的份上，才低头赔情，别不识抬举！

曹　植　同胞？兄弟？是我托错了人，是我看错了人呐！哈哈哈……

　　　　【暗光。

第三场

【字幕：建安二十二年（217年），许都。

【军乐声中，传呼官上。

传呼官　魏王手谕：子桓、子文、子建诸儿听了，尔父年近六旬，痼疾缠身，着令平原侯子建代行统帅之权，即日兴兵伐吴！

　　　　【剪影里的曹植登临高台。

传呼官　（喊）授帅印！授元帅宝剑！

　　　　【高台之上，曹植威武而立。

【另一空间，吴质正与曹丕密谋。

【灯亮。深宫。甄洛坐在一旁吹箫，继而倚窗独立。

甄　洛　（唱）梅花落柳花散又是春尽，

　　　　　　　一天天一年年忍辱宫门。

　　　　　　　子建啊！子建！

　　　　　　　忽闻报子建他登坛拜印，

　　　　　　　赋诗章表情怀思念知音。

【握笔赋诗，投影出字。

伴　唱　想见君颜色，

　　　　感结伤心脾。

　　　　念君常苦悲，

　　　　夜夜不能寐。

甄　洛　（放笔，握玉箫）

　　　　（接唱）玉箫呀玉箫，

　　　　　　　你生丽水、出昆冈、晶莹温润，

　　　　　　　你音纯正、声悠长、天地奇珍。

　　　　　　　玉箫呀玉箫，

　　　　　　　见你如见子建面，

　　　　　　　子建，子建，

　　　　　　　为什么你寻找甄洛错托了人。

　　　　　　　错，错，错，

　　　　　　　阴差阳错婚姻错，

　　　　　　　一朝相错毁了终生。

　　　　　　　曹丕心辣手段狠，

　　　　　　　拿你要挟未亡人。

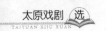

几度寻死难如愿，

深宫怨强忍悲痛和泪吞。

甄洛苟活到如今，

这情分丝丝缕缕时时缠绕我的心。

几天来见吴质鬼祟出进，

那曹丕辗转逡巡如失魂。

子建啊，

小心提防莫大意，

提防那包藏祸心、笑里藏刀、蛇蝎一般狠毒的人。

但愿得此一去旗开得胜，

祝愿你，偿夙愿、创伟业、雷霆万钧建奇勋。

【甄洛吹箫，如泣如诉的箫声。

【曹丕暗上，陶醉地聆听箫声。

曹　丕　（忍不住称赞）……好，好！如是鸿雁悲鸣，又像是战马嘶鸣！

（箫声戛然而止）怎么又不吹了？怎么每次都是我一来，你就不

吹了呢？

甄　洛　乡村野曲，哪配得上让你聆听。

曹　丕　（拿过玉箫）这只玉箫是我曹家祖传之物，四弟他可没有你吹

得如此勾魂摄魄啊！

甄　洛　见笑了。

【曹丕取几上诗稿。

曹　丕　（咏读）想见君颜色，感结伤心脾，念君常苦悲，夜夜不能寐……

（恼恨又隐忍地）好诗，好诗，我知道这是夫人思念……我的诗，

夫人好才华！

甄　洛　诗言志，歌咏言，随心而出！

曹　丕　夫人，告诉你个好消息，四弟今天拜帅了！

　　　　【甄洛……（没有反应）

曹　丕　你不为他高兴吗？

　　　　【甄洛还无反应。

曹　丕　（拿起玉箫）夫人，十年来，这只玉箫，你一刻不离带在身上……然，妻子是衣裳，兄弟同手足，血浓于水，我与四弟的亲情是割不断的！

甄　洛　你也念骨肉亲情吗？

曹　丕　骨肉亲情，焉能不讲！四弟请缨伐吴，受命军前，我这当兄长的，理应饯行！

甄　洛　那是你的事了！（欲下）

曹　丕　慢！你是我的夫人，也是四弟的嫂嫂！今天我可以放心地让你见他，把他邀来，你为我兄弟说合！

甄　洛　多谢你一片苦心！甄洛碍难从命。

曹　丕　（冷笑）好一个碍难从命！今天我可是真心实意为四弟饯行，以免除我兄弟隔阂；而你却执意不肯，这其中是否真有私情？（拿起诗稿与玉箫欲走）就把这诗稿和玉箫交于父王，叔嫂偷情，王宫奇耻大辱，到那时，你和子建就谁也救不了谁了！

甄　洛　慢！我……请！

曹　丕　这才是我的好夫人哪！传说下去，夫人有请四公子！

吴　质　夫人有请四公子——

　　　　　　　　　　　　　　　　　　　　　　　　——灯暗

第四场

【中郎将府花厅，军士抱一大酒樽，置室内。

【箫声起。曹植戎装上。

内　声　四公子到——

　　　　【甄洛擎一小酒壶上。

曹　植　甄洛！

甄　洛　四……弟！

曹　植　嫂……嫂！

甄　洛　（唱）我的眷恋如初，

曹　植　（唱）我的思念依旧。

甄　洛　（唱）柔肠寸断情难丢，

曹　植　（唱）梦里依然漳河游。

甄　洛　（唱）看他精神抖擞，

　　　　　　　依然当年那风流。

曹　植　（唱）看她憔悴模样，

　　　　　　　不知心里几多愁。

甄　洛　（唱）甄洛已非当年身，

　　　　　　　月残花凋难挽留。

曹　植　（唱）子建还是那子建，

　　　　　　　有梦只在心里头。

二人合　（唱）事已至此难回首，

　　　　　　　只留美好在心头。

　　　　　　　愿你一生过得好，

一年四季少烦忧。

曹　植　甄洛！

甄　洛　四弟今日登坛拜印，你兄长让我略备薄酒，为你饯行。

（斟酒）

曹　植　甄洛！你……过得好吗？

甄　洛　（忍不住抽泣）好，好……

曹　植　子桓，他不配当我的兄长！（一饮而尽）

甄　洛　不，你们兄弟之间要消除隔阂，重归于好！（再次斟酒，酒壶已空）

曹　植　怎么啦，没酒了？

甄　洛　不喝了，你兄长说你军务在身，小酌几口便可。

曹　植　（指大酒樽）我知道，这大酒樽是兄长为我准备的，他心里怎么
想，我全知道。不过，我今天愿意喝！（自斟）

甄　洛　（阻挡）子建，小心醉酒误事！

曹　植　难得今日，饯行赠酒。

甄　洛　龙争虎斗，小心用谋。

曹　植　王命在身，帅印在手。

甄　洛　更应谨慎，瞻前顾后。

曹　植　光明磊落，坦诚以求。

甄　洛　稍有闪失，尽付东流。

曹　植　（激动地）甄洛！

甄　洛　（正色地）放肆！平原侯军务在身，非比寻常，你……快走吧！

曹　植　甄洛，是你为子建饯行，我才来的！

甄　洛　叔嫂多有不便，饯行也就免了！

曹　植　你把子建忘了？

甄　洛　别忘了你说过的话，实现你的志愿，以天下为己任啊！

曹　植　甄洛，你比江山社稷还要重！（大口喝酒，坚定地向甄洛跟前走去）

甄　洛　（倒退）子建，别这样！别这样！

曹　植　甄洛！

甄　洛　（急了）子建，这酒宴，是你兄长的阴谋，是他逼着我请你的！
　　　　你快走吧！

曹　植　我早知道，兄长不就是想要帅印吗？不就是想当太子吗？他要，
　　　　我现在就给！只要他把你还给我！

甄　洛　你胡说什么！（狠打曹植一掌）

曹　植　（清醒）嫂嫂，你这一掌把我打醒了！我明白你的心了，我现在
　　　　就走，决不辜负你的期望！（曹植欲下）

　　　　【曹丕上拦住曹植。

曹　丕　四弟！别急着走啊！夫人，怎么能这样对待四弟呀！四弟！你我
　　　　兄弟平日难得一见，今日一叙骨肉同胞之情！

曹　植　好一个骨肉同胞之情！兄长，是鸿门宴吧？

曹　丕　哎，四弟说哪里话来！今日四弟挂帅出征，为父解忧，为国解难，
　　　　愚兄高兴得很哪！

曹　植　高兴得很？

曹　丕　高兴得很！四弟，今日酒宴与为兄无干，是你嫂嫂特意为你饯行！
　　　　是吧夫人？

甄　洛　平原侯……

曹　丕　叫四弟。

甄　洛　四……弟……

曹　丕　哈，这就对了！你们过去深交于漳河，定情于桑林，我何尝不知？
　　　　只是阴差阳错，愚兄万分自责！今日愚兄补过，把酒饯行，祝兄弟
　　　　荡平孙吴，早日凯旋！四弟，愚兄敬你一杯！

【二军士抱大酒壶置酒。

曹　植　且慢，今日是谁为我饯行？

曹　丕　当然是你嫂嫂！

曹　植　既是嫂嫂为我饯行，我就只喝嫂嫂之酒！

曹　丕　好，夫人快快敬酒！

甄　洛　（背唱）我这里以茶代酒把他敬，

　　　　　　　　但愿得子建他早踏征程。

　　　　（另斟酒对曹植）

　　　　　　　　四弟，今日请你把此酒饮，

　　　　　　　　别辜负你二哥一片真情。

曹　植　好，我喝！（喝酒）

　　　　（背唱）甄洛她以茶代酒把我敬，

　　　　　　　　心感激无限情意在其中。

　　　　【甄洛赶快过去给曹植再倒酒。

曹　丕　四弟，咱兄弟共饮一杯！（抢过杯饮酒，皱眉）

　　　　（背唱）甄洛她以茶代酒把他敬，

　　　　　　　　暗地里帮子建把我来蒙。

　　　　四弟！你嫂子的酒喝了，该喝愚兄的酒了！

　　　　（接唱）十年来常愧疚反躬自省，

　　　　　　　　今日里饯行酒全当赔情。

曹　植　方才嫂嫂的酒，我已喝醉了，不能再饮了！

曹　丕　看来是不原谅愚兄了，那……这一杯是愚兄的请罪酒！四弟，请！

甄　洛　四弟，这杯酒，嫂嫂替你喝！

曹　丕　好，像个做嫂子的！四弟，你军务在身，就别喝了！你的酒就让
　　　　你嫂嫂替你喝，她愿意！

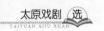

甄　洛　四弟，听到了吧，你的兄长怕你醉酒误事，用心良苦，你该感激才是！

曹　丕　既如此，夫人请！

甄　洛　（唱）眼见得子建他大梦不醒，

　　　　　　　　他怎知喝醉酒万事成空。

曹　丕　（唱）看起来她今天主意拿定，

　　　　　　　　代喝酒要让我功败垂成。

曹　植　（唱）甄洛她为了我执意替酒，

　　　　　　　　不由我一阵阵热泪涕零。

曹　丕　（唱）我不如一杯杯把甄洛来灌，

　　　　　　　　使计谋灌甄洛让子建心疼。

曹　丕　喝！喝！喝！再喝！

曹　植　嫂嫂！

甄　洛　别管我，甄洛今天高兴，我要一醉方休！这酒好喝得很，有酒只管倒来！

曹　植　（唱）忍热泪看甄洛为我受过，

　　　　　　　　一杯杯一盏盏替我把酒喝。

　　　　　　　　他拿甄洛折磨我，

　　　　　　　　好比利刃刺心窝。

　　　　　　　　心爆炸，血如火，

　　　　　　　　几杯薄酒算什么。

　　　　　　　　一时间，浑身灼热骨节响，

　　　　　　　　今日里，大江大河我也喝！

　　　　　　　　兄长他雕虫小技我早已看破，

　　　　　　　　光明磊落曹子建我怎能做缩头的乌龟、冬眠的蛇。

　　　　　　　　兄长，只要你以后能善待我的嫂嫂，这酒我喝！

曹　丕　好，四弟千杯不醉，万盏不倒，真豪杰也！

曹　植　喝！

甄　洛　（无奈）别喝，别……

　　　　【幕后传来雄壮的军乐声，曹植摔壶，曹丕跌坐于榻。

传呼官　点卯了！

曹　植　（目迷神昏，站立不稳）啊……（曹植醉步向甄洛走来）

甄　洛　（心痛地）子建！（对曹丕）你终于把他灌醉了！

曹　丕　能让你心痛，我很高兴！这些年来，我是那么爱你，可你每一天
　　　　都在折磨我，我的心都快被揉碎了，今天我也让你好好尝尝心痛
　　　　的滋味！哈哈哈……

甄　洛　这些年来，我念咱们的夫妻情分，我想要把子建忘了，想对你好；
　　　　可你，为了权利不择手段！身为兄长，毁情夺爱；身为兄长，诱
　　　　他醉酒，贻误军机，毁他前程，你念的什么骨肉亲情？我厌恶你，
　　　　我恨你……子建！

　　　　【曹丕阴谋得逞狂笑下。

曹　丕　大丈夫志在四方，我要实现我的宏图霸业。

甄　洛　子建！子建！

曹　植　你是洛水之神！

甄　洛　我是甄洛！

曹　植　对，甄洛！

甄　洛　我的家不在这里，我属于中山无极，属于桑林！

曹　植　我的青盖车来了，那是我舞剑的回廊，那是我读书的小亭，那是
　　　　我赏花的荷池！我的国土，我的子民！

　　　　（唱）征吴归来天下定，

　　　　　　　　没有战争是和平。

　　　　　　　　天地之间百鸟鸣，

百花齐放遍春风。

社稷广袤多祥和，

朝野上下是贤能。

白发的老人有赡养，

三岁的顽童有人疼。

没有饥馑没寒冷，

没有邪恶没不平。

没有贪欲没仇恨，

没有那嫉妒中伤没有奸佞。

愿天下，情侣相同能入梦，

愿人间，百姓再无怨恨声。

【二人相依相扶，跌跌撞撞向前走。

伴　唱　风儿好，云儿好，

树儿轻轻摇。

爱我的人儿在哪里，

箫音声声嘹。

【传呼官上。

传呼官　丞相手谕，平原侯饮酒失节，贻误军机，除掉帅冠，听候发落！

立五官中郎将曹丕为太子，兴兵伐吴！

【曹丕领人马着太子装上，舞剑，似领人马在征战疆场。舞蹈，

征战胜利，军士吼！曹丕一副唯我独尊之样。

【追灯里，传呼官上。

传呼官　大汉丞相归天，太子登基大魏皇帝。

【朝拜声：万岁！万岁！万万岁！

字　幕　建安二十五年，曹丕取代汉献帝，建立魏国。

吴　质　（宣旨）奉天承运，大魏皇帝陛下诏曰：查平原侯曹植，放荡不羁，不自雕励，着万户改千户，贬为临淄侯，即刻赴任，无事不准还京！

——灯暗

第五场

【字幕：黄初三年（222年），洛阳，承明宫。

【曹丕高卧于榻。

曹　丕　（唱）承明宫里景色秀，

水殿云房风满楼。

问鼎中原争霸业，

父王离去江山留。

汉帝一废皇冠戴，

子桓我今日强出头。

难忘兄弟龙虎斗，

一半惊怕一半羞。

虽贬子建难缄口，

文章含恨诗藏仇。

更疑皇后不属我，

那子建甄洛暗绸缪。

最怕萧墙起祸患，

榻旁卧虎成暗忧。

食不甘味夜难寐，

噩梦醒来冷汗流。

且借重阳把亲情叙，

　　　　　　　察言观色我定去留。

吴　质　禀万岁，任城王曹彰、临淄侯曹植、白马王曹彪还有尚公主都到
　　　　龙门山去了。

曹　丕　（沉吟）龙门山……你知道他们做什么去了？

吴　质　陛下，他们离喧哗，避耳目，什么秘密的事儿都能在那儿密谋。

曹　丕　想造反？

吴　质　是啊！臣察任城王回京，与他旧日部将，明来暗往，意欲拥戴四
　　　　公子临淄侯继位！陛下，他们可是一伙呀！

　　　　【曹丕气急败坏逡巡踱步。

吴　质　陛下？陛下？

曹　丕　（递尚方宝剑）带御林军，火速前往龙门山！

吴　质　微臣明白！

　　　　【投影显示血洗龙门山画面，抓的抓，杀的杀。

甄　洛　天哪！

　　　　【一束光下，曹彰等被杀，尚妹被远嫁。

甄　洛　一时疑心，骨肉相残，你算什么大魏皇帝！

曹　丕　逆我者亡！

甄　洛　子建呢？你把子建抓到哪里去了？

曹　丕　你放心，为了我心爱的皇后！朕现在还不想让他死。

　　　　【曹丕隐去。曹植踉跄走来。

曹　植　（咏诗）高树多悲风，海水扬其波。利剑不在手，结友何须多！（撕
　　　　碎诗稿，随风扬去）

甄　洛　子建！

曹　植　快躲开我，快躲开我，谁和我在一起，都会有杀身之祸！

甄　洛　子建——

曹　植　（无奈地）这是你的碧玉，还给你！

甄　洛　（追抱曹植）带我走吧，咱们顺着洛河往前走，到天涯，到海角，

　　　　避深山，藏老林，到谁也找不到的地方，再也不回来！

曹　植　你我逃不出魔掌的！（还碧玉）离我远点！

甄　洛　子建！子建！

　　　　【曹植、甄洛二人推搡。曹丕出现，用宝剑把二人碧玉斩断落地摔碎，

　　　　　三人造型。

甄　洛　（跪地捡玉）

　　　　（唱）无情剑斩断了仅存的梦，

　　　　　　　甄洛我语塞咽喉泣无声。

　　　　　　　手拿着块块玉难拼难整，

　　　　　　　甄洛我心如刀绞阵阵疼。

　　　　　　　曾记得，玉箫两相赠，

　　　　　　　誓盟心相通。

　　　　　　　期望成佳偶，

　　　　　　　携手结伴行。

　　　　　　　谁知道袁绍囚禁我的身，

　　　　　　　身陷袁营难逃生。

　　　　　　　只说是，

　　　　　　　曹军一到是救星，

　　　　　　　又谁知出了虎口又进牢笼。

　　　　　　　甄洛命运黄连苦，

　　　　　　　我问天，我问地，

　　　　　　　问什么天和地，

　　　　　　　天地默默都无声。

　　　　　　　一年三百六十日，

　　　　　　　子建他情如火暖我寒冰。

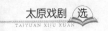

夜夜更深寻残梦，

梦里期盼玉箫逢。

今日玉碎心也碎，

碎断肝肠碎断了魂。

打碎了甄洛一帘女人梦，

梦醒时我怎愿再朝朝暮暮面对狰狞。

曹丕呀曹丕，

你设圈套，弄权柄，

戕杀亲人害友朋。

手足相残，

黑色漩涡有血腥。

休道你前呼后拥权位重，

人人命运你操控，

控住了人哪，你控不住心。

想子建，念子建，挂子建，牵子建，

我的心给子建没你曹丕半毫分。

我心已随子建去，

如碎玉——

纵然是粉身碎骨它晶莹剔透仍玲珑。

秋风秋雨吹人冷，

迎风站立强支撑。

心底爱情永不灭，

流尽血泪仍痴情。

甄洛我……

曹　植　（唱）常相思并肩行，

身飘飘如飞鸿。

不乞怜不哀怨，

不哭泣，不求情，

纵然是江水枯竭，山川无棱，

我也要风雨雷电化一道彩虹。

【甄洛倔强站立。

【曹植激情涌动一步步向甄洛走来，曹植、甄洛与百花共舞，又渐渐离去。

第六场

【箫声起，曹丕素衣上。

【甄洛吹箫。

曹　丕　可惜啊，可惜这箫声又不是吹给寡人的！当初，朕夺走你，是因为你的美色，但寡人并不爱你！而今，寡人爱上你了，你却始终不忘子建……如今寡人是大魏皇帝，九五之尊，高高在上，寡人无求于天下人！可是今天，寡人求你了，

求你为朕吹上一曲！

【甄洛没有任何表情。

曹　丕　（恼怒地）甄洛，一个皇帝能容忍他的皇后对他的不忠吗？

甄　洛　我就盼着这一天哪！（昂然走下）

曹　丕　（绝望地）得天下易，得女人心……难哪！上——朝！

太　监　上——朝！

【宫娥为曹丕穿衣、戴皇冠。

曹　丕　带曹植！

【御林军押曹植上。

曹　丕　四弟，寡人窃取了本属于你的皇位，夺走了本属于你的甄洛，杀

了你的朋友，杀了咱们的老三，还把你我的妹妹送到了人迹罕至

的远方！你恨寡人吗！

曹　植　　恨！

曹　丕　　寡人知道对不起你！四弟，你把储位让给了朕，把帅冠让给了朕，

今天，朕再求你一次，帮帮朕，让朕的甄洛回心转意吧！

曹　植　　陛下，你也有求人的时候！你为什么这么贪婪，什么都想攫取！

曹　丕　　四弟，你在临淄写了很多诗歌，朕都看过了！

曹　植　　写得好吗？

曹　丕　　宣扬百姓之苦，替罪臣鸣冤叫屈，轻慢天子，滥制诗章，煽动

反叛，朕都宽恕于你！只是宫中口耳相传甄皇后《塘上行》一首，

朕愿请教四弟！

曹　植　　愿闻其详！

曹　丕　　（咏诗）想见君颜色，

　　　　　　　　　感结伤心脾，

　　　　　　　　　念君常苦悲，

　　　　　　　　　夜夜不能寐……

曹　植　　（感动地）甄洛！

曹　丕　　他们都说这首诗，是皇后想念寡人之作，四弟，你是诗坛泰斗，

你说是吗？

曹　植　　陛下，你真可怜！

曹　丕　　传甄皇后！

太　监　　有请甄皇后！

　　　　　【甄洛上。

曹　植　　甄洛！

曹　丕　　皇后，你不是爱写诗？你不是爱读四弟的诗吗？今天，让我们品

评一下四弟的诗才！拿酒来！

【一宫娥擎一黑色酒爵上。曹丕把酒交给甄洛。

曹　丕　甄皇后，今天你的曹植，如能七步成诗，这酒可以不喝；如七步

　　　　作诗不出，就烦皇后再敬他一次酒了，朕知道，他最爱喝你的酒！

　　　　（对曹植）四弟，此酒，名曰丹顶红，只需喝上一小口，你就能

　　　　得到永久的解脱！朕命你以《兄弟》为题，不许有兄弟二字，七

　　　　步成诗！

甄　洛　子建，你能做出来，你一定能！

吴　质　（喊）一步！

甄　洛　（唱）一步魂魄散。

吴　质　（喊）两步！

甄　洛　（唱）两步天地旋。

吴　质　（喊）三步！

甄　洛　（唱）三步眼发黑。

吴　质　（喊）四步！

甄　洛　（唱）四步身如棉。

吴　质　（喊）五步！

甄　洛　（唱）五步肠欲断。

吴　质　（喊）六步！

甄　洛　（唱）六步心如煎。

吴　质　（喊）七步！

甄　洛　（唱）一声七步才喊过，

　　　　【《七步诗》投影。

伴　唱　煮豆燃豆萁，

　　　　豆在釜中泣。

　　　　本是同根生，

　　　　相煎何太急。

甄　洛　（唱）撼天动地诗成篇。

曹　丕　好诗！好诗！

曹　植　它不是诗，它是我心中的血和泪！

曹　丕　四弟，你说，朕现在拿你该怎么办？

曹　植　（大笑）哈……

曹　丕　笑什么？

曹　植　我早明白，倘我作诗不成，你羞辱我一番，也就罢了！

　　　　而今我七步诗成，必死无疑了！

曹　丕　那你为何还要作出来？

曹　植　因为我是曹子建，因为我是曹子建！

曹　丕　皇后，斟酒！（甄洛未动）

曹　植　端酒来！

曹　丕　（心情复杂地）四弟，你只要喊朕一声兄长，朕就饶恕你！

曹　植　生命和尊严之间，我选择尊严！端酒来！

曹　丕　你不愿再喊朕一声兄长？

曹　植　端酒来！

曹　丕　（厉声地）敬酒！

　　　　【甄洛端酒走向曹丕。

甄　洛　请问陛下，按大魏律条，以钱赎死，以死赎死，还算数不算数了？

曹　丕　律法明章，颁行天下，当然算数！

甄　洛　（摔酒于地）既然如此，请陛下立即赦免临淄侯死罪！甄洛愿代
　　　　临淄侯受死。

曹　丕　皇后！只要你回心转意朕是不会让你死的。

甄　洛　这一天终于来了，我终于可以做一件我愿意做的事情了！

曹　丕　皇后，你只要为朕吹上一曲，朕就赦免你！

甄　洛　送我到洛河去！

曹　丕　你不肯为朕吹吗？

【甄洛缓缓拿出玉箫，突然一下子折断。

甄　洛　送我到洛河去！

曹　丕　（绝望地）好，成全你！（无奈地）寡人一生，做了最后悔的一
　　　　件事，就是娶了你甄洛！（跌倒，众搀扶下）

【行刑军士上。

【月亮升起来了。

（唱）月儿挂天上，

　　　　伴我归故乡。

　　　　人间真情在，

　　　　洛水能留香。

　　　　今日里我如释重负精神爽，

　　　　清爽爽做个人荡气回肠。

　　　　从此后甄洛我理直气壮，

　　　　明白白思念我子建情郎。

　　　　十八年宫墙外风清月朗，

　　　　十八年宫墙里暗无天光。

　　　　十八年我与你咫尺相望，

　　　　十八年做叔嫂刀扎心肠。

　　　　十八年看够了装模作样，

　　　　十八年看够了半阴半阳。

　　　　十八年看够了鬼蜮伎俩，

　　　　十八年看够了丧心病狂。

　　　　爱，恨，情，仇，

　　　　十八年爱恨情仇强下咽，

　　　　十八年到今日才互诉衷肠。

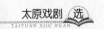

怎能忘你书生气热情奔放，

怎能忘咱发誓言地老天荒。

更难得你十八年矢志不忘，

听洞箫一声声我热泪盈眶。

一辈子有知己心驰神往，

甄洛我无遗憾活得值当。

甄洛到死才明白，

人一生别委屈要凌空飘扬。

甄洛到死才明白，

宁可玉碎要刚强。

立誓言下一辈早相见，

到那时咱们二人凤求凰。

喜看人间多福祉，

有情人成眷属胜过那天堂。

太　监　送皇后娘娘上路！皇后娘娘升天了！

曹　植　（凄厉地）甄洛——

【甄洛平静地向洛河走去，如洛神般飘然远逝。

【伴唱声起。

【伴唱：风儿好，云儿好，

　　　　树儿轻轻摇。

　　　　爱我的人儿在哪里，

　　　　箫音声声嘹。

【字幕：三年后（黄初七年）曹丕抑郁而死；九年后（太和六年）曹植病逝，留《洛神赋》。百姓尊甄洛为洛神，年年敬奉。

【众谢幕。

【剧终】

太原戏剧选

傅 山 进 京

编剧：郑怀兴

时间：2017年5月

【剧中人物】

傅　山——明末清初学者，字青主，时年七十三岁。

冯　溥——清朝文华殿大学士，号易斋，时年七十岁。

玄　烨——康熙皇帝，时年二十五岁。

张静君——傅山之妻，以幽灵的形态出现，她逝世时才二十多岁。

傅莲苏——傅山之孙，时年十七八岁。

长　老——北京崇文门外圆觉寺住持。

戴梦熊——阳曲县县令。

朱　二——绰号疤二狗。阳曲无赖。

庞苍郎、庞妻、道员（按察司分巡道，兼兵备衔）、老太监、男女乡亲、众官员、众太监、众御林军、众衙役，两位轿夫以及只闻其声、不见其人的太皇太后。

第一场

【1678年初秋的下午。

【太原松庄侨舍前。土屋、柴扉、小院。院落里有个葫芦瓜架，架下摆着一张桌子和两三只小方凳。

【道员与戴梦熊由几个衙役引上。

【衙役甲、乙、丙分头上。

衙役甲　禀太爷，傅山不在松庄。

戴梦熊　不在松庄？

衙役乙　禀太爷，傅山不在青羊庵。

戴梦熊　不在青羊庵？

衙役丙　太爷，傅山他也不在卫生堂。

戴梦熊　也不在卫生堂？唉！

　　　　（唱）傅山博学负盛名，

　　　　　　　　朝廷征召催不停。

　　　　　　　　他偏称病不从命，

　　　　　　　　上司怪罪我无能。

　　　　　　　　此番不能再迁就，

　　　　　　　　死活都要抬进京！

　　　　　　　　唉！不在这，也不在那，他躲到哪里去了？

【朱二气喘吁吁跑上。

朱　二　太……太爷！

戴梦熊　朱二，你小子来干什么？

朱　二　太爷，我找到傅山了！

戴梦熊　你找到傅山了，他在哪里？

朱　二　在双塔寺看戏。

戴梦熊　啊，他还有闲心看戏？谢天谢地！

衙役甲　太爷，我们到戏棚下把他抓——

戴梦熊　且慢！百姓正在看戏，不要前往惊扰。朱二，戏快散了吗？

朱　二　快散了，快散了。

衙役甲　（忽有所见）哎，有一群人翻过红土沟，朝这边走来了！

朱　二　（指着前面）那个穿道袍的老头就是傅山！

戴梦熊　哈哈哈，傅青主果然看戏回来了。

朱　二　（拉住戴梦熊）太爷，刚才是小的找到傅青主，求太爷——

戴梦熊　（厌恶地）少时自会赏你。

朱　二　谢太爷。不过小的还想求太爷，抓到傅青主之后，恩准小的拿一
　　　　两张字画！

戴梦熊　放屁。你个疤二狗，雁过要拔毛。你想得美！总督大人向他求字
　　　　画都三年了，八字还没见一撇呢！傅青主字画，一字千金呀。

　　　　【傅山内声："姚大哥，叨扰了！"

戴梦熊　快，且到一边等候他。（与道员一起率众衙役下）

朱　二　嘻嘻嘻，只等傅山一抓走，朱二抢先就下手！（躲到一边去）

　　　　【傅山内唱："转眼过了红土沟。"

　　　　【傅山拿个酒葫芦，由傅莲苏引上，庞苊郎等一群乡亲随上。

傅　山　（唱）一直朝着松庄走。

　　　　　　今日里姚大哥请去看戏，

　　　　　　板凳上坐着几个村老头。

　　　　　　听什么飞龙闹勾栏，

　　　　　　消遣时光倒也忘了忧！

　　　　　　他割了二斤肉，

　　　　　　炖肉烧饼加馒头。

　　　　　　我喝了三盅汾清酒，

　　　　　　吃了半碗大锅粥。

傅莲苏　爷爷你慢点走。

傅　山　（唱）数月来装病避征召，

　　　　　　连儿孙也认乃翁真衰朽。

风声渐息方露面，

天高云淡好个秋。（欲往家里走去）

朱　二　（从角落里钻出来）傅青主，皇帝请你进京，你却不肯去，真是

个书呆子！太爷在此等你好久了！

【戴梦熊与道员、众衙役上，群众被衙役们驱散下。

戴梦熊　哈哈哈，傅老先生！

朱　二　太爷！（向戴梦熊讨赏，戴梦熊赏给他几枚铜钱后，他就溜下）

戴梦熊　欣闻先生已康复，晚生特地来贺喜！

傅　山　贫道年过古稀，犹如风前残烛，明灭不定，再亮也挨不了几时！

道　员　先生，按司替你请辞之奏折已被皇上批驳下来了！

傅　山　啊！

戴梦熊　皇上严令各省督、抚，把被荐者作速起送来京。

道　员　按司今日又下急令——

戴梦熊　不立即送先生入京，就要把晚生就地免职！（众人闻言一愣）

傅　山　啊，贫道不入京，要免你的职？

戴梦熊　晚生免职，还是小事，朝廷拿你以叛逆论罪，还要株连先生一家呀！

傅　山　（唱）召唤不成便加罪，

对待士人甚蛮横。

昔日屠城毁文教，

如今尊儒岂是真？

我何甘俯首听命，

却不能害家人也莫累县令失前程！

且往故都寻旧梦，

了却残生目可瞑。

戴梦熊　先生答应了吧。

傅　山　知属仁人不自由，病躯岂敢少淹留！

戴梦熊　先生答应了？先生，晚生奉命差遣，万望先生见谅。（忽然向傅
　　　　山跪下）

傅　山　起来，快起来。傅山一生不怕杀，就怕跪。也罢，事到如今，贫
　　　　道就舍去老命赴京城吧！

傅莲苏　爷爷！（庞荩郎夫妻、朱二及男女乡亲上）到北京跋山涉水，你
　　　　怎么走得动呀！

群　众　是啊，你怎么走得动呀！

戴梦熊　先生请放心。晚生已备篮舆一顶，专送先生到北京！

　　　　【两个轿夫抬着轿子上。

众清兵　请先生上轿！

傅　山　生既须笃挚，死亦要精神。诸位乡亲，傅某拜别了！

众乡亲　傅大爷，一路平安，早去早回。

傅　山　多谢诸位！

傅莲苏　爷爷。

傅　山　（发现乡亲们在拭泪）啊，大家莫要哭，莫要哭！

老大娘　傅大哥，你走了，俺要是旧病复发，找谁看呀！

傅　山　大妹子你这是病后虚弱，每天做一碗"头脑"吃，补补身体，就
　　　　好了！

老头子　先生创制的"头脑"真好，俺每天吃一碗，如今耳聪目明手脚健！

庞荩郎　傅大爷，俺家为你做了双鞋。

庞　妻　俺针线不好，大爷莫嫌弃！

庞荩郎　刚好给你送行！（奉上一双布鞋）

傅　山　（接过布鞋，唱）

　　　　手捧布鞋心头暖，

故乡热土风俗淳!

孙儿!

文房四宝快端上,

临行作画慰乡亲!

傅莲苏 哎!（进内捧文房四宝出来,摆于桌上,并研墨）

傅　山 苌郎,你想要画什么?

庞苌郎 大爷要送画给小的?

傅　山 礼尚往来,你送我布鞋,我也该回送你一幅字画吧!

庞苌郎 多谢大爷!多谢大爷!（问其妻）老婆,你说说,画什么好?

庞　妻 听说大爷画的东西都会显灵。

庞苌郎 都会显灵?

朱　二 画个财神送元宝。

庞苌郎 大爷,小的求你画头牛,以后显灵好耕地!

傅　山 画牛?好,我就给你画头牛!

　　　　（唱）泼墨挥毫画头牛,

　　　　　　　牛比老汉要自由。

　　　　　　　拉犁翻地虽辛苦,

　　　　　　　背驮牧童田野游!

　　　　　　　画罢交与好邻里,

　　　　　　　见牛如见我老头!（交画与庞苌郎）

夫妻俩 多谢大爷!（众人围观这张画,赞不绝口）

戴梦熊 先生,请来上轿!

傅　山 且慢!

傅莲苏 爷爷,你是不是要吩咐孙儿,别忘了带一件宝贝?

傅　山 好聪明的莲苏啊!

庞苊郎　莲苏，你家还会有什么宝贝！

傅莲苏　先祖母所绣的《大士经》，爷爷看得比命还要重呀！（下）

庞苊郎　大爷，大娘都过世几十年了，你还如此念念不忘！

傅　山　岁数越大越念旧呀。

戴梦熊　来呀，下面奏乐放炮。（内传鼓锣声、鞭炮声）

　　　　【傅莲苏背一个包袱上。

傅　山　戴大人，你奏乐放炮，要为贫道送终？

戴梦熊　不，不，不，傅先生，你奉旨进京，乃是阳曲县的大喜事呀！

傅　山　红喜事，白喜事，都是喜事。

戴梦熊　奏乐放炮，为傅山先生——

朱　二　送终！

戴梦熊　呸！是送行。

傅　山　哈哈哈！孙儿，与爷爷更衣上路。（傅莲苏帮傅山换上朱衣）

群　众　傅大爷，保重！

傅　山　多谢诸位。

　　　　　　　　　　　　　　　　　　　　　　　　——灯暗

　　　　【南书房。壁上挂着董其昌与傅山的书法作品。

　　　　【玄烨练写一个"福"字后，又去观赏傅山的《草书七绝书轴》。

　　　　【老太监侍立一旁。

玄　烨　傅山的行草，高古纯朴，直逼汉魏，胜过董太史啊！

　　　　（唱）久闻傅山善字画，

　　　　　　　今日有缘赏奇葩。

　　　　　　　比起那董行草古淡潇洒，

不愧是晋唐以下第一家。

大清国马上得来这天下，

今须把鸿儒们招入京华。

若能与傅山一起论书法，

教寡人更上层楼笔生花。

【内报："文华殿大学士冯溥宫外候旨！"

玄　烨　宣！

老太监　喳！

玄　烨　（对老太监）你到后宫去看看，太皇太后好些了吗？

老太监　喳！皇上有旨，宣冯溥冯大学士进宫。

冯　溥　（内声）遵旨。（上）历事两朝岂容易，年届古稀应优哉！

　　　　（拜介）臣冯溥见驾，吾皇万岁！

玄　烨　贤卿平身！

冯　溥　（看到玄烨书写的"福"字）皇上书法，已成大家，所书"福"

　　　　字，别具一格，天下无不喜爱，能得一幅，如获至宝。

玄　烨　与董、赵相比，朕才登堂，尚未入室。贤卿，你看那一幅——

冯　溥　（抬头一看）啊，这是傅山的《草书七绝书轴》！

玄　烨　是呀。贤卿，听说黄道周曾称傅山的书法为"晋唐以下第一家"？

冯　溥　这只是黄道周一家之言。以臣之见，傅山书法比董太史，还差一点！

玄　烨　哈哈哈，莫非见朕喜欢董太史，你就故意压抑傅青主？

冯　溥　不是，不是，这也是臣一孔之见！皇上，今日你看到其字，不日

　　　　就可以见到其人了。

玄　烨　啊！傅山应征来了？

冯　溥　是呀，傅山前日就抵达宛平，最迟明天就可进城了！

玄　烨　这么说，被荐者都快来齐了？

冯　溥　快到齐了，皇上求贤若渴，四海归心哪！

玄　烨　四海归心？未必吧，顾炎武以死拒聘，李颙行至中途，要拔刀
　　　　　自刎！

冯　溥　似此等性情古怪者，自甘沦落，何损圣德？

玄　烨　唉，人各有志，不好相强！朕将下诏，恩准顾、李两人所辞！

冯　溥　皇上如此宽宏，必教士大夫感激涕零！

玄　烨　哼哼！该宽则宽，该严则严。傅山要是再不肯应征的话……

冯　溥　皇上也要恩准他以疾辞？

玄　烨　不！顾、李可恩准，傅山却不行！

冯　溥　啊！

玄　烨　（唱）朕早知傅山他特立独行，

　　　　　　　而立年率百名秀才入京。

　　　　　　　为山西提学袁继咸叫屈，

　　　　　　　拦首辅闹午门朝野震惊，

　　　　　　　我大清入主中原他改字，

　　　　　　　字青主着朱衣别有用心。

冯　溥　啊，皇上，他改字为青主，不过表白归隐青山之意！

玄　烨　归隐青山？不，他在《甲申守岁》中写道："怕眠谁与闻鸡舞，
　　　　恋着崇祯十五年。"眷恋明朝之心，岂不昭然若揭？

冯　溥　秀才写诗，痴人说梦，当真不得。再说傅山七十多了，没什么指
　　　　望了。

玄　烨　他虽然年事已高，也不可等闲视之，听说他熟谙兵法，精通剑术。

冯　溥　啊！莫非皇上这次要趁机捉他？

玄　烨　哈哈哈，傅山既然来了，朕就既往不咎了，还要格外优待他。他一归顺，大河以北的士大夫都入朕之彀中呀！

冯　溥　皇上圣明呀！

【老太监匆匆上。

老太监　禀皇上，太皇太后还是觉得头昏脑涨。

玄　烨　御医怎么说？

老太监　御医们都把过脉了，就是诊断不出太皇太后所患何病。

玄　烨　（一愣）啊！

冯　溥　太皇太后前天听戏还好好的，怎么突然不豫？

玄　烨　（焦急地）是呀，朕原以为太皇太后偶感风寒，谁知御医们都诊断不了！

冯　溥　皇上莫着急，请御医们再仔细会诊！

玄　烨　朕幼失怙恃，全赖太皇太后扶养；她一不豫，朕就忧心如焚。贤卿，朕先去后宫探望，回头再与你商量，博学宏词科如何殿试。

冯　溥　是。臣遥向太皇太后请安！

【玄烨由老太监陪着，就要走下去，突然想到什么，又转身过来。

玄　烨　唉，傅山不是擅长医道，尤其精通女科吗？

冯　溥　是呀，太原百姓都誉他为仙医。

玄　烨　太皇太后吉人天相呀！

（唱）灵机一动请傅山，

冯　溥　皇上的意思……

玄　烨　（唱）此乃是上天赐机缘。

冯　溥　这……

玄　烨　贤卿，你犹豫啥呀？

冯　溥　臣是怕……

玄　烨　是不是担心傅山不肯入宫诊治？（见冯溥点头，便笑了笑）中原

　　　　士大夫最讲究面子，朕不计较繁文缛礼，这次趁机给他一个台阶，

　　　　请他进宫，他还能不来吗？

冯　溥　啊，皇上请傅山治病，是在跟他——

玄　烨　下棋。（点头微笑）

冯　溥　啊！（旁唱）

　　　　　　皇上要请傅山入宫诊断，

　　　　　　顿叫我一颗心悬在半天。

　　　　　　多年前曾与傅山识一面，

　　　　　　道不同不相与谋却暗惭。

　　　　　　担心他抗旨惹天怒，

　　　　　　一悉他奉诏我欣然。

　　　　　　要教野鹤朝天子，

　　　　　　需时日、莫仓促、怕野性、尚未改、入宫恐将乱子添！

　　　　　　　　　　　　　　　　　　　　　　　　——灯暗

　　【宛平城外。

　　【秋天的傍晚。

　　【两个衙役内声："闲人闪开了，傅老先生，快走啊！"

　　【两个衙役上。

　　【傅山骑着驴，由傅莲苏伴随上。

傅　山　（唱）强召入京千里路，

　　　　　　半途篮舆换跛驴。

　　　　　　　　既不忍轿夫汗如雨，

　　　　　　　　也不愿匆匆入故都。

傅莲苏　（唱）人老何堪奔波苦，

　　　　　　　　强征岂是尊鸿儒?

傅莲苏　爷爷，应试从来都是出自士人自愿，怎能如此强迫?

傅　山　是呀！出仕隐居，各人志趣；官府当听其便，不必横加干预，清室此举，要以功名笼络士大夫，把野鹤驯化为鹦鹉。

傅莲苏　要把野鹤驯化为鹦鹉?

傅　山　是呀！（唱）

　　　　功名利禄相诱惑，

　　　　只恐鸿儒变奴儒。

傅莲苏　（唱）伴行更谙爷秉性，

　　　　　　　　一身正气耻为奴！

傅　山　（唱）落照余，好风徐，

　　　　　　　　与孙儿漫步且下驴。（下驴介）

　　　　　　　　牵跛驴，穿桑榆，

　　　　　　　　卢沟晓月画卷舒。

【两个轿夫抬着冯溥上，四个官员骑马跟随上，与傅山公孙、两个衙役走圆场。

冯　溥　（唱）出城迎接傅青主，

　　　　　　　　未见踪影疑虑生。

　　　　　　　　纵是龟爬也该到，

　　　　　　　　永定门离此只一亭。

四官员　（唱）傅山海内皆仰慕，

与他结识沾清名。

冯　溥　（唱）不见傅山难复旨，

老夫心急如油煎。

四官员　（唱）数尽篮舆皆不是，

莫非他早已转身返太原？

傅莲苏　啊！爷爷，你看，远处来了一队人马！

傅　山　啊！孙儿，等他们到来，就说爷爷病了。

傅莲苏　爷爷放心，孙儿能应付。（傅山坐下，依树闭目养神介）

冯　溥　（下轿）青主老兄，易斋迎你来了。

四官员　傅老先生，晚辈迎你来了！

冯　溥　啊，青主怎么啦？（对傅莲苏）他是……

傅莲苏　禀老爷，我爷爷因长途奔波，疲惫不堪，方才昏迷过去。

众官员　啊！

冯　溥　来呀，快把这位老先生背上轿，抬到万柳园去！

众官员　快快快，抬到万柳园去！

傅莲苏　且慢，爷爷说，老人昏倒动不得，要让他自己渐渐醒过来。

冯　溥　哦！青主老兄，你醒过来呀！

众官员　傅老先生，你快醒过来呀！

傅　山　（慢慢睁开眼睛）孙儿，是前村的姚大爷在喊我吗？

傅莲苏　不是姚大爷，是京城来的一位自称易斋的老爷爷。

四官员　是冯相国亲自来迎接老先生。

傅　山　哦！是山东益都的冯易斋？

冯　溥　是呀，老兄好记性！

傅　山　怎不记得，你是崇祯十二年的举人，听说如今在万人之上，一人之下？

冯　溥　哪里，哪里！

傅　山　一晃几十年，你也满头白发了！易斋呀，荣华富贵也挡不住岁月
　　　　匆匆！

冯　溥　老了，老了，都老了，我七十，你七十三，都年届古稀了。青主
　　　　兄，鄙人一直翘首以待，今天终于接到你了。你爷孙就在敝府万
　　　　柳园下榻吧。

傅　山　多谢盛情。贫道住惯草堂土屋，何堪豪门车马纷扰？旅途劳累，
　　　　就近投宿圆觉寺罢了。

冯　溥　这……

官员甲　圆觉寺十分荒凉，和尚都快跑光了，怎么能住呀。

官员乙　不如搬到山西会馆去吧，京城山西士商们早已拂榻以待。

四官员　是呀，住入山西会馆，就像在老家一样。

冯　溥　崇文门外就有一个三晋会馆，离此不远。

四官员　那就搬进三晋会馆吧！

傅　山　多谢诸位美意，贫道好静，只想住在荒村古寺。

四官员　啊！像先生这样的高士，怎能住在荒村古寺呀！

傅莲苏　请诸位不要勉强他了，我爷爷心一烦，就会旧病复发。

四官员　这……（面面相觑，私下嘀咕）书呆子，迂夫子，怪老头，真圪尬！

冯　溥　（唱）脾气古怪莫再逼，

　　　　　　　让他荒寺暂安眠。

　　　　　　　当务之急医太后，

　　　　青主兄！

　　　　　　　鄙人有话与你谈。

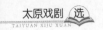

傅　山　易斋，你如今身居宰辅，燮理阴阳，忙得很哪，快回城去吧，贫
　　　　道也想早点安歇。

冯　溥　青主兄，鄙人想请你去看病！

傅　山　看病？哎呀呀，我自己都半死不活，还会给人看病！况且你所说
　　　　的病人，绝非市井贱夫，必是达官贵人！贫道一向以为，奴人害
　　　　奴病，自有奴医与奴药，高爽者不能治。贵人害贵病，自有贵医
　　　　与贵药，贫贱者不能治。

冯　溥　老兄，时已不早，闲话不说。请你治者，乃是当今——

傅　山　当今什么人？

冯　溥　当今是指万岁呀！

傅　山　万岁？万岁不是在煤山宾天多年？

冯　溥　唉，是康熙皇帝请你入宫给太皇太后看病呀！

傅　山　哦，原来是指你新主。唉，可惜呀，我方外不娴新世界，心中只
　　　　记旧山河。

冯　溥　青主呀，你……你一向主张爱无差等、人无贵贱，治病救人怎么
　　　　能分新旧！

傅　山　治病救人？

　　　　（唱）玄烨请我医祖母，

　　　　　　　遵循医道当应承。

　　　　　　　进宫诊治怎行礼，

　　　　　　　不甘俯首来称臣。

　　　　　　　早知入京多尴尬……

　　　　　　　情急忽有一计生！

　　　　也罢，看在治病救人的份上，贫道只得答应了！

冯　溥　老兄果然一副菩萨心肠！

四官员　是啊，菩萨心肠啊！

冯　溥　哈哈，走，立即坐轿进宫去！

傅　山　慢！看病不必进宫。

冯　溥　啊，不必进宫？这不进宫，如何为太皇太后看病？就是用牵线把
　　　　脉，也得入宫呀！

傅　山　哈哈哈，你只需将患者头发拔一根送来，贫道依发辨症！

冯　溥　（与四官员，惊奇）什么！依发辨症？

　　　　　　　　　　　　　　　　　　　　　　　　　　　　——灯暗

【宫中。

玄　烨　啊，依发辨症？

　　　　（唱）说什么依发来辨症，

　　　　　　　教朕满腹起疑云。

　　　　　　　莫非他不愿入宫拜天子，

　　　　　　　才出怪招糊弄人？

　　　　　　　冯溥回宫可明真相，

　　　　　　　看傅山是否在欺君。

【冯溥拿着一包草药上。

玄　烨　贤卿，傅山依发辨明太皇太后得了什么病？

冯　溥　傅山他，他细观臣所带之银发，沉默不语，走到圆觉寺外，抓了
　　　　这一把草药。

玄　烨　草药呢？

冯　溥　（呈上草药）说分三次煎服。

玄　烨　啊，这是什么草药？

冯　溥　他也没说，只说这草药务需由……

玄　烨　由什么？

冯　溥　由患者子孙亲手煎，服了才灵验。

玄　烨　这么说，草药还需由朕亲自煎之？

冯　溥　皇上亲自煎药，孝感天地，太皇太后一定会药到病除，康复如常。

玄　烨　太皇太后到底是患了什么病症，傅山又是怎样言讲？

冯　溥　这……

玄　烨　你不如实说来，朕就不敢煎药；耽误太皇太后治疗，重责如山。

冯　溥　啊！（旁白）哎呀，这回我是水豆腐掉到灰里，吹不得也拍不得！

玄　烨　尽管说来！

冯　溥　皇上……

玄　烨　还不说！

冯　溥　傅山凝视银发半晌，说了两句……

玄　烨　两句什么？

冯　溥　这病是前天下午才发的。

玄　烨　（点点头）还有一句呢？

冯　溥　臣不敢言。

玄　烨　朕让你说，你就说！

冯　溥　臣遵旨！傅山说，年纪这么大了，还患上相思病！

玄　烨　（厉声地）胡说！

冯　溥　（跪下）臣罪该万死，臣不过是照搬傅山的原话，一字不曾假！

玄　烨　傅山呀傅山！你要是不肯入宫看病，情犹可谅。你借诊断之机侮

　　　　辱太皇太后，是可忍，孰不可忍！内侍！（老太监匆匆上）立即

传旨刑部，到圆觉寺抓捕傅山，将之打入天牢！

老太监 喳！

【从珠帘后面传来太皇太后的声音："且慢！"

【太皇太后的声音："傅山神医也！（众一愣）哀家前天下午翻
箱时，无意发现你祖父太宗皇帝的一双皮靴，不禁触动心怀，
他与哀家分别已三十六年了！皇上，傅山诊断得好准呀，哀家
一听，心头顿觉轻松了！"

冯　溥 （叩首）太皇太后安康，乃是大清之福！

玄　烨 傅山真奇人也，应该请入宫来！

冯　溥 唉，要是他肯入宫，何必取发辨症！

玄　烨 哈哈哈，傅山善治世上奇难杂症，朕能治中原士大夫……

————灯暗

【圆觉寺大殿上。寺外雪花飘洒。

【傅山内声："好雪呀！"

【傅山内唱："下了炕，步出禅房，"——

【傅山上。

傅　山 （唱）大殿上，一盆炭火暖洋洋。

　　　　望野外银装素裹，

　　　　千里白茫茫。

　　　　谢上苍还我个干净世界，

　　　　半日清闲清静时光。

　　　　玄烨想借看病赚我臣服，

　　　　我依发辨症将他巧抵挡。

　　　　宁死也不愿去朝拜，

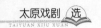

任凭众人说短长。

偷闲且把大雪赏，

雪也赏我满头霜。

一时物我皆两忘，

野茫茫兮天苍苍！

【傅山在练拳术。

【玄烨装扮成居士，飘然而上。

傅　山　（一愣）客官，你——

玄　烨　敢问道长，你可是太原傅青主吗？

傅　山　你我素昧平生，何以认得贫道？

玄　烨　哈哈哈，字画诗医皆称绝，天下何人不识君！

傅　山　啊，今日冰封雪盖，天寒地冻，飞鸟尽，人踪灭，客官如何而来？

玄　烨　慕名已久，神交多时；冰雪何能阻，灵犀一点通。

傅　山　哦，敢问客官是……

玄　烨　天地为逆旅，你我皆过客，何必究根底，相遇即有缘；踏雪来探访，专为论书法！

傅　山　啊！（旁唱）

不速之客器宇轩昂，

先声夺人绝非寻常。

水来土掩我沉着，

谈书论艺正气扬。

不知客官对书法有何高见，愿闻其详！

玄　烨　道长！

（唱）晚生最爱翰墨香，

　　　　宽怀只有字几行。

　　　　今日随缘挥象管，

　　　　聊书福字献道长！（挥笔，书一"福"字）

　　请道长指教！

傅　山　啊！（旁白）这个"福"字甚眼熟，多少官员曾临摹！

　　（恍然大悟）

　　啊，莫非是他……

　　（唱）纵是玄烨待怎样，

　　　　李太白视帝王如平常！

　　　　市井贱夫皆可拥天下，

　　　　任他是万乘主揄揶又何妨！

玄　烨　请道长指点吧！

傅　山　客官这一"福"字，笔势潇洒随意，可见功力匪浅。

玄　烨　哪里，哪里。晚生能得道长厚爱，不胜荣幸！

傅　山　客官笔法，是师法明太史董其昌的吧。

玄　烨　哎呀！好眼力，晚生正是师法董太史，也曾学过赵孟頫。

傅　山　董其昌称赵孟頫为五百年中之所无，可谓同气相求。

玄　烨　道长莫非不服董太史所评？

傅　山　赵孟頫身属赵宋皇族之后，而臣服于元朝，气节丧，人品低，其书巧媚；董其昌为官不正，贪得无厌，其字清媚！

玄　烨　道长，你不可因人废字呀！

傅　山　哈哈哈，作字如做人，亦恶带奴貌。试看鲁公书，心画自孤傲！

玄　烨　啊！

傅　山　客官书学董、赵两家，故此字也含俗态，未得正脉，难登逸品！

661

玄　烨　啊，你……

傅　山　当今推崇董、赵之字，别有用心；客官你不可上当，误入歧途。

玄　烨　噢！你说，当今推崇董、赵，用心何在？

傅　山　渐摧中原士大夫之气节，以添天下读书人之奴性！

玄　烨　（一愣，倒吸一口凉气）啊！

傅　山　（旁唱）借评书法来抒愤，

　　　　　　　　他推崇赵、董喜奴人！

玄　烨　（旁唱）欲发作，又吞忍，

　　　　　　　　驯服烈马要耐心。

傅　山　（旁唱）坦言若惹他发怒，

　　　　　　　　一死留下清白名。

玄　烨　（旁唱）容他犯颜显我量，

　　　　　　　　当教鸿儒识明君！

　　　　道长！（唱）帝王都喜臣民俯首帖耳，

　　　　　　　　你可要设身处地体谅当今。

傅　山　客官！（唱）

　　　　帝王们求臣民俯首帖耳，

　　　　又何知俯首帖耳成奴人。

玄　烨　哈哈，道长，天下臣民，皆俯首听命于天子，乃天经地义也！

傅　山　非也，非也，天下者，非一人之天下，乃天下人之天下也，就是
　　　　市井贱夫也可平治天下。

玄　烨　（震惊）啊！

傅　山　独操其权，私营神器，而令天下不敢不从者，乃独夫，非尧舜也；
　　　　若以功名利禄诱人入其彀中，其臣下必多庸奴耳！

玄　烨　（旁唱）古稀老翁，一介草民，

　　　　　　　　　出语竟然，石破天惊。

傅　山　（旁唱）皇帝草民本平等，

　　　　　　　　身虽贫贱骨铮铮。

玄　烨　（旁唱）他有意出言不逊激怒朕，

傅　山　（旁唱）他不动声色涵养深。

玄　烨　（旁唱）我自信能叫他体察圣命，

傅　山　（旁唱）我偏要把定心旌不称臣！

玄　烨　道长呀！（唱）言归正传再论字，

傅　山　好呀！（唱）只论书法心放平。

玄　烨　雪天古刹共炉火。

傅　山　历代书家茗中评。（斟茶）

玄　烨　流派众多百花艳。

傅　山　溯源书圣序兰亭。

　　　　　　【两人相视，哈哈大笑。

玄　烨　（唱）喜爱临摹兰亭序，

傅　山　（唱）勤学苦练得精神。

玄　烨　敢问道长，如何能得书法正脉？

傅　山　宁拙毋巧。

玄　烨　宁拙毋巧？

傅　山　宁丑毋媚。

玄　烨　宁丑毋媚？

傅　山　宁支离毋轻滑，宁直率毋安排，如老实汉走路，步步踏实，不左右顾，不跳跃趋！

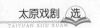

玄　烨　好一个不左右顾，不跳跃趋。哈哈哈，听君论书一席话，胜过临
　　　　摹十年帖！他日有机会，再移樽就教。告辞！

傅　山　一任清风来又去，心如周柏远红尘。

玄　烨　（旁白）今朝踏雪来探访，要令枯木感春风！（飘然而下）

　　　　【傅莲苏与长老上。长老看到桌上"福"字，一愣，走到大门口
　　　　张望。

傅莲苏　爷爷，方才你与谁谈天说地？

傅　山　与一不速之客！

长　老　道长，你刚才跟来访者说些什么？

傅　山　嫌其书法未得正脉，难算逸品！

长　老　啊！阿弥陀佛！你可知来者是谁吗？

傅　山　一看这"福"字，便知是康熙！

傅莲苏　啊！是康熙驾到？

傅莲苏
长　老　你明知他是皇帝，也敢批评其字？

傅　山　哈哈哈，我傅山就是要让高居九重者看到，天地间还有人敢在他
　　　　面前说真话！

　　　　　　　　　　　　　　　　　　　　　　　　　——灯暗

　　　　【内宫。

　　　　【冯溥上。

玄　烨　（念）博学宏词今日殿试，

　　　　　　　要教傅山拜尊前。

　　　　贤卿，诸位鸿儒硕学可曾到齐？

冯　溥　禀皇上，一百四十二位贤士都已聚集保和殿，恭候圣驾！

玄　烨　明明是一百四十三位，还缺少何人？

冯　溥　只缺一个傅山！

玄　烨　又是傅山！他为何拒试？

冯　溥　昨晚他突然腹泻不止，无法前来应试。

玄　烨　腹泻不止？哼，朕看他的病，不是下泻，乃是上亢！傅山呀傅山！

　　　　（唱）明知朕礼贤下士追舜尧，

　　　　　　　你还是不肯归附立孤标！

冯　溥　傅山脾气古怪，越老越孤僻，望皇上不必与之计较！

玄　烨　（旁唱）与他论字于古庙，

　　　　　　　朕已赏识他清高。

　　　　　　　要揽高士入吾彀，

　　　　　　　朕不妨再让一遭！

　　　　（对冯溥唱）相国求情朕且饶。

冯　溥　皇上恕傅山，士林更归心！

玄　烨　（唱）专为傅山下一诏！

冯　溥　皇上要放傅山回去吗？

玄　烨　不，傅山学识渊博，有胆有识，人才难得，不试也要授职于他！

　　　　贤卿，你说，该授他何职？

冯　溥　这……皇上，不如授他一名八品正字！

玄　烨　只授八品正字？略嫌低些。授傅山内阁中书之职吧！

冯　溥　封他内阁中书？那是六品呀，皇上对傅山真是无比恩宠呀！

玄　烨　殿试之后，你亲自到圆觉寺宣旨，命傅山明日金殿谢恩！

冯　溥　谢恩？皇上对他如此礼遇，倘若他再不谢恩——

玄　烨　傅山若再不肯谢恩，就怪不得朕先礼而后兵！（下）

冯　溥　遵旨!（走出宫，宣读圣旨）傅山接旨。皇上念傅山有病，免其殿

　　　　试，今授予傅山内阁中书之职，命傅山明日金殿谢恩。钦此。

　　　　【深夜。

　　　　【圆觉寺禅房里。一盏青灯，残焰如豆。墙上挂着一幅大士绣像。

　　　　【幕后不断传来："傅山明日金殿谢恩！"的声音。

　　　　【傅山在禅房中徘徊。

傅　山　（唱）寒蛩断续促更残，

　　　　　　　残焰如豆照无眠。

　　　　　　　托病拒试偏授职，

　　　　　　　又逼谢恩躲避难！

　　　　　　　众人劝我识时务，

　　　　　　　何必独保汉衣冠？

　　　　　　　随世沉浮作奴物，

　　　　　　　能享厚爵做高官。

　　　　　　　逆流而上多凶险，

　　　　　　　一叶扁舟陷狂澜！

　　　　　　　多少旧知成新贵，

　　　　　　　我茕茕孑立，四顾茫然。

　　　　　　　多少人求医求药求字画，

　　　　　　　有几个背后不笑我狂颠？

　　　　　　　我始终不臣服岂恋明室，

　　　　　　　为的是把士人气节保全。

　　　　　　　怕玄烨只以功名相笼络，

　　　　　　　教士人气节丧媚骨奴颜！

士大夫能养得浩然正气，

才不使中原文脉断了源！

玄烨他对我似步步退让，

实则是步步紧逼悬崖边。

明日对弈于金殿，

再倔势必堕深渊！

志已抱定何畏死，

甘洒热血午门前。

小莲苏入睡后细写遗嘱，

训子孙世世代代代代世世好好读书与耕田。

布衣茅屋粗茶淡饭，

切不可存毫发势利富贵于心间！

提起笔恍惚见我子孙面，

与子孙相濡以沫苦亦甘。

从此后儿孙有难帮不上，

书一字双行泪泪湿素笺！

傅山我命虽孤寒情却热，

怎忍心舍下子孙赴黄泉！（望着绣像）

此幅静君生前绣，

抚之吾心又婵媛。

见此如见静君面，

夫妻一别几十年！

陪我走南又闯北，

一路相伴劲倍增。

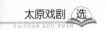

夏日你把清凉送，

冬夜你为我驱寒。

有苦朝你来诉说，

有泪由你来揩干。

有时曾生子孙气，

一想到你，我顿生怜！

明日黄泉寻妻去，

此幅不能带身边。

留与子孙作传家宝，

盼此幅保傅家世世代代子子孙孙和和睦睦平平安安！

（正要转身去写遗嘱）

【张静君的幽灵从大士绣像后面飘出来。

张静君　（轻声地）夫君！

傅　山　啊！静君，你是回来接为夫到黄泉去的吗？

张静君　夫君呀！

　　　　（唱）静君我配君子三生有幸，

　　　　　　　恨命薄我只伴夫君几春！

傅　山　贤妻呀！恨当年医术未精难救治，害得你早早饮恨于幽冥！

张静君　（唱）从此后你发愤钻研女科，

　　　　　　　鬼门关抢回了多少妇人！

　　　　　　　教多少幼儿免却失母痛，

　　　　　　　教多少恩爱夫妻不两分！

傅　山　我纵然救回了千万条性命，却唤不回贤妻你呀！

张静君　（唱）夫君你念旧情誓不复娶，

阴阳隔也难阻咱生死情！

孤魂常深夜回乡来探望，

似轻风如月光悄然无声！

趁你拥儿熟睡际，

为你轻拭满面尘。

听你梦中将妻唤，

欲啼又恐儿受惊！

夫君呀！上天既赋你异禀，

命何多舛志难伸？

领秀才救恩师你敢蹈虎尾，

恨屠城抗暴政你屡履薄冰！

儿孙们跟着你流离颠沛，

多少年尝尽艰苦无怨声。

如今已入桑榆景，

且幸天下渐息兵！

奉劝夫君莫拗性，

难得玄烨敬斯文。

倘若罪犯大不敬，

累及子孙心何忍？

当把子孙来庇荫，

颐养天年乐天伦！

傅　山　贤妻呀！

（唱）勉强来应征，

以免累子孙。

非我太拗性，

膝下有黄金。

威严不能屈，

富贵不能淫。

立世凭气节，

犹似竹凌云！

张静君　唉！撼山易，撼你之志难呀！

傅　山　（唱）一生几次履凶险，

视死如归古稀年。

吾儿年已知天命，

两个孙孙皆弱冠。

儿孙难舍终须舍，

更何况妻在黄泉长孤单。

上苍若是怜青主，

当还我四十年前之容颜。

到黄泉也好与妻相做伴，

免却那少妇配衰翁多少难堪！

张静君　你呀，还像个顽童！

傅　山　当初你笑我当了爹，还像个顽童；如今老了，就成老顽童了！

哈哈哈！

　　　　【外面传来一声惊锣，张静君幽灵顿时消失。

　　　　【老太监内传："傅山听宣。皇上有旨，宣内阁中书傅山金殿谢恩！"

傅　山　哈哈哈，催命符来了！

————灯暗

【午门内外。

【老太监匆匆上。

老太监　来了，来了！

玄　烨　（上）是傅山来了吗？

老太监　来了来了，连人带床都抬进皇城来啦！

玄　烨　哦，连人带床都抬进城来了？

老太监　今儿一大早，傅中书赖在床上不肯起来，冯大学士出于无奈，就
　　　　　命侍卫连人带床抬进城来。文武百官一路护送，快抬到午门外了！

玄　烨　好。朕要在保和殿上接受傅山朝拜谢恩！

老太监　皇上，怕到不了保和殿啦！

玄　烨　从午门到保和殿，不到一箭之遥，为何来不了？

老太监　临近午门，傅中书又哭又闹，寻死觅活的，一班大臣劝也劝不了，
　　　　　哄也哄不得，已闹成僵局了。

玄　烨　哈哈哈！

　　　　　（唱）倔老头，爱较劲，

　　　　　　　　令人又气又好笑。

　　　　　　　　医祖母他曾将朕逗，

　　　　　　　　朕不妨与他玩一遭！

　　　　　（对太监）好吧！那就让他在午门前伏阙谢恩！

老太监　遵旨！

玄　烨　（旁白）傅山呀傅山，人家都说你字不如诗，诗不如画，画不如医，
　　　　　医不如人。朕今天倒要试一试，你人品究竟有多高，骨头有多硬！

　　　　　（灯暗，隐下）

老太监 皇上有旨，内阁中书傅山不必上殿，就在午门前伏阙谢恩！

【午门外表演区灯亮。

【傅山内唱："连人带床，强行抬到午门前——"

【御林军呐喊："伏阙谢恩！"

【傅山坐在床上，被众御林军强行抬上。

傅　山 （唱）望午门，禁不住老泪潸潸！

四十多年前我曾在此伏阙，

泣血为袁大人来鸣冤！

午门依旧朝代换，

身边不见汉衣冠！

多少忠魂萦午门何曾消散，

与傅山泪眼相对不忍看！

苍天哪！

【众御林军呐喊："伏阙谢恩！"

想不到玄烨已知兴文教，

欲恢复汉衣冠已难上难！

哭上天枉赋我忠肝义胆，

挽不回铺天盖地之狂澜！

【保和殿表演区灯亮，玄烨坐在宝座，冯溥、老太监与四官员、

御林军分列两边。

玄　烨 （唱）他哭明室情可悯，

大清也是敬忠臣。

傅　山 （唱）明太祖曾删《孟子》轻民本，

嗣统者把士视若猪犬般。

有多少鲠言者横遭廷杖，

当众廷杖血斑斑。

正气浩然奴物长，

白蚁猖獗大厦坍。

明亡于奴非于满，

故都啊，风雨中你见证自古奴物毁江山！

玄　烨　内侍，傅山又哭什么？

老太监　他哭明亡于奴，非亡于满！

玄　烨　啊！明亡于奴，非亡于满？

（唱）狂人哲语如雷震，

不可恃权辱斯文。

摧士气节堪亡国，

前车之鉴铭于心！

【玄烨情不自禁从宝座上站起来，傅山从床上下来。

【冯溥顿时紧张起来，与几个官员一起走到午门。

冯　溥　皇恩浩荡，令傅山与臣等感激涕零！

众官员　感激涕零呀！

玄　烨　傅先生，你还要怎样？

冯　溥　（低声地催促傅山）赶快下跪谢恩哪！

【傅山与玄烨午门内外相对视。

傅　山　（唱）年过古稀怎做官，

枉食民膏甚羞惭。

当容野老返乡去，

采药行医度晚年！

玄　烨　（唱）姜太公遇文王年已八旬，

七十翁莫言老抖擞精神。

673

政余陪朕游郊外，

纵情山水作闲云。

傅　山　（唱）强按牛头不喝水，

岂能强迫我出山？

玄　烨　（唱）天下谁非朕臣民，

君王有旨敢不遵？

傅　山　（唱）帝王应以民为本，

草民一样有尊严。

玄　烨　（唱）你恃才孤傲多任性，

全不念朕之威严将何存？

冯　溥　唉，你，你……（低声对傅山）若不谢恩，犯大不敬，论罪要斩！

傅　山　（唱）我只拜祖先师长圣贤与天地。

玄　烨　（唱）朕天子神威岂容你怠慢侵凌！

傅　山　（唱）可杀不可辱，宁死腰不弯。

玄　烨　（唱）天子不轻怒，一怒起雷霆！

傅　山　（唱）志已抱定。

玄　烨　（唱）假戏真做。

傅　山　（唱）神气闲。

玄　烨　（唱）朕把弦绷得紧！

傅　山　（唱）相对视，

　　　　（唱）锋与针！

傅　山
　　　　（唱）熊熊烈火见（试）真金！
玄　烨

众官员　傅中书，我的活祖宗，你就跪了吧。

　　　　【冯溥急中生智，指使两个年轻官员猛然架起傅山，强制他下跪。

【傅山跌倒在地。

冯　溥　（急中生智）傅中书伏阙谢恩了！

众官员　伏阙谢恩了！

老太监　傅中书谢恩已毕！

　　　　【傅山坐在地上，解下系在腰间的酒葫芦，昂起头，喝了一口
　　　　　酒，自言自语："未得正脉，难算逸品！"

冯　溥　（不解地）你，你，说啥呀！

玄　烨　（会意地）啊！傅先生，朕要送你一个字！（挥毫写介）

众官员　（面面相觑）一个字——"斩"？

冯　溥　（慌张地跪下）皇上，方才傅中书谢过恩了，你就饶了他吧！

众官员　（跪下）饶了傅中书吧！

　　　　【玄烨把写好的一幅字交与老太监，并对他耳语，望着傅山一笑，下。

　　　　【老太监把一幅字交与冯溥。

冯　溥　（展开、观看）啊！

众官员　（围观）啊，"福"！冯大人，皇上怎么赐给傅中书一个"福"字？

冯　溥　和了！

众官员　咋和了？

冯　溥　棋和了！

众官员　皇上与傅中书在下棋？

老太监　（高声地）圣旨下，皇上有旨，傅中书谢恩已毕！特赐凤阁蒲轮
　　　　　匾，放傅中书回归故里，颐养天年。

冯　溥　（跪下）皇上圣明，万岁！万岁！万万岁！

众官员　（跪下）万万岁！

　　　　【冯溥把一幅字交与傅山后与众官员隐下。

傅　山　（看着"福"字，发愣，突然怪笑）哈哈哈……（转而又痛哭，金銮殿隐去，傅山独立于午门外，傅莲苏上）

傅莲苏　（望着傅山手中的"福"字）爷爷，康熙又请你品字了？

傅　山　是呀！论字才几天，书已近正脉，渐臻佳境……难作魏徵，辅佐大唐；只效扁鹊，行医村野。（脱下朱衣，交与傅莲苏）

　　　　走，回太原去！

　　　　【幕后歌声：他坐龙廷我行医，

　　　　　　　　　一场对弈却相知。

　　　　　　　　　和而不同养正气，

　　　　　　　　　重归故里赋新诗！

【剧终】

太原戏剧选

高君宇与石评梅

编剧：刘继忠　贺海鹰

2017年9月

【剧中人物】

高君宇——1896-1925，山西静乐县峰岭底村（今属太原市娄烦县）人。

　　　　五四运动的组织者、参与者，北京社会主义青年团第一任书

　　　　记，中国共产党最早的50多名党员之一，中国共产党最早的活

　　　　动家、理论家，中共二大中央执委，山西党团组织创建人。

石评梅——1902-1928，山西平定人。民国初期四大才女之一。

陆晶清——1907-1993，云南昆明人。石评梅好友。

高全德——19岁，高君宇之弟。

探　长——北洋政府警察厅密探头目。

李毓棠——24岁，山西忻县人。毕业于山西省立一中。山西省公立

　　　　法政专门学校学生。

潘恩溥——25岁，山西文水人。山西省公立法政专门学校学生。

张叔平——27岁，离石人。共青团太原地委组织部主任。

侯士敏——30岁，山西平遥人。山西省公立法政专门学校学生。

张堉麟——17岁，省立一中学生。

邓师傅——长辛店工人夜校负责人。

赵师傅——长辛店工人夜校负责人。

常老伯——山西大学老教授。

中年人——北京市民，进步人士。

党员、学生、群众若干，密探、军警若干。

序　幕

【北京陶然亭，深秋景色，层林尽染。

【音乐起。

【高君宇与石评梅化身的两位舞者翩翩起舞，象征着对革命理想
　的坚定和对纯洁爱情的追求。

【伴唱：春去秋来枫林染，

　　　　红叶寄情心相牵。

　　　　宝剑出鞘火花溅，

　　　　生死相依映陶然。

【高君宇、石评梅二人相拥的雕像巍然耸立。定格。

【收光。

第一场　陶然相会

【1924年初春。北京陶然亭畔。林木萧瑟，残雪点点。有信众去
　烧香，有老者提鸟笼遛弯，有中年人在练功，有情侣在交谈，
　有两位工友观察周围并与中年人耳语……

中年人　（京腔吟唱）

　　　　我正在城楼观山景，

　　　　耳听得城外乱纷纷。

　　　　【北洋探长带随从上。

中年人　哟，这不是苟探长吗？有些日子不见你来捧场了。

探　长　哪有工夫看戏呀！大帅命我抓赤党。

中年人　哎哟，又抓谁呀？

探　长　高君宇！

中年人　高君宇？不就是个学生头头嘛。

探　长　别看他年纪轻轻，他可是赤匪的中执委。当年带领学生搞五四游行的是他，带着学生火烧赵家楼，鼓动铁路工人大罢工的也是他！

密探甲　张国焘！

六姨太　好啊，苟探长，竟敢叮我的梢。

探　长　不不不，六姨太误会了。六姨太我什么都没看见！我什么都没看见！

密探甲　是是，什么都没看见。

探　长　他是张国焘？还他妈的张果老呢！

密探乙　探长，看！

探　长　追！

男　旦　仙儿，他会不会……

六姨太　他敢？走。

钓鱼人　这是什么世道。

鸟　人　嘘，别惹事，走走走。

高君宇　（唱）军阀们似虎狼凶狠毒辣，

　　　　　　　京汉路大罢工竟遭屠杀。

　　　　　　　工友们血泊中没被压垮，

　　　　　　　长辛店夜校里又见灯花。

　　　　　　　多年来与评梅互相牵挂，

　　　　　　　她本是恩师女名动京华。

　　　　　　　今日里约评梅陶然相会，

　　　　　　　到夜校去讲课砥砺奋发。

新青年与工农结合牢固，

闹革命才能够把根深扎。

【石评梅、陆晶清边走边说上。

陆晶清 评梅姐咱们快走，这陶然亭真是个"红尘中的清净世界"！更待菊黄佳酿熟，共君一醉一陶然。

石评梅 春欲来时残雪深，草木萧瑟寒鸦鸣。倘得如此清静地，飘然欲仙脱红尘。

高君宇 （鼓掌）好诗好诗，不愧是女高师的才女啊！我也有诗相赠：祖国陆沉人有责，天涯漂泊我无家。死生一事付鸿毛，人生到此方英杰。

石平梅 死生一事付鸿毛，人生到此方英杰。

陆晶清 评梅姐，这不是鉴湖女侠的诗吗？我对秋瑾女士素怀敬慕！

高君宇 是啊，这陶然亭不仅是文人雅士相聚之所，更是仁人志士纵论天下之地！戊戌六君子、秋瑾女士来过此地，大钊先生，毛泽东、还有周恩来等，也常在此议事。

石评梅 看来这陶然亭实非等闲之地，君宇兄，你今约我，为了何事？

高君宇 今日约你相见，是想请你去长辛店，为工人师傅们讲课，不知……

石评梅 太好了，我和小鹿早就想为工人们做些事情。

高君宇 好，我替工人师傅谢谢了。（咳嗽）

石评梅 怎么，感冒了？这都是累的。

高君宇 没事儿，老毛病了。评梅，听说你近来心情不好，有什么事儿，不妨说说！

石评梅 我心所忧，一时难解！我该从何说起呢？

高君宇 评梅，有什么事说出来不要憋在心里，怎么，你哭了？

石评梅 君宇兄……

   （唱）四年前遇见了吴氏天放，

      原以为比翼飞地老天荒。

      谁料想他对我撒下大谎，

      为人父有妻儿做戏逢场。

      那一刻心滴血刀搅火烫，

      断肠人望天涯孤雁独翔。

高君宇 评梅呀！

   （唱）新青年应把爱看得高尚，

      人生中更要有诗和远方。

      切莫为情感受挫再惆怅，

      要相信世上自有好儿郎。

      你看那风雨如磐百姓苦，

      有多少热血青年救国忙。

      出书斋走向社会放眼望，

      更应把工农大众装心房。

石评梅 （唱）新女性对爱情憧憬向往，

      这阵痛难自拔似箭穿肠。

      君宇兄话一番且记心上，

      隐愁绪脱尘缘不再迷航。

高君宇 对，大钊先生说过，青年的字典里就不该有困难和障碍。

石评梅 君宇兄，我明白。

   【后台传来："我正在城楼……"高全德上。

高全德 二哥，家里来人，有要紧事找你。

高君宇 好。评梅，你以后来找我，看见窗台上摆上鲜花，千万不要进来！

   切记。

【高君宇、高全德转身下。高君宇犹豫，又折回，拿出《向导》
　　刊物，里面夹着一枚红叶。

高君宇　评梅，这是新出的一本《向导》杂志，里面有一枚红叶，请你珍藏!

石评梅　红叶?

【高君宇、高全德下。

【石评梅拿着红叶，念道——

石评梅　满山秋色关不住，一片红叶寄相思。

【定格，切光。

第二场　雨夜惜别

【1924年5月的一天傍晚。北洋探长携密探上。

探　长　（数板）刚刚收到密报，

　　　　　　发现高君宇老巢。

　　　　　　腊库胡同十六号，

　　　　　　再不能让他跑掉。

密　探　是! 出发!

【切光。

【腊库胡同高君宇住所内，暗，地上一盆火。四五个人在销毁、
　　整理文件。

高君宇　邓师傅，不能烧，《向导》是党的重要文献，你要带回长辛店，
　　　　保管好。邓师傅，不管遇到什么困难，咱们的工人夜校都要办下去;
　　　　另外评梅去了，一定要确保安全。同志们，现在革命形势十分严峻，
　　　　北方区委决定要深入工农，发展壮大党的组织。老王，你到张家
　　　　口去; 老李，你到绥远去; 我也很快要回山西。大家分头行动。

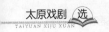

听明白了没有？

众　人　明白了。

高君宇　好，撤！

　　　　【众人下。

高君宇　（唱）腊库胡同已暴露，

　　　　　　　　斗争尚需再筹谋。

　　　　　　　　不怕狂风暴雨骤，

　　　　　　　　壮大组织赋同仇。

　　　　　　　　西望故园心潮涌，

　　　　　　　　星星之火播并州。

　　　　【高全德上，将一个大信封递给高君宇。

高全德　二哥，刚才收到的挂号信，你看。

高君宇　好，全德，你先买票回太原。这儿有两封信，一封给咱爹，一封
　　　　给你寒心嫂子她爹。

高全德　二哥，你是不是要和嫂子离婚？

高君宇　我已多次写信给她，相信她会理解。

高全德　哥，你多年没回了，这事应向爹妈当面说清。

高君宇　全德我办完事就回，向爹妈问安。

高全德　哥，我不放心你，咱们一起走吧。

高君宇　全德，明天评梅在女高师演讲，鲁迅先生也到场，我得把这消息
　　　　告诉她，确保演讲会的绝对安全。

高全德　哎。

　　　　【高全德下。

　　　　【高君宇拆信，一枚红叶从信封中飘落，高君宇俯身捡起。

　　　　【高君宇翻过红叶背面。

高君宇　（念）枯萎的花篮不敢承受这鲜红的叶儿！难道评梅她……

　　　　（唱）陶然一别时已换，

　　　　　　　红叶传情盼奇缘。

　　　　　　　原以为志趣相投能相伴，

　　　　　　　没想到她自比枯萎之花篮。

　　　　【高君宇乔装成伙夫，提菜篮走到胡同。

探　长　站住，干什么的？

高君宇　老总，买菜的！

探　长　这16号是不是住着一个姓张的和姓高的？

高君宇　有。这儿呢。

探　长　站住！（围着高君宇转一圈，搜出两块大洋）

密　探　滚。

高君宇　老总啊，这可是我的买菜钱呀！

密探甲　还不快走！

　　　　【高君宇提篮走出胡同。

探　长　弟兄们，进去搜！

　　　　【探长率军警密探撞门进房，一阵翻箱倒柜，乱搜乱砸。

　　　　　密探不小心撞到火盆上。

密　探　烫死我了，烫死我了！烫……

探　长　烫就对了，证明赤匪还没有走远，给我追。

　　　　【切光。

　　　　【当日夜雷电交加，大雨倾盆。北师大附中教师宿舍"梅窠"。

　　　　【石评梅坐在桌前写稿，一会儿站起，一会儿坐下，一会儿拿起

　　　　　红酒猛饮一口。

石评梅　（唱）数月来长辛店工友交往，

人质朴情义重暖我心肠。

闹革命争权利劳工神圣，

不怕苦不避险意志如钢。

无怪乎君宇兄为我指点，

我要把新感受广为传扬。

明日里女高师登台演讲，

心澎湃思绪滚热血满腔。

倘若有君宇兄身边指导，

师生们应该会更加激昂。

【陆晶清端药上。

陆晶清　评梅姐，该吃药了。快点，身体刚好，可别累着！明天还要回母

　　　　校演讲呢！吃药。

石评梅　小鹿，不行，这演讲稿我还得仔细斟酌。

陆晶清　好。评梅姐你写的演讲稿太好了，要是高先生能来给参谋参谋那

　　　　就更好了。

石评梅　君宇他忙！

陆晶清　风雨如晦，鸡鸣不已。既见君子，云胡不喜？

石评梅　小鹿！

陆晶清　评梅姐，你好糊涂！明明想着人家，怎么能把红叶退回去呢？哎

　　　　呀！评梅姐。

　　　（唱）妹知你视爱情如同生命，

　　　　　　独身事你可要仔细掂量。

　　　　　　高先生为了你赤诚相见，

　　　　　　学识好人品高敢于担当。

　　　　　　红叶里一片情你不接受，

再犹豫恐遗恨落个凄凉。

石评梅　小鹿，再说我就生气了。

　　　　【窗外一个闪电，一声惊雷，高君宇身披雨衣，乔装改扮出现在
　　　　门口。高君宇将雨衣脱下，去掉乔装。石评梅、陆晶清惊诧。

石评梅　君宇兄，大雨天的，你怎么来了？

陆晶清　真是说曹操，曹操就到。

石评梅　来得正好，正想请你看看我的演讲稿。

　　　　【高咳嗽。

石评梅　你咳得越来越厉害了，还是先住院看看吧。

高君宇　好！评梅，我先告你个好消息，明天鲁迅先生也要到场听你演讲。

陆晶清　啊！鲁迅先生也要到场听你演讲？

石评梅　太好了，太好了！

高君宇　到底是和工人师傅们相处了几个月，写得好深刻，有激情！

石评梅　嗯。君宇兄，你还没吃饭吧？我给你做饭去。

陆晶清　这点小事用不着你动手，我去做吧。你俩好好谈谈。

　　　　【陆晶清下。

　　　　【石评梅拿出一方绣有梅花的手帕，递给高君宇。高君宇擦完雨
　　　　水，下意识把手帕装起来。

石评梅　君宇兄，今晚约我，一定还有别的事吧？

高君宇　是啊，我要出趟远门。

石评梅　出远门？你要离京？

高君宇　对，大钊先生委托我回山西建党，然后南下广州协助中山先生推
　　　　动国共合作。

石评梅　（唱）家乡建党我期盼，

　　　　　　西回并州愿平安。

南下广州路途远，

安危冷暖我挂牵。

高君宇　（唱）虽说此行有艰险，

工友相助且心宽。

还回母校访师友，

先拜恩师理当然。

石评梅　（唱）家父常把你念起，

难得宇兄记心间。

【音乐中，高君宇深情地回忆。

高君宇　离开恩师好几年啦，我还真想他老人家。

石评梅　我也真想回老家看看。可是……

高君宇　评梅，还记得那年秋天吗？我去你家，树上还挂着几颗枣儿，你

馋着非要吃。我蹭蹭蹭爬上去。就在这时你大喊一声"我爹来了"，

吓得我一脚踩空——

石评梅　摔了个屁股蹲儿。

高君宇　脚也崴了。

石评梅　那时候吓得我哇哇大哭。

高君宇　是啊！恩师不但没有责怪，还背回家，又是搓又是揉。你也整整

守了我一天。

石评梅　那个时候我十岁，你十六。

高君宇　评梅，我还是从山西回来再说吧。

石评梅　不，你不说我会睡不着。

高君宇　这次回山西我是要解除婚姻。

石评梅　君宇兄，你的事我是知道的，但这件事可要慎重！

高君宇　评梅，这件事我已经考虑很久。这桩婚姻不仅仅折磨着我，也煎

熬了寒心整整十年。既害了我，也害了寒心，还连累了双方父母。

是该有个了断了。

（唱）当年我省立一中未毕业，

　　　一封信召我回家做新郎。

　　　我十八她二十从未相见，

　　　我拒绝穿新衣共拜花堂。

　　　我的父一气之下倒地上，

　　　众乡亲拉扯推我入洞房。

　　　她不情我不愿如同陌路，

　　　当夜我吐鲜血昏倒烛旁。

　　　无奈何抱病体重返母校，

　　　从此后走四方怕回故乡。

　　　十年来南北奔波心受创，

　　　十年来寒心独自守空房。

　　　十年来想把婚离求父母，

　　　十年来父母不允心暗伤。

　　　到如今寒心也已而立过，

　　　再不能误人青春两茫茫。

石评梅　（唱）包办婚姻非你愿，

　　　　若要解除不一般。

　　　　父母之命要体谅，

　　　　人言可畏非等闲。

　　　　莫溺评梅于不义，

　　　　莫让嫂嫂再心寒。

高君宇　（唱）婚姻本该两情愿，

互相敬重有尊严。

解除婚姻非因你，

一片真心可对天。

评梅，你退回的红叶我收到了，我会尊重你的选择。不过，你所说的花篮并未枯萎。落红不是无情物，化作春泥更护花。

【一道闪电照屋如昼，跟着一个响雷。

高君宇　时候不早了，我该走了。这是我找人为你配的药方，你多保重！

石评梅　君宇兄，请留步。

【石评梅拿出一瓶红酒，斟满两杯，递给高君宇一杯。

（唱）一杯红酒与君饮，

人生知己总相逢。

高君宇　（唱）牵心挂怀别君去，

一程风雨一程情。

【二人饮酒。

石评梅　（唱）此去故园路漫漫，

家事国事细权衡。

高君宇　（唱）宝剑试锋轻生死，

火花烛夜照天晴。

【二人碰杯，保重，一饮而尽。

【又一声惊雷随着闪电响起，高君宇与石评梅握手告别。

第三场　晋阳播火

【1924年5月，太原。山西省立一中，"青年学会"屋内，侯士敏、李毓棠、潘恩溥围在桌旁焦虑不安。

侯士敏　君宇同志怎么还没有来？潘恩溥你就不能消停点！

潘恩溥　最近风声紧，不会出什么事吧？

李毓棠　不会的，君宇同志斗争经验丰富，一向谨慎。再等等。

　　　　　【放哨的青年学生进屋。

李毓棠　接到了吗？

青年甲　没有，快走！

青年乙　有情况，军警朝这边来了！

李毓棠　大家不要慌，看书。

　　　　　【探长带密探、军警闯入。

密　探　高君宇认识吗？

李毓棠　高君宇？听说过。这个人早已到北大读书。

密　探　你认识他？

李毓棠　不认识，老总他怎么了，犯事儿了？

探　长　此人是赤党要犯。

潘恩溥　什么，高君宇是赤党？

侯士敏　还是什么要犯？

探　长　你是哪里人？

李毓棠　我，忻县人。

探　长　你？

潘恩溥　文水人。

探　长　你？

侯士敏　平遥家，平遥家。

探　长　高君宇是静乐人，莫非他回静乐老家了？走，马上去静乐！

军　警　长官，您大老远地从北京来到太原够辛苦的了，要不先吃顿饭？

探　长　山西除了老陈醋，还有啥好吃的？

侯士敏　有啊！您没听说过，不到清和元吃头脑，白来山西走一遭。大补啊！

探　长　头脑。

李毓棠　对！头脑。那可是傅山先生独创啊！

潘恩溥　大补！

探　长　大补？

军　警　对，大补！

探　长　走！大补！

　　　　【众密探、军警随下。

　　　　【高君宇先生打扮上。

高君宇　（内唱）身回到晋阳城万般思绪，

　　　　（上唱）几千年文明史代有传承。

　　　　　　　汉文景唐贞观肇端于此，

　　　　　　　御外敌控中原兵家必争。

　　　　　　　举义旗创大业河汾重地，

　　　　　　　在故乡播火种势在必行。

　　　　【高君宇警觉地向四处观察。

高君宇　省立一中，巽水烟波，真让人怀念啊！

　　　　（唱）看母校文瀛湖碧波荡漾，

　　　　　　　似听见学子们琅琅书声。

　　　　　　　新知识新风尚把我滋润，

　　　　　　　秉诚毅尚自立教我怎样做人。

　　　　　　　劝业楼亲耳听孙文演讲，

　　　　　　　为民主求独立青春启蒙。

　　　　　　　反袁氏同学们群情激愤，

窃国贼开倒车不得人心。

更幸遇石铭师恩深义重，

他待我像父母温暖如春。

教诲我求真知发奋蹈砺，

从那时立大志救国救民。

【高君宇发暗号，李毓棠等上。

李毓棠　君宇，你可回来了。

高君宇　李毓棠，我的团地委老书记。

侯士敏　君宇兄！

高君宇　侯士敏，咱们新任团地委书记，你好啊。

李毓棠　这是潘恩溥同志。

高君宇　前年入的团，对。你好！

潘恩溥　是。

李毓棠　恩溥，这就是你渴望见到的太原社会主义青年团创始人、中共二大中央执委高君宇同志。

潘恩溥　高先生，这次回来就不走了吧。

高君宇　太原的任务完成后，我要尽快赶赴广州，协助中山先生推动国共合作。还有一个好消息告诉大家……

众　人　什么好消息？

高君宇　北方区委决定批准侯士敏和潘恩溥加入中国共产党，介绍人高君宇。

李毓棠　李毓棠。

高君宇　时间紧迫，言归正传。同志们，"二七"大罢工以后，反动势力加紧了对学生运动和工人运动的狂热镇压。我党当前最重要的任务是，尽快在全国各地建立党的组织，团结广大工人、学生、士兵或各党派进步人士与反动派势力做殊死斗争，迎接革命大高潮

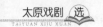

的到来。

（唱）从此后我们将担起重任，

　　　　为民众共产党不怕牺牲。

侯士敏　（唱）守秘密剖肝胆矢志奋斗，

　　　　举旗帜有信仰如获新生。

潘恩溥　（唱）青年人志气高胸怀天下，

　　　　救民族跟党走不改赤诚。

李毓棠　（唱）我们是新时代的先锋队，

　　　　头可断血可流砥砺前行。

高君宇　（唱）共产党虽弱小志存高远，

　　　　生与死置度外永葆初心。

众　　人　（唱）共产党虽弱小志存高远，

　　　　生与死置度外永葆初心。

高君宇　同志们，我们现在宣誓……

侯士敏　我宣誓……

李毓棠　我宣誓……

潘恩溥　我宣誓……

【天幕上红旗升起，国际歌在屋内回荡。

【造型，切光。

第四场　血染红叶

【字幕：1924年10月，广州商团叛乱时，高君宇率领工团军英勇
　　奋战，叛军子弹击穿了高君宇的指挥车，高君宇负伤再战，协
　　助孙中山迅速平定了商团叛乱。

卫　士　高指挥，你负伤了？

高君宇　没事，来。

卫　士　报告，叛乱分子已被击退。

高君宇　好！速向中山先生报告！

卫　士　是！

　　　　【切光。

　　　　【1925年3月，北京。高君宇寓所。某贝勒爷后花园。

　　　　【探长坐洋车上，后跟两个随从。

探　长　（数板）人生万事一壶酒，

　　　　　　　　　跑得太快变成狗。

　　　　　　　　　洪宪龙旗还没看够，

　　　　　　　　　五色旗子又插城头。

　　　　　　　　　抓了几年高君宇，

　　　　　　　　　今日上门顺潮流。

　　　　　　　　　提着厚礼来相见，

　　　　　　　　　但愿人家不记仇。

　　　　【探长敲门。

探　长　高先生，我看您来了。

高君宇　噢，苟探长啊，又来抓我了？

探　长　不敢，不敢！如今您可是中山先生身边的大红人！看看，给您
　　　　安排的这住处，那可是前清贝勒爷府的后花园，这次随中山先生
　　　　莅临北平，鄙人是奉命保护您的。

高君宇　监守、盯梢。

探　长　不敢不敢…（高咳嗽）哟，您这是咋了？高先生我就不明白了，
　　　　您是大户人家公子，又是北大高才生，不管跟了谁，那都得是高

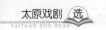

官任做，骏马任骑。看看您，尽跟些穷学生、臭工人，不是闹学潮，就是搞罢工，您到底图个啥？

高君宇　有句老话说得好啊，有钱难买……

探　　长　难买——乐意。

高君宇　对，我乐意！（又咳）

探　　长　看看，才刚二十几岁的人就累下这一身重病。医生可说了，您这病怕是……悬了。

高君宇　时日无多了？是吧？

探　　长　高先生实话跟您说吧：上峰让我给您捎句话，只要您写个字据，说明与共党撇清干系，以往的事都既往不咎，还要给您请最好的医生，出国就医都行。

高君宇　哈哈，苟探长终于亮了底牌了。来，那就请你转告你的上峰，我高君宇自从参加革命以来，就没有打算跪着求生，更不会放弃信仰和使命。只要一息尚存，就要与那些祸国殃民的邪恶势力斗到底。（剧烈咳嗽，感到肚疼）

探　　长　高先生您怎么了。

高全德　二哥，怎么了？我看还是听医生的，先住医院吧。

【高君宇对高全德摆摆手。

高君宇　没事，没事。全德，国民大会马上要开了，中山先生已经重病住院，有许多要紧事儿需要我处理，放心，哥能挺住。

【高全德拿水递给高君宇。

高全德　哥。

探　　长　高先生，改日再会了！

高君宇　不送！

【探长出门。

探　　长　这个人真是个顽固不化榆木疙瘩一根筋圪怵鬼。

高全德　　滚!

　　　　　　【探长下。

　　　　　　【石评梅、陆晶清上。

石评梅　　（唱）君宇兄病反复不见好转,

　　　　　　　　　守床前勤照护心似油煎。

陆晶清　　（唱）与梅姐讨药方名医访遍,

　　　　　　　　　但愿得能见效早日康安。

　　　　　　【高君宇剧烈咳嗽,石评梅、陆晶清急忙进院儿。

陆晶清　　全德,评梅姐遍访名医,求得一剂药方,咱们赶紧去抓药。

　　　　　　【陆晶清和高全德下。

石评梅　　君宇兄,怎么样?

高君宇　　刚才有点儿肚子疼,吃了药好些了。怎么你又哭了?

　　　　　　【高君宇拉住石评梅的手,拿出梅花手帕为石评梅擦汗。

高君宇　　这是你送我的梅花手帕,我一直装在身上。在广州负伤时染上了
　　　　　　鲜血,评梅对不起!

石评梅　　不,这染了血的梅花,开得更红更艳了。

高君宇　　真的吗?

石评梅　　（点头）

高君宇　　颖超同志也这么说。

石评梅　　邓颖超?

高君宇　　对!

石评梅　　听说她和恩来先生是…

高君宇　　是一对恋人!我从广州回北平,途经天津时恩来同志还让我转达
　　　　　　了一封给颖超同志的情书。

石评梅　　这是真的?多好的一对!

高君宇　　是啊!革命者有情更有爱!评梅,革命与爱情并不矛盾。

石评梅　真心不移情无涯，风疾雪砺吐光华。

高君宇　评梅，这是我的几本日记，都交给你保存。如果过去还有什么使

你不够了解我的话，它们会告诉你的。另外……（欲言又止）

【高君宇拿出大信封，从中抽出红叶，递给石评梅。

高君宇　评梅，这枚红叶你还是收下吧！我只想让你知道，我有两个世界，

一个世界不属于你，更不属于我自己，我只是历史使命的走卒。

（唱）当年我离家乡负笈北大，

　　　　蔡校长开明举培育英贤。

　　　　李大钊论天下指引方向，

　　　　红楼夜如父兄促膝长谈。

　　　　五月四日怒冲冠，

　　　　内惩国贼外争权。

　　　　《向导》檄文惊敌胆，

　　　　唤起民众万万千。

　　　　山水迢递乡关远，

　　　　梦里几番回故园。

　　　　壮志未酬心不死，

　　　　愿驱病魔竭寸丹。

【高君宇又拉住石评梅的手。

高君宇　评梅！你更知道，在另一个世界，我是属于你的，我是连灵魂都

被你永禁的俘虏。

（唱）我的心愿唯你懂，

　　　　我的灵魂被你牵。

　　　　我知你对我也有意，

　　　　只因你受骗难再言。

　　　　西山红叶寄情愫，

雨夜惜别剖心肝。

冰雪友谊我接受，

唯愿与你结姻缘。

我来日无多恐遗憾，

你莫再独身受孤单。

若你此生不圆满，

纵我身后心不安。

【石评梅抽泣。高君宇用梅花手帕为她拭泪。

人生征途路漫漫，

大道之行天地间。

相信世道终会变，

乌云难遮艳阳天。

到那时，

劳苦大众得解放，

中华民族立峰巅。

到那时，

凭君传语慰父老，

漫卷诗书赋新篇。

高君宇 评梅，你的所愿，我将赴汤蹈火以求之；你所不愿，我将赴汤蹈

火以阻之。不能这样，我怎能说是爱你……

【高君宇剧烈咳嗽。

石评梅 等你病好之后，我们就……君宇……

（伴唱）更待菊黄家酿熟，

共君一醉一陶然。

【定格，收光。

【字幕：1925年3月6日，高君宇因猝发急性阑尾炎不幸病逝，年

仅29岁。遵他遗愿，安葬在北京陶然亭畔。

第五场　墓畔哀歌

【三年后的清明节，陶然亭，树木吐绿，青草萋萋。

【高君宇墓，鲜花环绕。

【邓颖超和蔡元培送的花篮摆在中间醒目位置。

【有长辛店的两位工人代表、北大的两位学生代表、陶然亭游园
　的中年人陆续上场献花祭拜。

【高全德在场接待各界宾客，一一道谢，送众人离开。

【石评梅、陆晶清结伴带祭品上。

【全德与二人到墓前，摆上供品，祭拜。

高全德　评梅姐，你看这是北大老校长蔡元培先生献的花篮，这是邓颖超
　　　　女士送来的花圈，这是长辛店工人送的花圈，这是北京大学学生
　　　　的花篮，还有杨大哥送的花圈。

石评梅　谢谢大家！

陆晶清　梅姐，人们都没有忘记君宇兄。咱们回吧。

石评梅　你们先回吧，我想静静地陪君宇待一会儿。

【小鹿、全德下。

【常老伯上祭拜。

【石评梅拿出红叶，颤抖着放在篮子里，跪下。

【常老伯发现石评梅，缓缓走近，轻声呼唤。

常老伯　评梅、梅梅……

【石评梅陷于悲痛，没有听见。

石评梅　常伯伯，您怎么来了？

常老伯　我来北京办点儿事，恰逢清明来看看君宇。

石评梅　谢谢常伯伯。

常老伯　君宇是个好孩子，不但我记得他，就连你爹，也常常念叨他。前些年我常和你爹在一起，每每提到君宇，他总说："君宇是个难得的人才，是我石铭最得意最看好的学生。"他还说："我石铭要有这么个儿子就好了。"我说："给你做儿子是不可能了，给你做个女婿还有可能。"他说："那就看他们的造化看他们缘分吧！"

石评梅　造化，缘分……君宇。

【常老伯下。

【石评梅转身扑向墓碑。

石评梅　（唱）恨只恨造化常把人捉弄，

　　　　　　辜负了老父的心愿我该问谁？

　　　　　　恨只恨缘分来时未决断，

　　　　　　痛失了真心英雄挽不回。

　　　　　　面对着花篮儿红叶一片，

　　　　　　不由人五内焚痛彻心扉。

　　　　　　悔不该退红叶一时草率，

　　　　　　更不该自比为花篮枯萎。

　　　　　　悔的是象牙戒指未能亲手给你戴，

　　　　　　更不该临终前你最想听的话与君愿违。

【石评梅捶胸痛哭，跟跄走向墓碑。石评梅抚碑告慰。

石评梅　君宇，你可知三年前你走后，我在你的墓碑上特意给你刻了一段话：我无力挽住你迅忽如彗星之生命，我只有把剩下的泪流到你坟头，直到我不能来看你的时候。

【石评梅倚碑。

石评梅　（唱）君别三年魂牵绕，

三年坟头泪雨淋。

三年才知情义重，

三年才知爱我深。

评梅泣血恳求你，

归来摸摸我的心。

你的事业需要你，

评梅发愿随你行。

【鲜花丛中，高君宇隐隐而出，舞台响彻高君宇低沉而坚定的声音：

高君宇 （吟诵）我是宝剑，

我是火花。

我愿生如闪电之耀亮，

我愿死如彗星之迅忽！

【石评梅恍然间急切迎向高君宇。

高君宇 （唱）三年无时不念你，

夙愿未了难放心。

劝你精神重振作，

扬帆赋诗向前行。

石评梅 君宇——

（唱）三年来你未能把孝道尽，

我怕父母念儿无讯音。

常与全德把家书寄，

报平安问暖嘘寒慰双亲。

只要评梅一息在，

替你尽孝我担承。

高君宇 （唱）知你情知你义，

知你为我尽孝心。

　　　　　　　莫悲伤别流泪，

　　　　　　　利剑出鞘迎光明。

　　【高君宇在花丛高台中隐去，石评梅踉跄去追。

石评梅　（唱）你走后血雨腥风形势变，

　　　　　　　你走后黑云压城巨星陨。

　　　　　　　中山先生抱恨去，

　　　　　　　香山叶红祭英灵。

　　　　　　　大钊先生赴刑场，

　　　　　　　掩泪代你去送行。

　　　　　　　揩去血迹做战士，

　　　　　　　撑我弱躯向黎明。

　　　君宇啊——

　　　　　　　哭你爱我爱得苦，

　　　　　　　至死未得一承诺。

　　　　　　　我的眼泪串珠线，

　　　　　　　织成围巾暖你心。

　　　　　　　碧海青天无限路，

　　　　　　　更知何日重逢君。

　　　　　　　恩如山，情似海，

　　　　　　　是你主宰我灵魂。

　　　　　　　问苍天，抬泪眼，

　　　　　　　你如盾牌护我身。

　　【石评梅拿起酒壶痛饮，拿着围巾、手帕起舞。

伴　唱　且高歌，且痛饮，

　　　　拼一醉浇熄此心头余情。

　　　　邀残月与孤星和泪共饮，

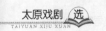

不管黄昏，不管夜深。

醉卧在你墓碑旁任霜露侵凌，

我再不醒，我再不醒。

石评梅　　君宇……

【高君宇鲜花丛中复出。

高君宇　　评梅……

石评梅　　君宇……

高君宇　　评梅……

【二人渐渐走近，收光。

【字幕：1928年9月30日，年仅26岁的才女石评梅因病离开了这个
　　　爱恨交加的世界，走完短短的一生。人们将她葬在高君宇的墓旁，
　　　完成了二人"生前未能相依共处，愿死后得并葬荒丘"的遗愿。

尾　声

【陶然亭公园。高、石二墓如两柄利剑，挺拔并立。

【一束光下，两个舞者拥抱起舞。

【结尾曲，伴唱：春去秋来枫林染，

　　　　　　　　百花冢下映陶然。

　　　　　　　　宝剑出鞘火花溅，

　　　　　　　　星星之火势燎原。

【舞者幻化为高石二人，立在高台上。

【定格。收光。

【剧终】

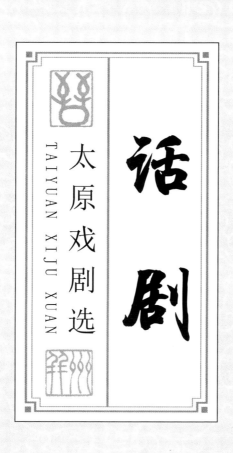

话剧

太原戏剧选

TAIYUAN XIJU XUAN

太原戏剧选

毛主席和羊倌

编剧：李克仁

时间：1991年3月

【剧中人物】

毛泽东、警卫员、羊倌甲、羊倌乙

【大幕在陕北《信天游》乐曲声中徐徐拉开。

警卫员手持铁锹上。

警卫员　主——席——！我们快到了！

【毛泽东主席手持镢头健步走上。

警卫员　主席，你看，前边就是咱们那块地。

【主席站在高处，遥望起伏的山峦。

【羊倌的《信天游》歌声由远及近。

【主席倾听《信天游》。

警卫员　主席，你听。（下）

毛主席　（转过身）好，唱得好！

【随着赶羊声、歌声、咩咩羊叫声，两个羊倌相继上场。

羊倌乙　老伙计，快些些，咱们在这阳坡上歇歇。

【羊倌甲边哼着《信天游》边上。警卫员跟上。

毛主席　老人家，你们好啊！

甲、乙　好，好！

羊倌乙 （突然想起）咦，老伙计，咱们那件事跟他说说准成！

羊倌甲 行吗?

羊倌乙 你没看，他还是个当官的呢。

毛主席 噢，你们怎么晓得我是当官的！

羊倌乙 嘿嘿，这不，你身后还跟着个背盒子炮的哪！

毛主席 噢！哈哈哈，这么冷的天，你们这么大年纪还放羊，够辛苦啦！

甲、乙 不辛苦，不辛苦！

毛主席 有多少只羊呀?

羊倌甲 全村的，百十多只。

毛主席 不少啊。

羊倌乙 请问你是当什么官的?

毛主席 老人家，我不是官，我……

羊倌甲 肯定还是个大官呢。

毛主席 我不是官，你们才是官呢。

　　　　【甲、乙相视。

甲、乙 我们是啥官?

毛主席 你们是羊倌呀！

众　人 哈哈哈！

羊倌乙 你这个人真会开玩笑，羊倌算什么官呀！

毛主席 哎——羊倌怎能不算官呢！没有羊倌，想吃羊肉吃不上，想穿羊
　　　　皮袄也穿不成，你们说对不对？

羊倌乙 那倒是。哎，你到底是什么官?

毛主席 我不是官，我是人民的勤务员！

甲、乙 （不懂）勤务员?

警卫员 勤务员就是给老百姓办事的。

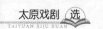

【甲、乙相视会意。

羊倌甲 给老百姓办事的，这就好，这就好！

毛主席 二位老人家，高寿啦？

羊倌乙 还小着呢，我六十六，他也六十六啦！

毛主席 噢，你们同岁！

羊倌乙 不瞒你说，不光同岁，我俩还是同月同日同时生的哪！

毛主席 噢，就这么巧！

羊倌乙 这不，明儿个就是我们俩的生日。

毛主席 六十六岁是大寿啊，都准备好了吗？

羊倌甲 庄户人家，有啥准备的！

毛主席 老哥，家里有几个伢子呀？

羊倌甲 你说啥？

警卫员 问你有几个孩子？

羊倌甲 啊，娃呀！（伸出食指）

毛主席 噢，一个！

【羊倌甲欲说又止扭过身去抽闷烟。

【主席用目光询问乙。

羊倌乙 他呀，四十多才成了家，生了个儿子，跟你们一样也是红军，前

几年在前线光荣了……

这不，快过生日了，这几天他心里就……

【主席心潮澎湃，沉浸在对烈士的缅怀中。

羊倌乙 （自言自语地）那娃牺牲时才二十一岁！

【主席深沉地走向羊倌甲。

毛主席 对不起，老人家，我一句话勾起了你的心事！

老人家，你为革命贡献了自己的儿子，你是功臣啊！……我谢谢

你了！……我给你老人家鞠躬了！（向老人家深深一躬）

羊倌甲 哎——不敢，不敢！

毛泽东 老人家，你的儿子和无数先烈一样，为人民利益而死，死得比泰山还重，人民会永远怀念他们的！他们将永远活在人民的心中！

羊倌乙 你的话，说到咱穷人心窝里啦。

【羊倌甲拭泪。

毛主席 老人家，莫要太悲伤了。我们革命就是为了造福下一代，而为了革命，有时又不得不牺牲自己的下一代。

羊倌甲 是这么个理呀。

毛主席 老人家，你们如今当家做了主人，日子会一天天好起来，你们这些对革命有功的人，国家会奉养的。

羊倌乙 是的，他家的田都代耕了！

毛主席 将来条件好了，会更好地照顾你们的。

噢，小王！（向他交代了几句）

【警卫员小王匆匆下。

羊倌乙 老伙计，你的话叫我心里亮堂多了！刚才让你……

（不好意思地）……哎！

毛主席 人之常情么！

羊倌甲 来，抽支烟吧。（掏出香烟给两个羊倌）

羊倌乙 咦，你拿这家伙（指主席身边的镢头）干甚了？

毛主席 开荒啊，我们边区为了粉碎反动派的经济封锁，开展生产运动，克服眼前的经济困难，减轻人民负担，开荒种田，自力更生么！

羊倌乙 啊——你这也是响应毛主席的"自己动手"的号召哇！这不，咱边区都在搞大生产么！

羊倌甲 要不，我们俩也不出来放羊了，闲不住哇，年轻人都去大生产了，

我们就搞搞这放羊的小……小生产吧!

毛主席 放羊也是生产劳动,也是在参加大生产运动么!

羊倌甲 开荒这活计,你干得来吗?

毛主席 我家也是种田的,小的时候我在家也种过田,担过粪。

羊倌乙 (爽朗地拍了下主席肩头)好!也是咱庄户人。

来,尝尝我一袋烟。

【主席忙接过烟袋。

毛主席 好!

【羊倌甲给点烟,羊倌乙上前阻拦。

羊倌乙 哎——不敢抽,这烟叶里掺了些麻叶子,呛人,劲儿大!

毛主席 劲儿大,过瘾哪!(细细地品尝着)

【羊倌甲、乙兴致勃勃地、呆呆地望着主席,仿佛也在品味着旱烟。

毛主席 好烟,好烟啊!

羊倌甲 老伙计,你听见没有,这老同志说我的烟好抽哩!

羊倌乙 好抽!来,(夺过烟袋)我尝尝!(抽了一口)嗯,比前几天的好多了!(又继续抽)

【羊倌甲忙夺过烟袋,推开羊倌乙。

羊倌甲 你怎么抽起没完了,这烟是给这位老同志抽的。(说着,情不自禁地也抽起来了)

羊倌乙 哎,你怎么也抽起来了,咱们三人伙抽一袋烟哪!

毛主席 (接过羊倌甲递过的烟袋)咱们抽得好自在哟!

众 人 哈——哈——哈!

【羊叫声,羊倌乙去赶羊,主席边抽烟边看赶羊。

毛主席 来,我也试试!(夺过羊倌甲的羊铲)

【主席在学赶羊的姿势,羊倌乙上前纠正。

羊倌乙 哎，不行，不行！得这样，要靠腕子的抖劲儿，才能打得远。

（边说边做示范）

【主席照羊倌乙的姿势做了一遍，众笑。

毛主席 老哥，你放羊是行家里手，唱山歌也蛮不错的么！

羊倌乙 俺是瞎唱哩！

毛主席 你教教我唱好不好！

羊倌乙 不行，不行……

羊倌甲 你就唱一个么！

羊倌乙 唱啥子呀？

【甲向乙耳语。

羊倌乙 （突然扯起嗓门就唱起歌颂毛主席的《信天游》）

毛——主——席。

【毛主席立刻摆手制止。

毛主席 不唱这个，不唱这个。

【甲、乙相视莫名其妙。

毛主席 这个我听过。

羊倌乙 我唱啥呀？

毛主席 （风趣地）唱一个——"情歌"。

【众笑。

羊倌甲 情歌！唱吧！

羊倌乙 这……

毛主席 唱一个么，唱一个么，来，坐下唱！

羊倌乙 就站着唱吧，气顺！

【主席坐在石头上准备听唱，羊倌甲又递上了烟袋。

【羊倌乙唱着《信天游》情歌，主席边抽烟边津津有味地听着唱，

还不时地同羊倌甲交流着。

【唱毕，众笑。

毛主席　唱得好！

羊倌乙　不行，不行。

羊倌甲　这老鬼没正形！

【主席走向另一边望着警卫员下场方向。

毛主席　（自言自语）怎么还没回来呀！

【甲、乙在另一边耳语，甲推乙。

羊倌甲　你快去说呀！

羊倌乙　你先说！

羊倌甲　还是你先说吧！

毛主席　老哥，你们有事吗？

羊倌乙　好，我说！老同志，是这么回事，毛主席是咱的大救星，毛主席
　　　　是咱的领路人，自打毛主席来了，我们才过上好日子！明儿个我
　　　　俩过生日了，我俩这把年纪了，有今个没明个儿的，这两天我俩
　　　　商量，想……想……

羊倌甲　（按捺不住）我说，我俩想托你带我们去见见毛主席！

毛主席　（感到突然）噢！（佯作坦然）啊，你们是想见毛泽东啊！

甲、乙　对，想见毛主席！

毛主席　（佯作难办）哎呀，这个问题可不好办呀！

羊倌甲　你看你看，我说不行，你非让我说……

毛主贡　（突然放声大笑）哈，哈，哈！我是跟你们开个玩笑。

羊倌甲　开甚玩笑呢！（生气地）

毛主席　这件事我一定帮忙！

羊倌乙　答应啦？

毛主席 包在我身上。

羊倌乙 听见没有，人家给办啦！

羊倌乙 这就好，这就好！

羊倌乙 这可给你添麻烦了！

毛主席 没什么！

【警卫员小王手里拿着毛巾和肥皂兴冲冲上。

警卫员 主席！

【羊倌甲、乙闻声愣住，相视，看看小王，看看毛主席。主席立
　　刻走过来，制止小王。

毛主席 小王！又忘了吧！

【小王伸了伸舌头，不好意思地低下头，抬起头来，对主席轻轻
　　地说。

警卫员 东西都拿过来了。

毛主席 好！

【主席转身欲言，看见甲、乙转身欲走，立刻上前。

毛主席 哎——老哥，别走呀！你们托我的事还没给你们办呢！

甲、乙 你就是——

毛主席 我就是毛泽东啊！

【甲、乙上下打量，仔细观察毛主席，突然扑向毛主席。

甲、乙 毛——主——席！

【主席握住两位老人的手，老人家热泪夺眶而出。

毛主席 老人家，明天就是你们的生日，我没什么好送的，这毛巾和肥皂
　　送给你们，就算我给你们祝寿啦！请收下吧。

甲、乙 这是咋说的，我俩不敢当！不敢当！

警卫员 老大爷，你们就收下吧，这是主席的一点儿心意！

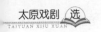

甲、乙　那我们就收下了!

　　　　【主席把毛巾给他们围在脖子上。

毛主席　我祝你们老当益壮! 幸福长寿!

甲、乙　主席,我们咋谢你呀!

毛主席　这就见外了,我们还是老哥老弟么! 你们老年人有经验,把经验传给年轻人,让他们搞好生产支援革命。

　　　　【毛主席看见警卫员拿起镢头。

毛主席　啊,老哥,我还有我的生产任务,改天请到我的窑洞里坐坐! 别忘了带上你的旱烟袋哟!

　　　　【甲、乙抚摸着礼品,呆呆地站着。

甲、乙　嗯,嗯!

　　　　【主席走到高坡上,挥手致意。

毛主席　老哥!

　　　　【甲、乙像从梦中惊醒,急忙蹒跚地奔向主席。

甲、乙　主——席!

毛主席　再见啦!

　　　　【幕徐徐落。

【剧终】

太原戏剧选

燕 居 谦

编剧：李克仁　康力舞

时间：1991年9月

【剧中人物】

燕居谦——男，56岁，交城县志办主任，县志主编。

燕　妻——女，50多岁，燕居谦之妻。

燕　燕——女，20岁，燕居谦之女。

燕　平——男，26岁，燕居谦之子。

炊事员——男，60多岁，卦山天宁寺炊事员。

刘光才——男，40岁，交城县志办副主任，编辑。

史文英——女，35岁，县志办编辑。

连　生——男，28岁，县志办工作人员。

吕大娘——女，70岁，农民。

吕大爷——男，72岁，农民。

燕　姐——女，60岁，燕居谦的姐姐。

第一场

时间： 1989年某日下午

地点： 燕居谦家。

人物： 燕居谦、燕燕、燕平、炊事员、刘光才、史文英。

【幕启：燕居谦正伏在一张八仙桌上写字，燕妻在擦着一把椅子……

燕居谦感到胃疼便拿起桌上的杯子，但杯中已没水……

燕　妻　（放下抹布）喝水呀，我给你倒！

　　　　【她拿起暖瓶给燕居谦倒水，不料却洒下一桌子，燕居谦急了，

　　　　　手忙脚乱地收拢桌上浸湿的纸。

燕居谦　看看看……

燕　妻　（不慌不忙地）不怕，我给你擦干净！不怕……啊……

　　　　【燕妻一遍遍地擦着桌上的水……

燕居谦　（见妻擦个没完，无可奈何地笑笑，制止）行了，行了……

燕　妻　行了？那你喝水吧！

燕居谦　（急着要写）哎，哎，喝！

燕　妻　（坐到对面的椅子上，有一句没一句地）老燕，你整天写的个县

　　　　志，不去太原治病啦？他姑姑不是催你赶紧去吗。

燕居谦　不当紧，不当紧！

燕　妻　不当紧？不当紧就别着急，着急上火没出息！

　　　　【燕燕拿着用衣架架着的几件晾干的衣服上。

燕　燕　呀，妈！您咋又跑到爸屋里来了？

燕　妻　咋，我就不能来？

燕　燕　妈，爸爸他写县志需要清静，咱不影响他。走，咱还回咱屋里去

　　　　吧，啊？

燕　妻　是了，需要清静了，老燕，那你慢慢写吧，我走了。

燕　燕　妈，别说了，走吧。

　　　　【母女俩刚走了几步，燕妻忽然想起了什么站了下来，又走到燕

　　　　　居谦跟前——

燕　妻　（神秘地）老燕，你不在的时候，他们说你得了胃癌！他们是胡

　　　　说了，你别信！啊！别信！啊！

燕　燕　　（忙制止）妈！（但为时已晚，埋怨地）妈——

　　　　　【燕居谦停下了笔，并没抬头，片刻又加紧写了起来……

燕　妻　　（看看女儿）咱燕燕得了白血病刚好些些，你能再得癌症？我才
　　　　　不信呢！（嘟囔着下）他们胡说了，我就不信……

燕　燕　　妈，你说些什么呀！（忙对父亲）爸爸！（尽量说得很轻松，安
　　　　　抚父亲）爸爸，您看妈她……想到哪去了……其实那天他们是说，
　　　　　说……怕您是那病，可根本就不是，真的！不是！妈妈她听差了，
　　　　　妈妈她常干这事……

燕居谦　　（慢慢地站了起来，拉住女儿的手）傻女女，不是！不是！啊！
　　　　　不是！

燕　燕　　（忙点头）嗯！（突然又失控地扑到父亲肩上哭了起来）爸爸——！

燕居谦　　（强忍着内心的痛苦笑着）燕燕，燕燕，咋了？咋了？这好好的
　　　　　你咋了……

燕　燕　　爸爸，俺姑姑催您去太原做手术，您得赶紧去呀！

燕居谦　　不当紧，这阵阵县志正进入定篇编目阶段，我咋能离开，等忙过
　　　　　这阵，再去不迟……

燕　燕　　那万一耽搁了呢……

燕居谦　　迟早两天也没事。

燕　燕　　爸爸，话是这么说，可您的病……

燕居谦　　（若有所思地）爸爸心里清楚，会自己打对的！（打对：方言，
　　　　　注意的意思）

燕　燕　　爸爸！

燕居谦　　去吧，去吧！爸爸得赶紧写呢！

　　　　　【燕居谦又坐回桌前抓紧写了起来。燕燕拿起一件衣服看了看，
　　　　　　见领子破了便悄悄去拿出剪子、针、线准备出去缝，被父亲无

意看见……

燕居谦 燕燕，你拿剪子干啥？

燕 燕 （掩饰）不，不干啥！（见瞒不过）您的衣服都破了，我给您补一补，去太原总得有两件替换的吧。

燕居谦 放下，一会儿我缝吧！

燕 燕 不怕，就缝个领子什么的我能行！

燕居谦 （有点儿火了）告你我缝就我缝，咋不听话？

燕 燕 爸爸，您……

燕居谦 （口气转温柔地）我缝吧。你的病刚稳住，这剪子呀、针的万一扎着、划着又要出血不止了，来。（他站起接过衣服、剪子等）我缝吧，我正好换换脑子休息一下……

燕 燕 （看着父亲戴着老花镜吃力地纫针、缝着，心里非常难过，忍不住转过身去自责地脱口而出）我……我咋偏得这该死的白血病啊！（说罢哭了起来）

燕居谦 （心里一阵难过，但他强装笑脸，拉女儿坐下，边缝边说）哎，人不得全，瓜不得圆，得病由不得人！你的病这两年稳稳的，怕甚？以后只要好好精养，会越来越好。俗话说，水滴石头穿，绳锯木头断。你可不能失去信心呀！

燕 燕 嗯，爸爸，您也要打对好啊！

燕居谦 哎！（他又缝了几针便收了起来）这件行了，其他的晚上再说……

【说完，他又回到桌前写了起来，燕燕拿着缝好的衣服边叠边下……，忽然燕居谦的胃剧烈疼痛起来，燕燕忙返回来——

燕 燕 爸爸，爸爸！

燕居谦 快！药！

【燕燕忙拿来药，燕居谦喝下……

燕居谦　（渐缓解了疼痛）……没事了……，没事了……（又艰难地拿起笔要继续写）

燕　燕　爸爸，您别再写啦，啊！去歇会儿吧！啊？（说着欲夺父亲手中的笔）

燕居谦　……就几页啦，就几页啦，马上完，马上完……

　　　　【燕燕不知所措地站在父亲身旁直抹眼泪。

　　　　【燕妻仍一丝不苟地擦那只没摔碎的碗。

　　　　【燕平从外面走了进来……

燕　燕　哥哥！

燕　平　你咋啦？

燕　燕　不咋！

燕　平　不咋你哭甚？

燕　燕　爸爸他……

燕居谦　（忙制止）燕燕！

燕　平　（明白了）爸爸，您又难过了？（埋怨地）告您别太累了，别太累了！您……就是不听！多会儿见您，您也是写。爸爸，您歇会儿吧！我要和您商量个事……（说着就动手收桌上的东西）

燕居谦　（忙阻止他）……哎呀，你说你的……

燕　平　爸爸，我想……

燕居谦　（并没停笔）甚？

　　　　【燕平话到嘴边，突然又犹豫了，斟酌该怎么和父亲说。燕居谦等了半天见没了下文，便扭头看了儿子一眼……

燕居谦　哎？说呀？

燕　平　（鼓鼓勇气）爸爸，我们想趁现在……把婚事办了，您看……

燕居谦　（仍没停下手中的笔，只是扬了扬手）我看……行！

燕　平　爸爸，我们还想……

燕居谦　咋?

燕　平　想……把婚事办得红火些!

燕居谦　（停下了手中的笔，凝神想了想，放下笔）为甚?

燕　平　不，不为甚。我觉得您现在的这病……（觉得失口，忙更正）不，我……是说，我大哥、二哥结婚都是简简单单吃了顿饺子就算办了事，我这是……咱家最后一个……咱也像别人家一样，红红火火正儿八经办上一回事儿……

燕　燕　（马上来了情绪）对! 对! 爸爸! 咱把大姑、二姑、二伯都从太原请来，好好红火红火!

燕居谦　哎，你的心思我……晓得! 可你要看看咱是甚家境。长多大的汉子，穿多大的袍子，量体裁衣，和别人比不得呀……话又说回来来了，这办喜事请客送礼是隔壁送油糕，一碗换一碗，一家麻烦，两家费事。既铺张浪费，又劳神费心，何苦来哉? 咱不凑那热闹……要办呀，还像你大哥、二哥那样，一切从简，不请客，不收礼，咱全家吃顿饺子，和和美美的，多好!

燕　平　爸爸! 您咋就……，咋甚事情一到咱名下就有说的呢? ……您说，以前，我们几个都是农村户口，按理，像您这样有四十多年工龄的老干部，给我们走走门子，找找熟人，早就办了，可您说甚也不给跑。我大姑夫、二姑夫都在省里当大官，我们求他们吧，您也不让。这些，我们不怨您。人家都盖新房，割家具，咱家呢? 房子是明代的，家具是清代的，您那车子还是50年代买下的。咱家穷，再加上妹妹害病，又花了不少钱，这我也清楚，可咱自己结婚办几桌酒席，还是能办到的吧，这又不是甚违法的事，别人能说个甚? 咱也是人，总不能老和人活得不一样吧?

燕　燕　（敏感地）哥哥，你别说了，都怨我……这几年我得病，花了家里的钱，我该死，我不该拖累家里，你要怨就怨我吧……

燕　平　我又没说你，你多心个甚？

燕　燕　你就是说我呢，我知道，你……早就嫌我呢……

燕　平　我嫌你甚了？我说过你个甚了……去去去，我不和你说！

燕　燕　我偏要说……，我再花的多，我也是花爸爸的，又没花你的……，你还是花爸爸的呢，你还说我呢……

燕　平　（被激怒了）我……我愿意花爸爸的，啊？我不想上班去自己挣？我愿意这么大了还让爸爸养活我？可谁给我找工作？谁？这怨我？怨我？

燕居谦　平平！你咋这么不懂事……咋这么不懂事……

燕　燕　爸爸……

燕居谦　平平！这些年爸爸只顾招呼县志办的事，对你们关心不够，要怨就怨爸爸吧……。是的，爸爸没给你们盖上新房子，没有给你们攒下票子，没有找门子给你们转户口、找工作……。可是，平平！爸爸大小是个共产党的干部，总不能成天惦记着给自己家打闹吧……。让人们说，噢，入党当干部就是为了自己好活！这人活脸面树活皮，咱可不干那没脸的事！咱宁愿活得受点罪，也不能让老百姓戳脊背！……你们都大了，甚事得靠你们自己，不能总靠老子！那才能让人看得起……。再说这结婚办事，咱做甚非要浪费上钱财充那阔气呢……

燕　平　（扑到父亲膝下，诚恳地）爸爸，您别生气，我不是要惹您生气……，其实办不办酒席，请不请客，我倒没甚！我是想，这一辈子不知您帮别人家红红火火地办了多少次红白喜事，可您自己两个儿子娶媳妇都没有办，……现在，您有了……那病……，这

724

轮到我咱说甚也要红红火火地办一次，让您老也……高兴高兴……

燕　燕　哥哥！

燕居谦　平平！你要让我高兴，你就听爸爸的话。人常说，勤俭持家好比燕衔泥，铺张浪费好比河决堤啊。别说咱没钱，就是有钱也不能乱铺排呀！结婚要注重实质，别看形式。如果婚后夫妻不和，那就是像皇上娶亲一样办个大婚，也是白搭……。要是你们结婚后，小两口好得一条心，日子过得赛黄金，我就是……我也高兴呀！

燕　平　爸爸！您说的对！我……

【内传来王师傅喊"老燕"。

燕居谦　平平，去看看谁来了？

燕　平　哎！（下）

【内传来燕平的声音："爸爸，王伯伯来了！"炊事员老王上。

燕居谦　哟，老王啊！来坐！

燕　燕　王伯伯！

燕　妻　（一反常态，像一个很有教养的家庭主妇）来啦！快坐下吧！吃了没有？

炊事员　……整天做的个饭，饿不着……（他从口袋里掏出一张纸来）老燕，你这是做甚了！

燕居谦　甚？

炊事员　（弹弹手中的纸片）请你给天宁寺石碑上写碑文，你不要一分报酬倒罢了，在食堂吃上几顿饭，还要记得清清楚楚付钱付粮票，这，这，这……（指纸单）"四月十日斤二两；四月十一日斤四两……"你倒记个详细，还给贴到食堂墙上。我告你，俺们所长可火你呢！

燕居谦　（笑笑）甚是甚嘛！

燕　妻　（突然插了一句）老燕，我买毛巾花了我一块钱，你得还我呢！

　　　　【燕燕忙扶母亲回到里屋。下。

炊事员　（从口袋里掏出几块钱）这钱，我们说甚也不能收！

燕居谦　哎——甚是甚！咱不能让公家吃亏！

　　　　【两人推来推去互不相让……

　　　　【刘光才、史文英走了进来。

刘光才　闹甚了？

炊事员　是你们俩呀，你们给说说，他给天宁寺写碑文吃了几顿饭，非要
　　　　给钱，你们看……

刘光才　……老王，你还不清楚他是个甚人？别推让了，以后他再去你
　　　　那儿，多给他做些好吃的就行了……

炊事员　哎，你这个老燕呀。哎，老燕，这阵身体咋说？

燕居谦　不当紧甚！

炊事员　我想求你点事了！

燕居谦　甚事？

炊事员　俺有个远房侄儿要娶媳妇呢，想请你去给操办操办……还有，我
　　　　带来几张红纸纸，你给咱写个红对对，剪个"龙凤呈祥"呀甚的
　　　　花花……

燕居谦　能行！燕燕！拿剪子来！

炊事员　不急不急！过两天才要呢……

燕居谦　快！咱一边叨闲，一边就剪出来了！

　　　　【燕燕拿来剪子，帮父亲折好纸。燕居谦一边说着话，一边剪了
　　　　　起来……。燕燕拿暖瓶下。

燕居谦　光才、文英！你们有事呢？

刘光才　噢，县领导指示，要您过两天去太原做手术，您把您这儿的稿子

给文英交代一下……

炊事员 甚？！你……看我！快别弄了……（说着就要抢燕手中的剪子）

燕居谦 一阵阵就完！一阵阵就完！

炊事员 不不不！不行！……我要知道你……说甚我也不能……哎！

那……老燕，你们有事，那我就走了！

燕居谦 ……也好！哪天办事，提前告我，我把对子甚的一遍带去！

炊事员 不用，可不用，老燕，你看病当紧！

燕居谦 没事，来得及……！（送炊事员）老王！慢走！

炊事员 哎，哎，我真是……哎！（下）

刘光才 老燕，您都……甚时候了还……

燕居谦 嗨！自己的事咋也好对付，别人求咱办事总有他的难处，不是说

求人难嘛，咱不能让人家为难呀！

刘光才 您甚会儿也有说的……

史文英 燕主任，您把这些稿子给我吧……

燕居谦 那不行！别的都好说，要让我砍（方言：放、扔）下县志，可别

怪我圆耳朵听不进方话！

史文英 燕主任……

燕居谦 （突然没头没脑地问）哎，你们说，我到底还能活多久？

【刘光才和史文英毫无思想准备，面面相觑……

【切光。

第二场

时间：三个多月后的某天下午。

地点：县志办公室内。

人物：燕居谦、刘光才、史文英、连生。

【幕启：刘光才和史文英正在办公桌上研究着什么。

刘光才　文英，老燕出差有三天了吧？怎么还不回来？也不知道他的身体咋说？有些事我还想等他回来向他汇报一下呢！

史文英　来得及，你不是买的晚上的火车票吗？他知道你去郑州开会的事，一会儿准赶回来。光才，这次你就不该让他去，他做了手术还不到四个月就又跑东跑西的，那身体咋能吃得消啊？

刘光才　说他不听嘛！你说多了，他又和你急，真拿他没办法！哎，文英，我开会走了以后家里的事尽量少让他操心，多让他休息，啊？

史文英　哎！

【连生上。

史文英　哟，连生回来了！

刘光才　材料搜集得咋说？

连　生　噢，前天我一回来就给老李送家里去了。我今天来报一下旅差费……老史，这次出差，我可体会到咱这"清水衙门"的滋味了……

史文英　咋？

连　生　咋？你没听人说吗？"县志办，县志办，办事没有门路，出差没有补助，写稿熬夜受苦，爬山采访饿肚……"真是一点儿不假！

刘光才　你咋没打听哪儿缺个县长你去当当呀？哼！

连　生　哎，刘副主任，你别刺人，县长又咋了？这次在太原和我住一个旅馆的那小子，不知是什么地方一个县办企业的采购，看人家吃的、穿的，啊？和咱一比整个一个大爷！

刘光才　你也不知道你净和些甚人比呢，你咋不和燕主任比？啊？他干了四十多年了，连双皮鞋都没穿过……咋？就不活了？

连　生　那活和活就差下了！也就是他！我要是有那一肚子墨水，那本事，那资历，怎么也弄他个县长、专员的干干！嗨，偏偏选中这县志办，要甚没甚，活受罪！

刘光才　你懂个屁？这就叫干事业！你懂不懂？……快快快，把你那报销单据拿来，我给你批……我们还有做的呢！

【连生掏出一叠单据来，刘光才一张张看了看……

刘光才　……你咋住这么贵的房间，花下这些些钱？

连　生　哎呀，你们规定的那标准，根本没法住，这大热的天……

刘光才　对不起！按标准报，其余的你自己掏！

连　生　甚？自己掏？说得倒好听！我给公家办事，凭甚让我自己掏？那……那燕主任他就能住高级饭店？你给报不报？

刘光才　胡扯！他甚时住高级饭店了？

史文英　老燕咋舍得住高级饭店？净瞎说！

连　生　嗨！狗才骗你们呢！咱县小张亲眼看见的，在地区，就前两天……哄你们干甚了。

刘光才　哎，连生，你放心，燕主任绝不会住高级饭店……

莲　生　要是住了呢？

刘光才　即使住了，他大小是个局级干部，身体又有病，按规定他能享受这点儿待遇……

连　生　那我不管！他燕主任能报，你也得给我报，你不是说让我和燕主任比吗？……

刘光才　你……

连　生　我告你刘副主任，你要不给报，我就请病假，从明天起我也开始胃疼……有本事你们把我开除到县委大楼去！

史文英　连生，不像话了啊！

刘光才　（怒不可遏）你……你也像老燕一样去把胃切除三分之二！你也

像老燕一样七天一拆线就出院！你也可以住到太原你姐姐家养病，像老燕一样三个月给修改出十三万字的稿子，别说这几个钱！你就是住到北京饭店，我也给你报！……去，回家病去吧！我准假！

【连生自知理亏，但仍不服地翻着白眼……

【燕居谦提着他的布包，背着一个鼓鼓的编织袋上……

史文英　呀，燕主任回来啦？咋也不打声招呼，我们去车站接您一下……快快快，放下……

刘光才　燕主任！

燕居谦　咋？刚才我一进门，好像听见说谁病了？

刘光才　人家连生病了……

燕居谦　（马上关心地）连生！咋！感冒了？还是哪儿不舒服？没去医院看一看？

连　生　哎呀，我没病！那是刘副主任抬举我呢……

燕居谦　那……

史文英　（忙调和气氛地打圆场）……啊，没事，他们开玩笑瞎叨闲呢……啊……啊，燕主任，您这是买下甚了？

燕居谦　（放心了）噢。……你猜——"有风不动无风动，不动无风动有风，等到梧桐落叶时，主人送它入冷宫……"

史文英　是扇子！

燕居谦　对！天气热，咱这办公室小，有的同志不是想让买个电扇……

史文英　买上电扇啦？

燕居谦　（从袋里掏出一捆芭蕉扇）给！

史文英　呀……是这！

燕居谦　咱搞县志的，满桌子常摊的都是资料稿纸，电扇一吹，乱飞一地，光拣也够了，还能写？……所以，倒不如买几把芭蕉扇管用……

史文英　啊……（拿起一把）这也挺好！

连　生　（不屑地）哼哼……

刘光才　（瞥了连生一眼）燕主任，事办得咋说？

燕居谦　还算顺当！啊，正好连生在！连生，这阵还来得及，你腿脚快，
　　　　你跑一趟牛家沟，有个在四川工作的老干部回乡探亲，他知道咱
　　　　县刚解放时的一些情况，你去打问一下，我怕他明早回四川，你
　　　　现在赶紧去……

连　生　哎呀，不行！我没车子！

燕居谦　那你骑我的！

连　生　哼！你那车子除了铃儿不响，各处都响，我骑不了……

燕居谦　那……

史文英　那你骑我的新车子！

连　生　不敢！我怕给你颠打坏呢！

燕居谦　那你坐车去！

连　生　呀，我晕车呢！

燕居谦　你——，你这不是……

连　生　哎——燕主任，您可千万别发火，您要注意您的形象，您要是一吵，
　　　　您保持了几十年不和别人吵架的光辉形象可就要受到损害啊！这
　　　　就叫有我说的，没你说的……

燕居谦　你——

刘光才　（忍无可忍）你真混！

连　生　你骂谁！你骂谁？

燕居谦　（息事宁人）好好好！别……，我去！我去！

史文英　那不行！您身体不好，今天又刚下车，还没回家呢！……我去！

刘光才　不行！你一个女的，我去吧！

史文英　光才，忘了？晚上你还得上太原赶火车呢？

刘光才　哎！那……退票！拖两天去！

燕居谦　光才，这是做甚了，那么重要的县志经验交流会咋敢误下！（笑）

　　　　你们呀，别担心我的身体，没事！还是我去！

刘光才　那……哎！

燕居谦　好啦！……好啦！

史文英　那……我陪您去！您等会儿，我去告家里一声！（下）

连　生　刘副主任，我那事咋办？

刘光才　（看着连生问燕）燕主任，您到地区饭店做甚来？

燕居谦　……噢！有个老上级住在那儿，我去饭店找过他几次，去牛家沟

　　　　探亲的那个四川干部的情况，就是他告诉我的……

刘光才　（冲着连生）你听见没有？

连　生　听见了又咋？出差补助不全报销，我就是有意见（说完悻悻下）

燕居谦　老刘，到底咋啦？

刘光才　……没甚……

燕居谦　那连生他……

刘光才　……老燕，您也太能忍了，有些事您就不能硬戳点……。我知道

　　　　您大肚能容，可像连生这种人……您……

燕居谦　光才，你刚才的态度可不够冷静啊！

刘光才　可他……

燕居谦　好啦，等我回来呀，和他好好谈谈……

刘光才　那……

燕居谦　嗨，年轻人，哪能没点儿毛病？五个手指头伸出还不一般齐呢！

刘光才　可其他事呢？……就拿那次评职称吧，凭您的本事，评个高级职

　　　　称当之无愧，合情合理，可硬是让人给挑了……，您也是，就这

样默认了……。我们要是有个什么不顺心还有个家，可您那家……

哎！老燕，说心里话，您难不难？……

燕居谦 （并没回答，而是轻轻吟唱起晋剧《三娘教子》中的几句）自古

道一寸光阴一寸金，寸金难买寸光阴……

【两人沉默，若有所思……少顷——

燕居谦 老刘，人一辈子才活几天呀！如果不抓紧时间干点儿正事，还不

如草木，草木还开花结果做贡献呢！……不过，好在咱们运气还

算不错！……

刘光才 运气？

燕居谦 是啊！有道是"盛世修志"。你想，咱县一百多年没志了，现在，要

经过咱们的手亲自填补这段空白，你说不是交了好运？百年不遇

呀！……别看有人现在看不起修志，将来时间越久就越重要，社

会文明越发达就越珍贵……

刘光才 那也不能为修志把其他该得到的都抛弃了。您说，本来提拔您当

县政协副主席，好好的副县级您硬是不干，您这样做，对您自己

是不是太不公平了！啊？

燕居谦 是不公平，可全得到就公平？萝卜两头切？人哪，一辈子干好一

件事是英雄，干好两件事是英杰，我既不想当英雄，也不想当英

杰。可我就想干成一件事——修志！五十有余，已近花甲，再去

争个副县级位置，给谁看？……人家清朝光绪年间，修《山西通

志》的乡宁人杨笃，为修志可谓倾家荡产，数九寒天，古庙孤灯，

孜孜不倦，以"满屋图书横古墨，虚堂古刹伴孤灯"自慰，可算

竭尽全力。一个封建社会的文人，都有如此胆识；作为一个共产

党人，难道不该抛弃个人的功名利禄，一心一意为交城的子孙后

代干一件实实在在的大事吗？

刘光才　（上前紧紧握住了燕居谦的手，激动地）我的……老燕！

【切光。

第三场

时间：接前场，傍晚。

地点：农民吕大爷家。

人物：燕居谦、史文英、吕大爷、吕大娘。

【幕启：吕大娘正盘腿坐在炕上做针线活，远处传来了狗的叫声；

　　吕大娘侧耳听听，并未在意，仍做手中的活……

【狗叫声渐强；吕大爷拿着烟袋从一侧上……

吕大爷　老婆子，这狗是咋了，直管地叫？

吕大娘　……怕是村里娃们淘气吧！

吕大爷　不对，你听……

　　【狗叫声渐弱，一个洪亮的唱戏声从远处传来……

吕大娘　（仔细听）……是有人唱戏呢……

　　【唱戏声渐强……

吕大爷　……这……唱戏的声音咋这么耳熟？啊，对了，这是十斤在唱呢！

吕大娘　老燕？

吕大爷　没错……，我去看看，肯定是十斤来了……（说完快步下）

吕大娘　哎，老鬼，别老叫人家十斤十斤的，快六十的人了，还叫小名？

　　【她忙放下手中的活，赶紧收拾了一下炕上，又理了理头发、衣服，

　　　欲走……

　　【燕居谦、史文英、吕大爷上。

吕大爷　来来，快进屋……

燕居谦　大娘！

史文英　大娘！

吕大娘　老燕呀，快坐！……咋在外头唱上了？你大爷一听就听出是你……

史文英　大娘，刚才我们进村，几条狗在路口口上拦路，过不来，老燕说他有办法，就……（说着忍俊不禁）就在土坡坡上唱了起来，果然来了不少人……

【大家都笑了。

吕大娘　老燕真是个红火人！那阵儿当部长时，下乡来也是，开会集合不到人，他在大喇叭里一唱，就都来啦……刚才呀，我正准备出去听你唱呢！可你倒不唱了……

燕居谦　（不顾途中劳累）那好说，来，咱现在就唱……

吕大娘　累的！别！

燕居谦　不怕！

【他顺手拿起一个大娘的头巾表演着唱了几句……

【大家又笑了起来。

吕大爷　老燕，咋不早些来，这天都黑了才来？

燕居谦　我们去牛家沟找了个人，一直谈到六点多，办完事，就马不停蹄赶来了……

吕大娘　今儿就不走了吧？

燕居谦　不啦，我们还有事向您二老打问呢！

吕大娘　（兴奋地）不走就好啦，我去给你们做饭去……

史文英　别，大娘，我们都带着呢！

吕大娘　不用，来了这儿，就跟自己家一样！

吕大爷　对！对！还和从前一样，我们吃啥，你们吃啥！

史文英　那……大娘，我来帮您！

【两人下。

吕大爷　老燕，现在做甚呢，好长时间没来啦？

　　　　【燕居谦顺手拿起吕大娘放下的针线活，穿针引线地干了起来。

燕居谦　我现在调到县志办工作啦！

吕大爷　限制办？限制……限制甚了？……是不是限制农药呀、化肥什么的……对！是该限制限制，有些人就是靠倒腾这些难弄的东西赚咱农民的钱……

燕居谦　大爷，你弄错了，这县志办呀，是咱交城县县志编纂办公室！（见大爷不明白，进一步地）……就是，——把咱县过去的大事呀，婚丧嫁娶呀，风俗习惯呀，土地物产呀，还有咱县的名人、烈士、文物、古迹和一些说头记下来，编成一本书，这本书就叫县志！

吕大爷　噢……就是把咱县过去的事编成唱本，排成戏，唱给老百姓听，对不？

燕居谦　不是！是编成一本书，留给子孙后代们看！

吕大爷　哎呀，看个那有甚用呀？

燕居谦　有用！用处大着呢！

吕大爷　是？

燕居谦　对，就看后人会用不会用！

吕大爷　那咋？

燕居谦　大爷，你还记得咱县"大跃进"那年修横山水库的事吧？

吕大爷　记得，记得，我还去干过活呢……，（叹口气）哎……我那大儿子……就是在修筑大坝时，遇上大塌方，为救别人……牺牲了！

　　　　【燕居谦放下手中的活，停顿了一下……

燕居谦　是啊……，大爷，其实咱县明代的县志中早就有这样的记载，说

"一夜之间突起横山数十丈"。就是说，横山是在一次大地震中一夜形成的，可咱县那横山水库的大坝呀，就偏偏修在那上头。结果，地层土质松软，修建的时候经常发生塌方不说，而且建成后大坝渗水，根本不能用！要是当时修建大坝时，设计人员查看一下县志，了解了横山形成的历史，还能出这件事？你大儿子也就不会……

吕大爷　呀呀，这县志有这么大的用场？

燕居谦　是啊，大爷！前人就是后人的眼，写书为给后人看嘛。……我们今天来呀，就是想再了解一下你儿子牺牲前的情况，他为了抢救别人英勇献身，是英雄！是烈士！我们要把他的事迹写进县志这本书里，让子孙后代都记住他，永远向他学习……

吕大爷　要……要把他写进书里……

燕居谦　是呀，大爷，您把他的情况再仔细谈谈吧……

吕大爷　呀呀，孩子死了这么多年了，我这当爹的也是半夜里哭妗子，想起来一阵子，没想到你们还记着他……这么说真要写进那……县志里？

燕居谦　是呀，大爷！

吕大爷　（对内）老婆子！老婆子！快出来！

　　　　【吕大娘擦着手上。

吕大娘　咋啦，呼天喊地的！吓煞个人！

吕大爷　你把咱大小子以前的事给老燕说说！

吕大娘　哎！刚才我还和文英叨闲呢。老燕，你说我那个大儿呀，可真是个好孩子，从小呀就听话，可知道疼人呢！对大人呀也可孝顺呢！可就是早早地就……（说着忍不住哭了起来）

　　　　【吕大爷也难过地低下了头。

737

燕居谦　（安慰地）大娘……

吕大娘　（想起啥说啥）可俺这个二小子呀就不是个东西！一点儿也不像他哥哥……

吕大爷　（见他扯远了，忙打断）说他做甚了！

吕大娘　怕甚？老燕又不是外人！……人常说，娶了媳妇忘了娘，一点儿也不假整天端着个媳妇子啥也不让干，每次来了让吃呀喝呀可接济地周到了，就是不知道心疼自个儿的娘。哎，真是媳妇子是一层天，娃娃都是活神仙，公婆都是没理货，多会不死不自在。你说说这阵这媳妇子啊？

燕居谦　是呢！大娘！这阵的媳妇子呀，有的是不像话，挑得儿子和家里不和，光知道疼自己的爹妈，不懂孝敬自己的公婆……

吕大娘　是的了！老燕，你说这我就待听。我那阵阵做媳妇，哪儿敢对公婆说个不字，哪像现在，一个不顺心，顶得你唧唧的……

燕居谦　可话又说回来了，过去的媳妇难当呀！干得多，吃得少，男人不待见，婆婆给气受，做媳妇的恓惶呢！可现在的媳妇子们都工作啦，不要说婆婆和媳妇翻个个儿，就是扳个平，做婆婆的心里就不舒心。真真是丢了的欢喜，拾见的愁。一家人嘛，锅碗瓢盆，难免磕碰。媳妇说得天花乱坠，婆婆气得哭天抹泪；婆婆指鸡骂狗，媳妇跺脚拍手。一家人打打闹闹，婆媳俩哭哭笑笑。熬胶不粘，做醋不酸。官司打到乡政府，老的小的都不服。要想不生气，婆婆嘴碎，媳妇耳背；媳妇小嘴甜，婆婆给好脸；人心换人心，八两换半斤；两好搁一好，黄土变成金……

吕大娘　好我的老燕，你说得死人都活了，我算服了。

吕大爷　（忙打断）哎呀，人家老燕是要听咱大小子的事呢，直管说个他做甚！

吕大娘　（又伤心了起来）我那大小子呀，真是两个哑巴亲嘴，好的没话
　　　　　说了……

　　　　　【吕大娘还想说什么，史文英端着一盘莜面栲栳栳上——

史文英　大爷，大娘！吃饭吧！

吕大爷　对，先吃饭，吃了再叨闲……

燕居谦　嘿！莜面栲栳栳！好久没吃了……

史文英　别，您胃不好，我另给您做了碗汤饭……

燕居谦　不要紧，我只吃一个尝个鲜……

　　　　　【燕居谦伸手拿起一个小小咬了一口，有滋有味地嚼了半天，咽
　　　　　了进去，突然，他感到食道中间被什么东西阻挡住了，怎么也
　　　　　咽不下去，噎得他半天喘不上气来，双手痛苦地抓着衣领……

吕大爷　老燕！

吕大娘　（顺摸着他的胸口）老燕！老燕！

史文英　（忙给他捶背）老燕！老燕！老燕！

　　　　　【切光。

第四场

时间： 1990年6月的一天上午。

地点： 家中。

人物： 燕居谦、燕妻、燕燕、燕平、燕居谦的姐姐、刘光才。

　　　　　【幕启：燕妻坐在小板凳上，拿着几张稿纸在认真写着什么。
　　　　　燕燕上。

燕　燕　妈，你咋又动我爸的稿纸?

燕　妻　死女女，你不见我在记日记吗!

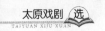
燕　燕　你记啥日记呀!

燕　妻　记甚? 记我每天做的事……你看!

　　　　（她念道）"五月十二, 我家有两只老母鸡, 一只黑母鸡, 一只
　　　　白母鸡, 黑母鸡十几年不下一颗蛋, 下了一颗蛋还是颗软蛋, 最
　　　　后死了; 五月十三, 去年我买了块毛巾, 是红道道毛巾, 花了一
　　　　块五毛钱, 他爹没给钱, 是我的钱, 所以, 他爹得还我一块五毛
　　　　钱……"

燕　燕　妈, 你真是……不是早给你了吗!

　　　　【她从母亲手中要过那叠稿纸, 撕下母亲写过的前两张还给她,
　　　　把其余的放回到八仙桌上。刘光才陪着燕居谦的姐姐上。

燕　燕　姑姑! 您可来啦, 刘叔叔! 您也来啦!

燕　妻　姐姐! 坐下吧!

燕　姐　哎。燕燕, 你爸爸呢?

燕　燕　一大早就出去了——自从北京看病回来, 知道他的胃癌已转移成
　　　　食道癌晚期后, 这几天每天白天出去跑, 晚上回来加紧地写, 什
　　　　么东西也吃不进去, 一写就是大半夜……。人家劝也劝不住……
　　　　（说完, 扑到姑姑怀里, 无声地哭泣起来）姑姑, 您说咋办呀! ?

燕　姐　（忙用手捂住自己的嘴, 不让哭出声来）……燕燕……姑姑正在
　　　　想办法!

刘光才　（强忍着泪水）……燕燕, 县里四大班子的领导已再次做出决
　　　　定, 强迫你爸爸马上停止一切工作, 尽一切努力进行治疗! 你
　　　　别急, 啊?

　　　　【燕平手拿一个信封上。

燕　平　姑姑来了! 刘叔叔! 燕燕! 看! 北京寄来了爸爸在长城上照的相
　　　　片……

燕　姐　（接过相片看看，又是一阵难过）看成啥样啦……

燕　平　姑姑。

刘光才　这是临回来前一天，他说要去上上八达岭，看看长城，我看他那
　　　　几天改稿累了，不想让他去，可他非想去……，好人上一趟都够
　　　　呛，可他硬是不让人扶，自己爬上了八达岭顶峰……

　　　　【燕居谦拿着他的小布包上。

燕　平　爸爸！

燕居谦　老刘！姐姐！

燕　姐　（迎上去）十斤！你不好好歇着，跑个甚了，看你……（说着心疼
　　　　地掏出手帕给弟弟擦汗，擦着擦着手停了下来忍不住要哭）……
　　　　十斤……

燕居谦　（深情地）姐……。（掩饰地）噢，这是——（指指相片）我
　　　　看……（拿起相片看了看）哎呀……这长城取的太少了……。是
　　　　吧，老刘！

刘光才　老燕……

燕居谦　老刘，初稿现在写得差不多了，我看很快就可以开始总编了，提
　　　　纲我都写好了，咱们争取在国庆节前把总编搞完，你看怎么样？

刘光才　老燕，县领导的意见是让你把手头的工作先放一放，去太原治好
　　　　病再说……

燕　姐　十斤，我和你姐夫在省里给你找了几个专家，等治好了病再回来
　　　　写，啊？

燕居谦　……

刘光才　（明白了他的意思）治好了病也是为了你更好地工作嘛！

燕居谦　老刘！你也扯着眉毛遮眼睛……

刘光才　咋？

燕居谦　你说，我这种病能不能治好？你说！能不能治好？

燕　姐　十斤……

刘光才　起码……

燕居谦　起码能多活三五年，是不是？……这我想过，我最了解我的情况，治疗！只能是做手术！而且手术难度相当大。手术以后别说是工作，就是躺着也得有人侍候……。那样，就是再活几年又有什么意思？手术一旦不顺利，可就把我这最后的一点点时间也贴进去了，我呀……割草的赔不起放羊的！我知道，这种病"吃秋不吃夏，吃夏不吃秋"。也就是半年多的光景啦！可这半年宝贵的时间我就可以和同志们一起把县志搞完啊！

燕　妻　（冷不丁站起）好好个人说死就能死了，我才不信呢！

燕　燕　妈，你——

　　【燕平忙扶母亲下，燕妻执意不肯，燕平哄她说："妈，你来，我和你说个事——"两人下。

刘光才　你……我理解！但不管怎么说，病还是要积极治疗才对，……老燕，你放心去！你要是信得过我，我一定和同志们一起，在国庆节以前把总编工作搞完……

燕居谦　老刘，咱们近人不说远话。我不是不放心你们，……你知道，咱们都是各把一摊儿，我掌握的材料全，有些事别人都不了解，要重搞，要费很大的事，国家又得花很多的财力、人力、物力……更重要的是，这是我的工作！我不能为了保自己已经判了死刑的生命，而扔下我没有完成的上对祖宗下对子孙的修志工作呀！人活着要有精神支柱，要是没有了精神支柱，即使长命百岁，又有什么意义呢？

燕　姐　十斤！可你也要考虑考虑这个家，考虑考虑孩子们吧！燕燕还小，又有病，她失去的太多了……，她需要你呀！我……

燕居谦　……姐姐！我也是人，我何尝不想多活几年，我也不想死啊！我多想看着他们长大成人，成家立业，儿孙满堂，看着孩子们幸福美满和他们共享天伦之乐呢！我也舍不得这交城的山、交城的水！舍不得和我共事多年的同志们，舍不得……姐姐你啊……

燕　燕　爸爸……

燕　姐　十斤……

燕居谦　可是，一个手捂不住两只耳朵，一个嘴里长不出两条舌头。我已经得了这病，是保命，还是修志，姐姐，你说我该怎么办？古人尚知"人生自古谁无死，留取丹心照汗青"，何况我还是共产党员呢！

刘光才　老燕！

燕居谦　光才！我已经想好了，为了摆脱家庭、摆脱事务、摆脱社会，集中精力把总编稿写出来……，我现在，马上就搬到卦山文昌宫去！

刘光才　老燕！你……

燕　燕　爸爸！你不能去，你身体这么虚弱……

燕　平　你一个人住在那儿，我们怎么能放心呢？爸爸……

燕　姐　十斤！不行啊，不行！十斤……你就听姐姐一句话，咱先去太原看病吧！啊？！

燕居谦　姐姐！

燕　姐　姐姐……求你了……（跪下）

燕居谦　（忙抱起姐姐）姐姐！……你怎么……快起来，快起来……

燕　姐　你不答应，我就不起来！

燕居谦　你这不是……好，好！我去！我去！（扶姐）

燕　姐　（起）那，咱现在就走！

燕居谦　但我有一个条件！

燕　姐　你说吧，甚条件姐姐都答应你！

燕居谦　那，你得保证把我的病治好！

燕　姐　你！十斤呀十斤！

燕居谦　姐姐，我知道，你是心疼我，你们都是为我好！可我得的这是不治之症啊！

燕　姐　十斤……

燕居谦　姐姐，从小甚事你都依着我，这次你就再依弟弟一回吧！

刘光才　老燕！今天你说成甚我也不能让你去！作为好朋友，作为老同事，我都有这个责任哪！再说县委书记、县长他们不光是你的好朋友，他们也是你的领导，如果按你的安排，你让他们怎么向全县十八万人民交代！怎么向交城的广大干部交代！你也该设身处地地替他们想一想吧！

燕居谦　领导那儿我亲自去谈，干部群众的工作由我来做，我想大伙儿是会理解我的！

刘光才　老燕！你还是听县领导的安排，停止工作！安心去太原治病吧！啊？！

燕居谦　老……刘！县里领导对我无微不至的关怀，我心领了！……我燕居谦刻骨铭心，永世不忘！可是你们不能不让我工作呀！你们怎能忍心拒绝我今生今世最后的一点儿要求呢？

刘光才　老燕！你要看现在是什么情况！

燕居谦　……如果你们非要停我的工作，那你们就是逼我死！我就拒绝一切治疗！！躺在那儿等死！

刘光才　老燕！……你呀你！

燕　姐　十斤，你怎么这么拗呀……

燕居谦　人活六十花甲子，人活七十古来稀！我燕居谦只要写完县志，哪
　　　　里天黑，哪里住店！……（对刘）光才，我剩的时间已经不多了，
　　　　把最后这点儿时间给我吧！我求求你们了！（他抑制住激动，换
　　　　以平缓的口吻，轻轻且非常恳切地）……我求求你们了！啊？……

刘光才　（克制住的情感迸发了）老燕！……平平！给你爸爸收拾东西！

燕　平　（沉重地点了点头）哎！（开始收整八仙桌上的书、纸……）

燕居谦　（感激地紧紧握住刘光才的手，激动地流出了眼泪）……光才！

燕　燕　（被父亲激昂的情绪所鼓舞）爸爸，我陪你去！

燕居谦　好！

燕　姐　燕儿，去了那儿，多招呼你爸爸！

燕　燕　唉！

　　　　【这时，燕妻从里面冲了出来，叫住了燕居谦——

燕　妻　等等！

　　　　【众愕然。燕妻追到燕居谦跟前——

燕居谦　……

　　　　【燕居谦温和地看着妻子，默默地从几个口袋里掏出了所有的钱，
　　　　慢慢地送到妻子手里，轻轻地摸了一下妻子的手，而后温柔地
　　　　给妻子理了一下前额上的几缕头发，又用双手给妻子扣上了她
　　　　前襟一枚没有扣上的扣子……妻子似乎明白了什么，她看看燕居
　　　　谦，把手中拿着的一块毛巾递给了丈夫，燕居谦接过毛巾，强
　　　　忍着泪水，最后一次环视了一周古屋，然后毅然大步向门外走
　　　　去……

　　　　【渐收光。

第五场

时间：1990年秋天的一个下午。

地点：文昌官院内。

人物：燕居谦、燕燕、吕大爷、吕大娘、史文英。

【幕启：舞台左侧立一块写着"文昌官"的石碑，舞台中央是一
个窗户景框，从外可以看到燕居谦正伏案写字，舞台右侧是一
个长条台凳。

【吕大爷和吕大娘手提一个大竹篮风尘仆仆地上。吕大娘正在喊
老燕，吕大爷见燕居谦正在工作，便用手势制止她，老两口放
轻脚步，悄悄坐在了石凳上，吕大爷掏出了烟袋……。正在做
饭的燕燕迎了出来，叫道："爷爷、奶奶！"吕大爷忙用手势
制止，但燕居谦已发现，他隔窗叫了声："大爷、大娘！"便
放下手中的笔走了出来……

燕居谦　大爷、大娘你二老来啦？快别起来！坐着！燕燕！多做点，让你
　　　　爷爷奶奶吃了再走！

燕　燕　唉！（下）

吕大娘　不啦，不啦！别管我们……

吕大爷　老燕，今天又到给你按摩的日子啦！咋说？身上觉得好些哇！

燕居谦　好些！好些！大爷！您老给我按摩了几回，我觉得我这病呀，好
　　　　多了！

吕大爷　那是！祖传的！治百病嘞！

吕大娘　咳，老天爷咋就不公道，像你这么好的人……，哎……

燕居谦　大娘！你别难过，我呀，现在是一碗河捞，河捞一碗，好好坏坏全没

放在心上……。倒是每个星期让大爷翻山越岭地跑一趟……。大

爷，我这病都快好了，您老以后就别再跑了……

吕大爷 那不行，一个星期一次，得接着来，要不就不管用了……

吕大娘 ……对了，老燕，临来，村里的乡亲让我给你捎些稀罕吃的……

燕居谦 大娘！这么远的路，带这么重的东西，您告诉乡亲们，他们的心

意我领了，以后呀就不要再捎东西来了……

吕大娘 唉……别的甚好东西没有，这些呀都是自己种的，有的是……

（翻着篮子）这是王家二婶的；这是阎家老大的，这是牛老二的；

这是……哎呀，记不清啦……（对内）燕儿！

【燕燕应声上。

吕大娘 把这拿进去，挑好的给你爸爸做些。

燕　燕 哎！谢谢爷爷、奶奶！

吕大娘 呀，快不用谢啦！

【燕燕提篮下。

吕大爷 老燕，这儿有啥事，我打帮着做做！

吕大娘 对！有甚事，你直管说！

燕居谦 不用。大爷！大娘！县里领导和同志们几乎每天都有人来看我，

什么事都给安排得停停当当，你们二老呀就别操心啦……

吕大爷 那……好！来，你挺忙的。咱就开始按摩吧，来坐下！

【燕居谦听话地坐在石凳上，吕大爷撸起袖子，运运气，煞有介

事地从肩至背，又从背至胸，按摩了起来……

吕大娘 老鬼，你倒是手轻点儿……

吕大爷 你就少啰唆哇！敢情就你心疼老燕！

燕居谦 大爷，可让您老受累了……

吕大爷 看你说到哪儿咧！这算个甚？

燕居谦　大爷！大爷！今天就这吧，您老快歇歇……

吕大爷　（虽已累得气喘吁吁，却执意不肯）不行，不行，还不到半小时呢……

燕居谦　（站起，说什么也不让了）大爷，行了！我觉得好多啦……

吕大爷　哎呀，你坐下哇！

吕大娘　老燕，听话，坐下！

燕居谦　不了！不了！

吕大娘　老燕，他捶打你疼了吧？（对吕大爷）老鬼，告诉你轻点儿，轻点儿……本来就不会，还……（大娘自知失口忙用手捂住嘴）

吕大爷　（埋怨地瞪了老伴儿一眼，不好意思地）老燕，我……

燕居谦　大爷！大娘！你们这也是棋输木头在，一个心眼儿为我好呀……以后说甚也不能让您老再跑了！要不，我这心里……

吕大爷　可……可我又能为你做些甚嘞！我心想，隔上几天，来给你揉揉捶捶，虽然不顶甚事，可也能让你舒坦舒坦，我这心里呀也好受些，要不光来看你，甚也帮不上，我……

燕居谦　大爷。

【燕燕上。

燕　燕　爸爸！让爷爷、奶奶一块儿吃饭吧？

吕大娘　不，不，可不！那，老鬼，咱就走哇！

燕居谦　不行，今天说甚也得吃了饭才能走！

吕大爷　不，不能，村里的拖拉机还在口口上等着呢！

燕居谦　那……燕燕，把那罐头、点心给你爷爷、奶奶随（方言：读xu，带上的意思）上些……

燕　燕　哎！（下）

吕大娘　不干，俺可不随……

燕居谦　随上吧，都是来看我送的，我又……，您二老拿上吃吧！

　　【燕燕把装满东西的篮子递给了大爷。

吕大娘　老燕……你……歇着哇！

吕大爷　（依依不舍地）那，我走了……过几天再来……看你……（说完，扭头急下）

　　【燕居谦和燕燕送吕大爷几步，深情地望着吕大爷、吕大娘远去……

燕　燕　爸爸！

燕居谦　……（举目凝视着远方）

燕　燕　爸爸！

燕居谦　噢……

燕　燕　咱们吃饭吧！

燕居谦　哎！

　　【父女俩相随走到石凳旁……，燕居谦坐下，燕燕去端饭，燕燕先端出一碗，双手递给父亲……

燕　燕　爸爸，您回屋里吃吧！

燕居谦　……不，就在这儿吃吧！

　　【燕燕又去端了一碗饭，走到了石凳旁，见父亲看了她一下，并没有吃，忽然又意识到什么……

燕　燕　爸爸，我回屋吃了！

燕居谦　……唉、唉！

　　【燕居谦见燕燕回到屋里，才将碗端到了嘴边。燕燕在屋里窗户上悄悄看着父亲吃，燕居谦不放心地回头看了一眼窗户，燕燕忙躲了进去。燕居谦见女儿没在看他，这才慢慢吃了起来，吃了没有几口，便噎住了，并开始呕吐，他怕被女儿听到，赶忙用手捂住嘴，痛苦不堪……。而燕燕已从窗口看到了这一切，

强忍着哭声怕让父亲听见……。这时，史文英拿着一叠稿子上，当她看到燕居谦正在吃饭时，忙躲在石碑后……，她偷偷看了一眼，见燕居谦正坚强地往进咽，呕吐，再咽，又吐，也难过地无声哭了起来……。燕居谦看实在吃不下去便扭头看了看窗户，燕燕忙躲进，燕居谦见女儿不注意，便轻手轻脚地走进厨房，又悄悄地返回到石凳上，做出一个全部吃完的样子……，而女儿已全部看在眼里……

燕居谦　（故作兴奋状）燕燕！

【燕燕忙擦干眼泪，从屋里出来。

燕　燕　（强装笑颜）爸爸！

燕居谦　（轻松地）燕燕，今天真不错，一点儿都没吐，一大碗，全都顺顺溜溜地咽下去了……，你看（他让女儿看碗）全咽下去了……嘿，爸爸的病一天比一天好啦！

燕　燕　（装出高兴的样子）是吗？真的，那太好了……（然而，她实在忍不住了，"哇"的一声哭了出来）爸爸！……

燕居谦　燕燕，你咋啦？

燕　燕　我，我这是高兴的……（说完又趴在父亲的肩上哭了起来）

【燕居谦也忍不住流出了眼泪……

【史文英听到这一切，忍不住哭出了声。燕居谦听到响声忙擦眼泪。

燕居谦　谁？

史文英　（忙应）我！

【史文英很快擦干眼泪，欲进，一想，停下，把手中稿子藏进内衣口袋里，这才装着什么也没看见的样子上。

燕居谦　是文英呀！

史文英　老燕！（见燕居谦手中的碗，顺其自然地）……啊，吃了？

燕居谦　吃了！吃了一大碗，一口没吐，看来我的病是向好的方向发展呢！
　　　　不信你问燕燕！

燕　燕　嗯！（忙接过碗，忍泪下）

史文英　那……那太好了！

燕居谦　哎，文英，稿子拿来了？

史文英　噢……老燕，稿子我改过了，已经送印刷厂了。你这儿活多，以
　　　　后这些事我们干了就算了，啊？老燕，我是怕你身体吃不消……
　　　　再说……

燕居谦　我是主编，我要负责任！……走，去印刷厂！（欲走）

史文英　老燕，老燕……（从内衣口袋里掏出稿子）给！

燕居谦　（一看，高兴了）你呀……唱功不错，做功不行，骗不了人！
　　　　（翻看）

史文英　（叹口气）哎！对了，老刘让我告你明天去医院输液，县委要派
　　　　车接你，让你在这儿等着……

燕居谦　我不坐！

史文英　你是局级干部，享受这点儿待遇又不分外，何况你是病人！

燕居谦　县里局级干部一糊片，如果病了都要小车，县委能支应得开？

史文英　反正，人家已经安排好了，明天一早就来！

燕居谦　那我早早地就骑车子走！

史文英　你……

燕居谦　好了，好了，这事你就别管了！哎，文英，按现在的进度，再过
　　　　二十多天，也就是9月20号总纂稿就能全部结束……我想咱们应
　　　　该庆祝一下……到时候，把咱县志办在家的同志全请来，我请客，

咱们好好吃一顿!

史文英 太好啦! ……可你?

燕居谦 就这么定啦!

史文英 那……老燕,我回去了!

燕居谦 好! ……这稿子明天一上班来拿!

史文英 唉!(下)

【燕燕上。

燕 燕 爸爸,进屋歇会儿吧!

燕居谦 唉!

【燕居谦一边看着稿子一边进屋……燕燕满怀深情地看着父亲,
心潮起伏……

【此时,整个舞台渐渐暗了下来,天幕上繁星渐显,露出了一弯
明月。

【燕居谦回到屋里,坐在窗前。打开了台灯奋笔疾书……

【轻柔的音乐起……

【燕燕慢慢地走到石碑前……,她思绪万千借景抒情,吟道:

昔日文神独有,

今朝唯我所居,

寻寻觅觅,

再不见尊尊神灵的威严,

寂寂静静,

只有核桃树上压满枝梢的青果。

真想砸一颗尝尝,

却不愿打破壳内的宁静,

唯恐里面全然是苦味！

【这时，燕居谦正站起身来准备关窗户，听到女儿低沉的感叹，便爱怜地叹口气，走了出来……

燕居谦 燕燕！

燕　燕 爸爸，你咋出来了，外边凉……

【两人走到石凳前坐下。

【音乐止。

燕居谦 ……初秋了，又快到收成的时候了……小时候，每到这会儿，爸爸总要带你去地里掰玉菱子、摘果子吃……可这几年……你长大了，不知不觉二十一了！真快！

燕　燕 爸爸！

燕居谦 ……你刚才……我都听见了，你心里想的啥，爸爸明白！难为你啦……

燕　燕 爸爸，我……我啥也没想，我就想您每天能好好的……

燕居谦 你活了这么大，跟上爸爸没享什么福，爸爸对不住你……

燕　燕 我挺好的，爸爸！真的……是我对不住你，我十来岁得了白血病，这些年来我全靠你照料，要不是你，我根本活不到今天……可现在你……却……

燕居谦 好啦，好啦，不说这了……不说这了！燕燕，你不是要写小小说吗？写得咋说，抽空让爸爸看看！

燕　燕 快写完了，我还要往报社投稿发表呢！

燕居谦 好，好！不过……燕燕，可不能写成你刚才念的那诗那个调调，爸爸不待见！俗话说：伤心忧愁，不如握紧拳头；船破有底，车破有辕……咱可千万不能消沉啊……

燕　燕　爸爸……可我写的是我真实的感受呀！

燕居谦　正因为真实，爸爸才替你担心哪……，燕燕，对待生命，咱要像有的人吃水果那样：宁吃鲜桃一样，不吃烂杏半筐！咱享受生命也不是单单看它是否长久，而是要看它是不是最合意，最有价值……。一个人的价值是和你为世上所创造的价值相等，并不在于活的多么长久。人嘛，志当存高远！……爸爸说的对不对？

燕　燕　嗯。爸爸，我听您的！

燕居谦　（高兴地）嗯……，这才像我燕居谦的女女！来，爸爸高兴，我给你唱一段！

燕　燕　爸爸，别……

　　　　【燕居谦并不听女儿的劝阻，低吟慢唱了起来。女儿看着父亲吃力的样子，潸然泪下。她再次劝父亲，然而燕居谦却越唱声音越大。燕燕见劝不住父亲，也含着泪水顽强地陪着父亲唱了起来，父女俩的唱腔在夜空中回荡……

　　　　【炊事员老王端着一个用毛巾包着的饭盒上。当他听到他们在唱，便紧走几步前去阻止……

炊事员　……老燕，你咋又唱？你不知道你……哎！天这么凉！快回屋去！

燕　燕　王伯伯！

燕居谦　王师傅，这么晚了，您又给送甚来了？

炊事员　嘿，县委不是安排每天一个菜，今儿个，我给你做了个"龙凤五仁汤"一会儿让燕儿给你热热喝了……（把饭盒给了燕燕）

燕居谦　王师傅，天宁寺那么远，忙一天了，你每天还要下来……

炊事员　说那做甚嘞！……快回去！老是不知道自己打对……，日怪嘞！

燕居谦　王师傅……

炊事员　（不容他再说什么，生气地命令）咂！快进去，进去！

燕居谦　好好好！进去，进去！（他作个揩学戏中道白）"兄弟我遵命就
　　　　是！"（说完背起手来，迈着方步，哼唱着走进屋去，坐到了窗
　　　　前台灯下）

　　　　【炊事员见燕居谦进了屋，赶忙把燕燕拉到一旁。

炊事员　（小心翼翼地）燕燕……下午吃饭咋说？

燕　燕　伯伯？……还是一口也吃不进去……（说着难过地哭了起来）

炊事员　是照我说的做下的？

燕　燕　嗯……

炊事员　……那，那还让他出来唱？（他深深叹口气，自责地捶打着自己
　　　　的头，蹲在了地上）哎……，我……我咋就这么笨！……咋就做
　　　　不出他能吃的饭来呀……（说着，像孩子一样难过地哭了起来）

　　　　【渐收光。

第六场

　　　　时间：1990年9月下旬的某天中午。

　　　　地点：文昌宫院内。

　　　　人物：燕居谦、燕燕、刘光才、史文英、炊事员、连生、燕妻、
　　　　燕平。

　　　　【幕启：炊事员正在抹桌子，文英搬椅子上……

炊事员　文英，放下，我来吧！

史文英　我来吧！能行！

炊事员　（看看屋里，小声地）文英，老燕住院的事咋说呀，啊？

史文英　县里领导一早就把光才叫去了，专门安排这事，你老别着急啊？！

炊事员　哎，咋能不急呀，你瞧他都成啥样啦……

史文英　王师傅……

【刘光才匆匆上。

刘光才　王师傅，文英……

史文英　（忙迎上）老刘，咋说？

刘光才　全部安排妥当了，下午就来车接！

史文英　他要还不去呢？

刘光才　县委书记说了，这次架也要把他架去！

炊事员　对！这写也写完了，我看他还有啥说的！

史文英　这次住院怕就……再也……（说着要哭）

刘光才　（忙用手势制止她）……文英……

炊事员　哎……

【燕居谦由燕燕扶着从屋里出来。

燕居谦　光才，来了！

炊事员　叫你躺着，你咋又起来了？

燕居谦　（兴奋异常地）唉，这大喜的日子，我咋能躺得住呀！光才呀，公元1990年9月20日1点30分9秒，咱交城县志始末五稿，胜利完成了！哈……

炊事员　还笑！写完还不赶紧歇着，硬在外面唱了一宿！

史文英　我刚才还说他呢，高兴也不能！

燕居谦　不由人，不由人！写完一搁下笔我的心就"咚咚"地跳得厉害，身子飘飘的，激动地咋也睡不着。你们想想，咱们几条好汉，几支拙笔，八年鏖战，今日方休，我高兴啊！我想干脆唱两句吧，出了文昌宫，恰好月圆风轻，我就文武带打，连表演带唱，一肚气（方言：一口气）唱了狗日的一晚上！

炊事员　唉，你这个人哪！（下）

刘光才　对了，省委书记托县委书记给你捎来根人参，我给带来了，（掏出一红盒）你们看！

燕居谦　（接过）……老让他们操心……（大家传看后）燕儿，去，放屋里去吧！

燕　燕　哎！（接过，回屋）

燕居谦　光才，连生咋还没来？

刘光才　他去印刷厂了，一会儿就来！

　　　　【燕燕拿一叠钱从屋里出来。

燕　燕　爸爸，您看，书柜里咋这么多钱？

燕居谦　嗯？（一想，指文英、光才）肯定是你们俩……我说你们呀……

史文英　老燕，这顿饭不能让你一个人出钱，再说，你现在手头紧，用钱的地方多，你就收下吧！

刘光才　就是，给你就拿上吧！

燕居谦　不行！（把钱塞进文英的口袋）我说你们，我小子们结婚办事不请客，过后你们都埋怨；今天我正儿八经请一次客吧，你们又非要出钱。这才是腰来腿不来，姑娘顶太太，那还叫我请客呢？我告诉你们，我今天就是要名副其实地我、请、客！

刘光才　你……

　　　　【燕平扶着燕妻上，燕平端着一口砂锅。

燕　妻　老燕！

燕居谦　这么远，你咋来啦？

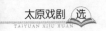
燕　平　妈非要来给你送鸡汤……

燕　妻　老燕，我把咱家的老母鸡杀了……。今天你请客，我给送来了！

　　　　（燕燕接过送厨房。下）老燕！身子咋说呀？

燕居谦　这不，挺好！

燕　妻　那你就该回家了吧？

燕居谦　唉……回……回家！回家！

燕　妻　那好，好！晚上我就有伴儿啦……

燕居谦　唉！唉！……家里都好吧？

燕　妻　好！咱那几个儿媳妇都可孝顺呢，知道你快回去呀，她们给你做

　　　　了新褥子、新被子，还做了一身新衣服、一双新鞋……可好看呢！

燕　平　妈……你……

燕居谦　啊，好……

刘光才　平平，扶你妈回屋歇着去……

燕居谦　去吧！一会儿咱们一起吃饭，啊？

　　　　【燕妻应着，和燕平回屋。

燕居谦　文英，问问王师傅，看饭咋说！

史文英　唉！（下）

　　　　【燕居谦拉住刘光才的手正要说什么，连生上。

连　生　燕主任！刘副主任！

燕居谦　连生！来来来……

连　生　燕主任，我……

燕居谦　好啦，不说了，不说了……

　　　　【连生忏悔地走进了厨房，燕居谦和刘光才对视了一下，笑了。

　　　　少顷，连生被王师傅推了出来——

炊事员　这儿不用你，不用你，回屋里坐着去吧！

连　生　（执意挤了进去）王师傅，你就让我做点甚吧……

　　　　【里面传来了劈柴的响声……

炊事员　（对内）现在又不生火，你劈柴做甚！？这后生……

燕居谦　（笑了）老师傅，准备得咋说？

炊事员　好啦，开席！文英、燕儿，准备上菜！

燕居谦　（对屋内）平平，让你妈出来……把桌上的酒和杯子拿来！

　　　　【大家摆凳、放筷、上菜……

燕居谦　坐，坐，都坐下！我先给咱说两句！……咱交城县从清朝中叶到
　　　　新中国成立前没有县志。民国二十四年（1935），国民党成立过
　　　　写县志的班子，但没有留下一个字就散了伙；五九年（1959），
　　　　县委抽了些同志搞县志，也没有成功……。今天，经过咱县志
　　　　办全体同志八年的辛苦……交城县志从咱们手里搞成了！这是
　　　　一；这二是……，我谢谢大家的合作！我燕居谦能耐不大，毛病
　　　　不少，如果我有甚对不住大伙儿的地方，请大家……原谅！……
　　　　另外，咱们在一块儿工作了这么多年，我从没请大伙儿吃过一顿
　　　　饭，这呀，算是我和老伴对大伙儿的一点儿心意……来，喝！

　　　　【大家一饮而尽……燕居谦只是把酒端起用鼻子闻了一闻……，
　　　　又不甘心地用舌头沾了一点，不料呛地咳了起来……

燕　妻　（忙给他捶背，抚胸）慢些些！咱不喝这酒！老燕，我用我的钱
　　　　买了桶健力宝酒，我没舍得喝，等你回去我给你喝，啊！

　　　　【刘光才忍不住要哭，躲到了一旁……燕居谦端起一杯酒，拉着
　　　　妻子来到刘光才跟前……

燕居谦　来，光才，咱俩在一块儿干了这么多年，你给了我不少帮助……

我敬你一杯！以后……（他将妻推至前）多给招呼些家里……麻烦你了！来，喝！（对妻子）他妈！你也敬光才一杯！

燕　妻　（敬酒）是嘞！老燕身体不好，麻烦你啦！

刘光才　（沉重地点点头，含泪喝下了这两杯酒）……

燕居谦　平平，给你刘叔叔倒酒！……文英来，也敬你一杯！你文化水平比我高，教了我不少东西，我受益匪浅，我得叫你声老师！老师！喝！

史文英　老燕，我……（和着泪水喝下）

燕居谦　……王师傅，你年纪比我大，可老让你费心招呼我……，人常说草圪节还有个心，你让我……，我——

　　　　　（他退了一步深情地给王师傅鞠了一个躬）

王师傅　（哽咽了）老燕！你这是做甚嘞！啊？！

燕居谦　来，你老哥喝了这一杯！

　　　　　【炊事员老泪横流，接过酒强作笑颜，喝下。

燕居谦　还有连生……

连　生　燕主任，甚也别说……我……

　　　　　【他端起酒一扬脖喝了下去。

燕居谦　好，后生可畏，就数连生痛快。连生！听说你要结婚了？好！我呀，已经给你铰下一个鸳鸯大喜字，到时候，我还要去喝你的喜酒嘞……

连　生　燕主任……我……

燕居谦　好啦，好啦，连生，来来来，吃吃吃！哎？你们这是咋啦，都来吃呀！哎，咱们应该高兴呀！……

**　众**　高兴！高兴！

燕居谦　（见大伙还不吃）那，我先给你们唱一段……

　　　　　【众人忙拦。

　　众　　老燕！燕主任……

燕居谦　（声音嘶哑地唱）

　　　　今日同饮庆功酒，

　　　　壮士未酬誓不休。

　　　　来日方长显身手，

　　　　甘洒热血写春秋。

　　　　……

　　众　　老燕……燕主任，我们吃，我们吃……

燕居谦　哎，这就对啦！吃！

燕　妻　（站起）老燕，你也吃吧，啊！

炊事员　我……我去……看看锅！（下）

　　　　【史文英再也忍不住了，放下筷子跑下。

　　　　【连生放下酒杯，口里喃喃地说着："我没醉……没醉……"踉

　　　　　踉跄跄地下。

燕居谦　哎……，你们，你们……这是……咋啦？！啊！？

　　　　【贯串全场的晋剧音乐渐强……

燕居谦　（盯着满桌的菜，半晌）……多香啊！我真想吃呀……

　　　　【切光。

　　　　【晋剧音乐贯穿至幕间……

第七场

时间： 1991年初的一天。

地点： 交城县医院病房。

人物： 燕居谦、燕平、燕燕、燕居谦的姐姐、刘光才、史文英

【幕启：燕居谦躺在床头已支成30°的病床上，床头柜上放着书

纸之类。花瓶中插着的一束鲜花色彩缤纷，给这冬日的屋内带来

了春天，充满了生机和活力……室外，大雪纷飞……，燕燕和

史文英守在他的床前……

【燕燕正给燕居谦读报……

燕　燕　（读）……燕居谦同志用他的心血和生命，写下了对党对人民的

无限忠诚，在燕居谦同志身上，集中体现了一个共产党员的宽广

胸怀、高尚情操和一个革命干部的公仆意识、献身精神。他的先

进事迹，不仅在交城县，而且在全区已经引起了强烈的反响。为此，

中共吕梁地委决定，授予燕居谦同志"人民公仆"的荣誉称号，

并在全地区开展向燕居谦同志学习的活动……。省委、地委、县

委主要领导均先后题词，对燕居谦同志给予高度评价。学习燕居

谦同志，就是要学习他密切联系群众的优良作风，树立强烈的公

仆意识，学习他勇于牺牲个人一切的无私奉献精神……

燕居谦　（吃力地摆摆手，示意燕燕别再念）……惭愧……惭愧呀！别人

都盖棺定论，我是定论盖棺！我燕居谦足矣……

燕　燕　爸爸！

【史文英接过报纸继续往下看……

燕居谦　燕燕……你听着！我要是死了，你们，不许借此（指指报）向组

　　　　织提任何……任何要求！记住了吗？

燕　燕　（含泪点点头）记住了，爸爸！……爸爸，刚才县委书记、县长

　　　　看您来了，见您睡着，就没叫醒您。

燕居谦　噢……

史文英　老燕，你睡会儿吧！一会儿，医生还要给你输液呢……

燕居谦　……文英！老刘怎么还没拿来校样稿？

史文英　……总要等人家排好版印出来嘛，你睡吧！他来了呀，我叫醒

　　　　你……，啊？……

　　　　【燕居谦微微点点头，闭上眼睛，燕燕静静地守着，史文英坐到

　　　　　旁边一个椅子上，继续翻看报纸……，突然，她无意中发现什

　　　　　么……

史文英　燕燕，你看，这不是你写的小小说吗？登出来了！

燕　燕　真的？（接过报纸），我的小小说发表了！爸爸，您看，您看呀！

燕居谦　（欣慰地点点头笑了）好……好！

　　　　【燕平陪着姑姑上，他们拍打掉贴在身上的雪花，来到燕居谦床

　　　　　前……

燕　姐　十斤……

燕居谦　姐姐……

燕　姐　（看看他，忍不住要哭）十斤！……

燕居谦　姐姐……（怕姐姐难过，尽量轻松地）姐姐……外面又下雪了？

　　　　大不大？

燕　姐　嗯！大，有个三四寸……

燕居谦　（怕姐姐谈病，岔别的话题）三四寸……能堆雪人啦……，姐姐，

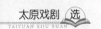

你记得不？小时候，每当下雪，咱俩就在门口堆雪人。有一次，我把咱爹的眼镜戴到了雪人头上，咱爹要看书找不到眼镜，气得直嚷："怪哉、怪哉……"后来，是你替我受过，挨了爹的一通板子……（他说着自己笑了起来，可大家谁也笑不出来，见没达到预料的效果，缄默片刻）……姐姐，你要保重身体！啊？

燕　平　（劝姑姑）姑姑！……

燕居谦　平平！……雪停了，回去把房上的雪扫扫……别忘了给咱院东屋的你大爷也扫扫，他年纪大了，上下不便当，……别光顾自个的，记着啊？……

燕　平　唉！

　　　　【燕妻上。

燕　平　妈，路这么滑，你咋一个人来了！看你身上跌的这泥……

燕　燕　妈！你是咋找到这儿的……（帮母拍身上的泥雪）

燕　妻　老燕！

燕居谦　你来了，这么冷，你不在家，咋也跑来啦？

燕　妻　……他们告我说你过两天就回家，我在家每天等呀、等呀，左等右等，就是不见你回来，我就找你来啦……

　　　　【燕居谦挣扎地紧紧握住了妻子的手。

燕居谦　……来，你姑姑在……，平平（他从怀里掏出一张稿纸）……念念！

燕　平　（不解地接过，念）……火、葬歌？！爸爸！您！

燕居谦　念！

燕　平　（痛彻肺腑地念）

　　　　火葬好啊火葬好，

　　　　火葬要比土葬好。

不割棺材不费料，

不占耕地不挖窖。

不披麻也不戴孝，

不搭灵棚不……哭……叫！

【燕平念到这儿再也念不下去了。

【燕居谦听儿子念不下去了，便平静地，非常吃力地接着背诵了
　　起来……

不请阴阳不胡闹，

不待亲戚不立灶。

不吹打也不掌号，

不讲迷信不抬轿，

不告别也不追悼，

花圈挽幛都不要。

……

【燕居谦越往后背诵越吃力，越觉得喘不上气来……，但仍要坚
　　持背诵……。史文英实在不忍心了，便赶忙从泣不成声的燕平
　　手中拿过那张稿纸，趁燕居谦喘气的机会，接着上面的念道……

活到老要学到老，

四化建设立功劳。

生前勤奋争分秒，

死后无愧自清高！

【念完，大家唏嘘饮泣……

【燕居谦却安详地笑了笑……

燕居谦　……这……算是……遗嘱！……

燕　燕　爸爸……

燕　姐　十斤，你……

燕居谦　平平，燕儿，我死了以后，你们一定要照顾好你妈，啊？

燕　平　嗯！爸爸！……
燕　燕

【燕妻看看这个，再看看那个，终于明白了……

燕　妻　老燕，你要死呀？你要死呀！？

　　　　（她失声痛哭起来）老燕，咱不在这儿啦，咱回咱家去……啊？

　　　　回咱家去……

【燕妻紧紧抱住燕居谦的一只手，使劲拉着、哭喊着……

燕　姐　（不忍心看这一幕，又怕弟弟难受，强忍着巨大的悲痛）平平，

　　　　快让你妈出去！快呀！

【燕平拉开了母亲，燕妻伸着双手哭着，喊着下。

【刘光才上。他连身上的雪也没顾上拍打一下，便忙从怀里抽出

　　　　几张校样稿，走到了燕居谦身旁……

刘光才　老燕……

史文英　校样拿来了？老燕一直在等着呢！

【燕居谦见刘光才手中拿的校稿，马上精神起来，回光返照地挣

　　　　扎着要坐起来。燕平、燕燕忙扶住燕居谦……

刘光才　……老燕，这是刚排完版、印出的校样……你……

燕居谦　燕燕……

【燕燕马上明白了父亲的意思，从床头柜上抽下抽屉，翻过来，

　　　　扣放在燕居谦的腿上……又从床头柜上放着的一本书的中间，拿

　　　　出眼镜，小心翼翼地给父亲戴上……

刘光才　　（见燕已是奄奄一息了）老燕……今天……你就别看了……

史文英　　老燕，……别看了……

燕　姐　　十斤，你……听劝，今天咱不看了，啊?

燕　燕　　爸爸!

燕　平　　爸爸! 您还是躺下吧，啊?

燕居谦　　（伸出手，示意刘）快……快……

　　　　　【音乐起。

　　　　　【刘光才只好忍痛将校样放至燕居谦的眼前，并一直用手擎着稿子，燕居谦用颤抖的手指指着，一个字、一个字地看着……

　　　　　【燕姐忍不住要哭出声来，忙扭身躲到一旁……史文英要安慰她，自己也忍不住哭了起来……。燕平尽力支撑着父亲的身体，抹了一把脸上的泪水，燕燕无声地哭着，帮父亲翻开了新的一页，刘光才擎稿的手失控地微微颤动着……

　　　　　【燕居谦在稿上看出了什么……

燕居谦　　（指着稿子上的一处，像是对别人，又像是自言自语地）这句号……应该……画在这儿! ……

　　　　　【燕居谦还想再说什么，突然，一阵眩晕袭来，脸上漾出一个凝重的微笑……

燕　燕　　爸爸……爸……爸!

　　　　　【随着燕燕悲痛欲绝的喊声，收光。

　　　　　【暗转。

　　　　　【奏起激昂的晋剧音乐，燕居谦唱着高亢的晋剧唱腔……

　　　　　【整个天幕在鲜红鲜红的衬底下映出一个金色的党徽，金光闪烁，灿烂辉煌……

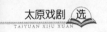

【燕居谦同志的剪影正拾级而上，越来越高……

【高亢的晋剧唱腔衔引出雄伟悲壮的铜管乐……

【燕居谦攀登至舞台最高点。

【燕居谦雕塑般的造型剪影……

【大幕徐徐闭……

【与徐徐闭幕同步，一个浑厚的男声画外音：

燕居谦，1933年2月生，1948年10月参加工作，1956年7月加入中国共产党。

在任山西交城县志办主任期间，搜集县志资料850万字，身患绝症后，仍以党的事业为重，呕心沥血，专心修志，编纂了140万字的交城县志，出色地完成了党交给的任务。

1990年9月至11月期间，中共交城县委、中共吕梁地委分别做出"向燕居谦同志学习"的决定，中共吕梁地委，行署命名他为"当代吕梁英雄"授予他"人民公仆"的荣誉称号。

1991年1月22日，逝于山西省交城县医院。1991年3月26日，中共山西省委做出"关于向燕居谦同志学习"的决定。

【终剧】

褐马鸡与少年

编剧：王小东

时间：2003年12月

时间： 当代。

地点： 吕梁山区。

【剧中人物】

虎　子——男，五年级学生。

牛　牛——男，虎子的同学。

珍　珍——女，牛牛的妹妹，四年级学生。

山　妞——女，虎子的同学。

贝　贝——男，虎子的同学。

成　才——男，虎子的同学。

李老师——女，25岁。

武老板——男，贝贝的爸爸，40岁。

山爷爷——男，70多岁，林场退休职工。

成才妈——女，38岁。

偷猎者——男，35岁。

小动物、快板手、群众若干。

第一场

【幕启，远处青山无际，密林丛丛。台中儿童画风格的小树在山
　花点缀的青草坡上生机勃勃。小溪流水声和小鸟的鸣叫声伴着
　儿歌在山坳里回响。小动物们在山林中、山岗后和花草丛中嬉
　戏玩耍。

（儿歌）高山青，泉水流。

　　　　芳草茵茵绿油油。

　　　　花与蝶共飞舞，你和我手牵手。

　　　　绿色的家园，风景美如画，我在林中游。

　　　　愿人与自然和谐相处。

　　　　野生动物永远都是人类的好朋友。

【音乐起，三只漂亮的褐马鸡和伙伴们跳起了欢快的舞蹈。众同
　学穿梭其中，突然响起三声枪响，音乐戛然而止，小褐马鸡受
　伤倒地痛苦挣扎，众动物被惊散。偷猎者穿场而过。

【追光，下，受伤的小褐马鸡挣扎着（舞蹈）。

【升光，下，众同学围着受伤的褐马鸡不知所措。

虎　子　小山鸡。

众同学　啊？小山鸡受伤了？

虎　子　真可恶，准是偷猎者干的。

山　妞　小山鸡的翅膀在流血。

成　才　对！在发抖。

牛　牛　咱们给包扎伤口吧！

珍　珍　刚才一听到枪声就赶过来，东西都落在营地了。

贝　贝　我去拿。

山　妞　来不及了，它的翅膀还在流血。

虎　子　红领巾。

众同学　可以吗？

虎　子　特殊情况，我看可以。（众同学用红领巾为小山鸡包扎伤口）

虎　子　（仔细看）这小山鸡真漂亮，好像是小褐马鸡。

众同学　是褐马鸡吗？

虎　子　我也说不准，反正褐马鸡小的时候和小山鸡一样，是很难辨认的。

贝　贝　我看看，小山鸡真漂亮。虎子想把它养起来吧。

虎　子　不行！把小山鸡还给我，咱把它放了。

贝　贝　人家城里人养小狗，我养小山鸡多酷呀，这只小山鸡是我先发现的。

牛　牛　这只小山鸡是人家虎子先看到的。

成　才　虎子说了算。

贝　贝　我说了算。

众同学　不讲理，不讲理，不讲理。

贝　贝　好好好，就算是虎子抓到的，我给他钱行吗？给五十块。（虎子不理）好好好，加一块，五十一。

虎　子　你就是给我一万我也不要，把山鸡还给我。

贝　贝　我就不给。（众抱鸡）

山　妞　李老师来了。（李老师扶珍珍上）

虎　子　李老师，你来给我们评评理，我们救助了一只小山鸡，贝贝要拿回他家去当宠物，你说他做得对吗？

李老师　贝贝，你说大自然美吗？

贝　贝　美。

李老师　那老师上自然课的时候说的最多的一句话是什么？

众同学　人与自然和谐相处。

贝　贝　是……是人与自然和谐相处。

李老师　对，你说咱们现在该怎么办?

众同学　放了。

贝　贝　放了。

李老师　对! 放了。

山　妞　小山鸡，我们送你回家。

成　才　小山鸡，我们还会见面吗?

珍　珍　真遗憾，我们还不知道它的名字呢。

　　　　【小褐马鸡"咕咕"一叫，众同学会意地一笑。

众同学　"咕咕"!"欢欢"! 欢欢，欢欢再见。（切光）

（二）

　　　　【升光。村头靠山村小学的牌子挂在校门口，山爷爷面对大山唱

　　　　　着山歌，众同学溜到其身后。

众同学　山爷爷好!

山爷爷　哈哈哈……好好，昨天你们去林子了?

众同学　嗯。

山爷爷　好不好玩儿?

众同学　好玩。

山爷爷　老师说了，今天上室外课。

众同学　室外课。

山爷爷　准备上课。（李老师上）

李老师　同学们好。

众同学　老师好。

李老师　上课。

李老师　同学们，我们这次"走进大自然森林之行"少先队主题活动已经
　　　　结束了，我提几个问题，大家要谈谈感想，山老爷爷你也过来听
　　　　听吧。

山爷爷　好。

李老师　那谁先说。

牛　牛　我先说，我看到了山鸡、野兔，还有最漂亮最漂亮的褐马鸡。

山　妞　我看到了山雾蒙蒙，山花烂漫，山草青青，山泉潺潺，这森林里
　　　　的风景真美。

珍　珍　我看到了，我还看到了灰喜鹊，还有许多许多小鸟，它们的叫声
　　　　比唱歌还好听。

虎　子　山爷爷，我们还救助了一只小山鸡，它的羽毛是花色的。

成　才　它还告诉我们它的名字呢。

山爷爷　叫什么?

众同学　叫欢欢。

山爷爷　欢欢，后来呢?

虎　子　我们把它给放了。

山爷爷　不愧是森林的后代啊。

虎　子　山爷爷，不知道欢欢现在怎么样了。

山爷爷　这些小动物在它们熟悉的环境中都很会照顾它们自己。

李老师　哎，贝贝呢?

众同学　贝贝，贝贝……

【贝贝在石头后面睡熟。

虎　子　贝贝醒醒，老师问你呢，你看到什么啦?

贝 贝　哦，我睡着睡着，看到了一只大烧鸡，流着油，眨着眼，可香了。

虎 子　贝贝，老师是问你看见什么了？

贝 贝　我看到天上有一架飞机。

李老师　我说的是在大森林里观察到什么，比方说，树呀，草呀，还有像
　　　　其他同学观察到的野兔呀，山鸡呀。

贝 贝　山鸡？山鸡是鸡，飞机也是机么，反正都能飞，呜——！（学飞
　　　　机到处撞击同学们）

众同学　轰。

贝 贝　飞机出事了。

众同学　哈哈哈哈……

山爷爷　（一把抓住贝贝）你重说，你看到什么了？

贝 贝　山老爷爷，他们看到的，我都看到了。

山爷爷　看看你，不在学习上下功夫，又懒又馋都是你老子把你给惯的，
　　　　过来，你再不听话看我怎么收拾你！

贝 贝　（背转对山老爷爷做鬼脸）"他在我就不自在。"（众同学笑）

李老师　山爷爷，你也给孩子们说两句吧？同学们，你们说好不好？

众同学　好！

山爷爷　好，孩子们我就说两句，（音乐起）就在爷爷小的时候，这林子
　　　　里有花狐狸、金钱豹、野猪、猴子，还有许多种叫不上名来的珍
　　　　奇动物，现在很少看到了，哎，有的干脆不见踪影了。

众同学　爷爷为什么？

山爷爷　这都是前些年乱砍滥伐、乱捕乱杀造成严重的后果，悲惨啊！
　　　　悲惨。

成 才　这些偷猎者真坏，把好多小动物都搞没了！

虎 子　以前听我爸爸说，过去随处可见的褐马鸡，现在也变成国家一级

保护动物了。

山爷爷 是呀，褐马鸡是咱们省的省鸟啊！

众同学 褐马鸡是省鸟？

山爷爷 对，就在世界上也只有咱们这个地方有啊！前些天咱们褐马鸡的图片也随神舟六号上了太空了。爷爷在这林区工作了四十年，退休后又在学校给你们看门，可每时每刻我都替这林子担心呀。我是森林的后代，你们也是森林的后代，咱们都应爱护森林、爱护动物，把它们看得比自己的生命都重要才对呀！

虎　子 山爷爷，李老师，我们一定要制止乱砍滥伐，遇到偷猎者我们要和他做坚决的斗争！

李老师 同学们，山爷爷给我们上了一堂生动的生态教育课，只有我们爱护大自然、保护大自然，大自然才能给我们提供一个鸟语花香、天蓝水碧的生存环境。你们说对不对？为了保护生态环境，为了保护野生动物，我们每个人应该怎么做。这个问题留到课后讨论好不好？

众同学 好！

李老师 下课！

众同学 老师再见。

【李老师与山爷爷边谈边下。

虎　子 同学们，国家为了保护大森林，在咱们这里建立了自然保护区，我倡议咱们也成立一支少年森林护卫队，和林场的叔叔阿姨们一道保护这大森林好不好？

众同学 好！

贝　贝 虎子，你的想法我同意！

牛　牛 那谁当队长呢？

贝　贝　我。

众同学　你? 哈哈。（失声大笑）

贝　贝　笑什么，你们看我肚子大，腰也壮，天生一副当官相。

山　妞　像，我看你像个唐老鸭一样。

众同学　对，像唐老鸭!（学唐老鸭叫，走）

贝　贝　你!

山　妞　你什么你，你差等生，还想当队长。

贝　贝　咋，你们小看我，我问你们一个问题，野兔什么时候最香?

众同学　什么时候?

贝　贝　冬天。山鸡什么时候最肥?

众同学　什么时候?

贝　贝　秋天。

众同学　你是说吃呀!

成　才　贝贝，我看你当队长根本不行。人家是保护动物，你还要吃呢?
　　　　我看这队长让虎子当吧! 虎子他爸过去就是林场的护林员，还是
　　　　褐马鸡人工繁殖的技术员，人家虎子跟他爸爸在林场那么多年，
　　　　知道的可多啦!

牛　牛　对! 人家虎子学习好!

山　妞　还经常帮助同学呢!

成　才　我看这队长还是让虎子当吧!

牛　牛　我同意。

山　妞　我也同意。

贝　贝　我反对! 亲爱的同学们，我现在每人发给你们一块巧克力，是美
　　　　国产的，好吃得不得了。你看看，你看看。给你一个……给你一
　　　　个……就是没有你的!（除虎子外每人发一个）我现在宣布拿了

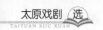

我巧克力的都站到我后边来!

珍　珍　给你的巧克力,我从来不吃进口的,我选虎子!

牛　牛　给你的巧克力,我选虎子!

山　妞　贝贝!

贝　贝　山妞!

山　妞　我不吃巧克力,吃巧克力会发胖的,谢谢你,我选虎子。

牛　牛　成才,你同意他当队长?

成　才　不同意,我同意虎子。

牛　牛　那你快站过来啊。

成　才　我不过去了。我把他给我的巧克力吃到肚子里了。

山　妞　你呀,真嘴馋,快过来!

　　　　【成才为难地过来…

贝　贝　成才,你到底选谁当队长?

成　才　我给你钱行吗?

贝　贝　不行! 我就要我的巧克力! (成才哭)

虎　子　住手! 这事不能怪成才,是你主动给人家的。

众同学　你不讲理……你耍赖皮……

贝　贝　(撒泼地坐在地上哭)哇——! 爸爸——!

武老板　贝贝! (急上)

贝　贝　(停止哭)爸爸你真好! 我一哭你就来了。

武老板　谁叫你是我儿子呢,宝贝怎么了?

贝　贝　(又哭)哇……他们欺侮我,哇——

武老板　他们在哪儿呢?

贝　贝　在树后面。

武老板　你们给我出来!

贝　贝　　还有两个。

武老板　　在哪儿?

贝　贝　　在旁边。

武老板　　你们不好好学习,就晓得欺负同学。

众同学　　叔叔好!

武老板　　好什么好?打我儿子我还好?

虎　子　　叔叔,我们谁也没有打他,是他自己哭的。

众同学　　对,是他自己哭的。

武老板　　谁也没有欺负他?

众同学　　啊!

武老板　　他自己哭的?

众同学　　啊!

武老板　　那不成神经病了?

众同学　　啊!不不……

牛　牛　　我们要成立少年森林护卫队,没选他当队长,他才哭的。

武老板　　当队长?好大的芝麻官呀,贝贝起来跟爸爸回家去。

贝　贝　　不,我要当队长!

武老板　　好汉不当队长!

虎　子　　你当不了队长,也可以参加我们森林护卫队。

贝　贝　　我要当不了队长,我就不参加森林护卫队,成才过来,要不然你
　　　　　也别参加森林护卫队了,跟我回家玩电脑游戏机去。

成　才　　我不玩电脑游戏,我也不参加森林护卫队了,我妈给我布置的作
　　　　　业我还没完成呢,我英语单词还没记,奥数难题还没做。唐诗三百
　　　　　首还没背,经典作文还没看呢。

武老板　　先玩再做作业,走!(拉二人下)

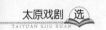

虎　子　没关系，他们走了，咱们森林护卫队照样成立！同学们，咱们第一战役，搞好宣传，让所有人都知道生态平衡的重要性。第二战役，走进大森林和偷猎者做坚决的斗争。下星期天，我们开始行动吧！

众同学　好！（定格，切光。追光，下，虎子内心独白）

虎　子　我好兴奋，我好激动，我们森林护卫队终于成立了，下周就是宣传月，可是，贝贝和成才没有参加，我心里就好像少了些什么。我相信他们一定会来的，你说是吗？

（三）

【切光后，特制活动布景稍做调整变为村内，升光。虎子和多名小快板手，在村内正搞宣传。

（群口快板）

　　　　打竹板，我们搞宣传，

　　　　咱今天说说人与大自然。

　　　　人类要想活得好，

　　　　生态平衡不可少。

　　　　假如你对花草树木乱砍滥伐不客气，

　　　　乱捕乱杀野生动物太随意，

　　　　破坏这，人与自然和谐相处的好关系，

　　　　大自然，报复人类没余地：

　　　　沙尘暴，龙卷风，

　　　　土地沙化愁死人，

　　　　冰雹就像拳头大，

　　　　瞅准庄稼使劲儿下，

管你心疼不心疼，

准让你，一年到头没收成。

连阴雨，不断头，

山洪暴发四处流，

冲倒房屋淹死牛，

闹不好，你生命财产一起丢，

管你发愁不发愁。

大自然对人类生存的作用别低估，

理应和谐来相处。

要把这自然当作咱生命，

咱人类定有好报应。

你把这天上飞的，地上蹦的，水里游的，山上跑的，

飞禽走兽、一山一水一草一木，把它们全都当朋友，

幸福生活伴你走。

咱认真贯彻《环境法》，

杜绝乱砍与乱伐。

咱认真贯彻《野生动物保护法》，

严惩乱捕与乱杀。

把人与自然和谐相处当法宝，

世界将会更美好，更美好。

山爷爷 虎子，你们宣传得可真好啊，都说到大伙的心里去了。

李老师 同学们，今天的活动到此结束，下午两点半集合。

众同学 好！

【众快板手从两侧退下，贝贝和成才无精打采地上。

贝 贝 虎子他们搞宣传，把全村人都震了。

成　才　咱两个人的面子也丢得找不见了。唉！（成才、贝贝坐在地上）

成　才　我有个好主意。

贝　贝　什么主意？

成　才　我看咱俩也参加森林护卫队吧！

贝　贝　不知道他们还让不让我们参加。

成　才　不是跟你吹，我跟虎子的关系就像钢筋和水泥——可硬了！我看
　　　　没问题。

贝　贝　真的？这件事就包在你身上了。

成　才　就包在我身上了。

贝　贝　成才，给你个好东西。

成　才　什么东西？

贝　贝　巧克力。

成　才　都是你的巧克力害的。

成　才　（看到山妞、珍珍）山妞，珍珍。

山　妞
珍　珍　哼！

成　才　（看到牛牛）牛牛——

牛　牛　叫我呢？你和贝贝玩去吧！

成　才　（看到虎子）虎子……我想参……

珍　珍　参什么参（学成才妈）英语单词还没记。

山　妞　奥数难题还没做。

牛　牛　唐诗三百首还没背。

众同学　经典作文还没看。哼！

成　才　你们……你们都不理我……（哭）

虎　子　成才，他们是逗你玩呢！

成　才　啥？逗我玩呢？

虎　子　嗯，成才，贝贝呢？

成　才　在……贝贝，在那儿呢。

贝　贝　武贝贝前来报到，敬礼！（不正规军礼）

贝　贝　虎子，你们同意我参加森林护卫队啦？

牛　牛　贝贝，你不是说，当不了队长就不参加森林护卫队了吗？

贝　贝　你们不知道，这几天李老师和山老爷爷每天到我家开导我。我想
　　　　通了，学习不好，没有真本领，当了队长你们也不会服气的。等
　　　　我学习好了，大家会选我的。

山　妞　贝贝，李老师让你写的作文你写好了吗？

众同学　没写好吧。

贝　贝　我想写这山，我想写这水，我想写好多好多小动物，可是，就是
　　　　不知道怎么写。

虎　子　只要你多参加集体活动，多观察，多思考，多做记录，你就会写
　　　　好作业的。

贝　贝　你要多帮助我，我肯定会服从你的领导，和你们一起巡山、宣传、
　　　　救助小动物，遇到坏人我就把他给打趴下。

虎　子　好，贝贝，成才，下礼拜和我们一起参加林场的活动。

贝　贝　谢谢你们，同学们，我有一件重要的事情要宣布。

众同学　啊，你又要当队长？

贝　贝　不是，今天中午我请客。

众同学　请客？为什么？

贝　贝　今天是我生日！我爸爸专门给我开了一个生日Party。

众同学　生日Party？吃什么？

贝　贝　你们几个今天可是来着了，我爸爸打算做他那道拿手菜。

众同学　什么菜?

贝　贝　山鸡勾野兔。

众同学　哇,肯定好吃。

虎　子　山鸡? 野兔? 野生动物怎么能随意捕杀?

贝　贝　不是的,这只野兔是我爸爸昨天从黑市上买的一只被打死的兔子,
　　　　还有这么小的一只受伤的小山鸡。

虎　子　小山鸡不能吃,咱们把小山鸡放了吧。

众同学　对,把它放了吧。

贝　贝　我爸知道了,他一定不会同意的。

众同学　放了吧……

虎　子　那你把小山鸡拿出来,敢吗?

贝　贝　偷啊?

珍　珍　不好,不好,老师说,偷是一种不道德的行为。

虎　子　为了救小山鸡,也只能让贝贝这样了。你敢吗?

众同学　贝贝,你敢吗?

贝　贝　我敢!

虎　子　贝贝,你要救了山鸡,就等于为咱们森林护卫队立了一大功。

贝　贝　话说回来了,如果爸爸中午回家做饭时发现只有野兔没有山鸡,
　　　　那可怎么办呢?

众同学　武老板?

牛　牛　武老板,武老板脾气可大了!

山　妞　武老板,武老板一贯不讲道理。

珍　珍　人家武老板有钱,可厉害呢!

成　才　武老板? 武老板呀,武老板,武老板呀,武老板,我就害怕武老板。

众同学　那怎么办?

贝 贝　虎子，你出个主意啊！

虎 子　哎，我有主意了。我家有只芦花老母鸡，干脆把它宰了放到贝贝家锅里，咱来个家鸡换野鸡，以假乱真。

众同学　好主意，好主意！

成 才　不行，虎子家是芦花老母鸡，我们家是芦花小母鸡，和小山鸡个头儿差不多大小，干脆用我们家小母鸡得了。

众同学　好！贝贝的爸爸肯定发现不了。

虎 子　贝贝，成才。

贝 贝
成 才　到。

虎 子　这个艰巨的任务就交给你们了。

贝 贝
成 才　是，保证完成任务。

成 才　贝贝……

贝 贝　成才……

成 才
贝 贝　耶！

【追光下，成才、贝贝内心独白。

成 才　执行任务的时候我倒有些紧张了，我才害怕了。我偷了鸡让我妈知道了，肯定会打我的屁股的。打就打吧，反正这屁股也是她儿子的，她要舍得打就让她打去吧！

贝 贝　嘿嘿嘿，好极了，我爸爸买只小山鸡我就立了大功，改天叫我爸买只大象，我就能立更大的功。耶！

（四）

【升光，台左贝贝家豪华住房的房角，台右是成才家的窑洞，台
中有石阶通向村内。孩子们窥望着上，虎子和成才贝贝对暗号。

成才，拿着书本，背古诗向墙外照应。

成　才　虎子，我妈箍住我学习，看着鸡，这鸡我偷不出去了。

贝　贝　牛牛，我爸爸在家，看球赛他不离家，这鸡我没法拿。

成才妈　成才。

成　才　锄禾日当午…

武老板　贝贝。

贝　贝　爸爸。

武老板　回来喝牛奶。

虎　子　好啦，我有啦。咱们引蛇出洞。

成　才　我妈不是蛇。

贝　贝　我爸也不是蛇。

珍　珍　那咱们调虎离山。

牛　牛　成才，你等等我。（故意声张地跑下）

成才妈　成才，你不能走！你给我回来！你们这些勾魂鬼，成才——！（追下）

虎　子　你把他支开呀。

贝　贝　（撒泼地）爸爸，爸爸不好了。

武老板　（急上）宝贝又怎么了？

贝　贝　爸爸，煤矿，瓦斯，嘣！爆炸了。

武老板　（被吓得面如土色瘫软地）啊，瓦……瓦……瓦斯爆炸了？喂？

【连滚带爬地拨着手机下，贝贝偷鸡上，见武老板返回，急把鸡放回家里。

武老板 贝贝！（气愤地）臭小子，净是胡说八道。贝贝，你敢骗我，什么瓦斯爆炸了？

贝　贝 （急中生智）爸爸，我是说报纸上说瓦斯爆炸了！

武老板 你这臭小子，吓死我了。

贝　贝 爸爸，今天是什么日子？

武老板 你的生日啊！

贝　贝 那你打算给我做什么好吃的？

武老板 山鸡勾野兔。

贝　贝 啊！爸爸（撒娇地坐在地上）就一个山鸡勾野兔呀。

武老板 那你还想吃什么？

贝　贝 蒸羊羔（念菜单贯口）还有丸子……

武老板 红丸子，白丸子（念丸子贯口）……豆腐丸子。

贝　贝 爸爸，你说的这些我都想吃。

武老板 呸！你就知道个吃，我就是把国际厨师请来也给你做不了这么多菜啊！

贝　贝 呸！你这是煤矿大老板呢，那最起码还不来点儿鱼跟排骨吃吃。

武老板 好好好，这鱼跟排骨，爸爸给你买去。

贝　贝 你快去，快去。（将武老板推下，武老板又返回）

武老板 贝贝，你在家要好好复习功课，不许玩游戏机呀，好好背唐诗。

贝　贝 好的，爸爸，快去吧，快去吧（将武老板推下）

武老板 好好学习呀。

贝　贝 知道了。"锄禾日当午……"

【成才抱小母鸡，贝贝抱小山鸡上。

成　才 虎子，小母鸡。

贝　贝　小山鸡。

虎　子　（接过小山鸡）啊！这不是咱们在森林里救助的那只小山鸡呀？

众同学　欢欢。

虎　子　你们看，我的红领巾。

众同学　真是欢欢。

虎　子　当时真不应该把它放了，要不然也不会弄成这个样子的。

众同学　那怎么办呢？

虎　子　依我看咱们不如搭个窝把它养起来，等欢欢把伤养好了，再放回
　　　　大自然。

众同学　搭个窝，养起来，放回大自然，好！

成　才　那小母鸡怎么办？

虎　子　贝贝，你敢杀鸡吗？

贝　贝　敢！

虎　子　贝贝，把小母鸡杀了放你家锅里，让你爸爸认不出来。

贝　贝　行！（接鸡）我先走了。

　　　　【成才妈内喊："成才——！"

成　才　我妈回来了。

虎　子　咱找山爷爷，给小山鸡搭个窝。

众同学　好！（众退下）

成才妈　成才——！成才——！

　　　　【武老板唱着歌上。

成才妈　唱什么唱，哎，武老板，我家成才是不是又跟你家少爷玩儿游戏
　　　　机去了？

武老板　玩儿游戏机影响学习，我早不让他们玩儿了。

　　　　成才妈，远亲不如近邻，以前的事都是我不对，咱就不要计较了，

今天是贝贝的生日，待会儿让成才过来吃饭。（下）

成才妈　成才！这孩子，回来我再收拾他。

贝　贝　不好啦，这事闹大了。

　　　　【武老板和成才妈找鸡上。

武老板　咕，咕……

成才妈　哎？我说武老板，我找鸡你掺和啥呀！

武老板　你丢人我丢鸡。

成才妈　你才丢人呢。

武老板　谁要是偷了我家的小山鸡，我就咔嚓把他的手指头咔嚓剁了！

　　　　【武老板找鸡下，众同学上，胆怯地看自己指头。

成才妈　我丢鸡，他也丢鸡，鸡毛？（成才妈随下）

贝　贝　成才妈跟着鸡毛上我家了。

武老板　贝贝，贝贝……

贝　贝　老爸……

武老板　贝贝，你看见小山鸡了吗？

贝　贝　我把它给杀了。

武老板　什么？你会杀鸡？

贝　贝　当然啦，先拔毛，后开膛，左手把鸡抓掌上，右手持刀放寒光，
　　　　挖出心肝和肚肠。

武老板　宝贝？你真会杀鸡？

贝　贝　杀鸡？我还会杀人。

武老板　杀人？

贝　贝　我已经杀了。

武老板　啊？（惊呆）

贝　贝　那天我在林子里执行任务，刚走到狐狸沟，突然发现一个偷猎者，

我好心劝他，他不听，我们俩展开了一场激烈的搏斗，他拿刀冲我胸部刺来，我一闪他摔倒在地上，我上去把他使劲儿按在地上，夺过刀子，对准他胸部就是这么一刀，他的小命就没了。

【武老板瘫软在地上。

贝　贝　爸爸怎么了？快醒醒，快醒醒，那是我做的一个梦。

武老板　梦？吓死我了。（贝贝下）贝贝呀，以后遇到坏人先给森林稽查队打电话。贝贝……

【贝贝下，成才妈拿鸡和毛上。

成才妈　武老板。

武老板　成才妈。

成才妈　武老板，你看这是什么东西。

武老板　毛。

成才妈　这又是什么东西。

武老板　鸡。

成才妈　我再问你，你是个什么东西。

武老板　我不是个东西，不，我是个东西，不，干脆你说吧，我是个什么东西。

成才妈　你呀，鸡蛋炒鸭蛋——混蛋，你回去自己把手指头剁掉。

武老板　你说这话啥意思？

成才妈　这鸡毛和鸡是从你家厨房里拿出来的，你还有什么说的？

武老板　这是我家的小山鸡。

成才妈　小山鸡？小山鸡能有这么大的冠子？

武老板　那我家的小山鸡哪里去了？

成才妈　谁知道呀？

武老板　那就是我家的小山鸡。

成才妈　你出来，那是我家。

武老板　那你刚才不去我家了？

成才妈　不上你家能找到证据吗？

武老板　哈哈，你偷鸡。

成才妈　你偷鸡。（二人争吵）

成才妈　走，咱找山爷爷评理去。

山爷爷　放开！大清早鸡飞狗跳的，扯着嗓子喊叫，你们吵什么吵？

武老板　山爷爷，那是我家的小山鸡。

成才妈　那是我家的小母鸡。

武老板　是我家的小山鸡。

成才妈　是我家的小母鸡。

武老板　小山鸡！

成才妈　小母鸡！

武老板　你胡说！

成才妈　你胡说！

武老板　你胡说！

成才妈　你胡说！

成　才
贝　贝　你们别吵了！

成　才　妈，芦花鸡是我拿的。

成才妈　你？

贝　贝　爸爸，小山鸡是我偷的。

武老板　在哪里？

虎　子　在这里！

武老板　（夺过山鸡）啊呀，我的小山鸡呀，这是咋回事儿？

贝　贝　爸爸，为了保护野生动物，我从家里把小山鸡偷出来，放到虎子家，

等小山鸡养好伤，再放回大自然。

成才妈　这是咋回事？（问成才）

成　才　为了不让贝贝爸爸知道，我就把咱家的芦花鸡拿了，让它当了小

山鸡的替死鬼。

武老板　简直是胡闹。

贝　贝　爸爸，你把小山鸡放了吧。

武老板　这是爸爸八十多块钱买来的。

虎　子　八十块，同学们，咱们把身上的钱都拿出来，咱们为小山鸡买条

活路。

我出六块。

贝　贝　我出四十块。

牛　牛　我出十块。

成　才　我出两毛。

山　妞　剩下的我全包了。

虎　子　叔叔，这是八十块钱，就请你把小山鸡给我们吧。

武老板　虎子，你别拿领票来恶心你叔叔，叔叔我是爱吃野味，别说你们

给我八十块钱，你们就是给我八百块，我也不会给你的！

虎　子　叔叔，求你了，你把小山鸡给我们吧，叔叔，给你跪下了。

众同学　叔叔，我们给你跪下了。

山爷爷　武老板你……

贝　贝　爸爸你……

武老板　……

虎　子　叔叔，这是八十块钱，就请你把小山鸡给我们吧。

武老板　虎子，你家是贫困户，叔叔我能要你的钱吗？

山爷爷　噢，武老板，你也知道虎子家是贫困户？他家是怎么贫困的你知道吗？

武老板　我……

山爷爷　虎子，武老板承包煤矿，住咱们村时间不长，你告诉他，你家为什么贫困的。

虎　子　爷爷！

山爷爷　你告诉他吧，武老板你听着。

虎　子　那是一个腊月数九的早晨，大雪不停地下着。为了了解褐马鸡在雪地里的生活习性，我爸爸从褐马鸡繁殖中心出来，深一脚浅一脚地向大山深处走去。突然，他发现偷猎者拴在树上的网子，网在空中，可怜的褐马鸡连饿带冻发出了奄奄一息的鸣叫声，他顾不得一切，艰难地爬上树，解开了鸟网子。褐马鸡得救了，可我爸爸被冻得手脚麻木不听使唤从树上摔了下来滚到山沟里，从此再也没有回来。那天夜里，雪越下越大，风越刮越狂，大雪覆盖了他的全身。林场的叔叔阿姨们找啊找啊，可就是找不到爸爸的踪影。我和妈妈绝望地每天对着大山哭喊，爸爸……爸爸……你在哪里啊？爸爸——爸爸——我们不能没有你啊！

　　（呐喊）爸爸！爸爸！爸爸！

山爷爷　春天来了，冰雪化了。虎子的爸爸手里紧紧抓着偷猎者的鸟网子，静静地躺在山沟里。直到现在，他依然躺在这山沟里，永远保护着大山和这片林子。可你！！这几年钱是挣多了，嘴也变馋了，家禽吃腻了，改吃野味了。那年的"非典"，不就是个教训吗？武老板你知道你抱的是什么吗？那不是一只普通的小山鸡，那是褐马鸡的雏鸡！是咱们省的省鸟呀！（众同学议论）武老板，褐马鸡是国家的一级保护动物啊！难道你就不怕犯法吗？你打一只

老虎，他打一只鸡，你们吃吧！你们捕吧！你们杀吧！！等这些动物都被杀光的那一天，我们人类也就该灭亡了！武老板为了这只小褐马鸡，难道让我山老头也给你跪……

武老板 山爷爷！（下跪）

众同学 爷爷！【切光，众下。追光，下，山爷爷独白。

山爷爷 贝贝的爸爸感动了，他再也不吃野味了。成才的妈妈也原谅了。这小褐马鸡在孩子们的精心喂养下伤口也痊愈啦。

（五）

【村内。音乐声中，小山鸡从鸡窝钻出，跳起了欢乐的舞蹈，众同学喂食。

众同学 褐马鸡真漂亮！它在谢我们呢。

珍　珍 欢欢你真漂亮，你放心吧，我们一定要保护你们，和你们和谐相处。

贝　贝 欢欢，我一定要抓住偷猎者给你报仇。

众同学 飞呀，飞呀。

珍　珍 欢欢的伤还没痊愈，让它回窝里休息吧。

众同学 褐马鸡，真漂亮。

武老板 孩子们你们又在夸叔叔了？

众同学 哈哈哈。

武老板 （提着鸟笼上）虎子！

虎　子 叔叔，你拿鸟笼子干什么？

武老板 这是叔叔从黑市上买的野鸟，刚刚把它们放生了。

众同学 叔叔，你真好。

武老板 成才，你还怕叔叔吗？

成　才　武老板呀，武老板，武老板呀，武老板，我就喜欢武老板！

贝　贝　爸爸！（贝贝重重地亲了一口）

武老板　你们玩儿着，爸爸马上就来，叔叔给你们弄点儿好东西去。

　　　　（提鸟笼下）

虎　子　哎！同学们，以前曾听我爸爸说，野生动物在人类长期喂养下野性会退化的。我想把欢欢给放了。

众同学　你要把欢欢放了？我们不同意！

山爷爷　（唱着山歌上）呦呦呦，孩子们怎么回事呀，一个一个撅着小嘴儿，都快能挂个葫芦啦。怎么了？闹别扭了？

众同学　山爷爷，虎子他要把欢欢给放了！

山爷爷　虎子他说的对。欢欢的伤口痊愈了，早就该回归大森林了，要不然它的野性就退化了。

众同学　那我们以后再也见不到欢欢了。

山爷爷　能，能。孩子们你们不是经常去林场吗？欢欢又戴着你们的红领巾，这天上地上你们会经常见到它的。

众同学　好！我们一定要见到欢欢。

李老师　同学们，同学们，告诉你们一个好消息，你们利用双休日和节假日巡山护林，还救助许多小动物，你们的先进事迹都登上《绿色时报》啦！（众同学看报欢呼）

李老师　经过校委会同意，咱们班森林护卫队正式成立了！

众同学　哦，耶！

李老师　集合。我现在正式宣布，虎子，由你担任少年森林护卫队队长！（鼓掌）贝贝，由你担任少年森林护卫队副队长！（自己鼓掌）……怎么，大家不同意？

李老师　通过半年的活动，贝贝在各方面都取得了很大的进步。他的作文

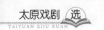

《我爱大森林》这回都得了90分，山爷爷救助小山鸡，贝贝也做出了很大的贡献，难道你们就不打算给他一个机会吗？

众同学 给！

李老师 好，那同意贝贝当副队长的请举手。（众举手）好，全票通过。我现在宣布，贝贝担任少年森林护卫队副队长。

贝 贝 我谢谢你们。

武老板 （大叫一声）贝贝……

众同学 武老板！

贝 贝 爸爸！爸爸我当副队长啦！

武老板 谢谢老师的关怀，谢谢同学们的帮助，贝贝确实进步了，为了支持同学们的活动，我给你们每个人发一个……

众同学 小水壶。

武老板 小水壶！（发水壶）

众同学 谢谢叔叔！

武老板 儿子过来，给你个大的。

山爷爷 孩子们，看见你们森林小卫士，我就像看到了大森林的希望啊，孩子们，爷爷希望你们永远热爱大自然，保护大森林。

李老师 同学们，再告诉你们一个好消息，山爷爷愿意当我们的活动顾问。贝贝的爸爸要给我们提供活动赞助。

众同学 好！（欢呼雀跃，成才妈急上。成才藏于同学身后）

成才妈 成才——成才——，你给我出来。

成才妈 成才——成才——，电视里头英语讲座就要开始了，快跟妈回去！

成 才 我不回去。

李老师 双休日和节假日应该让孩子们参加一些有益的活动吧。

成才妈 李老师，你经常告诉我们，让孩子学习是我们家长的责任嘛。我还没让他头悬梁锥刺股呢，成才，走。

成　才　不！我不回去，我要参加森林护卫队！

成才妈　我告诉你，从今天起咱正式退出森林护卫队。（拉成才下）

李老师　同学们，你们照常活动，我找成才他妈谈谈去。

山爷爷　我也去。（两人下）

武老板　瞧，瞧，瞧，这个成才妈就是不开窍，现在不是要提倡素质教育

　　　　全面发展吗？同学们你们说对不对？

众同学　对！

武老板　明天你们不是要到林子里活动吗？

虎　子　对！

武老板　叔叔教你们几手在大森林里如何对付偷猎者，怎样保护自己的功

　　　　夫，来跟着叔叔学。

众同学　好。

　　　　【武老板教同学们擒拿动作，切光，近光下，虎子内心独白。

虎　子　嘿，贝贝的爸爸还真行，他教了我们几招擒拿术，明天我们去林

　　　　场的底气就更足了。

（六）

　　　　【在潺潺流水和百鸟鸣叫声中，小褐马鸡呐喊："我回来啦——"

　　　　【升光。森林内小褐马鸡抖动着翅膀上。与伙伴们跳起了热烈的

　　　　舞蹈。

儿　歌　走走走，齐步走，

　　　　少先队员雄赳赳。

　　　　保护大自然，爱护大宇宙，

破坏生态环境莫伸手，伸手必被揪。

愿蓝天白云青山绿水伴我走，

野生动物永远都是人类的好朋友。

【虎子和同学们抬水浇树，一声炸雷，三只小褐马鸡痛苦挣扎在

鸟网子中。

珍　珍　你们快看这儿。（指褐马鸡）

成　才　肯定是偷猎者干的!

贝　贝　同学们，有人来了。

【众同学用树枝将三只褐马鸡藏起来。

偷猎者　小朋友你们干什么呀。

众同学　我们玩呢!

偷猎者　你们怎么能在这玩呢? 这大森林里什么都有，你们就不怕野狼把

　　　　你们叼了?

众同学　我们不怕!

珍　珍　叔叔，你在找什么呢?

偷猎者　我在找褐……

贝　贝　你是不是在找铁笼子，里边有三只……小鸟。

偷猎者　什么什么?

贝　贝　三只小鸟。

偷猎者　小朋友，你们看见褐马鸡可千万要告诉叔叔，那是林场的叔叔阿

　　　　姨们搞人工繁殖实验呢。

山　妞　不对，要是搞实验，应该在褐马鸡人工繁殖中心，我妈就是搞这

　　　　项工作的。

偷猎者　小朋友你不知道，必要的时候也在大森林里搞嘛。（欲往鸡笼旁

　　　　走去）

虎　子　啊，叔叔，褐马鸡，褐马鸡。

偷猎者　（追看）小朋友们，那不是褐马鸡，那是猫头鹰。

珍　珍　我们经常在林子里活动，我咋不认识你？

偷猎者　叔叔是刚调来的嘛。

虎　子　叔叔，把你的工作证拿出来，我们看看。

众同学　对，工作证。

偷猎者　工作证？你们看叔叔的工作证干吗？

贝　贝　叔叔你真笨，我们看了你的工作证不就能给你褐马……

偷猎者　你们肯定看见褐马鸡了。

山　妞　没有，别说褐马鸡了，我们连鸡毛都没见。

偷猎者　小朋友，你们别再和叔叔闹了，快点把褐马鸡还给叔叔好不好？

虎　子　不好，叔叔，我看你不像林场的。

偷猎者　那叔叔像……

虎　子　我看你像偷猎者。

偷猎者　偷猎者？哈哈……

贝　贝　笑什么笑，你就是偷猎者。

偷猎者　小朋友，你看叔叔慈眉善目的，像个坏人吗？再说，坏人有叔叔
　　　　这么斯文吗？

　　　　【褐马鸡叫，引起偷猎者警觉，同学们急中生智，在不同方位学
　　　　　褐马鸡叫，偷猎者被搞得莫名其妙。

偷猎者　你们别叫了！你们肯定知道褐马鸡在哪儿。

众同学　不知道，不知道，不知道。

虎　子　走，咱告诉林场的叔叔阿姨们去。

偷猎者　站住！今天要是说不出褐马鸡藏在哪里，你们谁也别想走。

　　　　【拉机关，孩子们被鸟网子网住。

众同学　放了我们……

助　手　别叫了，再叫就把你们……

众同学　枪？

偷猎者　小朋友，你们告诉我褐马鸡在哪里，要不叔叔我……（吹枪管）

众同学　"砰"。（偷猎者吓坐在地上）

偷猎者　你们这帮小兔崽子，不把褐马鸡交出来，我让雷劈死你们。

贝　贝　你不要把我们劈了，还不知道雷劈了谁呢。

偷猎者　小朋友们，叔叔和你们搞个交易，你们说出褐马鸡在什么地方，

　　　　叔叔请你们吃巧克力。

众同学　我们吃过啦！

偷猎者　那叔叔给你们一百块钱？

众同学　不稀罕。

偷猎者　我看你们是敬酒不吃吃罚酒，胖子你说不说！

贝　贝　你敢打我，告诉你，我爸爸是武老板，可厉害了！

偷猎者　你说，褐马鸡在哪儿！

贝　贝　我说，我说，你把我放开就说。

众同学　贝贝叛徒！贝贝叛徒！

贝　贝　我说，我说，我说，褐马鸡让我爸爸带走了。

偷猎者　让你爸带走了？

贝　贝　我爸最爱吃山鸡勾野兔。

偷猎者　褐马鸡跟山鸡不一样，可值钱呢。要不叔叔给你钱，每只给你五百块！

贝　贝　我爸爸上回买了一只小山鸡才八十块，这一只就是八百呢？

偷猎者　赶快让你爸爸把鸡送过来，叔叔给你钱。

贝　贝　拿回来？好，回家找我爸爸拿鸡去。

偷猎者　站住！死胖子，你走了我上哪儿找你去？

贝　贝　　你要不让我回家，那只能用手机联系了，你要是不给我手机，待

　　　　　　会儿褐马鸡就变白条鸡了。

偷猎者　　给，手机。

贝　贝　　（拨号）喂！爸爸。

武老板　　哎！是贝贝吗？你在哪里呀？

贝　贝　　我在狐狸沟。

武老板　　（惊）狐狸沟？

贝　贝　　对！那三只褐马鸡你千万别先拔毛，后开膛！

武老板　　爸爸早就不杀鸡了！

贝　贝　　不是！我告诉你的那个梦，梦想成真了！

武老板　　啊！

贝　贝　　爸爸，一只褐马鸡八百块，梦想成真了！

武老板　　啊！（惊呆）狐狸沟有偷猎者！贝贝，你一定要注意安全！

贝　贝　　爸爸，你带着三只褐马鸡快过来吧！

武老板　　赶快拨打110。（哆嗦着下）

贝　贝　　叔叔，我爸马上就把褐马鸡带来了，你把他们放了吧！

偷猎者　　不行！等你爸爸把褐马鸡拿来我再放他们。

众同学　　放了我们！放了我们！

　　　　　　（贝贝偷跑下）

偷猎者　　胖子，胖子。（追下）

牛　牛　　贝贝！呜……队长，贝贝走了，这可怎么办呀。我们害怕（哭）。

　　　　　　（众哭，同学们越哭越伤心）

虎　子　　别哭了，森林护卫队员是不能哭的。（自我难控地）呜——咱们

　　　　　　谁也不许哭，来，咱们唱歌。

众同学　　我们唱不出来。

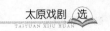
虎　子　唱不出来也得唱。

　　　　　（唱，《少年先锋队之歌》）

　　　　　（喊）叔叔阿姨，你们快来呀！

成　才　（寻找地哭着上）虎子——、牛牛——，你们在哪儿呀，我妈同意我参加森林护卫队了，你们在哪儿呀——！你们是不是又藏起来不理我了！

众同学　成才！我们在这儿呢！快来呀！

成　才　啊，你们怎么了？

众同学　成才，我们被坏人绑住啦，你快来给我们解开呀。快点……快点……

成　才　（解开）虎子，怎么了？

虎　子　有人在偷褐马鸡！

成　才　有人敢偷褐马鸡？（摆出打架的姿势）

虎　子　成才，你到路口接林场的叔叔们去！

成　才　好，我马上就去！（跑下）

众同学　成才，快点，快点。

虎　子　同学们，贝贝一个人有危险，咱们得想办法救回贝贝。贝贝——

贝　贝　同学们，我回来了。

众同学　贝贝，没事儿吧？

贝　贝　没事儿，我把偷猎者的眼镜给摘了，他现在变成瞎子啦！

虎　子　同学们，偷猎者现在变成个瞎子，咱们再让他变成一个……

牛　牛　同学们，偷猎者来啦！

虎　子　趴下。

　　　　　【众同学埋伏。偷猎者上。

　　　　　【众同学与偷猎者展开了一场激烈的搏斗，最后用鸟网子将偷猎者网住。

成　才　林场派出所的叔叔来了!

虎　子　坏蛋已经被我们逮住了!

成　才　偷猎者……叔叔,他就是偷猎者!

众同学　叔叔……

　　　　【警察带偷猎者下

武老板　森林护卫队员们,你们好样的!

虎　子　牛牛。

山　妞　珍珍。

成　才　贝贝。

虎　子　成才。

众同学　虎子,我们胜利了!

　　　　【在众同学的欢呼声中,音乐起,森林里的小动物和同学们一起
　　　　　跳起了欢乐的舞蹈。(踢踏舞)

谢幕词

山爷爷　看到了这些孩子们,我就看到了大森林的希望。

武老板　这家鸡勾家兔比野鸡勾野兔好吃多了,吃得我是开心、放心、安心。

成才妈　那以后你还吃野味吗?

武老板　馋死我也不吃了。

李老师　山妞,珍珍,你们害怕吗?

珍　珍
山　妞　为了打击偷猎者,我们不怕!

李老师　好样的!

牛　牛　看不出来成才你还真行!

成　才　素质教育全面发展嘛!

贝　贝　我爸爸吃野味儿都是你们这些人害的!（指偷猎者）你看我这么胖,我就不吃野味。

偷猎者　偷了三只褐马鸡就让我蹲大狱,冤冤冤!

贝　贝　活该!

虎　子　叔叔,阿姨,同学们,你们说我们做得对吗?

众同学　对!

虎　子　我们要爱护大自然,爱护野生动物,更要爱护我省省鸟——褐马鸡,你们说这三只褐马鸡怎么办?

众同学　放了!

虎　子　对! 放了。

　　　　【三只褐马鸡以优美的舞姿谢幕。

【剧终】

太原戏剧选

击釜雷鸣

编剧：孙德民　宗　元

2006年5月10日

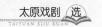

【剧中人物】

山　花——女，23岁，农民。

大　柱——男，28岁，小煤窑主。

老耿头——男，60多岁，农民。

牛二嫂——女，48岁，山花爹，农民。

裴志国——男，47岁，村长。

亮　子——男，25岁，小学教师。

姚新良——男，50岁，县委副书记。

群众若干。

序

【秋末的夜晚，一弯冷月。

【山峦深处，大柱的住处就在附近。

【音乐声中幕启。

【寂静的山村，又一次传来牛二嫂撕心裂肺的叫喊。

【牛二嫂蹒跚地走来，一双无神的眼睛似乎在乞求着眼前的这座
　　大山。泪水已经流干了，但一直没有停止她那从心底里发出的
　　呼唤，几乎，每一天，乡亲们都能听到牛二嫂的喊声……

牛二嫂 牛儿，牛儿！你在哪儿？牛儿，牛儿！你在哪儿？娘等着你回
来……牛儿，牛儿！你在哪儿？牛儿，牛儿！你在哪儿？娘等
着你回来……

【一束束光下，一群群乡亲们，同情地望着她，心疼地望着她，
含着泪水聆听这个不久前刚刚失去儿子的女人的叫喊。

【牛二嫂的喊声，在山谷中回响着。

【主题歌起：

　　大山人就是这样过，

　　大山人就是这样活。

　　爱过、恨过，流过泪，摔倒过，

　　太多的坎坷，是你，是我。

　　爱过，恨过，流过泪，摔倒过。

　　太多的牵挂，是你，是我。

　　那也舍不得，大山里生，大山里长。

　　那也舍不得，一辈子活在山窝窝。

　　就是舍不得，

　　就是舍不得……

——灯暗

第一场

【爆炸后，村民们奔走呼号，寻找亲人。

【舞蹈，群众造型。

【村长和大柱通电话。

【接前场。

【大柱给窑上打电话。

山　花　大柱，怎么了?

大　柱　没事! (听到声音，示意山花躲回屋里)

【群众过场。

【大柱打电话。山花上。

山　花　大柱，没事吧?

大　柱　没事，没事，真的没事。

【传来喊声: 二嫂。群众过场。

山　花　我一听到牛二嫂的事，这心就颤，就哆嗦。

大　柱　可谁能想到，那天，井下就瓦斯爆炸了……

山　花　大柱，那天，井下怎么就只有牛儿一个人呢?

大　柱　他不是在收拾现场吗? ……行了，山花，咱不提这码事了。

山　花　不，大柱，你瞒得了今天，瞒不了明天，日后让二嫂知道了，你
　　　　可咋面对呀!

大　柱　说牛儿出走了……

山　花　大柱啊大柱，你真要遭天打五雷轰啊，牛儿才十七岁，他死得
　　　　冤呐!

大　柱　山花，我也心疼……

山　花　你呀，只管自己挖煤，这井下通风就不好，可你还是不停地挖。

大　柱　你来看看这满山二十多个……，哪个井口不死人。

山　花　人死了是一回事，你瞒着人死了是另一回事，你以为你偷偷摸摸
　　　　把牛儿的尸体拉出去处理了……

大　柱　(捂住她的嘴)我的小姑奶奶……都没好果子吃。(转背面)

【群众过场。

山　花　可我这心里怕呀，要是上面来人又要查呀，封呀，那可咋办?

大　柱　两三千管理费，破财免灾。

山　花　那他们就能靠得住？要是上面真的来人又要关停了咋办？

大　柱　关停！关停！有几家关停了？……入股分红。

山　花　这村长、镇长他们在你矿上也有股份吧？这些管事的官们都让你
　　　　们给拉下水了。

大　柱　他们去澳洲去了。

山　花　他们去澳洲干啥？

大　柱　……猎鼠勾结。

山　花　猎鼠勾结？

大　柱　……

山　花　大柱，牛儿死了的事裴村长知道吗？

大　柱　……亮子头（听听声音，两人跑上台阶）

　　　　【山花转回身。

山　花　大柱，我想……

　　　　【大柱疑惑地望着山花。

山　花　我想……

大　柱　离开我，是吗？

山　花　我真的很害怕。

大　柱　一定是你爹的主意……

山　花　不……大柱，我听说开个矿得有六个证，可咱一个证都没有，这
　　　　可是黑矿……

大　柱　黑矿，黑矿，这山里哪家不是黑矿？

山　花　可你的矿越闹越大，都挖到村里去了。昨天，乡亲们都闹起来
　　　　了，我爹他……

大　柱　我知道他跟我过不去，我……山花，我该做的都做了，给你娘看

病，供你弟弟上大学……真的，将来……山花，我就是想现在多

挣下几个钱，将来……也好养活你爹。

山　花　这些，我都明白，也从心里感激你，可是大柱，黑矿、爆炸、死

人……真的，我天天做噩梦，没有一天心里踏实过。走在村子

里，好像人人都在戳我的脊梁骨……大柱，我求求你，这黑矿，

咱不干了，行不行？就算我求你……

【正在这时，似乎又听到周围有动静，他们急忙望去……亮子的

人影消失了。

山　花　（疑惑地）会不会是亮子？……一准儿是他。

大　柱　又在跟踪你？

【山花没有说话。

大　柱　我真不明白，一个小学教师，要权没权，要钱没钱，还非要……

山花，我就不信，你能喜欢他！！

【山花依然不语。

大　柱　告诉我，山花，真的，你对他有过意思吗？

山　花　行了，行了……你别瞎说了。我担心……

大　柱　你担心什么？

山　花　我担心……亮子对牛儿的事儿挺在意的。

大　柱　（一惊）你说什么？！这跟他有啥关系，多此一举！

山　花　往后……大柱，对亮子，别总跟仇人似的……你说，刚才咱说的

话，他不会听见吧？

【正在这时，一声巨响，从远处传来。

【大柱惊慌地向远处张望，又急忙掏出手机。

大　柱　又是爆炸！……不知谁的井？

【大柱拨打手机。

【裴志国急上。

裴志国　大柱，大柱！……炸了，真的炸了！

大　柱　（抓住裴志国）你说什么，又是我的井？

　　　　【裴志国点点头。

大　柱　（转身欲跑）你知道，井下有人吗？

裴志国　不，不是井下，你听我说，是你在村里挖……

大　柱　是什么？

裴志国　是山花他爹……

山　花　（惊疑地）我爹怎么了？

裴志国　你爹带着人把大柱在村里的井口给炸了，给封了！

大　柱　他……这个老耿头，他，他凭什么？……

裴志国　那还用说，你这井是黑口子。再说，你挖煤掏到村子底下……人
　　　　家炸了窑口不说，还要找你算账呢！

大　柱　他敢！

裴志国　大柱，听我的，你先躲一躲。你知道，那炸窑的不只山花爹一个
　　　　人，还有村里几十号人呢！

　　　　【大柱望一眼山花，转身欲走，返回。

大　柱　志国哥，你快去乡里，还有县里……

　　　　【正在这时，老耿头和乡亲们走来。

　　　　【山花见状，躲起。

裴志国　耿大叔，你们这是……

老耿头　既然报信，就别装糊涂！（径直走向大柱）大柱，我告诉你，从
　　　　今儿个起，你那煤窑通向村里的井口，就算封了！往后，要是再
　　　　敢动村子底下的一块儿煤，别怪乡亲们不客气！

　　　　【众响应。

大　柱　老耿大伯……

老耿头　我不是你大伯!

大　柱　好,老耿头,我正要问你呢,你炸我的井口,哪儿来的炸药,哪儿来的雷管?志国村长,这私藏爆炸物品,可是违犯治安条例!

裴志国　是,是啊。大叔,你这……真是违犯了治安条例……

老耿头　你,裴志国……

大　柱　(打断地)等等,再说,你凭什么炸我的井口?凭什么不让我开窑挖煤?

一群众　村子底下的煤,不是你大柱一个人的!

大　柱　对,有本事,你们也挖呀!

老耿头　吃祖宗饭,断子孙根,我们不忍心!再说,你们这一口挨着一口的黑窑,不就是只富了你们几个人吗?

裴志国　大叔,您这么说,也不全对。如今,有开窑的,就有打工的;有打工的,就能挣钱……要说,这二年,咱后沟人还不是指望这些煤窑,手头才宽余吗?

大　柱　就是,说心里话,我大柱还算有良心吧……(对老耿头)你不让我叫大伯,我也得说。小时候,我爹妈死得早,您没少照顾我,我大柱不就是吃百家饭、穿补丁衣长大的吗?我知道穷是啥滋味,我知道手里没钱有多难……记得,有一次在城里的饭馆,我爬在玻璃窗上,看见里面的人在大吃大喝,我多想……哪怕给我一口汤喝……可老板把我赶走了!从那时起,我就发狠,要挣钱,要发财!后来,机会来了,市场化了……可我这窑,不也让乡亲们沾光了吗?

老耿头　不对!是没有打工的,你们挣不来钱;没有流汗的,你们当不了老板!你们都拍拍良心,这二年,哪个窑口不死人,哪个窑的煤没有矿工的命，你们哪个黑窑主的手，不沾着乡亲们的血……

【此时，牛二嫂走来，口里仍不住地喊着……

牛二嫂　牛儿，牛儿，你在哪儿？牛儿，牛儿！你在哪儿？娘等着你回来……牛儿，牛儿！你在哪儿？牛儿，牛儿！你在哪儿？娘等着你回来……

老耿头　牛家他二嫂……

牛二嫂　老耿大叔！（见裴志国）表哥……

大　柱　二嫂！

牛二嫂　大柱……我正要找你。大柱，告诉我，你说，牛儿真的是走了吗？

大　柱　还能有假？好像就是井下爆炸那天走的。

牛二嫂　我记得那天，他走去你窑里上班，我给他装的饭盒……

大　柱　可我们一直没看见他。

牛二嫂　那……牛儿会去哪儿了呢？……不能啊，他不能连吭都不吭一声就走了……那孩子孝顺啊！每天从窑上回来，不管多累，都把水缸挑得满满的，屋里也收拾得干干净净。记得，那是他第一次拿工钱回来，高兴地跟我说："娘，这回我能挣钱了……小时候，我见您穿过带花格的布衫，真好看。娘，赶有空儿，我带您去县城，多给您买几件……"我乐得掉眼泪了，孩子懂事了，知道从小没爹，娘苦……

裴志国　表妹，这样吧，你先回去……

牛二嫂　不，表哥，自从牛儿走了以后，我……整天空落落的，就像丢了魂儿似的。你说孩子真要有个好歹，我活着还有啥……（突然跪下）表哥、大柱，你们就可怜可怜我这孤儿寡母……求求你们，快派人出去找找牛儿，找找我那可怜的孩子……

大　柱　二嫂，快起来，我马上派人去找……要不，志国哥，咱们，咱们

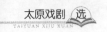

亲自去找，您看，二嫂，我和村长亲自去找，行了吧？

牛二嫂　（站起）哎，哎……我那孩子命苦命苦啊……（走去）牛儿，

　　　　牛儿！你在哪儿？牛儿，牛儿！你在哪儿？娘等着你回来……

　　　　（下）

　　　　【众人望着走去的牛二嫂，逐渐离去。

　　　　【大柱和裴志国欲走。

老耿头　等等！……牛儿真的自己走了吗？

大　柱　咋，你不相信？

老耿头　志国，我是问你，村长！

裴志国　大叔……

老耿头　牛二嫂可是你的亲表妹，你比谁都清楚她心里的苦，你比谁都清

　　　　楚她这辈子有多难啊……

　　　　【音乐。

老耿头　当初，她是个多好的女孩……跟下来插队的一个知青谈恋爱，本

　　　　来挺好的一对儿，可当着大队干部的牛成硬是把人家拆散了，逼

　　　　着牛二嫂嫁给他……谁知，十年前，他跑进城里做买卖，挣了几

　　　　个臭钱，又把牛二嫂娘俩甩了……剩下孤儿寡母，牛儿才下了煤

　　　　窑……谁知……

裴志国　大叔，这我都知道。

老耿头　你跟我说实话，牛儿真的是自己走了吗？

裴志国　……是自己走了。

老耿头　你说，平白无故，他为啥要出走？

　　　　【突然，山花走出。

山　花　爹！……您管那么多干吗？也许，牛儿嫌这儿苦，嫌井下活累，

　　　　想进城打工，能赚更多的钱。

老耿头　山花，你还在这儿，你，快给我离开这儿。

山　花　爹，我不能走……

老耿头　你说什么？你再说一句……（欲冲向山花，大柱拦住）

老耿头　你……你们离开我！

　　　　【大柱、裴志国无奈走去。

山　花　爹，爹，不是女儿不争气……我娘一病就是三年，吃药、住院，一直到送终，不都是大柱拿的钱吗？还有，弟弟好不容易考上了大学，这十里八乡只有他一个人……可咱供得起吗？……也是大柱帮的咱……爹，您就看在这些的份儿上，答应我，看在这些份儿上，别再难为大柱了！（说着，猛地跪在老耿头面前）

　　　　【老耿头望着跪在眼前的山花，也已泪流满面，他慢慢地扶起山花。

老耿头　山花，爹想了，咱欠大柱的……我豁出这条老命也要还给他！

　　　　【正在这时，亮子从后面冲到跟前。

亮　子　对，山花，我帮你还，就是再有难处，也不能这么跟着大柱。山花，你会后悔的！

山　花　亮子哥，你就别管我了……

亮　子　不，我非管不可！……山花，刚才你跟大柱说的话，我都听见了！

　　　　【山花大吃一惊。

山　花　你，亮子，刚才那真的是你？

老耿头　你听见什么了？

山　花　爹，没什么……

亮　子　山花，这，这可是犯……

山　花　（制止地）亮子哥！

老耿头　他们犯什么了？……

山　花　亮子哥，我求求你，为了我爹，为了我们这个家……你赶快走吧！

爹，我听您的……

——灯暗

第二场

【几天以后的一个上午。

【村口。

【亮子坐在大槐树下的一块儿石头上，不时向远方的路上望着。

【裴志国骑自行车向村子走来。

亮　子　姐夫！

裴志国　亮子！……哎，亮子，你在这儿干啥？

亮　子　等你……

裴志国　等我？

【亮子欲说又止。

裴志国　说话呀！……你这是咋的啦！

亮　子　姐夫，你得跟我说实话……

裴志国　啥吗？

亮　子　你在大柱的黑矿上入过股，拿过钱吗？

裴志国　（一怔）这……谁说的，亮子，这是谁说的？

亮　子　有没有这回事吧？

裴志国　没有，就是没有。

亮　子　那你为什么处处替他说话，整天围着他转呢？

裴志国　胡说什么？我是村长，我怎么能跟他……

亮　子　那我问你，说老耿叔私藏炸药，让乡公安传去给训了一顿，是不
　　　　是大柱让你干的？

裴志国　哎呀，爆炸声那么大，乡里能不知道吗？再说，也没什么事，老耿叔早就回来了。

　　　　【少顷。

亮　子　姐夫，大柱的煤窑爆炸，牛儿到底在哪儿？

裴志国　……他……不知道他在哪儿？

亮　子　没在井下？

裴志国　没有，没有……牛儿没在井下……井下没人。

亮　子　真的没人？！

裴志国　真……真的没人……

　　　　【沉默。

裴志国　亮子，你，你可不能瞎说！

亮　子　姐夫，你小心上大柱的当……

裴志国　我……

　　　　【沉默。

亮　子　姐夫，你跟过去不一样了……记得你刚当上村长那工夫，晴天一身汗，雨天一身泥。为了让咱祖祖辈辈吃雨水、雪水的后沟人吃上自来水，你三个月没下山，带着乡亲们大干了一个冬天。那工夫，乡亲们见你那裂满口子的双手，都感动地哭了……后来，你又跑县里跑市里，还拿出自己仅有的积蓄为后沟人拉电接线，点了一辈子油灯的后沟人，见到了光明！那时，你天天在羊肚巾里包着两个馍馍，连口水都喝不上……那时，乡亲们咋看你，咋待你……连我爹都心疼地："亮子，拉只羊，给你姐夫送去……"可如今，姐夫……过去的影子，都没了。

裴志国　其实，夜深人静的时候，我也想过。也许，我不跟从前一样了……可是，我觉得，觉着现在啥都和从前不一样了，变了！好像咱大

山里刮风，不知向哪边吹。政策变了，精神变了，变得不知该咋办好。看不清别人，也挣不清自己……开头，我真想撂挑子，可慢慢地，慢慢地习惯了，习惯得像淌进深水里，由不得自己……难哪，只能跟着走……其实，姐夫心里也明白，可……就像前面有个亮儿，引着你往前走，要不，要不你就坏了这里的规矩……

亮　子　什么规矩?

裴志国　跟你说也不懂。行了，亮子，姐夫还有事儿!（转身欲走）

亮　子　姐夫，牛儿的事儿……

裴志国　牛儿的事儿，……牛儿失踪了!（欲走又返）亮子，牛儿的事，不许胡说!

【裴志国骑车欲走，又返回。

裴志国　亮子，还有个事……

亮　子　啥事儿?

裴志国　你的事。这不，你姐三天两头跟我吵，眼瞅着村里人都富了，只有你，还当着那个小学教师，指着挣那仨瓜俩枣。往后，拿啥盖房，拿啥娶媳妇? ……我还真想了，要不，也给你买个窑口，采煤……

亮　子　让我也当黑窑主?

裴志国　管它啥窑主，一年至少十几万……

亮　子　我不干! 告诉我姐，你们别管我的事。

裴志国　你! ……（骑车离去）

【亮子也欲走，姚新良上。

姚新良　小伙子……前面就是后沟村吧?

亮　子　对，您是……

姚新良　我是到这儿下乡的。

亮　子　那……您是第一次来后沟?

　　　　【这时,老耿头已走在山坡上,远远地打量着姚新良。

姚新良　不,不过,我好久好久没来了。哎,小伙子,我跟你打听个人……

亮　子　谁?

姚新良　耿……当初,我一直叫他耿大哥!

亮　子　耿大哥? ……耿……

　　　　【突然,老耿头站在山坡上唱了起来。

老耿头　(唱)玉茭子结籽金线线长……

　　　　【姚新良一怔,抬头望着山坡上唱歌的老耿头,忽然,他认出了
　　　　　这就是当年的耿大哥……于是,他也唱了起来。

姚新良　(唱)山丹丹开花满坡坡香……

老耿头　(唱)阳婆婆照来山弯弯道……

姚新良　(唱)心窝窝甜来眉梢梢笑……

老耿头　大姚!

姚新良　耿大哥!

　　　　【二人紧紧地拥抱在一起。

老耿头　大姚啊,我就知道你该来了。

姚新良　为啥?

老耿头　这阵子……咱这大山里炸得轰轰响,你能不来吗?

　　　　【二人大笑。

老耿头　噢,对了,你们还不认识吧。(指姚)这也是山里的娃,当初,
　　　　　曾经在咱后沟插过队……

亮　子　噢……(想起地)您就是在省煤管局工作的姚工程师!

　　　　【姚新良正欲说什么,被老耿头打断。

老耿头　大姚,你看看,你看看,这都是黑口子,咋弄的? 弄得山里山外

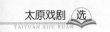

都不安生了。

姚新良　我都听说了……还听说，你封堵人家的黑口子，让乡里公安给传

去了！

老耿头　这你都知道？

　　　　【二人大笑。

老耿头　你还别说，没白去！大姚，我明白了，那些黑窑主为啥胆子越来

越大，因为上头有官，有红顶子！

　　　　【姚新良点点头，瞅着大山里的一座座黑窑，突然想起什么似的

走到老耿头跟前。

姚新良　耿大哥，那个小莲……不，是牛二嫂……对吗？

亮　子　咋，你也知道牛二嫂，姚工，她……真可怜，儿子牛儿……

老耿头　（打断地）不，大姚，走，坐到窑洞里，我从头跟你说……

　　　　　　　　　　　　　　　　　　　　　　　　　　——灯暗

　　　　【另一处灯亮。

　　　　【大柱和山花在住处附近。

大　柱　（唱）马里头挑马不一般高，

　　　　　　　　人里头看人还是妹妹好……

　　　　【大柱欲吻山花，被山花推开。

大　柱　咋啦，还生气哪？

山　花　你跟我说实话，乡里的公安传讯我爹，是不是你告的状？

大　柱　我对天发誓，不是我。

山　花　是谁？

大　柱　是他……

山　花　谁？

大　柱　村长……

【山花转身欲走，大柱拦阻。

大　柱　山花……

山　花　我去问问他……我爹就那脾气，你们又惹他上火，这回可好……

你让我咋办?

大　柱　其实，我还不是为了咱们着想。咱这矿每年能产十万吨，再开采

十年，你算算，山花，咱一辈子也花不完……花不完……

山　花　钱钱钱，你就知道钱，为了钱什么都不顾了……

【山花依旧生气。

大　柱　好了，山花，我保证，以后，再也不干得罪你爹的事儿了，行不?

等你爹高兴的时候，你就跟他说，等咱赚下大钱，好好孝敬他。

你没见，前沟的狗娃，还有几户，都在太原置下房产了。那天，

我还看见一辆"宝马"开进山来。将来，咱去北京买房子，等你

弟弟大学毕业，咱供他出国留学……

山　花　快拉倒吧。

大　柱　我对你是真心的，山花……

山　花　你要是对我真心，把钱拿出来，增加矿井里的安全设备。

大　柱　那绝对不行，你知道是多少钱，咱就等于白干了。

山　花　那咱就别干了，关井，封窑。

大　柱　关了你吃……

山　花　要不，就把牛儿的事儿向上级交代了吧? 兴许……

大　柱　……

山　花　我想去看看牛二嫂……

大　柱　行，去吧，去吧!

山　花　怪可怜的，以后，她一个人可怎么过呀!

大　柱　哎呀，四十多岁，风韵未减，再找一个呗! 你还别说，牛二嫂要

是打扮打扮，保管有人要，你说呢？

【大柱说着，又从后面抱住山花。

山　花　就你乱嚼舌头根子。大柱！……你听，好像有人……

大　柱　没人，有人我也不怕！

【突然，亮子手持酒瓶，摇摇晃晃地走来。

【山花、大柱吃惊地望着亮子。

山　花　亮子，你，你要干什么？

亮　子　我要……大柱，我要你离开山花！

大　柱　（有些害怕）你……你想咋？

亮　子　你给我听着，你一天不离开山花，我就一天不放过你。你开的是
　　　　黑矿，赚的是黑心钱，你……大柱，你做啥亏心事，我亮子知道，
　　　　你信不信？……我告诉你，不许你害山花，不许你把她往火炕里
　　　　推……

山　花　亮子，你喝多了！

大　柱　我也告诉你，亮子，山花她跟定我了！她根本看不起你这个孩子
　　　　王，你就死了那份心吧！

山　花　大柱，你说这些干什么？

【这时，亮子猛地扔掉酒瓶，从衣兜里拿出一根雷管，山花、大
　　柱顿时有些惊慌。

山　花　亮子，你要干什么？

亮　子　大柱，咱穷山沟里什么都缺，就是这个东西不缺……你听着，山
　　　　花可以不跟我，可是，也不能跟你，不能让她上你的贼船，跟着
　　　　你吃官司！……你答应不答应？山花，你给我躲开！……躲开！

山　花　（着急地喊起来）亮子！……亮子，我求求你，你就饶了我吧。

【亮子推开阻拦的山花，慢慢地走向大柱，当他走到大柱面前时，

突然亮出腰间捆绑的一圈雷管。

山　花　（突然推开大柱）大柱，你快走！走啊！……（恳求亮子）亮子，

你，你就给我一条活路吧！……

【站在一旁的大柱见状，急急走去。

【当山花回过头来，见大柱真的走了，她有些失望了，痴痴地望

着大柱走去的方向。

【音乐。

亮　子　山花！山花！……

山　花　（突然吼叫）亮子，你，你不是人！不是人啊！

【亮子望了一眼山花，没有说话。

【音乐在继续。

【这时，亮子解下腰间的雷管，走近山花。

亮　子　你看，这……这都是假的，空壳壳。

山　花　（嗔怪地）你……对不起，亮子，我不该对你这样。记得小时候，

咱俩一起上学，路过前沟的山坡。春天山坡上开满了鲜花，红的、

黄的、白的、粉的，一洼洼，一片片，真好看。你总是摘下一大

把编成花环戴在我头上。那时候娘叫我山花，你就叫我仙女。后

来……

亮　子　山花，你说这些干啥？

山　花　我知道，你是真心对我好，你怕我受委屈，怕我挨别人欺负……

这些，我心里都明白。每当我有为难事的时候，你总是第一个走

到我身边……你是我最知心也是我最信得过的人。我承认，我心

里有过你，可是……也许，这就是命吧，你知道，我娘一病就是

三年，一直到走……弟弟又要上学，我……一个女孩子怎么办？

全靠大柱接济，没有他，我们真的活不下去呀！我爹……刚强吧？

可他也得认命啊……亮子哥，我只求你，别怪我，别恨我，你还年轻，又有文化，赶快离开这山沟沟，到城里奔前途吧！城里好女人多的是……，只要你好，我山花心里就高兴，我会永远记着你。

亮　子　（感动地）山花……

山　花　人嘛，活也一场，死也一场，是对是坏，我只有这样走下去。你，亮子，别再为我担心，你高高兴兴地走，高高兴兴地离开我，行吗？

亮　子　山花……

山　花　别说了，亮子……

　　　　【山花走去。

　　　　【亮子望着走去的山花，转身下。

　　　　【音乐。

　　　　【牛二嫂上。

牛二嫂　牛儿，牛儿！你在哪儿？牛儿，牛儿！你在哪儿？娘等着你回来……牛儿，牛儿！你在哪儿？牛儿，牛儿！你在哪儿？娘等着你回来……

　　　　【姚新良悄悄地跟上，他久久地打量着牛二嫂，眼睛渐渐湿润了。突然他快步走到牛二嫂的身后，轻轻喊道：小莲！小莲！……

　　　　【牛二嫂站住了，慢慢地回过头来，疑惑地望着姚新良，望着，望着，终于从回忆中想起了站在眼前的这个人，突然，转身欲走。

　　　　【姚新良拦住了牛二嫂。

姚新良　小莲，小莲……你还认识我吗？

牛二嫂　（转过身去）不，不，你认错人啦，认错人啦……

姚新良　你是小莲，你是小莲！我是大姚，我是当年的知青姚新良啊！

　　　　【牛二嫂没有说话，她只是望了姚新良一眼，便低下头去。也许，

　　心里翻腾起那些过去的日子。

姚新良　……小莲，你不会忘记，村边的那条小河，你不会忘记春天开满桃花、杏花的山坡……你不会忘记临走那天你让老耿头送给我路上吃的黏糕……（唱）"三十里莜面，四十里糕；二十里山药，饿断腰……"小莲……

　　【牛二嫂转过身来，满眼泪水地望着姚新良，然后痛苦地摇摇头。

牛二嫂　我已经是牛儿他娘了。

姚新良　我知道了……这些年，我也一直想回村来看看。早就听说你受了不少苦，当初，你是为了我，为了我能回城上大学，你才违心地和牛……

牛二嫂　已经过去的事啦，我知足了……你还想着我。

姚新良　牛二嫂，后来，牛成走了？

牛二嫂　那个狼心狗肺的，我不想再提他……只是，我的儿子牛儿……大姚，我那儿子可怜啊！牛成走了，剩下我们孤儿寡母，是乡亲们一把米一把面帮着把牛儿拉扯大了。为了挣钱养家，才十六啊……咱穷，上不起学，都怪我，怪我狠心答应孩子下井，还不到一年……就出走了……

姚新良　牛儿真的是出走了吗？

牛二嫂　我也纳闷儿，你说他出外打工，可他为啥连吭都没吭一声就……

姚新良　牛二嫂，你放心，我一定帮你找到牛儿。

牛二嫂　不，不麻烦你。今儿个，我就进城，我说啥也要把孩子找回来，找回来。

　　【牛二嫂说话中间，山花悄悄走来，站在一边。

　　【牛二嫂欲走。

姚新良　怎么，你自己要去找……

825

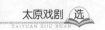

牛二嫂　你看，我还给牛儿带了几件衣服，也是……孩子临走连件替换的衣服也没拿。昨天晚上，我还给牛儿蒸了一锅馍，那孩子身板壮，打小能吃……你看，还有糊糊，他最爱吃的……真的，大姚，赶我见到他，非把孩子乐坏了不可……（又难过地）我一定把他接回来，不在外面干了，娘心疼，舍不得……

姚新良　不，牛二嫂，你先别去……

牛二嫂　去，一定去，我不能再等了。你知道，我……这两天，我常常在梦里哭醒，喊着牛儿，牛儿！

姚新良　牛二嫂……

牛二嫂　我不能没有牛儿，我一天也不能没有牛儿。这回，豁出这条老命，要饭讨吃，就是走到天涯海角，我也要把牛儿找回来！

姚新良　牛二嫂，你听我说……

　　【牛二嫂不顾一切地走去。

　　【这时，山花突然冲向牛二嫂。

山　花　（泪流满面地跪在牛二嫂面前）二嫂！你别去了！

　　【牛二嫂一怔。

牛二嫂　山花，你……

山　花　二嫂，我……我对不住你呀！

牛二嫂　（不解地）你说什么？山花……

山　花　二嫂，你，你哪儿也别去了，牛儿他……

牛二嫂　牛儿他在哪儿，他在哪儿？

山　花　二嫂……牛儿他……已经死了！

牛二嫂　（惊）什么？山花，山花，你说牛儿……牛儿不是……不是走了吗？……啊？……

山　花　二嫂，那天大柱井下瓦斯爆炸，牛儿，牛儿就在井下……他，他
　　　　被炸死了！

　　　　【音乐。

　　　　【少顷。

牛二嫂　（哭喊）天啊！……

　　　　　　　　　　　　　　　　　　——灯暗

第三场

　　　　【前场的后两天。

　　　　【地点可同前场。

　　　　【幕启后，山花、大柱、裴志国三个人沉默着，也许刚刚经历过
　　　　一番争吵，每个人的心里都显得很沉重，很焦灼。

大　柱　反正，你千不该，万不该，不该把牛儿死的事说出来。

山　花　可我不忍心，让二嫂风里雨里，吃苦受累去寻找她那……已经死
　　　　了的儿子！

大　柱　以后，我会给她钱，多给她钱……

山　花　可是她，她要的是人。

大　柱　我怎么办？你把事情捅出去，我大柱怎么办？村里、乡里、县里、
　　　　市里……我就成了新闻了，我的矿往后还开不开？

山　花　不开！不然，还会有第二个牛儿、第三个牛儿死在你的黑窑里……

大　柱　住口！

　　　　【大柱望了一眼裴志国。

大　柱　志国哥，你咋不说话？

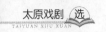

裴志国　唉，我心里总觉着对不起我那表妹，更对不起亲外甥牛儿……

大　柱　这也是没办法的事……

裴志国　既然这样了，那商量商量咋办吧。

山　花　咋办？如实交代！

裴志国　如实！……（顿悟）对，如实，我是说交代之后该咋办？

大　柱　只有一个办法，志国哥，这就靠你了。

裴志国　靠我！

大　柱　你今天就去乡里、县里……不管咋着，让他们把事情摆平了。

　　　　【裴志国不语。

大　柱　害怕了？

裴志国　不，不是，……我，我一直觉着，咱不能总给领导找麻烦，特别

　　　　是在这个节骨眼上……我倒没关系，拉下老脸，就怕人家……连

　　　　见都不想见咱。

大　柱　那咱们平白无故给他们干股干什么？连心都不操，白拿钱。

裴志国　事儿是这么说，可遇上点事儿，人家……人家可不都想躲……

大　柱　躲？……真要到了倒霉那天，我大柱不过是个马前卒。

裴志国　我没有别的意思……不知为啥，这两天，总是提心吊胆的……

大　柱　村长要打退堂鼓！……不是时候吧，万一麻烦大了……

山　花　（一怔）大柱，你们是不是还有什么事瞒着我。

大　柱　没有，没有！我是说，牛儿这件事，上头一准能为咱说话，为啥？

　　　　没有咱的矿，谁给他交税，没税，他那儿来收入，咋应付考核，

　　　　再说，他们靠啥来进项？

裴志国　不过，你没看报纸上在登什么"红顶煤商""官讨"……大柱，这

　　　　迟早一天……

大　柱　那是瞎嚷嚷！嚷嚷多长时间了，整出几个"红顶煤商"，下边不是

　　　　照样吗？……志国哥，放心，这回，我也不会让你空手去。但

　　　　是，有一条，让他们无论如何保咱继续挖煤，一天也别停，不然，

　　　　损失可就大了……

裴志国　这我知道。

大　柱　去吧，从矿上支点钱……

裴志国　哎！（欲走）

大　柱　（忽然想起）等等！

　　　　【裴志国返回。

大　柱　那个省煤监局姓姚的到底来干什么？……

裴志国　已经不在煤监局，好像退下来了。哎，山花，他咋跟你爹说的？

山　花　他跟我爹说，下来搞点开发调查……

大　柱　要做生意？

山　花　还顺便来看看我爹，当年知青插队，他就在咱后沟。

　　　　【正在这时，传来牛二嫂的喊声：大柱！大柱！大柱与裴志国藏

　　　　　起来。

　　　　【牛二嫂上，几个群众跟上。

牛二嫂　大柱！大柱！……你还我牛儿，还我的儿子！……

众　　　对！让他赔人，让他抵命！……这是犯法、犯罪！非把他告进

　　　　法院！

山　花　大柱他不在。

众　　　（打断地）大柱呢？大柱跑哪儿去了？

牛二嫂　山花，大柱呢？他……他是断了我的根啊！也怪我，也怪我呀，

　　　　我不该答应让牛儿下井啊！他……他还小啊，可大柱千不该、万

不该一直瞒哄着我，至今，我连孩子的尸首都没见到啊！

众　　（讨论纷纷）太可恶了！这帮黑窑主，为了挣钱什么缺德事都

干得出来！天理难容，让大柱跪在牛二嫂面前，低头认罪！对！

不，那太便宜他了……（有人将一根棍子递给牛二嫂）

牛二嫂，狠狠地打他，为牛儿出口气！……对！狠狠地打，为牛

儿出口气！

牛二嫂　（接过棍子）是啊，我想打他，我恨不能把他打死！……可……

人都死了，这……还有什么用？……都是没办法，都怨咱山里人

穷啊！……（将手中的棍子又递给乡亲们）牛儿！牛儿！……别

怪娘，娘是刚刚知道，你……你已经死了……（痛哭）

山　花　二嫂，大柱他也是出于好心，怕您着急，怕您心里承受不住，想

过个一年半载，再跟您说出实情……

牛二嫂　你们知道不知道，这是挖我的心肝啊！大柱呢？大柱呢？我要看

看牛儿，我不能活不见人，死不见尸啊！

山　花　二嫂，大柱会领您到牛儿的坟上去。其实，他也不愿意矿上发生

这样的事，他心里也很过意不去，对不起牛儿，对不起二嫂，他

多给您些补偿……

牛二嫂　补偿管什么，我的牛儿……一个活蹦乱跳的小伙子没了，没了！

山　花　二嫂，让水仙嫂先送您回去，我就在这儿等他，大柱回来，让他

马上去看望您，好吗？

牛二嫂　……他，他真该天打五雷轰啊！

【山花扶二嫂走去。

【大柱和裴志国走出。

裴志国　那，我先去乡里……

大　柱　不，先给牛二嫂送十万块钱去……

　　　　　【这时，姚新良走来。

裴志国　姚工！……咋，上山里来看看！

姚新良　是啊，裴村长，这满山满坡都是煤窑了？

裴志国　对……噢，你们还不认识吧，（对大柱）这是省煤监局的姚工程师……

姚新良　不在那儿干了……

裴志国　这是大柱，你们知青那工夫，他们家还没搬来呢，这不也开着个煤窑。

姚新良　（打量大柱）好哇，挖几年煤了？

大　柱　三年了。

姚新良　这后沟的煤是三号煤，含硫量低0.6％—0.8％，好煤！价钱不低吧？……我想，一准是供不应求。

大　柱　难怪是工程师，说的倍儿准！只是，时开时停，上边一来人检查，就……（疑惑地望着姚新良）你……不是来调查这煤窑的吧？

姚新良　（大笑）我告诉你，今天我还就是专门调查这煤窑的……不过，你放心，我另有项目。

裴志国　姚工，我猜，你一定是想搞点儿开发，要煤……

姚新良　只是，担心你们满足不了我的需求。

大　柱　要多少？

姚新良　有多少要多少。

大　柱　你要多少供多少！

姚新良　我不信！……别忘了，你们这些都是黑口子……

大　柱　放心！姚工，你看，消息树！只要上边来检查的人一露头，这消

息树就倒了……

裴志国　就跟当年对付日本鬼子进村一样……该撤的撤，该转移的转移……

　　　　放心，每次都很安全。

大　柱　再大不了，白天睡大觉，晚上干，一样！

姚新良　要是我自己想开个口子呢？

大　柱　那还不好说，我那边还有一个口子，正闲着。怎么，你真打算干吗？

　　　　买也行，包也行……

姚新良　这么痛快？

大　柱　要包的话，每出一吨煤，给我十五元。大约成本是六十五元，你

　　　　每吨能卖二百四十元，再加上有关部门每年咋也得有三四万的

　　　　打点费用……

姚新良　万一有麻烦呢？

裴志国　这你甭担心，姚工，我们都能摆平。

姚新良　不行，我跟这些部门太熟了……

大　柱　那好办，名义上还是我开……你只挂个虚名、假名……

姚新良　入股呢？

大　柱　也可以挂虚名、假名……哎呀，这上边当官的都是挂虚名、假名

　　　　入股，还有根本不投钱——干股……（突然有些怀疑）噢，不，

　　　　不，"红顶煤商"在咱后沟，好像没有……是吧，村长？

裴志国　对，对……

姚新良　（笑）看来，你们对热点话题还很敏感，很有警惕……我再问你，

　　　　我要参与竞标行不行？

大　柱　竞标？！"谁出高价谁中标"，这话你可千万别信，都是糊弄人

　　　　的，其实，下头早就捏估好了。

姚新良　那你这口井花了多少钱？

大　柱　不瞒你说，前几年我在乡里跟着一个领导干事。说实话，我是春夏秋冬为他买单，还有他的家属……说白了，我就是他们家的财务科科长！谁知道花了多少……反正，你要想干成事，不先拿出十万八万的，一句话，摆不平！

姚新良　可是，万一井下出了死伤事故怎么办？

　　　　【大柱望了一眼姚新良，突然不说话了。

　　　　【少顷。

大　柱　姚工，我听出来了，你绕了这么大的圈子，是不是就想问问我牛儿遇难的事？我知道，山花已经跟你说了，真的，当时是怕牛二嫂经受不起打击，才跟村长合计再三……

姚新良　裴村长，这事儿你也知道？

裴志国　知道，知道，我还连夜请示……噢，他请示我，就我和大柱知道。

姚新良　当时，瓦斯爆炸，井下几个人？

大　柱　就……就牛儿一个人，没错，就一个人。

裴志国　对，矿工早都升井了，就剩下他在井下清理现场、收拾工具……

姚新良　裴村长也在现场？

裴志国　不，不，是大柱向我汇报的。

姚新良　记得，在煤监局时，我还听说有这样的事，矿难职工的尸体被老板消尸灭迹，连矿难者的家属都不让知道……

大　柱　那不会……那……那样干太没有良心了。太不是人啦！

　　　　【这时，老耿头、山花匆匆走来。

老耿头　姚工！姚工！……你可真能保密，咱俩一个炕上住了四五天，你的嘴封得这么严，我硬是不知道，要不是亮子从县城来电话……

山　花　志国哥，大柱，姚工是咱们县新到任的县委副书记！

　　　　【裴志国、大柱惊怔地望着姚新良。

裴志国　姚……姚书记！……

　　　　【大柱颓丧地坐在一边。

山　花　大柱，姚书记不是外人，咱就实话实说……

大　柱　我说了……我都说了，什么都说了……

姚新良　说心里话，我也是从大山走出去的人。我舍不得这里的山山水水，每当我看到一次次矿难，一个个生命被吞噬的时候，我的心在剧烈地疼。每当我看见这一个个非法的黑口子，为了敛财，肆意开采，又不断破坏我们的生存环境时，我真想大喊，我们对不住我们的子孙后代！……大柱、裴村长，你们该好好地想一想，为后沟人想一想，为牛二嫂这样的人想一想，也为你们自己想一想……

山　花　姚书记，让大柱他们把出事前后的情况，详详细细地写出来……

姚新良　（点点头）行，大柱，除了这些……

大　柱　姚书记，我发誓，别的什么都没有……

姚新良　裴村长，是这样吗？

裴志国　是……是这样……

姚新良　那好，大柱，你去把矿上职工花名册拿来。记住，我是要所有下井矿工领取工资并且有本人签名的……花名册。

　　　　【大柱一怔，有些惶恐地望了一眼裴志国。

大　柱　（无奈地）行！

山　花　那还不快去拿！

　　　　【大柱、裴志国下。

山　花　姚书记，您说，大柱他犯的是不是人命案啊？

老耿头　咋不是，要进监狱的。

山　花　真的？！（痛哭）

姚新良　山花，不能这样想，大柱的问题，还有待我们进一步调查清楚。

我想，你有责任帮助他……山花，一会儿，我想单独找你谈谈。

山　花　行，咱回家谈。（欲走）

老耿头　等等，山花……

【山花站住。

姚新良　那，我在家里等你。（下）

山　花　爹，有事儿？

【老耿头沉思，不语。

山　花　爹，你说话呀！

老耿头　山花，爹就你这么一个闺女，过去的事，爹不埋怨你。……这些
年，你娘、你弟花他大柱的钱是不少，我心里明白着呢。爹知
道你的难处，知道你跟着大柱全是为了这个家呀！……想到这些，
三更半夜，爹常常一个人掉眼泪呀！你娘临死，留下一句话，别
让咱闺女受委屈……爹对不住你娘，对不住你，你受了多大的委
屈呀……孩子，如今，他大柱算是作到头了！死了人，那是要坐
牢的，天经地义啊！……我不能再让你跟他一块儿往火坑里跳了。
山花，咱不能，爹不让你……我还是那句话，大柱给咱的，就当
是借他的……（说着从怀里掏出个小本本）你看，他给咱每一笔，
爹都记着呢！钱虽说不少，可爹咬牙还，这辈子还不上，你弟弟
还……山花，你听爹的话，不能再跟他了，山花！

山　花　爹，我知道，您疼我，爱我，您都是为了我好……我从小死了娘，
山花跟您一辈子，您又当爹，又当娘，为我们吃了一辈子苦……

爹，女儿什么都能忍，就是不忍心再让您受穷受罪……爹，刚才，大柱当着姚书记的面都交代了。再说，他走到今天，我也一直跟着他，我不能在这个节骨眼儿上离开他……

老耿头 好糊涂，孩子……万一上级调查明白了，他的罪过大，他回不来呢，回不来咋办？

山 花 回不来我也等！

老耿头 山花，山花……你知道，你这是往死里逼你爹呀！……不，不行，山花呀，从今儿个起，你……你马上离开他！

山 花 不，爹，我到死也不能答应您。

老耿头 （气急地）你，你说什么，你再说一遍！

山 花 我已经是大柱的人啦！

【老耿头再也抑制不住地挥手打在女儿的脸上。

山 花 爹！

【山花站起跑去。

——灯暗

第四场

【紧接前场，夜。

【村口。

【幕启。老耿头站在村口的山坡上焦急地寻找着，呼唤着。

老耿头 山花，山花！……你在哪儿？你在哪儿啊？

【寂静的山谷传来老耿头的一声声回音，无奈，他只得坐在一块石头上。

【姚新良也气喘吁吁地走来，他也在寻找山花，老耿头期待地望
　　了他一眼，姚新良摇摇头。

老耿头　你说，山花能上哪儿呢？她能去的地方，我都找过了。

姚新良　山花有可能去找大柱。

老耿头　大柱呢？

姚新良　我想……大柱跑了。

老耿头　他跑了？

姚新良　耿大哥，其实，我来之前，县里就收到了两个四川民工家属的来
　　信，寻找他们在后沟煤窑打工的亲人。信上提供的四川矿工失踪
　　的时间，和牛儿遇难的时间几乎一样，而大柱的煤矿里还就有四
　　川籍的民工……

老耿头　……会不会，那天矿井里的瓦斯爆炸，遇难的不只是牛儿一个人……

姚新良　（点点头）昨天，听说两个四川籍矿工的家属已经到了乡里，也许，
　　大柱得到消息，害怕事情败露，跑了……

老耿头　真要是这样，大柱的罪……

　　【正在这时，村长裴志国骑着自行车，匆匆赶来。突然看见姚新
　　良和老耿头，心里一怔，颇有些意外和尴尬。

裴志国　噢，姚书记，耿大叔……这么晚了，还……在找人吧？

姚书记　对，我也正想找你呢！

裴志国　找我？！……不是吧，我刚回来……

姚书记　如果我猜得不错，你是从县里回来……

裴志国　不……噢，是，是从县里回来。

姚书记　一定带回来重要的消息。

裴志国　没，没有，姚书记，要是没有什么事，我先回家了……

姚新良　等等！如果没有重要消息，那就是你没有见到那个人……

裴志国　谁？我谁也没想见。

姚新良　不，你要见，你必须得见这位县里的领导，可惜……"双规"了，对吗？

裴志国　这……姚书记，我……我真的没什么事，我只是跑跑腿，在中间上传下达，穿针引线……

姚新良　还有入股分红吧？你们村长、乡长，还有县里的个别领导，入着"干股"，拿着井下工人的血汗钱。那是用命换来的！你们不觉得脸红，不觉得心里有愧，不觉得羞耻？……

裴志国　姚书记，我……我没分多少，要不，您调查……

姚新良　我再问你，那天大柱的井下瓦斯爆炸，遇难的仅仅是牛儿一个人吗？

裴志国　（一惊）……是，是牛儿一个人，没错，就一个人……

姚新良　你再说一遍！

裴志国　姚书记，我不敢撒谎，不……

姚新良　也许你听说了，两个四川籍矿工的家属就要来寻找他们的亲人……

【裴志国一惊，久久地说不出话来。

裴志国　这……这我不知道，我真的不知道。

老耿头　志国啊，让我说一句啥好哇！你，你真的变了，你不再是先前那个裴志国了！为了钱，你跟那帮黑窑主坐到一个板凳上去了。

裴志国　姚书记、耿大叔……说心里话，我是占了点儿便宜，……可我也是为了村里、乡里的收入，为了乡亲们能有好日子。再说，上边人说话，我不敢不办啊！……这些年，我……没有功劳，也有苦劳，我真是没白没黑地操着心、受着累……

【裴志国说完，转过身来，姚新良和老耿头已经走了，他望着二人走去的背影，有些失落，有些害怕，有些不知如何是好。

【正在这时，山花走来，亮子追上。

亮　子　山花，山花! ……

山　花　亮子？! ……亮子哥，你不是已经去县城了吗？

亮　子　我又回来了。

山　花　不去补习班上课了？

亮　子　不去了。……

山　花　为什么？

【亮子不语。

山　花　不奔前途了？甘愿在这山沟里受一辈子穷？

亮　子　我知道，考大学，有前途；我也知道，在这大山里当一辈子孩子王，只会吃苦受穷……可是，我真的走了，这些孩子们怎么办？一想起牛儿，我真不忍心把村里的孩子们耽误了。……多少年了，正是因为他们没有文化，才不得不去打工，不得不像牛儿一样，还是个孩子就累死累活地下到矿井里……好了，不说我了，还是说你……山花，今天我刚回来，就听说你离家出走了，老耿叔都要急疯了，村里人都在找你，我连家都没回，就上山来了。山花，走，快回家吧!

山　花　你们谁也别再逼我了! 我说了，我活是大柱的人，死是大柱的鬼!

亮　子　你八成还蒙在鼓里吧，他大柱早就跑了!

山　花　（惊疑）他跑了，为啥？

亮　子　昨天，乡里来了两个四川籍矿工的家属，是找失踪的亲人。听说，失踪的两个人也是在大柱的矿上打工……

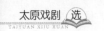
山　花　（大吃一惊）你说什么？……也在大柱的矿上打工，也失踪了？……

【亮子突然发现蹲在一边的裴志国。

亮　子　姐夫，你怎么在这儿？

裴志国　噢，刚出门回来，我想一个人在这儿歇一会儿……

山　花　（突然走向裴志国）志国哥，刚才亮子说的是真的吗？

裴志国　我也是听说……

山　花　不！你不会只是听说，大柱说你什么都知道。你快告诉我，这到底是怎么回事？到底是不是真的？

【裴志国望了山花一眼，抱头不语。

山　花　（见状）是真的？！……志国哥，你说呀，你别瞒我……你说呀！

亮　子　姐夫，真要是有事，你可不能再瞒着了，不为别的，也该为山花想想，也为你自己想想！

山　花　说呀，说呀！那两个四川籍的矿工是不是在大柱的井下，是不是也……（忽然想起），是不是和牛儿一块儿死的？！是不是？你说呀！说呀！志国哥……

【此时，裴志国再也承受不住了，他慢慢地站起来。

裴志国　我说，我说……山花，是真的，是真的！那天，井下瓦斯爆炸和牛儿一块儿遇难的还有两个四川民工，大柱不让说，一直瞒着你……

山　花　（几乎晕厥）……

裴志国　也怪我……

亮　子　就是怪你，你是村长，消尸灭迹，隐瞒不报，这是犯罪！……还不快去！

裴志国　去哪？

亮　子　去向姚书记坦白、交代！

裴志国　哎哎。（推车急下）

　　　　【音乐。

　　　　【愤怒与怨恨中的山花，慢慢地变得木然和平静，也许这是情到
　　　　　极致时的自我解脱，她坐在一块石头上，向远方凝视着，沉思
　　　　　着……

亮　子　山花，山花，你怎么啦？……你怎么不说话？……

　　　　【山花依然不语。

　　　　【少顷。

山　花　……亮子哥，我冷……，不，是心里冷。草青草黄，夏去冬来，
　　　　一次次矿难就像一阵阵北风，一场场大雪，什么都没有了，没有
　　　　了……梦想没了，希望没了。冬天来得太早了，北风拼命地吹过
　　　　来，大雪铺天盖地地压下来，小山花再也经受不住枯萎、凋落了……

　　　　【得知山花要寻短见，老耿头顿时气绝，跌倒在地。

　　　　【众人急忙围上去呼唤着。

　　　　【音乐。

　　　　【突然，山花跑来，猛地扑倒在父亲眼前。

山　花　（惨烈地）爹！

　　　　【音乐。

　　　　　　　　　　　　　　　　　　　　　　　　　　——灯暗

尾　声

　　　　【大雪纷飞。

【远远的一行送葬队伍在山路上缓慢地走着走着……

【一束光下。

山　花　爹，我做梦也没想到，大柱的黑口子害了牛儿，害了四川娃，也害了你呀！我恨大柱，恨那些黑口子，更恨我自己！我对不起你，对不起娘，也没脸再见乡亲们了，这些日子，我好像长大了，懂事了，你放心吧，咱后沟一定会越变越好的，我也一定会照顾好弟弟。等春天来了，您别忘了回来看看，看看后沟，看看山花。

　　　　　　　　　　　　　　　　　　　　　　　　——灯暗

【一束光起。

裴志国　老耿大叔，说实在的，我都没脸给你送行，可谁让咱爷俩在这穷山沟里相处一场呢！我先给你鞠个躬，也在你面前，给咱后沟的乡亲们鞠个躬……，我裴志国不配当这个村长，我自己也不明白，这几年，我都干了些什么啊？大柱矿上出事，我心里有愧，对你有愧，对乡亲们有愧，对党多年的教育有愧呀……老耿大叔，我错了！你放心，我怎么一步步走错的，我裴志国再一步步地走回来！

　　　　　　　　　　　　　　　　　　　　　　　　——灯暗

【又一束光起。

【大柱戴着手铐。

大　柱　牛二嫂，我说什么呢？（跪下）我知道，你最心疼的牛儿没了……二嫂，放心，等有一天，我还能出来，我一定养活你老人家……伺候您一辈子！

【又一束光下。

牛二嫂　大柱，放心地去吧……你还年轻，脚下的路长着呢，等出来，再从头走，走出个大山人的样儿来！

　　　　　　　　　　　　　　　　　　　　　　　——灯暗

大　柱　我记住了，牛二嫂，记住了。乡亲们，这几年，我就像做了一场
　　　　梦……昨天，姚书记一句话，我明白了……

　　【又一束光下。

姚新良　当年，我们的祖辈从大山里掏出第一筐煤，那是他们的贡献；今
　　　　天，如果是我们掏尽大山里的最后一筐煤，那就是罪过！

　　　　　　　　　　　　　　　　　　　　　　　——灯暗

大　柱　于是，我偷偷地对着戴在自己身上的这副手铐发誓，一准把给后
　　　　沟人造的孽补偿过来！……山花，是我害了你，骗了你，我真的
　　　　对不起你，对不起老耿叔……山花……

　　【欲说又止。

　　　　　　　　　　　　　　　　　　　　　　　——灯暗

　　【又一束光下。

山　花　我会等你回来……既然，我在这大山里，爱过，恨过，流过泪，
　　　　摔倒过……，我就不会离开这里。因为我相信，世界上真的是没
　　　　有一条路会让你白走了，何况，还有太多的坎坷，太多的思念，太
　　　　多的牵挂……

　　　　　　　　　　　　　　　　　　　　　　　——灯暗

　　【主题歌起：

　　　大山人就是这样过，

　　　大山人就是这样活。

　　　爱过、恨过、流过泪、摔倒过，

　　　太多的坎坷，是你，是我；

843

爱过、恨过、流过泪、摔倒过，

太多的牵挂，是你，是我。

那也舍不得，大山里生，大山里长，

那也舍不得，一辈子活在山窝窝。

就是舍不得。

就是舍不得……

【歌声中，远处送葬的队伍又继续行走在山路上。

——灯暗

【终剧】

太原戏剧选

疯狂的疯狂

编剧：宁财神

时间：2008年7月

【剧中人物】

主持人、耿浩、记者、刘小通、小张、牛春环、工商、

张医生、顾客、黑衣人、张挺

序

【舞台上，耿浩一个人骑着动感单车，运动头盔，大墨镜。

【画外音一：第三届环亚自行车大赛上，我国车手耿浩顺利进入决赛，成为我国历史上第一个有可能在这个项目夺冠的自行车手。（黄健翔）50米，30米，10米，不是一个人，我们一起喊他的名字，耿浩今天生日快乐！（起光，报纸，定格）

【画外音二：在2006环亚自行车大赛上，我国车手耿浩成为我国历史上第一个在此项目夺冠的亚洲自行车手。

【画外音三：耿浩成功地从赛场上的闪电侠转型到影视上的小天王。如今出演了一部当红导演指导的新片《疯狂的石头》……近期他还来到了体育人生的录制现场……

第一场

【起光，体育人生的现场。

主持人 观众们大家好，这里是"劲来到"独家冠名体育人生录制现场，

我是主持人朱小军！下面有请本期嘉宾——车手耿浩！

【耿浩在掌声和欢呼中跳下自行车，上台招手。

耿　浩 大家好，我是耿浩。我们的口号是"我们要运动，我们要强壮"。

你好，你好，朱军！

主持人 ……我不是朱军，我是朱小军，我们是体育人生，不是艺术人生。

【台下有观众狂喊起来：耿浩，牛逼，耿浩，雄起……

主持人安排耿浩就座。

主持人 耿浩，说实话比赛当时累不累？

耿　浩 啊！连着骑了300公里啊！啊！累当然累。

主持人 你太谦虚啦，刚才看实况，你一直很轻松，别的选手经过水站，

都是快速接过水瓶，一边骑一边喝，你是停下来，一边喝，一边

还跟志愿者聊天，能告诉大家你都聊了些什么吗？

耿　浩 呵呵，不太好说。我跟她说，小姐，你看起来好眼熟喔……

主持人 这种时候还不忘和车迷打招呼啊？

耿　浩 不是，不是，我是真觉得她特别眼熟。

主持人 留电话了吗？

耿　浩 没来得及，刚找到纸和笔，张挺就追上来了，后半程，他一直咬

得很紧。

主持人 但他还是输了，据统计，你跟张挺从1998年开始，共有九次交锋，

但他从来没赢过你。

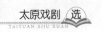

耿　浩　　呵呵，他赢我，很难！

主持人　　为什么？对不起，我们这是直播请说普通话。

耿　浩　　（青岛话改普通话）因为张挺啊！他家有钱，他每天开着奔驰来训练的，不像我们，除了骑车啥都不会，只能一条道走到黑，干我们这行的最重要的还是决心和毅力！

主持人　　掌声给他鼓励一下！

　　　　　说实话，从入行至今，你有没有后悔过？

耿　浩　　后悔也有过，每次被教练批评，都不想干了，总想回家开个修车摊啥的。

主持人　　但你最终还是坚持下来了！

　　　　　【煽情音乐起。

耿　浩　　没办法啊，我每次逃回家，爹妈把我暴揍一顿之后，送回少体校，当着大家，又是一顿，这么粗的棒子打断了好几根……还有的时候这么宽的皮带，能活活抽折了。当时，面对教练，我心里只有一句话……

主持人　　是什么，想说什么呢？

耿　浩　　电视上不太方便说，呵呵……

主持人　　其实耿浩一直都想对他的教练说一句话，这样的情感，这样的师徒情节。下面我们看一下，耿浩在《疯狂的石头》这部电影里想对教练所说的话。请看VCR：

　　　　　【耿浩电影片段，你妈了个逼啊！

耿　浩　　……

主持人　　在电影里说脏话，好像不太符合你一贯健康的形象。

耿　浩　　你不懂那是电影是艺术吗，那是给穷哥们帮忙，去串了一下，票房还凑合，我这人其实特内向，最烦的事情就是抛头露面……

主持人 掌声给他鼓励一下……下面，我要和大家说的是一个不为人知的

感人故事……你把眼睛蒙起来。

耿　浩 我知道！你们总喜欢把别人弄哭，这是收视率保障，但是我不会

哭的。好！我把眼睛闭起来，看看你们要搞什么？

主持人 我们请来了这位神秘的嘉宾，他也是好不容易才来到了我们的节

目现场。（解开眼罩）刘小道可不是一个一般的孩子。他16岁就

已经读完了高中的全部课程，可以说是个神童。今年他还在奥林

匹克大赛拿到了一等奖。

【刘小道上，十分激动紧张。耿浩，耿浩……

耿　浩 哎！我不认识他呀。

刘小道 我叫刘小道，文刀刘，道路的道，年龄18，性别男，籍贯邯郸，

今年高三。

主持人 刘小道，说说看，你从什么时候开始喜欢他的？

【煽情音乐起。

刘小道 八年前，耿浩第一次参加比赛，中途摔了一跤，浑身是血，软组

织大面积挫伤，但他还是咬着牙坚持到终点。

耿　浩 全运会选拔赛吧？

刘小道 对，那次比赛，耿浩虽然没拿到任何名次，但他那种牛逼哄哄的

精神打动了我，从那时候开始，我就希望自己能像耿浩一样牛逼

哄哄，刻苦训练，勇往直前（一群男生）耿浩，牛逼，耿浩，雄

起……

主持人 刘小道同学还特意准备了三箱由耿浩代言的"劲来到"饮料，让

耿浩亲手送给你！

耿　浩 （送礼物）刘小道，希望你喝"劲来到"，保持旺盛的精力，提

高学习效率，考上心目中理想的大学！

刘小道 有你这句话，再加上它的帮助我一定考上北大，考不上你抽我一百个大嘴巴！

　　　　【相机咔嚓咔嚓。

耿　浩 好，我相信你，去吧！

　　　　【耿浩目送着刘小道下场。

主持人 好，下面我们进行下一个环节。下个月耿浩你就要参加2006环法自行车赛，说句实话，有信心夺冠吗？

耿　浩 有信心。当然有。

主持人 这么自信哦。为什么这么有自信呢？

耿　浩 当然有（举瓶）因为有它——第三代纳米技术运动型饮料——劲来到！而且我要告诉大家的是，它绝对含激素和防腐剂。下面我们看一下数据资料。普通的饮料是600毫升，但是我们劲来到有多少呢？605毫升哦！但是5毫升多不多？是不多。一瓶多5毫升，那全国有13亿人那是多少呢！不要算了。5毫升多不多，不多。但是这个足以证明厂家的诚信决心和爱心。我自从喝了它，腰不酸了有没有，腿不疼了，为什么呢？告诉大家，这个饮料你不喝倒是没有关系，但是结果你一定会后悔。

主持人 这么说他就是饮料中的黄金了。

耿　浩 错！

主持人 那就是饮料中的白金。

耿　浩 还是错！

主持人 那是什么呢！

耿　浩 他是饮料中的钻石！

　　　　【相机咔嚓咔嚓。

主持人 那么，我们可不可以这么说，劲来到，改变了你一生的命运？

耿　浩　呵呵，对于这个问题，我的回答是……

　　　　【闪光灯频闪。耿浩用手挡住眼睛。

耿　浩　什么情况？合约上没说可以采访啊？采访要另外收费的，太不专业了，什么情况啊？别拍了，说你呐，还拍？

　　　　【闪光灯停止。

　　　　台下有记者发问：耿浩，我三分钟前接到消息，你的兴奋剂检测结果呈阳性……

耿　浩　这个环节也太过分了，哭不出来，你不能硬让人哭啊？什么意思啊，过了啊！

主持人　这个环节不是我安排的！等我问问制作人……

记　者　不用问，本环节是随机的，耿浩，你的检测报告，主要成分是苯乙酸诺龙。

耿　浩　什么龙？

记　者　苯乙酸诺龙！属于合成类荷尔蒙睾丸素，大剂量使用可能导致癌症、糖尿病、早衰症，以及严重的精神错乱。

耿　浩　我看你才精神错乱呐，想玩是吧？行，哥哥陪你，接着来，今儿我要是流一滴泪，金牌就送给你！

记　者　你没有这个资格，这枚金牌已经不属于你了！

耿　浩　不属于我，难道属于你吗？

记　者　原来的亚军，你的老对手张挺获得冠军，并获得了本属于你的奥运火炬手称号。

耿　浩　我说你就是个神经病！这是我听过的最有想象力的谎言，继续！

记　者　你的教练得知消息，心脏病突发，正在协和医院抢救，现在生死未卜。

耿　浩　我呸呸呸，怎么说话呢？警告你，差不多得啦，无聊的玩笑到此

为止!

记　者　你说到此为止，指的是自己的职业生涯吗？

耿　浩　是又怎么样？怎么样？再来劲，信不信我抽你？

记　者　那么，我们可不可以这么说，劲来到，改变了你一生的命运？

耿　浩　对于这个问题，我的回答是，你妈了个逼呀……

【淡黑。

【一束聚光灯渐亮，报纸、丑闻、兴奋剂。

报　道　2006年环亚自行车大赛的冠军耿浩的尿样检测呈阳性。环亚冠军
　　　　将被取消，耿浩将面临为期两年的禁赛。

第二场

【两年后……

【拘留所

【一盏台灯忽然亮起，照在刘小道脸上，刘小道单手遮脸，朝对
　　面看过去，他手上戴着手铐。
　　片儿警小张用开水壶泡了碗面，端过来放在桌上。转身去拿水壶，
　　刘小道拿手机摆弄，小张转身看见。

刘小道　唉！你这手机是新款啊！真酷！

小　张　放下！

刘小道　今儿什么日子啊？

小　张　2008年4月7号。

刘小道　我想问一下，今儿不是严打吧？不是，严打的话那我上网上得好
　　　　好的，就是忘了带身份证，你们凭什么抓我呀？

小　张　老大爷，您还挺新潮啊！有人举报，你在互联网上非法盗卖虚拟

货品。

刘小道　我晕！虚拟货品……是虾米意素？

小　张　这方面您是专家，您不是黑客吗？这我得跟您学啊。

刘小道　我倒！我上网除了CS和QQ，不玩别的。

小　张　我也玩QQ，但不像你，玩的都是别人的号儿。

刘小道　我汗！别人的号……我没密码，怎么玩啊？警察叔叔，要不您教
　　　　教我？

　　　　【小张挥起警棍，狠狠地敲了一下桌子。

小　张　我问一句，你答一句，听见没有！

刘小道　喳！

小　张　姓名？

刘小道　刘小道，文刀刘的刘，大小的小，道路的道，叫我小刘、小道都
　　　　可以。你叫我道哥我也不介意。

小　张　刘小道，多大了？

刘小道　18……

　　　　【小张用警棍敲桌子。

刘小道　我真的是18，不信让你看身份证。

小　张　（伸手）身份证？

刘小道　没带，官爷，要不你先放了我，容小人回家拿一趟？

小　张　你家地址？

刘小道　干吗？想去搜集罪证啊？

小　张　地址！

刘小道　东经：116°23′17″，北纬：39°54′27″……

小　张　那么准确。

　　　　【小张在手机上输入数字。

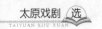

那是上海东方明珠，你是那颗珠啊？

刘小道　哟，GPS，可以呀！你女朋友对你不错啊？

小　张　跟你有一分钱关系呀？

刘小道　你的皮带是限量版的Levis，以你的收入，怎么舍得花这种钱？

小　张　就不兴是爸妈买的？

刘小道　如果是爸妈买的，皮带上多打的两个洞就不会是心形的。

【短信声狂响。

小　张　你干了些什么啊？

刘小道　我修改了你的PIN CODE。

小　张　什么意思？

刘小道　嘿嘿，现在你有两个选择：一，例行公事，随便问两句，然后放了我；二，过两天再放了我，随后你的女友接到神秘短信，展开调查，发现你用这个手机号拨打了无数个国际色情电话……

小　张　我他妈废了你！

刘小道　（顶上）然后你下半辈子都在还手机费，人家是房奴，你是机奴，江湖人称基努李维斯。

小　张　……（手机短信狂响）我关机你跟我要心眼是吗？

刘小道　你有心眼吗？你上警校的时候，考试怎么样啊！

小　张　全班第一！

刘小道　那犯罪心理学呢？

小　张　全校第一！

刘小道　那我问你一件事，我一直都想不明白，一个女性连环杀手，有家族精神病史，童年曾遭到严重虐待，性取向正常，没有宗教信仰，连续杀害十五个男人，第十六个是女性，以后就再没杀过人……这是为虾米（什么）？

小　张　……那得看当时的具体情况。

刘小道　不用看，第十六个就是她自己啊。

小　张　你这是脑筋急转弯！

刘小道　那你就是承认自己脑子一根筋呗？

小　张　我……（二人同时）我他妈废了你！

　　　　【有人在外面叫：小张，有人找，小张……

小　张　回来再收拾你！

　　　　【小张离开。

刘小道　哈哈，倒霉孩子。

　　　　【舞台边缘，小张走出来，律师牛春环也走过来。

小　张　现在不行，我们还没结束审讯。阻挠办案，是要负法律责任的！

牛春环　你说的那个证明我开了，你让我进去吧。

　　　　【小张无奈地放手，牛春环调整呼吸，缓步上场。

牛春环　您好！请问刘小道在吗？！

刘小道　哦！刘小道！他刚刚出去，你没看见他吗？

牛春环　哦，那好吧！我在这里等一会！

刘小道　你是警察？

牛春环　我不是警察！

刘小道　别蒙我了！你就是警察！那个小张呢？怂啦？硬的不行，直接改美人计啦？

牛春环　美人计？

刘小道　（端详片刻）好吧！我就将计就计！作为警察，你长得还算凑合，八十分吧。

牛春环　Excuse me！我看起来很像警察吗？

刘小道　喔，不是警察，那你是卧底啊？

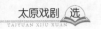

牛春环	卧底? What do u mean?
刘小道	哟,洋卧底啊? FBI还是CIA啊?
牛春环	UCLA,加州大学洛杉矶分校法律博士,any problem?
刘小道	你在美国待了多少年啊?
牛春环	大学五年!
刘小道	留了一级啊?
牛春环	我那个专业本来就是五年!硕士一年,博士两年,加起来一共八年。
刘小道	喔,苦学了八年,获得了博士学位,就为了回来当个小片儿警? 您可真有出息。
牛春环	我说过,我不是警察,好好好!我不和你说了!这孩子怎么还不 回来啊?
刘小道	他应该已经回来了!
牛春环	回来啦?
刘小道	回来啦!
牛春环	在哪啊?
刘小道	这个房间就我们两个人!你不是刘小道,那答案不是已经很明显 了吗?
牛春环	刘小道?原来你就是,刘!啊!
刘小道	我叫刘小道!你叫我小刘可以,小道也可以,你叫我道哥我也不 介意,但是我不叫刘!!啊!!
牛春环	如果不是我亲眼所见,打死我也不信你是个16岁的孩子。
小小道	姐姐!我已经18了!
牛春环	这是我的名片!
刘小道	(接过)牛春环——好名字!不愧从美国回来的,名字真洋气!
牛春环	你……叫我Amy好啦!

刘小道　Amy……靠!

牛春环　What?

刘小道　你姓牛,牛不就是cow吗?

牛春环　英文中姓名应该是音译,而不是直译……

刘小道　牛……老爷?

牛春环　lawyer!

刘小道　你是律师啊?

牛春环　That's right! 我是来帮你的!

刘小道　帮我? 就你? 你这样的律师我见多了……

　　　　【刘小道把名片扔到面碗里。

牛春环　Hey boy,这么做很不礼貌!

刘小道　喔,I'm sorry,I'm 故意的!

牛春环　Why?

刘小道　英语是你的母语吗?

牛春环　No! So?

刘小道　那你为什么非得把英文挂在嘴边啊? 用得还都是四级以下词汇,
　　　　赶时髦? 还是没自信啊?

牛春环　没自信,What do u mean?

刘小道　如果你对自己的能力足够自信,就不会用这么拙劣的方式提醒别人,
　　　　你留过学,一个失败者,也就是民间俗称的傻波依,才会用文凭
　　　　来证明自己的能力,您觉得我说的right不right?

牛春环　……

刘小道　你不但缺乏自信,还缺乏安全感喔!

牛春环　安全感? 你又是怎么知道的呢?

刘小道　你说话时,经常交叉双手护住胸前,心理学的说法,潜意识支配

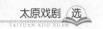
动作!

牛春环　哦！这是弗洛伊德的学说。

刘小道　我怎么记得是荣格啊？从这个细节上看，你还喜欢不懂装懂，从你的穿着上看，外面这身是公司发的职业套装，里面那件衬衫从款式上看应该是armani，说明你很在乎别人对你的看法，包包和鞋子都是二线名牌，可你的袜子是十块钱三双的地摊货，（倒水）这种生活习惯，说明你的家庭出身并不算太好，你上UCLA靠的是奖学金吧！因此付出的代价就是，你在学生时代没时间玩儿，没时间交朋友，你心里想的只有一件事，就是通过自己的努力，改变自己，乃至整个家族的命运，（递水杯）每天半夜嚼着干脆面，握着小拳头给自己打气：干巴呆amy酱。不要啃指甲，那样并不能缓解你的精神紧张，你的心理断奶期一定很晚，十五岁？

　　　　牛的手机忽然响起（我想有个家的音乐），牛粗鲁地接起：I'm busy!　U shut up（挂断，挤出笑容），U继续！

刘小道　嘿嘿，你男朋友打来的电话。

牛春环　跟你有关系吗？

刘小道　你没有男朋友。

牛春环　How do u know?

刘小道　你这样高学历的博士很难找到男朋友！

牛春环　好！就算你说对了吧，这并不影响我作为律师的工作能力。

刘小道　你还没能向我证明自己的能力，可能不仅是我吧，连你的同事和老板对你工作能力都表示怀疑。这已经让你濒临崩溃，你左边的眼袋有点肿大，说明你常在夜里侧躺着流泪，而你现在的存款，连一套环线外的两居室也买不起。你说你有能力帮我，谁信啊？你这样的表情让人看了好心疼哦，来来来，想哭就到哥怀里哭……

牛春环　够了，我本来是想帮助你的！

刘小道　那现在呢？

牛春环　我必须要拯救你！

刘小道　（叠飞机）感谢这个法制社会，再过二十七小时，他们找不到证据，必须释放我，所以，这笔律师费我还不太想花。

牛春环　两年前的"劲来到"事件，你作为程度最严重的受害者，难道不想讨回公道吗？

刘小道　什么意思？

牛春环　"劲来到"那种饮料，含有苯乙酸诺龙，肝肾功能有缺陷的人，有千分之一点三的可能被激发早衰症，从概率上说，你中了个特等奖！

刘小道　你是怎么找到我的？

牛春环　你给厂家填过回执，我根据回执，访问了几百个人，才发现了你……

刘小道　你跟那厂家有仇啊？

牛春环　我的家人，也是受害者，只不过没你那么严重。刘小道，你的成绩那么优秀，如果不是因为早衰症忽然爆发，影响了高考，你现在应该坐在大学的课堂里，读着自己的喜欢的专业，说不定还能有一段美好的恋情，你从你的青春期一下跳到更年期，把人生当中最美好的时光直接跳过！你说你十八谁信啊？你说你上大学谁信啊？

刘小道　闭嘴！最烦煽情腔，这是拘留所，不是艺术人生现场。

牛春环　你是因为早衰症才变得那么悲观吗？

刘小道　如果你一夜之间老了二十岁，同班同学合着伙起哄，管你叫大爷，你自己的女朋友一看到你就吓得直哭，然后跟管你叫大爷的同学考上北大双宿双飞，我看你也乐观不到哪儿去。

牛春环　你这是对我的能力表示怀疑?

刘小道　那是其一。其二,但是那个厂家已经倒闭了,你让我上哪里去找。

牛春环　是的,但是原来的厂家转移了资金,新的品牌仍在热销,但是那里面没有了苯乙酸诺龙。

刘小道　那就更没戏啦!物证没了,人证就我一个,这官司该怎么打?

牛春环　人证不只你一个,还有耿浩。

刘小道　(一惊)耿浩?

牛春环　他曾经是一个很著名的车手,获得过……

刘小道　获得过06年度的环亚自行车大赛的冠军,也担任过“劲来到”的代言人,后来因为兴奋剂事件,他的金牌被剥夺,之后长时间失眠,精神抑郁,现在患有严重的强迫症……

刘小道　(小声嘟囔)报应啊!

刘小道　如果我答应让你当律师……(目露凶光)你能带我去见见耿浩吗?

牛春环　当然,那是必要的环节,我的打算是……

刘小道　(伸手)合同带了吗?

牛春环　合同?

刘小道　委托合同!

牛春环　(掏出合同)刘小道看也不看,就在上面签字。

牛春环　我觉得,你还是先看看仔细比较好。

刘小道　不需要,我除了这条烂命,啥都没有,光脚的不怕穿鞋的,我就不信你能有什么方法让我再老二十岁,你先出去吧,二十七小时后,门口见!

【牛收起合同,往外走了几步,又回来。

牛春环　那个……你是怎么知道我买不起房啊?

刘小道　你手机的铃声是,我想有个家。

第三场

【心理诊所。

【一张躺椅，耿浩躺着。

【旁边有一辆健身用的自行车。

【张医生把DV架在一边，对着镜头说话。略带女气。

张医生　你现在感到身体很轻，很软……，周围很安静，你躺在一望无际的大草原上，你能闻到青草和野花的味道，有红的……

耿　浩　医生，我睡不着！催眠对我没用的。你摧不着我啊。

张医生　再试试！催眠是两个人一起做的，催眠是要相互信任的。你要配合我！

耿　浩　好好好！我配啦！我的眼睛里充满了血丝……

张医生　你的眼睛里面充满了血丝，2008年4月8号，病人耿浩，第26次治疗，重度强迫症，洁癖，广场恐惧症，稍带轻微自毁倾向。

耿　浩　胡说八道！大夫你说我有洁癖和广场恐惧症我承认，我可没有自毁倾向啊！

张医生　那你为什么拿烟头烫你自己啊！

耿　浩　大夫这你就不了解了，这是我们运动员自己调节的一种方法。疼痛可以刺激大脑，产生多巴胺。我以前比赛，到了冲刺阶段，大头钉放在自己的口袋里猛的那么一拍，针扎在肉里，效果特别好，甚至有时候我喜欢咬自己舌头，大夫你把舌头伸出来试一下。

张医生　啊，干什么你？

耿　浩　有效果吧？大夫。

张医生　还真有用。

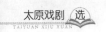

耿　浩　我还有个办法！拿个棍往耳朵里……

张医生　停！别拍！耿浩，你还治不治疗了？不许瞎胡闹。

耿　浩　好好好！我知道！我的眼睛充满了血丝！

　　　　【耿浩举着大纸团走过来。耿浩有些局促。（擦灯）

张医生　你的眼睛充满了血丝！现在你躺在一望无际的大草原上。

耿　浩　我没有。

　　　　【耿浩拿出纸巾，擦拭灯（纸巾），边擦边说话。

　　　　不擦干净，我就没办法集中精神，对不起。

张医生　耿浩，耿浩，哎呀，你干什么啊！（张医生被吓了一跳）耿浩，

　　　　我要打消你所有的顾虑，现在可以了吗？

耿　浩　好了，可以了。

张医生　下面跟我一起调整呼吸的节奏，好的……你现在躺在塔克拉玛干

　　　　的大沙漠上……

耿　浩　大夫！

张医生　唉，你拿着这么小的纸团吓我干吗！

　　　　【大夫举着大纸团走过来。

耿　浩　你怎么把一个脏纸团丢到沙发后面了啊！

张医生　唉，你拿着这么小的纸团吓我干吗！

耿　浩　我要去扔了！好好好！我的眼睛又充满了血丝……

耿　浩　别动……

耿　浩　好！我的眼睛充满了血丝……

张医生　干什么啊？

耿　浩　白头发，太别扭了！这么多黑的就这一根白的！哎呀！你看——

　　　　黑的——不好意思，反光啊——好好好！我的眼睛快要滴血了。

张医生　耿浩，这样不行，这次，要不要试一下冲击疗法？

耿　浩　冲击疗法！（电锯枪械音效）不要，太危险了！

张医生　不危险，耿浩你想想。如果成功，你就可以重新比赛啊。

耿　浩　如果失败呢？我这一生，就永远也回不到赛场了，对吗？不是我
　　　　不配合，实在是太危险了。

　　　　【耿浩抽烟。

张医生　……耿先生，这里不可以抽烟的。

耿　浩　实在抱歉，我真的不敢冒这种险，那我出去抽！

　　　　【耿浩朝外走。

耿　浩　怎么看都有根白头发……

　　　　【耿浩出门。又回来。

张医生　（对着DV）耿先生病情有反复，在他眼里所有恐惧的东西都无限
　　　　放大，需要用冲击疗法，但是病人耿浩十分不配合……

　　　　【刘小道和牛春环上。

牛春环　请问，耿浩在吗？

张医生　你们是谁啊？谁让你们进来的啊？

牛春环　我是……

刘小道　她是病人家属。

张医生　家属也不行，出去，请你们出去。

牛春环　好吧……（出，被刘堵住，回）我们可以旁观吗？

张医生　不行，出去！怎么？你们不走是吗？那我叫保安了！保安，
　　　　保安！

　　　　【牛走开，刘逼上去，牛回头看他们。

刘小道　医生，你的眼睛里充满了血丝，是不是很累啊？

张医生　……

刘小道　那么辛苦，不如躺下睡一觉好了，没人会怪你的。

张医生　……

刘小道　你看看，你的眼睛都肿了，眼皮也在不停地打架。

张医生　……

刘小道　你的身体越来越轻，越来越软，感觉脚下踩着无数朵洁白而柔软的木棉花……

张医生　你……你想催眠我？

刘小道　你已经有七十个小时没睡觉了，听到我击掌，你就变成一条冬眠的蛇，等到下一次击掌，你才会苏醒……（拍手）

【牛春环不可置信地看着刘小道。

牛春环　刘小道，你怎么懂这些？

刘小道　当年，我的第一志愿，是北大的心理学专业。

刘小道　（击掌，静场）站起来！去寻找冬眠的地方。

【张医生站起来，钻进衣柜，变成了一条蛇，时不常还呲呲几声。

【刘东翻翻，西看看，打开一个瓶子：乙醚？

牛春环　这是别人的办公室，别乱翻好吗？

刘小道　这玩意儿厉害，一闻就晕，有人拿这个迷奸妇女（抽了块纸巾，往瓶子上一蒙，一倒）要不要试一下？

牛春环　滚！

【牛春环抢过纸巾，扔到桌上。

【刘嘿嘿一笑，从旁边拿了件白大褂穿上。

牛春环　你到底想干吗？

刘小道　玩会！

【耿浩进门，一愣。

牛春环　耿浩，你好。我是……

刘小道　她是我的助手。

耿　浩　哦，您是……

刘小道　我是小张的博士生导师。

耿　浩　导师?

刘小道　现在由我来接替张医生的治疗! 你看好不好啊?

　　　　【刘小道击掌，张医生起说：谁把灯关了? 刘小道再击掌，张医

　　　　　生倒下。

耿　浩　你太牛了我见过催眠的可是没有见过这么牛的，太快了就一下子

　　　　就到了。来来来，开始，开始……

刘小道　你眼睛里充满了血丝。

牛春环　睡着拉……

刘小道　你的眼睛里面充满了血丝……你现在感觉到到身体很轻，很软，

　　　　周围很安静，能闻到青草和野花的味道，你躺在一望无际的草原上，

　　　　天空中漂浮着各种形状的白云……看到了吗?

耿　浩　看到啦!

刘小道　周围有什么?

耿　浩　我看见一条小河，还有一群姑娘……

刘小道　Stand up! 这个傻子不懂英文，非常好，站起来!

　　　　【牛春环想要制止，刘小道不听。

　　　　【耿浩挣扎起身。

刘小道　（躺到躺椅上）摆个咸蛋超人的Pose，蜘蛛侠、Michael jackson、

　　　　芙蓉姐姐、杨二车娜姆，哈哈哈……

　　　　【耿浩一一照做。

牛春环　喂，你不要太过分! 他是个病人!

刘小道　你的眼睛充满了血丝……

牛春环　你别忘了我们来的目的……

刘小道　放心吧！再玩一会儿，就一会儿！

　　　　【牛无奈地退到一边。

刘小道　跳个舞吧！

耿　浩　没有音乐。

刘小道　音乐好办。（起音乐）

　　　　【张医生、耿浩，开始跳蛇舞……

牛春环　刘小道你有完没完啊？

刘小道　你眼睛里充满了血丝。

牛春环　别忘了我们是来干正经事的。

刘小道　耿浩，你还记得自己的职业吗?

耿　浩　我是一名自行车运动员。

刘小道　那就上车吧!

　　　　【刘扶着耿浩坐到健身自行车上。耿浩戴上风镜，开始无实物练习。

刘小道　你现在就在奥运会的决赛赛场上。还剩最后一圈……

耿　浩　我前面有三个人……

刘小道　你一个一个超过去!

耿　浩　还剩最后一个了! 张挺! 我一定我要超过你。

刘小道　你骑得很快。越骑越快……

耿　浩　就差最后一个了! !

刘小道　突然，你的力气已经用完了，越来越慢，胸口都像要炸开一样的
　　　　疼痛，还剩最后十米，五米，两米，最后一米……

耿　浩　我终于超过他了，我赢啦! 我成功啦! 是我是我! !

刘小道　啊! 你成功啦! 你站到领奖台上，冠军带着金牌接受全场的欢呼!

　　　　【示意牛给他戴上金牌。

刘小道　可是，一个不幸的消息传来，你服用兴奋剂尿检不合格，被剥夺

了奖牌，终生禁赛。（张医生起，站在另一张椅子上，牛把奖牌转发给了张）八万人的体育馆里鸦雀无声，从观众到裁判，每个人都在窃窃私语，议论着你那愚蠢而可耻的行为……这时走过来一个人，对，是你的老教练。他老泪纵横，一下一下抽打着你，你跪下请求大家的原谅，大家是宽容的，给了你足够的白眼和口水，粘在你的身上，形成了一层厚厚的铠甲，一辈子也卸不下来！你父母的期盼，和你教练多年的心血，还有你自己的未来都被你给毁了。

【耿浩终于超出承受底线，剧烈颤抖，一声大叫，瘫倒在地，一动不动了。

刘小道　……

牛春环　（牛拿出镜子）刘小道你看看你现在的嘴脸。我让你看一眼，看一眼嘛……

刘小道　我说，拿走啊……

【刘抢过镜子摔成碎片，浑身颤抖，恐慌得不成样子。

牛春环　（拿起那块纸巾）你先擦擦汗，镇定一下，然后再想办法。

【刘接过纸巾，心有余悸地擦汗，然后晕倒在地。你想迷奸我。

解衣服扣子（动作）

牛捡起纸巾，捂着鼻子放到乙醚的瓶中。

牛打开衣柜，打了个拍手，张医生从里面出来。

牛春环　你没事吧。刘小道居然把你催眠了。

张医生　（趴在沙发上）没事。他的精神力怎么那么强，简直不可思议！

牛春环　那可是个天才少年。（蹲下看耿浩）他不会有后遗症吧？

张医生　他是运动员，心肺功能比你想象的强很多……

【牛趴到耿浩胸前，去听他的心跳声。

心跳声，一下一下的。

灯光暗去。心跳声始终持续。（红色的心跳）

第四场

【心理诊所

起光。心跳声忽然停止。

房间里只有这两个人。

刘小道一下从梦中醒来，耿浩蹲在他面前，被吓了一跳。

刘小道迷迷糊糊爬起来，发现耿浩，吃了一惊。

耿　浩　大夫！现在我怎么办啊！！！

　　　　你现在是不是很累啊？

刘小道　……

耿　浩　哎呀，你的眼睛里都是血丝……

刘小道　嗯？

耿　浩　实在不行就睡上一觉，你们当医生的，实在太辛苦啦，来我扶你！

刘小道　用不着！想催眠我，你还嫩点儿（环顾四周）他们人呢？

耿　浩　谁们？

刘小道　密斯靠！

耿　浩　不知道啊，我一醒过来，屋里就只剩下咱俩啦……

　　　　【刘小道过去开门。

耿　浩　门锁啦，从外头反锁的。我醒过来之后就成这样了。

　　　　（检查电话线，发现被拔了）这不是我干的！

　　　　【刘小道忽然想起来，冲过去打开衣柜，空的。

耿　浩　你找啥呢？

刘小道　跟你有关系吗？（刘走来走去，耿浩也跟着走来走去）

耿　浩　哦！这是您的新疗法吧？（前面一直在忙活，听到这个停顿）

刘小道　你说是，那就是。

耿　浩　我以前的张医生没有给我试过。这个手势怎么放，这叫啥疗法啊？

刘小道　关门打狗！

耿　浩　哦！这个名字可真够难听的，行行行！我相信你！有您在我什么都不怕！

刘小道　那你怕什么？

耿　浩　你没看过我的病历吗？

刘小道　我……当然看过，但我希望从你自己嘴里说出来。

耿　浩　我有强迫症、洁癖。

刘小道　这种情况持续多久了？

耿　浩　两年，最近越来越严重，已经严重到影响生活的程度了。

刘小道　这些还不至于严重影响你的生活吧……

耿　浩　那些只是小问题，我真正的问题是广场恐惧症，一见人多就心慌，就恶心，想吐，浑身发凉，冒虚汗，有两次还小便失禁。

刘小道　那你可以不用出门，在家当个宅男好了。（前面躺着）

耿　浩　我是个运动员，骑自行车的，如果不克服这个问题，我就没办法参加比赛。

刘小道　喔？你想参加比赛？什么比赛？

耿　浩　奥运会！

刘小道　……

耿　浩　两年前，我因为兴奋剂的问题，被禁赛了两年，按照规定，只要通过四次抽查，就可以恢复比赛资格，我刚刚通过第四次抽查，这不才通过最后一次吗？

刘小道　过了?

耿　浩　过了!

刘小道　好!

耿　浩　好什么啊! 我现在这个状态, 别说参加比赛, 连门都很难出, 只
　　　　要同时见到超过三个人, 就开始犯恶心。

刘小道　那你是怎么来到这里的?

　　　　【耿浩拿出墨镜。

耿　浩　把出租车叫到家门口, 戴上墨镜, 咬牙冲进车里, 路上就安全了,
　　　　到了诊所门口, 张医生会出来接我, 他坐电梯, 我爬楼。

刘小道　二十八楼?

耿　浩　我是运动员, 这点运动量对我来说小意思, 可还有一个月就要参
　　　　加预选赛了, 我只希望能在那之前治好这病, 您觉得有戏吗?

刘小道　有戏, 但我需要知道所有的细节, 事无巨细, 通通告诉我!

耿　浩　当我被禁赛, 教练当众抽了我一嘴巴, 说了一个字, 滚。之后,
　　　　我就离开了国家队, 回家待着, 早些年比赛, 我赚了点小钱,
　　　　就拿钱开了个自行车专卖店……

　　　　【自行车专卖店前。

工　商　这么早就关门啦?

　　　　【两名工商上场: 有交税单吗?

耿　浩　……

工　商　知道走私是什么罪吗?

耿　浩　走……走私罪?

工　商　回答正确……搬东西!

耿　浩　别呀, 我这是小本买卖, 大哥, 大叔, 大爷……

　　　　【工商写单据, 抽了张纸条, 递给耿浩。

工　商　8月8号下午8点，过来交罚款吧。

耿　浩　（瘫坐）八十八万？

工　商　零八千八！吉利数，偷着乐去吧你……

刘小道　那一次，你把积蓄都搭进去啦？

耿　浩　差不多吧！当时手上还剩不到五万块钱，正好有少体校的哥们组局买足彩，如果赢了，可以赚500万，我去试一下。

刘小道　结果都输了？

耿　浩　谁说的？我赢了！

　　　　【赌球公司。

　　　　【电视上放着足球转播的实况。

耿　浩　传球，传球，你他妈倒是传呐，我靠，靠靠靠靠……进啦，啊哈哈哈！（黄健翔）

耿　浩　（静场）五百万音乐（大话西游）

　　　　【等钱飘完，耿浩打电话。

耿　浩　好哥们！郭京飞，赶紧把彩票拿去兑现！哈哈哈哈哈……唉！这个信号不好……（再打，电话里传出声音：对不起，您呼叫的用户已飞往阿拉斯加，Sorry，the number u dialed……）

耿　浩　从那之后，我身边的朋友没有一个靠谱的。

刘小道　那你就成了个穷光蛋，那你怎么生活啊！

耿　浩　逼得没办法，骑车给人送快递……

顾　客　快递公司吗？我那个快件送到630号给我找个快点的哦！

　　　　【顾客家门口。

耿　浩　（耿浩把小箱子递给顾客）麻烦签下字。

顾　客　等我先检查一下！

　　　　【打开箱子，拿出一片碎瓷片，把箱子倒过来，里面掉出一堆碎

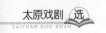

瓷片。

顾　客　这是清代官窑青花瓷，孤品，知道值多少钱吗？你说，你是不是故意的，你说你说！！！

　　　　【音乐Say say for me。

耿　浩　此后，我连续找了七八份工作，没有一份能超过三天，整整一个月，我一分钱工资也没拿到，三天三夜没有吃过饭。那天晚上，下着暴雨，有个小女孩不小心把肉夹馍掉到了地上。这可是上帝赐给我的食物啊！这个时候我看到了一只鹰，不对是一只狗。（刘小道吹口哨，谢帅上先是鹰后变狂吠）

　　　　从那一刻起，我才弄明白，我被上帝诅咒了，我在暴雨里开始搓洗，我想把诅咒洗掉，不停地洗，洗到浑身发红，脱了皮，胳膊窝里开始往外渗血……，我叫天天不应，叫地地不灵。有谁能理解我呢！看满天下的那不是雨，那是洒了一地的狗血啊。

刘小道　你这戏太过了，起来。

耿　浩　从那以后我的强迫症状出现了，而且症状越来越严重，有段时间，我穷到每天只能吃上一顿饭，虚弱得一塌糊涂，可是就在绝望的时候有个人找到了我。

　　　　【耿浩魂不守舍走在街头。旁边是一辆自行车。

黑衣人　你是送快递的吗？你能帮我把这盒药送到安福路288号吗？5分钟必需送到，否则要出人命啦！

黑衣人　你只有五分钟。十公里？

耿　浩　……好，我帮你送多少钱！

黑衣人　500。

耿　浩　好，我答应你……保证按时送到！（幕升）

刘小道　五分钟？十公里？每分钟…

【耿浩回。

耿　浩　五分钟后，药及时送到，这时候，我才发现，等着收药的人，是教练。从第二天开始，我又恢复了训练。我发誓，要把丢掉的金牌重新赢回来，我发誓，要用成绩把害过我的人通通干掉！

刘小道　害过你的人？

耿　浩　直到今天，我都不知道自己当初为啥那么傻，居然会信了他们的鬼话，以为那劲来到只是糖水……

刘小道　你……真的不知道？

耿　浩　废话，我成绩那么好，怎么可能去吃兴奋剂？

刘小道　好吧，继续，你后来训练得顺利吗？

耿　浩　体能恢复得还算顺利。心理方面的病情，却越来越麻烦，我的病情不断加重。到后来，几乎严重到没办法跟队友同时训练，只能在家一个人训练。我的成绩不断提高，离预选赛越来近，心情就越来越恐慌。直到某一天，终于恐慌到一个临界点……（耿浩站在桌子上）我从我们家窗户跳了下去。可惜我们家住的是一楼。在后来有个偶然的机会，我发现了从美国回来的心理学博士！他可以让我接受三个月免费治疗……就在这里，治疗了两个多月，病情反反复复，时好时坏。老实说，我对张医生已经基本失去信心了。

刘小道　……

耿　浩　我的情况，大致就是这样，有什么看法吗？

刘小道　报应！

耿　浩　报应？什么意思啊

刘小道　不用紧张，这世上每个人都有强迫症，无非症状有轻有重而已。

耿　浩　怎么可能？怎么可能每个人都有强迫症呢？

刘小道 （拉着上前台）来你看……

耿　浩 看什么啊？

刘小道 你看台下在座的每个人都有强迫症，不信你看！

刘小道 我问大家一声，出门以后都担心大门没有关好，要回去要反复检查的请举手！

刘小道 上班以后总是在担心自己家水电或煤气是否关严了的，请举手……

刘小道 每次喝高，酒醒之后，总是会担心自己昨夜是否失态说错话的，请举手！

刘小道 每次回家前都要检查自己手机上的不妥信息是否删除了的，请不要举手……

刘小道 今天自己花钱买票进场的观众，请举手……（两人同时鞠躬）谢谢大家！

刘小道 强迫症的最终诱因，是由于精神高度紧张，生活和工作节奏越来越快，大家的不安全感也越来越强。

耿　浩 那我知道了，我还有救？

刘小道 没救了。

耿　浩 那我现在应该怎么办？

刘小道 我给你开个方子，你回家坐着什么都别干，坐着等着吧！

耿　浩 等什么啊？

刘小道 等死！你这种人就应该死！

耿　浩 你这个医生怎么这个样子啊！我投诉你哦！！投诉你！

刘小道 我不是医生！

耿　浩 你不是医生是谁啊？

刘小道 你猜？

耿　浩 我不猜，你说你是谁？

刘小道　我叫刘小道。

耿　浩　刘小道？

刘小道　想不起来也没关系，你是大人物，而我只是个曾经的小粉丝而已……

耿　浩　你？你是刘小道？不可能！刘小道是个大男孩，今年18，籍贯邯郸，不出意外的话，他现在应该在读北大。

刘小道　……

耿　浩　你到底是什么人？

刘小道　呵呵，哈哈，真没想到，你居然还记得我？你送我那三箱劲来到，我喝得一滴也不剩，因为你是产品的代言人！我自己后来还买了几箱，酸酸甜甜的，味道好极了。

耿　浩　你……怎么会变成这样？

刘小道　早衰症，我变成这个德行都是拜你所赐。

耿　浩　怎么会是这样？对不起！

刘小道　对不起？你把我害成这样，说两句对不起就完啦？你知道吗？我到现在都不敢照镜子，每次照镜子，症状跟你的广场综合征一样，浑身冒虚汗，这两年，我砸了不知道多少块镜子。

耿　浩　为什么？

刘小道　两年了，我每天都在想象，见到你的情景，各种各样，每次都不一样，可我真的没想到，会是这么个场面。

耿　浩　对不起！我本以为在这件事情上我是最大的受害者，没想到你比我更惨？既然事情已经发展到这个地步，你想怎么样？来吧！

刘小道　你看看我现在这副德行，你就知道我想干什么。

耿　浩　你想杀我？

刘小道　杀你？我还要偿命！我想折磨你！

耿　浩　你想怎么折磨我都行！只管开口，是我欠你的！

刘小道　待会我让你干什么你就干什么！我要把你折磨到求生不能，求死不得。

　　　　【收光。

　　　　【另打一束光。

　　　　【牛春环闪身出来：Michael张，他俩不会出问题吧？

张医生　既然我们选择冲击疗法就要冒风险！

牛春环　你打算什么时候回美国？

张医生　我还欠耿浩的最后一次治疗，做完再走吧，时间由你定……

牛春环　说实话，我真的很担心他……

张医生　哪个他？

牛春环　耿浩！

　　　　【暗去。

第五场

　　　　【商场的橱窗里面。

　　　　【起光。这里是商场的橱窗。

　　　　【耿浩和刘小道戴着墨镜站在橱窗里，两边是两个模特（身上是没有衣服的），貌似在看着他们两个。耿浩背对观众。

刘小道　转过来，快点。（把耿浩身体扭过来）行了，把墨镜摘下来吧……我说把墨镜摘下来，马上……

　　　　【耿浩摘掉刘小道墨镜

刘小道　我说的是你的。

　　　　【朝镜子里一看（景中是观众），那么多人，顿时腿软，刚想戴上墨镜，被刘小道一把抢过来。

刘小道 耿浩戴过的墨镜，接好啦！

【耿浩闭上眼睛。

刘小道 把眼睛睁开！（吼）睁开！

【耿浩缓缓睁眼。刘小道指着那面镜子。

刘小道 透过这些玻璃，可以看到外面的街景。看看！多美好的世界，这么晚了，街上还有那么多人，每个人看起来都很平静，一点都不焦虑，多和谐的社会啊。

耿　浩 ……

刘小道 瞧一瞧看一看，走过路过不要错过啊！车手耿浩啊！可以拍照，可以握手，可以拥抱啊！可以接吻啦！

耿　浩 嗨……（身子发软）

刘小道 站起来！

耿　浩 腿软。

刘小道 那就用手扶着。

耿　浩 手软！

刘小道 还有哪儿软？

耿　浩 全身？除了肝，哪儿都软。

刘小道 出汗了吧？

耿　浩 还好……

【耿浩在额头抹了把汗往地上一甩，水花四溅。

刘小道 恶心吗？

耿　浩 还好……

【耿浩开始反胃，强忍。

刘小道　真的那么想吐啊？

耿　浩　（狂点头）嗯！

刘小道　那就准备好，听我号令，一，二，三——咽回去！

　　　　【耿浩咽了回去。

刘小道　现在怎么样？

耿　浩　更恶心啦……

刘小道　忍着！

耿　浩　真的忍不住啦！

刘小道　那就试试这个吧！

　　　　【刘小道猛地掏出一管喷剂。

耿　浩　这是什么？

刘小道　舒喘宁，支气管扩张剂，朝嗓子喷两下就舒服了。

耿　浩　不行，这种药含有皮质类固醇，喷了，我就参加不了比赛了。

刘小道　哈哈，你居然知道啊？偶像，你的警惕性很高吗？

耿　浩　……

刘小道　现在开始倒计时，准备跟你的运动生涯彻底说再见吧，十，九，

　　　　八……

　　　　【耿浩脸色苍白，咬牙硬挺。

　　　　【刘小道忽然迅速数数：七六五四三二一……

　　　　【耿浩闭眼强忍。

刘小道　嘶……

耿　浩　别喷。

刘小道　人家花钱买的票，凭什么不让看啊。

　　　　【半晌。耿浩看起来很悲壮。

耿　浩　呵呵，你为什么没喷？

刘小道　就像007，拥有杀人权的同时，也有不杀的权利。

耿　浩　是不想杀，还是不敢杀？

刘小道　你觉得呢？

耿　浩　我觉得，在你的内心深处，恐怕还是希望看到旧日的偶像重返赛场吧？

刘小道　偶像，我真的很佩服你脸皮的厚度。从小，骑车从来就不是你的理想，你只是因为家里穷，才会被送到体校。你讨厌骑车，但是你父母和教练一路紧逼，直到你开始获得各种奖牌，才不得不开始接受命运。就像是一个被强暴的女子，在抗争的过程中爱上了暴徒，既享受着强暴的过程，又鄙视自己这种无耻行径，同时为这种扭曲的情感困惑不已、沾沾自喜，这样就逐渐形成了现在的强迫症。这种情况会不断恶化的，在心理学范畴，这就叫斯德哥尔摩综合征。

耿　浩　呵呵，你是说……我被自行车给强暴了？你用偶像崇拜来平衡对自己周围环境的不满，你们是信仰缺失的一代人，偶像崇拜，可以弥补你内心深处的无力感，跟着傻乎乎人群一起尖叫一起欢呼，好也算是偶像，坏也算是偶像，等这一切过去以后自己就是个大空壳，什么自我，你们从来就没有过。

刘小道　啧啧，你被人当成标本，分析了俩月，居然学了这么多华丽的大词，热烈表扬你！你真是傻叉中的战斗机！

耿　浩　你是牛逼中的VIP。

刘小道　我是因为相信你，才喝了那种倒霉的饮料。不是因为你我现在能变成这样？

耿 浩 喝了那种倒霉饮料的人都活该倒霉。是我逼着你喝的，我自己造的孽，我自己承担，你不要把责任完全推到别人身上，那件事情以后我送给自己四个大字，现在我转送给你，"活他妈该"与刘小道共勉。

刘小道 我是活该，你也活该，你尿检阳性活该。你被禁赛两年也活该，你把这辈子人生的目标理想都搭进去了也活该。

耿 浩 不好意思哦！我四次尿检已经通过了。我这次奥运会我拿到金牌我就退役了。

刘小道 那只是你离开这个可悲的死循环而已，奥运金牌。有我在你就不可能拿到。

耿 浩 不可能，我觉得你不会那么做的。

刘小道 为什么？

耿 浩 你要是敢照一下镜子，你就知道你是那么虚弱，多么没用，知道我是谁吗？我就是你的理想，我是你的一切，我就是你身上的一个寄生虫，我死了你也活不下去，等着你的只有一个字，咯屁。

刘小道 Oh my darling，你比我想象中的自恋得多。

耿 浩 我自恋，是因为我还敢照镜子，你呢？敢吗？敢吗？敢吗？

刘小道 ……

耿 浩 呵呵，一个连自己都不敢直视的人，还有什么资格来剖析别人？

刘小道 我是不敢直视自己，但我至少敢直视外面的环境，你敢吗？

耿 浩 我……我……我怎么会在这里？（发现人群，放人群喧闹声）

刘小道 呵呵（看表）截止到此刻，你在广场上，已经待了三分钟四十秒，感觉如何？

耿 浩 ……

刘小道　腿软了吧？

【耿浩活动腿脚。

刘小道　胳膊还挺有劲。冒虚汗了吗？

【耿抹了下额头，看手，摇摇头。

刘小道　心跳快么？

耿　浩　（手摸胸膛）还好，很正常……

耿　浩　我的病……好像一切都好了。

牛春环　你的病广场恐惧症，已经基本消失了，我在旁边观察你好久了。

耿　浩　怎么可能？你是？

刘小道　牛律师这没有你的事。

牛春环　我是牛律师。怎么不可能？你就在人堆儿里，恐惧吗？开心吗？

　　　　兴奋么？你终于可以参加比赛啦！

耿　浩　可是……为什么会这样？

牛春环　这叫冲击法，是治疗你这种重度强迫症的最佳办法……

耿　浩　哦，你们俩……谢谢……

牛春环　谢谢你，这次帮他完成了这次治疗。

刘小道　我？我帮他找墓地……

牛春环　刘小道，我要向你说对不起！根本没有打官司的事情，我把你骗

　　　　过来，只是希望你能帮耿浩完成这次治疗。因为只有你才能对

　　　　他的病起到作用，谢谢你！我还要再告诉你一个事情，在对你

　　　　的调查中我们发现你的早衰症是遗传病。

刘小道　我的早衰正是因为劲来到，因为耿浩。

牛春环　你要相信我，早衰症你的基因里本来就有，任何有刺激性的饮料

　　　　都有可能激发，之所以会发作，也跟你在高考前的精神压力和身

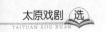

体状况有关，跟劲来到没关系，跟耿浩就更没有关系。

刘小道　你是说我的病跟他没关系，是老天爷跟我开了一个大玩笑。我才是傻叉中的战斗机啊！

耿　浩　不，不，不。

牛春环　我不是在利用你，我是在帮助你。你是他曾经的偶像，更是他唯一的精神支柱，他现在能够这样的恨你，也是因为他曾经疯狂的崇拜过你啊。当你真正能够面对你的心结的时候，你才有可能克服它。

刘小道　你对我这也叫冲击疗法。

耿　浩　首先，不是所有的人都适合这种疗法的，我知道这个冲击疗法是很残忍的。你这样对一个孩子来说太残忍了。第二，确实这个饮料也是我代言，他也是因为这个才喝得，我对我做的事情负责，你也不用帮我辩解。我也是喝了这个饮料才尿检呈阳性，说我喝了兴奋剂，所以说你没有必要替我担着。

牛春环　那个……sorry，兴奋剂是我给你喝的！（张挺上）

耿　浩　……（转牛春环家）

第六场

【牛春环家。

牛春环　亲爱的，你看你出了这么多汗，休息一会吧！喝口水，这次比赛，不管你有没有名次，你都是我心中永远的冠军！

张　挺　如果这次拿不到金牌，我就退役！

牛春环　你怎么会有这样的想法呢？比赛之前有这种消极的想法是不对的。

张　挺　　也许它能帮助我。

牛春环　　这是什么？

张　挺　　兴奋剂……

牛春环　　（抢过去）你疯了吧！

张　挺　　你别管我！我跟耿浩拼了那么多次，从来没赢过他，如果这次能赢，
　　　　　我愿意付出任何代价。

牛春环　　不许做傻事！

张　挺　　把药还我！

　　　　　【牛春环作势把药往窗外一扔。

牛春环　　不要自暴自弃！相信我，你还是有机会夺冠的，相信我！

张　挺　　好！贝贝！这件事情我们从长计议！（牛春环摊开手心，端详那
　　　　　瓶兴奋剂。）

　　　　　【张挺叹了口气，走开了。（刘小道和耿浩上）

　　　　　【回到现实场景中。

牛春环　　就是这样，看着张挺这么难过，作为女朋友，我觉得应该为他做
　　　　　点什么。于是我把兴奋剂放在了矿泉水里，开着车赶了三个水站，
　　　　　手里拿着那个矿泉水，就等着你来喝，每次都差一步，直到最后
　　　　　一站你才接到了我那瓶水，那个瞬间，我心都快跳出来了……

耿　浩　　真是你干的？你为了张挺来害我！！！

牛春环　　是的！所以那件事之后，我怎么也无法原谅自己，对天发誓，无
　　　　　论如何，也一定要让你回到赛场，偿还我犯下的罪孽。

耿　浩　　偿还？

牛春环　　你被禁赛之后，改行做了许多事，为了让你回到赛场，我的确做
　　　　　了许多努力。

耿　浩　你还做了许多事情?

牛春环　你开了自行车店,我给工商打电话,举报走私。

耿　浩　啊!

牛春环　后来你买了足彩,我告诉你的朋友,你打算买凶杀人,独吞巨款。

耿　浩　买凶杀人,你可真有想象力,那可是五百万啊!

牛春环　你送快递的那个青花瓷本来就是碎的,是假的。

耿　浩　假的?!

牛春环　我以为这么做,会让你回到赛场,可惜我想错了,你宁可饿死,也不回头,于是我找到你的教练,在那个寒冷的冬夜,让你骑车送药……

耿　浩　上帝呀,你干了些什么?

牛春环　但我没想到的是这反倒让你的强迫症越来越严重,我不得不从国外请来最好的心理医生Doctor张,印制免费治疗的传单,再亲手塞到你手里,免费治疗三个月,几乎用光了我所有积蓄,这也正是我穿地摊袜子的原因。

耿　浩　我真不敢相信,你会干出这种事,你知道吗,你这两年做的事情差一点就毁掉了我的一生,我一直以为我是被上帝诅咒的,没想到是被你给安排了。

牛春环　可是我帮你治好了广场恐惧症。

刘小道　都别吵了,咱们都被安排了!刚才你俩互相煽情的时候,你猜我查到了什么?原来有人比我还早地接触了心理学…

牛春环　谁啊?

刘小道　张挺!根据张挺的邮件mail,我查到了他在当当网注册的账号,二十六个月,也就是两年多前,你猜他在网上买了什么书?

耿　浩　（凑过去）《心理暗示与催眠》？

牛春环　《潜意识与自我控制》……他看这些书干吗？

刘小道　我也很好奇，于是非常辛苦地潜入了百度的中心服务器，你再猜，

　　　　他在那个时候，在百度知道的提问记录是啥？当当当当……

　　　　【牛春环一看，吃了一惊。

耿　浩　如何利用心理暗示控制对方的行为？

刘小道　密斯靠，你以为自己是为了爱情干了那件事，可实际上……

牛春环　别说了！他……他不是这种人！

刘小道　R u sure？

牛春环　我……

刘小道　如果你不是那么确定，能不能允许我，利用催眠的办法，帮你回

　　　　忆一点忧伤的往事？Sit down please！（起音乐）你的眼睛里充满

　　　　了血丝，现在你感觉很困。（回到家，张挺上）

张　挺　贝贝！你知道是我有多爱你吗？哪怕是上刀山下油锅我都愿意。

　　　　我就要去比赛了如果这次我拿不到冠军我会后悔一辈子的。我知

　　　　道，你也是同样爱我的，我知道你也同样愿意为我做任何事情的。

　　　　这是一瓶装满兴奋剂的水，我要你那到水站去，亲手那给耿浩喝，

　　　　只有这样才能证明你对我的爱……

　　　　【拍手回到现实生活中。

牛春环　怎么会这样？

耿　浩　是张挺让你这么干的？

刘小道　你可真是个傻大姐啊！

耿　浩　这算心理暗示吗？

刘小道　你以为呢？一边用心理暗示让这位傻大姐干蠢事，抢走了你的金

牌之后，又让傻大姐一个人背负道德压力，这真是得了便宜卖乖的最高境界啊！

刘小道　你，和你，还有我，咱们全都是张挺的受害者，以他的为人，这次肯定会干点什么出来！

耿　浩　会吗？

刘小道　怎么不会，就光是喝水，你咋防吧？经过那件事以后，水站的水，你还敢喝吗？

耿　浩　这次查的严，也许……

刘小道　不怕贼偷，就怕贼惦记，为了奥运的入场券，他怎么可能放过你？

牛春环　我倒有个办法……

刘小道　说！

牛春环　我可以开车带着刘小道，一站一站给你送水，只要你信得过我们。

耿　浩　我信得过你们！

刘小道　你自己送呗，为什么非得叫上我？

牛春环　怎么，你就不想亲眼看着偶像重出江湖？

刘小道　他出不出江湖的，跟我有什么关系啊？这么短时间发生这么多事情，让我这个幼小的心灵怎么能在这点时间接受那么多信息？我要找个地方把自己关起来好好思考一下！

刘小道　好了，好了！现在首要的任务是让耿浩怎样在比赛上喝到安全的水！！

耿　浩　张挺！我们赛场上见！！！

　　　　【收光。

第七场

【赛场的起点。

　　背景有体育主持人的解说：本次预选赛采取淘汰制，前八强可以获得奥运会的入场券，那么，我们看到，选手中既有硕果累累的名将，也有跃跃欲试的小将，哇，居然还有曾经离开赛场，刚刚重装上阵的传奇人物耿浩。（黄健翔）

主持人　（揪住耿浩）耿浩你好……

耿　浩　忙着呢，让一下好吗！

主持人　给观众朋友们打个招呼吧，离开了两年，重返赛场，你的心情如何？

耿　浩　……

　　【张挺凑过来：他很紧张！

主持人　我来介绍一下，这位选手就是2006年环亚自行车大赛的冠军，张挺，这次跟老对手狭路相逢，压力大吗？

　　【张挺死盯着耿浩：要说没压力，肯定是假的，耿浩的实力那么强，我还真有点紧张呢。

耿　浩　呵呵，你是在替我紧张，怕我比赛中途累到"脱水"吧？

张　挺　……当然！天儿这么热，千万别忘了补充水分，每一站都别落下！

主持人　太感动啦，这就是我们一直提倡的友谊第一，比赛第二，两位选手，祝你们再接再厉，再创佳绩！那位尼加拉瓜的选手，等一下好吗，谁会说尼加拉瓜语啊？哈罗，摩西摩西key mo ji……

　　【主持人下场。

张　挺　呵呵，你看起来斗志高涨，我真替你高兴。

耿　浩　你看起来成竹在胸，不会又安排好了吧？

张　挺　安排……安排什么？

耿　浩　你心里清楚，两年前发生了什么。

张　挺　两年前，有个志愿者搞了些小小的猫腻，两年后，她如果还想来
　　　　这手，那就只能自取其辱啦……

　　　　【话音未落。

　　　　【牛春环（穿着志愿者的衣服）被两名保安押送出来，一路尖叫，
　　　　　一路挣扎着，经过他们的身边。

张　挺　有没有搞错？这次是奥运预选赛，查得特严，志愿者要提前半年
　　　　报名，还得政审，现在准备，哪儿来得及啊？

耿　浩　……

张　挺　现在的情况就很简单了，她的水，你喝不到，我的水，你也许能
　　　　喝到，也许喝不到，我学了句英文，送给你，good luck……

耿　浩　我也学了句英文，damn you！

张　挺　哈哈，咱们终点见……如果你能坚持到终点！

　　　　【大喇叭里广播：请各位选手各就各位，预备……

　　　　【枪响。

　　　　【两人骑车冲了出去。

　　　　【暗去。

　　　　【拘留所。

　　　　【灯光忽然亮起，刘小道用手挡住眼睛，小张笑眯眯走过来。

刘小道　这次又是为什么抓我？

小　张　黑客行为！你用自己的手机作为终端，先后入侵了中国电信和百
　　　　度的服务器。

刘小道　证据！

小　张　你的手机就是证据。

刘小道　那不是我的手机。

小　张　……

刘小道　你忘啦，我修改了你的pin code，查到最后，你们就会沮丧地发现，
　　　　破解那些服务器的，都是你的号码。

小　张　我……（与刘小道一起）我废了你！

刘小道　哎呀，你换点新鲜的行不行啊？真是的……

　　　　【小张拿起小道的手机，端详、思忖，不知该如何是好。

　　　　　忽然，手机响了。

刘小道　谁呀？

小　张　密斯靠。

刘小道　（伸手）给我……

　　　　【小张躲开：对不起，你现在没这个权利！

　　　　　小张清了清嗓子，按键：喂？

　　　　　手机里传来一段嘈杂的女声，小张皱眉听着，刘小道使劲往前
　　　　　凑，好不容易凑到身边，电话挂了。

刘小道　她……说什么？

小　张　我为什么要告诉你啊？

刘小道　不说拉倒！我本来就没兴趣。

小　张　她说……（刘回来）你不是号称没兴趣吗？

刘小道　切……（转回身去）

小　张　耿浩是干吗的？

刘小道　不知道！

小　张　密斯靠好像被谁赶出来了，让你去给耿浩送水，送什么水？

刘小道　……

小　张　怎么？看起来，你好像有点着急啊？

刘小道　……

小　张　如果真的着急，就先出去办事吧……

刘小道　真的假的？

　　　【小张拿过口供：把罪一认，口供一签，我可以亲自送你出去办事，不过只限一下午，警车喔。

刘小道　……

小　张　以你的罪行，最多判个半年一年的，出来之后，又是一条好汉……

　　　【刘小道拿过笔，思忖半晌，签了字：行了，带我出去！

小　张　我可以带你出去，但我可没说是今天啊。

刘小道　你……

小　张　你是在押的犯罪嫌疑人，我又不是领导，怎么有权力带你出去？

刘小道　那你他妈瞎许愿？

小　张　我说送你出去办事，指的是送你去法院，哈哈，你也有脑子一根筋的时候？

刘小道　Shit（拍桌子）Shit！

　　　【灯光做成赛场。张挺加油！张挺加油！

　　　【张挺经过水站，接过水瓶，边喝边骑。

　　　【耿浩经过水站，耿浩加油！耿浩加油！没有人！

耿　浩　人呢？你妈个逼啊！

　　　【回到拘留所。

　　　【刘小道抱着脑袋暴走，嘴里唠唠叨叨。

【刘小道快速地走着，忽然停住，似乎想到了什么。

刘小道　张警官，张警官……

小　张　找我有事吗？

刘小道　我能用一下手机吗？

小　张　八能！

刘小道　算我求你！

小　张　你先说，要手机干吗，否则我是不会给你的！

刘小道　把手机给我，我真的没时间了！天这么热，耿浩赛场上会干渴致死的！

　　　　【张挺过，耿浩已经非常疲惫了，缓缓地骑过水站，消失在舞台的另一边。

　　　　【刘小道忽然冲过去，小张掏出一面镜子，刘小道愣住了。

小　张　呵呵，放你出去之前，我在你手机里装了窃听器，这两天，你们所有的对话，我都听到了，居然会有人怕镜子，这一点，我还真是没想到，来呀，喜欢手机，拿去……

　　　　【在镜子和手机之间，刘小道徘徊不定，满头大汗。

小　张　想救哥们儿，想当英雄，那就拿出点英雄该有的气概来嘛……

刘小道　我照镜子，你把手机还我？

小　张　回答正确，我就是这个意思。

刘小道　好吧，把镜子拿来。

小　张　NO，NO，NO，我说的镜子，可不是这一面……

刘小道　喂，你是个警察，用不着跟个犯人这么较劲吧？

小　张　你不是说时间不多了吗？那就甭废话，忙你的吧，抓你的时候，我们吃了多少苦，好不容易抓回来，还不能刑讯逼供？打，打不得；骂，骂不得，还被你戏弄，你知道我有多憋屈吗？现在，也该让你丫合法地吃点苦头啦！

【刘小道在镜子的包围中（多少镜子？）（暂时没定下来）浑身
　　颤抖着，强忍着，开始玩手机。

刘小道　呵呵，我现在干的事，有点儿像人工降雨。

小　张　人工降雨……啥意思啊？

刘小道　我刚才用卫星看过这次比赛路线，在行进过程中，会经过农科院
　　的实验田，田里有智能控制的洒水系统，只要我能在耿浩经过那
　　片农田之前，破解农科院的系统，让洒水系统开始喷水，他就没
　　事了……

小　张　这……这不会惹麻烦吧？

刘小道　呵呵，我连认罪书都签了，还怕这点麻烦？

【刘小道在手机上乱按一气，滴滴之声乱响，变成节奏和音乐。

【在音乐声中，耿浩费劲地骑来骑去，终于，当他接近崩溃的时
　　刻，农田里水花四溅，耿浩跳下车，在水花中完成本剧高潮。

第八场

【节目现场。

【舞台上，一个人骑着动感单车，运动头盔，大墨镜。
　　画外音一：在一小时前刚刚结束的奥运会预选赛上，他获得金
　　牌，拿到了这个项目第一张入场券。

【起光，体育人生的现场。

主持人　观众们大家好，欢迎收看这一期的体育人生节目，我是主持人

朱小军！下面有请本期嘉宾——车手张挺！

【张挺在掌声和欢呼中跳下自行车，上台招手，看起来有点儿迷糊。

张　挺　大家好，我是张挺。

【台下有观众狂喊起来：张挺，牛逼，张挺，雄起……

主持人　如果没记错的话，这是你第二次获得重大比赛的胜利。

张　挺　是的，上一次是2006年的环亚自行车赛，我让女朋友等在水站，让耿浩喝了兴奋剂，这一次，我虽然没那么干，但我在比赛前，暗示他我会这么干，所以他一路都不敢喝水，虽然最后靠田里那点水救了急，但他还是屈居亚军，对此我表示非常幸灾乐祸。

主持人　……哈哈，冠军就是冠军，连幽默感都异于常人啊。

张　挺　我没开玩笑，各位观众，您瞅准了，我是张挺，一个靠阴谋诡计取胜的冠军，欧耶……

【闪光灯频闪，暗去。

【拘留所外。

牛春环　听说，你已经不怕照镜子了？

刘小道　嘿嘿，你果然是个好律师。我干了那么多坏事，这么快就能放出来。

牛春环　这个……倒是跟我没关系，你被放出来，一是因为你还未满十八岁，二嘛，耿浩替你还上了所有款项，受害者取消起诉。

刘小道　……

耿　浩　不用谢我，这是应该的。

刘小道　我本来就没打算谢你，要不是我，你早就脱水而死啦！

牛春环　呵呵，可惜你没看到上一期体育人生。

刘小道　我听说了，为什么会那样？

牛春环　张医生回美国之前，还欠我一次疗程，我就拜托他，在节目开始

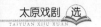

前，给张挺做了次深度催眠……

刘小道　报应！二位慢聊，回见了您呐……

耿　浩　你要去哪儿？

刘小道　你管呢！

耿　浩　要不要先到我家坐会儿？

刘小道　上你家干吗？

耿　浩　让耿浩叔叔和春环阿姨帮你参考一下大学志愿。

　　　　【刘小道一愣。

耿　浩　怎么？你难道忘了咱俩的赌注？

牛春环　他如果赢了，你就得复读，重考大学。

刘小道　可他没赢啊！

耿　浩　经过体委研究决定，张挺的比赛成绩被取消，永久禁赛，我还是
　　　　第一名啊。

刘小道　那我不管，反正你不是第一个冲过终点的……

　　　　【小道一路跑着，耿浩和春环一路唠唠叨叨追了下去。

　　　　【小道在侧幕尖叫：放开我，我不想刮胡子，还我胡子，信不信
　　　　　我黑了你的QQ号……

耿　浩　不好意思，哥们用的是MSN。

　　　　【全部演员上台谢幕。

【剧终】

太原戏剧选

谍 杀

编剧：沉 石 曹 熠

时间：2015年8月

前　序

【飞机声由远而近，声音绕过剧场，环绕立体声。

【响起两声轰炸，幕前幕后硝烟起。

【舞台纱幕、前幕、高低呈现，八路军在掩护，在撤退，场面十分
　混乱。

【男声雄厚的画外音：1942年5月24日天刚擦黑，日军益子挺进
　队化装成八路军摸进铜家岭，日军别动队从正面进攻，华北日
　军三万多人包围袭击了八路军总部，日军相隔彭德怀不到五百
　米，生死就在一瞬间！

【在混乱中，邱强奔跑着抓住汤达奇。

邱　强　彭总呢？他身边有多少人？

汤达奇　他身边只有张大铁两个人……

邱　强　（急了大骂）什么？两个人？彭总要是有一点损伤，老子不饶你！

汤达奇　我比你还急！左权参谋长为了掩护彭总，亲自带人向相反的方向
　　　　把鬼子吸引过去了，我的兵已经分散了。

　　　　【画外音：配剧中人图片，简短。邱强，国民革命军第八路军保
　　　　　卫部长；汤达奇，警卫团团长。

　　　　【舞台另一侧：赵悦民匆匆对郑小瑞交代。

赵悦民　你赶快帮助后勤人员撤离……

　　　　【赵悦民还没说完，郑小瑞便跑，被赵悦民大声喊道。

赵悦民 回来！你听好了，鬼子怎么知道彭总的指挥所？这里面一定有鬼，你给我睁大眼睛，谁也别放过！

【画外音：赵悦民，八路军保卫部侦查科长，黄埔军校第八期，后进入可招收中国人的日本东亚同文书院情报特工专业训练，延安二局特派保卫人员。

郑小瑞，保卫部干事。

【舞台深处转换有十字岭悬崖的图景，渐雾、渐红。

【枪声依旧，渐远。各种混杂惊恐声……

【画外音低沉：日军追杀了整整一夜，烧杀了铜家岭多个村庄，八路军后勤部保育院、文工队和新华社华北分社人员被日军围困在十字岭，她们忍受不了日军的强奸屠杀，成批跳了悬崖。几千人的铜家岭惨案、十字岭惨案啊！永远刻在日本侵略者的屠刀下！

【舞台迷雾中，邱强和赵悦民冲出。

【汤达奇在部署周围警戒，汤达奇指着张大铁。

汤达奇 你要死守两道岗！没有老子的命令，任何人不能靠近！听见了吗？

张大铁 明白！（跑下）

汤达奇 邱部长，彭总已经脱险……

邱　强 刚刚得到消息，左权牺牲了！

【汤达奇惊愕、悲痛、愤怒。此时，整个剧场静静十秒，突然，汤达奇号叫着，端起冲锋枪朝天打出一梭子。枪声停。

汤达奇 他是以死保护了彭总！

【舞台纱幕出现左权照片，渐叠版画式照片，伴随画外音：1942年5月25日，时任国民革命军第八路军副总参谋长左权牺牲，年仅37岁。然而，日军对八路军总部首长的刺杀才刚刚开始！

【灯光暗去。舞台隐约回荡一种声音。

第一场

场景：八路军总部、八路军总部外场。

人物：小香妹、张大铁、汤达奇、邱强、赵悦民、郑小瑞、胡日月警
卫员，作战机要参谋、卫生员等若干。

【山雾渐起，在八路军总部四合院外飘移。

【纱幕呈现出有两道岗，分别有警卫战士持枪站岗。

【在雾中，渐渐传来一个女人的喘气声，雾散去，出现小香妹，衣
衫被树枝剐破，头发蓬乱，脸上有血道。

【第一道岗，战士甲上前拦住。

战士甲　站住！

【小香妹似乎没听见，还在走进。

战士甲　站住！听见了吗？再不站住，我就开枪了！

【小香妹念念有词，带着哭腔声音不大，有些错乱。

小香妹　我找我舅，我找我舅舅……

【小香妹闯进第一道岗后，被战士甲持枪强行拦住。

【小香妹声音才变大，有些理直气壮而且有点撒泼。

小香妹　我……找……我舅舅，汤达奇！

【战士愣住了，一时不知所措，看到小香妹硬闯，强行拦住。

小香妹　（大声呼喊）汤达奇，汤达奇，我是你外甥女……

【在经过第二道岗，张大铁听见便出现，上前扶着身体不适的小
香妹。

张大铁　你是俺汤团长的外甥女?

小香妹　(盯着张大铁，喘着气)我叫小香妹，汤达奇是我舅舅……

　　　　【话音未落，只见汤达奇挎着手枪大步走了上来，身边跟着警卫战士。

汤达奇　(严肃地指着张大铁)张大铁，谁让她进来的?

张大铁　她说找你……

汤达奇　我说过，没有我的命令，任何人不能进来!你耳朵长毛啦?

　　　　【张大铁想解释，却无语。

　　　　【小香妹哭着扑向汤达奇，情绪交加。

小香妹　舅舅，我是小香妹，抱犊村全被日本人烧了，我娘我爹都死

　　　　了……

　　　　【汤达奇在惊讶中，依然强硬，执意追问。

汤达奇　你是怎么进来的?

　　　　【小香妹哭着不语。

　　　　【这时，邱强和郑小瑞走出来。赵悦民从另一角在观察。小院出现了

　　　　参谋、卫生员不少人。

汤达奇　(大声追问)我再说一遍，你是怎么进来的?

　　　　【小香妹无语，哭声越来越大，让所有在场人不知所措。

汤达奇　(大声怒斥)别哭了!我最烦哭!哭!哭!

　　　　【场静十秒，静得可怕。

　　　　【小香妹站不住了，倒下。

　　　　【邱强和郑小瑞冲上来扶起小香妹。

邱　强　(大声喊道)卫生员，她头出血了!

　　　　【卫生员跑上包扎。

郑小瑞　汤团长，她可是你的亲外甥女，她爹娘都死了……

汤达奇　(心情很复杂，打断道)别说了!我只想知道，她是怎么进来的?

【小香妹的头被纱布包裹后，站起来冲着汤达奇带着哭腔，反击
　　和控诉。

小香妹　我是怎么进来的？我这就告诉你！我是从十字岭的山沟里爬起来，
　　　　跟着你们活着的人找来的……

郑小瑞　（立即插话证明）当时我在后勤帮助转移，见过她……

汤达奇　（冲着郑小瑞）你是做保卫工作的，就让她跟着进来了？

小香妹　（愤怒了，指着汤达奇）我问你，你是不是汤达奇？是不是我亲舅？

汤达奇　我是汤达奇。

小香妹　我再问你，你唯一的姐姐，是不是叫汤达香？

汤达奇　是！她从十八岁就嫁到了抱犊村，第二年我就到了队伍……

小香妹　（突然哭诉，指责）你就不问问你的亲姐姐汤达香，我的亲娘是
　　　　怎么死的？还有我爹张贵是怎么被鬼子杀死的？你一个劲儿地问我
　　　　怎么来的？你还是人吗？

【场内一下子静了，小香妹有些颤抖，邱强上前扶着小香妹。

邱　强　抱犊村也遭到了袭击？

【在另一角，赵悦民不时与机要参谋在交流，似乎有新情况。参
　　谋匆匆下场。

【一角，赵悦民静静在听小香妹讲述。

小香妹　抱犊村在十字岭的后面。昨天晌午过后，一群日本兵从山后爬了
　　　　上来，先是对壮年男人扫射；接着把年老的人和孩子关进小院，
　　　　用带火的枪扫射，火苗都把人烧焦了，我爹和我弟都烧死了。我
　　　　娘是被日本兵用刺刀活活给捅死的，捅得遍地都是血……

【场静静地，渐有哭声。

【汤达奇才感动，情绪交加靠近小香妹，被小香妹甩开手，继续悲痛
　　诉说。

小香妹　舅舅，你知道我是怎么活下来的吗？一群日本兵追着扒我的衣服，我……被逼到了抱犊村最东头的悬崖边，两个日本兵按住我撕开了衣服，我……疯了，死死地咬着日本兵跳了崖。

　　　　【全场又安静，等待小香妹下句话。

小香妹　我命大，挂在了一棵核桃树杈上，头和脸都划出了血。后来，我逃到了十字岭才发现是你们，我就跟来了。

汤达奇　难为你了！可我是警卫团长，我们死了那么多人，还有参谋长，我要对总部首长的安全负责，对任何一个进入八路军总部的陌生人，都要严格审查！就是亲生父母也一样！

小香妹　（变脸，强硬地）好！好！算我瞎了眼！日本兵逼我跳崖，你，我的亲舅也逼我，我活着有什么劲！我这就找我娘去！

　　　　【小香妹说着朝山头崖边冲去，被张大铁奋勇奔跑过去，一把抓住。

邱　强　（忍不住了，大声地）汤达奇，你这是干什么？太行山的村民死得够多了！

　　　　【汤达奇心软地低下头。

邱　强　郑小瑞，你带小香妹到后勤先安置下，吃口饭，上点药，暂时在保育院打打杂做个帮手。

郑小瑞　是！

汤达奇　（叹了一口气）她是个没爹娘的孩子！

　　　　【郑小瑞刚扶小香妹要走，警卫战士乙急匆匆跑上报告，让在场人吃惊。

战士乙　团长，三号位的宋小明晕倒死了。

汤达奇　快抬上来呀！

　　　　【两名战士抬着宋小明上。

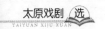

【汤达奇看了一眼，叹道：又是饿死的！

【赵悦民、邱强仔细观察。

邱　强　没有任何伤痕。

赵悦民　脖子上有一个小眼，比针眼还小。

小香妹　（斜视了一眼，很有经验地说了句）在山里，有一种毒蚊子。

【这时，新华社华北分社记者胡日月用照相机不停地在宋小明前
　　拍照，被汤达奇不高兴地用手拦住。

汤达奇　行了！行了！添什么乱！就你们记者能耐！抬走！

【邱强拉着赵悦民走到台边一角。

邱　强　看出什么名堂了吗？

赵悦民　八路军总部有特务！

【灯光渐暗。

【大山的风声呼啸而起。

第二场

场景：特高课。

人物：芳子、马野、村井鸟石、日军士兵甲。

【舞台灯亮，日军特高课的一间办公室。

【办公室内纱幕，有日军电台不时敲响，有日军穿梭人员忙碌。

【村井鸟石站在舞台中央，芳子夹着一份文件站立一旁。

芳　子　整整一夜，把彭德怀包围在十字岭，抓获了八百人，有八路军总
　　部通讯科长，有后勤部长，还有中共北方局的秘书长……

【村井不高兴地打断。

村　井　不要说那么多！消灭了几千人都不重要，冈村宁次司令长官迫切
　　　　知道，彭德怀现在是死是活？还是受了伤？

芳　子　刚刚接到前线战报，彭德怀下落不明……

村　井　叭嘎！这难道就是情报吗？

芳　子　还有，别动队在追击到铜家岭时，离彭德怀只有五百米，实然，八
　　　　路出现了三支队伍，在追击后发现彭德怀不见了。课长，这是千真
　　　　万确的事实！

村　井　你的益子挺进队在何处？

芳　子　就在铜家岭！他们化装成八路进了村，到小黄村后知道了八路军
　　　　总部的准确位置，才开始发报，冈村宁次司令长官调动了三万人
　　　　围剿十字岭。

村　井　后面的情况，不用你说。我想说的是，你的益子挺进队有功！要
　　　　用好这支队伍。

芳　子　这是一支穿八路军装，唱八路军歌，说中国话的大日本帝国军人
　　　　的情报队伍，就连真八路都分不出，就别说山里村民了！

村　井　这是你的杰作！但是，我有一个问题还是不明白，为什么彭德怀
　　　　在万人围堵中，相距几百米，却跑了呀？我怀疑……

芳　子　特高课内有人泄露了我们的机密？

村　井　上次，打黄岩洞兵工厂就走漏了风声，我们还在排查。这次24号
　　　　的大围剿，难道又泄密了？

芳　子　课长，上个月我的特情电台有人动过，像是发过什么。

村　井　竟然有这种事？为什么不报告？

芳　子　没有抓住证据，所以……

村　井　这件事，让马野去办！一定要他查清楚！

芳　子　课长，有句话，我一直想说，不知该不该说？

村　井　说！

芳　子　马野成天喝酒，喝多了，还乱说……

村　井　不不不！马野是喜欢喝酒，喝多了还唱日本小调，他想家！

芳　子　课长，我还有个想法，这个时候，就算彭德怀还活着，他只能在这一带躲藏。

　　　　【芳子走到太行山战略图前，边指边分析。

芳　子　十字岭周围相邻大多是山区，只有在王家峪，在砖壁，在韩村，在马尾村曾经有过八路。我想八路军总部已被打散，彭德怀身边虽说有警卫团，但兵力不足，加上他们有伤兵，缺医缺粮，应该是启动蝴蝶的时候了！

村　井　芳子，你的长处在于动脑子。

芳　子　谢课长栽培！

村　井　十年磨一剑，霜刃未曾试。该特高课的利剑出鞘了。他彭德怀再有本事，也难躲暗箭！

　　　　【马野推门走了进来，手持一份文件，略有醉态。

马　野　中国人的兵法说，攻其无备，出其不意。芳子，你打草惊蛇了。

芳　子　课长，我怎么说的，一身的酒气，还在胡说！

村　井　芳子，别介意！马野来得正好！

　　　　【马野得意地走到村井面前，又靠近芳子。

芳　子　你离我远点！

马　野　远不了！就在太行山！彭德怀的逃跑一定有原因！

村　井　马野，你发现了什么？

芳　子　课长，马野他喝多了……

村　井　我也喜欢喝酒，我更喜欢听真话！说！

马　野　芳子的战绩我也听说了，很不错，打了不少山里的村民，还有不

少八路。彭德怀呢，在眼皮子底下跑了！芳子，有一点问题被你
忽视了。

芳　子　我不想听一个酒鬼的指责。

马　野　课长，请你看一下我做出的分析报告。

【村井取过文件。

芳　子　课长，我所管辖的队伍，不容马野插足！

马　野　不是我想插足，我在帮你！在这个问题没有眉目之前，任何计划
都将功亏一篑。

村　井　你是说，益子挺进队里有间谍？

马　野　这是我截获的几条密电码，我断定芳子的特情组电台有问题。

芳　子　什么问题？

马　野　我问你，益子挺进队是怎么训练的？

芳　子　抓的中国人来训练的！说中国话，唱中国歌！

马　野　没错！这就对了！

村　井　对什么？

马　野　再问芳子，有几个中国人？

芳　子　这是我的秘密，你没有必要知道这些！

马　野　课长，这让我无法效劳！

【村井转身严厉地对芳子。

村　井　说！我们在找间谍，懂吗？

芳　子　一共四个人……

马　野　不用再说下去了！我告诉你，有一个叫乔木林的吗？你不用回答
我，但我可以负责地告诉你，在你的益子挺进队里有隐藏的间谍！
而且是中国人！

【芳子急了，冲向马野。

芳　子　你别胡说！说，谁是间谍？谁泄露的情报？我马上枪毙了他！

马　野　课长，这让我无法配合！你的事不让我知道，又让我指名道姓抓间谍？还说是酒鬼胡说！我说不是，不说也不是！

村　井　你们两个能不能不再斗了？杀不了彭德怀，冈村宁次司令长官绝不会轻饶我们！当务之急，是要查出在我们身边的间谍！马野，你说！

马　野　有一个代号，他一定潜伏在益子挺进队。上次围剿行动失败，一定是中国人把计划提前泄露了。

村　井　有一个代号叫长空，可是我们查了多次毫无结果，难道是那几个中国人？！

马　野　一定是！

芳　子　马野，你凭什么？我要证据！你别以为我不知道，上次我告了你的状，你记仇了，想告我？

马　野　你一个女子，又是著名的特工干将，我比不上你！更不会记仇！

芳　子　你就是！益子挺进队是我的杰作，这是课长说的！你有吗？

　　　　【村井发火，不满地。

村　井　都住嘴！想干什么？你们都给我听着，从现在开始，查内奸，查间谍！不管是谁，一查到底！

　　　　【芳子和马野齐声答道：嘿！

村　井　你们是想让军部的人看笑话吗？

芳　子　不敢。

村　井　芳子，马野，你们是我的左膀右臂——我记得有句话叫，疑人不用，用人不疑。对于你们，我报以绝对的信任。

马　野　明白。

村　井　你们俩要共同一致，虽有分工，但是一切为了执行我们的计划！

绝不能让间谍存在，再不能泄露我们丝毫的秘密！

芳　子　请交给属下彻查。

马　野　我已经对那些为我们效力的中国人做了一个排查，锁定了几名可
　　　　疑人物。

芳　子　你要调查的都是我的人。

马　野　有人愿意为他们担保的话，我就放弃搜查。

　　　　【村井不满地把文件摔到了一边。

村　井　不要让外人看笑话——中国人，本来就不能让人放心。非我族类，
　　　　其心必异。

马　野　属下明白。

　　　　【芳子见状，朝村井低头示意。

芳　子　课长，我先告辞！

　　　　【芳子下。

　　　　【村井鸟石若有所思地绕过办公桌，把帽子扔到了桌子上，坐在
　　　　　椅子上，打量着马野。

村　井　马野，你过来！

　　　　【马野靠近村井。

村　井　你从现在秘密盯着益子挺进队那四个中国人！记住，别让芳子
　　　　知道！

马　野　嘿！课长，我喝酒不是真，我在通过酒馆接触一些中国人，知道
　　　　一些情报！

村　井　有情报向我报告！

马　野　嘿！

　　　　【马野点头下场。

　　　　【日本士兵甲手持文件走到门前。

士兵甲　课长，密电！

　　　　【村井按了按桌前的铃声。

　　　　【芳子听铃声后，再次上场。

芳　子　课长，有何指令？

　　　　【日本士兵甲下台，芳子将文件递给村井。村井看完文件，哈
　　　　　哈大笑。

村　井　蝴蝶要展翅了。

芳　子　嘿！一切按照课长的指令行动！

村　井　蝴蝶说，礼物已经收到。

　　　　【村井站起身来，戴上帽子，正了正衣领。

村　井　今晚，益子挺进队的庆功宴，我要出席一下！芳子，我再给你一
　　　　个机会，一定要查出在益子挺进队的中国间谍。

芳　子　长空这个代号以前出现过，不过，消失了，难道又出现了？我还
　　　　是怀疑在特高课内部！

村　井　不管在内部还是在外部，你暗中盯着马野，看他在哪些酒馆？记
　　　　住，千万别让马野知道！

芳　子　嘿！明白！

村　井　关键时候，你用日本海军三数双码密电与蝴蝶联系，寻找时机，
　　　　干掉彭德怀！

　　　　【芳子低头！

　　　　【舞台渐暗。

　　　　【音乐回响，似杀声惊异。

第三场

场景： 八路军总部、小树林间。

人物： 小香妹、张大铁、汤达奇、邱强、赵悦民、郑小瑞、胡日月机

要参谋、警卫员。

【幕启。

【八路军总部外相连的小树林，有隐约可见的山桃花，阳光斜射。

【传出山鸟脆亮的叫声。

【张大铁身着军装，身挎双枪在前面。小香妹着灰色的军服，身

背小挎包。

小香妹 大铁，等等。你真是当警卫员的，脚步那么大。

张大铁 就在这吧！我只请了十分钟的假。

【小香妹从挎包里，拿出一双布鞋，含情地递给张大铁。

小香妹 大铁，穿上，看合适不？

张大铁 （接过布鞋，仔细端详，很有感慨）这针线真好！是你给我

做的？

【小香妹伸出手给张大铁看。

小香妹 可不是！我这手还扎破了好几回。

【张大铁看着小香妹的手，心疼地吹着。

小香妹 别装了！你穿上，我瞧瞧！

张大铁 真合脚！我长这么大，只有俺娘给俺做过鞋。你干吗对俺这么好？

小香妹 那天，差一步就跳崖了，是你拉住了我。

张大铁 你也是，非当着你舅的面去寻死，你不是伤他的心吗！其实，汤

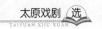

团长这人可好啦，听说你爹娘死了，他还偷偷哭过。

小香妹　听我娘说，她最疼的就是他这个弟弟，我娘嫁到抱犊村，再也没见过面。昨天，我舅还陪我吃了一顿饭。我身上这件军衣，也是他给找的，他还是心疼我。

张大铁　俺们老家有句老话，舅舅是你娘家人！

小香妹　我舅是娘家人，那我更喜欢你了！

张大铁　（很突然）这……

小香妹　鞋都穿上了，总该说句话吧！

　　　　【张大铁环视山野。

张大铁　你等下！

　　　　【张大铁采了一束山野桃花，递给小香妹，傻笑着。

　　　　【小香妹捧着山野桃花，紧追。

小香妹　大铁，你一定说句我中听的话！

张大铁　俺不会说！给你唱两句俺们那里的歌。

　　　　【张大铁面对山野，又面对小香妹放开唱，山西牧歌。

　　　　蓝天哟，白云映小河。

　　　　羊群哟，那个挂在青草哟坡。

　　　　汾河里飘来一阵阵歌。

　　　　妹妹哟，

　　　　那个洗衣坡下哟过。

　　　　妹是初开的花一朵……

小香妹　太好听了！你教我两句。

张大铁　蓝天哟，白云映小河。

小香妹　蓝天哟，白云映小河。

　　　　我……我不会。

张大铁　你唱得好听，就是没有山西味！

张大铁　时间不早了，俺要回去了。

　　　　【小香妹上前抱着张大铁。

小香妹　我想天天和你在一起。

张大铁　不行！俺离不开。

小香妹　你在哪里站岗？

张大铁　（急着边走边说）你别问了，俺走了！

　　　　【小香妹抱着山野桃花，往前追了几步，在张望……

　　　　【八路军总部。

　　　　【赵悦民拿着侦查仪器工具包走进，邱强见他迎了过去。

邱　强　赵科长，有什么疑点吗？

赵悦民　宋小明不是饿死的，喉管的那个细小针眼，验过了，有氰化物剧毒。

邱　强　怎么会有氰化物呢？

赵悦民　而且是液体氰化物经过两小时浸泡的针头，在两秒钟内使人猝死。

邱　强　小香妹不是说是山里的毒蚊子吗？

赵悦民　看上去很像。我仔细查过，是日本间谍中野学校特有的作案手段。
　　　　我在黄埔军校上海日本东亚同文书院，接受过特工专业训练，这是
　　　　近距离吹射，或者近距离刺入，隐蔽性极强。

邱　强　能看出是男的还是女的干的？

赵悦民　从力度和准点看，像男的，但也不能排除女的。

邱　强　男的？会是谁呢？难道在警卫团？鬼子五一大扫荡后，警卫团补
　　　　充了不少人。

　　　　【赵悦民手里始终握着一杆树疙瘩烟袋，伴着思考。

赵悦民　后勤部，还有北方局死了不少人，也抓走了不少人，这是个大漏
　　　　洞呀！小香妹核查了吗？

邱　强　派人已经调查过了，抱犊村被鬼子屠杀过，小香妹跳了悬崖挂在树杈，还是山下宋家沟的大爷给救的。

赵悦民　去年九月，我到过宋家沟大峡谷侦察，如果没记错的话，抱犊村是去年九月被日军屠杀的。

【邱强靠近赵悦民。

邱　强　你是说时间不对？

赵悦民　另外，宋小明的死不在他的岗哨二号位？我怀疑……

【这时候，汤达奇拎着枪大步走进来，显得很着急。

汤达奇　宋小明死了，啥原因？底下都瞎猜测，说什么的都有。邱部长，到底是饿死的？还是别的？

邱　强　问题没那么简单，还不能下结论……

【汤达奇急了，把拎枪往后一甩。

汤达奇　怎么不简单了？这两年，闹饥荒，没吃没喝，还要站岗打仗，饿死的还少吗？我总要给宋小明家里一个交代吧！

【邱强望了一眼赵悦民，在传达信息。

【赵悦民非常理智，不与汤达奇争执，每句话都留有余地地推进。

赵悦民　汤团长，宋小明你了解吗？

汤达奇　什么意思？他跟着我两年了。

赵悦民　他是凌晨四点的岗，岗位在二号位，对吧？

汤达奇　没错！

赵悦民　可他死在二号位外的东南三十米外，我查看了死去的时间，准确地说是4点20分。

汤达奇　你是说，宋小明是被杀的，又被拖出了哨位？

赵悦民　只有一种可能是符合逻辑的，没有必要拖离哨位。是宋小明在接应什么人，而且，在接应完人后，近距离被人用毒针杀人灭口。

【汤达奇火了，连挥着手。

汤达奇　　不可能！不可能！你把我的兵当什么了？

邱　强　　四一年警卫排长陈易山是怎么叛变的，是他把冈崎引进黄崖洞的！今年5月2号，警卫战士王国柱又是如何被卫生员拉下水的？说出了口令？

汤达奇　　以前是乱！现在……

赵悦民　　现在比以前还乱！我有一种感觉，23号彭总刚到101指挥所，24号傍晚日军分两队包围，总部机关为什么中了埋伏？为什么我们刚到十字岭，日军埋伏在山下发起攻击？

汤达奇　　你是说有特务？有内奸？

邱　强　　我已经上报延安二局了。

赵悦民　　是日军精心策划的谍杀行动！

【这时，机要通讯参谋进来报告，手里拿着电文上。

机要参谋　邱部长，二局电报。

【随后，郑小瑞带着胡日月没有报告就进入。

【邱强见状非常生气。

邱　强　　郑小瑞，你是军人，不知道报告吗？出去！

【郑小瑞想解释，又感委屈，便带着胡日月出去，重喊。

郑小瑞　　报告！

邱　强　　进来！什么事？

【汤达奇见状，想转身离开。

邱　强　　汤团长，你等等！

郑小瑞　　他是新华社华北分社记者胡日月……

汤达奇　　怎么？还想拍照？

郑小瑞　　部长，他是记者，给我说了好多次了，他有采访的任务。

邱　强　　我们见过。你想采访谁？

胡日月　　彭德怀，彭总！

汤达奇　　这不可能！老子这一关，就通不过！

胡日月　　我是记者，不是坏人！你们知道，十字岭死的还有什么人吗？不光
　　　　　是左权，还有新华社华北分社何社长，还有我四十多位记者同
　　　　　事，我是沾满血迹逃出来的！我不能上前线打仗，可我用笔用相
　　　　　机，记录下日军的罪恶！错了吗？

邱　强　　小胡同志，我能理解！听我的，适当时候，我会安排！

　　　　　【汤达奇生气，扭头快步走出。

　　　　　【胡日月和郑小瑞愣住，在等。

邱　强　　郑干事，你带胡记者下去吧！

　　　　　【郑小瑞和胡日月下。

　　　　　【邱强把电报递给赵悦民。

赵悦民　　延安二局已经启动延安在特高课隐蔽的谍报人员，代号长空，要弄
　　　　　清日军十字岭追杀的真正行动计划。我有个想法。

邱　强　　你说！

赵悦民　　二局已经提到了日军在武州城的情报长官特高课村井鸟石。我了
　　　　　解此人，他极端狡诈，身边还有一个善于培养女特工的怪人芳子。我
　　　　　想单独下山，和延安二局派遣的人在武州城碰头，杀了村井，替左
　　　　　权参谋长报仇！

邱　强　　事关重大，我得报告彭总。

赵悦民　　我有个要求。

邱　强　　说！

赵悦民　　这件事，只有你一个人知道！绝对保密！

　　　　　【邱强双手握住赵悦民。

邱　强　绝对保密!

　　　　　【灯光暗去。

　　　　　【音乐声渐起。

第四场

场景：酒馆、酒馆街外。

人物：赵悦民、马野、芳子、张玉香、酒馆老板、群众等。

　　　　　【警报声响起，缓缓停止。

　　　　　【灯亮。舞台上是一座小酒馆，赵悦民化装成山西百姓模样，挎
　　　　　　包走到了酒馆的门口。

　　　　　【两个巡逻的日本士兵从酒馆里走了出来，嘻嘻哈哈地聊着什么。

士兵甲　听说益子挺进队进城，要来这家酒楼喝酒，还有功啦!

士兵乙　有功是芳子小姐的!

士兵甲　芳子这回头大了，听说村井差点被人给杀了!

士兵乙　别说了，有人! 快回营吧!

　　　　　【赵悦民贴墙边在偷听，在等着谁，看周围。

　　　　　【一个打扮成药房家的女人，穿着蓝花衬衫，手里提着小筐，
　　　　　　从路边闪过。

赵悦民　你们的人没伤着吧?

张玉香　冯站长带着地下交通员，都撤到武州城河东了。你赶快走吧! 马
　　　　上要关城门了!

赵悦民　村井没死! 我的行动，村井好像提前有防备，杀不了他，我不
　　　　能走!

张玉香　这里不是说话的地方。你马上跟我走，冯站长还在河东接应呢！

赵悦民　还有一个新情况，听说益子挺进队要庆功，可能就在这家酒馆。

张玉香　益子挺进队太可恨了！延安二局早就指示，这是日军特高课专门训练的一支侦察部队，化装成八路军到过很多村庄，专门打听八路军总部和彭德怀的消息。这次八路军总部被偷袭，就是益子挺进队探听的消息。

赵悦民　益子挺进队的直接指挥官是特高课特情组芳子，此人非常狡猾，我绝不会放过这次机会！

张玉香　还有一个情况，延安二局林一大姐一直怀疑八路军总部有日本特务，只有联系上长空，才能知道是谁。

　　　　【这时，突然远处传来警车声，由远渐近。

　　　　【张玉香靠近赵悦民警惕观察。

赵悦民　看样子，鬼子要在这里部署兵力！

张玉香　赵科长，要想干掉益子挺进队，靠你一个人不行，我得赶紧通知冯站长！

赵悦民　那好！记住这家酒馆！我在附近盯着！

　　　　【忽然，有日军哨兵跑上，后面紧跟着马野。

　　　　【张玉香刚要走，发现马野又退回来。

　　　　【赵悦民靠近。

赵悦民　快走！是鬼子！

　　　　【张玉香拉着赵悦民。

张玉香　听我的！你是卖药的，我是买药的。

　　　　【张玉香带赵悦民进酒馆。

　　　　【酒馆内灯亮。

　　　　【酒馆摆设桌椅。

【老板走上前接近赵悦民招待。

酒馆老板　（看了一眼马野，交代了一句）来的这位！（大声地）各位请！

【酒馆老板在招待，看到马野，匆忙行礼。

马　野　（冲着士兵甲）发现问题了吗？

士兵甲　少佐，我们刚刚从岗哨上撤下来，没有可疑的。

马　野　喝酒了吧？

【两位士兵急忙立正。

【马野嗅了嗅两位士兵。

马　野　特高课村井鸟石大佐差点遇刺，你们还来喝酒，不怕芳子少佐看见？

士兵乙　马野少佐，我们只是在换岗后小酌了几杯。

马　野　今天碰上了我，下回别让我看见！别傻站着，外面去！

【两个哨兵点头跑下。

【马野在酒馆里来回走动，中央的桌子旁，坐着便装的张玉香和赵悦民，在桌上放了一张写满字的纸。

酒馆老板　太君好！

【马野站在张玉香和赵悦民的对面，拿起纸来端详。

张玉香　药方，太君，就是一个药方。

马　野　你看着有点面生，不是县城里的人？

张玉香　我是城东冯氏药房的，我姓张。

马　野　这位可是乡里的吧？进城干什么？

赵悦民　太君说的正是，我是苦水村的，进城买药，她给我送药来这里。

马　野　得的什么病？

张玉香　疯病，说是从东面来的，席卷了整个东北，一直吹到了山西。

马　野　那可真是瘟疫。

张玉香　就在不久前，这病到了我们的头上，已经有数以万计的百姓不治身亡了。

马　野　那样的话，这个方子可治不好，还得加药，加几剂猛药。

张玉香　加过了。要直接除病根，结果失败了。

马　野　这位乡里人，你们那里可有蝴蝶？你们山里有。记住，是野的！可入药！

张玉香　蝴蝶？我知道了！

马　野　最近城里不大太平，你还是让他快走吧。

张玉香　警卫太严，许进不许出。

马　野　如果你是一个良民，武州城就可以来去自如。

　　　　【一名日本士兵小跑到了赵悦民面前，看到马野，愣了一下，敬了一个军礼。

士兵甲　少佐，我们是在执行公务。就是他！

马　野　他？

　　　　【芳子从容地从门口走了进来。

　　　　【老板上前迎着。

酒馆老板　太君，里面请！

芳　子　（看了老板一眼，挥着手枪）一边去！就是他。

赵悦民　是在说我吗？

芳　子　我刚接到情报，有八路进城。

马　野　我刚刚盘问过，一个进城买药的乡里人。

芳　子　乡里人？问清楚了？

马　野　芳子少佐，你可以再盘问一遍！

芳　子　哦，问出什么了吗？

马　野　请不要用这种口吻跟我说话。

　　【芳子看到了桌子上的药方，拿在手上看了看。

芳　子　你不是本县的人。

赵悦民　我是专门到县城里买药的。

芳　子　看你的打扮，应该是附近村子里的人吧。

赵悦民　是的。

芳　子　是八路！

赵悦民　一个山里的庄稼人！

芳　子　哪个村？

赵悦民　苦水村。

芳　子　我听说那里有八路的人。

赵悦民　看到过有拿枪的军人，在村口经过。

芳　子　前些天，皇军进山，有几发炮弹落在了你们村子里了，没伤着
　　　　人吧？

赵悦民　炮弹？我听说，前几天有东西从两架飞机屁股后面，扔进了别
　　　　的村，烧了不少房子。

　　　　【芳子转向张玉香仔细看。

芳　子　你也是乡里的？

张玉香　我是城东冯家药铺的！

芳　子　你是冯家药铺子的，你来这里干什么？是喝酒呀，还是碰头？

张玉香　我一个妇道人家喝什么酒呀，我给这位老乡备药，他走得匆忙，
　　　　少了一味药！

　　　　【张玉香从筐里拿出一包药。

芳　子　什么药呀？

张玉香　莲！

　　　　【这时士兵乙小跑进来。

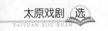

士兵乙　少佐！

【士兵乙对芳子耳语了几句。

芳　子　好啦！从现在起，你们都统统地出去，不许再进来！都走！走！

【赵悦民和张玉香离开时，马野掏出钱币，扔在桌上。

【赵悦民忙不迭地将钱币收了起来。

【芳子向门口走去，又停了下来。

【芳子正对着赵悦民，眼盯着半晌没说话，气氛严肃。

【马野上前一步。

芳　子　回去跟你们村的安保主任胡三儿带好，就说芳子少佐已经收到他

　　　　的情报。

赵悦民　胡三儿？我们村可没这么一号人。

【芳子微笑地哼了一声，便和两名士兵走出门。

芳　子　召集便衣队，告诉他们都给我看紧了。还有，南门的守备要加岗。

士兵甲　哈伊！

【芳子转身面对马野，表现出一种冷漠。

芳　子　这俩人，我算记住了，要是有点差错，你交不了差！

马　野　芳子小姐，我警告你，别把自己当大佐！

【马野下台前，还在朝外边的哨兵挥着手。

【日军哨兵在盯梢，很快被赵悦民和张玉香甩掉。

【酒馆外一条小街，聚灯光。

赵悦民　你好像知道了什么？暗号对得很巧！

张玉香　八路军总部有代号蝴蝶，和延安二局林一大姐提供的情报吻

　　　　合。尽快让邱部长知道。

赵悦民　你看见了吗？眼前这个酒馆对我们来说太重要了！今晚，益子挺

　　　　进队肯定在这里聚会，他们杀了我们多少人，正是我们报仇的好

时机！如果芳子在，让她一起上西天！

张玉香　这事，得和冯站长合计下，要联合武工队一起干！

赵悦民　我不能离开这里，你快去通报，让他们化装进酒馆，到时统一行动，以我摔碗为信号，打完就撤！

张玉香　明白！你要小心！

【张玉香下。

【此时，一队穿便衣的益子挺进队员，散散地从街口朝酒馆里走。

【黑影中，赵悦民闪到一角，等待前面人走进馆内，快手刺中了最后一位，拉到黑暗处，迅速换上衣服，然后整了整衣服朝里走去。

【灯光渐暗。

第五场

场景： 特高课、酒馆。

人物： 马野、芳子、村井鸟石、赵悦民、张玉香、酒馆老板、冯站长、武工队员、益子挺进队员若干、日军士兵等。

【酒馆灯亮。

【益子挺进队员哼唱日本歌，在喝酒。

【舞台上被红色的光束映照，显示出一派喜庆祥和的气氛。

【在充满和风的曲调中，几名喝醉酒的士兵在舞台上来来回回地走着，又小声议论着什么，继而开怀大笑。

【赵悦民和几名武工队员身着便装，从几个方位出来，打量着醉酒的士兵。

队员甲	（喝多了，在挥手喊）唱中国歌，大刀向鬼子们的头上砍去！
队员乙	哟唏！笑话！那是欺骗愚蠢的中国人！
队员甲	对！我们这一招，杀了村民，杀了八路，连他们都被蒙在鼓里，让愚蠢的中国人骂中国人自己吧！哈哈哈哈！
队员乙	各位益子挺进队友，今晚本来村井长官要来庆功的，他来不了，芳子少佐在陪他！
队员甲	哈哈！他们来不了，我们喝！干杯！喝！喝！统统喝掉！

　　【赵悦民早就听不下去了，他看了看身边几名武工队员，突然
　　　端起碗猛摔，一声令下！

赵悦民	打！

　　【几名武工队员同时掏出枪。向益子挺进队员甲乙射击，甲乙
　　　等士兵纷纷倒下。

赵悦民	老子叫你们化装成八路军到处杀人！死去吧！

　　【赵悦民猛打。

赵悦民	老子叫你们唱中国歌，烧杀山西村民，死去吧！

　　【赵悦民朝一个鬼子连射击！

赵悦民	老子叫你们喝酒狂欢！死去吧！

　　【赵悦民打红了眼，老板靠近提醒。

酒馆老板	快走吧！芳子马上就到！走边门！

　　【随后，点射一片，正在喝酒中的益子挺进队员被全部击毙。

赵悦民	搜索战场，别放跑一个！

　　【酒馆灯暗。

　　【酒馆外街灯渐亮。

　　【警车警笛声响起。

　　【脚步声大乱。

【赵悦民和几名武工队员走出，发现前面有日军。

赵悦民　你们从后街快走，我掩护！

武工队员　一起走！

赵悦民　快走！

【赵悦民朝前刚走，迎面有芳子带人追上，手电在闪动。

【张玉香突然出现，边推赵悦民向后走，她边朝芳子迎过去。

【赵悦民还想跟着张玉香，被另一侧突来的马野挡住。

马　野　你怎么还在？山里人不是急等药吗？走南门！

【赵悦民领悟，但眼看张玉香被芳子劫持了。赵悦民在一角。

【芳子用枪对着张玉香，手电筒在张玉香脸上晃了几下。

芳　子　又是你！一个城东冯家药铺的，怎么又来这里呀？

张玉香　我来酒馆还钱，还没进去，就听见枪声……

芳　子　枪声？怎么这么巧呀！

【芳子抬头看见了从酒馆一侧走来的马野，上前用手电筒晃动着。

马　野　别乱照！没看见是我吗！

芳　子　马野少佐，你又走在我前脚，发现了什么？

马　野　一阵枪声把整个城都震动了，可惜，来晚了一步！

芳　子　你没晚，这位花姑娘你应该认识吧？

马　野　当然见过！我还盘查过，城东冯家药铺的。

芳　子　别装了！我问你，你的身后，是不是有一个人影跑了？

马　野　我要问你！是有个人影，是从你身边跑的！

【芳子有些不耐烦。

芳　子　好了！别给我狡辩！

【芳子冲着士兵，大声地。

芳　子　把这个女人带走！

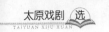

【芳子靠近马野。

芳　子　你也跟我走吧！面对面有个交代吧！

　　　　【灯光暗。

　　　　【一阵日本悠愁的淡淡小调。

　　　　【特高课内灯亮。

　　　　【两把椅子分开，一边坐着张玉香，一边是马野。

　　　　【村井头包扎着白纱布，手握长刀坐在对角一侧。

　　　　【芳子站在中间来回走动，审问。

芳　子　我只有五分钟，多一分钟不再多问，命运自己定夺！张玉香，你
　　　　的买药人哪去了？

张玉香　带着药回乡里了！

芳　子　马野，你在酒馆后街见过他？

马　野　没有！

芳　子　说谎！我明明看见他从我前面跑了，经过你身边，就没了！

马　野　既然他在你面前，为何让他跑了呢？你可以开枪呀！

芳　子　张玉香，你的同伙是进城的八路，是不是他带人袭击了益子挺
　　　　进队？

张玉香　我说过，我是药铺的，来我那里什么人都有，只要买药，我
　　　　卖药！

芳　子　嘴还硬！是八路杀了我辛辛苦苦训练的益子挺进队！被一群持枪
　　　　的匪人打了个措手不及！他们在喝酒，还没有反应过来，就全死了！
　　　　说！是不是你在掩护那些八路？他们藏到哪去了？说！

张玉香　我还是那句话！我是卖药的！你说的这些与我无关！

芳　子　那好！卖药的！

　　　　【芳子指着马野，问张玉香。

芳　子　这个人是不是去过你那买过药?

张玉香　没见过!

芳　子　你走了,为什么在枪声后又到了酒馆?

张玉香　我说过,还钱!

芳　子　马野,你多次到酒馆,在跟什么人接头?

马　野　我好喝酒,酒馆也就去得多!我不是接头,我在监视益子挺进队里的中国人!

芳　子　益子挺进队员聚会被杀,是你泄露的?

　　　　【马野站起来,火了,大声质问。

马　野　行了!你凭什么来审问我?我问你,益子挺进队里的乔木林是不是你信任的人?

芳　子　是的!他效忠皇军,提供了八路在王家峪的情报!

马　野　乔木林能为你提供情报,难道就不会为八路提供情报?难道就不会为武工队提供情报?他就是一条中国人的狗!

芳　子　有什么证据?

　　　　【马野不坐了,站起来走到芳子身边,又望了眼一声不吭的村井。

马　野　课长在,我就直说了,我化装在酒馆多日了,发现乔木林与武工队有交往,还拿过武工队的钱。这次袭击益子挺进队的是什么人?查清了吗,芳子小姐?

芳　子　是流窜的一股武工队干的!

马　野　这情报就是乔木林透露的!

芳　子　不可能!

马　野　你不是说我身后有人影跑了吗?那就是乔木林!下次,我见了他非毙了他!

芳　子　你凭什么跟踪我的人?

马　野　课长赋予我的任务！

　　　　【芳子无言地望着村井。

　　　　【村井站起来，摸了摸包扎的头。

村　井　要抓住乔木林！一定抓住这个吃里爬外的家伙！

马　野　嘿！

　　　　【芳子与马野较量处下风，她又把气发在张玉香身上。

芳　子　说！谁是你的同伙？

张玉香　药铺的伙计都是！

　　　　【芳子气得上前抽打张玉香。

芳　子　我再问一遍，你要是不招，就死了的！说！谁是你的同伙？

张玉香　药铺的伙计都是！

　　　　【芳子气疯了，号叫着，冲着士兵喊。

芳　子　来人！把这个顽固的女人关到宪兵队，拷打！拷打！我一定要

　　　　她招！

　　　　【马野看了一眼被宪兵带走的张玉香，便转身离去。

　　　　【场内寂静。半晌，芳子才长叹一口气，反应过来，走到村井身边。

芳　子　课长，请你指点！

村　井　悄悄跟上马野！

芳　子　嘿！

　　　　　　　　　　　　　　　　　　　　　　　　　　——灯暗

　　　　【酒馆街外，灯略亮。

　　　　【马野身穿便服，手里握枪在快步行走。

　　　　【芳子身穿日军服，手里也握枪在跟踪，光线忽闪。

　　　　【酒馆灯亮。

　　　　【老板在收拾残局，扶正桌椅。

【马野出现在酒馆，老板机警地环视他周围。

酒馆老板 酒馆都打坏了！开不了啦！

【马野看了看，立即掏出一张纸条递给老板。

马　野 收好！

【这时，芳子带人跟上。

【老板机灵地将纸条一团，塞进嘴里。

芳　子 马野，你跑得还很快！没想到吧，你送信的吧！

马　野 我是受课长指示暗中调查，你在搅局是吧？

芳　子 我也是受课长指令，监视你的！

马　野 有这样的课长吗？我们面见课长对质！走！

芳　子 别着急呀！

【芳子走近老板，从他上身往下搜了一个遍，没发现什么，又
　　在桌台上搜！

【芳子看着老板，恶狠狠地。

芳　子 你要收了他任何东西，都要交出来！否则，死了的！

酒馆老板 没有！

【马野有些急了。

马　野 走哇！找课长去！别老跟着我！

芳　子 走！走！

【芳子和马野前后下场。

【酒馆外小街灯渐亮。

【老板在街口与赵悦民碰头。

【老板将纸条交给赵悦民。

老　板 这是地形图，要快！

赵悦民 武工队的人都准备好了！

【赵悦民下。

【街灯暗。

【特高课内，灯亮。

芳　子　马野有问题！

马　野　芳子在袒护那个中国人乔木林！

【村井依然包扎头，一脸不爽。

村　井　别吵啦！一个个说！谁也不要插话！

芳　子　我说！

马　野　我说……

村　井　一个个说！谁也不要插话！

芳　子　课长，都这么晚了，马野单独又去了酒馆，他肯定是通风报信的，

　　　　有重大嫌疑。

村　井　说完了？马野，你只回答我一句话，是喝酒，还是送情报？

马　野　不是喝酒，也不是送情报。

村　井　到底干什么？

马　野　追踪一个人！

村　井　谁？

马　野　益子挺进队的中国教官乔木林！

芳　子　胡说！乔木林被我安排在宪兵队里了……

【村井不满地挥手打断。

村　井　你又插话！

【突然，一个日军急匆匆上场报告。

日　军　报告村井课长，宪兵队出事了！

村　井　到底发生了什么？快说！

日　军　那个刚抓的女犯人，被一伙武工队劫狱了，还刀杀了两个宪兵！

【村井气疯了，一把扯下头上的白纱布，挥出长刀，大声叫道。

村　井　宪兵队！芳子，是你手下的乔木林干的吗？全城戒严！全城戒严！

【灯突暗。

【一阵奔跑的脚步声。

【警笛声。

——落幕

第六场

场景：八路军总部、小树林间。

人物：小香妹、张大铁、郑小瑞、赵悦民、汤达奇、邱强、张玉香、
胡日月、一排长、战士等

【幕启，八路军总部外小树林。

【小香妹背着小布包，在等张大铁。

【郑小瑞一身八路军装，腰间插着小手枪上。

郑小瑞　你这是在等张大铁？

【小香妹见郑小瑞热情迎上，并从包里掏出山野桃。

小香妹　郑干事，我摘的山野桃，你尝尝，酸甜酸甜的。

郑小瑞　我不吃，还是留给张大铁吧！

小香妹　郑干事，你穿军服真好看！我要是能穿上这身该多好呀！

郑小瑞　好好，先别说这些了！咱们都是女的，我提醒你一句，没事别往
这里跑！

小香妹　我和大铁好，我舅也知道，他还让大铁多照看着我……

【郑小瑞打断，小声提醒。

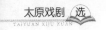
郑小瑞　最近，八路军内部太乱，你再乱跑，小心被赵科长的猎犬咬着！

【郑小瑞说后转身走了。

【小香妹冲着她背影，小声不满唠叨。

小香妹　哼！不就保卫干事吗！神气啥吗！

【张大铁匆匆跑上，一头汗。

【小香妹跑上去要抱，被张大铁含蓄地躲闪几步。

张大铁　我……我这一身的汗！

【小香妹靠上前，从身上没有掏出要擦的东西，便用衣袖为张大
　　铁细心地擦去汗水。

【张大铁有些感动。

张大铁　行了！行了！见到你，俺就高兴！差点没出来……

【小香妹敏感地，追问。

小香妹　怎么，彭总不让你出来？

【张大铁欲言又止。

张大铁　没……没有。刚才你一擦，心里真有点痒痒的！

小香妹　痒痒？长这么大没摸过女人吧？

张大铁　头一回！

【小香妹掏出山野桃。

小香妹　大铁哥，你尝尝，这是我在山里摘的，可好吃了！

【张大铁咬了两口，惊讶地。

张大铁　你进山里了？到小南村？

小香妹　是呀！小南村怎么啦？

张大铁　坏了！我得赶紧回去！

小香妹　别走嘛！

【小香妹靠近张大铁，渐升雾气，很是玄虚。

【灯光移至八路军总部。

【赵悦民看着手表，在原地紧张地来回走。

【郑小瑞进门喊报告。

赵悦民　快进来！看到小香妹和张大铁了吗？

郑小瑞　没有……

赵悦民　那你回来干什么？还不赶紧找！

【郑小瑞转身要走，被赵悦民喊住。

赵悦民　回来！你赶快把汤团长叫来！要快！

【郑小瑞跑下。

【赵悦民不停转动烟斗，大声冲着电讯室。

赵悦民　王参谋，开大频率，不能放过任何可疑电台！

电讯参谋　明白！

【汤达奇挎着枪一副紧张的样子上。

赵悦民　汤团长，有件事非常重要，你心里要有个数。

汤达奇　说！是不是你们反对我外甥女和张大铁谈恋爱？

赵悦民　恋爱我不干涉，我只想对你说一句话。

汤达奇　说！

赵悦民　马上换下张大铁……

【汤达奇还没等赵悦民说完，就激动起来。

汤达奇　什么，换张大铁？我没听错吧！他是彭总的警卫员，这几年，
都是靠张大铁在保护，你犯什么神经了？

【邱强手里拿着野桃和电台螺丝帽匆匆上。

邱　强　老汤，汤达奇，你是个忠诚勇敢的警卫团长，我敬佩你，可我
们不能忽视一丝一毫的可疑线索。

【汤达奇把枪一抓。

汤达奇　如果我手下谁是内奸，谁是叛徒，老子突突了他，包括张大铁。

【邱强把山野桃和电台螺丝帽展开在汤达奇面前。

邱　强　这山野桃是有人摘过掉在地上，最关键的是，这个电台上的螺丝帽也掉在了地上。

汤达奇　在哪儿？

邱　强　小南村的小树林。

汤达奇　是彭总指挥所！

【电讯参谋急匆匆上。

电讯参谋　赵科长，连续收到四个A的电台波！

赵悦民　AAAA，坏了！这是施放信号！是向敌机施放准确方位，快！快掩护彭总转移！

【汤达奇边往外冲边喊。

汤达奇　一排跟我上！

【灯光暗去。

【小树林间灯亮。

【小树林间雾淡去。

【张大铁深情中带些委屈。

张大铁　俺从来没有喜欢过女人，俺穿上你做的鞋那天起，真的喜欢你了！可……

小香妹　我也是！我这些年太苦了，被小日本逼的。我一见你，就知道你是好人，跟我一起走吧！我们一起过好日子！听我这一回！

张大铁　不！不！绝不可能！

小香妹　你一个大男子汉，整天跟在彭德怀屁股后面，不就是一枪的事吗？这点事都不能干？还喜欢我？

张大铁　别说了！别说了！你走吧！走吧！我不想再见到你！

小香妹 我只问你一句话，你是要媳妇，还是一辈子守着彭德怀？

　　【张大铁重新审视小香妹，表现出强烈愤慨与不满，异常激动，脱
　　下鞋。

张大铁 鞋，俺不穿！俺也回答你一句话，俺宁可不要媳妇！俺宁可去死，
也要保护彭德怀！保护首长！

　　【此时，飞机声由远渐近，情况十分危急。

　　【小香妹看着天空，再次靠近张大铁。

小香妹 大铁哥，飞机来了，你可以借机杀了彭德怀，我还可以领到一笔
赏金，咱们走得远远的，跟我一起过好日子！

　　【张大铁咬着牙狠狠地抽了小香妹一个耳光，然后奋力朝彭德怀
　　指挥所冲去。

　　【深处纱幕呈现光影，汤达奇带兵在掩护。

　　【张大铁背着彭总在转移。

　　【赵悦民和邱强在林中搜索。

　　【张大铁带着汤达奇从另一角上。

张大铁 我知道她在哪里！

　　【八路军总部外。

　　【小香妹化装成村妇，头缠着头巾，迎面被赵悦民、邱强和
　　张玉香拦住。

赵悦民 小香妹，你这是去哪呀？

小香妹 保育院有孩子发烧，我上山采点草药……

赵悦民 山里毒蚊子多，小心别咬了！

小香妹 毒蚊子？没……事。

　　【小香妹想走，被赵悦民拦住。

赵悦民 宋小明怎么死的？

小香妹　宋小明不是被毒蚊子咬的吗？

【这时，张大铁和汤达奇上。

汤达奇　（拔枪）你他娘的再说一遍？

邱　强　老汤，都到这个份上了，别着急！

赵悦民　你认识宋小明，是他从二号岗，带你走进八路军总部的，然后你近距离用浸泡过氰化物的毒针插进他的喉咙！

【张玉香又掏出一张发黄的老照片，汤达奇主动上前接过。

张玉香　你叫小香妹？真是笑话！连亲弟弟的名字都叫不出来，世上没有这样的姐姐吧！看好了！这是我们全家唯一的一张照片，我小名叫小香妹，大名叫张玉香，弟弟比我小三岁，他叫张玉宝，被小鬼子烧死时才十七岁……

小香妹　你可以编，能说明你就是吗？

张玉香　在抱犊村有一首民歌，家家户户都会唱，你知道吗？你会哼两句吗？

【小香妹无言对答。

张玉香　（轻声唱了两句《苦相思》）

山药蛋开花结疙瘩，

圪蛋亲是俺心肝瓣，

半碗豆子半碗米，

端起了饭碗想起了你……

【小香妹望着天空长叹。

小香妹　没想到哇，你还活着！

【此时，郑小瑞手握枪带胡日月上场。

郑小瑞　胡记者，她才是特务。你多拍几张！

张玉香　我跳崖都知道，都以为我死了。我是被八路军北方局搜寻队的同

934

志在宋家沟峡谷树林救的，是他们养好我的伤，带我到了延安二局。

小香妹 芳子！芳子！你这个笨蛋！还让我顶替小香妹！

邱　强 你的真名叫梅子，是五台东冶梅村的，整个村子遭到日军村井鸟石的袭击……

【小香妹挥着手打断，情绪激动。

小香妹 别说啦！别说啦！我是梅村的农家女子。去年，小日本一百多人烧杀了全村，还有我全家，我才十八岁呀，我想活，遭到一群日本人的强奸。后来，一个叫芳子的日本女人带走了我，给我吃的，还给我钱。她们训练了我八个月，让我进到八路军总部，装着找亲戚借机杀了彭德怀，就赏给我一大笔钱……

张大铁 你欺骗了俺！俺饶不了你！

小香妹 开始是欺骗，可后来，我是真心喜欢上了你，大铁哥！

张大铁 你别叫俺哥！你是狗特务……

【汤达奇冲着张大铁喊道，很是愤怒。

汤达奇 滚一边去！看我怎么收拾你！

【小香妹哭了，一种复杂而蜕变后的心情。

小香妹 我也是被小日本逼的！我真的被逼的没办法呀！

赵悦民 你只要告诉我，谁在和你联系？还有谁在八路军内部？

小香妹 我说了也没用！我已经没脸再活了！

【小香妹说着，瞬间右手插进兜里。

【郑小瑞立即拔出手枪朝小香妹连开两枪，小香妹应声倒地。

【张大铁欲冲上去，喊了一句。

张大铁 小香妹！！

汤达奇 一排长，把张大铁带下去，好好反省！

【胡日月对郑小瑞赞赏。

胡日月　郑干事，你的枪法真准！

【赵悦民走近郑小瑞指责。

赵悦民　你的枪也出得太快了！

郑小瑞　你没看到她要掏枪吗！

【邱强从死去的小香妹右手兜里，掏出一个绣了字的荷包。

邱　强　这是个荷包。上面还绣着字，张大铁。

【张大铁听着，又回头长叹叫喊着。

张大铁　天哪！都是我……的……错！

【滚动的音乐响起。

【灯渐暗。

第七场

场景：八路军总部、小树林间。

人物：赵悦民、邱强、张玉香、郑小瑞、张大铁、郑天明、胡日月、

参谋、卫生员、战士群众若干。

【幕启。

【一片黑影的小树林传来沙沙响声。

【男声低沉画外音：

三架日军"九七式"Ki-30轰炸机轰炸了八路军总部，彭德怀又

一次脱险。然而，天色昏沉，八路军总部的山林间多了些玄机。小

香妹的死，让赵悦民有一种说不出的担心！张大铁的那份忠诚与爱

情，又让汤达奇难舍！接下来，发生在八路军总部奇怪的事，让

邱强惊出了一身冷汗！代号蝴蝶究竟是谁？

【小树林间，脚步声跟踪脚步声，越来越近。

【淡雾远去。

【郑小瑞身着八路军服，腰间挎着手枪，手提老式皮箱匆匆行走。

【身后有张玉香紧紧跟踪，而且张玉香同样身着八路军服，但她手里握着小手枪。

【忽然，树林间一阵野鸟扑腾惊飞，带出鸟声。

【郑小瑞就势躲在树崖后，抓住皮箱。

【张玉香在小路林间寻找，在渐近郑小瑞周围时，郑小瑞拔出手枪。

【郑小瑞突然出现在张玉香面前，手枪对着她。此时，张玉香的手枪也对着郑小瑞，还没说话，双方已是枪口对峙。

郑小瑞　你为什么总跟踪我？

张玉香　收起你的枪！

郑小瑞　收起你的枪！别指错了地方！

张玉香　我盯你多时了，箱子里装的是什么？

【郑小瑞大笑起来。

郑小瑞　眼睛还挺毒！你没有权利知道！

张玉香　我是延安特别二局的！

郑小瑞　这里不是延安！这里是太行山，我才是八路军保卫部的。我怀疑你才是那个小香妹的替身！

张玉香　我是二局情报侦听处的，这些天，山里出现可疑的电台频率，我要检查你的箱子！

郑小瑞　我警告你，自从你上山后，才有了可疑的电台。

【张玉香上前一步，试图夺过皮箱，被郑小瑞用手枪顶着张玉香的头。

【张玉香不示弱，枪口也顶在郑小瑞太阳穴，僵持着。

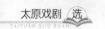

【郑小瑞收起枪，却紧紧握着皮箱。

郑小瑞　张玉香，你听好了！现在，我要去迎接爱国人士郑天明捐赠的物资，不跟你较劲。你给我等着！

张玉香　我等着！有胆量，你那箱子别转手！

【郑小瑞提着箱子沿山路走，又起一阵迷雾。

【八路军总部。

【邱强整理军容后正要出去，赵悦民大步走进。

邱　强　爱国人士郑天明捐赠的物资就要到了，政治部首长让我接待下……

赵悦民　邱部长，我还是那句话，彭德怀身边还有特务，我们丝毫不能放松警惕，我建议，捐赠物资最好在二里外接收……

【邱强有些不满，打断。

邱　强　特务，我们在查，一刻也没放过！你有目标了吗？

赵悦民　有！但不能肯定！

邱　强　你派人盯紧！让捐赠物资在二里外，这不妥吧。你可不知道，八路军总部正缺医少粮，多少人盼着粮食和药品！爱国抗日人士是冒着鬼子的封锁线才把物资送上山的，我们总不能害怕这害怕那，不让他们靠近吧！

赵悦民　张大铁刚出事，汤团长像吃了苍蝇似的恶心了好几天，他还窝着火呢！

邱　强　我先走了！你再找找他，警卫工作决不能放松……

【正说着，汤达奇端着冲锋枪上。

汤达奇　不用找了！老子来了！张大铁调离了，在写检查！你们听好了，查出狗特务来，先让老子突突了他！

赵悦民　汤团长，小香妹的事，也怪不得你，我们都有责任……

汤达奇　行了！别说好听的！你当一回舅舅试试？

赵悦民　张玉香真是你外甥女！

汤达奇　打住！打住！不管是张玉香，马玉香，老子一概不认！

赵悦民　你也别太一根筋了！

汤达奇　不是我一根筋，一帮小鬼子天天打彭总的主意，老子相信谁？别怪我六亲不认，只要老子活着，等打走了鬼子再认！

【赵悦民上前抱了抱汤达奇。

赵悦民　我喜欢你这样！

汤达奇　赵科长，刚才，我已经在捐赠点增加了岗哨。

赵悦民　张大铁呢？是不是被关禁闭？

汤达奇　没关他！看不出来，那小子还真是个情种！

赵悦民　越刚毅的人，情更柔啊！走！咱们看看去！

【灯光渐暗。

【八路军总部一角，灯亮。

【张大铁站在桌前，把纸笔一甩，表现出无奈和痛苦的复杂情绪。

【张大铁来回走动，然后静静地抬头，张望远处彭总的方向，开始自言轻语，逐渐爆发心中的情绪。

张大铁　俺没有泄密！俺没有透露彭总的地点！俺张大铁跟着彭总就是铁心一块！俺离开彭总了，离开了他，俺还真的不习惯！早晨，彭总几点醒，醒后他干什么，只有俺知道；他打起电话来，每次布置战斗任务都很细，讲话都扯着嗓子，放下电话，他要喝一大缸子水，也是俺端给他；中午，彭总累了，总要在椅子上靠一会儿，俺瞪大眼睛站在他前面。这会儿，谁在站着岗，他知道站在彭总前面吗！都怪俺！见到小香妹头一眼，就想见！她是沾满鲜血从日军的屠刀下爬出来的，她是没有爹娘的姑娘！她是心灵受到伤害的山里姑娘！俺接近她照顾她，想用俺警卫战士张大铁的胸膛，

好让她靠一靠歇一歇，俺没错吧！没错吧？说实话，俺长这么大，还是头一回。小香妹对俺这么好，她给俺做的鞋，穿上可合脚，可温馨了，她陪俺说说悄悄话，俺都心跳好几回！俺从她身上想到了俺妹子，想到了俺娘！俺没错吧！没错吧！不！错了！错了！没想到哇，俺头一回喜欢上的山里女人，竟然是个要俺刺杀彭总的特务！她是个特务！天哪！俺就是写上三天三夜的悔过书，也不解俺心头的悔恨！悔恨啦！俺还教她唱歌？那是唱的什么歌呀？那是俺真的想家了！

【张大铁在痛苦中，发泄地唱起了他唱给小香妹的那首家乡民歌……

　　蓝天哟，白云映小河。

　　羊群哟，那个挂在青草哟坡。

　　汾河里飘来一阵阵歌。

　　妹妹哟，

　　那个洗衣坡下哟过。

　　妹是初开的花一朵……

【紧接着，山间林中响起雷声，光电在闪，没有雨。

【灯光渐暗。

【八路军总部院内外，灯光亮。

【八路军总部院内外，一片热闹，郑天明穿着一身知识分子衣衫，带着一帮人把物资送来。

【八路军在迎接，场面欢快。

【胡日月端着相机不停拍照，忙前忙后，看见郑小瑞出现，便靠了上去。

【邱强上前握着郑天明的手，在感谢。

邱　强　郑校长，您这一路上辛苦了！这些物资太及时了，总部首长让我
　　　　转达对您和爱国人士的感谢！

郑天明　谈不上感谢！现在是国难当头，日军五一大扫荡，华北死了多少人，
　　　　八路军在山里坚持抗战不易呀！这些粮食和药品，都是咱中国人
　　　　积攒下来捐赠抗日的。

邱　强　你们千辛万苦能送到这里，也不易呀！

郑天明　这是民心！这是国民良知！苍天在上，小日本会有灭亡的那一天！

　　　　【郑小瑞提着皮箱穿过人群，在靠近胡日月被拍照。

　　　　【张玉香紧跟在身后。

　　　　【外围，赵悦民和汤达奇在巡视。

　　　　【张玉香见郑小瑞的箱子快靠近郑天明时，便大步上前挡住。

张玉香　郑小瑞，你这箱子必须打开检查！

邱　强　怎么回事？

　　　　【郑天明见郑小瑞想上前，却停住了脚步，很是惊讶。

张玉香　她提着箱子从后山又钻进总部的小树林里，我跟踪她半天了，这
　　　　会儿，她突然提着箱子出现在爱国人士身边，我怕……

　　　　【赵悦民敏感地靠近那只箱子。汤达奇在身后点着两个警卫战
　　　　　士散开。

　　　　【郑小瑞仍然提着箱子上前，眼睛盯着郑天明想说话，被郑天
　　　　　明用手语制止。

　　　　【张玉香拔枪，大声地。

张玉香　站住！再往前，我就开枪了！

　　　　【郑小瑞看了看周围，有邱强、赵悦民和汤达奇都在，便把箱子
　　　　　放地上一放，有一种委屈的样子。

郑小瑞　张玉香，你别欺人太甚！我的箱子装的什么，走在哪条路上，你

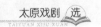

有资格管吗?

张玉香　为了安全,我管定了!你必须打开箱子检查!

郑小瑞　我要是不呢?

张玉香　别怪我的子弹不长眼。

郑小瑞　好!好!今天,我当着邱部长、赵科长和警卫团长所有人的面,我
　　　　请你,延安二局的张玉香同志亲自开箱检查!

　　　　【张玉香走上前要开箱,被赵悦民拦住。

张玉香　你们都走开!

　　　　【赵悦民拔枪在巡视周围,汤达奇已端起了枪。

　　　　【张玉香小心打开皮箱后,发现装的是太行山的山蘑和野花椒。

邱　强　张玉香,你闹什么?这些,都是郑干事平时攒的山货,山蘑和她爹
　　　　爱吃的野花椒。

　　　　【此时,全场愣住了,静静地。

　　　　【突然,在静中,郑小瑞扑向郑天明,深情并委屈地。

郑小瑞　爸爸!

郑天明　小瑞!

　　　　【张玉香冲着邱强说了句。

张玉香　是她爸爸?

郑小瑞　爸爸,我知道您要来,这是我给您带的山货,没想到……

郑天明　都是为了安全,很正常。我也刚知道,彭总的指挥所还遭到日
　　　　军飞机轰炸,你们要保护好彭总才是!

　　　　【这时,胡日月在抓拍郑天明和郑小瑞的镜头。

胡日月　父女相逢在八路军总部,好新闻!看这里!

　　　　【郑小瑞从包里拿出一本《五记字典》,递给胡日月。

郑小瑞　胡记者,你要的字典我带来了。

胡日月　太好了，写稿子用得上！

【胡日月匆忙下场。

【赵悦民巡视后也下场。

【邱强对郑天明热情地。

邱　强　好久没见小瑞了，你们父女好好聊聊！

郑天明　（双手抱拳）谢谢！

【汤达奇走近邱强。

汤达奇　邱部长，我手下都忙着卸货，那些粮食和药品是不是分开放，离司令部和弹药房太近？

邱　强　找赵科长察看下。他人呢？

汤达奇　走了！

邱　强　先卸车吧，再调整！郑校长他们还要赶路呢！

【汤达奇在人群中走向几名战士。

【郑天明和郑小瑞在一角交谈着。

【赵悦民出现，在另一角靠近邱强耳语后，邱强冲郑小瑞喊道。

邱　强　小瑞，你过来，我还给郑校长准备了点礼物。

【郑小瑞离开郑天明，朝邱强走去。

【赵悦民从侧面靠近郑天明。

赵悦民　郑校长，我有一些事，想私下和您打听下！

郑天明　好！咱们这边说。

【靠近八路军总部一侧，一些战士帮着搬物品，胡日月在拍照。

【这时，只见张玉香从靠近八路军总部一侧冲出，冲着赵悦民紧张地大声呼喊。

张玉香　有炸弹！赵科长，汤团长，库房里有……炸……弹！

【只见，赵悦民飞快朝药品一侧跑去。

【汤达奇握着枪从另一边跑来。

【邱强和郑小瑞也赶到。

【张玉香却掩护郑天明往一侧。

【现场，定时炸弹被绑在药品箱上，定时针声越来越响，叩打着人心。

【赵悦民还在解，在调整定时针。

【汤达奇见状急了，大喊着。

汤达奇　调时间，来不及了！后面就是司令部的弹药房！

【突然，从远处传来一个洪亮的声音，震动全场，张大铁飞跑而来。

张大铁　都……别…动！我……来！

【张大铁奋勇推开赵悦民，用脚踹开连接定时炸弹的箱子，抱着
　　定时炸弹，朝八路军总部外的林间小路奔跑，随即一声巨响。
　　浓烟滚动，渐渐变成淡淡迷雾。

【赵悦民和汤达奇奔跑而上，齐声痛心呼喊：张大铁！大铁……

【呼喊声回荡。

【那个小树林间，张大铁曾经与小香妹恋爱的地方，回应着张大
　　铁豪放的民歌声，一声声催人泪下。

【全场一侧，半弧形站着邱强、郑小瑞、郑天明、战士、参谋、卫
　　生员在注目礼。

【纱幕内，隐隐可见彭总的影子，似乎因失去张大铁而矗立。

【灯光暗去。

【黑场中，张大铁的歌声回音不断……

第八场

场景： 八路军总部，小树林间。

人物： 赵悦民、邱强、汤达奇、胡日月、郑小瑞、张玉香，炊事员、
　　　　战士等。

【幕启。

【张大铁的唱声渐渐淡去。

【邱强有些悲伤，对着站在一旁发愣的赵悦民，像对他说，又
　像自言自语。

邱　强　现场勘查了吗？究竟是谁放的定时炸弹？

【赵悦民不但没回答，连动都没动。

邱　强　小香妹不是死了吗？谁是代号蝴蝶？他一定潜伏在我们身边……

【邱强抬头看赵悦民不理会，一副麻木的样子，急了。

邱　强　哑巴了，怎么不说话啦？

【这回，赵悦民转过身来，难以控制自己的情绪，激动地指责
　反问起来。

赵悦民　我不是哑巴！这些天，我一直憋着，早就想说了。我问你，我单
　　　　独下山到武州城刺杀村井鸟石的行动，只有你知道，村井却提前
　　　　知道了消息，我就差一步杀了他，是谁泄露的？

邱　强　也许是巧合！

赵悦民　好，就算是巧合！这一次捐赠物资，我一再提出要远离八路军总
　　　　部两里之外接收，你不但不听我的意见，还在靠近司令部弹药房
　　　　卸货，你知道那是什么炸弹吗？那是日军最新型的高能量第三代
　　　　定时炸弹，其能量能炸毁一栋八层的大楼！你知道吗？如果那颗
　　　　定时炸弹引爆整个弹药房，彭总和司令部的人全完！如果不是张
　　　　大铁推倒我奋不顾身抱走炸弹，你我早就炸成了灰！

邱　强　你怀疑我？你怀疑郑校长？

赵悦民　我怀疑这里的一切人！包括你！

【邱强生气地拍着桌子，指着赵悦民争执起来。

邱　强　你胆子不小？老子干保卫的时候，你在哪儿？别以为你在黄埔八
　　　　期受训过，又有特殊的专业侦查能力，你就狂了！还怀疑你的领
　　　　导啦！

赵悦民　说的没错！自从我受训当上反间谍反特工的那一天起，我不会相
　　　　信任何以领导的身份架空我正常的侦查思维！我更不相信任何以
　　　　战友的情分阻碍我办案的一切行动！邱部长，我只办案！我只抓
　　　　隐藏的特务！

邱　强　你……你这种态度，我领导不了你！我请示延安二局，你想干什
　　　　么就干什么！

【赵悦民走上前，反而口气变了。

赵悦民　谢谢邱部长，我等的就是你这句话！

【这时，汤达奇拿张大铁的遗物进来，其中有那双小香妹送的鞋。

汤达奇　张大铁的尸体不全了，一排的战士遍山寻找，才找到炸烂的几
　　　　片衣服，还有一双小香妹留给他的布鞋。

【汤达奇说着又从兜里掏出一张纸，带着内疚而深情地。

汤达奇　这里，还有一份大铁没写完的检讨！

【邱强上前接过检讨书，仔细看着，回响起张大铁说给小香妹的话。

张大铁　鞋，俺不穿！俺也回答你一句话，俺宁可不要媳妇！俺宁可去死，
　　　　也要保护彭德怀！也要保护首长！

【邱强把那份检讨递还给汤达奇，感动地。

邱　强　把它收藏好！包括那双布鞋！

赵悦民　汤团长，一定要厚葬张大铁！要知道彭总在他心中的分量！

汤达奇　对了！彭总知道警卫团安葬张大铁，他从指挥所打来电话，说再忙

也要过来最后看警卫员一眼！我们连队也准备好了午饭……

【汤达奇正说着，郑小瑞已经进了屋，这让邱强十分不满。

邱　强　郑小瑞，你没长记性呀！我说过多次了，进屋，要报告！报告！

郑小瑞　我有急事要汇报嘛！

邱　强　那也有规矩！有纪律！

【郑小瑞不情愿地退回，嘴里还唠叨：不就是官大一级吗！报告
　　就报告。

【郑小瑞故意大声喊。

郑小瑞　报……告！

邱　强　进来！

【汤达奇见郑小瑞有要事报告，便对邱强说了句话，下场。

汤达奇　我还有很多事准备，先走了！

邱　强　说！什么急事？

郑小瑞　正好赵科长也在，我怀疑一个人。

邱　强　谁？

郑小瑞　张玉香！

邱　强　张玉香？有证据吗？

郑小瑞　你想想，就算小香妹是假借恋爱让张大铁杀彭德怀，那是在小香
　　妹暴露之后，张玉香才来到八路军总部的。我观察过，天一黑，
　　她总到小树林里，肯定是给鬼子发报。就说我爸送物品那次，她
　　故意找我的麻烦来吸引警卫战士，随后，张玉香到哪去了？她到
　　了卸货的药品房，安装了定时炸弹，算好时间，快要爆炸的时候，
　　是她冲出来报告的！

赵悦民　说下去！

郑小瑞　还有，她见我盯着她，害怕暴露，想找我的茬，随时想杀我！

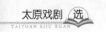
邱　强　现在还不能下结论。要证据！要抓现形！

　　　　【郑小瑞急了。

郑小瑞　还要怎么样？我在追查，我在分析，我在用生命做保卫工作，你
　　　　倒好，张口闭口要证据！

邱　强　好好！我会考虑的！

郑小瑞　张玉香就是代号蝴蝶的特务，她根本就不是什么抱犊村的！更不
　　　　是汤团长的外甥女！小香妹不是教训吗？部长，你为什么不让延
　　　　安二局来人当面对质？

邱　强　会的！我会充分听取你的意见！

郑小瑞　那我走了！

　　　　【赵悦民上前，对郑小瑞特别交代。

赵悦民　郑干事，你去趟警卫团，张大铁要安葬，你多照看下，彭总还
　　　　要来！

郑小瑞　是！

　　　　【郑小瑞敬礼，转身下场。

　　　　【邱强走到赵悦民身边，轻轻打了一拳他胸膛。

邱　强　彭总要来，你还不嫌张扬呀！

赵悦民　知道好，让所有人知道才好！

邱　强　你就不怕出事？

赵悦民　出事？在侦查学里有句著名的教语，出事的前提是有制造出事的
　　　　信息，更会通过信息来达到出事的结果。一句话，彭德怀出现，
　　　　蝴蝶不会冬眠！

邱　强　这需要勇气！

赵悦民　勇气是留给更智慧的人！

　　　　【门口传来张玉香的报告声。

张玉香　报告！

邱　强　进来！

　　　　【张玉香进屋，边拍着裤腿，边对赵悦民。

张玉香　赵科长，你那猎犬小贝老缠着我，这些天跟着你勘察现场饿的吧？

赵悦民　小贝跟我两年了！像助手，更像兄弟！最近，粮食不多，我们吃不饱，小贝也跟着挨饿。

邱　强　张玉香，你不光是专门来向我说猎犬的吧？

张玉香　当然不是！郑小瑞的箱子有问题……

邱　强　我不反对你跟踪，也不反对你盯着箱子，关键的关键，箱子当众打开了，没有你想要的东西！

张玉香　我是侦听员，每次经过小树林，我总感觉郑小瑞箱子有名堂！

邱　强　什么名堂？

张玉香　有不同频率的电台。彭总在小南村，电台就出现过一分四十秒……

邱　强　你怎么知道彭总在小南村？

张玉香　怎么？怀疑我？

赵悦民　邱部长，你让她说完！

　　　　【张玉香转向赵悦民，用一种专业的口吻，提出线索。

张玉香　赵科长，我在二局时间不长，我从二局林一大姐那里听说过，日军特高课有一种特殊的传递信息的手法，是一本书。

赵悦民　你是说郑小瑞的那本字典？

张玉香　如果把那个场景倒过来算，定时炸弹前爆炸的五分钟，郑小瑞主动从包里拿出字典交给胡日月，随后的两分钟，胡日月背着相机挎包进到了装卸现场……

赵悦民　我在上海可招收中国人的日本东亚同文书院，上过几天日本特工专用技术工具和密码体制课，我记得有一本书，代表行动开始……我

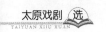
想想！

邱　强　郑小瑞是《五记字典》。

赵悦民　不！不！应该是《古文观止》！对，《古文观止》是日军特工传

　　　　递可行动的物件信号。

张玉香　《五记字典》是什么意思？

赵悦民　是启动？是密电码？

邱　强　胡日月是记者，郑小瑞是小知识分子，相互借用字典，这很正常！

　　　　我还是那句话！抓证据！抓现形！

　　　　【张玉香听了有些不满。

张玉香　抓证据！抓现形！没什么好说的了！等着蝴蝶飞出来吧！

　　　　【张玉香离去。

　　　　【赵悦民也不高兴，但很快镇定，平静地。

赵悦民　抓现形！我有一种预感，彭总到了连队，蝴蝶也会到！走！

　　　　【灯渐暗。

　　　　【紧靠八路军总部警卫团连队食堂外。灯光亮起。

　　　　【警卫战士在穿插巡视。

　　　　【邱强和赵悦民走进，汤达奇佩枪从另一处见状跟进。

邱　强　警戒可不能有丝毫马虎！彭总快到了！

汤达奇　布置了两道岗！外围还有一个机动班。

　　　　【赵悦民四处察看着。

赵悦民　炊事班和食堂周围要警戒！

汤达奇　按照你的要求，我已经给炊事班大李布置好了，放心吧，有

　　　　暗哨！

　　　　【这时，司令部作战参谋大步朝汤达奇和邱强走来。

作战参谋　邱部长，汤团长，彭总正在和刘师长通话，要打冈崎。中午彭
　　　　　总不过来了！

邱　强　我知道了！

　　　　【作战参谋下。

汤达奇　外围警卫可以撤了吧？

赵悦民　不撤！一切按我们部署的不动！

邱　强　赵悦民，你又有什么新名堂？

赵悦民　汤团长，你给我一小时的时间，看我怎么收网！

　　　　　　　　　　　　　　　　　　　　　　　　——灯暗

　　　　【八路军总部小树林，灯亮。

　　　　【林中淡雾散去。

张玉香　了断？没那么容易吧？你想灭口？小心你身后隐藏的眼睛！

　　　　【郑小瑞一愣，继而镇定地。

郑小瑞　没有本事，嘴别硬！我好心劝你一句，别跟着我，否则，我抓
　　　　　你到保卫部！

张玉香　那好！你有本事！我问你，你那只皮箱藏在什么地方？

郑小瑞　皮箱？被我父亲带回去了！你还没完没了？

张玉香　你能把手伸出来，我看看吗？

郑小瑞　你会算命呀？我还真感兴趣！可得如实说啰！看吧！

　　　　【郑小瑞说着伸出左手。

张玉香　右手！

郑小瑞　还真算命？

　　　　【张玉香仔细看了看郑小瑞手指。

张玉香　你这手发过报，中指和食指有明显的键子印。这叫指指连心，
　　　　　心随天意……

郑小瑞　别能了，那是握钢笔握的，什么意思？

张玉香　别急！还有两句。

郑小瑞　说！

张玉香　苦海无边，回头是岸！

　　　　【郑小瑞一听，急了，拔枪指着张玉香。

郑小瑞　你要是再敢胡说，我毙了你！

　　　　【张玉香并没拔枪以对，而是上前轻轻地收起郑小瑞的枪，由衷地说了句。

张玉香　不用这样！你我都是搞情报保卫的，怀疑一切是我的权利，我希望你把枪收好！

郑小瑞　我也希望你记住邱部长的一句话，要证据！要抓现形！

张玉香　我等的就是这句话，抓现形！

　　　　【灯渐暗。

　　　　【炊事班外，灯渐亮。

　　　　【忽然传来狗远去的叫声，又恢复平静。

　　　　【炊事班大李手拿铁勺上，看了看隐在一边。

　　　　【胡日月手拿相机走进，假装在拍摄，在环视大李离开后，便快速从衣兜掏出小瓶，快速往锅里倒着，然后，用铁铲搅动。

　　　　【大李朝汤达奇靠近。

　　　　【汤达奇朝一旁隐蔽的赵悦民挥手。

　　　　【赵悦民拔枪，大步走近胡日月。

　　　　【胡日月见状立即做出拍照姿势。

　　　　【邱强、汤达奇赶到。

赵悦民　胡记者，拍照拍到铁锅里了？

　　　　【胡月月一脸紧张，继而强装笑脸。

胡日月　哦！哦……基层连队，我也要来嘛！

赵悦民　你不光会拍照，而且还会配料做饭吧？

胡日月　做……也做过……

　　　　【炊事班大李指着胡日月。

大　李　团长，我亲眼看见他拿出小瓶子，往锅里倒着东西。

　　　　【汤达奇上前严厉地。

汤达奇　瓶子呢？

胡日月　没……没有的事！

　　　　【汤达奇从胡日月裤兜里搜出，交给赵悦民。

汤达奇　这是什么？还不老实！老子当初一眼就看出你不是好东西！

赵悦民　胡日月，你知道彭总要来吧？往锅里洒的什么呀？说给我听听，不是胡椒面吧？

胡日月　我……真的没干什么！

邱　强　先把他抓起来，审讯！

胡日月　我真的什么也没干！

赵悦民　嗬！还真较上劲了！老子不信这个邪！

胡日月　我是个记者，我哪里都可以去！

赵悦民　好好！我问你，这瓶子是你的吧？上面还有遗留的毒。

胡日月　不是！不是！

赵悦民　大李，你从锅里打一碗米粥！

　　　　【大李从锅里打一碗米粥，递给赵悦民。

　　　　【赵悦民端着一碗米粥，走到胡日月身边。

赵悦民　胡记者，有毒没毒，我说了不算。如果瓶子里没有毒，你当着大家的面，把这碗米粥喝了，我还你一个清白！我赵悦民向你鞠躬道歉！

【胡日月看着那碗，不敢接，不时往后退。

赵悦民　喝呀！喝了才能证明！

胡日月　不！不！你们不能这样对待我！不能这样对待一个战地记者……

【赵悦民打断，大声地。

赵悦民　我再说一遍，你喝不喝？

胡日月　不！不……

【赵悦民急了，冲着炊事班大李大声喊。

赵悦民　大李，把这碗米粥，送给我的猎犬小贝吃！

【汤达奇和邱强上前拦。

邱　强　赵科长，那可是你的宝贝伙伴，跟随你立过大功，你不能这样！

汤达奇　大李，千万别给小贝呀！

【赵悦民含着眼泪，又从大李手上端回米粥，心情复杂。最后，
　他把米粥再次递给大李。

赵悦民　不是我心狠，只能这样呀！不能凭口无证呀！胡日月，你给老子听
　　　　好了，小贝喝了不死，是我抓错了人！小贝死了，你必死！大
　　　　李，端下去！

【大李端着粥走下。

【不一会儿，就听见狗叫声，而且惨叫由大而小。

【赵悦民听着握紧拳头，心痛不已，不时地敲打自己的头。

【大李把那只死去的狗，拖了上来。

大　李　赵科长，小贝死了！

【赵悦民含泪并愤怒地用枪对着胡日月。

赵悦民　大李，端上来！

【胡日月吓得往后退，颤抖地：不！不！不要！

赵悦民　老子本可以一枪崩了你！太便宜你这个兔崽子！

【汤达奇手握冲锋枪对着胡日月。

汤达奇 你他娘的，下药想害死彭总？赵科长，少跟他啰唆！老子突突了他！

【赵悦民依旧拦住，强压怒火。

赵悦民 胡日月，别再硬撑了！其实，你是个很勤奋的大学生，家庭很贫寒，在燕京大学偷东西被抓，后被日军情报A机关收买，由村井培训后，通过新华社华北分社内线打入八路军总部。日军在5月24日十字岭追杀中，是你出卖了华北新华分社，导致40多名记者牺牲被俘，社长也牺牲了！

胡日月 那都是被村井逼的！

赵悦民 定时炸弹是你放的！

胡日月 不……是！

【赵悦民从衣兜里掏出相机镜头盖。

赵悦民 这个镜头盖，是你的吧？你在安装定时炸弹时，不小心掉在了那里。你看一眼，你相机上还有吗？

【胡日月看着相机无语。

赵悦民 张大铁死得壮烈！让我刻骨铭心！大李，把碗递给胡日月！老子非看着他喝下去！

【胡日月端着碗，人完全变成了另一副模样。

胡日月 没想到，没想到我走到这一步！我家贫穷，我奋发读书想改变一切，可金钱和贪生俘虏了我，摧残了我！我恨日本人，我恨日本军人的指挥刀！我从日本人的屠刀下屈膝偷生，我把一个属于人的良心和灵魂，彻头彻尾地出卖给了最凶残的魔鬼！

【胡日月说着靠近那条狗。

胡日月 我知道赵科长这只爱犬，它咬死过日本兵，它叼走过炸药包。可

它都死了！我喝！我喝！

【胡日月仰头一口气喝下米粥。胡日月在摇动中……

胡日月　我……我还不如狗！

【赵悦民上前痛恨地。

赵悦民　呸！为了你，老子搭上一条狗都不值！

【灯光渐暗。

——落幕

【一种灵动般的音乐渐起。

第九场

场景： 特高课、小街口。

人物： 村井鸟石，芳子，马野，日本士兵甲、乙。

【特高课内灯亮。

【村井在办公室中来回踱步，芳子低头站在一旁。

村　井　情况查明了吗，究竟是谁传递了情报？

芳　子　只有马野，张玉香被关在宪兵队，他是知道的！

村　井　乔木林的秘密行动，马野知道吗？

芳　子　不知道！我两次都是通过乔木林从太行山里带回的情报，又是通过他传递情报，他是中国人，可他拿了我三年的钱。今天，我又派他秘密出城，去山里取情报。

村　井　乔木林不是长空，你还是认定是马野？

芳　子　马野的妻子叫慧子，他岳父江河树人是反战派，曾带领日本人反战集会。1939年来中国后就耻辱地逃了回国，受到日本军事法庭

审判，被枪决了。马野一直怀恨在心，以酒掩盖他的情绪。我认定
他就是长空。

村　井　是呀！不过，马野很有才干！你要抓住他的把柄才是！

芳　子　我会的！我派乔木林就是为了抓住隐藏在我们身边的间谍长空。而
且，我有了一个新的方案，必须尽快杀掉彭德怀！

村　井　失误，失误，一连串的失误！

芳　子　每次刚要得手，最后都失败了！八路军总部里有一个可怕的反特
工人物，他曾在日本开的同文学院特工班学习过，太精明了！每
次失败都因为这个人！这一次本来就要成功了。

村　井　可还是失败了！你派进去的那个中国学生，他是个废物。

芳　子　他死了也就死了！一个不值钱的中国人！

村　井　可彭德怀还活着！八路军总部已分散，对我们来说，要杀掉他更
难了。冈村宁次司令长官刚从长沙发来急电，他对C号作战计划
的完成很不满！这种暗杀计划不能拖长，更不能让国际社会知道，
否则是要遭谴责的。从现在开始，你必须让蝴蝶以扑火粉身碎骨
的精神，去拼命！！就是一团火，也要烧到彭德怀身边去！

【马野走上台，在办公室门口驻足。

村　井　几个小时前，冈村司令调遣了三个大队，开始对八路军根据地太
行山八路军一二九师发动进攻，这个紧要关头，他们的指挥所
不会轻易变动。记住，这是最后的机会，我希望你务必抓住。

芳　子　明白！

村　井　明白不行！我要的是结果！必须让彭德怀人头落地！

芳　子　都这个时候了，军刀已经拔出，只能拼杀。芳子用人头起誓，必
杀彭德怀！

村　井　我要的是你的行动！你在大日本最高特工情报中心培训多年，又

在中国亲自开办特工班，训练了无数的特工人员，今天，我不能

再等了，你必须亲自行动！

芳　子　誓死刺杀彭德怀！

村　井　谁在外面。

　　　　【马野手里拿着酒瓶，嘴里哼唱日本小调走进。

　　　　【村井见状一脸不高兴，呵斥。

村　井　叭嘎！马野，你没长眼吗？这是什么地方？特高课长的办公室！

芳　子　你好像听到了什么。

　　　　【马野抱酒瓶立正，继而严肃又得意地。

马　野　报告课长，藏在大日本帝国军人里的间谍，代号长空，我抓住了！

　　　　【村井立即变脸，笑迎上前。

村　井　什么，长空抓住了？他是谁？人呢？

　　　　【马野得意地又喝了一口。

　　　　【芳子却紧张上前一步。

芳　子　谁？

马　野　乔木林！

芳　子　你又来了！课长，这个家伙喝多了！

马　野　别急！我还没说完！

村　井　说！

马　野　乔木林很狡诈！他从宪兵队出来，换上便衣，直奔城东，我跟在

　　　　后面，他又上了山，我看见他去见武工队的人，就抓住了他，还从

　　　　乔木林身上搜出一封情报。

村　井　在哪儿？

　　　　【马野把一封信递给村井。

马　野　你看，我们的行动计划，乔木林要交给武工队！

村　井　叭嘎！他人呢？

马　野　乔木林趁我不在意，跑到山坡上，被我开枪打死了！

　　　　　【芳子冲着马野叫着。

芳　子　你！你这是先斩后奏，你是杀人灭口！

马　野　课长评理！暗中监视乔木林，是你的指令！发现他背叛，是你
　　　　下令可以开枪！我怎么是杀人灭口？一个可恶的中国人死了，
　　　　芳子你还同情？

村　井　好了！好了！死就死了！是背叛者的下场！

芳　子　课长，我下面的行动，希望得到课长支持！芳子的意思，课长
　　　　明白！

村　井　马野，为了芳子行动的顺利，我想委屈你一下了。

马　野　委屈我？

村　井　我们每一个人都有各自的行动和职责，芳子有她的行动内容，
　　　　马野，你在这里不要出去。什么时候出去，等我通知！

马　野　为什么，就因为我杀了乔木林？关吧！没事！

村　井　很简单，我交给你的任务就是留在这里，洗脱你的嫌疑。

马　野　马野一定照办。

　　　　　【村井走出办公室，两名日本兵走到门前站岗。

村　井　为马野少佐提供饮食，从现在起，没有我的命令，他不能跨出
　　　　这座办公楼一步。

日本兵甲　哈伊！

马　野　我只能在这里祝你成功了。

芳　子　非常遗憾。

　　　　　【芳子正了正领口，大步走出办公室。

马　野　酒，我要酒！

【两名日本兵互相看了一眼，日本兵乙下台。

日本兵甲　马野少佐，您稍等。

【马野掏出一把钥匙打开了门，用手枪指着日本兵甲，然后
　　把士兵甲打昏。

马　野　对不起，我必须这样做！

【舞台灯暗。

第十场

场景： 八路军总部、悬崖。

人物： 赵悦民、邱强、马野、张玉香、郑小瑞、芳子、汤达奇、战士
　　　若干。

【幕启。

【似乎远处传来小贝的叫声，有些撒娇的亲近声。

【赵悦民上前张望，下意识地喊了声：小贝……

【邱强见此景，有些感触，上前拍了拍赵悦民安慰地。

邱　强　赵科长，别再想了！小贝不在了，我也难受！

赵悦民　我总觉得小贝还在！我能听到它撒欢的声音！它就在后山……

【邱强从挎包里拿出那本《五记字典》，递给赵悦民。

邱　强　这是从胡日月那里搜到的《五记字典》。

【赵悦民翻看，忽然发现了什么，惊奇地。

赵悦民　从表面上看是字典没问题，但你把前后页对起来看，就有秘密了！

邱　强　是密电码？

赵悦民　这不是一般的密电码，我在同文院接触过一些密码。这种密码，

是日本海军在特殊情况下使用的三数双码，不光有数字，还有相对应的字母。后来，被日军冈村宁次的特情部特高课专用。

邱　强　难道胡日月不是蝴蝶？

赵悦民　不是！胡日月只是个青年学生，被村井发展的一般特务。

邱　强　芳子还留了最狠的一招？

赵悦民　没错！我知道她是谁了！

邱　强　那好！彭总到了韩村，这是个机会，我想引蛇出洞！

赵悦民　怎么个引法？

邱　强　你不要管那么多，我自有办法！

【赵悦民带着思索笑了。

赵悦民　连我也怀疑了？

邱　强　按照你的说法，我怀疑一切人！

赵悦民　好！好！等着瞧！

【邱强整了整自己的军装，然后扎紧皮带，掏出手枪上膛，便
　大步离开。

【赵悦民见邱强离去的背影，自言自语地：看样子，他要单独行动！

【赵悦民也警觉地掏枪而出。

【灯光渐暗。

【在黑暗中，隐隐约约传出发报的嘀嘀声。

【八路军总部小树林下，灯渐亮。

　张玉香在一处隐蔽处，头戴耳机在侦听，手握着笔不时在一张
　纸条上写着。发报声渐弱。

【张玉香摘下耳机握着手枪，在辩听着，不时朝前寻找。

【电台声消停，随后传来野鸡声。

【张玉香向树林下的山洞口找去，果然发现遗留的箱子，打开

箱子发现有电台。

【赵悦民从另一侧握枪寻找而来，与张玉香相遇。

赵悦民　张玉香，你在干什么?

【张玉香收到发报机，提起那只皮箱走出来。

张玉香　我一直在侦听，突然没有了声音，我追到这里。人跑了，电台还
　　　　是热的!

赵悦民　箱子? 这箱子在哪见过?

张玉香　是呀! 可箱子能证明什么，人没抓着!

赵悦民　发现了什么?

【张玉香递过那张纸条，思虑地。

张玉香　我听到了一段，都抄在这上面了。

【赵悦民看了看，边念边思考。

赵悦民　881，224，525，DF，KS，VD……这是日军特情部在特殊情况下，
　　　　使用的三数双码对应密码!

张玉香　我在二局听说过，还不懂怎么译。

【赵悦民这才从衣兜掏出那本《五记字典》，仔细翻看。

赵悦民　韩……村……彭。

张玉香　韩村彭，什么意思?

赵悦民　坏了! 这是特务向日军特情部发出的急电，彭德怀在韩村!

张玉香　是呀! 得通知汤团长赶紧让彭总转移!

赵悦民　恐怕来不及了! 这样，你赶紧去报告邱部长，我去韩村!

【这时，汤达奇团长全副武装地跑上。

赵悦民　汤团长，日军要袭击韩村……

汤达奇　我正要找你呢，外线已经发现了有小股日军部队。

张玉香　舅，你见着邱部长了吗?

汤达奇　别叫我舅，不敢当！

赵悦民　都什么时候了？你还别扭！邱部长在哪里？

汤达奇　我找了一大圈，就是不见邱强的人，难道他也失踪了？

张玉香　啊！失踪了？赵科长，怎么办？

赵悦民　你提着箱子，跟我去韩村！彭总有危险！

汤达奇　跟我走！

　　　　【灯光渐暗。

　　　　【紧张音乐渐起。

　　　　【八路军总部灯光渐亮，两道纱幕，内外分两道门哨，有战士把守。

　　　　【郑小瑞穿一身八路军军服，腰间插有小手枪，一脸庄严地朝
　　　　　韩村八路军总部走去，被第一道岗战士甲挡住。

　　　　【郑小瑞掏出证件，紧张而威严地。

郑小瑞　保卫部郑干事！

　　　　【第一道岗，战士甲挥手放行。

　　　　【郑小瑞又进入第二道岗哨，被战士乙拦住。

　　　　【拿着证件，更加紧张而威严地。

郑小瑞　保卫部郑干事！

　　　　【第二道岗哨，战士乙依然拦住。

战士乙　郑干事，没有团长亲自下令，任何人不得进入！

　　　　【郑小瑞有些急。

郑小瑞　我有急事！

战士乙　有急事找汤团长，不能进！

　　　　【郑小瑞更加急了。

郑小瑞　我是保卫干事，必须进！事关首长安全！

战士乙　我的职责就是保卫首长安全！没有团长的命令，不能进！

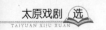

【郑小瑞拔出手枪，顶着战士乙。

郑小瑞　小小的卒子，不知大小，你再敢拦一步，我毙了你!

【战士乙也举枪，寸步不让。

战士乙　打死我，也不让!

郑小瑞　彭总有危险! 你再动一下，我就开枪!

【这时，里面传来浓重的声音，隐隐约约看见彭德怀的背影: 别
　　拦她! 让她进来!

【郑小瑞握着手枪，快步进入，她看到一个彭德怀的背影，身边
　　还站着贴身警卫员。

【郑小瑞正要举枪之时，彭德怀背影转了过来，让郑小瑞大吃
　　一惊，面对她的不是彭德怀，而是保卫部长邱强，他当了替身。

邱　强　郑小瑞，你连闯警卫哨兵，不是来找我吧?

【郑小瑞知道事已败露，在尴尬之余，但还掩饰。

郑小瑞　部长，怎么是你?

邱　强　都说我和彭总长得像，难道你没留心? 你拿着枪，连闯哨兵来找
　　彭总，哨兵完全可以打死你!

郑小瑞　彭总有危险……

邱　强　我等你多时了，蝴蝶! 该原形毕露了!

【郑小瑞听后，立即抬手举枪，要向邱强射击，只听见"啪"
　　的一声枪响，郑小瑞的右手腕被打中，手枪掉地。

【赵悦民正赶来，一枪打中郑小瑞手腕。

【汤达奇握着冲锋枪对准，身后张玉香提着皮箱。

【汤达奇大声对警卫战士喊道。

汤达奇　把她捆起来!

【郑小瑞坚决抵制，她用左手扯下衣领一角，发狠地。

郑小瑞　你们都别动！我只要低头，咬下衣领就效忠了！

　　　　【汤达奇冲上前，骂道。

汤达奇　她娘的！原来是个日本狗特务！

邱　强　代号蝴蝶，日本名原野小卷！

　　　　【张玉香把皮箱当众打开，对郑小瑞怒斥地。

张玉香　郑小瑞，不！原野小卷，这是你的箱子吧？这里不是土特产，是电台。你在小树林发完报，还没来得及收，就连闯警卫来刺杀彭德怀！你没听邱部长早说过，要证据！要抓现形！

赵悦民　你发出的电报是881，224，525，DF，KS，VD！

郑小瑞　是我发的，你永远不会知道是什么！

赵悦民　别忘了你的字典，三数双码日军特情部密码，彭德怀在韩村！

郑小瑞　赵科长，你果然厉害！我在远处看过，在韩村是彭德怀的身影，万万没想到是邱强！你就不怕我一枪打死你？

邱　强　我考虑过，只要引出隐藏在八路军总部的日军特务，我死又如何呢！

郑小瑞　邱部长，看不出来你平时憨厚少语，没想到你的内心却隐藏着那么大的动力！我错走了一步！

赵悦民　郑小瑞别自作聪明了！还错走了一步？我去武州城和张玉香已经查清了你的身份。

郑小瑞　你知道我的身份？不！不可能！

赵悦民　你的父亲郑天明早年在日本留学，研究历史文物时认识了你的母亲，怀上了你。后来，郑天明发现你的外公麻生小二，竟然是走私中国文物的大罪犯，就决然离开了日本，离开了你母亲，当时你还没有出生！

郑小瑞　可我母亲和我外公憎恨郑天明，憎恨中国！

赵悦民　从那以后，你外公为了报复，把你送到了日本女子特工学校。1939
年，你回到中国找到在燕京大学当副校长的父亲郑天明，并以爱
国人士郑天明作为掩护，在特高课芳子的领导下，潜伏在八路军
总部，多次寻找机会刺杀彭德怀！

　　　　【郑小瑞低头想咬衣领，被赵悦民打断。

赵悦民　你先别咬！在你死前，就不想再听听你犯下的罪行吗！

　　　　【郑小瑞被激怒，她指着周围的战士，在张扬。

郑小瑞　别说了！我本来可以完成外公赋予我的崇高复仇事业，我本来可
以完成芳子赋予我刺杀彭德怀最高的使命，现在，都落空了！都落空
了！八路军总部有两名警卫战士不是饿死的，他们发现了我，是
我用毒针杀的，还有郑天明送物品那天，也是我让胡日月放的
定时炸弹，都没成功！

邱　强　这次，你冒死闯进总部指挥所来刺杀，也失败了！

郑小瑞　不！不！没失败！我电报已发出。芳子已经带领刺杀队包围了
韩村！

汤达奇　你白日做梦！彭总在三小时前已经转移到了砖壁小村。

　　　　【郑小瑞一听，狂暴地大声呼叫了一声。

郑小瑞　天哪！我原野小卷，代号蝴蝶，效忠了！

　　　　【郑小瑞咬下衣领，自杀而死。

汤达奇　这就是狗特务的下场！

　　　　【张玉香这时上前对汤达奇叫了声：舅舅！

　　　　【汤达奇激动地拍了拍张玉香。

汤达奇　干得好！给舅长脸了！

邱　强　芳子带领一股人马上就要到，大家准备迎接战斗！

　　　　【灯渐暗。

【枪声渐起。

【灯渐亮。

【八路军总部外，一处悬崖。

【枪声越来越近。在大山崖边，芳子身着日军军服，手握王八

　　盒子枪，她环视了一下周围的环境，从口袋掏出一张地图，看

　　完后又装到口袋，刚要走，马野突然出现在了她的面前。

芳　子　马野，你一直在跟踪我?

【汤达奇带着几名战士，从芳子的背后出现。

汤达奇　站住——别动，小心老子突突了你!

【邱强和赵悦民包围着。

【张玉香站在一侧用枪对准了芳子。

马　野　芳子小姐，你不是一直在找长空吗? 我就是长空!

【芳子听后狂暴地大笑，指着马野。

芳　子　你是个骗子! 你背叛了大日本帝国!

马　野　我就是中国人! 这里，这太行山上，这中国的土地，才是我

　　的家。

芳　子　你胡说，我查阅过你的资料，你的父亲、祖父，都是日本人，都

　　是大和民族!

马　野　我的祖上就是中国人。早年我的祖上因故逃往日本避难，正是黑

　　船叩关的时候，在那个动荡的时期，想要取得一个身份不是什么

　　难事。

【芳子仰天长啸，举枪要射击，被赵悦民上前飞起一脚，把手枪踢飞。

【芳子转身想跑，一看是太行山悬崖峭壁，吓得退了回来。

【赵悦民用枪逼近芳子。

赵悦民　跳呀! 跳呀! 这就是太行山大峡谷!

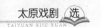

【芳子看了一眼，胆怯地向前走了一步。

芳　子　我是C号作战计划的直接执行人。赵悦民，没想到八路军里还有你这样的人，遇上了你，我失败了！

赵悦民　失败了？一句失败了，就算完了！在十字岭，你们追杀了八路军后勤人员几千人，强奸杀戮，逼得他们跳悬崖！就连教书的学者、十六岁的少女、身怀六甲的母亲也不放过！今天，老子也让你跳下去！

【芳子惊慌在退，又躲避。

【赵悦民朝芳子的脚下开了一枪，那枪声令全场静止。

赵悦民　跳呀！你她妈的，跳呀！你们冈村宁次司令还算什么狗屁军人，在太行山打不过八路军，就卑鄙地搞了个刺杀八路军总部彭德怀的计划，还秘密地把刺杀彭德怀的计划，标为C号军事作战计划，这种无耻卑鄙下流的刺杀行为，只有你们日本鬼子才能干得出来！跳！跳呀！

【芳子抱头强装着，她有些发抖。

【赵悦民又是一枪，打在她脚下。

赵悦民　在铜家岭，你们用两万军人围剿一个三千人的村庄，对男女老少都用不同的手段杀死，用你们日本军队刚刚装备的喷火枪，朝手无寸铁的中国老百姓烧杀，连小孩都不放过，用刺刀去捅！你他妈的，日本军人还有点人性吗！跳呀！你给老子跳下去！

【芳子撕开军衣，在叫喊。赵悦民第三枪打去，在她脚下响起。

赵悦民　你们杀了村民还不算，用飞机扫射轰炸，我们八路军的副总参谋长左权牺牲了！后勤部长牺牲了，北方局秘书长牺牲了，新华社华北分社社长牺牲了，还有以死保卫首长的张大铁也牺牲了！我们牺牲了多少首长和战友！今天，你给老子跳下去！

【赵悦民上前用枪，悲愤而发泄般地大声喊道。

赵悦民 跳呀！跳呀！你就是跳三千次，跳八千次，也解不了中国人民的心头之恨！心头之痛！跳！！跳！！

【在赵悦民强烈呐喊中，芳子跳下了悬崖。

【一声罪恶的惨嚎声，在太行山峡谷回荡。

【峡谷回应着千人灵魂的呐喊声。

【赵悦民跪下，双手合十。

赵悦民 天佑太行！我们一定还会回来的！

【太行音乐激昂。

——落幕

尾　声

场景： 日军特高课内、太行山。

人物： 赵悦民、汤达奇、邱强、张玉香、马野、村井鸟石、日军电报员、八路军战士等。

【男声画外音：

1942年8月29上午9时，日军华北总司令冈村宁次乘机来到长治机场，只见黑烟袅袅升空，跑道支离破碎，飞机无法着陆，盘旋了两周后，冈村宁次俯视着太行山，只说了一句话：发报！

我这里有两封珍贵的密电，分别来自彭德怀与冈村宁次。这两封电报在历史中消失了70年，直至今日，我们才知道，原来两个人，曾有过这样的对话——他们说了些什么？让我们细心品味！

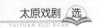

【灯光渐亮，纱幕略现武乡城。

【一架日式红头飞机，在空中盘旋两周，随即传出冈村宁次日
　语声音，并伴有中文译读。

冈村宁次　发报！给彭德怀发报！

【冈村宁次低沉的声音：

八路军彭德怀：发去此电，不仅代表我本人对你的一种敬意，
更是对你领导的八路军的敬意！此时此刻，我正从太行山
上空飞过，我忽然发现了什么，发现彭德怀你是一个真正
的山地作战专家，也发现了太行山的坚韧，在我对付你唯一
的手段，秘密制定的C号作战计划，可是，我又低估了彭德
怀和你身边的人，计划失败了！希望后会有期……

【枪声渐响，攻打武州城的枪炮和冲杀声。

【武州城一处日军特高课，村井乌石办公室里一片狼藉。

【在一角，一名日军谍报员还在紧张发报，不时传出嘀嘀嗒嗒
　的声响。

【汤达奇带领八路军新一团，包围了特高课，枪口对准村井乌石。

汤达奇　不许动！

【马野走到电报员前，用枪对准，日军报员举手。

【邱强、赵悦民和张玉香跟近，手里都握着枪。

邱　强　你就是特高课长村井乌石？

村井乌石　是我！

邱　强　武州城的日军大队已经全部消灭！投降吧！

村　井　你们来晚了一步，只可惜呀！冈村宁次司令长官的飞机，在两
　　　　小时前已经起飞。

汤达奇 那老贼，他跑不了！他欠下的血债，老子让他一笔一笔还！老子会让他死无葬身之地！

村　井 不可能！战争还没结束！

【赵悦民用枪对着村井鸟石，满腔怒火。

赵悦民 战争没结束？你还有资格说战争？小小的日本，你们把多少炮弹打向中国，打向亚洲邻国？烧杀了多少平民百姓？给中国人民和亚洲人民带来多少深重的灾难！你还有脸说战争？你们的C号作战计划是什么？是世界军事史上的见不得人的罪恶！对付八路军还采取如此阴谋刺杀的卑鄙可耻的手段！村井，今天，老子让你抱着你们的C号作战计划走进坟墓！

村　井 我承认失败！可我还是不明白为什么？

【邱强从身上掏出彭德怀电报，递给赵悦民。

邱　强 我有份八路军总指挥彭德怀写给冈村宁次的电文。让他知道为什么！马野，让那个日军电报员发出去。

【马野将电文，递给日军发报员。

【在微弱的电台声音伴随下，回响着彭德怀带有湖南口音的声音。

彭德怀 冈村宁次：在我得知，你用暗杀的手段，派出伪装八路军的益子挺进队来暗杀，派出训练有素的别动队来偷袭，派出三万军人来围剿，最后还派出潜伏在八路军总部的特工来向我行刺，可见你的疯狂与丧失人性的兽性！我彭德怀个人生死，毫不足惜，经过血与火的洗礼，八路军将为民族解放，继续战斗在华北大地、太行山巅，八路军将率领抗日将士掀起一个全民的抗日游击战，直到彻底打败灭我种族、杀我父母的日本帝国主义！直到胜利那一天！彭德怀！

【在彭德怀的声音中，一幅幅抗日战斗的场面，震撼人心。

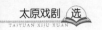

【巨大的八路军战旗飘过。

【这时，太行山在翠绿中变化，由绿渐红，多彩太行山雄伟高大。

【此时，村井鸟石则越听越颤抖，他控制不住突然挥出指挥刀，朝马
　野冲去，马野躲到一侧，刀砍在日军发报员桌上。

【汤达奇见状，冲上去打响了一梭子。子弹响声不断。

汤达奇　（疯狂发泄般喊道）老子早就等着这一梭子！

邱　强　你给我放开打，把日本鬼子赶出中国！

【英雄般的音乐骤起，赵悦民一手拉着马野，一手拉着张玉香在
　欢呼！

【邱强重重地给了汤达奇一拳，相互拥抱！

【在枪炮声中，一个个胜利的场面，日军投降交枪。

【邱强搭着汤达奇忽然听到了什么。

【出现字幕：1945年8月15日正午，日本天皇通过广播宣读了无条
　件投降诏书。

　　　　　　　　　　　　　　　　　　　　　　　　　【剧终】

太原戏剧选

饭·局

编剧：曹 熠

2017年5月

【剧中人物】

林向东（向东）、林向方（向方）、林向红（向红）

林老太太（林太）、小孙、钱老板、女秘书、黄秘书、

民工甲、民工乙、钱夫人、学生甲、学生乙、学生丁、

莎莎、李勇、宝文、女学生、李月春、众人、服务员

服务员 现代人哪，不是在饭局上，就是在赶往饭局的路上，婚丧嫁娶、升职加薪、践行接风、满月百岁，我们以快餐式的态度来面对一桌盛宴，所谓的愉快、感动，甚至是一些难以言表的情绪啊，也不过是在那一瞬间、一场宿醉后，便已经波澜不惊了！我们把这个叫作应酬，我们麻木不仁，我们强颜欢笑，我们无所适从，甚至认不出对面那个正对你微笑的似曾相识的人。这吃饭呀，就如同看戏一样，哎，等看完戏以后，看看你身边的前后左右，有认识的人吗？哎，我认识的人快来了。

序

【众人接着电话开始上场，林向东、林向方、林向红也在人群中，

众人约饭局声不绝于耳。不时有人将林老太太场景中的布景和
道具推下场。林老太太拨打着电话走向后平台的台阶上。

【林向东、林向方、林向红从人群中走出来，手持手机。众人在背
　景处不断穿行。

向　东　喂，是老赵吧？请你吃饭。你挑地儿吧！

向　红　就在清一色大酒店！

　　　　【向红放下电话，接电话。

向　红　妈……

林　太　（急切地）向红啊，你赶紧回来管管你们聪聪，他又……

向　红　哎哟，对了。妈，我今天就是为聪聪转学的事儿请客。就不回去
　　　　喝腊八粥了。

林　太　哎哎哎！妈熬了一大锅粥，怎么说不回来就不回来了呢？

向　红　哎呀，妈！我还得打电话约人呢。先这样了啊！

林　太　哎，向红，向红！？

　　　　【老太太接着拨电话号码。

林　太　喂，向方吗？

向　方　（急步走上前）哦，妈啊，怎么了？

林　太　你什么时候回来啊，我这腊八粥可是快熬好了……

向　方　（想起什么）哎哟，妈，我这临时有事儿……

林　太　怎么又有了事儿了？前两天不是说好了腊八回来喝粥……

向　方　妈我这是真的有事儿！今晚上要不把这饭请了，我们公司可是连
　　　　年都过不了，直接该上政府黑名单，让电视曝光了！

林　太　哦……这样啊……哎，那你就快办事去吧，要是晚上能回来，妈
　　　　就在这头等你，喝碗腊八粥……

向　方　妈，我这正往饭店赶呢，估计要回也很晚了。哎，妈我到了。先

先不说了啊。

林　太　哎哎哎，哎。

【聪聪带着两个小女孩舞上，众人有驻足观看，有穿行。

【老太太失望地收起电话，正欲下场，电话铃声响起。

林　太　喂。

向　东　喂，妈，我是向东啊！

林　太　噢，向东啊！你这快回来了吧？

向　东　妈，我就是跟您说一声，我今天晚上回不去了！

林　太　哎，你们兄妹几个是怎么回事儿啊！跟说好了似的，说不回来都
　　　　不回来了。

向　东　什么？向方、向红也不回去了？他们有什么正经事儿？……

林　太　得得得，就你这事儿是正经事儿。我看啊，还是你先回来陪妈喝
　　　　碗腊八粥才是正事儿！

向　东　哎呀妈，我今天晚上这顿饭那是非请不可啊！请了这顿，说不定
　　　　过几天我能当上正处长了！

林　太　我管你是什么长，那还不都是我儿子啊？你今晚上可得回来啊！妈
　　　　给你烙葱花烙饼了！

向　东　是吗？这样，我给他们俩打电话，不管多晚，我们都回去陪
　　　　您喝粥！

【林老太太放下电话，叹息着走下场。

【众行人推野竹林景片上场，安放景片及道具。随后众人及舞者音
　　　　乐声中下场。

【林家三兄妹依次走前，都在接着电话。

向　红　好，那就说定了！清一色大酒店！

向　东　小三亚度假村？知道了！

向　方　小孙，事都办妥了吧？再说一遍？野竹林酒家？

三兄妹　（同时看表）七点，咱们不见不散！

第一幕

【其余人退场，向方走进包间。

向　方　诸位，你们以为吃饭只是简单的体力活吗？端碗拿筷子那都只是
　　　　最基本的动作。饭局、饭局，这饭和局扯在一起啊，那就是一件
　　　　伤脑筋的事。局是什么？棋局？牌局？赌局？这每一样呀，你就
　　　　是铆足力气，费尽心思，你以为酒量大点，饭量大点，就不悲剧
　　　　了吗？您要是这样想呀！那就十分的危险。尤其在我们这样一个
　　　　惯于在饭桌上办事的社会。这让我想起了埋伏的刀斧手，还有经
　　　　典的摔杯为号，所以在饭桌上，我们要彬彬有礼，绝对不能让酒
　　　　杯子给摔喽！退一步讲，在饭桌上，有的人只做单刀赴会的关云
　　　　长，有的人只做优柔寡断的楚霸王。走着！

　　　　【场景切换至北国之春的一个包间，这是一个日式的餐厅，在悠
　　　　　扬的和风音乐的映衬下显得这里品位不俗。

小　孙　林总，（递上菜单）这的行吗？

向　方　（瞥了一眼菜单）我今儿就豁出去了，不把他约这小鬼子餐厅，他
　　　　啊，才不肯露面呢！（瞄一眼窗外）看见没，来了！又换车了？！

小　孙　何止换车啊，旁边的女秘书都换了！这可比原来那个漂亮！

向　方　啧啧，要哪儿有哪儿！（回过神来紧张地跑去拉开门看）小孙，你
　　　　带过来的人我怎么没看着呢？

小　孙　林总，照您的吩咐，一切都安排好了。您就放心吧。

向　方　记住了啊，事儿别闹大了，咱就是把欠咱的钱要回来。万事大吉！

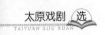

小　孙　您放心！哎？那今天要是讨不回这工钱，你这大过年的还真打算
　　　　把那房卖给胡老板？

向　方　不卖房怎么办啊？马上要过年了，怎么也得让兄弟们拿着工钱回
　　　　家过年啊！

　　　　【钱老板携女秘书上场

钱老板　（打电话）哎呀，好了，好了。我的老婆大人，我这真是有正经
　　　　生意要谈嘛！……好好好！……跟那个小林啊，就上次一起吃饭
　　　　那个！

　　　　　【钱老板示意小秘先进，向方迎出来。钱老板冲他做了一个噤声
　　　　　　的手势，嘴里接着电话。把电话交给林向方，同时指了指身边
　　　　　　的女秘书，摆了摆手。

向　方　（接过电话）喂，哦，嫂子？对对对，我是和钱总在一起……
　　　　就我和钱总，没别人！对对对，我们谈点生意上的事儿……

　　　　　【钱老板做手势，向方会错意。

　　　　哦，钱总意思是……您要不也过来一起吃？！啊，不不不，他意思
　　　　是吃完饭他就回去了！好好好，嫂子你放心啊，今天腊八，谁不得
　　　　回家喝碗粥啊？我要不是有要紧事儿也不敢叨扰大哥！好，我告
　　　　他一声！

　　　　　【林向方把手机挂掉，恭敬地放到钱老板面前。

向　方　钱总，嫂子说了啊，她这就去看房去。

钱老板　（喝口茶，不耐烦地挥挥手）我就拿她没辙！都六套房了，还要
　　　　一个劲儿地看房。

女秘书　（端起一杯茶）钱总，您可是说过……

钱老板　好好好，也给你弄两套砸着玩儿！行了吧？

女秘书　谢谢钱总！

钱老板　我说林老弟啊，你这要吃饭，怎么就挑这么一个地儿啊，要我说
　　　　咱去对面那个小三亚度假村，想吃什么就点什么，哥请！

向　方　那哪能行？！我请！

钱老板　我请！

向　方　我请！

钱老板　我请！

向　方　好吧！您看，您这财大气粗地还跟我一个小商人称兄道弟，还要
　　　　请我吃饭，我跟您算是跟对了！小孙你说，钱总没来之前，我怎
　　　　么评价钱总来着？

小　孙　铁公鸡！（向方瞪他一眼，立马改口）不是！是……厚道、仗义，
　　　　好人！

钱老板　小林啊，这毛病你得改改，有些话你可以当面说！咱兄弟俩是
　　　　什么交情啊？我这大腊八的，本来是要往家赶的，兄弟你一个电
　　　　话，我二话不说，直接就杀过来了。

向　方　钱老板，您这话不对吧……（指身旁的女秘书）您就是不往我这
　　　　儿来，看这样子，您也不是往家去的吧？

钱老板　较真！

向　方　（讪笑）对对对，那个钱老板……

钱老板　（抢过话头）还什么钱老板不钱老板的，叫大哥就成！那个……
　　　　小孙，把菜单给我！

　　　　【小孙准备把菜单递给钱老板，被向方拦住。

向　方　钱老板，今儿请您来主要是……

钱老板　嘘……来我看看这地方有什么吃的啊。

　　　　【强行把菜单从向方手里抽走。

　　　　【向方与小孙悄悄交流，小孙继续撺掇向方。

向　方　到年根底下了，咱那个账……（顺势要拿走菜单）

钱老板　（打断）别抢！今天这顿啊，哥买单！（加重语气强调）咱今儿

　　　　就只谈私事，不谈公事啊！

小　孙　那怎么行！

向　方　（按住小孙）行，老哥请就老哥请。

钱老板　就是！这就对了！（小声询问女秘书）这个，桑拿腰花……

黄秘书　桑拿腰花？这是什么菜啊？

　　　　【钱老板凑近黄秘书耳根，淫笑着低声解释。

向　方　（又喝下一杯水）哥，咱那个账啊……

钱老板　账都说好我结了！你就踏踏实实坐一会儿呗！咱好好吃顿饭。

　　　　哥想你！

向　方　弟更想你！

钱老板　这不就得了么？小林啊，咱不是说好了吗？今天只谈私事，不谈

　　　　公事。

黄秘书　（夸张）哎呀！钱总，我要点这个菜。

向　方　（按住小孙，打眼色）去，叫服务员来！

　　　　【小孙出门，片刻即回。

钱老板　（小声询问女秘书，二人调情）你想吃这个？……羊腰子刺身！

　　　　哟，不嫌腻啊？

黄秘书　人家不是给你点的吗？

向　方　（拍桌子，惊动钱老板）哥！

　　　　【"哥"声渐强。

钱老板　怎么了？哥耳朵好使！

向　方　您看看，都半天了，不知道这位小姐怎么称呼啊？

钱老板　黄菲菲，我的外联部副主任。（女秘书轻哼一声，立马改口）

主任，主任！

女秘书　（站起身来跟向方握手）幸会！林老板！

向　方　（直接给秘书倒茶）这位黄小姐……那可真是珠光宝气，风情万种！……红，红……

小　孙　（一旁提醒）红颜祸水！

向　方　红颜祸水……（冲小孙狠踢一脚）红光满面啊！哎，就说这个包，一看就不是地摊货！……这是老哥给买的吧？

钱老板　（摆摆手，将手表的表面冲着向方）去欧洲出差，赶上打折就顺便买了一个。

向　方　哥有钱啊！一看就是国际名牌！

【示意小孙继续忽悠。

小　孙　不对吧，钱总，您这点可太正了。这包可是今年的新款，您都能赶上打折？黄主任，您这包是路易·威登的吧？

黄秘书　什么呀？这是LV！

小　孙　路易·威登！

黄秘书　LV！

向　方　小孙！人家说V就V吧？你登什么登啊？我蹬死你！

钱老板　小林啊，这得赶紧点菜吧。那我看看，点点儿什么啊，这吃饭都成负担！

向　方　吃饭成负担？！这寒冬腊月的，我手底下可有人就差喝西北风了！

钱老板　咱哥俩好好吃顿饭，你老说这提不起兴致的事儿干什么？不就这么点儿事嘛！

向　方　对你是小事，对我是大事儿！我哪儿能跟您比啊！又是L又是登的……您看看您这一身……

钱老板　还不都是面子上的事儿？老弟啊，你看你，大小是个生意人，穿

得跟民工似的。你看老哥（撩起手腕），这表，二十八万，走的

不一定比你的准，品味！（提起上衣）这裤子，（抬起脚）这鞋，

哪个不得是一线品牌？这叫什么，成功人士的标签！

向　方　那您也给兄弟贴点标签，咱那笔工程款要说起来也没多少钱，您

稍微松松手……

钱老板　这样，开春了还有一个工程，我也交给你做，到时候一起结！

（掏出一叠钱给向方）哥早给你准备好了，好好过个年！

向　方　这……

黄秘书　林总，让您收下您就先收下呗！我们钱总什么时候亏待过您了？

向　方　那……好吧……

小　孙　不行啊！（指门外）外头那些……怎么办？

向　方　（把钱往钱老板兜里塞）老哥啊，这关系到百十号人吃饭的事儿，

这钱我不能要，你还是把工程款给结了吧……

钱老板　哎！小林，你这情商也太低了，也太不会聊天了？把我约过来吃

饭，你翻来覆去老提这扫兴的事儿，你说今天这饭还怎么吃！

（走向包间旁的沙发）

【短暂冷场，林向方无奈，向小孙打眼色。小孙下台，秘书端起

杯水追向钱老板。

黄秘书　钱总，您也别生气啊，多大点事儿啊！

【小孙带领民工甲、乙跑上台。示意民工进屋，音乐起。

【民工甲、乙拿着吉他，缓缓步入。《春天里》的伴奏响起。

【甲、乙荒腔走板地演唱。

黄秘书　呦。林总，这野竹林还有歌手伴餐呢？不过这歌手唱得也太差了

点儿。

向　方　（夸张地）你们怎么到这儿来了！小孙！小孙怎么回事啊？

【小孙跑上。

民工甲　（演唱答）日子实在过不下去了，我们要讨回我们的工钱……

小　孙　别跑这儿来添乱，林总现在正在请咱们的大老板吃饭呢！（冲着钱老板的方向扭头撇嘴）看见没，大老板在那儿呢！

【民工甲、乙会意地走到钱老板面前。

民工甲乙　大老板！

钱老板　老弟，这是怎么个意思？

向　方　哥，兄弟对不住您，这都是我手下干活儿的，不像话，要俩工钱要这儿来了！

民工甲　（演唱答）老板，我们也是实在没办法！

民工乙　（演唱答）就要过年了，我们家都回不去，这些日子，就在那破铁皮屋子里等工钱了，为了省钱，一天就吃一顿饭，顿顿一个馍就着一碗水。我们这留着的七八个人啊，十几天都没吃上菜了！

民工乙　（演唱答）这两天馍都吃不起了，兄弟们只好全跑外面卖唱了！

向　方　老哥您听听，咱好歹还能在这儿吃顿好的，人家在外面干了一年，想回家都没钱，日子过得太不容易了！

黄秘书　（装模作样地）钱总，他们这也太可怜了！都唱成这样了还要跑出来卖唱……

钱老板　啧，生活艰辛啊！

【钱老板向黄秘书伸手，黄秘书会意地从包里抽出几张人民币。
　钱老板轻咳一声，秘书又放回去两张。只抽出两张五十的。

钱老板　（把钱塞给民工甲）今天是腊八节，这钱你们得收下。买碗腊八粥，暖暖身子吧！

民工乙　（迟疑）这……

【小孙，林向方咳嗽提醒。

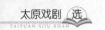

民工甲　老板，这数目不对啊！

钱老板　不对？！

民工甲　跟我们的工钱差得远呢！

黄秘书　哎呀，你们以为自己是谁啊？旭日阳刚啊，这出场费已经不少了！

小　孙　人家没说出场费，要的是工钱！

向　方　钱总，这些工人都在工地上干了一年了！大牛他媳妇在家就等着这钱坐月子呢，寒冬腊月的，你看看他们这衣服，这是过冬的衣服吗？！您买这手表的钱就能够他们活一辈子的了！

钱老板　小林啊，怎么个意思？嗯？饭还没吃，就上演一出逼宫戏啊？

向　方　老哥啊，我这哪是逼宫啊！我都快自宫了！您今天要是不把那拖欠的工程款给我还上，你就忍心看着他们在工地里挨饿受冻，在大街上迎风卖唱啊？

钱老板　我发现你啊！不但情商低，智商也快归零了！我不都说了，明年的工程还交给你，到时候两个工程一块儿结。

小　孙　（悄声对民工甲）跪下，跪下！

民工甲　俺不！计划里没这个……

小　孙　（小声）你不想要工钱了？！

民工乙　我跪。

　　　　【民工乙跪下。

民工甲　（对民工乙）哎，你怎么跪下了呢？你还是不是个男人？勇气呢？血性呢？

民工乙　要不要工钱了？

民工甲　（迅速跪下）我要！

钱老板　（愕然，突然也跪在民工面前）兄弟们啊，全球性的政局动荡，欧债危机，石油争夺已经席卷了我们。金正日也撒手人寰。中国

面临着唇亡齿寒的困境啊！但我相信，只要咱们携起手来，共度

时艰，我们一定能够迎来经济复苏的春天！挺住，挺住！

（站起身来，走向向方）不会了吧？这都是哥玩儿剩下的！

向　方　（泄气，走向民工甲、乙）起来吧！你们先回去！

【民工甲、乙站起来，欲走。

民工甲　那我们的工钱呢？

向　方　工钱我来要，你们先回去！

民工甲乙　就不走！

钱老板　好！你们不走是吧？我走！菲菲，走！

【欲走。

向　方　（拦住钱老板）老哥，你不能走啊，啥时候还钱你得给我一个准

信儿……

钱老板　再说吧！

小　孙　那不行啊！

钱老板　怎么不行？

民工甲　你今天要是敢走，老子跟你拼了！（说着举起身边的椅子）

钱老板　（把黄秘书护在身后）你想怎么着？！

民工乙　（踩着椅子，做跳楼状。民工甲在背后扶住）我还能干什么？

你要不还钱？我可就从这跳了！

钱老板　你怎么着，还来劲了是不？有种……你跳下去！（装腔作势）

向　方　老哥你也少说两句！非等着出事儿还是怎么着？！

小　孙　（在一旁拉住向方）您不用管！

民工乙　大家都听着啊！

民工甲　大家都听着啊！

【一不小心没扶稳民工乙，民工乙一个趔趄。

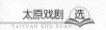

民工乙　你抓着点，别真的掉下去！——屋里这个大老板，欠俺们的工钱

　　　　迟迟不给……

民工甲　迟迟不给！

民工乙　俺们实在没办法了！

民工甲　没办法了！

民工乙　他今天要是不给我们工钱，爷就从这儿跳下去！

民工甲　对，他就跳下去！

民工乙　十八年后又是一条好汉！

钱老板　哎哎哎，有话好商量！不就是钱吗？你先下来，咱有话好好说……

向　方　听见没，有商量。你先下来。

小　孙　林总，看着没，重病就得下猛药！不然他能给咱钱？

向　方　你……出人命了怎么办！

黄秘书　钱总，钱总！咱们是在一楼！

钱老板　对啊！（收回面孔）你们跳吧！最多跳崴了脚，医药费我负全责！

向　方　那要是崴了脑袋呢？！

钱　总　（一拍桌子）有我这二十八万的表顶着呢！

第二幕

【背景换景，小孙拉着民工甲、乙，急上场。

小　孙　你们还赖着不走啊？没看出来啊？你们就是跳楼摔死了，人家也

　　　　不给咱结这工钱！

民工甲　那咋办啊？

小　孙　咋办？执行第二步。

民工甲　第二步？那我们可就？

小　孙　对，他已经把咱们逼上梁山了！

民工甲　孙哥，那咱们就梁山上见！

【民工甲、乙在日式音乐中下场。

【灯光启，桌上摆满各色菜肴，但无人下箸。向方、钱老板等人在野竹林中僵持。

林向方坐在门口，手里摆弄着手机。钱老板拉着不情愿的黄秘书又坐了回来。

钱老板　呵呵，林老弟……你看看，你要什么嫂子的电话，你这一给她打电话，这事儿她得闹多大啊！

向　方　我不管！——就说给不给钱吧！

【林向东从一侧出场打电话。

【林向方手机铃声响，接电话。

向　方　喂？

向　东　向方，我是你哥啊！……那个你现在手上有钱不？给哥救个急，哥就在……

向　方　（大吼）没钱！我这儿还找人要钱呢！（挂电话）

向　东　喂，喂？！

【林向东退场。

钱老板　哎呀老弟啊！这今年生意难做啊……你这里周转不过来，老哥这儿也不轻松啊！

向　方　不对啊！您看您身上，这表，这腰带，这鞋……哦，还有这包，（小孙紧接）还有外面这车！……哎呀，您是成功人士啊！

【加重口气。

钱老板　老弟你算算，这些个东西才多少钱啊？那么一笔工程款啊！老哥我就是拼着不过这个年，也得有点时间筹措吧？

向　方　　你那二荡子乡政府的白宫不是已经交工了吗？应该有钱了啊！

钱老板　　快别提那个白宫了，现在都没把款子收回来！我来之前还给小舅子打电话，我这儿要能把钱要回来，还能少得了你的？

【小孙跑进，凑到向方身边，递过一个纸条：林总，这是钱夫人的电话。

【向方接过纸条，气愤拨号。

钱　总　　林向方！你别蹬鼻子上脸！把老子逼急了。

向　方　　大不了一拍两散，我现在给你老婆打电话，让她过来看看，这腊八节的，她家老公在跟谁过！

黄秘书　　哎呀，林总……

钱老板　　菲菲，你让开，你打，有本事你打！我老婆你还不了解，只要你敢给她打了这个电话，你就休想拿到一分钱！

【民工甲、乙冲破纱幕，手持板砖、菜刀挥舞着上场。

民工甲乙　都别动，把钱交出来！

小　孙　　（装模作样）你们怎么又来了，不是让你们等着吗？

民工乙　　等？少跟我们来这套，今天说下大天，我们也要拿到钱！

钱老板　　小林啊，你这演的又是哪出啊？还能破墙而入？！

向　方　　你们先把家伙收起来！（林向方将民工的武器塞进他们的怀里，发现是真刀！吃惊，拉住小孙质问）怎么是真刀？不是说好用瓦刀吗？

【小孙茫然。林向方转向钱老板。

向　方　　这……老哥啊，你看你今儿就把这钱结了吧，不然出了大事，我可管不了。

钱老板　　我知道了……林向方！你还玩是吧？还推出第二季了？这哥俩转型可够快，一顿饭工夫，唱而优则演了——今天这钱我还就拿不出来了！我看你能把我怎么样？

民工甲　嗨，我就把你……

向　方　你要怎么着，真让人挂彩了咱们也一分钱别想拿上！把家伙收起来，赶快回去。

【黄秘书想偷偷溜出去，被民工甲拦住。

民工甲　拿不上钱，谁也别想出这个门！

黄秘书　我上……上厕所……总可以吧？

民工甲　回去！钱要不上，大家都憋着！

【民工甲拿着菜刀吓唬黄秘书坐了回去。

钱老板　去，菲菲！这事儿我见多了！

【黄秘书欲出门，又被民工甲吓到钱老板身边，钱老板走向民工甲。

钱老板　来，（朝脖子比画）朝这儿砍。

向　方　（急切拦住）不能砍啊！

钱老板　（把向方推开）切，这事儿我见多了！看过葛优那个《没完没了》没？里边他不就拿那个假菜刀咋呼傅彪还钱吗？

【民工甲一愣神，菜刀被钱老板夺了下来。钱老板一边说一般用菜刀往手掌上划了一下。

钱老板　哟，分量还挺够啊。你看看，这其实就是橡胶做的！你看看，做得还真像！……哎，你看看，这还能出血？这……唉，唉……我的妈呀！（吧菜刀扔到地上），这是真的！

【黄秘书惊叫一声，上前攥住钱老板的手，掏出手绢。

钱老板　别动！保护第一现场！——打110！

民工甲　大家可看见了啊，这是他自己砍的啊……

民工乙　打什么110？看见我这板砖没？

钱老板　（把向方推开）你哥我就是吓大的！我明着跟你们说，要钱没有，

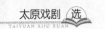

有种你就拍!

【民工乙冲上去。

民工乙　爷今天就拍了!

【向方死死拽住民工乙。

民工乙　别看你长得和车祸现场一样,我这一板砖下去,把你打成,打
　　　　成……(回头问小孙)打成什么?

小　孙　具体打成抽象!

民工乙　对!(挥砖欲砸,被向方拽住)

小　孙　清晰打成朦胧!

民工乙　对!(又砸,又被向方拽住)

小　孙　高清打成有码!

民工乙　对,小孙你太有才了!

【向方与民工乙反复争抢板砖,板砖最终拍在了向方的头上,
　　向方欲昏倒。小孙扶林向方坐椅子上,钱老板虚张声势地嚎
　　叫,黄秘书过来推着他。

黄秘书　喊什么喊?没打着你!

钱老板　哎?没打着?(审视向方伤口)小林啊,你也出血了,咱俩扯
　　　　平了……

向　方　那账……

钱老板　我真没钱!哥要有钱还不给你,那就是王八蛋! ——这样,你容
　　　　哥回去凑凑……(拉着黄秘书欲走)

民工甲　不能走!

向　方　哥你出不去,门口还一堆人等着你呢!

钱老板　好,好……你们说吧,要我怎么着?

民工甲乙　掏钱!

钱老板　我这身上哪儿能带这么多现金啊！

民工甲　这样，看你也是有钱人，你抵押点东西在这，然后回去给我们拿
　　　　钱去！

钱老板　（忙不迭地）好好好！

小　孙　脱吧！这成功人士的手表……（钱老板摘手表）腰带……（钱老
　　　　板解腰带）……

向　方　这不行啊……

小　孙　（把向方拉开）林总你别管了！还有戒指！

向　方　唉你说你要这些顶什么用啊！（劝民工甲）唉兄弟，不能这么做
　　　　啊，咱这可就是抢劫罪！

民工乙　什么抢劫不抢劫？！欠债还钱天经地义！

民工甲　我又不图他东西！这不就是个抵押嘛！……

民工乙　俺们要的是工钱！

民工甲　（看钱老板）快脱！（转身问小孙）孙先生，你看他这身衣服也
　　　　得是个什么名牌吧？

小　孙　嗯……像！

民工甲　看什么看！快脱！

　　　　【钱老板脱上衣，露出手织的毛线护肩，颇像女性的乳罩，滑
　　　　　稽可笑。

　　　　【民工甲顺势向黄秘书瞅了一眼，黄秘书惊叫一声。

向　方　（急切地）唉兄弟，你可不能让黄小姐脱啊，这性质可就更恶劣了！

民工甲　你想什么呢？！我是有老婆的人！（对黄秘书）不好意思啊……
　　　　憋坏了吧？快去啊！快去啊！

　　　　【黄秘书看了看钱老板。

钱老板　让你去你就去啊！（音调提升）去啊！

【黄秘书把包拿走，匆忙跑了出去。

钱老板 老弟啊，你看，老哥我这值钱的东西全在这儿了……（指身上毛衣、毛裤）这个也可以脱了，给我留条裤衩就成？

小　孙 钱总啊！你这些东西也值不了几个钱……要说值钱的是你外面那辆车……

钱老板 （快速接过话茬）也押这儿！

民工乙 哎，就你那辆破车，还能值几个钱？

钱老板 哎……我那辆车要是卖了，你们林总的工程款也就差不多有底了！

民工甲 那怕是晚了！

小　孙 怎么晚了？

民工甲 弟兄们情绪太激动了，控制不住，一到楼下先把那辆车给围上了，这会儿八成是砸扁了！

众　人 啊？！

向　方 （拉过民工甲）你们赶紧出去拦着点啊！这要把人车给砸了，弟兄们可真的是一分工钱都没了！

【民工甲、乙急下场，小孙也被向方推出门，钱老板拿着椅子站在窗前冲着台下喊。

钱老板 哎——你们别围着！车随便砸！旁边有板砖，拿起来，随便砸！（对向方）我有全险——旁边那辆，别碰！我说你呢！那是我老婆的车（反应过来，捂嘴）老婆？！我老婆的车怎么跑这儿来了？！

钱夫人 （喊着上场）多多！

【钱老板一听到老婆的声音，吓得跳下椅子，钻进桌子底下，示意向方支应她。

钱夫人 （进）小林，俺家多多呢？

向　方　（有意识地遮掩桌下的钱老板）嫂子，钱老板接了个电话刚刚走。

【桌下的钱老板使劲地踹向方一脚，钱夫人发现钱老板脱下的衣物。

钱夫人　哎呀，小林，青天白日的你胡说啥呢？俺家多多的衣服还在这呢？莫不是他光着屁股蛋子走了？

【向方尴尬。

钱夫人　（钱夫人开始寻找）多多，你出来吧？我看见你了！多多。

【钱夫人撩开桌布，钱老板狼狈爬出。

钱夫人　多多，你们这是做甚了？

向　方　我们玩……躲猫猫！

钱夫人　哈哈哈，都这么大人了，还玩躲猫猫呢，多多出来吧，你这是咋啦？躲猫猫么？咋还把衣服脱了？

钱老板　（装出委屈状）你问他？！（指向方）

向　方　是这样的，钱总欠着我的工程款，我……

钱夫人　哦，原来是这样啊，多多呀，欠了几个钱就让人给扒光了，你知道猪是咋死的吗？

钱老板　怎么死的？

钱夫人　笨死的！（转向向方）向方，我们家多多欠了你钱对吧？

向　方　对！

钱夫人　你是想要吧？

【向方点头。

钱夫人　现代版的黄世仁和杨白劳，你知道吧，欠钱的是爷爷，被欠的是孙子，你想要钱，就好好当孙子！你把我家多多闹成这样，你还打算要钱？做你的黄粱美梦去吧！

向　方　……

【黄秘书跑上台，小孙紧随其后，在门口发现气氛不对，观望。

黄秘书　（黄秘书扑进钱老板怀里，揽住钱老板脖子）钱总！我报警了！……唉，那两个人呢？

钱夫人　（扳过钱老板身子，似笑非笑）钱总，这是谁啊？

钱老板　（悄声）你松开！松开！没眼色！看谁在这呢？

黄秘书　哦！这是咱妈吧？妈——

钱老板　我老婆！

钱夫人　（慢慢插起腰）怎么回事，多多，你给我介绍介绍，这个女人是个做甚的了？

钱老板　她是我秘……

钱夫人　秘……

钱老板　书……书记。

钱夫人　你们公司没书记啊，编，接着编。

钱老板　是啊，我们公司没书记。

钱夫人　钱多多，当初你从农村来的时候，我看你可怜，就把你给娶了。我给你钱花，给你吃，给你穿，还把公司给你，你得了肩周炎，我点灯熬夜亲手给你织了毛护肩肩，现在你那肩肩是热乎乎的，我这心尖尖可凉哇哇的。你这个忘恩负义的东西，长本事了啊，还敢在外头耍女人。

　　【她扑向钱老板，被向方阻拦，钱老板趁机穿衣服。

钱夫人　（转脸冲向方）你也不是什么好鸟，你不是说只有你们两个人吗，怎么还有个狐狸精？（踹向方）

钱夫人　（转身对秘书）我说你个狐狸精，咋就不学好呢，跑这来抢男人！

黄秘书　谁抢了，我们是真心相爱的！

钱夫人　相爱你娘的臀蛋子。打死你个小妖精！（两个女人撕扯）

黄秘书　老巫婆！

钱夫人　狐狸精！

黄秘书　老妖精！

【小孙冲进场，把黄秘书推下场。

钱夫人　（转向林向方）我算知道了，你这人，阴得很啊！看着老实疙瘩，也压根不是什么好鸟儿！（转向钱老板）钱多多，回家再算总账！走！

向　方　哎，嫂子，钱总不能走啊，

钱夫人　（推开林向方）扯着钱老板的耳朵下场。

【小孙上场。

向　方　哎，哎哎，钱总，你得还钱啊！还钱！

小　孙　林总，就这么走了？

向　方　（欲言又止，一屁股坐在地上）你！……去，打电话给胡老板，卖——房！

串　词

农民工　他们能花那么多钱吃饭，那为啥就没钱还我们呢？我们农民工容易吗？一年到头，起早贪黑啊！这到了年底就想着拿钱回家好好过个年，那咋就这么难呢？我就弄不明白了，我们开始喝豆浆，他们已经开始用牛奶洗澡了；我们小口吃肉，他们已经在大口吃草了；我们吃上大米、白面了，他们已经在提倡什么粗粮、野菜了。哎，我算是看明白了，我们顾得是肚子，他们顾得是面子，你说我这哪是要钱哪？要来要去，也不过是讨他们餐桌上的那碗饭哪！哎！

第三幕

【四五个衣着时尚的大学生谈论着饭局的话题上场，背景处，向方的野竹林场景撤，换清一色场景上。清一色场景中，李勇已在包间中等候。

学生甲　（打着电话）我说老二，清一色大酒店你都不知道？上回带着你嫂子过生日那地！（声音转小）

学生乙　（和学生丙拿着ipad争抢着）我都玩了800多分了，你才300多分，还跟我争？

学生丁　（迎他们来）大哥，就等你们四个了！哎？嫂子还没到啊？

学生甲　正在底下美甲呢，马上到。郭老师到了？

学生丁　早到了。

学生甲　（把学生丙和学生乙往前一推，转身搂住学生丁）小弟啊，这饭局大哥可给你撺好了，你日思夜想的美女郭老师也给你请到了，就看你的表现了啊！

学生丁　（千恩万谢的表示）大哥大哥……（两人耳语下场）

【向红、莎莎分别上场，在洗手池前碰面。

莎　莎　向红！

向　红　莎莎！看看，半年没见，你可是瘦了很多啊？

莎　莎　是吗？这两天还是胖了半斤呢。

向　红　你家老牛还好？

莎　莎　我家老牛最近当了区长，我就干脆把工作也给辞了，当了全职太太。

向　红　你家那口子又升了？大钟肯定帮忙了吧？

莎　莎　什么都瞒不过你，今天我可专程谢谢大钟来了。向红你说说你，当年在大学里，人家大钟那么地追你，你嫌人家是农村的，吃饭还吧唧嘴，连正眼都不看人一眼。

向　红　（急忙打断）嘘，小声点，人家现在是副市长了。

莎　莎　敢说你没有后悔？

向　红　后悔来得及么？现在要想请大钟，太难了。还得借大企业家宝文的面子。

莎　莎　哎，听说今天大钟正在外地考察，他能赶回来么？

向　红　（自信的）正在往回赶得路上！

莎　莎　还是初恋情人给力啊！

　　　　【两人说着减肥的话题走进包间。

李　勇　莎莎，不管你胖瘦，在我心目中你永远是最美的！

向　红　哟，李勇，早来了？

李　勇　（不理向红）我们9024班的班花，拥抱一下吧？

莎　莎　（喜滋滋的，往李勇怀里一靠，猛地又把他推开）李勇！又喝了？

向　红　你们俩先聊，我去点菜。

　　　　【向红下场，李勇凑近莎莎，两人窃窃私语。

宝　文　（打着电话上）喂，老大，你走哪儿了？你一定要来啊，对，给向红一个面子……（声音转低）哎，你给我看的那块地怎么样……是吗？！好，来了咱们再细说！……哦，好的，你快点啊。（向红迎上）

向　红　宝文，是大钟的电话么？

宝　文　（赶紧冲着电话）哎，老大，等等，向红跟你说话。

向　红　（急忙接过电话）大钟！

　　　　【对方传出忙音，向红失望地将电话递给宝文。

宝　文　（安慰地对向红）没关系，一会就见了。

向　红　（不自然地笑了一下）宝文，快请进。李勇和莎莎都到了。

　　　　【二人走进包房。

宝　文　嗨嗨嗨，距离产生美啊，这把年纪了，还有激情？

李　勇　二哥！（抱住宝文亲了一口）

宝　文　又喝了？

李　勇　没，没喝。今儿个是真没喝，

宝　文　你拉倒吧。昨天晚上我给你打电话的时候你们西山团排的那个剧
　　　　不是正跟东山团PK呢吗？今儿中午你这个团长能不请评委喝
　　　　两杯？

李　勇　知我者，二哥也。就二两！

莎　莎　（给李勇解围）哎，宝文，大钟啥时候到？

宝　文　老大那是什么人啊？钟北山，政界新秀，风云人物！那是咱们能
　　　　随叫随到的人？

李　勇　谁都知道老大忙，三天两头地就得出去考察调研，咱平时都得在
　　　　电视上才能见得着！这同学聚会总算请来了。咱们可都是奔天命
　　　　的人了，这聚一次可就少一次……

向　红　谁说不是呢！咱们班的同学毕业后能留在省城也就十几个。你们
　　　　知不知道？老郭去年移民加拿大了！

莎　莎　还有大刘，听说是出国做访问学者去了？

李　勇　还有大李子……年前睡一觉，睡到半夜……这人就没了……

宝　文　没了？

【全场寂静，场外传来说话声："哎呀大李子，你可来了"……
　　诡异背景音乐陡然响起，伴随心跳声。

【音效起，全场人略微头皮发麻。

【脚步声越走越近，走到门前，停下，林向红与莎莎不由自主地
　　往后靠了靠。

【画外音响起"不是这间"，脚步声远去，最终推开了旁边的包
　　间，随即传来一声欢呼。

向　红　看来这隔壁是一桌大学生，刚毕业的。

李　勇　哎，他们也有个大李子……（尴尬地）嘿嘿嘿……你说这也够巧
　　的……

宝　文　我记得，好像咱这班留在本地的同学还有一个，一下想不起来了！

向　红　这……这不都等着大钟呢吗？没别人了？

宝　文　不对啊！咱们在座的是四个，连上大钟，是五个……可我怎么记
　　得除了走了的，留在省城的应该是六个啊！

李　勇　加上大李子，不就六个吗?

【敲门声响起，全场再次安静。

宝　文　哟，没准是老大来了。

向　红　我去开门！

李　勇　说不定还真是那第六个……

众　人　去!

【向红去开门，服务员进来询问：请问可以上菜了吗?

向　红　（略为失望）等人到齐了我再叫你。

【李勇大笑。

莎　莎　哎呀，你看看，我差点忘了！（掏包取出一瓶酒）今天我还带了

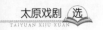

瓶好酒出来！一会儿等大钟到了，大家都尝尝！

李　勇　我看看……哟，一看就是好酒！上面一个汉字儿都没有！

莎　莎　你小心一点儿！86年的拉菲，珍藏版，那是喝一瓶少一瓶。还是
　　　　别人送给我们家老牛的。

李　勇　哟！是吗？！那我可得先替大家尝尝！

向　红　李勇，你就不能等大钟来了再喝？

宝　文　（小声）你别乱动！这可不是给你喝的！

李　勇　我怎么就不能喝了！（不满地把瓶子抢过来端详）这酒不便宜吧？

莎　莎　据说得上万了！

宝　文　看看，咱们每次聚会，都是莎莎带着好酒来！

李　勇　而且档次还逐年走高啊！前年带的五粮液，去年带的是茅台，今
　　　　年带的是拉登！

莎　莎　什么拉登！是拉——菲！

李　勇　拉——菲，莎莎，合着这酒我们还得沾老大的光啊！……老大不
　　　　来这酒我们就喝不成了？

向　红　李勇，对不起，今天我请客，应该我给大家买瓶好酒，帮我出去
　　　　买瓶好酒。

　　　　【欲推李勇走，李勇甩开向红，继续冲大家说。

李　勇　我算看出来了。自打一进门，你们的话就离不开老大，都是要找
　　　　老大办事。对不对？莎莎的老公升官了，要感谢大钟，宝文的房
　　　　地产要靠大钟。

　　　　【正说着学生丙推门进，脱掉外衣。

女学生　哎呀对不起！我迟到了！（落座）以茶代酒，我先自罚一杯
　　　　啊！……哎，不会吧？！怎么你们都等我等老了？！

众　人　你是谁呀，孩子？

女学生　哎呀对不起对不起，我走错门了！

　　　　【女学生下场。

宝　文　看看，咱们当年也年轻过啊！

莎　莎　现在啊，我们的孩子都有这么大了。宝文，大钟该来了吧？

向　红　（掏出钱，塞给李勇）李勇，快去买瓶好酒。

　　　　【李勇下场。

宝　文　放心吧！向红，你今天做这个饭局，把老大请来，有什么事要

　　　　办吧？

　　　　【向红正要回答，李勇闯进门。

李　勇　同学们，你们猜谁来了？！

向　红　是大钟到了吧？

　　　　【莎莎连忙准备把酒打开。

莎　莎　等他一进来，咱们得先罚他三杯！

李　勇　不是老大！

　　　　【莎莎闻言，又把酒瓶放到了一边。

李　勇　二哥你记性真好，咱们还真有第六个人！进来，进来！

　　　　【李月春走到门口，众人茫然，向红电话响起。

向　红　（接电话）喂，大钟，你快到了吧？……什么，临时有事？！……

　　　　【众人闻言站起。

向　红　……晚点过来？（示意众人坐下）好好好，反正你今天一定得来

　　　　啊！大家可就盼着你呢！

　　　　【向红放下电话。

李月春　向红，莎莎，李勇，宝文！（边放东西边说）公交没等上，耽误

了半天!

向　红　李勇，她是……谁啊?

李　勇　向红，我发现你今儿请客就惦念着老大……

宝　文　老三!

李　勇　二哥你先甭拦我，我这可没说错啊!我不知道向红你找老大有什么事，可是……可是你总不能连老同学都忘了吧?

向　红　啊?同学?（与莎莎对视）

李月春　你们真的认不出我了?

莎　莎　哦……就是那个谁……那个，叫什么来着?

李月春　咱们在一个宿舍，我们俩还是上下铺……

向　红　噢……（若有所悟状）

莎　莎　你看看，向红想起来了。

向　红　对对对!你不就是那什么李……李宇春嘛!

李　勇　大姐，你超女看多了吧?!这是李月春!

【气氛微显尴尬。

莎　莎　李勇你卖什么关子!其实这也不能怪向红，呵呵，你说是吧……毕竟啊，咱们这么多年没见了，来来来，月春快坐!

【李月春拎着一袋东西，四处打量。

李　勇　来来来，刚才咱可说了，迟到的人，罚酒三杯!（说着坐在主位上，准备拿莎莎的酒，被莎莎护住）

众　人　起来!

宝　文　这是你坐的地儿么?

李　勇　我怎么就不能坐这了!

宝　文　这是给大钟留的!

李　勇　（不情愿地起来）又是大钟，大钟！

李月春　哦对了，你们看，我还带了些喝的，别点这儿的酒水了，多贵啊！

　　　　（说着把兜里的饮料分给众人）

李月春　宝文，我家那口子工作的厂子，工资都发不了了，就发了几箱自己生产的饮料。口感还不错，你尝尝吧！

莎　莎　（拿起一瓶）万事可乐？！

　　　　【李勇先喝了一口，众人打量着瓶子。

李　勇　呵！这比闷倒驴劲儿还大！我说莎莎，你也尝尝啊！比你那个什么拉登好喝多了……

莎　莎　你喝你的呗！我最近减肥，还是少喝点饮料吧。

　　　　【说着把瓶子推得远远地。

宝　文　万事可乐……前几天好像有人找我想给这个产品投资来着……

李月春　对对对，就是我！前两天到你们公司找你去了，想让你看在老同学面子上，给这个产品投资，正好你的秘书说你今天要参加大学同学聚会。我好多年没见老同学了，所以就不请自来了。

宝　文　（讪笑）来了就好，来了就好！

向　红　（心神不宁地看着表）宝文，再给大钟打个电话吧？

宝　文　（拨号，李勇在旁不满地说）向红，你请客，就让大家这么干坐着？

向　红　好好好，我马上叫服务员上个果盘！（边出门边喊）服务员！

第四幕

　　　　【屋内，向红走上前台焦急不安地看着表，等待。

【屋内，莎莎、宝文和李月春在一起闲谈，李勇吃着果盘，吃完

最后一口，冲门外的向红喊。

李　勇　向红，果盘吃完了，再上点什么啊？

宝　文　老三，你有完没完了？

向　红　（走进来）宝文要不我再催催……

宝　文　还是我来吧……（拿起电话）大钟也不知道怎么了，不接电话。

哎，向红，你还没告诉我们，你找大钟有什么事？

李　勇　我看绝对有事！你看你看，老大没来，什么菜都没让上！我打赌，

今天老大要是来不了了，最失望的就是你向红！

李月春　（悄声）李勇，你别这么说向红……

李　勇　我说的可都是实话！

向　红　嘻！既然李勇把矛头指向我，我也就不藏着掖着了。大学一毕业，

我就被分配到图书馆，你们也知道那个地方是要人脉没人脉，要

外快没外快，靠着文凭和年限，才混到个主任科员。到现在我都

没能力让我孩子上个重点学校。说实在的，我结婚晚。你们的

儿子上大学的上大学，公务员的公务员，出国的出国。可我的儿

子，马上要考高中了，我想给他转到十中。可是凭我现在的能力

和财力，不找大钟，根本就办不成！我是想趁着老同学聚会，顺

便求大钟帮我这个忙。

李　勇　你这哪儿是"顺便"啊！你是专门为这事儿请客的吧！

【向红无语，坐在桌前。

宝　文　（拍拍桌子）老三，你就不能少说两句……

李　勇　你们不要嫌我说话难听，莎莎你借向红的饭局答谢老大。我一点

都不意外。让我没想到的是，向红竟然能设饭局求老大办事，在

我的眼里，你林向红可是一向清高自傲，万事不求人啊！你什么时候从天上掉到人间，也学会这一套了？！

宝　文　老三，实话告诉你，我也是想借今天这个饭局求老大办事儿的！

李　勇　我到隔壁找大学生吃去了！

宝　文　你去吧！

莎　莎　宝文，你找老大谈的那一定是大生意吧？

宝　文　我最近想要开个养老院，看好一处地方，这不正好今天老大他去那个地儿考察！我就让他帮我探个底。

莎　莎　宝文，你不是一直搞房地产么？怎么突然想往这块发展了？

宝　文　我是个商人，这无利可图的事情，我是不会做的。如果那个地方给的政策合适了，这养老院一开，这可是利民利己，名利双收的事了！说老实话，要是国家允许私人开火葬场，我早就开起来了！那才是一本万利！

李月春　（拿着饮料瓶凑到宝文跟前）宝文，宝文，你看，其实我爱人那个厂子要的投资也不是很大，你看能不能……

宝　文　老同学啊……不是我不想帮你们，问题是现在饮料市场风险太大，这个万事可乐它实在是缺乏市场竞争力……

　　　　【李勇上场。

李　勇　这哪儿是什么老同学聚会啊，直接开成工作会议不得了？！

　　　　【李勇转身又要走，门外传来一阵喧闹声。

　　　　【学生乙在学生甲丙的搀扶下推门而入。

学生丁　大哥，不是这儿，不是这儿！走错了！

学生甲　（醉醺醺地）怎么……不是这儿……那……那不是老二吗？

　　　　【指向宝文，扑过去呕吐。

女学生　（拿着塑料袋冲进来）哎……哎！老大！吐这吐这！

　　　　（对众人）对不起，对不起啊，我同学喝多了！

学生甲　谁说我喝多了？……我跟你们说啊，我现在……是一无所有，但是！以后兄弟们有什么难处，都来找我，我是能帮就帮，义不容辞啊！（学生甲欲倒，学生丁急忙扶住）

女学生　哎哎哎……（对众人）对不起啊，对不起！

　　　　【学生丁架着甲和女学生下场，短暂沉默，音乐起。

李　勇　二哥啊，你记不记得，咱当年大学毕业吃散伙饭的时候，你喝多了，也说过这样的话。

宝　文　对对对，我当时也是这么说的，以后大家有什么难处，都来找我，我是能帮就帮！义不容辞！这话啊，年轻的时候说出来容易，可这人岁数大了，就知道做起来有多难了。

　　　　【宝文手机响起。

向　红　是大钟吗？

宝　文　（摆摆手，接起电话）喂……好，知道了，你直接给胡秘书打电话，让他过去给你把账结了，好好好，爸这头正同学聚会呢，有事儿回家说。

　　　　【宝文放下手机。

宝　文　看看，我又得给我儿子擦屁股了！家家有本难念的经啊，（对李月春）老同学啊，投资的事儿我对不住，但你要是不嫌弃，明天就让你家那口子去我那儿上班吧。向红啊，你儿子上重点高中的事，我是真帮不上忙。只能求大钟了。等他来了，我们大伙都跟大钟替你求情，你看行吗？

向　红　那我先谢谢大家了！等我儿子真要上了十中，我再请大家，咱们来个真正的老同学聚会！只续友情！

众人说 不谈其他！

【宝文手机铃声响起。

宝文一看号码，兴奋：大钟的！（众人齐围住宝文听电话）喂，

老大！……我是！（表情开始凝重）……我知道了！（收电话）

【众人视线集中于宝文身上。

宝　文 大钟，出事儿了！

众　人 啊？

尾　声

【林老太太家，时钟指向十一点，林老太太手握电视遥控，靠在

　沙发上睡着了。

兄妹三人疲惫上场，发现妈妈睡着了，轻声喊：妈！

林　太 （惊醒）哎呀，东方红你们可回来了！妈这就给你们热粥！

向　东 哟！葱花饼！（伸手去抓）

林　太 来，向红，帮妈来盛粥。今天，你们这事儿办得怎么样？

向　东 想请的请不到！

向　方 要留的留不住！

向　红 想办的没办成！

林　太 哦？合着你们的事儿还都悬着呢？！

向　方 只有咱妈这一碗粥，那才是饭！

向　东 妈！外面的饭那都是局，家里的饭这才是饭啊！哎，你们说啊，

　是不是啊？！

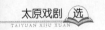

【灯光渐暗，时钟报时响起：现在是晚上十一点整。

串　词

服务员　现代人哪，不是在饭局上，就是在赶往饭局的路上，婚丧嫁娶、升职加薪、践行接风、满月百岁，我们以快餐式的态度来面对一桌盛宴，所谓的愉快，感动，甚至是一些难以言表的情绪啊，也不过是在那一瞬间，一场宿醉后，便已经波澜不惊了！我们把这个叫作应酬，我们麻木不仁，我们强颜欢笑，我们无所适从，甚至认不出对面那个正对你微笑的似曾相识的人。这吃饭呀，就如同看戏一样，哎，等看完戏以后，看看你身边的前后左右，有认识的人吗？哎，我认识的人快来了。

【剧终】

太原戏剧选

北魏风飏

编剧：曹　熠

时间：2017年5月

【剧中人物】

拓跋宏、冯太后、拓跋彰、李冲、穆泰、诸葛显光、

贺楼丹、林贵人、拓跋恂、王玉润、拓跋澄、依兰、

步六孤焕、工匠陈永仁、丘穆陵春林、胡臣及汉臣若干

第一场　明堂祭祀

【天色微暗，远处滚雷阵阵，乌鸦叫声响起，盘旋于上空，群臣
　在等待、徘徊。

【突然一声乌鸦叫，众臣骚动踱步。

【四周乌鸦叫声响起，众臣惊讶，互相望了望，依旧徘徊。

【烟尘滚滚，马嘶、马蹄声、人声、辘辘车辙声、驼铃声。

拓跋彰　东边关道，太皇太后和圣上来了！

贺楼丹　南阳王，那是一队迁居的百姓。

王玉润　我就说嘛！

拓跋彰　王公公，太皇太后和圣上是从这个方向来吗？

王玉润　啊？你们看，那绝不是太皇太后和圣上的车辇，那应该是一队
　　　　　队商旅。平城郊外，商旅往来繁忙，好像这一队来自西边。哎哟，

　　　　　　哟哟哟——那么多的西域骆驼呀！驼峰高，蹄盘大，单峰、

　　　　　　双峰……

拓跋彰　　王公公！

王玉润　　王爷！

拓跋彰　　这一队骆驼就把你呦成这样，我还以为是圣上来了。王公公，

　　　　　　你不陪在太皇太后和皇上身边，怎么在这祭祀明堂之前？

王玉润　　嗨！回王爷，太皇太后和皇上今日有机要，留奴才在此——

拓跋彰　　在此监视我们。

王玉润　　嗨！不敢，留奴才在此伺候各位大人。

拓跋彰　　王玉润！

王玉润　　在——

拓跋彰　　你可真会说话。

李　冲　　这祭祀先帝的吉时已然过去两个时辰了。

穆　泰　　李大人，王爷说话怎能随便插嘴！

诸葛显光　这不是大家都等得着急嘛。

拓跋彰　　穆太尉，无妨。

李　冲　　太皇太后和圣上究竟什么时候能来？

王玉润　　诸葛显光大人说的是。王爷，太皇太后和皇上没到，这个不是

　　　　　　我能定的，也不是你们能决定的，他们处理完事情自然会来。

　　　　　　【军队脚步声，烟尘滚滚，夹杂鲜卑语军官号令。

穆　泰　　王爷，铁甲兵！

拓跋彰　　那是今日祭奠先皇仪式的骁骑侍卫。

贺楼丹　　怎么这么多兵马？

穆　泰　　王爷，我看这天要变呐。

【马踏石子声，天色逐渐转阴，闪电掺杂其中，骑兵飞驰声渐行清晰。

贺楼丹　这是骑兵！有一大队的骑兵在朝皇陵开进！诸位，今天是祭祀先皇的大日子，怎么会有如此多支军队？

【群臣不知所措，议论纷纷。

拓跋彰　慌里慌张！

贺楼丹　王爷，这不会出大事吧？

拓跋彰　这里可是平城，天子脚下！哪里容得行伍放肆。

【穆泰与拓跋彰窃窃私语。

穆　泰　王爷，大司马，今日之事，蹊跷啊。

【雷声。

拓跋彰　是蹊跷。难道太皇太后把皇上给关起来了？五年前，祭祀先祖皇帝文成帝之时，当今圣上的父亲献文帝和太皇太后迟迟未到。先皇被太后软禁，之后不久，献文帝暴毙而亡。今天的情形好像和之前相比，似曾相识啊。

穆　泰　王爷的意思是当今圣上也……

贺楼丹　说不准。

李　冲　王公公，太皇太后和圣上怎么还不来啊，是不是有什么特殊的事情。

王玉润　李大人，您真言中了，有事。

诸葛显光　有事？

李　冲　哦？

王玉润　兵变！

【群臣惊，议论，进音效。

诸葛显光

李　冲　　　兵变?

穆　泰

贺楼丹　　兵变? 这么突然? 谁呀? 我们要见皇上!

拓跋彰

【王玉润挥手, 音乐收。

王玉润　　太皇太后降旨, 皇上正在处理公务, 着令群臣稍加等待。待事毕

以后, 皇上将亲自主持祭祀先皇大典。

【贺楼丹站出来。

贺楼丹　　王公公, 今天是祭祀先皇, 为大魏祈福的日子。难道对皇上而

言, 还有比这更大的事情吗?

王玉润　　皇上自然有皇上的道理, 太皇太后就更加有道理。我们做奴才的

只管传话。

拓跋彰　　王公公, 你刚才说的, 可是太皇太后降旨。皇上……

王玉润　　回王爷, 皇上年少, 太皇太后代为降旨, 这么多年不是一直如

此吗。

贺楼丹　　我朝历来重视祭祀, 先皇献文帝逝去至今已五年之久, 其间从

未祭祀。现在皇上迟迟不到, 跟在太皇太后身边, 恐怕有违我

们的祖制规矩。

李　冲　　贺楼丹将军, 你这话说得也有些不合规矩。

贺楼丹　　诸位, 今日乃祭祀之日。吉时已然过去两个时辰, 太皇太后和

皇上迟迟未到, 这是要给咱们一个下马威啊!

李　冲　　贺楼将军言重了。咱们做的是大魏的臣子, 在背后指责太皇太

后的不是, 那可是腹诽之罪哦!

贺楼丹　　李冲大司马, 我只是那么随口一说, 哪有那么严重。你……

李 冲　　　嗨！

诸葛显光　当朝官员，无论是谁，都应按朝廷律令一视同仁。无论是汉臣
　　　　　和鲜卑臣子，严于罪责，即为腹诽。倘若有人发生与朝廷有二
　　　　　心之举，对于这样的人，骠骑将军贺楼丹大人，难道不应该一
　　　　　并治罪吗？

贺楼丹　　当然，一定要治罪。

穆 泰　　　诸葛显光大人不愧是尚书令！对我朝的法规律令洞察秋毫、洞
　　　　　若观火呀！

拓跋彰　　哈哈哈……穆太尉，无论鲜卑还是汉臣，都同朝为官，共为江
　　　　　山社稷，永远都要一团和气，一心一意。

诸葛显光　王爷说得有理。自大魏定都平城以来，不是一直集结各族精英
　　　　　会集平城，大家一起为大魏开疆拓土而勤勉政务吗？

贺楼丹　　各族朝臣共同为社稷而呕心沥血，这其中王爷对于各民族朝臣
　　　　　之间的联络往来，也可以称得上是殚精竭虑啊。

拓跋彰　　呵呵呵呵……

李 冲　　　李冲改日还要到王爷府上亲自登门拜访。

拓跋彰　　本王一定盛情款待！我们鲜卑人，横扫八荒、冲锋陷阵在行，
　　　　　可论起这政治韬略还正想好好请教李冲，李大人！

李 冲　　　惭愧。

拓跋彰　　穆太尉！

穆 泰　　　在！

拓跋彰　　贺楼将军！

贺楼丹　　在！

拓跋彰　　到时候你们也一定要在啊！

李 冲　　　那诸葛显光大人……

拓跋彰　当然一并约请。

　　　　【五六匹战马小碎步走入，马嘶声，拓跋澄一袭戎装步入，铠甲
　　　　血迹斑斑，群臣无不侧目。

拓跋澄　各位大人！

拓跋彰　任城王拓跋澄，你怎么一身戎装，满身鲜血来这皇室宗庙，明堂
　　　　之前？

拓跋澄　回王爷，奉太皇太后和皇上旨意处理些许军务。

拓跋彰　从何处而来？

拓跋澄　自边镇怀朔杀了一个来回。

穆　泰　柔然、高车又犯边了？

拓跋澄　穆太尉，此事与柔然、高车无关，事出突然，太皇太后亲自指派
　　　　了一支骁骑给我。星夜飞驰，镇压叛军！

群　臣　叛军？

王玉润　太皇太后驾到——

　　　　【冯太后上台，王玉润跟随在侧，恭敬搀扶，罐头音乐。

群　臣　参见太皇太后——千岁千岁千千岁——

冯太后　任城王拓跋澄，从六镇边地两天之内打一个来回，你劳苦
　　　　功高。

拓跋澄　全仗太后调遣有方，微臣拓跋澄为太后肝脑涂地，在所不辞。

冯太后　忠勇可嘉。

拓跋澄　谢太皇太后！

冯太后　众位爱卿，平身——

群　臣　谢太皇太后！

冯太后　李冲，先皇献文帝祭祀大典即刻开始。

李　冲　是，臣遵旨。

拓跋彰	慢！启禀太皇太后，今日祭祀先帝献文皇帝如此重要的场合，拓跋澄将军顶盔冠甲，鲜血淋漓，杀气腾腾，这合适吗？
冯太后	南阳王，自古以来，祭祀就讲究呈上牺牲。今日祭典，恰逢叛乱，我们用叛军的鲜血头颅祭祀先皇，更是意义非凡。我大魏统一华夏北方以来，这些年远离刀兵，远离战争，使很多人不思进取，忘记了居安思危，致使战力削弱，乃至蝇营狗苟，甚至出现不轨心思。所以今天拓跋澄身上的血也在提醒我们，大魏的魂是什么，大魏的精神是什么，大魏的路以后该怎么走？你们以为如何？
拓跋澄 李　冲 诸葛显光	太皇太后所言极是。
拓跋彰 穆　泰 贺楼丹	太皇太后所言极是。
王玉润	我就说嘛。
冯太后	王玉润。
王玉润	太皇太后所言极是。
冯太后	今日祭祀不仅用叛军之鲜血，更要取叛军之头颅，作为牺牲供品。拓跋澄！
拓跋澄	在！带叛军首领步六孤焕！ 【罐头音乐。 【步六孤将军遍体鳞伤，戴着镣铐，走上台，群臣哗然。
士　兵	步六孤带到！
王玉润	逆臣伏波将军步六孤焕，兴兵造反，意图谋逆，为任城王所擒，特此示众！

拓跋彰	太皇太后，步六孤将军是我朝功臣，其中必有曲折误会！
冯太后	误会？
拓跋彰	太皇太后，您将如此功臣斩杀，恐怕军中将士会心寒！
穆　泰 贺楼丹	太皇太后！
冯太后	一朝一国，从来不容有人忤逆犯上。步六孤焕起兵谋反，杀我士兵百姓。如果不是本后早有准备，事态还不知要如何发展。
穆　泰	步六孤将军，你当真起兵谋反？
步六孤	欲加之罪，何患无辞！
冯太后	你在今日起兵谋逆，剑指本后和皇上！还敢说何患无辞？
步六孤	我乃勤王之师，奈何功业未成，毁于一旦，大魏危在旦夕！自我朝建立以来，还有哪个太后能专权至斯，任意废立，甚至纵观历史，此等女人专权又有几人？长此以往，国将不国！
王玉润	大胆！
诸葛显光	放肆！步六孤焕在朝堂之上，满口厥词，当立即处死。
步六孤	我满口厥词？你看天下多少人都在这么说！
冯太后	众口铄金，积毁销骨。本后的新政原本只为社稷永固，反倒成了你兵变的借口！本后所作所为，一切只为大魏的将来！尔一介武夫，胸无点墨，鼠目寸光之辈，井底之蛙而已！拓跋澄！
拓跋澄	臣在！

【冯太后挥手示意。

拓跋澄	将贼首步六孤焕立即斩首示众！

【起音效。

步六孤	我只恨未能战死沙场，却要丧于祸国贼妇之手。献文皇帝，臣这就去见你！

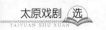

冯太后	李冲!

冯太后 李冲!

李　冲 臣在!

冯太后 步六孤焕举兵谋反一事就此罢休，昭告天下，就说他死于抵御柔然之战场，为国尽忠。族人按生前军功给予封赏，好生安抚。

李　冲 臣遵旨!

诸葛显光 太皇太后，臣以为，此等逆臣应当按律令……

李　冲 诸葛大人，你应深加体会太皇太后的一片冰心。

诸葛显光 是!

冯太后 李冲——

李　冲 臣在!

冯太后 你和诸葛显光当真乃朝廷栋梁，一个是循吏，一个就是酷吏。

李　冲
诸葛显光 臣等只想做一介忠臣良将。

冯太后 好! 有人以为自己可以代表天下的黎民苍生，打着为国为民的旗号，为所欲为! 貌似大义凛然，实则都是些毁我江山的贼子。南阳王拓跋彰!

拓跋彰 臣在!

冯太后 太尉穆泰!

穆　泰 臣在!

冯太后 大司马李冲!

李　冲 臣在!

冯太后 尚书令诸葛显光!

诸葛显光 臣在!

冯太后 骠骑将军贺楼丹!

贺楼丹 在!

冯太后 　任城王拓跋澄！

拓跋澄 　在！

冯太后 　今后的大魏，还要仰仗你们几位股肱之臣！有你们在，天下不会
　　　　乱。（转身）

群　臣 　太皇太后圣明。

王玉润 　皇上驾到——

　　　　【拓跋宏上场。

　　　　【音效起。

　　　　【群臣跪倒。

群　臣 　参见吾皇，吾皇万岁万岁万万岁！

　　　　【拓跋宏跪倒在地。

拓跋宏 　孙儿叩见太皇太后！

第二场　密　谋

　　　　【南阳王府内帐篷，拓跋彰与贺楼丹、穆泰等人摔跤，音效为
　　　　牛角号与手鼓的摔跤气氛。

　　　　【王爷摔倒穆泰。

拓跋彰 　贺楼大人，你上！

贺楼丹 　王爷，在您面前我哪敢称大人。

拓跋彰 　贺楼小弟，上！

贺楼丹 　我贺楼大人来了！

　　　　【穆泰又被摔倒。

拓跋彰 　穆泰大人，咱们鲜卑勇士在战场和摔跤场上从来都是不让人的，
　　　　你是鲜卑第一大勇士，今天是故意让着我的吧。平常我们都摔不

过你，今天你一摔一个倒。

穆　泰　王爷，心情不好，身体不佳。

拓跋彰　你高官厚爵，仆役成群，你有何不佳啊？

穆　泰　自从太皇太后推行新政以来，日子越来越不好过了。

拓跋彰　你又哪壶不开提哪壶。喝酒！

　　　　　【抱起依兰。

拓跋彰　依兰。

依　兰　王爷！

拓跋彰　酒都倒得这么好，给贺楼将军倒一下！

依　兰　你都把我勒疼了，那么大劲！

拓跋彰　草原上的女人啊，劲比我还大。下去吧，洗个牛奶澡。

贺楼丹　嗨！王爷，咱们都让太皇太后蒙蔽了。太皇太后为了新政可真是不择手段啊！颁布俸禄制，立三长法，实行均田制，朝廷发的银子少了，官位爵位被削弱，就连我们的田地大部分都被分出去了，手下的军队也减少过半，以后我们这些鲜卑贵族就都变成了平头百姓。新政在他们汉人看来，不过是变了变规矩，可搞得我们这鲜卑显贵都入不敷出啊！

穆　泰　早知道当年除了一个权臣乙浑，换来一个更专横的冯太皇太后，倒不如任由乙浑坐大。

拓跋彰　什么叫任由乙浑坐大？天下是我拓跋氏的，他乙浑算个什么东西！

穆　泰　王爷恕罪，属下说错了。

拓跋彰　如今太皇太后翅膀硬了，再不是当年那个差点和文成皇帝殉葬的女人了。要不是看她对文成皇帝如此衷情，本王也就不会在乙浑欺负他们孤儿寡母的时候救她一把。

穆　泰　王爷，比起当年的乙浑来，太皇太后更甚！若不加以阻止，这刀早晚会落到咱们头上！步六孤将军、尉迟将军、丘穆陵将军、秘书丞独孤米汗、中书监纥奚达木，我鲜卑十几个文臣武将都被斩首了。哎，兔死狐悲啊！

贺楼丹　太皇太后是在杀群鸡，儆群猴。

拓跋彰　一会李冲到了，你们有什么不满和他好好说道说道。

穆　泰　王爷，穆泰人微言轻。王爷您在朝廷的分量，您的威望，您对汉臣的影响力是无人能及啊！您说话，可是一言九鼎呐。

拓跋彰　一言九鼎那是皇上。

穆　泰　那您也是一言八鼎！

拓跋彰　穆泰大人，你总是那么明事理。

贺楼丹　这个李冲可是太后的亲信，能听咱们的吗？

穆　泰　你看这满朝文武，汉臣个个忙得脚不沾地，咱们鲜卑族人早就有名无实了。

拓跋彰　所以这不是他们听不听我们的，而是我们要和这些汉臣们好。

贺楼丹　新政是汉人在要咱们的命啊！

穆　泰　想当初我鲜卑入关之时，这些汉臣也只是我鲜卑贵族的家奴罢了！可如今，他们仗着太皇太后撑腰，翻起身来，咱们若想好活还得瞧他们的眼色。别说我这小小的太尉，就连您这王爷都快无立锥之地了。

拓跋彰　如今这天变了！逆天而行，万万不可，得懂得营谋用事，方可施为。

穆　泰　王爷的意思是？

拓跋彰　现在李冲乃汉臣魁首，深得太皇太后信赖，总管新政改革。倘若李冲大人能够为我所用，那咱们这块心病就可不药而愈了。

贺楼丹　王爷所言极是。您可是我们鲜卑臣子的主心骨，倘若李冲大人真能为您所用的话，那我鲜卑族人在朝堂之上又可扬眉吐气了。

穆　泰　　即便李冲能为王爷所用，可是咱们头上还顶着太皇太后这片天呀。

拓跋彰　　天上飘来一朵云，地上吹来一阵风，不照样是风吹草低见牛羊吗?

【李冲、诸葛显光上。

李　冲　　王爷真是好兴致啊! 如今这大魏江山青草肥沃，流水潺潺，牛羊满盖四野，百姓安居乐业。

诸葛显光　这全仰仗太皇太后与皇上治理有方。

拓跋彰　　二位大人来的可真准时。

李　冲　　王爷约请，怎敢迟到啊!

诸葛显光　怎敢迟到!

拓跋彰　　二位大人，请。（入席）

李　冲　　若冲没有记错的话，这王府是皇上和太皇太后在王爷寿辰之时赏赐的。

诸葛显光　是五十大寿!

拓跋彰　　诸葛大人心里有本王啊!

诸葛显光　那是!

群　臣　　哈哈哈……

李　冲　　王爷，您这府中真是别有洞天啊! 在这巍峨森严的王府庭院中，居然陈设了一座鲜卑民族的毡房。

拓跋彰　　哈哈哈! 本王过惯了在草原上无拘无束的日子，这深宫大院本王还真是不太习惯呀。

李　冲　　王爷多年来征战沙场，戎马一生。今日初登王爷府，仿佛到了王爷当年的中军大帐之中。

拓跋彰　　李冲大人、诸葛大人，你们二位文人雅士可在此体会，当年我鲜卑大军东挡西杀的艰辛和血腥。本王追随几位先皇南征北战，杀敌万千，如今的大魏江山是我鲜卑壮士用鲜血和尸骨堆积起来的。哎？二位大人，你们可知我大魏入关前有多少位皇帝。

李　冲　三十余位。

拓跋彰　你可知我大魏龙兴之地所在何处？

李　冲　在华夏东北严寒之地，鲜卑山中的……

李　冲
诸葛显光　嘎仙洞！

拓跋彰　李大人，对我族的历史还是有所了解的，那你真懂鲜卑吗？

李　冲　不才，还请王爷赐教。

拓跋彰　请！

李　冲　请！

拓跋彰　自大魏宣武皇帝入关，至今已八十余载。想当年，老祖宗们在关外，风餐露宿，与天抢饭，与匈奴争地盘。马上安家，大漠里求生，从来没过过几天安生日子。这江山是先帝带着我们鲜卑人打下来的。

李　冲　是！

拓跋彰　可新政一改，以后地里长出的东西却没法落到我们这些功臣手里。地全部都给出去了，让咱们这些鲜卑皇族都干瞪眼。如今朝里改弦更张，在这个律令条文上，本王以为还得多加斟酌。

【音效起。

拓跋彰　本王也不想朝里生变啊！

李　冲　是得多加斟酌呀。王爷乃四朝老臣，劳苦功高，我大魏王朝能有今天，王爷居功至伟。

拓跋彰　李冲大人，你我都是朝中重臣，若论带兵打仗，本王征战沙场多年，还真没怕过谁。可要论治理国家，处理朝中政事，李冲大人手段严谨，虚怀若谷，本王难望你项背啊！

李　冲	哪里哪里，王爷才是虚怀若谷，舍小顾大啊！哈哈哈……
拓跋彰	那也不能把我这小，变成无！这大魏开国以来，原本有一套自己治国的办法。你看本王，这身上穿的戴的，都是几朝皇上的恩赏；吃的用的，都是当年战功换来的土地。现在可好，均田令一下，租调直接归了朝廷，落不到我们的手里；班禄法一出，满朝文武都按着官位高低，凭着那点俸禄过日子，本王可是连府里那点用人都快养不活了。
贺楼丹	王爷说的对，原先咱们过得多快活！家里没粮了，带着两千骑兵提个皮袋子出门就抢，抢一趟够吃十天半个月的。可现在不行了，俸禄都是朝廷定，朝廷给，该多少就是多少，这不是要我们的命吗？还不如我们当年征战沙场之时过得逍遥自在！
穆　泰	现在逍遥自在的肯定是众位汉臣啊，我们鲜卑众臣的苦衷想必是没人知道啊。
诸葛显光	穆泰大人，我想，太皇太后和皇上一定会明察秋毫的。
穆　泰	即使知道，也肯定都是看笑话。
拓跋彰	现如今，大司马府上定是歌舞升平，一片盎然景象？
李　冲	哪里哪里，即是新政推行，必定一视同仁，下官府中各个方面也都在削减。
拓跋彰	那……李冲大人，日子是否过得清苦了些？
李　冲	回王爷，何止清苦，甚至苦寒呐！
拓跋彰	既然如此，本王觉得在这个时候，步子要适当放缓一点，绳套该松的地方，就得松一松，何必要难为彼此呢？你好我好……
拓跋彰 穆　泰 贺楼丹	大家好嘛！
拓跋彰	李大人每天晚上都要挑灯夜书，为制定新政的条文律令心力憔

悴，劳心劳神，实属不易。

李　冲　　多谢王爷体恤。

拓跋彰　　天下的官员如此之多，新政改革固然要改，但这刀子万万不能捅到朝廷的中枢啊，要是官场坍塌……

李　冲　　这个……

诸葛显光　天下初定，丈量土地，乃是历朝惯例。让广大黎民百姓有地可种，让那些土豪贵族不要趁乱横征聚敛。有些封地或许会减少很多，但最终还是我大魏王朝受益。

李　冲　　历朝历代，百姓为根本。民富则国家富，民心安则国家安，自商汤起，皆是如此，毫无例外。只是这新政，没有数年之功，难见其效。至于新政的具体实施，冲一定会与太皇太后和皇上多加商讨的。

【音效起。

诸葛显光　诸位大人都是朝中中枢重臣，更应为皇上与太皇太后分忧解难。新政的推行，必定会伤及各方势力的利益，但朝廷的情面咱们得给吧，所以这新政的实施，还请王爷能够尽力配合。

贺楼丹　　你们可真客气，不配合是不是就要见血呀？诸葛大人上次处理对抗新政的平西将军尉迟纯的时候，杀伐果决，你可是没给我们鲜卑贵族留丝毫情面。

诸葛显光　法之不行，自上犯之；官不私亲，法不遗爱！

贺楼丹　　你别给我穷酸！

李　冲　　都是一朝臣子，不要为了口舌之快伤了和气！

拓跋彰　　可是按着现在的做法，和气早就伤了！君不见商鞅惨遭车裂，吴起万箭穿心。

李　冲　　冲不在乎自己的那些荣华富贵，冲在乎的是我大魏的社稷永固。

拓跋彰	李冲大人，你可真是太皇太后的得利干臣。
李　冲	哪里哪里，王爷过奖。您才是朝廷柱石。
拓跋彰	朝廷柱石？我看我现在就应该告老还乡，让你们这些太皇太后面前的红人执掌大权。最好我离你们远远的，重新回到那草原的中军大帐，统率千军万马！
诸葛显光	所以，你就在这王府中先搭了个中军大帐？
拓跋彰	那是，我在这中军大帐中解闷儿透气。
诸葛显光	王爷，这王府乃太皇太后所赐，承袭汉代殿堂形制，古朴雄伟，雅致灵动，布局精巧，您却在这院落中搭一座毡房——
拓跋彰	毡房怎么了？那是我们鲜卑人自古以来保命的地方！
诸葛显光	这府邸王爷不住也太可惜了！现如今我朝新政正当用人之际，倘若能将此地用于书院办学，为我大魏培养治世奇才，实乃一大幸事啊！
贺楼丹	诸葛显光！想收王爷的府邸，暂且不说王爷答应与否，本将军这关你就过不去！听说诸葛大人刀法娴熟，今日就讨教几招。
诸葛显光	贺楼大人，在下用的不是刀，是青云宝剑。
	【抽剑，音乐起。
诸葛显光	听说贺楼丹大人用的圆月弯刀也是出神入化。
贺楼丹	那我这一介莽夫倒要领教领教你们汉人的干将、镆铘！
	【刀剑相打，刀剑声。
	【拓跋彰摔杯子。
拓跋彰	放肆！
	【收音效。
李　冲	住手！
拓跋彰	哼！你们连本王也不放在眼里了！

【安静片刻。

拓跋彰　李冲大人，"收王府"是谁的主意？

李　冲　和太皇太后言及新政之时曾有提及。

拓跋彰　提及之时皇上在吗？

李　冲　在。

拓跋彰　哦，好。

家　将　报——王爷！边关加急密函！

拓跋彰　滚！千百年前鲜卑祖先们从祖地迁出，茹毛饮血，南下西进，征服三十六国，收服大姓九十九，威震北方，莫不率服；步入茫茫大漠，浩瀚草原，依附匈奴，在马背上挣扎求生，直到匈奴溃退，在关外有了一席之地。天下三分，部族四散，直至代国兴起，定都盛乐。拓跋部从一个小小部族，有史以来第一次统一华夏北方，才有如今这平城盛况。可惜这些事情很多人不是不知道，就是忘了。祖宗说，列祖列宗应该永远在后世子弟的心里，汉人也是如此吧？

李　冲　回王爷，天下各民族均是如此。

拓跋彰　李冲大人说的对。

李　冲　王爷，下官告辞了！

诸葛显光　告辞！

拓跋彰　慢走。

【皇上从王府大殿中走出，李冲与诸葛显光下，所有人匍匐跪倒，音乐起。

群　臣　吾皇万——

拓跋宏　免了！

拓跋彰　皇上，老臣无能。

拓跋宏　南阳王，不要随便谦恭。说自己无能并不是成不了事的借口。

拓跋彰　是。

拓跋宏　你可是四朝元老，当今我拓跋氏皇族最有分量的人物。朕在这朝堂之上最信任的就是……

拓跋彰　明白。

拓跋宏　南阳王、穆泰、贺楼丹，记住了？

拓跋彰
穆　泰　记住了！
贺楼丹

拓跋宏　你们……

拓跋彰
穆　泰　是！
贺楼丹

【猫头鹰在鸣叫。

【另一音效起。

【收光。

第三场　生　离

【皇宫大殿之上，傍晚。

林贵人　皇上，我们的儿子睡着了。

拓跋宏　来，把他给我，让他在这龙榻之上好好地睡。儿子，你现在想睡多香就睡多香，想睡多甜就睡多甜。等以后，你再想睡就不一定能像现在睡得这么踏实。来，林妃，坐到朕身边来，和朕一起坐在这龙榻之上。

林贵人　不，臣妾不敢。臣妾只是一介妃子，不是皇后，不可以跟皇上并座龙榻。

拓跋宏 你是朕皇长子的母亲，你当然就是未来的皇后。来，林妃。

林贵人 这是臣妾第一次和皇上并坐在这朝堂之上，应该也是最后一次了。

拓跋宏 爱妃，你不要多想，我一定想办法，保住你的命。

林贵人 皇上，保不住的。本朝祖治，太子确立之时，即是生母亡命之日，这是铁律。臣妾能为您生下皇儿，已是臣妾莫大的荣幸。现如今这个孩子能立为太子，更是我林氏一族的荣耀。

拓跋宏 皇子啊皇子，何必生你呢？有了你就会没有了你的母亲，你这不是在绞朕的心吗？你要是一个公主多好，你要是一个公主多好！

林贵人 皇上，你不用这么说，有了皇儿我比你更高兴。如果你喜欢公主，我们以后再生……一个。

拓跋宏 对，林妃，我们以后再生一个公主。

林贵人 臣妾又说错话了，这怎么可能。

拓跋宏 可能的，可能的，怎么就不可能！只要你在，我在，他就可能。

林贵人 皇上，我也想在啊。我想一直在，想一直和你在一起，一直和我们的皇儿在一起。

拓跋宏 林妃，我们一直在一起。（拥抱）

林贵人 是，皇上。我们一直在一起。我们在一起白首偕老，在一起看着皇儿长大，承继大统。儿子，让娘再好好看看你。太子该有个名字，皇上，皇儿的名字你想好了吗？

拓跋宏 我查了祖治族谱，他应该叫恂，太皇太后也恩准了。

林贵人 皇太子拓跋恂。

【王玉润上。

王玉润 皇上，林妃，时辰已到。

拓跋宏 什么时辰已到？

王玉润　唉——是……

拓跋宏　是赐死的时辰已到吗？王玉润，你给我下去！

王玉润　嗨！我就说嘛。

林贵人　王公公，我跟你走。

拓跋宏　林妃！（转身）我的爱妃，你走了，朕和谁去说话。

林贵人　皇上，你还有心腹臣子。

拓跋宏　心腹臣子？现在朕在这朝堂之上、皇宫内外的处境你又不是不知
　　　　道。人心叵测，波谲云诡。

林贵人　权力，都是因为权力。皇上，那你现在就多和我说几句吧，以后
　　　　就……

拓跋宏　林妃，朕现在能多看你一眼就多看你一眼。我们原来说的那些话，
　　　　难道只能成了朕每天的回忆吗！

林贵人　皇上，你是一国之君，你要控制自己，别让太监和宫女看到你这
　　　　个样子，那样对你不好。

拓跋宏　朕现在已然不成样子，好不好又何妨？

林贵人　你成样子，你很有样子，很有皇帝的样子。

拓跋宏　我还有皇帝的样子？

林贵人　不，你有。

　　　　【音效起。

林贵人　臣妾深深知道你心里的抱负，和你对天下的一片苦心。

拓跋宏　爱妃，只有你知道朕。

林贵人　我当然知道。我知道你每日里，夜深人静，黎明之前，在宫中徘
　　　　徊踱步，把那寂寞和焦虑的影子投在宫墙之上。我知道你在烈日
　　　　下，在那没有一棵树的硕大宫院里踽踽独行，我还知道你把《史
　　　　记》和《汉书》读得烂在了肚子里。

拓跋宏　爱妃啊，那些经史子集只能烂在肚子里，它化不成朕的旨意。

林贵人　皇上，臣妾走了。在你的枕下，木匣之中，臣妾为你留下一缕青丝，你以后有话就对着它说吧。

拓跋宏　林妃——

林贵人　皇上——

拓跋宏　林妃——

林贵人　皇上——

王玉润　太皇太后驾到——

　　　　【音效收。

拓跋宏　儿臣参见太皇太后。

林贵人　臣妾参见太皇太后。

冯太后　王玉润，本后的旨意你是没听明白吗？这都什么时辰了？

王玉润　奴才该死！

拓跋宏　太皇太后，儿臣斗胆恳求您能留林妃一命？

冯太后　林妃，你入宫也这么多年了，对宫中的规矩和拓跋氏祖制想必早已知晓。你认为本后该留你性命吗？

拓跋宏　有何不可！

林　妃　臣妾不敢，绝无此意。

拓跋宏　为何不敢？

冯太后　就你敢！王玉润！

拓跋宏　太皇太后，能否网开一面，将林妃送出宫外，贬为庶人，永世不再相见。就饶林妃性命吧！

冯太后　皇上，你难道想违背祖制吗？

拓跋宏　太皇太后，您就为了儿臣，违背一次祖制吧。

冯太后　不可。

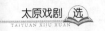

拓跋宏　您既已下定决心，推行新政，为何不将这条祖制一并废除？

冯太后　不可。

拓跋宏　那么多祖制已然废除，为何唯独这一条就改不得？

冯太后　不可。

拓跋宏　为何不可，这究竟是何道理？

冯太后　这条祖制不能改。我拓跋家的这条祖制，就是为了避免母因子贵，干涉朝政。如若以后发生女人乱政，酿成祸国殃民之灾，你我不就成了我拓跋皇族的千古罪人！

拓跋宏　女人乱政？可太皇太后也是女人。

冯太后　你的意思是说我乱政？

拓跋宏　我没说您乱政，但您不正在实施新政改革，整顿朝纲吗？

冯太后　那本后告诉你，我之所以能在皇宫之中苟活到今日，是因为我从未有过子嗣。如果当年我诞下太子，也会被立即处死。我不会因血脉亲情，而因私误国。其实本后只是代你拓跋氏暂管天下。

【冯太后挥手示意宫女抱走恂儿。

【小孩苏醒的声音，小孩哭声。

拓跋宏　从来都是您说怎样，就怎样，什么都由您定。我根本算不上个皇帝！

冯太后　你现在当然还算不上一个皇帝。

拓跋宏　那我什么时候才能算上一个真正的皇帝！

冯太后　当你能够摒弃妇人之仁，放下儿女情长，懂得含垢忍辱，学会制衡之术，内心中正安舒，始终保持一颗雄才大略之心。你方能成为一个合格的君王。

拓跋宏　那些都离我过于遥远，眼前的林妃，我都保护不了，我还……皇家呀……皇家不也是人间吗！

林贵人　皇上！

冯太后　人间的生离让你很难受，是吗？以后你会不停地碰到死别，而且有很多的死别。生离和死别都是你必须拥有的。

拓跋宏　我不想拥有，我什么都不想拥有，我也拥有不了。

冯太后　你不要任性，想不想拥有，想不想失去，这都由不得你。你可以瞬间拥有，拥有权力和百官，拥有江山和民心，拥有山呼海啸般的朝拜，也会瞬间失去一切。你身边的一切会像退潮一样迅速离你远去，把你一个人孤零零地留在这世界上。

拓跋宏　那这瞬间在哪？

冯太后　瞬间在哪？你不是皇上吗，你这都想不明白吗？

王玉润　林妃赐死时辰已到——

拓跋宏　我就是想不明白啊！

冯太后　想！

　　　　【音效起。

　　　　【拓跋宏跪下。

冯太后　拓跋宏，这大殿的门槛远比你想象的要高！

第四场　兵　谏

　　　　【鸟语花香的轻快的音乐氛围。

　　　　【拓跋恂在前面跑，穆泰跟着护着太子。

穆　泰　太子殿下小心呐！别跑那么快！

拓跋恂　穆太尉。

穆　泰　臣在。

拓跋恂　佛窟的礼成大典安排得怎样了？

穆　泰　　启禀太子，一切都已安排妥当。

拓跋恂　　太祖母皇太后与父皇马上就到，礼成大典的护卫都布置好了吗？
　　　　　　千万不要让闲杂人等惊扰了圣驾！

穆　泰　　请太子放心，一切都是由南阳王亲自调遣的。

拓跋恂　　这次佛窟的礼成大典八方瞩目，定要彰显我大魏国威，切不可掉
　　　　　　以轻心。

穆　泰　　太子年纪虽轻，办事考虑周全缜密，微臣深感佩服。

拓跋恂　　什么虽轻啊，我都12岁了。

穆　泰　　噢，太子都已经12岁了。

拓跋恂　　我可是当朝太子，将来是要继承父皇衣钵的。

穆　泰　　有如此明君，我大魏有望！

拓跋恂　　穆泰老师，你可是帝师，还得多多指教啊。

穆　泰　　折煞微臣了。

拓跋恂　　让学生真正赋有经天纬地之才，定国安邦之力。

穆　泰　　太子殿下，臣定当尽心尽力，辅佐太子。

拓跋恂　　我要是当了皇上，你就是我的第一心腹之臣。

穆　泰　　岂敢，岂敢。

拓跋恂　　你怎么不敢呢，你是我的帝师，教我这么多年，且忠心不二，有
　　　　　　何不可？

穆　泰　　那——好吧！太子殿下，您……

拓跋恂　　老师请提问！

穆　泰　　您将来会如何治理大魏江山？

拓跋恂　　咱们大魏当然应该继承鲜卑传统，正如您所说，自古以来，就是
　　　　　　凭着游牧民族的马背精神才有了今天。

　　　　　　【马蹄声音效起。

穆　泰　那太子觉得我们应该保持马背精神，尚武？

拓跋恂　当然得尚武了。

穆　泰　那你觉得文武之道该如何平衡呢？

拓跋恂　文武之道？

　　　　【马蹄声音效收。

拓跋恂　历朝历代的规矩不一样，条件不一样，我鲜卑拓跋氏就得以武为
　　　　先，以文佐之。

穆　泰　太子所言极是，可是——嗨，如今朝堂的局面与太子所想不太
　　　　一样。

拓跋恂　怎么？

穆　泰　似乎有点——

拓跋恂　说！

穆　泰　有点南辕北辙的意思？

拓跋恂　是不符我鲜卑传统？

穆　泰　……

拓跋恂　还是——治国方略有误？

穆　泰　反正都有点吧。这该如何是好？

拓跋恂　没事，反正将来太祖母皇太后必将还政于我父皇，然后我将成为
　　　　皇帝。等我将来继承皇位，有什么我不喜欢的，不对的，我再改
　　　　回来呗。

　　　　【皇上、冯太后与文武百官到。

冯太后　恂儿，你要把什么改回来呀？

拓跋恂　太祖母皇太后、父皇。

穆　泰　启禀太皇太后，启禀皇上，太子殿下把《敕勒歌》背错了一个字。

冯太后　是吗？

拓跋宏　来，恂儿，把《敕勒歌》背一遍。

拓跋恂　是！敕勒川，阴山下，天似穹庐，笼盖四野。天苍苍，野茫茫，风吹草低见（jiàn）牛羊。

冯太后　是"xiàn"牛羊。

拓跋恂　是！太祖母皇太后！

拓跋宏　恂儿！

拓跋恂　父皇！

拓跋宏　为何不随圣驾车辇一同前来，是不是又到哪玩耍去了？

拓跋恂　启禀父皇，儿臣之所以早到，是为了查看礼成大典的准备事宜，以免有什么差池。

冯太后　几日不见，恂儿长进不小啊，看来穆泰大人教导有方啊。

穆　泰　太子天资聪颖，勤奋好学，将来必为一代明君！

冯太后　嗯！这佛窟雕得真不错。王玉润，叫工匠来见我。

王玉润　遵旨！

　　　　【冯太后的车驾停在一旁，王玉润站在车外，对着车中探着头听从吩咐，李冲、诸葛显光等汉臣侍立在旁。

王玉润　太皇太后宣陈工匠！

　　　　【陈工匠小跑上台，跪倒在地。

陈工匠　小民陈永仁参见太皇太后！参见皇上！

　　　　【冯太后走下牛车，抬头看了看雕像。

冯太后　这佛像，雕了多久了？

陈工匠　禀太皇太后，这是太和五年的时候开始督造的，今日终于大功告成。

冯太后　太和五年……那时候恂儿都还没出生——李冲。

李　冲　臣在。

冯太后　你看这窟雕像雕得如何？

李　冲　臣以为，这一窟雕像，乃是世间罕有。

冯太后　何以见得？

李　冲　双窟并通，二佛并坐，实在是前所未见。这班工匠能够将上乘佛法研读至这般境界，化大道于有形，臣以为，实属难得。

冯太后　你倒是做足了功课。

李　冲　开凿佛窟乃我大魏要事，臣岂敢不上心。

冯太后　陈工匠，你倒是说说，那么多佛像都是单个儿的，只有这一窟竟然有两座，成了双，这是何意？

陈工匠　小人听说，当年昙曜禅师主持修建五佛的时候，朝里是下了旨意的。五佛对应我朝五位先皇。到了本朝，太皇太后与皇上将天下治理的一片升平气象，方有这双佛并坐。

冯太后　双佛并坐，说的好！《法华经》有云，多宝佛塔从地涌出，证明释尊所说真实不虚。释迦如来以神力，三变净土，分身诸佛咸集，开多宝佛塔。多宝如来，分半座与释尊同座。陈工匠，我说的可对？

陈工匠　太皇太后圣明，这双佛正是小人依着您刚才所言雕琢的。

李　冲　这两座佛像一座如来，一座释尊，当今太皇太后与皇上就是这两座佛！

王玉润　我就说嘛。

冯太后　你要说什么？

王玉润　我就说，这武州山上有了此等双佛并坐，四方百姓，八方使节更要云集于此，争相朝圣了。

冯太后　你倒是明白得很。

王玉润　奴才不敢。

冯太后	皇上。
拓跋宏	孙儿在。
冯太后	你看这双佛并坐的奇观，如何？
拓跋宏	太皇太后，您满意就好。
冯太后	要我说呀，以后大家都要认真研读佛法，佛法之中有智慧，有宝藏，对我大魏治国安邦大有益处。
群 臣	太皇太后圣明。
冯太后	你们说千百年后这佛像留于后世，后人做何感想呢？
拓跋宏	后人定当钦佩，艳羡我大魏盛世！
冯太后	那皇上的意思，这工匠是该赏了？
拓跋宏	当赏！
冯太后	王玉润！
王玉润	奴才在。
冯太后	把我和皇上吃的点心拿些赏给这些工匠。
王玉润	遵旨！石匠陈永仁，这可是你天大的福分！
陈工匠	小民谢太皇太后，谢皇上！

【陈永仁、王玉润下场。

冯太后	大家说说，有如此规模的石窟，可是新政的功劳啊？
李 冲	如果不是新政使国库充盈，也没法兴修这么大的工程。
冯太后	升斗小民，心里也总要有些寄托。如今他们有了吃不完的余粮，心里面也只当是菩萨在保佑他们。
诸葛显光	更是太皇太后和皇上在保佑他们。
冯太后	嗯，说的好。
拓跋宏	如今的太平盛世，传到恂儿手里的时候会更好！
拓跋恂	那我不就成为真正的一代明君了吗？

拓跋宏　恂儿也越来越识大体、顾大局。

冯太后　皇上，你还真是宠着这孩子。

拓跋宏　太皇太后您不也对他亲颜有加吗？

冯太后　你倒是真懂我的心。

　　　　【转场音乐。

　　　　【暗场。

王玉润　不好啦，不好啦，不好啦——出大事啦——

　　　　【出事危机音乐。

　　　　【起光。

拓跋宏　慌里慌张，成何体统？

王玉润　启禀太皇太后，启禀皇上，陈工匠等人，吃了太皇太后跟皇上赏的点心，七窍流血，中毒而亡！

拓跋宏　七窍流血？中毒而亡？

冯太后　南阳王何在！

　　　　【南阳王顶盔冠甲上。

南阳王　老臣在此。

拓跋宏　南阳王，今日乃佛窟礼成大典，这班工匠却中毒而亡，你负责大典一切事宜，此是何道理？

南阳王　王玉润！

王玉润　奴才在！

南阳王　这宫中糕点——油花花、松子脆、旮旯酥，都由皇宫御厨所制，皆经由你手，呈于太皇太后与皇上，今日糕点有剧毒，你究竟是何居心，为何要谋害太皇太后和皇上？

王玉润　奴才冤枉啊！早在入山之时，就有南阳王手下之人将随行物品与御膳一并接管，此事与奴才无关呀！定是南阳王手下之人所为。

拓跋彰 你这该死的奴才,不仅要谋害太皇太后与皇上,还敢栽赃陷害本王,看我不斩了你!

【危机音乐收。

王玉润 太皇太后,救命呀!

冯太后 南阳王,现在下定论还为时尚早。

拓跋彰 太皇太后,此事显而易见。

冯太后 南阳王,我且问你,这武州山周围为何有如此多的弓弩手?

拓跋彰 那是奉命保护太皇太后与皇上的安危。

冯太后 既然是保护我与皇上的安危,为何不见宫中御林军,而都是你南阳王府的府兵。

拓跋彰 由于此次大典时间仓促,调遣御林军太过烦琐。本王的府兵行动迅捷,对山中地势了如指掌,保护大典安危最为合适;再说都是我大魏的将士,我的府兵与御林军毫无差别。

冯太后 南阳王,果真是老成谋国,面面俱到呀!那本后再问你,为何今日我与皇上的车辇关节被全部拆散,在行进中随时可能七零八落,就连马夫都换了人!这又是何故?

拓跋彰 本王不知,想必这也这是王玉润所为。

王玉润 奴才冤枉!

冯太后 我看你真是不见棺材不掉泪呀!

拓跋澄 带南阳王府家将丘穆陵春林!

【罐头音乐。

【家将被押上。

丘穆陵春林 王爷救我。

冯太后 丘穆陵春林,你乃南阳王府家将,把刚才所言,当着皇上与文武百官的面再说一遍!

丘穆陵春林　奴才该死，都是王爷让我干的！在多日之前，王爷就谋划好了，让我今日在糕点中下毒。还让我驾驶太皇太后的车辇，途径陷马坑之时，拔去机销，那陷马坑中布满涂满剧毒的铁蒺藜，同时在山林之中，埋伏好弓弩手，与滚木雷石，准备行刺。都是南阳王让我干的，南阳王让我干的！

拓跋彰　成事不足，败事有余的东西！山上埋伏，放箭！

【气氛音乐。

拓跋彰　将此地人等全部射杀！

拓跋澄　拿下南阳王——启禀太皇太后，南阳王的叛军已尽数镇压。如何处置，还请太皇太后明示！

冯太后　南阳王，将此地人等全部射杀？你要弑君，杀掉本后和皇帝、太子，你可知罪？

拓跋彰　冯燕！成者为王，败者为寇！本王只恨当年心慈手软，没让乙浑杀了你。

冯太后　当年要不是南阳王拓跋彰与穆太尉率兵救驾，我与先皇恐怕早已死于非命。南阳王这份恩情本后铭记于心，但如今你起兵造反，扰乱朝纲，意图谋害皇上，又与当年的乙浑何异！

拓跋彰　本王此举是为了匡扶我大魏江山，重振朝纲，不能任由一介妇人在朝堂上独断专行！你名为改制，实为改朝。狼子野心，路人皆知！本王对天下负有责任！你们所谓的新政，简直就是倒行逆施。如今宗主失势，赏罚不明。我等鲜卑军户将士枕戈待旦，浴血奋战，保着关内安享太平，却被新政搞得无寸土立命，无片瓦安身。长此以往，大魏必亡！早知如此，倒不如我们鲜卑壮士从没有走入过中原这花花世界，远离这是非混乱之地，在朔风凛凛中四处寻家也强过到如今被这般欺侮！早知如此，当初就应将你等汉人斩尽

杀绝!

李　冲　　南阳王，自从大魏一统华夏北方，普天下都已是一朝子民，何分彼此，难道一定要像过去那样奴役汉人才称得上合情合理吗？

拓跋彰　　当然要分彼此！这天下本就是我们拓跋氏的天下，你们汉人本就是亡国奴！

李　冲　　大道之行也，天下为公；选贤与能，讲信修睦。只要能够造福于天下百姓与我大魏江山，又何分胡汉呢？

诸葛显光　不患寡而患不均，不患贫而患不安。大家同朝为官，本应尽心尽力，辅佐太皇太后和皇上，打理朝政，造福黎民百姓。可是南阳王却仗着自己是鲜卑老臣给自己谋私利，心中毫无天下苍生！

拓跋彰　　此次兵谏正是为了天下苍生，绝不让我拓跋氏的江山社稷葬送于你们汉人之手。

冯太后　　南阳王，照你这么说，我朝实施新政是在祸害天下苍生了？我看你是另有居心吧！

拓跋彰　　我拓跋彰光明磊落，一心只为我大魏拓跋皇族，保我皇族血脉纯正。今日我对拓跋列祖列宗起誓，我拓跋彰绝无称帝之心，我只望能有一位贤明君主，为鲜卑开疆拓土，保我大魏王朝世代昌盛！

拓跋宏　　南阳王，你当真要杀朕？

拓跋彰　　你这个昏君！拓跋宏，你乃我拓跋皇族龙脉，竟然任由一介妇人专横跋扈，独断专权，扰乱朝纲，毁我道统。不杀你，如何能重振我朝纲纪？

拓跋宏　　南阳王……

拓跋彰　　冯燕，你不过是北燕亡国之后、罪臣之女，被没入宫中。只因你深谙后宫之数，迷惑文成帝，鼓吹汉法，重用汉人，独断专权。实则一副蛇蝎心肠，使我鲜卑族人丢失血性，苟且偷安。

冯太后　说的好！拓跋彰意图谋反弑君，群臣是何主张？

穆　泰　拓跋彰，你惺惺作态，道貌岸然，假仁假义，德不配位。心中毫无人伦纲常，辜恩背义，六亲不认，得鱼忘筌，不忠不信！我鲜卑臣中，有你这等败类真是奇耻大辱！

拓跋彰　穆泰，你当年也是我鲜卑第一勇士，咱俩同生共死过。如今你却落井下石！你这种首鼠两端的奸佞小人，才是我鲜卑民族的败类！

贺楼丹　南阳王作为拓跋皇室，竟要起兵谋反，此弑君之罪，罪不容诛！

拓跋宏　南阳王！你乃我大魏四朝元老，在我拓跋皇族之内论辈分你可是我的叔祖。如今你却枉顾江山，犯下这滔天罪孽。你愧对我鲜卑族人，愧对列祖列宗，愧对多年来跟着你南征北战的万千将士呀，更愧对朕对你的信任。

拓跋彰　昏君呀！我大魏江山终将葬于你手！

冯太后　皇上！拓跋彰该如何处置？

拓跋宏　但凭太皇太后定夺！

冯太后　拓跋彰，今天你不是说我独断专权、专横跋扈吗？皇上，此事交由你来办。

【音乐起。

拓跋宏　啊？

冯太后　我说的话你听不懂吗？（转身）

拓跋宏　传旨，南阳王拓跋彰，谋反弑君，满门抄斩，亲信党羽全部诛杀。

群　臣　吾皇万岁万岁万万岁！

【鼓响，号角响，过渡音乐。

第五场　方山之巅

【风声。

拓跋宏　参见太皇太后。

冯太后　孙儿起来吧。

拓跋宏　太皇太后，儿臣不敢。

冯太后　你应该说孙儿不敢。

拓跋宏　孙儿不敢。

冯太后　孙儿，现在就敢，起来。

　　　　【拓跋宏诚惶诚恐站起。

冯太后　我叫你孙儿，你应该叫我什么？

拓跋宏　啊……

冯太后　拓跋宏，我的孙儿，叫奶奶。

拓跋宏　我——

冯太后　你看你，这么多年没叫奶奶，都叫不出来了。来，孩子，过来。

　　　　这回好好叫我一声。

拓跋宏　我叫不出来。

冯太后　这儿没有任何人，你怎么叫不出来？

拓跋宏　我不配叫你奶奶。

冯太后　为什么不配？

拓跋宏　你不知我曾经是那样地恨过你。

冯太后　我知道。

拓跋宏　我曾经派人对你下毒。

冯太后　我知道。

拓跋宏　　我曾经在夜里想用白绫勒死你。

冯太后　　我知道。

拓跋宏　　我曾经在你出行之时埋伏刀兵。

冯太后　　我都知道。

　　　　　【停顿。

拓跋宏　　可是我最后……我觉得我和我的奶奶不至于到此等地步，因为我
　　　　　觉得我认识我的奶奶，因为我和我的奶奶不是陌生人。

冯太后　　孙儿，当我知道你对奶奶杀心越来越重，安排越来越周密，我就知
　　　　　道我的孙儿越来越像一个帝王了，奶奶高兴呀，不愧是我的孙儿！
　　　　　你还是我的孙儿，是我的孙儿，我们当然不是陌生人，我们亲得很。

拓跋宏　　奶奶……

冯太后　　哎，大点声！

拓跋宏　　奶奶！

冯太后　　哎，再大点声！

拓跋宏　　奶奶！

　　　　　【音乐起（浓情）。

冯太后　　哎——

拓跋宏　　对不起！

冯太后　　来！孩子，这有什么对不起的。

拓跋宏　　我已经好久没有叫过你奶奶了。奶奶，奶奶，奶奶……

冯太后　　是啊，多少年了？

拓跋宏　　已经有18年了。

冯太后　　是啊，你已经18年都没有叫过我奶奶了。

拓跋宏　　不，我好像也叫过。

冯太后　　是吗？

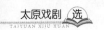

拓跋宏　是在梦里，我叫了你一声奶奶，我就醒了。

冯太后　孙儿啊，都是因为这皇家，才让咱们祖孙相隔了18年。

【音乐收。

冯太后　也是因为这皇家，才让你我二人有祖孙之缘。今天在这方山之巅
　　　　没有外人，咱们就叫个够。

拓跋宏　好，奶奶！

冯太后　哎——

拓跋宏　奶奶！

冯太后　哎——来，孙儿！过来，奶奶领着你玩。

拓跋宏　好，就像我小的时候一样。

冯太后　玩个够！这个地方你还记着吗？你记得这方山之巅吗？

拓跋宏　孙儿不记得了。

冯太后　呵呵，你怎么会记得呢？那个时候你刚两岁，就在这儿，奶奶带
　　　　着你在方山之上、乱石丛中抓虫子。那个小虫爬啊爬啊，奶奶不
　　　　小心压死了几只，你还跟奶奶生气了。

拓跋宏　奶奶，是你在前面爬，我在后面爬着跟着你，你的双膝把虫子压
　　　　死了。对，就像这样。

冯太后　奶奶现在双膝太轻了，连虫子都压不死了。

拓跋宏　奶奶你重着呢。

冯太后　宏儿，那时候奶奶带着你在皇宫里边跑，骑着马在草原上跑，在
　　　　这山上跑，你后来到了四岁奶奶就有点追不上你了。

拓跋宏　哈哈哈……奶奶你来追我呀……

冯太后　你跑得真快啊！那是从小你骑着小马驹在草原上奔驰的缘故，腿
　　　　脚那么有力量，那么有劲！

拓跋宏　没有奶奶，我哪有那么有劲。那个时候是你带着我到处走，是你

经常背着我到处走。

冯太后 是吗？孙儿，奶奶背着你的时候是什么样子？

【抒情音乐起。

拓跋宏 我只记得你喘着粗气，我看着你的肩膀一抖一抖的。然后你跟我讲经史子集，跟我说秦皇汉武，告诉了我许许多多的东西。奶奶，实际那个时候，我就是在你的后背上才知道了那么多的事情，明白了那么多的道理。

冯太后 是啊，在奶奶的后背上。那时候奶奶背着你，奶奶浑身有使不完的劲。因为奶奶知道，奶奶背着的是大魏的江山和未来，是大魏的一代明君。

【抒情音乐收。

冯太后 来！孙儿，今天奶奶再背你一次。

拓跋宏 好，奶奶！

【背不动。

拓跋宏 奶奶，孙儿长大了，你背不动了。

冯太后 是吗？你再长大，你也是我的孙子。

拓跋宏 那我站在这台阶上，你背着我。

冯太后 奶奶真没用，奶奶背着孙儿，还得孙儿站在台阶上。

拓跋宏 奶奶，孙儿背着你吧，该孙儿背着你了。

冯太后 好，我的好孙子。现在奶奶老了，你就背着奶奶。来，你先背着奶奶把这方山之巅好好看一看。

拓跋宏 来，奶奶，你想看哪，我都背着你去。奶奶，小的时候你背着我，你告诉我那么多，现在我背着你，你想去哪，你想看什么，我都背着你去。你看那方山之巅，你看那远方，你看那两百万户的平城。

冯太后 走，你背着奶奶去看尽那天下！

【音效起。

拓跋宏　好！

冯太后　来，孙儿，你带奶奶，去正北方。

拓跋宏　正北！

冯太后　正北，看那峻岭星斗！

拓跋宏　正北，看那峻岭星斗！

冯太后　正西！

拓跋宏　正西！

冯太后　正西！看那长河落日！

拓跋宏　正西！看那长河落日！

冯太后　正东！

拓跋宏　正东！

冯太后　正东！看那澎湃朝阳！

拓跋宏　正东！看那澎湃朝阳！

冯太后　正南！

拓跋宏　正南！

冯太后　正南！看那万古江河！

拓跋宏　正南！看那万古江河！

冯太后
拓跋宏　东北！白山黑水，银装素裹。

冯太后
拓跋宏　西南！河湖交错，水碧山青。

冯太后
拓跋宏　东南！茶香竹翠，万紫千红。

冯太后
拓跋宏　西北！大漠戈壁，狼啸虎吟。

拓跋宏　奶奶，我要背着你上天！

冯太后　好，你背着我上天！

拓跋宏　我背着你入地！

冯太后　好，你背着奶奶入地！不，你不能背着奶奶入地，奶奶要入到方山之巅的地。奶奶快入地了，你的路还很长。

拓跋宏　奶奶！

冯太后　孙儿，奶奶都已经准备好了。奶奶入地就入这方山之巅。看到那个陵寝了吗，是奶奶瞒着你，你不知道，奶奶偷偷给自己修的。取名就叫永固陵，愿我大魏江山永固，传祚无穷！等你为奶奶送了终，然后去好好成就你的一番伟业。

拓跋宏　不，奶奶，我要陪着你。

冯太后　你陪着我入地？

拓跋宏　奶奶，你带着我上天，然后我陪着你入地。

【音效起。

拓跋宏　我在你的永固陵旁边也要修一座陵寝。以后咱们祖孙相伴，就在这方山之巅，仰观苍穹，俯察大地。

冯太后　孙儿，你跟我都永固不了。

【思考性音乐起。

冯太后　以后碰到兵燹之乱，指不定是哪朝哪代，就把咱们这坟墓掘了，一把火烧了，咱们尸骨无存，随风飘散。但我相信，现在我们做的事情，我们的新政，会在那史册之上留下浓重的一笔。

拓跋宏　奶奶，我们会随风飘散无影无踪，我们做的事情会在史册之上留下浓重的一笔。

冯太后　对，史册，一笔。去洛阳，去中原。

拓跋宏　好，去洛阳，去中原。

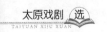

【思考性音乐收。

拓跋宏　奶奶，以后我的陵寝在您的永固陵的什么方位合适？

冯太后　走，孙儿，我们去选一个地方，选个好地方！

第六场　迁　都

【场景：洛阳新都皇宫大殿。

【拓跋宏上场。

【思念音乐起。

拓跋宏　太皇太后，如今，你已仙去一年有余。这一年里，我才真正知晓了一国之君的艰难。过去总是你力排众议，努力维系着我大魏帝国的运转，不但对王宫贵族，就是对皇室宗亲也毫不留情面。而我也一直习惯了，在关键的时刻有你在前替我遮风挡雨。你受了那么多的冤屈和非议，但你依然在坚定而决绝地推进着你深切、高远的治国方略。并且默默地做着我的铺路石和引路人。

【思念音乐收。

拓跋宏　今日孙儿迁都洛阳已然二十余日，继续你指明的道路，真的太难太难了！如今这朝廷里依旧暗潮涌动，群臣看似恭敬实则质疑，看似遵从实则诘责，我越发地感到政令难行。太皇太后啊，奶奶！

【音效起。

拓跋宏　孙儿想你！孙儿想去那旧日都城——平城郊外的方山之巅，再去向你问道，再向你求取勇气。可是，此刻我们离得是那么遥远，你长眠在平城郊外的那永固陵中，我在洛阳的皇宫殿堂之上，你我二人，阴阳两界。现在，在激流漩涡中的孙儿永远记住你告诉我的，迟早有一天我会失去你，但是我一定靠着自己的力量让你和我在这世上永生。

【音乐收。

王玉润　皇上临朝——

【音乐（炮）。

拓跋澄　启禀皇上，罪太子拓跋恂，反贼穆泰，已从平城缉拿至洛阳大殿之外，听候发落！

拓跋宏　带上来！

【罐头音乐。

拓跋澄　戴罪太子拓跋恂，反贼穆泰！

【拓跋恂与穆泰上。

拓跋宏　跪下！

【拓跋恂与穆泰不跪，被踢膝盖跪下。

拓跋宏　拓跋恂，你作为朕的儿子，居然和穆泰一干反贼一道跑到平城另立朝廷，你——知罪吗？

拓跋恂　我无罪！

拓跋宏　本皇在位，你作为太子，另立朝廷，无罪？李冲，这是什么罪？

李　冲　启禀皇上，死罪。

拓跋恂　何来死罪？我一切都是为了挽救大魏……

拓跋宏　逆子住口！你身为太子，受奸人蛊惑，愚蠢至极！你从小读的经史子集和朕教你的孔孟之道，都烂狗肚子里了！穆泰，你为何带着太子到平城另立朝廷？

穆　泰　皇上！满朝文武内心都知我大魏现在正处于山崩地裂大厦将倾之时，我不这么做，他们都会这么做的！我不过是挽狂澜于即倒而已。

拓跋宏　好一个挽狂澜于即倒。

穆　泰　而且，皇上你今天不但不应该治我们的罪，还应该记我们的功。

拓跋宏　哼！穆泰，你功劳很大啊！我大魏经历了近三百年征战，方才有了今日的版图。朕登基之后，内忧外患不断，国势摇摆。自从推行新政改革多年以来，如今这江山才能初步稳固，国力才开始充盈。你身为帝师，当朝太尉，我拓跋皇族待你不薄，你居然带太子去旧都平城另立朝廷，妄图让我大魏江山分崩离析！

穆　泰　皇上，让这国家濒临分裂的不是我，原来是太皇太后，现在是你啊！

拓跋宏　好，今天，朕倒要仔细听听，太皇太后和朕是如何让这个国家濒临分裂的。

拓跋恂　父皇，我们去平城就是要一统人心，使天下无有二心，更加稳固。

拓跋宏　好！如若你们能说服朕，朕就免你们死罪！

穆　泰　皇上！

拓跋宏　起来说话。

穆　泰　你强行推行汉化，居然下令穿汉服、改汉姓，要把我鲜卑贵族八大姓丘穆陵、独孤、步六孤、贺赖、贺楼、勿忸、纥奚、尉迟硬改为穆、刘、陆、贺、楼、于、嵇、尉八姓。让汉族崔、卢、郑、王四姓与我鲜卑贵族八大姓，同为一等贵族，区区汉人哪有资格与我等相提并论，更有甚者，你居然将皇姓拓跋氏改姓为"元"，你硬要把鲜卑人和汉人融在一起，又在本朝立足未稳之时，急于迁都，满朝文武苦谏无果，臣只得出此下策！

拓跋恂　父皇，其他暂且不论，就说迁都。儿臣以为先祖从盛乐迁都平城，几经考量，为了争夺天下才不得已而为之，这是关系国家气运的大事。平城之所在，进可攻，退可守，是我大魏之福地，为什么非要迁都到洛阳？

拓跋宏　洛阳，自古以来，乃中原腹地。

【音乐起。

拓跋宏　洛阳兴，则王朝兴，洛阳败，则王朝败。当年我们鲜卑拓跋氏从遥远的鲜卑山嘎仙洞走出来，就是为了要实现今天这般光景。北方那道长城，从来就挡不住异族骑兵的汹涌南下，却阻隔了人的心意，蒙蔽了人的视野，关里关外从来就是两个世界；可我们已经跨进了长城之内，此后，我们世世代代就得依照新的规矩去过今后新的日子。我可以在祭天的仪式上亲自扶犁耕田，那就是在宣告着鲜卑人一个时代的终结。我们不再居无定所，不再逐水草而居，我们有了自己的土地，初步建立了自己的帝国。日后，我们也将拿起锄头，在这片土地上与千千万万的各民族子民一起耕耘，一起收获。把此地建成中国的"中"！

【音乐收。

拓跋恂　儿臣不喜欢这里，儿臣要回平城！回平城！

拓跋宏　回平城另立朝廷？

拓跋恂　是！

穆　泰　是！

拓跋宏　穆泰，你就是那个另立朝廷的罪魁！

穆　泰　皇上，你固执己见，冥顽不醒，臣只能寄希望于太子！臣要回平城联合六镇将士拥立太子，尽心辅佐，恢复我鲜卑气象、拓跋血性，重振我大魏国威，飘扬我大魏雄风。

拓跋宏　一派妄言！你就是个心怀不轨的野心贼子，你想挟天子以令诸侯！但那六镇的将士，他们是我大魏的子民，更是我大魏的戍边功臣！他们知道，朕的新政正在让这大魏逐步走向更为强盛的未来。鲜卑与中原说着不同的语言，穿着不同的服装，遵循不同的民族风俗。

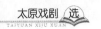

但人性从来都是如此，没有人愿意轻起征伐，没有人愿意食不果腹，

可你却要做一个发起战乱的罪魁！

穆　泰　臣一切只为了大魏！

拓跋宏　任城王早就在你平城府邸里，搜出你私下缝制的龙袍，你是假以

　　　　辅佐太子为名，实则想取而代之，窃取天下，改朝换代。

穆　泰　任由信口，成王败寇。

拓跋恂　父皇，天下之所以是天下，除了有天子皇帝之外，还有天下万民，

　　　　当治国方略出现差错，就必须要拨乱反正，所以……

拓跋宏　所以你就和穆泰跑到平城？

拓跋恂　倘若儿臣不当机立断，扭转乾坤，我大魏危在旦夕！

拓跋宏　父皇？儿臣？危在旦夕？怎么危在旦夕！拓跋恂，你这个拓跋氏

　　　　的不肖子孙。李冲传旨！

【罐头音乐。

李　冲　皇上圣谕——穆泰身为当朝太尉，忤逆犯上，穆泰及三子均剥去

　　　　官职，满门抄斩，夷灭三族。太子拓跋恂，生性顽劣，结党营私，

　　　　与太尉穆泰勾结，谋图不轨，今贬为庶人，永世幽禁，闭门思过！

穆　泰　太子永世幽禁，闭门思过？拓跋宏，不，元宏，你要斩我满门，灭

　　　　我三族！可天子犯法尚与庶民同罪，你口口声声，说学习汉法，依律

　　　　治国。哈哈哈，可牵扯到自己的骨肉，你也免不了徇私枉法，包庇

　　　　纵容！

拓跋恂　我只不过是受你蒙蔽，被你蛊惑，才险些铸成大错！你还在大放

　　　　厥词，你给我住口！

穆　泰　哈哈哈！你怕死了？

拓跋恂　你、你、你有什么权力干涉我们皇家私事！

穆　泰　这是私事吗？皇家无私事！元宏！想当年我鲜卑先祖，勇士对

决，决斗于雪山之巅，大漠之中，草原之上，无论胜败，都是光明磊落，坦坦荡荡。你身为天子，灭我三族，却不杀太子，穆泰不服！

拓跋宏　穆泰，你觉得朕不是鲜卑勇士是吗？

穆　泰　是！

拓跋宏　你想要朕给你一个公平是吗？

穆　泰　是！

拓跋宏　你觉得朕对太子处理不公是吗？

穆　泰　是！

拓跋宏　好，那朕给天下一个公平，重新发落！

【紧张音乐起。

拓跋恂　父皇！

李　冲　皇上，太子年幼，不明事理，被人蛊惑，现在已然定罪，圣谕不可随意更改。

诸葛显光　李冲大人所言差矣！皇子犯法与庶民同罪，更何况太子犯下颠覆皇权之罪，若不严惩，恐无法服众。

贺楼丹　诸葛显光，这可是皇家！

拓跋澄　自古有言，刑不上大夫，罪不上皇族。

诸葛显光　二位大人，我身为尚书令，保我朝律令严明是我应尽之责，我不能让皇上授人以柄，更不能让我朝律法变成一纸空文。

拓跋宏　将太子……

贺楼丹　还请皇上三思！

拓跋澄　皇上！

李　冲　皇上！

拓跋恂　父皇，你真要杀我。

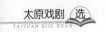

穆　泰　元宏，你舍不得了吧？

【激烈音乐起。

【拓跋恂跪。

拓跋恂　父皇，我再也不敢了，你就饶了儿臣这一次吧！

父皇，父皇，父皇……

拓跋宏　站起来！你是我拓跋皇族子孙！

拓跋恂　父亲！

拓跋宏　这都是朕之罪过。任城王拓跋澄接旨！废太子拓跋恂，天性顽劣，不忠不孝，结党营私，阻挠新政，有不臣之心，大逆不道，另立朝廷，着立即处死，死后不得葬于拓跋宗族庙堂。

【音效起。

尾　声

【画外音：公元398年，鲜卑民族拓跋部所建立的北魏政权从盛乐走到了平城，开始了从血腥到文明的转变。

【收光，演员下场。

北魏历史上第一次统一了华夏北方，从严寒闯进温暖，从草原席卷至农田。自古以来，有多少民族向往中原，前仆后继，伴随着他们的殒没重生，中华各民族血脉相融，你中有我，我中有你。

北魏太和改制，史称孝文帝改革。在国家层面和国家精神领域，协调各方面利益关系，制定适应历史潮流的新体制、新结构、新高度，创立了前无古人后无来者的亘古历史功勋，对中华民族的历史长河产生决定性的深远影响……

【剧终】

太原戏剧剧选
TAIYUAN XIJU XUAN

小戏

派饭前奏曲

编剧：乔俊宝

时间：1993年9月

时间： 20世纪90年代初。

地点： 村委会。

【剧中人物】

毛大爷——60多岁，养鸡专业户。（毛）

女记者——二十六七。（记）

马书记——男，50多岁，村支书。（马）

【幕启。村委会门口。毛大爷急匆匆上，迎面过来马书记和女记者。

马 老伙计，我正要找你。

毛 对不起，马书记。我忙着要到城里买鸡笼子，说好今上午10点取货，人家说过时不候，有啥事回来再说，再见。

马 别着急走么，到村委会说句话么。（拉进）我来介绍一下，这是咱省报的记者，这位就是咱村的养鸡专业户。

记 你好！（主动握手）

毛 对不起，锄了鸡粪没洗手，不能握，不能握手。

马 老伙计，记者刚才访了咱村，专业户致富不忘国家，捐款资助各项事业的先进事迹。我找你一是派饭，二是趁吃饭的机会重点采访你一下。

毛 派饭？采访？啊！（浑身僵硬坐在椅子上）

记 大爷，你怎么了？

毛 我这叫记者过敏症，我一见记者就紧张，一紧张身子就僵嘴不能说话。

对不起，我还得买鸡笼子去。

马 老伙计，记者专门从省城赶来采访，你哪能这样！

记 对不起，我只占用你一点儿时间。

毛 越快越好。

记 大爷你贵姓？

毛 我贵姓毛，毛主席的毛。

记 毛大爷，当初你养鸡想得是什么呀？

毛 挣钱。

记 挣了钱又想得是什么呀？

毛 养鸡。反正养鸡挣钱，挣钱养鸡我就来回想。

马 你就没想别的？比方说你资助……（被记者抢过话茬）

记 毛大爷，当初致富后你是怎么想捐款资助集体事业的？

毛 那不叫捐款资助，那叫按鸡分配。

记 按鸡分配？

毛 对！俺们村是养鸡专业村，谁家养的鸡最多，谁家摊派的任务就最大。

记 什么任务？

毛 可多了，（语速渐快）什么农田费、宣传费、修路费、办学费、防疫费、植树费、卫生费、五保费、治安费、提留费、统筹费、唱戏费、浇灌费、保险费，还有村干部的工资保证费。

记 马书记，他说这么快，我一句也没听出来。

马 农村人光会说土话，我用标准的普通话回答你，他说他养鸡挣了钱，致富不忘乡亲，主动承担村里的各项费用，大公无私……

记 你说得太好了，毛大爷，从你身上我们找到了专业户捐款的动机所在。

马 老伙计，咱们到你家边吃边聊吧。

毛 不行，10点取货不能误，误了小鸡明天就不能入笼。

马　那你也得把饭安顿好再走呀。

毛　往其他人家派吧，家里没好菜，怕招待不好。

马　你家又有鸡又有蛋，这菜还赖？

　　记者同志，他家有道最好吃的菜，你肯定没吃过。

记　什么菜？

马　红烧仔蛋。

记　子弹也能吃？

毛　能吃，现在的人，四条腿的除了板凳，两条腿的除了人，什么东西都
　　能吃。仔蛋当然更能吃。

记　子弹……

毛　俺们乡下人，管没和公鸡鬼混过的母鸡下的第一颗带血的鸡蛋，叫仔
　　蛋。仔蛋个头小，营养高，筋气大，味道香。

记　那今天算我有口福。

毛　对不起，这红烧仔蛋吃不成了。

马　咋的吃不成了？

毛　俺家的母鸡都结婚了。

记　母鸡也结婚？

毛　鸡和人一样，人不结婚就生不下孩子，母鸡不结婚生下的鸡蛋就孵不
　　出小鸡儿来。

马　看你在记者跟前胡说些啥？

毛　我说的全是实话。记者同志让我再说几句实话，如今什么也涨价可卖
　　鸡蛋经常跌价，养鸡想挣钱全凭精打细算。你说买一只小鸡就得五六
　　块钱。

记　那太贵了。

毛　俺老婆说，小鸡那么贵，咱们自己孵。

马　吹牛，你老婆能孵鸡？

毛　不，她用煤油灯孵，可种蛋也涨价，两块五一颗。

记　两块五一颗，那种蛋也太贵了。

毛　贵不怕，咱不会自己下么。

马　你也会下蛋？

毛　不不不，人们说混血鸡生下的鸡蛋特别大，我就从畜牧场买了几十只美国公鸡，圈到俺家母鸡笼子里当了倒插门女婿，这不，俺家的母鸡就全部结婚了。记者同志，光这项开支我就省下三千多块，挣下八千多块。

记　看来你们挣钱太不容易了。

马　行了，行了红烧仔蛋吃不成，红烧母鸡味道也不错。

毛　呀，我的大书记，红烧母鸡更不能吃。

马　咋不能吃？

毛　俺家的母鸡都喂上催蛋素了。

马　催蛋怕什么？

毛　这是一种新药，母鸡吃上药光想生蛋，女人吃上喂过药的母鸡我怕变成超生游击队。

记　太可怕了，马书记，我看这饭咱还是不用吃了。

马　跟人家未婚青年说些啥？看来这顿饭在你家派不成，我干脆咱上饭店。

毛　好，谢天谢地，总算完了。

马　没完，饭钱记在你账上。

毛　也算，你让我买鸡笼子去吧，人家过时不候。（急下）

马　站住！老伙计……

毛　饭我管，钱我出，你还要咋的？

马　明天乡政府要在咱村开计划生育现场会，这接待费和绝育妇女的营养

费，还得你们几户专业户带头捐款。

毛　又要捐款？

马　计划生育是基本国策，你能不支持？

毛　（大怒）好！我支持！

马　还是老伙计痛快。

毛　好！我今天给你个大痛快！（掏出钱扔在地上）给！这鸡笼子我也不买了，这鸡儿我也不养了，从现在起，这费那费你也不用找我了！

马　老伙计，你不要对我乱发脾气，这也不是我跟你过不去，现在达标竞赛名目繁多，上级部门经常摸底。干啥没钱谈何容易，问谁捐钱谁都生气，完不成任务我还得揽戏。村干部就像风箱里的老鼠，两头儿受气……

记　毛大爷，马书记，我这篇专访要重写，题目是"乱摊派是农村待除的毒瘤"。

毛
　好！（伸拇指称赞，定格）
马

【剧终】

太原戏剧选

换 鸡

编剧：乔俊宝

时间：1997年12月

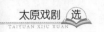

时间：当代。

地点：吕梁山某村。

【剧中人物】

张大妈——50多岁，养鸡专业户。（妈）

王大叔——50多岁，养鸡专业户。（叔）

英　英——23岁，张大妈之女。（英）

强　强——25岁，王大叔之子。（强）

【幕启。台中虚拟一堵院墙，将张、王两个院子分开。院内各设有张、

　　王两家住房。随着一阵鸡叫，妈、叔上场。

合　（数板）养鸡养了五年半，

　　　　　　票子攒下好几万。

妈　这二年，母鸡和人对着干，

　　光吃粮食不下蛋。

叔　孵出的小鸡更可怕，

　　就像怪胎一个样。

合　眼看鸡场要完蛋，

　　急得老婆（汉）团团转。

　　两窝鸡儿乱叫喊，

待我回家看一看。

【二人下。妈捉一只公鸡气呼呼地上。

妈　（唱）隔壁子做事惹人愤，

　　　　　　遇事净耍小聪明。

　　　　　　他公鸡放进俺母鸡笼，

　　　　　　分明是栽赃陷害人。

　　　　　　手捉公鸡满腔愤，

　　　　　　论不出高低我气难平！

　　（白）真能把人活气煞！前两天，隔壁子的老汉偷了俺家的母鸡，俺

　　　　　　俩吵了一架。兀得，今天大清早，他家的公鸡就钻到俺家母鸡

　　　　　　笼子里，这分明是栽赃陷害想报复俺。我呀，给他来个指鸡骂人。

　　（出门）街坊邻居们，你们听着：

　　（数板）谁家的公鸡没脸皮，

　　　　　　钻到笼里找母鸡。

　　　　　　你不害羞，不害臊，

　　　　　　定是主人少管教！

【叔气急败坏地上。

叔　（数板）谁家的母鸡不地道，

　　　　　　专往公鸡笼里跑。

　　　　　　你没脸皮，少规矩，

　　　　　　啥人调教下这种鸡。

妈　你骂谁？

叔　你骂谁？

妈　谁家的迪卡公鸡钻进俺家母鸡笼子里，我就骂谁！

叔　谁家的京白母鸡钻进俺家公鸡笼子里，我就骂谁！

妈　你！

叔　你！我说英英她妈，咱这叫公鸡母鸡乱窜窝，谁家也不吃亏，这事到

　　此算完。

妈　你把你家的公鸡抱走，再不要到我家找母鸡寻花问柳。

叔　你把你家的母鸡圈好，再不要往我家公鸡笼子里乱跑。

妈　那咱们换鸡。

叔　换鸡就换鸡。（换鸡）

妈　我说母鸡呀母鸡，我可告诉你，它再到窝里把你调戏，你就掐它一气，

　　抓它一气，一点儿也不要和它客气。

叔　我说公鸡呀公鸡，你往她家笼子里乱跑，叫人家骂了我个劈头盖脸，

　　以后你再敢瞎胡圪捣，我一光打烂你的的老。

妈　哼！

叔　我说英英她妈，咱俩不就是因为前几年合伙养鸡闹了点意见，如今你

　　养你的京白鸡，我养我的迪卡鸡，咱井水不把河水犯，谁也不用找麻烦。

妈　你说麻烦就麻烦，你把祖奶奶能咋办！

叔　祖奶奶？

妈　唉——

叔　你！（唱）前几年有点儿钱咱合伙养鸡，

　　　　　　　　勤劳换来好效益。

妈　鸡场后来不景气，

　　你怨我来我怨你。

　　都怪你技术不高文化低。

叔　都怪你不懂科学瞎喂鸡。

妈　不怪我来，全怪你！

叔　怪你，怪你，全怪你！

合　想起来气得我憋破肚皮！

叔　散伙后就应该各顾自己，

　　你不该指桑骂槐把我欺。

妈　啥时候想骂啥时候骂。

　　从早骂到你日偏西！

叔　你！

妈　咋，你还想打两下？给！

　　【二人争吵，英、强上。

英　妈！

叔　爹！

英　你们就不怕别人笑话？

妈　英英，他家的公鸡不讲道理，大清早就往咱母鸡笼里圪挤。

叔　强强她家的母鸡瞎胡圪捣，大清早就往咱公鸡笼子里乱跑。

英
　　为这事还值得你们吵？快回去吧。（叔、妈被拉进院）
强

英
　　这事你们就不能谦让点？
强

妈　男不和女斗，这事不怪我！

叔　鸡不和狗斗，这事全怪她！

英　妈。

强　爹。（唱）藤条条山蔓蔓缠在一起，

　　　　　　风风雨雨两相依。

　　　　　　咱俩家房连房来地连地，

　　　　　　近邻胜过远亲戚。

　　　　　　咱养鸡唱的是一台戏，

如今面临大问题。

叔　小鸡降低了成活率。

妈　母鸡缩短了产蛋期。

叔　眼看把本赔进去。

妈　坐难宁来卧难息。

英　吵架吵不出高和低。

强　怄气怄不来好效益。

英　政通还须人和气。

强　求大同就得存小异。

英　同找鸡病在哪里。

强
英　咱互相协作、改良鸡种、扭亏为盈、共同富裕。

叔　强强，这些道理爹都懂，可她……唉！（伤感地下，强随下）

妈　英英你刚才说得对，咱家这二年养鸡是越养利越小了。

英　妈，人家大叔新孵的小鸡，成活率已经大幅度提高。

妈　真的？

英　不信你去看看。

妈　刚才吵了一架，咱还能主动和他说话？不行，不行。

英　人家大叔可不是小肚鸡肠，不信我问问去。大叔——（强上急中生智
　　学父腔应）

强　哎——

英　刚才吵架的事，你别往心里去，我妈让我给你赔个不是。

强　（学父腔）也怪我态度不好。

妈　嘻……（捂嘴一笑，做撵鸡状下）

【英见妈下，警觉拍三巴掌对暗号，强对应暗号后，二人爬墙对话。

英　强强哥，矛盾缓和了，咱赶快把鸡捉到门外去交换。

强　好！（二人下，叔、妈不解地上）

妈　刚才听到这边拍了三巴掌。

叔　这边就回应了三巴掌。

妈
叔　这可像是对暗号哩。

妈　来我瞄瞄。

叔　来我瞧瞧。（妈、叔拍三巴掌对暗号后，爬墙窥望，惊，从墙头摔下）

叔　唉，昨天晚上我梦了一个梦。

妈　昨天晚上我也梦了一个梦。

叔　我梦见一只老母鸡爬在院墙上，呱呱蛋，呱呱蛋探头探脑不知为了啥？

妈　我梦见一只老公鸡爬在院墙上，咯咯咯、咯咯咯，自言自语不知想

　　干啥？

叔　我看你是将鸡比人。

妈　我看你是将人比鸡。

叔　呀，他大妈，这可是你先和我说的话。

妈　谁让你引我的话碴碴。

叔　谁让你接我的话把把。

妈　嘻……

叔　嘻……（二人忍俊不禁上凳子爬墙对话）

妈　他大叔，咱前两次吵架都算误会，我给你赔个不是。

叔　不是不是，全当没事。

妈　没事？

叔　没事。

妈　哈哈哈哈……

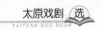

叔　嘿嘿嘿嘿……他大妈，你看！（指对方鸡笼处）

妈　她大叔，你看！（指对方鸡笼处）

叔　不对劲儿。

妈　有问题。（叔、妈藏，英、强出院换鸡被二老拦住）

叔
妈　站住！强强、英英，你们把鸡换过来换过去，想干啥哩？

英
强　我们正搞改良鸡种的研究呢。

叔
妈　啥？

英
强　研究改良鸡种。

叔　搞科研？好小子！

妈　有出息！

强　爹，要想小康早实现，科技兴农是关键。

英　妈，近几年咱俩家的鸡退化得厉害，这两种鸡杂交的后代，可以避免弊病，发挥杂交优势。

强　爹，你想想，近几天咱家孵出的小鸡有啥变化？

叔　成活率高，个头儿大，就是浑身有些杂毛毛。

英　大叔，那就是我们研究的成果。

妈　原来是个这的。

叔　哈哈，你们俩胡圪捣，害得俺俩瞎吵吵。

妈　我看呀，以后你们也不用圪捣了，我们也不用瞎吵了，这鸡你们爱咋换就咋换。

叔　他大妈，那就让你家的母鸡嫁给俺家的公鸡吧？

妈　你家的公鸡也可以到俺家倒插门么。

叔　那咱们换鸡。

妈　换鸡！（换鸡）

叔　他大妈，咱这不成了鸡亲家了？

妈　只要能多下蛋，管他啥亲家来。

英　妈，大叔，我和强强商量过几次，鸡场要发展，咱两个院子都小，把
　　这堵墙推倒，两院并一院，那就宽绰多了。

强　对！

妈　外可不行！咱两家好比是公鸡一窝窝，母鸡一窝窝，推倒墙外不就乱
　　窝了。

叔　就是，真要是推倒墙，变成一个院，无风也得起大浪，闹不好强强的
　　对象也得吹。

英　吹不了，大叔，这拆墙的事，强强的对象同意。

叔
妈　你咋知道的？

强　爹，大妈，英英就是我的对象，我们俩早就圪捣上好几年了。

妈　哈哈！原来你们不光圪捣鸡，连人也圪捣到一搭搭了？

英
强　爹（妈）难道你们不同意？

叔
妈　同意，同意。

英
强　那这墙你们同意不同意拆？

妈
叔　这墙……

叔　他大妈。

妈　咋？

叔　你说呢?

妈　说啥呢?

叔　这墙……

妈　这墙咋咧?

叔　要不就按娃娃们说的外办吧?

妈　你是说拆墙?

叔　对,拆墙。

英
强　对! 拆墙!

合　拆墙!

　　(唱)母鸡鸡叫来公鸡鸡鸣,

　　　　　鸡叫鸡鸣喜临门。

　　　　　人结亲来鸡结亲,

　　　　　喜煞两位老年人。

　　　　　墙推平来院合并,

　　　　　乐坏了一对年轻人。

　　　　　科学栽下摇钱树,

　　　　　农家院变成聚宝盆。

【音乐声中,两家房屋缓缓向台中移动连为一体,两个窗户的纱帘拉
　开分别呈现出大红喜字,喜字下是老、小两对鸳鸯的倩影。

【剧终】

太原戏剧选

一袋谷种

编剧：乔俊宝

时间：2001年12月

时间：当代。

地点：太行山某村委会院内。

人物：三十来岁的村长山宝（宝）和他管不住的婆姨秀（秀），

还有爱占便宜的快嘴婆田嫂（嫂）。

【音乐声中幕启。舞台上是山宝和田嫂争抢一袋谷种的剪影。升光。

嫂　你到底给不给？

宝　不给！

嫂　你当真不给？

宝　坚决不给！

嫂　好你个山宝，电视里头刚说了"三个代表"，你就把我们群众的利益

给忘了。

（唱）农科院来扶贫培育谷种，

　　　每一户一小袋整整二斤。

　　　多余下这一袋留着何用？

　　　莫非你想把它抱在家中。

宝　当村长应保持头脑清醒，

　　决不能以权谋私办事不公。

　　扶贫种发给谁我会慎重，

　　求田嫂再不用白费苦心。

嫂　看你说得多轻巧。我知道，这谷种不是一般谷种，他爹生在加拿大，

　　他妈就是沁州黄，咱出高价也买不上。实话说，你打算给谁?

宝　我准备给村东的……

嫂　挡住! 你不说我也机迷咧。

宝　你机迷甚咧?

嫂　村东头的寡妇叫个改转，细溜溜的身材长得个漂亮的脸蛋。不吸吃的
　　外男人们整天围绕她圪转，你是不是在她身上有什么打算?

宝　我身正不怕影子歪，不怕你们胡乱猜。

嫂　哪有猫儿不吃鱼，黄鼠狼还能不吃鸡。

宝　田嫂不用瞎猜疑，这谷种我不送村东送村西。

嫂　知道咧，知道咧……

宝　你知道啥咧?

嫂　你不在小寡妇身上打主意，肯定是拿上谷种拍马屁。

宝　什么意思?

嫂　村西头的兰兰，她老汉在县里当得官官。是不是你想拿上良种拍马屁，
　　顺着杆儿爬上去?

宝　看你想到那里去了。

嫂　别装蒜! 没良心的东西。

　　（唱）为了咱本家自己好照应，

　　　　　选你时俺全家投票赞成。

　　　　　谁料你大权到手翅膀硬，

　　　　　铁面无情冷冰冰。

宝　乡亲们选我对我信任，

　　每件事都应把良心摆平。

嫂　这种子你给不给快做决定，

　　漂亮话免开口我不爱听。

宝　田嫂，这谷种还没宣布是谁的，你就在这里胡说。你越着急我越保密，就是不让你知底细。

嫂　嘻……，大兄弟，你听我说，只要你把这袋谷种给了我，你想吃吃喝喝嫂子给你做饭，你想找小寡妇嫂子把她娃娃提前给你引转，一切事嫂子都给你提供方便，这还不行？

宝　田嫂，你把我看成什么人了？

嫂　什么人？如今有些村干部是什么人你还不知道？真是说的话好割得肉少，老百姓的死活不问不瞧，就晓得自己瞎胡圪捣。

宝　田嫂，叫我说大部分干部还是很好。

嫂　很好，很好，白天夸自家作风很好，晚上就往歌厅里直跑。第二天脸上的红嘴唇印子还没擦了，还告老婆说一黑夜研究工作没有歇好。怪不得上任村长被公家抓了，闹不好你也没跑。

宝　嫂，你这张嘴呀实在糟糕，你最好是自己回家贴张封条！

嫂　还要吓死人哩，你就能在俺们这些弱女子跟前鬼叫，见了你婆姨就吓地往裤裆里尿尿，刚刚当了个小官官，头大得像个茅坛坛。咱们走着看，看着瞧，你总不能变成个扳不倒！

宝　我看你怎样把我扳倒！

　　【二人争抢谷种，田嫂闪倒哭喊："村长打人嘞……"宝急扶、秀秀上。

秀　哟！大天白日外是做甚嘞？

嫂　你家男人没轻没重，这地方还能乱动（指后胯）？

秀　山宝你过来！男不和女斗，鸡不和狗斗。这种女人还值得你撩逗？

宝　都怪田嫂胡搅蛮缠，为抢谷种她没了没完。

秀　这谷种给谁就该谁要，你老女人咧，少在这儿打情骂俏。

嫂　唉……这老皮圪皱还能打情骂俏，站得街上人家也不要，谁让咱是老女人来。秀秀你最好是今年三十四，明年三十三，一年一年往回返，最后返到幼儿园，你就不要老了！

秀　你……

嫂　我没意见。这谷种我不要咧。我走咧。

　　【下又返回藏到树后。

宝　秀秀你来干啥？

秀　他爹。

　　（唱）如今你上任年过半，

　　　　　半点便宜也没占。

　　　　　送饭捎带取谷种，

　　　　　咱多种一亩经济田。

宝　我还以为你来给我送饭，原来你也是围绕这袋谷种圪转？

秀　楞鬼，搞良种繁育见效快，一亩能赚几千块，你当村长的多种一亩还框外？（方言）

宝　当村长首先得把群众放在心里，哪能只顾自己。

秀　当官不为发大财，八抬大轿也抬不来。

宝　当官光想自发财，当不了多久总垮台！

秀　你……行，这袋谷种咱不要了。

宝　好！

秀　把它分给俺家大哥、二姐、三姑、四伯，让他们跟上沾光，总算你这村长没有白当。

宝　你这不是眉毛上吊针，净干那扎眼的事情。

秀　我看你是猪心实窟子，不会拐弯子。好说不行，非得和你死命折腾！（追打）

宝　秀秀，要打架咱回去打，在村委会折腾，你让我咋领导别人？

秀　我不管！今天这袋谷种不给我，我跟你没完！（又追打）

宝　住手，住手，给你还不行。

秀　这还差不多。走咱拿谷种去。

宝　慢，拿过篮子来，我把谷种伪装伪装。你在这儿放哨，有人来到，暗
　　号就学猫叫。

秀　快去！

　　【秀出院子向远处探望，宝提篮进屋，嫂树后探头学猫叫。宝秀惊慌。

宝　有人？

秀　没有呀。

宝　你猫叫啥？

秀　我没有猫叫，肯定是谁家的讨吃鬼老猫还是野猫，抓不住老鼠干号。

　　【秀放哨，宝提篮下，片刻复上。

宝　这种子刚拌了药，捂紧点，别让外人看见，快回去！

嫂　站住！

秀　田嫂你干啥去？

嫂　逮老鼠！

秀　好好好，你忙你的，我喂鸡去。

嫂　站住！你想喂鸡不能去，你还得当当活证据。

秀　活证据？

嫂　你们俩腐败我全看到，刚才就是我猫叫。

秀　是你猫叫的？

嫂　对！我不是讨吃鬼老猫，也不是野猫，我是反腐败的假猫，什么样的
　　老鼠也别在我手里想逃！嘻嘻嘻……

秀　田嫂，这事咱好商量。

嫂　咋商量？

秀　这袋谷种咱对半分？

嫂　不行！

秀　你多我少四六分？

嫂　不行！

宝　秀秀你连篮子带种子全给田嫂不就没事了？（夺篮给嫂）

嫂　我不要！

秀　你想咋？

嫂　我把全村老小全叫来，叫你丢人又破财，叫你老汉滚下台！

秀　田嫂你就给俺留个面子吧。

嫂　不行！我的大村长，你可真是廉政建设不离嘴，拿上勺勺捞油水。人
　　们夸你是廉政干部，原来是只两条腿的老鼠。

宝　田嫂，刚才的事你全看到了？

嫂　你田嫂今年四十五，眼睛不好一点儿五，你拿上"三个代表"对照对
　　照，偷拿谷种不觉害臊？

秀　唉……

　　（唱）悔不该逼山宝偷拿谷种，

　　　　　　到如今羞得我满脸通红。

宝　我的话当耳旁风全听不进，

　　活该你丢人现眼在此受窘。

嫂　我看他有何脸交代群众，

　　借此事闹他个鸡犬不宁。

秀　还不快说小话求田嫂照应，

宝　男子汉敢作敢为就敢担承。

嫂　证据在手我腰杆硬，

　　我一定杀一杀他的威风！

　　（喊叫）乡亲们哪——，快来看，咱们选的干部，原来是只老鼠，啥？

我告你们，这扶贫种子刚下车，婆姨放哨男人偷，这种人还能当头头？

啥？我要胡说咋办？人赃俱在，我要胡说就爬着走！不信你们看！

（掀开篮子惊）啊！是沙子？（欲走）

宝　田嫂站住！大家都来了，你就能这么就走了？

嫂　村长，你真得让嫂子爬着走？

宝　不，田嫂，我问个问题，咱村的李二旦，两腿瘫痪十几年，医药费欠

　　下好几万，姑娘上学给不起钱，这谷种，你和他家分一半？

嫂　不要咧，不要咧。

秀　（喊）二旦嫂——

合　领谷种喽——

　　（幕后合唱）扶贫种，情无价，

　　　　　　　　廉洁奉公开新花。

　　　　　　　　春风化雨作甘露，

　　　　　　　　幸福的种子早发芽。

【剧终】

太原戏剧选

酸枣坡

编剧：乔俊宝

时间：2007年11月

时间：当代。

地点：太原东山酸枣坡。

【剧中人物】

春光妈——女，50多岁，村妇。（妈）

春　光——男，23岁，大学生。（春）

锦绣爸——男，48岁，新上任的县长。（爸）

锦　绣——女，23岁，大学生、春光的女朋友。（绣）

【春光一声呐喊，呐喊声在山沟里回荡。升光。山坡上。远处漫山遍野的酸枣树绿中泛红生机勃勃，台中有酸枣树丛，一棵挂果的枣树鹤立鸡群，一对情人嬉戏着上。

春绣　酸枣坡——我回来了——

爸　（内喊）春光、锦绣，等等我——

绣　爸爸，快点——

春　（爸上）叔，到了。你看这就是我的家乡——酸枣坡。

爸　好，真好！

绣　爸，你看这儿满沟的酸枣。

爸　这酸枣坡真是名不虚传。要是把这满坡满坡的酸枣都变成大红枣……

春　酸枣坡就是名副其实的小康村了。

爸　说得对。

绣　爸，过来，过来！你看，这是我们俩的爱情树。

爸　都挂果了！这枣儿又红又大。

绣　（摘两颗分别塞到爸和春光的嘴里）甜不甜？

春　甜。

爸　哼，我怎么觉得有点酸呀。（双关语）

绣　爸。

爸　春光、锦绣，大学生回村当村干部，在咱们东山这还是头一次，你们俩……

绣　我的县长爸爸你就放心吧。

爸　疯丫头。

春　叔，前面不远就是我家，要不咱先休息一下？

爸　不急，我还想看看。

春　我先回去让我妈准备午饭。

爸　咱就吃酸菜抿圪抖。

春　哎。（春光下）

爸　锦绣，你和你未来的婆婆见过面没有？

绣　没有，县长不批，哪敢见面。

爸　又来了，你今天要收敛点，听见没有？

绣　耶！

妈　（提水桶上，咳嗽）哼。

绣　大婶，我来帮你。

妈　摘酸枣嘞，这是我的承包地，上来看看，摘吧摘吧……

爸　大嫂，我们是来……

妈　买酸枣的吧。哎呀，你们可是来对了，这红红的酸枣满山坡，俺家的酸枣第一流，来尝尝，先尝后买。吃吧……好吃吧？

绣　真酸！

妈　酸点好酸点好，常吃酸枣不显老！婆姨们天天吃几口，看起来就像十八九，老汉们酸枣不离嘴，走起来就像飞毛腿（踢腿，差点摔倒）。

爸　大嫂，好功夫呀。

妈　好功夫吧，这都是吃酸枣吃的。

妈　（唱）酸枣虽小味道香，

　　　　　安神开胃人人夸。

　　　　　消化不良吃一把，

　　　　　省的花钱把药抓。

爸　哈哈哈哈……
绣

绣　大婶，你可真逗。

妈　逗不好，瞎逗了。老板！

爸　老板？你看我像老板吗？

妈　像，像，裤腰粗裤腿短，一看就是个大老板！

　　老板，好眼力，看人家长的，水灵灵的眼睛弯弯的眉毛，脸蛋蛋就像六月里的鲜桃。既不瘦又不胖，苗苗条条好形象，吃了我的酸枣，肯定比现在更漂亮。买几斤，老板娘？

绣　你叫我什么？

妈　老板娘。

绣　老板娘？哈……

妈　笑甚了？笑甚了？不是老板娘？那肯定是他的小秘。

绣　大婶，他是我爸爸。

妈　哎呀，闹差了，闹差了，看我这张嘴，你们是？

爸　她是我闺女，大学刚毕业，我是送她来当村干部的。

妈　当村干部？呦呦呦，我看你是膏药贴到头发上，有毛病了。

爸　大嫂，建设新农村需要他们文化人。

爸　毛病？

妈　姑娘，你愿意？

绣　愿意。我们是经报名考试入选的。

妈　好，好思想，能打一百分。

绣　一百分？

爸　大嫂，那我呢？

妈　你呀能打一百五。你们俩加起来么……

爸　二百五？

妈　这可是你们说的。人家是把儿女往城里送，哪有你这当父亲的，再说……

绣　大婶。话可不能这么说。你们村不是也有个大学生么？他不也是……

妈　有啊！他呀，是又听话又勤谨，浓眉大眼好人品。上初中上高中，全
　　县高考第一名，是俺村唯一的大学生。

绣　他是……

妈　他就是我儿——李春光。

绣　啊！你就是春光的妈！

妈　外还有假！我的娃娃有两下，本科学历名声大，不是他妈太伟大，一般
　　婆姨养不下。

爸　大嫂，让她给你当儿媳妇，你愿意吗？

妈　她？

爸　愿意？

妈　不愿意。

爸　为什么?

妈　我儿子早有对象了,来来来,你们看,这就是他俩栽下的杂交树。

绣　大婶,是爱情树。

妈　对,对,是爱情树,爱情树。

爸　大嫂,你儿子要是也回来当村干部你愿意吗?

妈　不愿意。俺那儿子有脑筋,他可做不下傻事情。(数枣)

爸　大嫂,你这枣儿还有数?

妈　当然有数。

【绣与爸耳语,急下。哎呀,怎么少了两个枣,哎,站住(发现绣与

　　爸已走远),回来,回来,别跑(笑)看把人家吓的。

(唱)酸枣红来酸枣圆,

　　　酸枣成就好姻缘。

　　　坯土施肥勤浇灌,

　　　盼来年爱情的果儿结满山。

　　　佳期一到把喜事办,

　　　再苦再累心也甜。(春光上)

春　妈……(藏)

妈　春光。

春　妈。

妈　让妈看看,让妈看看。哎呀,你可想死妈了。

春　妈,我这次回来就不走了!

妈　不走了?好,好。

春　妈,我要回村!

妈　回村?做啥呀?

春　回村当村干部!

妈　啊！（差点软瘫）你说啥？

春　回咱村当村干部！

妈　你……你……

春　妈，你不要生气，不要生气。

妈　不气天，不气地，就气你个不争气。

春　妈，我回来就是给你和乡亲们争气来了。

妈　你要是给我争气，扭转屁股回去！

春　回哪里？

妈　城里！

春　妈……

妈　春光，

　　（唱）苦熬苦等十几年，

　　　　　等回个村官好心寒。

春　为把穷山面貌变，

　　决计回村当村官。

妈　盼你鲤鱼跳龙门，

　　你跳来跳去当村官。

春　回村我本领能施展，

　　酸枣就是好资源。

妈　年年代代枣为伴，

　　穷山至今是穷山。

春　嫁接红枣做试验，

　　穷山能变花果山。

妈　变金山变银山，

　　你妈就是不稀罕。

春　主意拿定难改变，

　　求妈不要把我拦。

妈　要拦要拦就要拦，

春　别拦别拦你别拦。

妈　别拦你往城里返，

春　不变穷山不离山。

妈　看你敢！

春　要回山！

妈　看你敢！

春　要回山！

妈　（春）看你敢（要回山）！

妈　不孝之子你不听劝，

　　我先跳沟你后回山。（跳沟，春光抱）

春　妈！（抱住腿）妈，你可不要吓唬我，妈你能舍得我？

妈　那你答应妈，咱不当这个村官。

春　妈，当村官的不是我一个，今年咱们省就有8000多大学生下乡任职。

妈　他们是他们，你是你。

春　妈！

妈　呜……（哭）

春　妈，你听我说，咱大学不能白上。你要真是为我好，就让我在这酸枣坡上施展施展我的才能吧！

妈　哎！我的傻儿子，面朝黄土背朝天，你当上个村官挣不下钱。

春　妈，我们是挣工资的村官。

妈　你们也挣工资？

春　对，这回你放心了吧。

妈　哎，就算能挣两个钱，可你真要回来，你的对象也得吹。

春　妈，吹不了。

妈　人家愿意跟你回来？

春　愿意！妈，今天锦绣她爸都亲自送她到咱村了。

妈　锦绣他爸？

春　就是咱们新上任的县长。

妈　县长？

春　哎，人呢？刚才还在这儿。

妈　在这儿？男的穿的个白褂子，女的扎个小辫子？

春　对。那就是锦绣和她爸。

绣　春光。（内喊）

春　唉！

妈　哎呀！揽下戏了，揽下洋戏了。

　　【爸、绣上场。

春　叔、锦绣我来介绍一下，这是我妈。

爸　亲家！

妈　羞煞人了，羞煞人了。

爸　亲家（握手）。

妈　哎。

春　妈，这就是你的儿媳妇，锦绣。

绣　（含羞）妈。

妈　哎。

爸　亲家，孩子们回来当村官，这是咱村的大喜事呀！

妈　大喜事，大喜事，春光，你可一定要当好这个村官。

春　对！

绣 妈！村长当好了就能提拔当乡长，乡长要是能干出个样子来，说不定……

爸 说不定我这县长也得给他让位。（众笑）

妈 亲家，看你是说话和气，没有官气，一看就是孔繁森的徒弟。

爸 亲家，今天村官也到任了，媳妇也回家了，双喜临门，真是个好日子。

妈 好，咱们今天就当办喜事。

众 对，今天就当办喜事，请大家吃喜枣了——吃喜枣了。

【四人向观众席撒喜枣。音乐声中落幕。

【剧终】

太原戏剧选

农 家 乐

编剧：乔俊宝　王小东

时间：2010年5月

时间：当代。

地点：太原西山桃花沟。

【剧中人物】

李叔——农民，58岁。

李婶——农妇，58岁。

小娜——导游，李叔李婶未过门的儿媳，25岁。

【幕启。李大叔旧窑洞前。在唢呐哨子的伴奏声中，舞台上是李叔以电视快镜头的速度与李婶哑语吵架的剪影。定格升光。

叔 他妈，咱们不要吵架，好好地商量商量。行不行？

婶 行！行行行！反正这旧窑洞就是不能泥！

叔 他妈，如今咱桃花沟都搬进新农村，利用旧窑洞开发"农家乐"生态旅游……

婶 我不管！强强结婚得用一大笔钱，咱就箍住嘴不吃不喝也怕攒不够，我可不能让你瞎花钱。

叔 这不叫瞎花钱，这叫小投资大回报。到分红的时候呀，咱俩是哗哗哗地点票子，噜噜噜地攒票子，还愁儿子的结婚钱？

婶 你到街上看看，人家的孙孙满街跑，急得我是睡不着。告你，不把媳妇娶进门，你想泥窑万不能！

叔　人家全村人都在入股，就咱不入，你就不觉得难看？

婶　你抱不上孙孙，你就觉得好看？

叔　咱不会婚事俭办？

婶　婚事俭办？现在城里的姑娘结婚，要楼房要小车，室内还得精装修，
　　金银首饰都得有，你不发愁我发愁。

叔　你呀，真是个榆木疙瘩！
　　（唱）坐井观天见识浅，
　　　　　为啥要钻牛角尖？
　　　　　认准的好事不能变，
　　　　　翻修旧窑你莫阻拦。

婶　投资旧窑有风险，
　　我要把好这一关。
　　儿子不把喜事办，
　　你休想动我一分钱！

叔　他妈，只要修好旧窑，"农家乐"一开张，这钱很快就能挣回来。
　　到分红的时候呀，咱俩是哗哗哗地点票子，噜噜噜地攒票子，存到银
　　行里得利息，那钱挣得可来快哩。

婶　钱就那么好挣？我就不信，城里人都傻了，花钱专门到山沟里住土窑
　　洞洞？

叔　对！在城里住烦了，到村里找清静享受田园牧歌"农家乐"。

婶　"农家乐"？城里人饿了，打开冰箱要啥有啥，累了躺的是沙发软床，
　　一摁电钮电梯到家，在家就能吃喝拉撒。住到山沟沟里有还不把人家
　　给闷煞？

叔　现如今呀，奇怪的事儿多得很。
　　（唱）农民市民反常态，

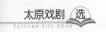

　　　　好多事儿都拧着来。

　　　　如今城乡有八大怪，

　　　　念条短信你就明白。（拿手机念短信）

婶　（音乐快板）一大怪？

叔　村里人，进城经商做买卖，

　　城里人，到农村包种大棚菜。

婶　二大怪？

叔　村里人，种地都把小车带，

　　城里人，步行锻炼走得快。

婶　三大怪？

叔　村里人，网上营销高价菜，

　　城里人，家电下乡削价卖。

婶　四大怪？

叔　村里人，大学毕业把城市爱，

　　城里人，报考村官怕淘汰。

婶　五大怪？

叔　村里人，进城买房把户口带，

　　城里人，农村落户那圆丢丢的公章不好盖。

婶　六大怪？

叔　村里人，牛奶当肥浇瓜菜，

　　城里人，常喝牛奶为补钙。

婶　七大怪？

叔　村里人，鸡鸭鱼肉吃得快，

　　城里人，下乡专门挑野菜。

婶　八大怪？

叔 村里人，进城买房耍气派，

城里人，度假专门住郊外，住窑洞、睡土炕、南瓜吊在房檐上，新鲜
粮食新鲜菜，吃到肚里不受害，原生态，住郊外。

（道白）这八大怪你听明白了吗？

婶 就算这是真的，咱这六间窑洞装修出来，也得好几万元。

叔 用不了，把旧窑泥好、土炕抹平。窗户上再贴上剪纸人人。然后在墙
上挂上辣角串串，大蒜辫辫，玉茭棒棒，红薯干干。房檐下种上金瓜、
南瓜，瓜蔓子上再爬上些牵牛花花。院子里种上些茄子、西红柿、
豆角角、黄瓜，再扎上些高粱秆儿篱笆，那能花多少钱？

（白）她妈，人家说这叫返璞归真。

婶 这叫错乱神经！

叔 我和你说不清，反正这窑我是泥定了！

婶 你不能泥！

叔 我就要泥！

婶 你不能泥！

叔 就要泥！

婶 不能泥！

叔 就要泥！

婶 不能泥——

叔 哈哈！（怒吼吓婶一跳）我好话说了一长串，你是蒸不熟煮不烂，把
好人逼得团团转。我告诉你，今天就是拼了老命，也要把这旧窑泥好！
我就不信你能张开嘴把我给吃了！今天你再敢瞎胡圪搅，我一铁锹把
你给放倒！

婶 好！我看你怎么把我给放倒！来！

【二人扭打被稀泥滑倒，叔假装摔了个僵尸，婶急。

婶　啊！老头子，你这是咋咧？哎呀，不能活了……（电话铃响，接电话）

啊，是小娜来了？

叔　（急起）儿子的对象。

婶　你吓唬人了。

【娜上。

娜　大叔、大婶，你们这是干啥？

婶　啊，是你大叔鬼抽筋嘞！

叔　唉，是腿抽筋嘞。

娜　大叔，咱家的旧窑洞泥好了没有？

叔　你问这泥窑的事儿？有麻烦嘞！

娜　麻烦？莫非是大婶她……（婶暗示叔）

叔　那你和你大婶说吧。

婶　啊……（暗示不要揭底）

叔　（会意地打圆场）小娜，咱桃花沟要开发"农家乐"旅游项目，你大

婶非要修这旧窑洞。

娜　对呀对呀。

叔　可我坚决不同意他瞎投资，对吧。

婶　啊……

娜　大叔、大婶，我们旅游公司要把"农家乐"旅游作为重点项目，咱桃

花沟正好填补了咱山西的旅游空白。

叔　小娜，我是说你和强强快结婚了，现在的姑娘结婚，要楼房要小车，

室内还得精装修，金银首饰都得有，她不发愁，我发愁。

娜　大叔，那些东西我都不要。

叔

　都不要？

婶

婶　你要啥?

娜　我要咱家的旧窑洞!

叔
　　旧窑洞? 你要它干啥?
婶

娜　大叔、大婶。

　　（唱）楼房小车我不要,

　　　　　　就要咱家旧土窑。

　　　　　　翻新变成宝中宝,

　　　　　　"农家乐" 架起致富桥。

婶　照你说, 这旧窑洞能挣大钱?

娜　能。大婶, 这件事我和强强早商量好了。

　　（唱）桃花沟天然一幅美好图景,

　　　　　　山清水秀桃树成荫。

　　　　　　交通便利幽雅宁静,

　　　　　　旅游度假四季都宜人。

婶　看起来这项目不赔能挣。

叔　你再敢拉后腿我坚决不容!

娜　大婶, 你们都想通了?

婶　想通了, 想通了——

娜　想通了, 咱就干!

叔
　　干!
婶

婶　这么好的项目不干, 你简直是个傻蛋。

叔　好! 她妈, 踩泥!

婶　踩泥!（二人踩泥, 小娜倒水添土）

婶　他爹，泥窑！

叔　好！泥窑！（二人泥窑、小娜和泥）

叔　（唱）春季里来桃花儿红，

婶　芳香四溢喜煞个人。

合　城里人下乡来踏青，

　　全村老少乐融融。

叔　夏季里来水莲花花开。

婶　湖水映花红里透着白。

合　咱湖中常有人戏水，

　　财源滚滚顺水来。

叔　秋季里来绽菊花。

婶　桃花沟里果飘香。

合　游人采摘又品尝，

　　咱旅游销售喜洋洋。

叔　数九寒冬雪花白，

婶　银装素裹迎客来。

合　冬暖夏凉住窑洞，

　　游客个个乐开怀。

　　好山好水好时代，

　　幸福之花四季开。

【天幕上出现一片装修一新的农家小院造型和三人剪影。

【剧终】

太原戏剧选

一块宅基地

编剧：乔俊宝

时间：2015年12月

时间：当代。

地点：村长家。

人物：四十来岁的村长铁旦（铁）和他管不住的婆姨兰兰（兰），

还有六十多岁的刘婶（婶）。

【幕启。村长家。简单的家庭摆设、兰兰端菜篮子上。

兰　（唱）俗话说人逢喜事精神爽，

睡梦中俺也是笑满脸膛。

换届中我老公当选村长，

兰兰我在人前脸上有光。

我烫上一壶老汾酒驴肉炒灌肠，

保管他满嘴流油喷喷香。（刘婶上）

婶　兰兰，兰兰!

兰　刘婶，什么风把你给吹来了?

婶　村长不在?

兰　大清早就到村委会开会去了。

婶　兰兰，我是想找村长批块宅基地。

兰　刘婶，听说今年的宅基地指标就剩一个了，批给谁那得由村委会研究

决定。

婶　兰兰!

（唱）刘婶我说句公道话，

咱们村四世同堂就我一家。

老好安静，小好耍，

常因为小事闹摩擦。

求兰兰村长面前帮俺说好话，

批给俺宅基地重重报答。

兰　刘婶，村委会的事儿，铁旦不让我插手。

婶　兰兰，俺家二柱都三十岁的后生了，再不盖新房他那对象就又要吹了，急得我是睡不着觉，吃不下饭，血压噌噌地往上蹿，这个忙你可一定得帮。

兰　刘婶，这个忙我可真的帮不了！（刘婶掏金镏子）

婶　兰兰，这个忙你可一定得帮（将金镏子放在兰兰的手中）

兰　啊！"金镏子"。刘婶，这么贵重的东西我可是不能要。

婶　啊！来，兰兰，刘婶给你戴上。

兰　（兰兰爱不释手地假意推迟，刘婶乘势将金镏子套在兰兰的手指上跑出门外）啊呀，咋就脱不下来了……刘婶，咋就脱不下来了？

婶　呸，你本来就不想脱！（兰兰看镏子）

兰　金镏子金灿灿。

婶　为买它卖了下蛋的母鸡三百三。

兰　这真是个好东西。

婶　为买它卖了可爱的小毛驴。

兰　嗯，想办法让铁蛋给她批宅基地。

婶　哼，不给批，戴在手上烂了她的鬼蹄蹄。（兰兰拨电话号）

铁　（上）喂，兰兰！

兰　铁旦，会还没开完？

铁　快开完了，有事？

兰　是不是研究批宅基地的事？

铁　跟你说了多少次了，公家的事情你少管！

兰　我可告诉你，这块宅基地你一定批给刘婶。必须给，马上给，批给刘婶有油水。

铁　有油水？

兰　刘婶送来个金镏子，少说也值五千块。

铁　五万块也不能要！你给人家退回去。

兰　就不！到嘴的肥肉往外吐，那不成了二百五。告你，金镏子卡在手上脱不下来了。

铁　脱不下来？咱就是把指头剁下来也要还给人家！（缓和的口气）兰兰，你要喜欢金镏子，我给你买上个镶钻石的，啊？

兰　我不要，咱家的钱一分也不能动，我还要盖楼房呢。我可告诉你，那块宅基地你要不批给刘婶，你就别进这个家门！（兰挂断电话）

铁　喂喂，喂！这当村长的就怕婆姨们瞎掺和！等开完会回家再说。

婶　嘻嘻嘻嘻……有门！

　　（唱）听她言心欢喜暗中思量，

　　　　　当村长依然是女人当家。

　　　　　这金钱的威力就是大，

　　　　　宅基地肯定能批给俺家。

　　哼！人们说铁旦是个廉政干部，这纯粹也是个没尾巴的老鼠，铁旦他当村长，他婆姨就是管村长的村长。村长回来了。

　　（藏在一边，村长进屋）

铁　兰兰，把金镏子给我。

兰　不给！

铁　你把金镏子给我，我给人家退回去。

兰　不退。

铁　你拿人家的金镏子不退，我拿人家的金链子这不是罪上加罪？

兰　金链子，有人送给你金链子了？

铁　今天早上，有人想批地基盖新院，给我送了条金项链。（亮金项链）

兰　（抢过）嗨，当了村长就是好，黄金哗哗地往家里跑，说不定还有个金元宝。这么粗的金项链，至少也得五六万。

铁　标价八万元。

兰　八万元？（抢过戴在脖子上）

铁　拿过来。

兰　不给。

铁　你这不是诚心让我犯罪吗。拿来，不然我可就对你不客气了！

兰　咋，你还想打我？好你个铁旦，我跟你结婚这么多年，住不上洋楼，坐不上小车，金银首饰是我梦中所求，你当了村长我还是没啥个盼头，这辈子我还有啥个活头，我不活了……

铁　好了！好了！兰兰你咋就不闹了？

兰　你批了地基我就不闹了。

铁　批给谁？

兰　批给金镏子和金链子。

铁　指标只有一个，只能批给一家！

兰　批给一家？金镏子，金链子，这金链子比金镏子贵，铁旦，把金镏子还给人家，把地基批给金链子。铁旦批了吧……

铁　好好好！就依你，那我就大胆地腐败上一回，下不为例，那咱就把地基批给金链子。（婶晕倒）

婶　（醒了过来）看来这宅基地是批不成了……（哭）哎呀……我那下蛋的老母鸡……我那可爱的小毛驴……老母鸡呀……小毛驴……

兰　刘婶……哭什么呀？

婶　我的金镏子！

兰　刘婶，你那金镏子铁旦不是给你送回去了么。

兰　我们家铁旦他拿廉政总则经常对照，反腐倡廉决不胡闹，你送的礼物俺们可不要，他要永远保持共产党员的精神风貌。

婶　呸！少在我面前唱高调，你还以为我不知道。当面反腐倡廉，背后变法儿闹钱！

兰　刘婶，谁闹钱来，金镏子不是给你退回去了么。

婶　你退了金镏子，收下金链子，黑水水装了一肚子。告你，金链子标价八万元，至少判他五六年。

兰　啥！五六年？刘婶你说话要有证据。

婶　人赃俱在，你还想抵赖！

　　【一把抓住兰兰脖子上的金项链，兰兰吓得浑身发抖。

　　咋，你害怕了？你抖啥哩？你想想，别人把那金镏子和金链子白白送给你的时候，他们的心抖不抖啊？这都是他们的血汗钱呀，你知道不知道？走！跟我纪检委去！

　　【兰兰软瘫在地上（特写），村长上。

铁　兰兰你这是怎么了？你快醒醒。

婶　就这点胆量，还敢收礼？

铁　兰兰，你这是怎么了？

婶　她鬼抽筋嘞！

铁　鬼抽筋？

婶　对！她抽一抽筋就不用判刑，你才是监狱里的预备犯人！

兰　铁旦，你快把这金项链给人家退了去……

铁　噢，不就是一条金项链么，看把你吓得，这条项链我喜欢，我就是不退！

婶　喜欢你就不退？铁旦呀铁旦，不当领导你人品挺好，当了领导你的良心就坏了。你真让我们老百姓失望呀！

铁　刘婶，要不我把它送给你。

婶　咋？你想贿赂我？我不要！我们老百姓最恨的就是你们这些贪官胡闹，它就是价值万吊，不是我的东西我坚决不要，（夺过金链子）我要拿它到纪检委举报，把你这个贪官马上除掉！

兰　刘婶求求你了……

婶　咋啦，你害怕了？你收人家东西时候你咋就不害怕？

兰　刘婶你就饶了他这一回吧……

婶　不行！他辜负了群众的期望，我要和他斗争到底，寸步不让！

铁　对！刘婶，这就对了。

　　（唱）倡清廉反腐败弘扬正气，

　　　　　树党风守党纪始终如一。

　　　　　希望你常监督对我严厉，

　　　　　促进我处处代表群众的利益。

　　　　　咱要和不正之风斗争到底，

　　　　　奔小康拼它个连年有余。

婶　哼！说得好做得坏，贼嘴长得一脑袋！（指项链）说！这是干啥了？

铁　刘婶，你别看它闪闪发光挺耀眼，其实是镀金的狗链链。

婶　啊！狗链链？（婶在地上磨）啊！假的？

铁　没错，这是我花了20块钱在街上给我们家狗狗买的。

兰　你骗我。

铁　对，没有这镀金狗链子，就退不了刘婶的金镏子，我这用的是调包计。

　　【刘婶理亏欲溜下。

婶　村长！我……

铁　刘婶，谁不知道你家四世同堂住房紧张。咱村就剩这一块宅基地就应

　　该批给你家，刚才我已把宅基地指标和你那金镏子都送到你家去了。

　　刘婶，看，这是大叔给我打的收条。

婶　村长，你真能替我们老百姓着想。

铁　不替老百姓着想，我就不当村长！

婶　村长！（紧握村长的手）

　　【音乐起"老百姓是天……"，造型。

【剧终】

太原戏剧选

阳曲奶妈

编剧：王宏伟

2017年10月

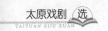

时间：当代。

地点：阳曲县农家小院。

【剧中人物】

刘腊梅——约45岁，阳曲奶妈。

郭大拴——约40岁，游击队长。

程媛媛——约15岁，程刚女儿。

吴清莲——约36岁，抗日先遣队指导员程刚妻子、卫生员。

阳曲奶妈李大婶、张大妈、王大嫂、二妞等若干人。

【夏秋之际，阳曲县农家小院。

　　天清气爽，祥云朵朵。

　　刘腊梅以及院内的妇女们正在又说又笑地缝军衣、做军鞋。

二　妞　（对一妇女）嫂子，看我这双鞋做得对吗？

　　　　（又拿给刘腊梅）婶儿，我这双鞋行吗？

刘腊梅　哟，二妞！跟谁学的，这针线活儿还真不赖。

二　妞　跟俺妈学的。俺妈说，女孩子家，针线活儿不好，就……就找不下好婆家。

众妇女　哈哈哈哈，二妞想找婆家了，哈哈哈哈。

张大妈　哟，二妞，看上谁家的小伙了？

王大嫂　　二妞呀，人样长得好，针线活儿也好。要不，嫂子给你找个好婆家？

众妇女　　是呀，给二妞找个婆家。哈哈哈哈！

刘腊梅　　姐妹们，别光说话，忘了干活儿。

李大婶　　是呀，去年冬天，前线气温接近-40℃，好多战士还穿着单衣。

二　妞　　村长说，有一个班的战士穿上咱村妇女做的棉衣，在上甘岭战场打了胜仗。

张大妈　　我们多出活儿，前方战士就少挨冻。姐妹们，我又找出好的棉花了。

刘腊梅　　是啊，大伙儿再找找，看看家里还有啥能用上的。

李大婶
张大妈　　（抱起新做的军衣、军鞋）俺们先把做好的军衣、军鞋送去。

　　　　　【张大妈、王大嫂等人下场。刘腊梅拿出自己的包裹，一件一件整理翻看。她一边翻看，一边自言自语。

刘腊梅　　是啊，他大婶，你也帮我看看，看还有啥能用的，都捐到前线。

李大婶　　好，好！

刘腊梅　　这个挺好，可以捐了。

李大婶　　这新新的衣服，你还舍不得穿，也捐呀？

刘腊梅　　瞅瞅这个，怎么样？

李大婶　　这也捐了？

　　　　　【忽然，翻出一件红肚兜，勾起了她对往事的回忆。拿起红肚兜，刘腊梅仔细端详起来，她把肚兜贴在心口上。

刘腊梅　　草儿，我的女儿，妈好想你。

李大婶　　大嫂，红肚兜，你……还留着？孩子才9个月，就没了。唉！

刘腊梅　　（沉痛地）留下一点儿念想啊，一点儿念想。

【众姐妹围拢在刘腊梅身边，都伸出温暖的手安慰她。

【随着门外银铃般的呼喊，女儿媛媛从门外飞跑回来。15岁的程
　媛媛出落得落落大方，脑后拖着两条又黑又粗的长辫子，脖子
　上系着鲜艳的红领巾。

程媛媛　妈！婶儿也在呀。

【听到媛媛在门外喊妈，刘腊梅和姐妹们赶紧擦干眼泪，应声走到
　媛媛跟前，给她拍打身上的尘土。

刘腊梅　俺娃回来了。看高兴地，又有什么新鲜事啊？

程媛媛　妈！新鲜事，还真有。明天，学校要举办抗美援朝英模报告会。
　校长说，他们是最可爱的人。英模代表还要给我们讲战争的故事。

刘腊梅　（眼望前方，若有所思）校长说得好啊，他们是最可爱的人，也
　是我们最可亲的人啊！

程媛媛　要不，妈，您和婶儿也去听报告会？

刘腊梅　好，好！去听，去听！

【程媛媛忽然看见磨盘上的红肚兜儿，感到好玩儿，拿在手中玩
　起来。

程媛媛　（好奇地）红肚兜？这个好玩儿！妈，这是我小时候穿过的？这
　个真好玩儿。嘻嘻！

刘腊梅　（陷入沉思）媛媛，你！

【程媛媛欢快地绕圈跑，刘腊梅在后面追，欲让其放下红肚兜。
　程媛媛发现上面有个破洞，一撇嘴。

程媛媛　咦，烂了个大窟窿。妈，这个肚兜正好给我做双新鞋！

【说着，程媛媛拿给婶婶、大妈们看。看见烂了个洞，便随手将
　红肚兜撕开。

刘腊梅　（嗔怪地试图制止媛媛）媛媛，你？（又带着哭腔，捶胸顿足）

你为什么把它撕掉啊？！

刘大婶　媛媛，你怎么撕了？

【媛媛被母亲突如其来的怒吼吓了一跳，她不知所措。

程媛媛　（不解）妈，您？我就是想做双鞋！

【此时，张大妈、王大嫂等人出场，正赶上母女互不相让的一幕，赶紧过来劝导。刘腊梅背过身去。

李大婶　媛媛，看把你妈给气的。大嫂，是时候了，孩子也大了，该把真相告诉她了……

程媛媛　（更加不解）真相，什么真相？

李大婶　来，媛媛，婶也给你讲个故事。

程媛媛　（点点头）故事？

张大妈　那是15年前的事了。从延安来了一支抗日先遣队。要到前线打鬼子，路过咱们村。将士们为了轻便安全，决定把未成年的孩子全留在老乡家！

【说着，刘腊梅摸摸程媛媛的头。

程媛媛　把孩子留下？

李大婶　是啊，先遣队程刚指导员带头把不满9个月的女儿留在咱村，托付给刘妈妈喂养。

【说着，看着刘腊梅。

程媛媛　9个月，太可怜了！

张大妈　全村妇女争着抢着抚养八路军的孩子。她们宁肯让自家孩子少吃一顿，也不能让八路军的孩子挨饿。没有奶水就熬小米粥。谁知道，狗汉奸到鬼子那里告了密，得知指导员的女儿就在刘妈妈家，日本鬼子在汉奸的带领下气势汹汹地进村抓人！

程媛媛　啊，鬼子要抓人，那可怎么办？

李大婶　无可奈何的刘妈妈，只好把自己同样大的女儿交出去。保护了全村的孩子，也保护了程指导员的女儿。

程媛媛　（似乎明白了）那么，我？

李大婶　你，正是程指导员的女儿。穿过红肚兜的孩子，才是刘妈妈的亲女儿。

程媛媛　（哭着转身扑向刘腊梅）不是这样的，妈！你告诉我这是怎么回事？

【程媛媛单腿跪在刘腊梅膝下。刘腊梅眼含泪水看着媛媛。

刘腊梅　媛媛，那天在村口的老槐树下，鬼子架起机枪、端出刺刀，恶狠狠地说，窝藏八路子女按通共格杀勿论。逼迫我交出八路军的女儿。如果不交出，要把村里的小孩全杀光。

程媛媛　啊？

李大婶　献出了自己的亲女儿，才保住了你，保住了全村的孩子……

众青年妇女　原来刘妈妈就是当年舍弃亲人保护孩子的"阳曲奶妈"！

青年妇女甲　多亏了刘妈妈，要不就没有我们了。

青年妇女乙　是啊，谢谢您。真没有想到，阳曲奶妈就在咱们村。

刘腊梅　（摆了摆手）唉，都是过去的事了，还提它干什么！

【程媛媛饱含感激之情地扑向刘腊梅，缝衣姐妹们上场，围拢在刘腊梅身边。

程媛媛　（抱住刘腊梅）妈，对不起！

刘腊梅　好了，媛媛，不哭。你把这包裹给妈放回里屋！

【程媛媛点点头走回里屋。

【门外，游击队队长郭大拴边喊刘大嫂，边进了门，后面紧跟一名解放军女军医。

郭大拴　刘大嫂！还认识我吗？

刘腊梅 （仔细打量）认识，怎么不认识！游击队队长大拴子。大拴杀敌

真勇敢、定让鬼子上西天！这句顺口溜那个时候传遍十里八乡。

郭大拴 哈哈哈哈，大嫂，您过奖了！我现在转业到了地方，从事双拥

工作。

刘腊梅 好，这工作好！我看见你们在墙上贴的标语了，说什么……军爱

民，民拥军，军民团结一家亲！

郭大拴 我这次是给您带来一个人，解放军军医吴清莲。

刘腊梅 想必就是程……

郭大拴 哎呀，大嫂，您真是火眼金睛，吴军医正是程指导员的爱人。

刘腊梅 （自言自语）我说嘛，终于盼来了。没来的时候盼着，真的来了，

我这心里……

吴清莲 （向刘大妈深深地鞠躬致谢）大嫂，感谢您和乡亲们的救命之恩，

谢谢！

刘腊梅 你这是……我给你把媛媛喊来。媛媛！

程媛媛 唉！

刘腊梅 媛媛，你过来。看看这是谁来了。

【刘腊梅把媛媛的手放在吴清莲的手中。

程媛媛 （怯怯地看着吴清莲）阿姨好！

刘腊梅 媛媛，还叫阿姨呢。来，叫妈。

【刘腊梅说着背过身去，吴清莲扶住刘腊梅安慰她。

程媛媛 （动情地依偎着刘腊梅身边，不肯撒手）不，妈。您才是我的亲

妈妈！

刘腊梅 傻孩子，她真是你的亲妈！

程媛媛 （躲在刘腊梅身后）妈！

吴清莲 孩子长大了会理解这一切。大嫂，有您和乡亲们精心抚育，媛媛

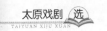
长大了。程刚赴朝的时候，让我一定要找到女儿，如今找到了，我想，程刚在天之灵也安心了！

刘腊梅 指导员他？

郭大拴 大嫂，程指导员在抗美援朝战斗中英勇牺牲了！当时，指导员负责策应长津湖战斗主力。他和战士们冒着-40℃的严寒，打退了敌人一次又一次进攻，胜利完成了任务。可是，正当他们向新目标进发，一股超强的暴风雪袭来，将士们走着走着一个个被冰雪冻僵，至死他们都保持着冲锋的姿势。他们成就了一座座英雄冰雕，永远矗立在人类正义的丰碑之中。

吴清莲 大嫂，为了媛媛，你的丈夫和女儿都……我说啥好呢？

刘腊梅 你这是说啥话呢。八路军为了打鬼子流血牺牲。我不能出卖八路军的孩子，更不能出卖全村的孩子。

吴清莲 大嫂，我们这一代人既然赶上战争，那就让我们把所有战争都打完。好让我们的后代在家门口享受和平的阳光。

刘腊梅 是啊，如今日子一天天好起来了。我们应该高兴才是。

【刘腊梅、吴清莲、程媛媛说着两双手紧紧握在一起。

刘腊梅 媛媛，来，快叫妈。

【吴清莲轻轻地拉住程媛媛的手。程媛媛有些难为情，不习惯地怯怯地喊了声妈。

程媛媛 妈！

吴清莲 （十分感动）你喊我什么？你喊我妈？

程媛媛 （紧紧抱住亲妈和奶奶）妈妈！

【**剧终**】

图书在版编目（ＣＩＰ）数据

太原戏剧选：全2册 / 张体仁，马竣敏主编. -- 太原：山西经济出版社，2017.12
ISBN 978-7-5577-0299-1

Ⅰ.①太… Ⅱ.①张… ②马… Ⅲ.①地方戏剧本—作品集—太原 Ⅳ.①I236.25

中国版本图书馆CIP数据核字（2017）第321569号

太原戏剧选
TAIYUAN XIJU XUAN

主　　编：	张体仁　马竣敏
组　　编：	王宏伟　边素庭
责任编辑：	解荣慧
封面设计：	阎宏睿
内文排版：	华胜文化
出 版 者：	山西出版传媒集团·山西经济出版社
社　　址：	太原市建设南路21号
邮　　编：	030012
电　　话：	0351—4922133（市场部）
	0351—4922085（总编室）
E－mail：	scb@sxjjcb.com（市场部）
	zbs@sxjjcb.com（总编室）
网　　址：	www.sxjjcb.com
经 销 者：	山西出版传媒集团·山西经济出版社
承 印 者：	山西出版传媒集团·山西人民印刷有限责任公司
开　　本：	787mm×1092mm　　1/16
印　　张：	70.75
字　　数：	903千字
版　　次：	2017年12月　第1版
印　　次：	2017年12月　第1次印刷
书　　号：	ISBN 978-7-5577-0299-1
定　　价：	168.00元（全二册）